短歌用語辞典

増補新版

日本短歌総研 編著

飯塚書店

短歌用語辞典〈増補新版〉

日本短歌総研 編著

増補版刊行にあたって

新元号「令和」が「万葉集」から採られたこともあって、「万葉集」に関心が集まっています。日本人の心の奥に和歌・短歌が棲み着いていることが図らずも示されました。

本書の初版は一九八一年、国語学者の司代隆三氏を中心とする飯塚書店編集部の心血を注いだ当時の短歌的知見の集大成です。その後も改訂を重ねつつ、永きにわたって、短歌に勤しむ方々のご支持をいただいてきました。

増補版の刊行にあたって、改めて本書の使命、期待されているところを整理してみます。

本書は、実作者の手引きとなることを目的としています。近代・現代の短歌を鑑賞する上で、意味のわかりにくい字句に遭遇したとき、あるいは、短歌を制作するに際して、過去にどのような実作例があるかを調べるときの手引きとなることを目指しています。

長期にわたる編集作業の結果、見出し語二六〇四語、引例歌七三四七首、歌人数を一五六〇人に集約しました。

ひとくちに「用語」といっても多様です。まず、「必須用語」というべきものがあります。古来、歌語と呼びならわされているもの（たとえば鶏を「かけ」というような）や日常生活と密接に関わる事象を表わす語がこれにあたります。これが大半です。

それとは別に「特殊用語」というべきものがあります。短歌という一行詩を、歌人は鏤骨の思いで綴りますから、その語を起用するに至るまでの思いはなみなみではありません。本書ではそういった語を「短歌用語」として積極的に収録しています。

ここで重要なことは、これらの用語は、語として独立しているのではなく、一首の中で、他の用語と緊密に絡み合って、息づいているという点です。同じ見出し語の許にある引例歌がそれぞれの異なる光彩を帯びていることが、何よりも雄弁にそれを物語っています。

これを受けて、本書では、単語の紹介の中で、たとえば、助詞・助動詞の用法についでは用例として具体的に展開しました。現場主義です。ひとつの助動詞を活用形ごとに表示するなどについて、紙数が許す限り記述したほか、多くの連語（「よしもがな」のようなも収録しています。さらには、多くの国語辞典には記載されていない「語素」を重視しました。「語素」は他の品詞と結合して語に微妙な味わいをもたらすので（柔肌の「柔」など）、作歌の基本的技術のひとつである「適切な語句の形成」に役立ちます。

つまるところ、表現の自在性や豊かさの紹介に努めました。要は、「活きた表現」を生み出す核として「見出し語」を位置づけたのです。

引例歌は、人口に膾炙する名歌、親しみ易い歌、さらには、今ではあまり使われない用例を書き留める歌を記載しています。短歌史に密かに眠る秘宝や歌人のひらめきが残した傑作、さらには歌人が辛苦の追究の挙句にたどり着いた秀作も紙数の限度まで収めました。

いずれも、一首を活性化し、短歌の可能性を広げてきた用例です。

味わい深い短歌の数々を吟味した結果、大幅な増補となりました。用例はその用語の本来の意味に忠実なものが中心ですが、中には逆説的な用法、また反復など、工夫の用法にも、見落としてはならないものもあり、これも少なからず収めました。これらは実作に際して、必ずや参考になると思われます。なお、ひとつの用語の用例数には限りがあるので、なるべく最近の作を掲載するようにしています。その陰で割愛に及んだ、用語、名歌も少なくないことを申し添えます。

十名の共同執筆は偏りを防ぎつつ同時に多面性を生むことができたと自認しております。

冒頭では、「手引き」としての読み方を強調しましたが、そのまま「読み物」として味わっていただきたい思いもあります。全巻を通読されれば、七〇〇〇ピースの大きなモザイク画が「人間そのもの」を描き出していることに気づかれることでしょう。日本語そのものの彫りの深さ、襞の多様さ、そこに分け入る歌人の絶えざる意欲は、言霊のさきわう国をさらに豊かにしています。

令和元年六月

日本短歌総研　主幹　依田仁美

凡例

本書の編集について

本書は短歌実作者を対象として、明治より現代短歌まで、広範な作品より、使用頻度の高い用語、短歌特有の語、難解な語などを選択して、語意を解説して品詞及び活用形を記し、正しい用語の使用法を解説と引例句で明示して、短歌創作の実際に役立つよう編集されている。

I　配列法と表現法

1　見出し語項目は、五十音順に配列されている。延音、濁音、半濁音は無視してある。
2　見出し語は、平がなで口語表記し、〔　〕内に文語で表記し、語の区切りに-を用い、活用形の区切りに・を記して、語の構成要素を明らかにした。
3　見出し語は、動詞・形容詞・助動詞は終止形を用い、形容動詞は語幹を用いてある。
4　見出し語下の漢字表記及び（　）内の品詞・活用形は文語で表示してある。
5　引例歌の配列は、意味順、活用順とした。

Ⅱ　内　容

1　本文の記述は現代かなづかいにより、難解な字句には振りがなを付した。
2　引例歌は、すべて原文どおりとした。なお、改作等により複数の表現のあるものについては、最終形態を尊重しつつも、もっとも広く通用していると思われるものを記載した。
3　人名について複数の表記のある作者については、もっとも広く通用していると思われるものに統一して記載した。
4　引例歌の太字は、見出し語にあたる語。ただし活用語は、終止形だけでなく種々の活用形を使用しているので、その活用語尾まで太字とした。
5　漢字の字体は、常用漢字はいわゆる新字体を、他は広く通用している字体を採用した。なお、作者に強い意図があると判断される表記については、その意図を尊重する字体を採用した。このために、同じ語が違う表記で記載されているケースがある。

Ⅲ　略語

見出し語下の（　）内に品詞及び活用形を示す略語を用いて、原則として次の通り表示した。

A　品詞・その他の略語

(名)―名　詞
(代)―代名詞
(自動)―自動詞
(他動)―他動詞
(補動)―補助動詞
(形)―形容詞

(形動)―形容動詞
(副)―副　詞
(連体)―連体詞
(接)―接続詞
(感)―感動詞
(助動)―助動詞

(助)―助　詞
(接頭)―接頭語
(接尾)―接尾語
(連)―連　語
(枕)―枕　詞
(語素)―造語要素

B　活用の略語

(四)―四段活用
(上一)―上一段活用
(上二)―上二段活用
(下一)―下一段活用
(下二)―下二段活用

(カ変)―カ行変格活用
(サ変)―サ行変格活用
(ナ変)―ナ行変格活用
(ラ変)―ラ行変格活用
(ク)―ク活用

(シク)―シク活用
(ナリ)―ナリ活用
(タリ)―タリ活用

あ

あ　吾・我（代）わたくし。わたし。一人称の代名詞。「われ」「わ」ともいう。

力欲《ほ》し噫《ああ》力欲しうつしみの**吾**をほろぼして天に咲《さ》くまで　岡井　隆

そのひとの湯あがりの香とほうたるの薇光といづれ**吾**《あ》をまどはしし　桑原　正紀

吾《あ》に残るこの世の時間どれほどか背後に君の死が聳てり　沢口　芙美

ああ　嗚呼（感）驚き、喜び、悲しみ、嘆きなど感動をあらわす。

ああ五月しずけき森はみどりして豊かなるもの多く語らず　岡部桂一郎

長日月《ちやうじつげつ》に心に溜まりゐるものを暗し汚しとおもへども、**嗚呼**　松平　修文

嗚呼、こんな女がそばにいたのだと万物流転の切なるさなか　福島　泰樹

あい　愛（名）慕い、いつくしむ心。愛憐。恋いごころ。愛恋。性による本能的な愛、性愛。など。

秋は君が**愛恋**の苦の若からぬ眼《まなこ》光らせて雑踏を来る　河野　愛子

雷鳴の礦野に火柱となって炎えている　一本の喬木を　二人の**愛**と思え　市来　勉

馬上より気障な牧童舞い降りて**愛**を告ぐるやあん馬の演技　石川　幸雄

あい〔あひ〕　間（名）二つの物の間。あいだ。中間。合間。ひま。「あはひ」とも。

メタセコイヤの色づきてゆくこまやかな葉群の**あひ**にとどまる夕光　椎名　恒治

繁り葉の**間**にほのかに見ゆるもの柘榴の花は古代より咲く　大島　史洋

山吹の芽ぶきは花をともなひて濃き黄の花の光る家《いへ》**間**　由谷　一郎

仰ぎたる青葉の**間**の赤き実に焦点あわす五月の視力　長澤　ちづ

あい〔あひ〕　相（接頭）いっしょに、ともに、たがいに、の意を添える。

秋果つる阿蘇山麓の雨の日をぬれて**相**寄る赤牛のむれ　沖上三重子

山なかに一夜の睡りあさければ星の**相**搏つ音も聞こえん　川島喜代詩

雪囲ひなしつつ聴けばひよどりは繁みに鳴けり**あひ**睦むごと　加藤　勝

あい〔あゐ〕　藍（名）あい色。藍草から採った染料で染めた色。濃青色。

夕かぜのさむきひびきにおもふかな伊万里の皿の**藍**いろの人　玉城　徹

深**藍**の東の空に目配せをしているような三日月が出る　久々湊盈子

幻想をふりまきし国は**藍**に照る海を犯して基地へなしゆく　玉城　寛子

藍深く春来る犬吠埼の波父の根国底国《かない》の香を運びこよ　田村　広志

あい-たい　靉靆（形動タリ）雲。かすみのたなびくようす。雲の盛んなありさま。

登りきてみかへる山は**靉靆と**冬がすみして鐘をとよもす　太田　青丘

靉靆と雲わきくればいちにんのまぼろし喚ばむ遠きわが思慕　生方たつゑ

紫雲英《げんげ》の花**靉靆と**して蜜蜂の唸りは遠くただよひにけり　若山喜志子

あいびき〔あひ-びき〕　逢引（名）男女がひそかに会うこと。密会。しのびあい。ランデブー。

ふくらなる羽毛襟巻《ボア》のにほひを新らしむ十一月の朝の**あひびき**　北原　白秋

葡萄色《えびいろ》の／古き手帳にのこりたる／かの**会合**《あひびき》の時と処かな　石川　啄木

一面に霜張りて白き河原を君駈くるなり朝の**あひびき**　駒田　文雄

あい-れん　愛憐（名）人を愛しあわれむ情。いつくしみ。慈悲。なさけ。同情。

かの家に通ひ来るジープを吾は知る慌しき**愛憐**の様《さま》をも知る　清水　房雄

愛憐に似たるが如く波立てる己が刹那の情《こころ》あやしむ　宮　柊二

好ましき煙草は断ちてみづからを**愛憐**のごとき客体

としぬ　中村　純一

あ-いろ　文色（名）あやいろの約。模様。様子。物の区別。条理。「あいろもわかず」は物の分別もつかないこと。

観るほどは敢《あへ》なかるらし日を経りて物の**あいろ**の暗くなりゆく　北原　白秋

ひしがれて**あいろもわかず**堕地獄《だぢごく》のやぶれかぶれに五体震はす　吉野　秀雄

あう〔あ・ふ〕　会ふ・逢ふ（自動四）約束して対面する。面会する。出会う。

流れ去る時のままに今年**逢ふ**雨夜のさくら月夜のさくら　尾崎左永子

会ふ前のじかんが殊にうれしくて早めにゆきて君をし待てる　丹波　真人

会いしことただ一度あり若き日に汲みたる泉とおく来たれり　五十嵐順子

あ-うら　足裏・蹠（名）足の地面に触れる部分。足のうら。「あなうら」とも。

昨夜の雨にうるほひたりし土なれば踏むときやさし土は**蹠**に　菅野　昭彦

縄文の赤子の足の化石あり土踏まずまだもたぬ**あうら**の　小林　幸子

動かざる**足裏**《あうら》に踏絵のキリストが「吾《あ》を踏みて立て」と夢に囁く　有沢　螢

あえか　（形動ナリ）かよわく、なよなよとしたさま。弱々しく、くずれそうなさま。はかなげ。

あえかにもにおう声々女人らにかこまれ縛され沼の辺をゆく　加藤　克巳

あえかなる唇《くち》に草笛ふくませて野に聴く声のさみしき夕　窪田　空穂

君は死を語りて胸に掌を置きて**あえかなる**罪のごとき告白　小紋　潤

砂浜に寄せられ帯なす貝殻の踏めば砕ける音の**あえかに**　大下　一真

あえぐ〔あへ・ぐ〕　喘ぐ（自動四）息を切らす。荒く呼吸する。息づく。

わが森の夜風を聴けば開拓に**喘ぎ**し父と母のこゑなり　土蔵　培人

妹の病みおとろへて息**あへぐ**ひと夜は長し積む雪見れば　板宮　清治

息ふかく**あへぐ**がごとく佇みて人のをらざる夜の橋の上　長谷川銀作

あえず〔あへ-・ず〕 敢へず（連）…しきれない。果たせない。

紅の大き花びら散りも**あへず**黄なる花粉の先づこぼれたり　吉田　正俊

散り**あへぬ**一樹《ひとき》のさくらゆくりなく名もなき露地の奥がにあふぐ　坪野　哲久

淋しくて食ひはじめたる落花生とどまり**あへぬ**くるしみ来たる　小池　光

あえて〔あへ-て〕 敢へて（副）強《し》いて。進んで。否定語を伴い、進んでは。

真《ま》命《いのち》の極みに堪へてししむらを**敢て**ゆだねしわぎも子あはれ　吉野　秀雄

無言館と**あえて**名づけし建物をめぐりて心は沈黙ならず　水野　昌雄

良き策のなければ**あへて**考へず諦めといふ抜け道がある　沢口　芙美

あお〔あを〕 青・蒼（名）青い色。空の色。藍の色。緑の色。青黒い色。

白鳥はかなしからずや空の**青**海の**あを**にも染まずただよふ　若山　牧水

青空を打てよ　アニメのヒーローのついに重さを持たぬマフラー　井辻　朱美

青すすき間なく訪いくる秋風の先触れとしてひかりと睦ぶ　小高　賢

戦いを深く刻みて夕光の中夾竹桃の**蒼**ざめて咲く　只野　幸雄

あおあお〔あを-あを〕 青青（副）非常に青いさま。一面に青いさま。青青し（形シク）見るからに青いさま。

山吹の茎**あをあを**と群生《むれお》ふる沢の辺《へ》来れば寒き水おと　半田　良平

青青と生草にたもつ赤き塔サイローの立てる風景をたのしむ　橋本　徳寿

葱畑に葱のとがりの**あをあをし**霜をよぶ大地の微動を知るか　小池　光

あおあらし〔あを-あらし〕 青嵐（名）初夏、葉の繁茂した草木を揺り動かして渡る風。

青あらし凪ぎし河原にさえざえと夕映え白く水わかれゆく　谷　鼎

木を草をわれを緑に揉みしだき**青嵐**吹けひとの恋しき　船知　恵

おろそかに生きゐるこの身荒あらと揉みて幾日《いくひ》を**青**《あを》**嵐**《あらし》吹く　結城千賀子

あおぎり〔あを-ぎり〕　青桐・梧桐（名）あおぎり科の落葉喬木。樹皮は緑色。六月ごろ黄白色の小花がかたまって咲く。

青桐の花房垂れてあしたより蜂のうなりの窓にちかしも　四賀　光子

散りしける**梧桐**の花を踏む時に意外になまめく触感があり　菊池　良江

あおぐ〔あふ・ぐ〕　仰ぐ（他動四）上を向く。見上げる。

大仏の温顔にして切れ長の眼を**仰ぐ**蟬鳴けるなか　本木　巧

「マッチ売りの少女」を知らぬ児もいつしよ雪の気配のする空**仰ぐ**　久保田　登

あ-おと　足音（名）足の音。「あのと」とも。

凍りたる庭べ明るく月照りて帰り行く子の**足音**ひびかふ　久保田不二子

晩年の鬱を解かれて逝く死者の**足音**したしも水無月の雨　安永　蕗子

あおによし〔あをに-よし〕　青丹よし（枕）奈良にかかる枕詞。美しい青土の意。染色の名前など。

青丹よし奈良の仏もうまけれど写生にますはあらじとぞ思ふ　正岡　子規

あおによし奈良山越えて　さける花　忘らえめやもあしびの花は　土岐　善麿

あをによし奈良の名に負ふ金堂も焼けて識られて人惜しみけり　中原　綾子

あおば〔あを-ば〕　青葉（名）青々とした葉。初夏、若葉の青々となること。

ケーブルカー**青葉**がなかを下《お》りおりて楽《がく》の終らむ如きかなしみ　高安　国世

大木《たいぼく》の**青葉**のなかに小鳥啼く細かに昼の日をみだし

つつ　　若山　牧水

戸を締めずて玻瑠戸のままなり部屋の灯を覗《のぞ》かるる如き**青葉**の茂り　　杉浦　翠子

あおむ〔あを-む〕

青む・蒼む（自動四）青い色や濃い藍色を帯びる。

灰色のけぶれる猫よまなこ**青み**しづかにきたる春の灯のもと　　葛原　妙子

夏草の茂れるなかに**青み**たち初々しかりみ墓辺の松　　大塚　善子

この真昼硝子の窓の**青む**まで小春の空の澄みにけるかな　　島木　赤彦

あおる〔あふ-る〕

煽る（他動四）ひるがえす。吹き動かす。あおりたてる。

大風《たいふう》に吹き**あふら**るる岡の上の警報球は赤かりにけり　　前田　夕暮

ビル風に**煽ら**れ歩く身の軽さビニール袋が追い越しゆけり　　前川多美江

新川橋くぐりぬけ行く小蒸汽の蹴立つる波は岸うち**煽る**　　飯田　莫哀

あか-あか

赤赤（副）非常に赤く見えるさま。明明（副）非常に明るい様子。

軍隊が全部なくなり**あかあか**と根源の代のごとき月いづ　　斎藤　茂吉

たったひとりの女のために**あかあか**と燈しつづけてきたるカンテラ　　福島　泰樹

夏来ぬと今日は見にけり立葵茎を**赤々**咲きのぼる花　　宮　柊二

あかい〔あか・し〕

明し（形ク）明らかである。赤し（形ク）赤色を帯びる。紅・朱・橙・桃色や赭（赤色を帯びた茶色）にもいう。

われの未来**明から**ねども夫と見し空のとほくに見し虹のいろ　　生方たつゑ

城址《しろあと》の花空中《そらなか》に**紅く**して大手の坂を人らうづめゆく　　吉野　秀雄

ふるさとの山に枯葉を踏みならすわが知る土は多く**赭くて**　　島田　修二

太葱の一茎ごとに蜻蛉ゐてなにか恐るる**あかき**夕暮　　北原　白秋

あか-がね-いろ

赤銅色（名）赤黒く光沢のある色。「あかがね」とも。

拾ひきて夜の灯に愛《を》しむ秋蟬《あきぜみ》の**あかがねいろ**のぬけがらひとつ　杜澤光一郎

うしなひしものぽかりなるかなしみに空は**あかがねいろ**の夕映え　柴　英美子

あかし

証（名）確かなしるし。証拠。証明。

母となれる**証**《あかし》といはれ横たへてゐればかなしく体がにほふ　竹安　隆代

濡れてあり命傾く**あかし**とも思はれがたき熱き涙に　与謝野晶子

極貧にありし昔を詠みつづる意識も老いの**あかし**といわん　緑川　浩明

あか-ず

飽かず（連）あきない。いやになることなくいつまでも。

川ひとすぢ**あかず**流るる見てあれば見てあるほどに人恋ひまさる　前田　夕暮

向日葵の花に寄りくる河原鶸客来れば昼を**飽かず**眺むる　中西　悟堂

新なる史眼《しがん》定まりぬ児等とわが「くにのあゆみ」を討議し**飽かず**　小鹿野富士雄

あか-つき

暁（名）明け方のやや明るくなった頃。夜明け。あけがた。「あかとき」とも。

あかつきにみんみん蟬の競ふこゑ今日は今日する仕事をぞ思ふ　土屋　文明

決めがたき心かなしく眠りえずつひにわが聞く**あかつき**の三時　三ヶ島葭子

あかときのぶ厚き土を押し上ぐる霜柱　土のとうめいの力　中西　洋子

せせらぎの音**あかとき**にきはまりて失踪探査単発機飛ぶ　北村　功

あがなう〔あがな・ふ〕

購ふ（他動四）買い求める。

東京にはるばるいでて**あがないし**「韮菁集」に読みふける吾は　星野　吉朗

忘れ居し「母の日」なりと娘が言ひて我が欲りし本を**購ひ**くれぬ　加藤　悦子

赤きもの身より少しづつ減りゆきて今日は小さき財布**購ふ**　松並　敦子

北野坂の石畳みちをさなごの枕のやうなパンを**あがなふ**　米口　實

あか-ね　茜（名）あかね色。紫色を帯びた赤黄色。
茜さす（枕）日・昼・君・紫などにかかる。

美しくは甦《かえ》らぬ記憶夕雲にはつかに残る**茜**見ていて　佐藤　孝子

求めつつ思ひ重ねてきたるごと黒蠟梅の**あかね**積むいろ　伊藤　泓子

裸木はあわき**茜**のなかに立ち包みゆくなり風の音さえ　市野千鶴子

あかねさす昼を灯ともしゐるわれに雨のひびきの沁みやまぬかも　玉城　徹

あか-まんま　赤飯（名）たで科の一年草。「いぬたで」の別名。秋、赤飯に似た紅色の花を穂状に開く。「赤のまんま」とも。

赤のまんまむしり飛ばして少しずつ家遠ざかる父の夕ぐれ　辺見じゅん

葦の葉のすがれとなりし川原をわれは踏みゆく**赤まんまの花**　橋本　徳寿

あがめる〔あが・む〕　崇む（他動下二）敬う。尊敬して大切にする。

聖職と**あがめられ**つつ夜の街にそのあるものはおでんを売りぬ　岩間　正男

医師吾れを**あがむる**人あり道の会ひに眼そむけて唾《つ》を吐く人あり　宇都野　研

あか-ら　赤ら（連）赤みを帯びている意。複合語を作る。あから引く（枕）日・朝・肌などにかかる。

出水川《でみづがは》**あから**濁りてながれたり地《つち》より虹はわきたちにけり　前田　夕暮

あから引く今朝の光に起きいでてあな白々し霜ふりにけり　土屋　文明

冷え緊る夜の玄関に**あからひく**肌つやめけり紫の壺　飯沼喜八郎

あから-さま（形動ナリ）あらわ。あきらか。ありのまま。明白なさま。

かくまでに生きる意欲のなきことを**あからさまに**妻に語るも　福戸　国人

雪解波《ゆきげなみ》**あからさまなる**轟音《とどろき》は川の底よりひびき上《あが》れ

り　生方たつゑ

暮れてのち炎やうやく遊ぶなり白昼《まひる》**あからさま**を嫌《いと》
ひて野火は　齋藤　史

あかり

明かり・灯り（名）辺りを明るくするもの。電灯。

ふるさとは遠くにありという通り　北の果てまで
とどかぬ**あかり**　穂曽谷秀雄

冬の夜の夜ごとを点したはむれのごときランプの**あ**
かり愉しむ　小野　雅子

少しずつ点が小さくなるようなきみとの暮らしに**あ**
かりを灯す　黒﨑　聡美

あか・る

明る（自動四）あかるくなる。あかるむ。あかるむ。「明《あか》る妙《たへ》」は純白で光沢のある美しい布。

墓地前は花屋が花の中**明る**みづみづし燈の月の夜に
透く　北原　白秋

さみどりの粒を重ねてほの**明かる**葡萄どこから食み
はじむべし　香川　ヒサ

海遠く**明る妙**なす流氷のかがやくばかりこゑ呑むわ
れは　酒井　広治

あかるい〔あかる・し〕

明るし（形ク）光が十分にさしている。色が鮮明である。明朗である。「明るさ」は名詞。

むらさきの藤の垂《た》り花重揺《はなおもゆ》る木棚《こだな》の下は**明るかり**
けり　松村　英一

愚かにて**明るき**ゆゑにいぢめたり部屋内にあそぶ
尉鶲《じょうびたき》奴《め》を　伊藤　一彦

チューリップの花咲くような**明るさ**であなた私を拉
致せよ二月　俵　万智

あか・る・む

明るむ（自動四）あかるくなる。

朧梅ののちの花なき枝々にひかり**明るむ**春近みかも
香川　ヒサ

降りそめし雨に**あかるむ**身のめぐりふつくりと花の
桃の木があり　河野　裕子

舟ひとつ引きあげられてなにかしら**明るむ**ごとし夕
べの岸は　大辻　隆弘

秋の雨はれて**明るむ**古書店にすらり入りゆくガゼル
一頭　栗木　京子

春となる光に空は**明るめり**いづこより来るこのかな

しみは　　石川　恭子

あき
秋（名）夏の次の季節。穀物や果実などが実る季節。

爽やかは**秋**の季語にて爽やかを過ぎてこの時期の夕焼けの濃さ　　大口　玲子

照りかげり静かなる**秋**のあしたにて開成山公園は今日植木市　　清水　房雄

一房のぶだうに足らふ胃の腑もち**秋**を見るため乗る小田急線　　今野　寿美

国を選び父母選び現世に生れしにあらず**秋**の雨降る　　岡部桂一郎

あき-くさ
秋草（名）秋の野山・庭隅に咲くいろいろの草。秋の七草。色草。

今朝の朝の露ひやびやと**秋草**やすべて幽《かそ》けき寂滅《ほろび》の光　　伊藤左千夫

みたさるる日はとはになき思慕かとも**秋草**枯るる野に歩み出づ　　大西　民子

秋草の花咲く道に別れしがとぼとぼと母は帰りゆくなり　　岡野　弘彦

あき-た・つ
秋立つ（自動四）秋になる。立秋。暑さの中に秋の気配がどことなく感じられる。

秋立ちしこころゆらぎにをさな子の昼の眠りを見下して立つ　　宮　柊二

古屏風の鳥撃たれしかさざなみのごときひかりの**秋立つ**あした　　辺見じゅん

あき-つ
秋津・蜻蛉（名）トンボの古名。「あきづ」といった。とんぼ。赤とんぼなど。

わが前を翅ひかりつつ過《よぎ》りたる小《こ》**蜻蛉**ひとつ川瀬越えゆく　　礒　幾造

あか**蜻蛉**むらがり飛ぶよ入《いり》つ日《ひ》の光につるみみだれて来もよ　　斎藤　茂吉

日差し濃き秋の空気に憩ふもの透羽《すきば》の**蜻蛉**、透羽のみどりご　　小島ゆかり

ぱったりと蝉の声やみ表札に**赤とんぼ**きてもしかして母　　福井　孝

あぎとう〔あぎと・ふ〕
（自動四）魚が水面で口をぱくぱくする。

水底に**あぎとひ**生くる魚族らのはげしき意欲泡ふき

たつる

この今をここの地上に在ることの合点ゆかぬか小蛇　若山喜志子

あぎとふ　築地　正子

あき-ひ-がん　彼岸（名）秋の彼岸。秋分の日を中日として前後三日間。「暑さ寒さも彼岸まで」といわれ、残暑がやわらぐ。

家いでて遠くあそべば空はれし**秋の彼岸**のひと日くれたり　山口　茂吉

秋彼岸すぎて今日ふるさむき雨直《すぐ》なる雨は芝生に沈む　佐藤佐太郎

あきら-か　明らか（形動ナリ）はっきりとあかるいさま。明白なさま。

のどかなる午後の日となり山並はなほ**明らかに**雪にかがやく　柴生田　稔

明らかに癌組織ありしわが左腎妻は言ふ剔出手術後三日目　高嶋　健一

本心を言へば波紋の広がるは**明らかなれ**ば笑みて答へず　関戸　梅子

あきら-け・し　明らけし（形ク）はっきりしている。あきらか。清らか。

砂庭の梅の老樹にさす月の**明らけく**してふかきその影　水町　京子

花咲かす栴檀大樹ふさふさとゆれて地の上《へ》に影**あきらけし**　大塚布見子

地《つち》ひくく咲きて**明らけき**菊の花音あるごとく冬の日はさす　佐藤佐太郎

あきる〔あ・く〕　飽く（自動四）十分に満足する。厭く（自動四）いやになる。飽かなくに（連）文末に用いて、あきないことだなあ。飽くまで（副）どこまでも。たっぷりと。十分に。

一片の感情なき思想なき技術という**あく**なき殺戮の静寂に似む　近藤　芳美

小流れの波くぐりては戻さるる小鴨のあそび**あく**ことのなし　白石　昂

山の上に星きらめけり窓ちかく灯をともしつつなか**あかなくに**　大塚金之助

死を問へば梨棚のうへ水平に咲く花**あくまで**雪よりしろし　小中　英之

あ・く　明く（自動下二）夜があける。年があらたまる。期間が終わる。

よもすがら月あきらけき夜なりしがしづかに**明けて**朝を迎ふる　佐藤佐太郎

陽の入りし彼方も人の国ありて常の如くに**明け**白みゐん　野北　和義

竹群の雨のひびきによこたへし身の闇さわぎ夏の夜**明くる**　板宮　清治

あくた　芥(名)ごみ。くず。ちり。必要でなくなったもの。廃棄物。

海浜の夕べ**芥**を焚く火見え犬はさびしもなお人に蹤く　石本　隆一

向かひ風まともに受けて騒ぐ池およその**芥**われに寄り来る　福川　滋

あ‐ぐら　胡座（名）両足を組んですわること。足組み。「あぐらゐ」とも。

冬なれば**あぐら**のなかに子を入れて灰書きすなり灰の仮名書き　坪野　哲久

一日の手術着ぬいで／夕飯の前に**あぐら**をかけば／俺もやはり　家族の一人。　佐々木妙二

友が読む書《ふみ》を聴きつつ**あぐらゐ**の寒くもなれば　茵《しとね》に帰る　明石　海人

あけ　朱（名）赤い色。紅・あかね・緋《ひ》の色なども含む。

八本のまろき柱は**朱**ふりて唐招提寺のたもつしづかさ　佐藤佐太郎

係累につかざる覚悟　水打ちし鬼灯の**朱**のかすか揺れをり　雨宮　雅子

凌香花《のうぜん》の**朱**のぼりゆく一樹あり寄り添えばやさし仰ぐ高さに　根本　敏子

あけ‐くれ　明け暮れ（名）朝夕、朝晩。または、一日一日。月日。

細えだの秀《ほ》に咲くモチの白き花光なりわが梅雨の**あけくれ**　窪田章一郎

檜葉垣《ひばがき》をみつむるのみの**あけくれ**に蓑虫みたりかれ動くゆゑ　坪野　哲久

無為にして到らんまでにはいまだいまだ齢足らざるわれの**あけくれ**　加藤　克巳

何に恋ふる心ともなき**明け暮れ**をジギタリスの紅鉄線の藍　清水　房雄

あけ‐ぐれ　明け暗（名）夜明けごろの、まだ少し暗い時分。

川霧の白くこめ来《き》し**あけぐれ**の簗《やな》に灯を下げ男衆渡る　宮　柊二

竹皮の幹をはなるるかそかなりこの**暁昏**《あけぐれ》を寤《さ》めつつ聴けば　木俣　修

暁暗のうすれくるさま佇つ鷺の胸の毛を吹く風に見定む　山村金三郎

あげつらう〔あげつら・ふ〕　論ふ（他動四）物事のよしあしを言いたてる。論議する。

路を欲しいなら言へ針ほどの傷あ**げつらひ**またの返品　三浦　武

こころひろくありえぬ人らわれのなすことをいちいち**あげつらふ**らし　小泉　苳三

友となりて**あげつらふ**とき母われの批判を越えて吾子はするどし　五島美代子

かにかくに**論ふ**ともうぬらが母の言葉のひびく国に起き臥す　土屋　文明

あけび　通草（名）山野に自生する蔓性植物。春に花が咲き、秋に長円形の実がつき熟すと割れて白い果肉に包まれた黒い種子が沢山入っている。

くろく散る**通草**の花のかなしさを稚《をさな》くてこそおもひそめしか　斎藤　茂吉

通草の木花をつけたる草原に霧淡く這ふ沢かあるらし　中西　悟堂

母の瞳《め》のかなしき夕べ紫の**あけび**の花は空にゆれゐる　岡野　弘彦

秋の曇りおだやかにして山苞の**通草**の色のやさしかりけり　須永　義夫

あけぼの　曙（名）夜がほのかに明けはじめる頃。「あさぼらけ」よりやや暗い頃。

あけぼのは千の愁ひの秋なればシャガールの馬われに向き合ふ　辺見じゅん

街を走る風の足跡切りとりて鍋に溶かして春の**あけぼの**　尾崎まゆみ

神のごと／遠く姿をあらはせる／阿寒の山の雪の**あけぼの**　石川　啄木

あ－こ　吾子（名）わが子。自分の子。

もの言えば白き歯が見ゆ生えそめてはつはつ見ゆる白き**吾子**の歯　村野　次郎

あ

自閉症の吾子が問ひ来ぬいくたびもその母親の病ひのことを　渡辺　幸一

空き地にて**吾子**とボールを蹴りあへり夕されば草の種払ひあふ　経塚　朋子

あこがれる〔あこが・る〕

憧る（自動下二）強くひかれる。あくがる。

「あこがれ・あくがれ」は名詞。

あこがれて今日を逢ふ花信濃路にくれなゐにほふ杏の林　窪田章一郎

蟹の肉せせり啖《くら》へば**あこがるる**生れし能登の冬潮の底　坪野　哲久

ふるへつつ磁石の針は北を指すこの**あこがれ**をわれは知りたし　若山　牧水

あくがれの色とみし間も束の間の淡々しかり睡蓮の花　土屋　文明

あさ‐あけ

朝明け（名）夜明けがた。あさけ。

あさあけのすはだかの青かがやけり言葉もつ唇《くち》罪のごとしも　伊藤　一彦

朝《あさ》暁《あ》けは小さき舌の動きなど見ゆるばかりにひよどりが鳴く　安永　蕗子

新しき歩みの音のつづきくる**朝明**にして涙のごはむ　斎藤　茂吉

朝あけの汚れなき空気肺腔にいっぱい吸いて今日のはじまる　平井喜久子

あさ‐あさ

浅浅（副）あっさりとして、軽やかなさま。うっすらとしたさま。

月すでに白みつくして砂をゆく水**あさあさ**としら梅の花　太田　水穂

捨てゝある蜜柑の皮をかくすまで春**あさあさ**と雪ふりにけり　大井　広

あさがお〔あさ‐がほ〕

朝顔（名）七月頃より初秋にかけて早暁、藍紫・白・紅色の花が開き、日中までにはしぼむ。東京入谷の朝顔市は有名。

あさ顔の濃き藍の花ひとつより流れて空の色となりぬらし　太田　水穂

朝顔の種子をとりきて幼子が縁に並べをりこの子は愛《かな》し　中野　菊夫

朝顔のかきねに立てばひそやかに睫毛にほそき雨か

かりけり　　長塚　節

あさ-かげ

朝光・朝影（名）朝の日の光。朝日の光。「朝日影」「朝日子」。

朝光の浄《きよ》く射し入るバスに居り出勤登校のむれに混りて　島田　修二

地下の駅出でて方位に戸惑ひゆく照る**朝光**に汗しとどにて　岩沙　政一

あさかげの暑きに清き風蘭の花よ相見む人は遠しも　小市巳世司

あさ-ぎ

浅黄・浅葱（名）あさぎ色。少し黄色を帯びた薄い青色。水色。ライトブルー。

なつかしき**浅黄いろ**なる葱ばたけ 鼬《いたち》走りて土ほこり立つ　茅野　蕭々

浅黄色の附紐《つけひも》したる小き背をあはれみつつも撫でさするかな　窪田　空穂

あさ-け

朝明（名）夜明けがた。明けがた。「あさあけ」の略。

うち冷えて**朝明**の空気ほがらなり北アルプスの新雪《しんせつ》のいろ　木俣　修

窓をひらき夏の**朝け**の一呼吸《ひとこきふ》うましとひとりよろこびをれり　坪野　哲久

絵ごころのよみがへりける**朝け**にて青々と描《か》けり庭の擬宝珠　前川佐美雄

秋ふかき今朝の**あさけ**に見し夢のかなしきことは妻にかたらず　石井直三郎

あさ-げ

朝餉・朝食（名）朝の食事。あさめし。昼食は昼餉、夕食は夕餉。

おのおのは歯茎《はぐき》ならしてもの言へり**朝餉**をなして山の寒さに　結城哀草果

一人して向ふ**朝餉**や膳の上に冷えてしまひし味噌汁の味　尾山篤二郎

あさじう〔あさ-ぢ-ふ〕

淺茅生（名）ちがやのまばらに生えている原。荒れた所。浅茅が原。

提灯をけしてあゆめば**浅茅生**の野ぞら明るき草月夜かも　橋田　東聲

日に照らふ紅葉の上をまろび散り霞音なき**浅茅生**の道　尾上　柴舟

あさ-じめり

朝湿り（名）朝、小雨や露・霧などによって、ものが濡れること。

わがゆくは離れ小島の**朝じめり**竹むら蔭のすずしき路ぞ　　土岐　善麿

ねもごろに太りつつある椿の蕾つぶらつぶらに**朝じめり**せり　　鹿児島寿蔵

あさ-づく-ひ

朝づく日（名）早朝の太陽。朝日。（枕）向かふにかかる。

朝づく日さしくるなべに草むらの根に鳴く虫も声ひそみなく　　伊藤左千夫

片瀬川潮みちたたへ葦むらのさ青に照れる**朝づく日**かも　　氏家　信

朝づく日谿とほ埋む青葉の群れひえびえと動き白みを覚ゆ　　島木　赤彦

あさ-と-で

朝戸出（名）朝、戸をあけて外出すること。「夕戸出」の反対語。

降りつづく日毎の雨の**朝戸出**にぬれて重たき傘ひろげたり　　松田　常憲

朝戸出に枕覗けば笑みふかく病む児むくゆる面肥えにけり　　臼井　大翼

山の水ほとばしりわく水をくむただ**朝戸出**の力と思ひて　　土屋　文明

あさな-あさな

朝な朝な（副）毎朝。朝ごとに。朝朝。「朝《あさ》な朝《さ》な」とも。

あさなあさな野鳥の小さき脚に踏む霜の柱は厚くなりたり　　久礼田房子

朝なあさな鏡をのぞく顔がある瞬編的な人生もある　　時田　則雄

犬連れてわが家《や》近くを**朝《あさ》な朝《さ》な**歩きゐたりし友も死にしか　　国見　純生

あざなう〔あざな・ふ〕

糾ふ（他動四）縒《よ》り合わせる。

宿命は**あざなは**れたる十二支のそれのひとつの象《かたち》をわれに　　酒井　広治

花に風花に雨降る現世も禍福**糾ふ**縄とはいかぬ　　大和　類子

あさなゆうな〔あさな-ゆふな〕

朝な夕な（副）朝に夕に。あさゆう。朝夕ごとに。

あさなゆふな食ひつつ心楽しかり信濃のわらびみちのくの蕨　　斎藤　茂吉

妻とかけし丸太橋ゆれて**朝な夕な**下草刈りに梶谷川

を渡る　遠山　常雄

あさ-ひ

朝日・朝陽（名）朝の太陽。朝の光。「朝日子」は朝日。「朝日影」は朝日の光。

立春の**朝日**照らせば大欅細枝ことごとく空にきらめく　井尾　文子

貴下に問う**朝陽**ななめの淋しさを顔を洗って励ましうるか　依田　仁美

かぎろひの極まる朱のうすれゆきしばしをありて**朝日子**出づる　大塚布見子

朝日影楠にかがやく一時や我が齢さへ清き蔭を享く　土屋　文明

あさ-びらき

朝開き（名）朝早くに船出すること。

平らけく凪ぎたる湾に舟並び**朝びらき**するわが船に添ふ　山下秀之助

あさ-ぼらけ

朝ぼらけ（名）朝、ほのぼのと明るくなった頃。夜明け。

空染めて茜のふかき**朝ぼらけ**思ひひそめて生きゆかんかな　宮　柊二

大空に白鯨《はくげい》のいる**あさぼらけ**桃咲く村の深きねむりに　上野　久雄

あさましい〔あさま・し〕

浅まし（形シク）驚くほど意外だ。嘆かわしい。情けない。ひどい。いやしい。

あさましくまじはり難き人人をこころに避けてそれと知らさず　土岐　善磨

夜更しのくせ**あさましく**抜け出がたし且つ親しみて冬過ぎむとす　前川佐美雄

あさ-まだき

朝まだき（副）夜がまだ明けきらないころ。朝早く。

朝まだき水に浮かべる鳰鳥《かいつぶり》重くとびつつ遠くはゆかず　今村　寛

わなわなと震ふ双手にいそしめり**朝まだき**草の露ふみ来れば　吉田　正俊

あざみ

薊（名）春と秋に紅紫の花が咲く。葉は切れこみが深く、ふちにとげがある。

濃き色に咲ける**あざみ**のひと花に蓼科の朝ひとしほいとし　池原　楢雄

日おもてに**薊**の花の過ぎて咲くあはれなり霜の降るころ　長谷川銀作

あ

ここを過ぎれば人間の街、野**あざみ**のうるはしき棘ひとみにしるす　塚本　邦雄

あさ-みどり

浅緑（名）うすい緑色。うす青。

ふる雨に音たつるまで**あさみどり**芭蕉の玉芽ほぐれけるかも　河野　愼吾

浅みどり眼に山川はおぼろなれど其処にすがしき水おときこゆ　中村　憲吉

あさみどり空につらなる遠山の一《ひと》ところ大きく崩れたりみゆ　土屋　文明

あさ-やけ

朝焼け（名）日の出前に、東の空が朱《あけ》に染まること。

朝焼けの天に枝振るさるすべり百日《ひゃくか》の紅をうらなく生きよ　安永　蕗子

朝焼けの空にゴッホの雲浮けり捨てなばすがしからん祖国そのほか　佐佐木幸綱

卵産む海亀の背に飛び乗って手榴弾のピン抜けば**朝焼け**　穂村　弘

あさ-よ

浅夜（名）日が暮れて、さほどたっていないころ。

浅夜より寝ねんとするは新しき恋愛にゆく思いのごとし　上野　久雄

ひとりをりて春くるらしき思ひあり**浅夜**をこもりすこしうれしき　大塚金之助

春**浅夜**しぐれはららぎすぎしかば駒形橋をひとりわたりそむ　坪野　哲久

あざらけ・し

鮮らけし（形ク）あざやかである。新鮮である。

あざらけき玉葱の茎青く切り辛くも堪ふるいのちにてあらし　檀　一雄

いでゆけば**鮮けき**恥負ひかへりひとりの夜を頬熱くをり　畑　和子

あさ・る

漁る（他動四）魚貝や海藻を採る。餌などをさがしまわる。

逆光に照らふ水面《みづも》を乱しつつ餌**漁る**鴨ら岸近く浮く　礒　幾造

もの**あさる**野犬去《い》にたる戸《と》の闇に寒《かん》のひびきはひとすぢ徹れり　木俣　修

いつしかに日は暮れにけり君と吾が焼け書《ふみ》を**あさる**焼あとの原　山口　茂吉

あし

足・脚（名）人や動物などの下肢。歩み。物の下部。雨や風の状態。など。

暑き午後ながく寂しや投げだせしわが大**足**を眺めてゐたり　今泉　昇三

たゞひとつ群をはなれておよぎ廻るおたまじやくしは**脚**四つ生えたり　宇都野　研

行きかひの雲**脚**早き九月空をりをりにして雨を落しつ　土田　耕平

あじさい〔あぢさゐ〕

紫陽花（名）幹は根から群生し高さ一・五メートル。梅雨入り頃に球状の花を多数作り、白、紫、薄紅に色が変化する。四葩《よひら》（古名）ともいう。

紫陽花を空いっぱいに詰めこんで火を放つ手のありや七月　佐藤　弓生

過ぎし雨を含みて重く撓ひをり漑《なげ》きの年に咲ける**紫陽花**　蒔田さくら子

球状花は窓窓を打ち、雨風の凄まじき或る夜の**紫陽**《あぢ》**花**館《さゐやかた》　松平　修文

うつすらと藍の愁ひの色きざす庭の**あぢさゐ**風なきに揺る　秋山佐和子

あした

朝・旦（名）夜が明けて明るくなったころ。夜明け。あさ。

露霜のしめり親しみ庭掃けば春の**あした**の土匂ひ立つ　谷　邦夫

父逝きて十年ののち母逝きぬ共に空澄む夏の**あした**に　大塚　善子

秋ふかし寒き雨降り**旦**より痛みが走る体のふしぶし　宮　柊二

さくら咲くその花影の水に研ぐ夢やはらかし**朝**《あした》の斧は　前　登志夫

あしび

馬酔木（名）高さ二メートル前後の常緑灌木。早春すずらんに似た白い小花を房状に垂れる。「あせび」ともいう。葉は有毒で馬が食べるとしびれる。

山**馬酔木**しどろに濡れて暮れゆくは薄くれなゐのまさりつつ見ゆ　高安　国世

馬酔木の花の房なし白く垂る下に石臼ひとつ捨ててありたり　石黒　清介

千年のかなたの**あしび**一枝を見する人なしと泣きし人はも　稲葉　京子

あしびき-の

足引の（枕）山・峰《を》にかかる。登山の状態、山裾の景観の説がある。

あしびきのやまぐはの花に時雨きて忘ふべしやその白き花　　宮　英子

あしびきの山鳥煮るとふるさとの朝《あした》の雪にその羽根を引く　　千村ユミ子

わが車雪暗く積む**あしびきの**山中深くスピンしにけり　　佐佐木幸綱

あずさゆみ〔あづさ-ゆみ〕

梓弓（枕）射る・はるなどにかかる。

あづさゆみ春は寒けど日あたりのよろしき処つくづくし萌ゆ　　斎藤　茂吉

あづさゆみ春のさかりと本尊に春日野馬酔木活《い》けまつりたる　　吉野　秀雄

あせ

汗（名）汗ばむ・汗匂ふ・玉の汗などは夏の汗。他に運動・労働による汗、精神的な汗がある。

百合の花のもえさからんとする前にわが目しおしお**汗**たりてゐつ　　山田　あき

ひた灼くる線路に落ちて忽ちに乾きゆきたり工夫の**汗**は　　馬場あき子

顕微鏡をのぞきてみしに人間《ひと》の**汗**の結晶は十字架の群のごとし　　王　紅花

あせ・る

焦る（自動四）いらいらする。いらだつ。じりじりする。

消えてゆく時間の中　ひとを憎み／ひとを愛し　**あせり**　燃えつきる　　佐々木妙二

こぞは蕎麦ことし草叢田のあとに**焦る**怒りは蔑まれおり　　中村　道郎

酒をのみ睡眠剤のみ眠らむと夜々**焦る**弟原爆傷もちて　　一瀬　理

あせる〔あ・す〕

褪す（自動下二）色がさめて淡くなる。薄らぐ。

色**褪せ**し翻訳原稿とり出でぬ朱を朱に消して又はてしなき　　加藤　将之

永くつづく日照に萎えしサルビヤの紅**褪せ**し花を保てり　　広野　三郎

花**褪せ**し庭の枯菊折りくべて炉に河豚や烹《に》む霜さむき夜を　　岡本　大無

あそば・す　遊ばす（他動四）遊ぶことをさせる。遊びをするようにしむける。連用形「遊ばし」を「遊ばせ」と用いることがある。

青空にこころ**遊ばせ**喫む煙草何はともあれよろしきものを　村野　次郎

人間の小さき恣意を**遊ばせ**てデパートに売られ野の虫は鳴く　武川　忠一

花水木陽ざし聚めて明るめるそのあたりにし心**あそばす**　松坂　弘

あそ・ぶ　遊ぶ（自動四）楽しいことをする。動き回る。遊行遊山する。「遊び」は名詞。

村の子の**遊ば**ずなりし道にいでてわれひとり踏む元旦の雪　岡野　弘彦

かいつぶり幼き一羽岸に寄り水くぐり**遊ぶ**ひとりの**遊び**　武川　忠一

飛翔には遠いわたしとほんのすこし飛べる鶏とが土に**あそべ**り　齋藤　史

あたか-も　恰も（副）ちょうど。ちょうどその時。

山茶花の黄のしべ光る花を見る**あたかも**昼の短き冬至　佐藤佐太郎

あふれ出る悲哀**あたかも**夕焼けに染みたる水の石ばしりゆく　立川　敏子

あたたかい〔あたたか・し〕　暖かし・温かし（形ク）ほどよい気温である。愛情があって快い。ぬくとい。

苑《その》ふかく行くをりをりに池あれど鴨のゐる池は**暖く**見ゆ　山口　茂吉

常笑《とこゑ》みに円空仏は**あたたかし**面《おも》さしのぞく君にはた我に　吉野　秀雄

日の位置の低き時代の**あたたかし**座りたる視線立ちたる視線　玉井　清弘

亡きひとがささめくように**あたたかき**灯《ともしび》ともる冬の喪の家　道浦母都子

あたたま・る　暖まる・温まる（自動四）あたたかになる。ぬくまる。

いつまでも握っていると石ころも身内のように**暖まりたり**　山崎　方代

あたためる〔あたた・む〕　暖む・温む（他動下二）あたたかにする。

湯気こもらせ湯殿**あたため**ありと言へど摂氏十二度の今日は慎しむ　顯田島一二郎

二十四億五千万回毎秒にレンジ揺すりて**あたためし**酒　御供　平信

花ののち静かになりし梅の木の幹**あたたむる**冬日も静か　石田比呂志

あたらしい〔あたら・し〕

新し・鮮し（形シク）新鮮であるいきいきしている。新規。

焼きつくし野火の熄む日に**鮮しき**季節は白き雨となりゆく　安永　蕗子

鮮らしき牛糞に殺菌力ありといふ日々に殺菌されゐるわれか　石川不二子

新しき仏壇買ひに行きしまま行方不明のおとうとと鳥　寺山　修司

あたり

辺り（名）周囲。近い所。付近。ほとり。

暁に眼を開く**あたり**人のなしかくの如きか墓壙の目ざめ　土屋　文明

台風の余波ふく街のいづこにもおしろいが咲く下馬**あたり**　佐藤佐太郎

馬糞よりだいこくこがね首伸べて**あたり**の気配うかがふらしき　村野　次郎

聞け！　ぼくの胸の**あたり**で水星が熱くしづかに破裂する音　荻原　裕幸

あて

当て（名）目当て。目的。たのみ。たより。「当て処《ど》」とも。

突き放されて空《から》のトロッコ**目的**《あて》もなく意味なく走る意外に遠く　齋藤　史

灯《ひ》にそよぐ空おし垂るる夜の景**あてど**なく昏く海やまは哭く　成瀬　有

あてどなきあくがれかなしあはあはと今日も消《け》のこる夕明《あか》り空　村野　次郎

あて

貴（形動ナリ）気品があって美しい様子。上品である。優雅である。

わが母は**あてに**清明《さやけ》し山の井の塵ひとつだにとどめたまはず　北原　白秋

羊歯の青うるしの紅の目に沁みて**貴なる**三輪の崎《さき》山ここは　野村　清

切りて持つ牡丹の花の**貴なる**にその葉にのれる青蛙

一つ　佐久　良子

あと　跡・痕（名）しるし。痕跡。遺跡。形跡。筆跡など。

いちい樫の太幹裂けて我は見る風通いたる**跡**の確かさ　佐佐木幸綱

赤彦を中心にしてあつまりし禰《ね》牟《む》庵《あん》の**あと**に今日来てたてり　石黒　清介

天主堂**跡**に佇みて山の手の青む草木に問ふこともなし　長谷川銀作

グラスには唇の**跡**かすかなりわが切なさの一端なる緋　松平　盟子

あと-かた　跡形（名）前にものが存在していたしるし。あとに残った形。痕跡。多く否定形をともなって用いる。

海にありし野山にありしかがやきの**あとかた**もなき八寸の膳　藤井　常世

葛原妙子邸**あとかた**もなければ　くらやみ坂に電灯点せ　穂曽谷秀雄

あどけない〔あどけな・し〕（形ク）無心で可愛い。無邪気だ。

あどけなく笑みて写りしこの児童《こら》も征く日あらむとしみらに思ふ　片岡キヨミ

サキサキとセロリ噛みいて**あどけなき**汝を愛する理由はいらず　佐佐木幸綱

あと-さき　後前（名）前後。事柄の順序。

紋白蝶が二つ来ており菜の花の畑は露のかわく**あとさき**　岡部桂一郎

玉子がゆ煮立てておりぬ人の世の**あとさき**もなき雪ふりつもる　海津　耿

終りなき時に入らむに束の間の**後前**ありや有りてかなしむ　土屋　文明

あと-どころ　跡所（名）しるしが残っている所。足跡。遺跡。旧跡。

春埃まふ中仙道わが生《あ》れし家の**あとどころ**訪はんとぞゆく　木俣　修

葛飾の真間の手児奈が**跡どころ**その水の辺のうきぐさの花　北原　白秋

あな　（感）喜怒哀楽を感じたとき思わず発する声。ああ。

新芽《にいめ》吹く楠《くす》の大樹の内部より**あな**はらはらと古葉散りくる　高安　国世

雉子の頸青藍しぼり出づる声。**あな**若者の断末に似る　齋藤　史

くすの木の林のみちにひとり聞く**あな**微けしや冬の足おと　坂田　信雄

噫《あな》福島覚めよ覚めよと合歓の樹の睡りかさかさ零るる迄揺る　波汐　國芳

あ-ない

案内（名）あんない。通知。みちびいて連れていくこと。

父の忌《き》は二十七年母は十三年兄ゆ法要の**案内**ありたり　国見　純生

ゆるやかな上りをなるいとくり返し土地の言葉に**案**《あ》**内**《ない》しくるる　久我田鶴子

あな-うら

足裏・蹠（名）足の地面に触れる部分。足のうら。「あうら」とも。

身罷れる妻をも照らす稲光**蹠**しろくながながと臥す　千代　國一

ひややけき泥《ひぢ》に**足裏**《あうら》を捺《お》しながらあなたどたどし鷺の歩みの　大辻　隆弘

屋敷木の梢《うれ》やはらかにすぎゆくは雲のやうなる神の**足裏**　中西　洋子

あながち

強ち（形動ナリ）度を越している。むりやり。むやみやたら。

人間の不信を見れば軍備もつ**あながちなら**ぬと呟くは誰　川浪　磐根

あながちに求《と》めこしならね今のまのこの幸福《さいはひ》の時は守らむ　石川不二子

欲りするも**あながちなれ**ば水にただ沈みたるさへうまし豆腐は　片山　貞美

あ-な-た

彼方（代）かなた。あちら。むこう。以前。昔。

春哀し君に棄てられはるばると行かばや海の**あなた**の国へ　若山　牧水

春の日のゆくらゆくらと山一つ**あなた**へまゐる太郎冠者かな　佐佐木信綱

あな-や

（感）感情の高まったときに発する語。ああ。あれまあ。

むらさきの仔牛の舌のながながしと見てゐて**あなや**顔舐められつ　石川不二子

夜空あまねく雪雲わたりま北より湧きたち白み来**あなや**大降雪《おほぶり》　真島　勝郎

あに

豈（副）どうして。なんと。決して。下に否定語を伴う。

この子らをはぐくむ我と思《も》へば**あに**生業《なりはひ》のなき父たりなむや　中村　憲吉

かくしつつ我は痩せむと茶を掛けて硬《こは》き飯はむ**豈**うまからず　長塚　節

あ－の

彼の（連）遠くの人・物・時などをさしていう。

あの夏の数かぎりなきそしてまたたった一つの表情をせよ　小野　茂樹

どすぐろいケロイドの背なかを見せて待ち伏せる**あの**八月の夾竹桃　穂曽谷秀雄

あば・く

暴く・発く（他動四）掘り返す。他人の秘密を発表する。

原爆忌いくたび来つれ戦中の秘録相つぎ**あばか**れてゆく　只野　幸雄

例のなき実績と言へ人間のあはれを**あばく**面めんを統ぶ　御供　平信

あぶら－でり

油照り（名）夏、薄曇りで風がなく太陽が強く照って蒸し暑いこと。

じりじりと燃えてしたたる**油照り**花心かぐろく息吐く向日葵　太田　青丘

風なくて**あぶら照り**する潮ひけば磯ぎんちゃくの干乾びにけり　大野　俊夫

あぶ・る

焙る・炙る（他動四）火にかけて焼く。火にあててあたためる。

外荒るる夜の疾風《はやち》と隔たりてひそまるごとく餅**あぶりゐる**　松田さえこ

七輪に炭火おこして**焙り**たる土佐のうるめに酢《す》をしぼりけり　恩田　英明

近江牛届けられたるキッチンは切る刺す**あぶる**ぎとぎとあらふ　池田はるみ

あま

海女（名）海にもぐって貝類や海草などを採るのを業とする女。

岩かげの焚火に**海女**らたむろせり若きひとりは海栗《うに》啜りをり　大木　昭三

藻草焚く青きけむりを透きて見ゆ裸体《はだか》の**海女**と暮れゆく海と　若山　牧水

あまえる〔あま・ゆ〕 甘ゆ（自動下二）甘ったれる。馴れて我儘《わがまま》にする。

久しぶりに見た母の夢／夢のなかで／何か**甘え**てものをいってた　渡辺　順三

勢ひつつ鳴きそろふ蟬聞きをれば中の一つが**甘ゆる**声す　村野　次郎

弱ければひとに**嬌《あま》ゆる**我がこころ今宵もあはれ息づけるらし　中村　憲吉

あま-がける 天翔る（自動四）大空を飛びはしる。

世の常のひびきにあらずしらぎの鐘**天がけり**ゆくごとくひびかふ　竹中　皆二

成すべきはなして**天翔ける**魂と思ひみるなり口惜しかれども　田谷　鋭

あまぎらう〔あま-ぎら・ふ〕 天霧らふ（自動四）空一面にくもる。かすみ曇っている。

さみだれの降りもふらずも**天霧らひ**月夜少なき夏薔麦の花　長塚　節

散らば散れ京へ百里のみちの空花吹雪せよ**天霧らふ**まで　谷崎　松子

あま-さか・る 天離る（自動四）都から遠く離れている。天離る（枕）鄙・向かふ、にかかる。

天さかる釧路の国にならびたつ雌阿寒の山雄阿寒の山　平福　百穂

天離るひなにはあれど桜咲くと刻める歌碑のつつましかりき　田辺弥太郎

あま・す 余す（他動四）残す。あまるようにする。取り残す。

一葉を**剰《あま》さ**ぬ紅《こう》の天《そら》にありことし咲かざりし沙羅の木にして　上田三四二

死に向きていつまで**余す**わたくしのドレミファソラシド豆腐切りけり　河野　愛子

何ならむ眠りを**余す**朝あけにペティナイフ持つ右手になすは　今野　寿美

あま-た 数多（名・副）たくさん。数多く。多数。

死者の目を**あまた**聚めて花となし桜となりて春昼無人　宮原　包治

しのこしし事の**数多**は普段着の生活《たづき》のごとく越年ば、さす　松木　鷹志

墓あいに肥えたる猫の**あまた**いて歩みよれば目を細めいる　本木　巧

あまつさえ〔あまつ-さへ〕　剰へ（副）その上。

あまつさへ木橋のあるは優しかり菖蒲の園をよぎる野の川　田谷　鋭

葱数本青菜ひと束**あまつさへ**憂愁一塊籠《こ》にさげて主婦　蒔田さくら子

あまづたう〔あま-づた・ふ〕　天伝ふ（自動四）大空を伝わる。天伝ふ（枕）日・入り日にかかる。

天づたふ月よみのひかりながれたりしらじらとして遠き草原　小泉　苳三

みんなみの山近くして**天伝ふ**真日のかげりに谷の雪みゆ　土屋　文明

あま-つ-ひ　天つ日（名）天にある日。太陽。

夜すがらに蟋蟀の鳴くこの庭は**あまつ日**照りて隈さへもなし　斎藤　茂吉

玫瑰《はまなす》の葉はことごとく黄になりて寂まる時の冬の**あまつ日**　山口　茂吉

あまなう〔あまな・ふ〕　和ふ・甘なふ（自動四）和解する。同意する。

藻類を水に放てばささやきて**和**《あまな》**う**の語や餉《け》の夕まぐれ　池田裕美子

あまね・し　遍し（形ク）すべてに行きわたっている。遍く（副）すべてにわたって広く。

草山は光**あまねき**昼たけて瑠璃鳥ひとつ声透りつつ鳴く　清水　房雄

荘厳に鶴は頭上に満ちにつつ朝日**あまねき**空を乱さず　石本　隆一

人逝きて**あまねく**夏の坂東のくにはら広し海山ひろし　三枝　昂之

バス停に春の光の**あまねく**てしきりと痒き右のまなぶた　米口　實

あまのがわ〔あま-の-がは〕　天の川（名）銀砂子をまいたように星群が輝くのは秋で、無数の恒星の集まり。銀河。

きみとみるこの夜の秋の**天の川**いのちのたけをさらにふかめゆく　山田　あき

一筋をおほ空に曳く**天の河**かなしとぞ見る明滅のいろ　岡本かの子

暗き森走りきたれば脳天の突如割れしごと**天の川**が現わる　王　紅花

あま-の-はら

天の原（名）大空。広い空。天の広大なことをいう。

かりがねの既にわたらず**あまの原**かぎりも知らに雪ふりみだる　斎藤　茂吉

いつしかに**天のはら**冷えてをりをりはわれにかなしき鳥かげわたる　前川佐美雄

高山に夜のくだてば**天のはら**星の明《あかり》はいよいよちかしも　中村　憲吉

あま-ま

雨間（名）雨の晴れ間。雨の降っているあいだ。

いささかの**雨間**とおもひかつぎ行く柩に落つる山の雫は　藤沢　古実

雨間くるくちなしの香や衰へて父の真対ふ死といふは何　宮　柊二

あまり

余り（接尾）数詞に付けてそれ以上。くらい。（副）あんまり。過度に。「余りに」とも。

水やればこまごまふるへ起きなほるシクラメンの花十茎《とをくき》**あまり**　吉野　秀雄

東京湾に満ちくる潮の古《ふる》利根に差すは二時間**あまり**の後《のち》か　山口　茂吉

雲のかなた父がふる里ありと言へど子供は**余り**感ぜざるらし　土屋　文明

この夜半に亡き友の歌読むべくは**あまりに**ながく水《みな》底《そこ》に在る　岡井　隆

あま・る

余る（自動四）程度・限度が越えている。「思ひに余る」は考えがまとまらない。

湧く雪の空にし**余り**大き雪みだれ降り来るこの家間《いへあひ》に　窪田　空穂

日《け》並べてみんなみ甚《いた》く吹きぬれば思ひに**あまる**物いひにけり　中村　憲吉

あ・む

浴む・沐む（他動四・上二）湯や水をあびる。光などをいっぱいに受ける。

立ち並ぶ欅《けやき》の細枝むきむきに陽**あみ**て空にひろごりにけり　生方たつゑ

つれだちて湯を**浴む**いとまなき旅に父が形見の宿も過ぎきつ　窪田章一郎

ぬくき日を**浴《あむ》る**藁法師わらみだれほぐれしところ犬の寝てゐる　宇都野　研

田に入るや南のかどに**浴む**鴉ひとつら雲の浮く空の下　清水　亞彦

あめ

雨（名）大気中の水蒸気が高所で凝結し、水滴となって地上に落ちるもの。

亡き父に聞きそびれたるくさぐさを冷たき**雨**の夜に思えり　三井　修

雨に咲くクチナシ、うつぎ、なつつばき白くさみしき水無月の花　丹波　真人

あめ

天（名）天。空。「あま」とも。

ひむがしの**天**の真中《まなか》にしら雪の山を太敷《ふとし》くうなばらの国　太田　水穂

あかつきの海傾けて来る浪の磯に砕けて**天**に轟く　都筑　省吾

この春の**天**のいのちとまがなしき山独活の芽を歯にあてにけり　滝　耕作

あめ-つち

天地（名）天と地。てんち。乾坤《けんこん》。

天地はすべて雨なりむらさきの花びら垂れてかきつばた咲く　窪田　空穂

みづからの言葉絶えたり日の照らふ高山のうへの大き**天地**　松村　英一

あめつちは広く時間は遅々として過ぎてあるべし蝸牛眠れり　稲葉　京子

しづけさよ君を抱けば**あめつち**にただ君が目のまたたけるのみ　本居　亮一

あも・る

天降る（自動四）天上からくだる。あまくだる。

天降りたる娘《こ》らと思《も》はねど雲の上のお花畑にあやに遊べり　島木　赤彦

蘭が欲しい面《つら》してゐれば**天降る**ごと君が持ちて来る寒蘭二株　土屋　文明

あや

文（名）模様。色合い。筋目。「文目《あやめ》」とも。

文なし（形ク）筋目がない。色合いがない。

名残とぞ一夏の果てにまとふ紗の紺の**文目**は翳にも似たる　蒔田さくら子

白萩の庭は**あやなき**宵暗にまぎれて人の唇《くち》熱かりし　生田　蝶介

あやうい〔あやふ・し〕

危ふし（形ク）あぶない。不安だ。ひやひやする。

木枯しの寒き夕べに行く雁の列は**あやふく**乱れて遠し　長澤　一作

「博多夜船」酔えば歌いて囃されて**危うかり**にき若さというは　久々湊盈子

託すにはまこと**危ふし**どの顔も　日本列島土砂降りの雨　平林　静代

政権がメディアを使ふ巧みさも見えて**危ふき**世論を思ふ　渡辺　幸一

塀の上の盆栽の列**あやうけれ**白梅《はくばい》はいま咲き盛るなり　大島　史洋

あやしい〔あや・し〕

怪し・妖し（形シク）異様だ。魅惑的だ。

鰤おこし雷たちまちにとどろきて**あやしく**暗し真昼ながらに　岡部　文夫

まつはりてやさしき靄のいよよ濃く近づく春は**妖し**きまでに　齋藤　史

あやし・む

怪しむ（他動四）変だと思う。うたがう。いぶかる。

青麦も花瓶に活けて**あやしま**ず野の道をゆくごとき病室　阿久津善治

道化師の仮装のままに行く人を**怪しま**ぬまで西紀は熟れぬ　大西　民子

死後のことなども妻との日常の会話となりて**怪しむ**とせず　礒　幾造

あや－な・す

綾なす（自動四）美しい模様をつくる。はなやかに色どる。

風ふけば風のまにまにうち靡き紫蘭**あやなす**庭の明るく　飯沼喜八郎

みつむるはひた寄する波めつむれば三十九年の**綾なす**戦後　島田　修二

あや－に

奇に（副）非常に。むやみに。または、ふしぎに。

いきものの蛙ひとつを殺《あや》むるも**あやに**輝くわが眼ぞかなし　前川佐美雄

曇りより折りをり雨は落つれども**あやに**明るし若葉山道　島木　赤彦

あやめ　菖蒲（名）五、六月頃剣状の細葉間より茎を出し、紫・白色の花が咲く。花あやめ。

花瓶《はながめ》のおきどころなし**あやめ**さして箪笥の上は高すぎにけり　三ヶ島葭子

すこやかに君を思ひぬぱらぱらと白**あやめ**咲く夏のあけがた　岡本かの子

あ・ゆ　零ゆ（自動下二）落ちる。流れ出る。

汗**あえ**てさびしき山をのぼり切るここに千年の碑は佇ちてきし　碓田のぼる

萱ひかる丘をこえつつ吾は見きパラソルの下に汗**あゆる**妻を　五味　保義

あゆみ　歩み（名）あゆむこと。歩行。足なみ。進みぐあい。推移。

一人《いちにん》のための福祉を願ひゐつ焼芝の黒に沿へる**歩み**に　島田　修二

炎天の下ゆく**歩み**遅々として虫が涙を溜めているなり　石田比呂志

痩身を背広につつむぶざまにもせかれたるままの**歩み**なるべし　岸上　大作

あゆ・む　歩む（自動四）あるく。雅語的言い方。

いまここに立つわれやがてここに無しかしこへ**歩む**意思をもてれば　橋本　喜典

歩むひとなべて前進生きるとは河口を目指す水のごときか　道浦母都子

あら-あら　荒荒（副）ざっと。荒々しいさま。「荒荒しき」（形シクの連体形）は大層乱暴である。

感動というにあらねど**あらあら**とわれのこころを押しながすもの　沖　ななも

粗々と夏の日は差す鳥の江の潟に遊べば泥まみれなる　小見山　輝

荒荒しき風土に生きて培いし反骨の面を互いにさらす　水野　昌雄

あらがう〔あらが・ふ〕　争ふ・抗ふ（自動四）あらそう。さからう。

相寄らむ心かたみに**あらがひ**し百科全書派のわれらの歩み　篠　弘

頑なに父に**抗い**駆け来たるわれを撲たむと弾く草の

実　　　　平井　弘

六十を一区切りとせる仕来りに**抗ふ**ならず雪道に立つ　　島田　修二

あら-がね-の

粗金の（枕）土にかかる。

砥《と》の色の裏の空地を見つつをり寒くしなりぬ**あらがねの土**　　佐藤佐太郎

更紗木瓜愛でしをしのぶ父の庭荒れて**あらがねの土**に日の差す　　雨宮　雅子

あら-くさ

雑草（名）ざっそう。農作物や食用・観賞用に栽培する以外の草。

雑草よ、わが庭なれば思ふまま力一ぱい伸びて見よかし　　西川　百子

狭き庭にはびこるはおほかた**あら草**にて花あれば弱き心よりゆく　　土屋　文明

薙ぎ仆し夏**雑草**に火をかくる澄みてしづけく炎だつまで　　成瀬　有

あ-らし

（連）あるらしい。「あるらし」の略。あるにちがいない。

馬柵《ませ》うちに泉か**あらし**木《こ》深みの草よりおほく霧立ており見ゆ　　中村　憲吉

男《を》の子らは遊び**あらし**と妻いひて嘆くにもあらず子らの遊びを　　松村　英一

傷つきてとどまる白鳥水にあり来む年の群を待つとに**あらし**　　扇畑　忠雄

あら-・ず

（連）ない。ラ変動詞「あり」の未然形に打消しの助動詞「ず」の連なり。

相会ひて肩を抱くといふに**あらず**湯気立つ鍋を囲めば足りぬ　　倉林美千子

水動き砂さだまらぬ渚ゆく路に**あらぬ**を行くはたぬしも　　島田　修二

旅に寝てだれのものでも**あらぬ**こと身に沁み入りて水の流るる　　入野早代子

強引なドラマの男に惹かれおりおよそ従うわれには**あらね**ど　　加藤　隆枝

あら-たま-の

新玉の・荒玉の（枕）年・月・日・春、などにかかる。

あらたまの年の初めに雪降りてめでたかりしが昼まで降らず　　松村　英一

あら玉の年の緒ながく思ひつる明日香の里に旅寝す

るわれは　　　　　　　　　　　　　島木　赤彦

あらたま・る　改まる（自動四）新しくなる。新たになる。変わる。

春しぐれせはしく降りて小石など渚の砂に色**あらたまる**　　　　初井しづ枝

おのづから落ちし砂上に在り経つつ古松毬も年**あらたまる**　　　　加藤知多雄

屈折のなき人生などある筈はなしあと二三日にて年**あらたまる**　　　　長沢　美津

あら-なく-に　（連）文中に用いて、ないのに。文末に用いて、ないことよ。

とりとめて何見む慾も**あらなくに**時に枕辺の眼鏡まさぐる　　　　吉野　秀雄

思出はたのしとのみに**あらなくに**木の実かぐはし手に拾ふより　　　　土屋　文明

あら-ぬ　（連体）意外な。思いもよらない。別の。あるまじき。いやな。いたましい。

あらぬ方見つめる夫とさしむかい　つきあい長い齢のおちつき　　　　信夫　澄子

これの身の心のかくも**あらぬ**こと歳ふけまさる森に佇ちつくす　　　　成瀬　有

あら・ぶ　荒ぶ（自動上二）荒々しくふるまう。荒立つ。すさぶ。

土用芽のみどりけぶれる谷一つにごり**荒ぶる**川こえて見ゆ　　　　五味　保義

冬の日の**荒ぶる**土にふる時雨いたくやさしと山の湯にをり　　　　吉田　正俊

あら-らか　荒らか（形動ナリ）あらあらしいさま。激しいさま。

物部川《ものべがは》夕さり来れば**あららかに**石もこそ鳴れ水もこそ鳴れ　　　　吉井　勇

時雨降る人にはばかる消息を引きやぶるよりやや**荒らかに**　　　　与謝野晶子

あららぎ　蘭（名）イチイの異称。深山に自生する落葉高木。十五メートルに達する。赤橙色の実がなる。

アララギのくれなゐの実を舌にのせしづかに我のおしつぶしたり　　　　石黒　清介

咲きさかるそのきはまりに翔《かけ》らむかやま**あららぎ**の千の白花　　　　三国　玲子

あららぎ　塔（名）とう。もと斎宮で塔を「とふ」というのを嫌って用いた忌みことば。

塔や五重の端反《はぞり》うつくしき春昼にしてうかぶ白雲　北原　白秋

塔のさきのみ見えてしげりあふあを葉わか葉にさみだれのふる　金子　薫園

あられ　霰（名）気温が零度より高い時に積乱雲に伴って降る氷霰と、零度近くの時に雪に伴ってふる雪霰とがある。

いましがた**霰**こぼしてゆきし雲の寒々として夕焼けにけり　村野　次郎

ふるさとは涛の秀尖《ほさき》に**霰**打つ火花よ白くわがゆめに入る　坪野　哲久

あり‐あけ　有明（名）夜明け。明け方。「有明の月」は残月。

片寄りに烟はくだる浅間根の雪いちじるし**有明**月夜　島木　赤彦

くれなゐのふくるる程に溜りたるひがしの空と**有明**の月　与謝野晶子

あり‐あり　（副）はっきり。あきらか。あざやか。

万葉集にわが読みしより四十年**ありあり**とその山に近づく　五味　保義

浸る湯に菖蒲匂ひて**ありあり**と幼き日のまま我はつたなし　初井しづ枝

ありありと暮れしづむ空にわが向ふ彼岸に入りし今日の夕ぞら　柴生田　稔

罪よりも人をにくむが安からむ不意に**ありあり**と心より冷ゆ　御供　平佶

あり‐あり‐て　在り在りて（副）生き長らえて。長いときを経て。

をののけるひとり心は**在り在りて**五十にもならば何なさむかも　吉田　正俊

ありありて清き眼を吾が恐る世に不良少年と君等をいへば　安達　竜雄

ありありてはじめをはりのけぢめなど自《みづか》ら作るものには非ず　長沢　美津

あり・く　歩く（自動四）あるく。あちこちめぐり歩く。動きまわる。

土のところえらびて**ありく**土踏めば土やはらかし病
みあとの身に　上田三四二

西塔《さいたふ》のいしずゑに佇《た》つわが外《ほか》に人なき庭を鶺鴒《せきれい》**歩く**
吉野　秀雄

あり-し-ひ
在りし日(連)生存していた頃。生前。過ぎ去った日。以前。

在りし日の父をのせたる車椅子わがあけ方の夢に走れり　外塚　喬

うららかに春の日照れる御墓石彫りたる文字は**在りし日**の御名　吉田　正俊

あり-そ
荒磯(名)打ち寄せる波の荒い浜べ。「荒磯海《うみ》」は海岸に岩石が多く、荒波の打ち寄せる海。「荒磯辺《べ》」は荒磯のほとり。

枯草のかぎろふ径を下りきて**荒磯**の岩は靴裏に鋭《と》し
三国　玲子

荒磯海しぶきひまなき岩の秀《ほ》に鶚《みさご》はあはれ子を育てをり　加藤　武雄

荒磯辺の巌《いは》のま下にしら波の騒立ちにつつ潮《しほ》みたむとす　生方たつゑ

あり-ど
在り処(名)あり場所。今いる所。ありどころ。

四季に咲く花の**在処**もなじみつつ今日は萩散る奥津城に来ぬ　川合千鶴子

月々に記す短歌の七つ八つ　移る心の**在り処**の鏡
朝倉　秀雄

日の**ありど**見えつつ過ぎし雪荒れは谷の檜原をはだらかにせり　竹尾　忠吉

あり-なし
有り無し(名)あるかないか。いるかいないか。

夜の湖《うみ》の**ありなし**風に湖岸の芦の穂雪とちる月夜なり　佐佐木信綱

国ばらに照りわたる月は息衝《づ》けり**あり無し**雲の生《あ》れつつか居らむ　中村　憲吉

ありなれる〔あり-な・る〕
在り馴る(自動下二)なれしたしむ。ならわしとなる。

空地利用に播くは何ぞと思ふだにただならぬ世に**在り馴れ**むとす　半田　良平

人多きなかに寡黙に**在りなれ**て言葉みたさむ壺ひと

つ置く　岸本　千代

あり-の-すさび　在りの遊び（連）暇にまかせて、気のむくままにする遊び。

梅雨の暇**ありのすさび**に蘭いく鉢小温室より出し並べぬ　吉田　正俊

紙縒《かみより》を百本あまり作りたり**ありのすさび**と言《こと》にいひつつ　斎藤　茂吉

あり・ふ　在り経（自動下二）年月を過ごす。生き続ける。

離合集散の甚しきなかに**在り経**《へ》つつさびしき身辺をわが悔むなかれ　土岐　善麿

サボテンの生きをることを気にかけず**ありふる**時に冬至とぞなる　佐藤佐太郎

わが卓に四半世紀を**あり経**《ふ》**れ**る電気スタンドこよひもともす　小池　光

ある　或（連体）物事をはっきりとさせないまま、漠然とさす語。

吾が生に**或る**彩のありしごと桜の落葉芝生にたまる　細川　謙三

台東区の夜を徘徊し**ある**ところむきだしの土にあへば戦く　小池　光

歌とせぬ吾が生き方の**在る**部分歌とせぬ故君らは知らず　小暮　政次

ある〔あ・り〕　在り・有り（自動ラ変）ものごとの存在・出現が認識される。

海見むと来れば津波の**あり**し浜整備されゐて沖までおだし　鶴岡美代子

いつの世も**あり**しなるべし若者を眩しと見る眼怪しと見る眼　橋本　喜典

つむじ風、ここに**あり**ます 菓子パンの袋がそっと教えてくれる　木下　龍也

あ・る　生る・現る（自動下二）生まれる。あらわれる。

うららかに空晴れ渡り雪解虫《ゆきげむし》ま黒く**生れ**て春くるらしも　結城哀草果

子守歌うたうことなき唇にしみじみ**生れ**て春となる風　道浦母都子

ああ　そらに雲の出でたるそのこととわれの**生れ**《あ》たること異ならず　村木　道彦

あるい‐は

或いは（副）あるものは。あるときは。もしかすると。

まぼろしにわが顔見ゆるときのあり**或は**われのたましひならずや　吉野　鉦二

我がかへる道を**或は**あやまつと立つ秋の夜螢におどろく　土屋　文明

青春はみづきの下をかよふ風**あるいは**遠い線路のかがやき　高野　公彦

ある‐が‐まま

在るがまま（連）あるとおり。あるまま。生きるに任せること。

髪白くなるもよからずや**在るがまま**妻よ白髪を抜くことなかれ　窪田章一郎

雪解けて**在るがまま**なる黒き富士のすがた新《あたら》し山は息づく　新井　貞子

あるがままありて保てるしづごころあきらめに肖てあきらめならず　畑　和子

あわあわ〔あは‐あは〕

淡淡（副）あっさりとしたさま。

淡あはと愛し目守りし少女故朝あけがたの聖《きよ》き死に添ふ　近藤　芳美

吉野葛溶けば幼な日顕ちきたり**あはあは**として葛湯はさめず　石川　恭子

濠深くたたうる水の濁れるも**あわあわ**としてビルの影見ゆ　本木　巧

あわい〔あは・し〕

淡し（形ク）色・香りなどが薄い感じ。あっさりした。

振りかへり見し三日月が纏ひゐる金粉《すなご》のごとき**淡き**輝き　王　紅花

おのおのの距離をたもちてめぐりゆく星星に**淡き**色のあるなり　横山未来子

殺めたき一対のをとこをみなゐる快速電車の**あはき**夕暮れ　小紋　潤

ベランダにひと夜はたらく給湯機のランプぞ愛《かな》し**淡きく**れない　宮原　包治

あわい〔あはひ〕

間（名）あいだ。あいま。ひま。「あひ」とも。

出張の**あはひ**に逢へぬをさな子の写真は携帯電話に届く　宇田川寛之

メタセコイアの**間**《あわい》を抜けて来る風に小鳥のこえも乗り来る春の　沖　ななも

あわただしい〔あわただ・し〕 慌し（形シク）せわしい。

冬に向ふ季節《とき》のうつろひ**あわただし**軒の乾菜《ほしな》にかかる水雪　山下秀之助

露霜ははや置くべしと思ふさへ**あわただしき**かな朝の電車に　紫生田　稔

あわてる〔あわ・つ〕 慌つ・周章つ（自動下二）うろたえる。慌てふためく。

亡き妻の生き写しなる眸もて娘の見上ぐるに心**あわてぬ**　小幡　重雄

月光がガラスに凍る厨とぞ**慌てて**ともすあたたかき燈を　初井しづ枝

幼稚園の迎えのバスに驅けだす子　出勤のわれといつも**あわてて**　冷水　茂太

あわれ〔あはれ〕（感）ああ。哀れ・憐れ（形動ナリ）悲しみ、わびしさ、いとおしさ、情趣の深さなど、しみじみとした悲哀をあらわす。

花かげに顔ほのじろき子を抱けり**あはれ**〈春愁〉を抱《いだ》く思ひに　杜澤光一郎

限界の見え来し生は互《かた》みにて**あはれ**告白は戯れに似る　尾崎左永子

引きやすい辞書のごとくに牽《ひ》かれたるひとときのわが感情**あはれ**　岡井　隆

かいだけば子の胸かすかにふくらむをわがふくらみと触れて**あはれ**や　新井　貞子

あわれむ〔あはれ・む〕 哀れむ・憐れむ（他動四）気の毒だと思う。かわいそうに思う。しみじみ感動する。慈しむ。

ひとたびも母に抱かれし記憶なき我を**あはれみ**し母も死にたり　石黒　清介

量《かさ》低くなりたる髪を**あわれみ**てうたびとのふたりみたりは言えり　永田　和宏

秋草のいづれはあれど露霜《つゆじも》に痩せし野菊の花を**あはれむ**　伊藤左千夫

あんりょく〔あん・りょく〕 暗緑（名）暗い緑色。暗緑色。

まこと暗く降り続きゐし日の果てに**暗緑**の森は雪に沈みき　河野　裕子

暗緑の海と干潟と幻想の夏の海の日まわる日時計　筒井　富栄

暗緑の山地に深く喰ひこめる黄金《きん》の稔りの峡《かい》をみおろす　　大辻　隆弘

人間の灰投げ入れて投げ入れてなほ**暗緑**のみづたたへゐる　　小林　幸子

い

（接頭）動詞に付けて、語調をととのえたり、意味を強めたりする。

い照る日のあつきみ山《やま》の道の隈《くま》野萩の花はこぼれゐるかも　　松村　英一

階上の窓に**い**むかふ老いし槻気を確かにと背筋より覚ゆ　　窪田章一郎

担架にて運ばれ**い**行くははそはの母の個体の軽軽しさよ　　道浦母都子

い

寝・睡（名）寝ること。眠り。「熟睡《うまい》」はぐっすり眠ること。「朝寝《あさい》」はあさね。

老妻《おいづま》は疲れて有《あ》らし温泉宿《ゆのやど》のちさき枕にはやも**熟睡《うま》**す　　川田　順

寒ければ**朝《あさ》寝**はしつつ日日の飲食《おんじき》の時も定まらなくに　　古泉　千樫

い〔ゐ〕

居（名）いること。いるところ。あること。あるところ。坐っていること。

牛を飼ふひとり**居**の母に帰りゆく妻の土産はおほかたは茶　　東郷　久義

日のいまだ出でざる田**ゐ**に風戦《そよ》ぎ眠りつづくる鶴の幾千　　来嶋　靖生

ゆたかなる村**居**のさまを見つつ行きて貧しく破《や》れし家も目につく　　柴生田　稔

いい〔いひ〕

飯（名）めし。ごはん。

新《にい》**飯**に芋汁《とろろ》をかけて食す夕餉《ゆふげ》憶ひいでをり亡き人のことを　　久保田不二子

瞋《いか》りたる我のこころのみじめさは冷えたる**飯**を噛みておもほゆ　　齋藤　史

卵黄を白《しら》**飯**に落すならはしのまた復《か》へりきて冽き秋《しゅう》日《じつ》　　葛原　妙子

いえい〔いへ-ゐ〕

家居（名）住まい。住居。家にいること。生活。

海近き**家居**と思ふしたしさに砂にしみ入る春寒の雨

柴生田　稔

飛砂よけて低き**家居**よひそやかに来りて人はメロンを運ぶ　扇畑　利枝

湧き出づる声にきこゆる蝉のこゑ**家居**の午后の俄かに暑し　中野　菊夫

熊谷守一好みて描きしクロサンドラむかし**家居**の灯のいろの花　蒔田さくら子

いえづと〔いへ-づと〕

家苞（名）自分の家へ持ち帰るみやげもの。

家づとに買ひたる海苔もしめるまで雨降り出でぬ大森の里　落合　直文

ひともとの花すすきをば手に折らせ**家づと**とさる老先生は　勝間田撫松

つれづれに妻子の摘める一束のたけし田芹も**家づと**とする　山口　義男

いかい〔いか・し〕

厳し（形ク）厳《いか》つい。おごそかだ。荒々しい。「いかめし」（形シク）とも。

雲海の上に横臥す乗鞍や**厳し**と見ける峰の静けく　窪田　空穂

雲の中に隠れてもなほ迫り来る立山の持つ大き**厳し**さ　吉井　勇

竜飛岬の空の夕ばえ**いかめしく**凍れる雲の黒さ圧したり　赤座　憲久

いかずち〔いかづち〕

雷（名）かみなり。「はたたがみ」とも。

西空ゆ**いかづち**雲のとどろける林の道をわれと妻ゆく　柴生田　稔

いかづちは地にやや近き空にありて大音声にこの世を叱る　藤井　常世

決断はかかる力になせよとぞ轟きわたる春の**いかづち**　栗木　京子

いかならん〔いか-ならむ〕

如何ならむ（連）どのような。

いかならむ人の静かに撞く鐘か坂下りゆくわが背おほふは　若浜　汐子

いかならむ由来に西の国にして百舌鳥夕雲町といふ地名あり　稲葉　京子

いかならむ成れの果てかも醜草《しこぐさ》の野蒜の辛《しん》に口疼《ひひ》くなど　石田比呂志

いか-に　如何に（副）どんなに。どのように。

風無くて廻らぬ風車は売れゆかず廻らば**いかに**楽しからむに　初井しづ枝

独房の壁にのこせし爪のあと**いかに**なりしかと時たま思う　渡辺　順三

移り劇しきいまのうつつの中にして定まる老《おい》を**いかにかもせむ**　吉田　正俊

文語脈の短歌を**いかに**解せしか進駐軍のきびしき検閲　春日真木子

唇《くち》かたく結びゐし少女の日の写真**いかに**して現在のわれと繋がる　森山　晴美

いき　息（名）呼吸、呼気。けはい、勢い。

一面の花ひるがえりめぐりくる春を異性の**息**と思いぬ　佐伯　裕子

ビールよりコールドスープに**息**をつく人とはなりて伴侶すこやか　今野　寿美

一本の枇杷の葉陰に**息**をつく花実ひっそり隠す葉陰に　鷲尾三枝子

いき・いき　生き生き（副）活気があふれて勢いのいい様子。

いきいきと五月の朝のよく晴れてしずけき風はこの森をすぐ　岡部桂一郎

種子というなまぐさきものさらになお人間の声**いきいき**として　中川佐和子

いき-ざし　息差し（名）息づかい。息込み。

隠《かく》り花かすかにつけて椎匂ふ喜怒あらき夏の深き**息ざし**　葛原　妙子

いき-づ・く　息衝く（自動四）あえぐ。ため息をつく。長い息をつく。

黄にてりて銀杏の一木《ひとき》わが前に**息づく**が如落葉《ごと》しやまず　扇畑　忠雄

残置灯も**息づく**ごとしビル街の真夜を研ぎゆく冬のこがらし　持田　勝穂

旅の中こそわたくし　濃厚に時間《とき》の架橋を**息づく**ものを　道浦母都子

いきどおる〔いきどほ・る〕　憤る（自動四）腹を立てる。怒る。

「いきどほり」（名）は、いかり。腹立ち。

いきどほり妻よぶ声の父親に似て来《こ》しことを吾知りて居り　土屋　文明

スペイン動乱の廃墟に対ひて**憤り**惜しみ歎くも愚痴に過ぎざらむ　土岐　善麿

いきどほりひそめて人と歩むとき春風はわが髪を逆立つ　安田　純生

いきのお〔いき－の－を〕　息の緒（名）呼吸。生の緒（名）いのち。

ほたる火をひとみ絞りて見つけ出しその**息の緒**に息あわせけり　石本　隆一

痩せほそるこのししむらよ注射《はりさ》してなほ**息**《いき》**の緒**をつながむとすも　生方たつゑ

生きの緒の辿り来たりし小径とは管一本のなまぐさき闇　片山恵美子

いきる〔い・く〕　生く（自動上二）生命を保つ。生き延びる。生活する。暮らす。生命あるものとして存在する。効力を持つ。

いのちとは辣なりわれも麦の穂も**生き**てかたみに傷つきあへり　青井　史

生き抜きし人の姿に似て種をあまた実らせ枯れる「ひまわり」　下村すみよ

「内部被ばくを**生きる**」ではなく「**生き抜く**」としたる心の急流思ふ　大口　玲子

夜半《よは》に来て鳴く狐あり**生き**ゆくは寂しきことぞ人も獣も　渡辺　幸一

いきれ　熱・熅れ（名）蒸されるような熱気。むしあつさ。ほてり。

ひさびさと梅雨晴の陽の**いきれ**暑き地にひくく群れて蚊柱のうごく　栗原　潔子

朝戸出の涼しきに似ずきりぎりす鳴きさかる野の草**いきれ**かも　香取　秀眞

いく　幾（接頭）不定の数・量をあらわす。どれほど。いくら。または非常に多数。甚だしい。

ことごとくわれの枯らしきこの春に芽吹かぬままの植木鉢**いく**つ　沖　ななも

いく度か大道をまた裏道を選ばずに来てこの道を行く　金子　貞雄

身めぐりに夭《わか》き死**いく**つかありし冬抜けて明るき早春となる　三井　修

いくさ　戦（名）たたかい。戦争。

花散ればながき**戦**《いくさ》の年々《としどし》の春のかなしみ甦るなり　橋本　喜典

戦せぬ国となりしを侵すもの内にかかへて日常非常　蒔田さくら子

残ん雪ぬきて炎《ほ》をあぐサルビアよ遠き**戦**の根の此処にあり　春日真木子

いく-そ-たび　幾十度（副）何回。何べん。また度数の多いこと。

けふ暑く顔を洗ふは**いくそたび**諸手に満たす水のうれしく　窪田章一郎

飲食の日日に迫りてひとの忌はなほ**いくそたび**近づくならん　森岡　貞香

いくそたびわが賜う秋ほそほそと虧《か》けいる月の曇るともなし　川口美根子

いく-ばく　幾何・幾許（副）いくらぐらい。どのくらい。否定を伴い、それほど。いくらも。若干。

足長蜂けうとく花に来て止まる死までの**いくばく**索《と》めてゐにけり　大滝　貞一

いくばくか自浄はあれなわが喉《のみど》寒九の水の過ぎゆかむとす　阿久津善治

不夜ノ都府タルヲ見ルベシ瓦斯灯のはじめて点りし夜より**いくばく**　佐伯　裕子

い-くり　海中石・礁（名）海のなかにある岩のこと。暗礁。

海の碧《あを》にそれと知らるる色差あり珊瑚の**礁**映れるといふ　来嶋　靖生

海もまた波みづからの昂ぶりに暗き**岩礁**《いくり》を襲ひてやまず　安永　蕗子

平らにて荒布つきゐる**岩礁**みゆ潮はそこに迅く流れて　遠山　光栄

いこう〔いこ・ふ〕　憩ふ（自動四）休む。休息する。休憩する。

まず小指薬指なか指人さし指　少しはなれて**憩う**親指　岡部桂一郎

駅裏の喫煙エリアに**憩う**のは多く真面目で不器用なやつ　田島　邦彦

紅玉を剥き終えたる後卓上にナイフは**憩う**薄く濡れ

つつ　三井　修

いざ

（感）さあ。人を誘うときに発する語。自分が何かを始めようとするときに発する語。

山を見よ山に日は照る海を見よ海に日は照る**いざ**唇《くち》を君　若山　牧水

いざ少し寝ねむと月の窓閉ざし臥床にもどる午前二時過ぎ　阿部　十三

いざ今と振り向きたれば誰もいぬこの寂しさよ鍼のごとしも　道浦母都子

いさかい〔いさかひ〕

諍ひ（名）いさかうこと。言い争い。けんか。

夜に入りてやうやくに雪やみしかな泣きて勝ちたる**いさかひ**のはて　栗木　京子

この歳になりて味はふ**いさかひ**のその根の深さいかに処すべき　若山　旅人

陽の匂い残れる君のシャツ畳む今日の**諍い**引き出しに入る　高橋美香子

いさぎよい〔いさぎよ・し〕

潔し（形ク）清らかですがすがしい。勇ましい。未練がない。

傘の雫ばさりと払ふこのやうな**潔き**ことほかには出来ぬ　大塚　陽子

いまわれは薔薇《そうび》の棘と思はれてゐるや**いさぎよく**身を引くべきや　外塚　喬

潔きは寂しきことと知れどなほ寂しさ選びたりしかあのとき　山本登志枝

いさ‐ご

砂・砂子（名）こまかい石。すな。「すなご」「まさご」とも。

細水の流るる見ればかすかにも**砂**は動く水の底ひに　石田比呂志

石たたきひらひらと来て雨のふる白き**砂子**の上にくだりぬ　松村　英一

一方《ひとかた》を水たぎちゆく河原の清き**いさご**の上に降る雨　半田　良平

い‐ささ

細・小（接頭）ごく小さい、少しの、わずかな、ささやかな、の意を添える。

山かげは今枯れ色のうつくしさ草根に残る**いささ**紅《くれなゐ》　土田　耕平

庭隅の**いささ**むら萩いささかの雨のなごりの露をたもてり　相馬　御風

数式をあやまちて泣く末の子のあまつ良夜の**いささ**
先触れ　岡井　隆

七十《しちじふ》のわが生涯を決せるはわかかりし日の**いささ**事
なりき　窪田　空穂

いささ-か　聊か・些か（副・形動ナリ）ほんの少し。わずか。少しばかり。

いささかの土をうれしみ何かまかむと赤き袋の種子《たね》
を買来《かひき》つ　土屋　文明

けさ降りし**いささか**の雪斑《ふ》となりて河原の草の春は
いまだし　扇畑　忠雄

いささかの治療費を／かきあつめているかいさん
の、／財布の底まで見えてしまう。佐々木妙二

いささかの傷には土をなすりつけて百姓われの恙も
あらず　吉植　庄亮

いさ-な　勇魚・鯨（名）くじらの古称。いさなとり（枕）海・浜・灘《なだ》にかかる。

曳かれ来る**鯨**食はんと鯱《しゃち》の群猛《たけ》りて襲ふ飛沫を上
げて　荒木　元次

青服のかの髪長き**いさなとり**陸《くが》に来る日はをみな隠
せよ　与謝野鉄幹

鯨魚取《いさなとり》室戸の海は果遠く夏日きらめき千重《ちへ》の頻波《しきなみ》
野北　和義

いざなう〔いざ-な・ふ〕　誘ふ（他動四）さそう。みちびく。連れ出す。

放牧の牛が噴火の灰あびて人に**いざなは**れ山を降り
ゆく　甲斐　典夫

浅山に巣立てる雛を**いざなひ**て枝うつりゆく駒鳥の
声　村野　次郎

北ぞらに夜の白雲たたまりてはるけきものはこころ
いざなふ　川島喜代詩

いざよい〔いざよひ〕　十六夜（名）陰暦十六日の夜。また、その夜の、いざよう月。「十六夜の月」のこと。

かんばせの眉引《まよびき》おぼろ**十六夜**のひかりに仰ぐさくら
なまめかし　濱　梨花枝

十六夜の白きくもりにわが寝ぬる身をなげかへば五
位鷺のこゑ　吉野　鉦二

ガラス越し身をきよらかに照らしゐる**十六夜**の月は
香のある如し　小林みどり

い

いざよう〔いざよ・ふ〕　（自動四）たゆとう。ためらう。

ふるさとの山がはの町は夜霧して空に**いざよふ**十日余《まり》の月　中村　憲吉

白雲の**いざよふ**秋の峯をあふぐちひさなるかな旅人どもは　若山　牧水

いさらい〔ゐ-さらひ〕　臀・尻（名）尻の異称。

豊かなる**ゐさらひ**頌むるヴィヨンの詩を読みたる後にしばらく散歩　玉城　徹

暁暗の参道来れば松の間に**臀**《ゐさらひ》白く見えて鹿をり　礒　幾造

届きたる岩手リンゴは箱の中ほこほこ**尻**《ゐさらひ》埋めてゐたり　佐藤　通雅

いさり-び　漁火（名）沖に出て魚を寄せ集めるために漁船がたく火。集魚灯。

漁火はすでになけれど円き陣組みて漁《すなど》る一群の舟　佐沢　寛

いさり火は身も世も無げに瞬きぬ陸《くが》は海より悲しきものを　与謝野晶子

海と空のさかひに長くつらなりて音伴なはぬ**漁火**さびし　久住　滋巍

いざる〔ゐ-ざる〕　居行る・膝行る（自動四）尻をつけながら進む。膝で歩く。

面会を乞ふ妻の声監房の窓に**ゐざり**て吾はききをり　鬼面　生太

ゐざりつつ炊事するにもあり馴れて眠らむとするときにはかなし　阿部　久江

いしき〔ゐ-しき〕　居敷・臀（名）「ゐさらひ」と同じ。尻の異称。座席。

砂しけば**臀**冷えきつ夏さきの波しづかなる日本海のおと　宮　柊二

大きなる黒き牛かも春の浜を**臀**振りつつのたりのたり行く　宇能鴻一郎

仔の鹿の**尻**《ゐしき》ふためき駈け入りし樹がくれに揺るる山藤の花　山口　舒規

いし-きだ　石段（名）石の坂道。石の段。磴《とう》。

三井寺の雪の**石段**ちりたまる赤き椿の花ふみていづ　岡野　弘彦

円覚寺の山門くぐり**石の段**《きだ》黄蝶とともにゆっくり登る　槇　弥生子

十字架を負いて歩める聖者の足はだしが踏める**石きだ**の痕《きず》　橋本　喜典

奥の院へ登る**いしきだ**果てしなく騒ぎやまざり老若のこゑ　金子　貞雄

いし-だたみ　石畳・甃（名）平らな石を敷きつめた所・石を敷いた舗道。

人行かずなれる箱根の古道《ふるみち》に**石だたみ**こそつづきたりけれ　窪田　空穂

かりそめに忘れても見まし／**石だたみ**／春生ふる草に埋るるがごと　石川　啄木

石畳さへゆふぐれは蒼ざめてせつないといふひさびさの情　蒔田さくら子

冬空に鉛筆掲ぐる大行進パリの**石畳**いかなるひびき　春日いづみ

いし-ぶみ　石文・碑（名）石碑。歌・句・詩を石にほり、後世に残すため、ゆかりの地に建立する。

夜の森を負いたるさまに暗々《くらぐら》とたつ**碑**を振返り見る　毛利　文平

一生娶らず死に行きし人の**石ぶみ**に注げばにほふオーシャンの液　芦田　高子

いにしへ の うた の **いしぶみ** おし なでて かなしき まで に もの の こほしき　會津　八一

いずく〔いづ-く〕　何処（代）どこ。どちら。どのところ。「いづこ」とも。

放たれて**いづく**の犬か信号まで随き来てともに信号を待つ　上田三四二

青きもの**何処**も親し柿の木の冬木の下に大根を植ゑて　土屋　文明

過激派の烙印押され潰《つい》えたる激辛党派**いずく**に消えし　道浦母都子

いずこ〔いづ-こ〕　何処（代）どこ。どちら。どのところ。「いづく」の転。

いずこからいずくへ行かんその途次にふと沁みいでて霊水となる　沖　ななも

いずこかに銀河の生れて**いずこ**かに銀河が滅ぶ　冬の夜寒よ　三井　修

追憶は**何処**より来る外《と》に出でて止めどなく降る雪を見上ぐる　　内藤　明

いずち〔いづ-ち〕　何方・何処（代）どちら。どっち。どこへ。どちらへ。

その女東寺《とうじ》の傍《そば》に鼓など教へゐたるが**いづち**ゆきけむ　　吉井　勇

夜半さめて荒々つのる風の音汝《なれ》よ**いづち**に戦ひ死にし　　国分津宜子

日を追ひてつのる寒気に足長き蜂の子**いづち**に寄りて死にけむ　　草市　潤

いずべ〔いづ-べ〕　何辺（代）どのあたり。どのへん。「いづへ」とも。

真珠いろの卵みごもる春の鳥**いづべ**の海を越え来しならむ　　宮脇臻之介

おもおもと鋪道のうへの梅雨雲の**いづへ**の空に心を寄せむ　　柴生田　稔

新しき地図を買ひ来て夜ごと読む**いづへ**の海に行きて眠らむ　　土屋　文明

いずみ〔いづみ〕　泉（名）自然に地中から湧きでる水。清水。その場所。

感性のうすれ易き農をいふ友よまづ見よ今日の**泉**のひかり　　鹿児島寿蔵

陽のぬくみ失せにし谷間の粗砂《あらすな》に噴ける**泉**のそのきよきこゑ　　葛原　妙子

底に棲む山椒魚が落葉着て眠れば**泉**動くものなし　　清野　弘也

いずれ〔いづ-れ〕　何れ（代）どっち。どちら。二つのうち不定の一つを選ぶ語。どれ。沢山の中から不定の一つを選ぶ語。「いづれも」は、どれも。

寒夜には子を抱きすくめ寝ぬるわれ森の獣と**いづれ**かなしき　　筏井　嘉一

誹《そし》らるる生悼《いた》まるる死の**いづれ**重しともなし寒靄光る　　尾崎左永子

君の無き日を思ひたることなけれ**いづれ**の迷路にても逢へれば　　前川　緑

いくすぢも花野のなかをゆくながれ秋のひびきを**いづれ**も立てて　　中野　菊夫

いずれの業も及び難き身もの書きて痛む右手に水そそぐなり　　橋本　喜典

いそ－いそ　（副）心をいそがせるさま。心の浮きたつさま。

朝の門辺わが掃くときに**いそいそ**と通ふ少女らの顔をおぼえつ　土岐　善麿

いそいそと広告塔も廻るなり春のみやこのあひびきの時　北原　白秋

いそ・ぐ　急ぐ（自動四）いそいで歩く。心があせる。せく。

看護婦の手のあかき見て早春の病院町を**急ぎ**たりけり　矢代　東村

家に病む子らにこころの**いそぐ**旅信濃路に榧の実・胡桃など買ふ　木俣　修

水踏みて鶺鴒走る年頭の汀ここより言葉**いそぐ**な　安永　蕗子

いそのかみ　石の上（枕）古・降る・振るにかかる。

いそのかみ古きみ祖《おや》の歌のこゑ流れ流れてわれに至れり　川上　巌

いそのかみ古杉の下の神の田は穂を孕みたり注連縄《しめなは》を張りて　島木　赤彦

いそのかみ古木のつばき井の上におほひ咲ければ水の小暗き　大塚布見子

いたい〔いた・し〕　痛し・甚し（形ク）心身に強く感ずるさま。または心身を強く刺激する状態を表す。

ひびかふはやさしき秋の虫にしてうつらふ季《とき》も吾に**いたし**も　五味　保義

こんなにもしづかに生きてゐるキリン空のまつさをが**痛い**くらいに　河野　裕子

逆らはず**痛き**言葉も受けて居り未だ成長せむわれを信じて　宮坂　和子

いたく　痛く・甚く（副）はなはだ。非常に。たいそう。形容詞「いたし」の派生語。

ゆふされば大根の葉にふる時雨**いたく**寂しく降りにけるかも　斎藤　茂吉

やがて吾は二十となるか二十とは**いたく**娘らしきアクセントかな　河野　愛子

あらそひて／**いたく**憎みて別れたる／友をなつかしく思ふ日も来ぬ　石川　啄木

いたく錆びし肉屋の鉤を見上ぐるはボクサー放棄せ

し男なり　　寺山　修司
便箋に汝が描きくれしニジンスキー**いたく**健やかな
姿態をなせり　　上妻　朱美

いだ・く　抱く（他動四）だく。かかえる。心に持つ。
わがことば羽化せよ風に**いだかれ**て西へ東へ旅ゆか
むため　　田中あさひ
若きより心に**抱く**「晩鐘」の意外に小さし顔を寄せ
ゆく　　春日いづみ

いたずらに〔いたづら‐に〕　徒らに（副）無駄に。意味もなく。
いたづらにおもてを飾る少女らのなかの一人とまた
君を見る　　吉井　勇
ほほづきの主《ぬし》らあらねば**徒に**紅く熟して秋立ちにけ
り　　湯本　秀山
弛《たる》みたるゴムのやうなり**いたづらに**さだ過ぎてなほ
世に在ることの　　米口　實

いただき　頂き（名）山の頂上。物の最上部。
雪の日の杉の木伐《き》れり**頂上**《いただき》にやさしき牢を作らむと
して　　前　登志夫
雲井《くもゐ》なす**頂**近し道のへに下りて遊べる雷鳥ひとつ
久保田不二子
太陽の耳を噛みたし**頂**に辿り着きなほ渇きゐたるを
本多　稜
柿の実のたわわにみのる峠より雪におほはる**頂**《いただき》の見
ゆ　　大滝　貞一

いただ・く　戴く・頂く（他動四）頭の上にのせる。もらう。食う、飲むの謙譲語。
遠国の山に**いただく**雪を見てふたたび家の陰を歩め
り　　早川　幾忠
ふるさとといふ山間《あひ》に宿りして早瀬の鮎を二た夜**い**
ただく　　野北　和義
ここに来ていちわんの茶を**いただけ**ばいくつぶまき
し種子のはるけさ　　土岐　善麿

いたつき　労・病（名）病気。やまい。骨折り。苦労。「いたづき」とも。
いたつきの癒ゆる日知らにさ庭べに秋草花の種を蒔
かしむ　　正岡　子規
いたづきの癒ゆる日知らず立ちのぼる湯気のみだれ

を見つつ嘆かふ　門間　春雄

病院に入れば**いたつき**癒ゆるとて勇みて行きし心いとしも　有本　芳水

いた‐ぶ・る

甚振る（他動四）ひどく揺する。はなはだしく揺り動かす。

日もすがら浪の**いたぶる**荒磯にころ伏すかばね君は嘆きぬ　大塚　泰治

つぎつぎに我を**いたぶる**苦しみの間隙として平安がある　加藤　正明

裸木《はだかぎ》となりつくしたる合歓の思想いくたび風に**甚**《いた》**振**《ぶ》**られ**おる　藤田　武

いた・む

悼む・傷む（他動四）死などを悲しみなげく。「いたみ」（名）は悲しみ。

弔電の略号表をながめゆくに師を**悼む**文ひとつだになし　小池　晴嵐

滅びゆくもの**悼む**ごと冴え冴えと異土の夕べに鐘鳴り響く　渡辺　幸一

一日《ひとひ》生き延ぶるは今の**いたみ**とぞ言ひたる人の忘れがたしも　小野興二郎

いたわる〔いたは・る〕

労る（他動四）大切にあつかう。いとおしむ。

木の花のにほふあしたとなりにけり老いづきし妻を**いたはらん**とす　前田　夕暮

離れ山うねる山路の陽のあつし子等**いたはり**て我はのぼりゆく　氏家　信

沙羅双樹の花としいへばかがまりて落花ひとひらを掌に**いたはり**つ　太田　青丘

いち

市（名）一定の日時に品物の売買をする所。人の多く集まる所。市街。まち。

賢《かしこ》きは**市**に隠ると人の言ふこの雑踏に揉まれわが行く　来嶋　靖生

うなじ垂れてわれの歩める新宿の**市**なかにして柿の花落つ　清水　房雄

ひかりつつ散る風花にわが髪のはつか濡れゆく**市路**《ぢ》なりけり　清原　令子

芸名はイチロウ数字の一でなく市場の**市**ですりんごの並ぶ　佐藤モニカ

いち〔ゐ‐ち〕

位置（名）物の置かれるべき場所。存在の場所。

運動をはじめし独楽が定めなく静かに**位置**を移しつつあり　岡部桂一郎

文旦は人間の前に**位置**占めておおらかなれば円球は光《て》る　加藤　克巳

研ぎ屋来て路上に座りゆつくりと砥石の**位置**を確かめ始む　蒔田さくら子

いち‐ご

一期（名）生まれてから死ぬまでの間。一生涯。「一期一《いち》会《ゑ》」は一生に一度会うこと。

父と子と在りて一**期**を生ききると言ひたることも夏草の闇　安永　蕗子

験すがに盃《はい》回しおりやがて見る夢は一**期**の夢と決めいて　山田　消児

落花踏みて歌碑にぞ歩む我に散る一**期**一**会**の今年の桜　葛原　繁

夢ひらく雪とけてのち水芭蕉　一**期**一**会**の風のたはむれ　藤田喜久子

いちじく

無花果（名）初夏、掌状の葉肢から花托をつけ花を咲かす。卵形の果実は食用。

無花果のほのぼのとしてひとところ夕べの罪のほのあかりみゆ　安森　敏隆

鏡面の背後しずかな陽だまりに秋を裂けつつ**無花果**うるる　玉井　清弘

無花果の影枕頭にせまりつつ眠れずにゐる修道院に　山田富士郎

いちじるしい〔いち‐じる・し〕

著し（形ク）はっきり目に立つ。「いちじろし」とも。

いちじるく雪照る山の下にして落葉松原は忽ち暮れぬ　島木　赤彦

昨日より今日は新緑《みどり》の**いちじるし**ポプラ萌黄芽今を見るべし　藤沢　古実

むくろじの茂りの上に**いちじろく**木高く群れて稚《わか》き実照りぬ　玉城　徹

いちず〔いち‐づ〕

一途（形動ナリ・名）ひたむき。ひとすじ。ひたすら。

友を撲《なぐ》り走り来にける煙草畑病めば一**途に**ただ鋭けれ　田井　安曇

疑はず一**途に**爆弾造りたりそして病みたり学徒工たりし吾　長田　和雄

断崖に華やぐ霧氷一**途**とふわれの男を奪ひかへせよ　時田　則雄

いのち賭くとわれは思へども沈みゆく日の一**途**さに及ばざるべし　小野　茂樹

海荒れて数日舫われいる船のふと一**途**なる揺れざまをする　平野久美子

いち-はやく

逸早く（副）非常にはやく。まっさきに。

わが庭に**いちはやく**黄葉して散るものは観世音寺より拾ひ育てしもくげんじ　吉田　正俊

いちはやく浅峡の田に畔を塗る泥は乾かず寒きひすがら　菊沢　研一

にはたづみ**いちはやく**うつす樹の影の寂けさに心とどかむはいつ　館山　一子

いちょう〔いちやう〕

銀杏・公孫樹（名）扇形をして長い柄のある葉は、晩秋に黄葉する。

思い出は重なりあって層をなす**イチョウ**並木の落葉にも似て　伊波　真人

いっぺんに飛び立つならば今宵かも**公孫樹**に群れる黄金蝶は　佐藤千代子

とめどなく降りくる**公孫樹**　命終にははの見しもの何でありしか　入野早代子

いつ-し-か

何時しか（副）いつのまにか。知らないうちに。「いつしら」とも。

いつしかに春も名残りとなりにけり昆布干場のたんぽぽの花　北原　白秋

いつしかも萌え揃いたる糸杉の風に抱かれてはじめての渦　佐佐木幸綱

ほんものの愛であったかと問いかける**いつしか**歪む結婚指輪は　間　ルリ

薄雲に入れる白月ひとり打つ碁の**いつしら**に亡き父と打つ　春日井　建

いで-い・る

出で入る（自動四）出たりはいったりする。

戦死者のまなこは閉じぬものなれば小さき魚のわれは**出で入る**　馬場あき子

笑はむとして止《や》めにけり萩叢の根もと**出で入る**雀のあたま　宮　柊二

ひつたりと吾を離れぬ吾ありて日々針穴のごときを

出で入る　青井　史

いで－ゆ　出湯・温泉（名）おんせん。

香《か》に立ちて濁る**温泉**に沈み来て粉雪《こゆき》散り来る山に向へり　柴生田　稔

老いかがむ母を背負ひて歩みゆく**温泉**に下るあつき石道　五味　保義

温泉わけば借りてわが住む家の前をのろく流れて行く衣渡川《えのとがわ》　土屋　文明

かぐはしき町のをとめの来てありてかなしきろかも渓の**温泉**は　若山　牧水

いと　最・甚（副）非常に。たいそう。とても。下に形容詞・形容動詞・状態を表す動詞を伴う。

いとつよき日ざしに照らふ丹の頬を草の深みにあひ見つるかな　島木　赤彦

人間の吾がいとなみの**いと**ちさく恥かしき中のこの酒の味　中村　柊花

鯛の歯の**いと**ましろなるギザギザを灯の下に見つむ年の始に　河野　愛子

「もきっつぁん」縁もゆかりもない人を**いと**親しげに町人らは呼ぶ　村田　淳子

いとう〔いと・ふ〕　厭ふ（他動四）厭だと思う。きらい続ける。

ふるさとの町を**いとふ**と思はねば、人に知られぬ思ひの　かそけさ　釈　迢空

四角四面を**厭ふ**年ともなりたれば円い切手を賀状に貼らな　春日真木子

冥路《よみぢ》まで追ひすがりゆく母われの妄執を子は**いとへ**るならむ　五島美代子

いとおしむ〔いとほし・む〕　愛しむ（他動四）いとおしく思う。「いとしむ」とも。

虫の音もかそかにまじり伝へ来る秋の受話器を**いとほしみ**つつ　槇　弥生子

一灯の一朱を含むやさしさに雪の街棲なほ**いとほしむ**　齋藤　史

宝箱にそと仕舞ひたる瑕もつ玉の時折出だして撫で**いとほしむ**　高橋　淑子

痛風に効くとふ熱き湯に入りてややに肥え来しわが身**いとしむ**　小田村政雄

いとけない〔いとけ-な・し〕 幼けなし（形ク） 幼い。無邪気。

ふた瘤を揺りて**いとけなく**立ち上る駱駝を午後のくもりに見をり　玉城　徹

早春の空に閃く命あり　**いとけなき**ものを鳥と呼びつつ　三井　修

いとけなきやはらかき身を抱き上げて水の底ひを見せてやりたり　古谷　智子

いとしい〔いと・し〕 愛し（形シク） かわいい。いとおしい。

何処のウナギかと聞けばスーパーの名を返す妻あり無性に**愛しかりし**日　足立　尚計

愛しき五月続くあひだ汨羅てふ　異国を胸に飼ふつもりなり　尾崎まゆみ

わが妻とならざるほかの人生もありしと思えば**いとしき**汝よ　小川　太郎

いとど 蜱（名） こおろぎの古称。

ふり灑《そそ》ぐあまつひかりに目の見えぬ黒き**蜱**を追ひつめにけり　斎藤　茂吉

床《とこ》にくる**蜱**はいまだうら若し小床《さどこ》の皺をのべてかなしも　中村　憲吉

萩の花はつはつ咲きて**蜱**なく九月二日母の日は来ぬ　与謝野鉄幹

病む父の痰しづまれるあかときを**蟋蟀**《いとど》のこゑのひときは冴えぬ　木俣　修

いと-ど （副） いよいよ。ますます。（形シク） いよいよ甚だしい。

煙草入の銀のかな具のつめたさが**いとど**身に染むパチと鳴らせど　北原　白秋

夕陽**いとど**照りきはまれば野を帰る馬の目が二つ赤く光れり　篠崎　静湖

御相《みさう》**いとど**したしみやすきなつかしき若葉木立の中の盧遮那仏《るしやなぶつ》　与謝野晶子

いとどしく露結びたる路の辺の小草に朝の風渡るなり　安田　稔郎

いとなみ 営み（名） いそしみ。努め。仕事。したく。準備。

妻子らにくらはしむべくはたらくといふさへむなし日日の**いとなみ**　服部　忠志

移り行く世にも違《たが》へず青芽ふく此の**いとなみ**に涙湧き来る　蚊谷　伸次
老いぼけて死にたる後の**いとなみ**の何の奢りか柩車花やぐ　今井　聴雨
崖の下は囲ふ出湯に菜を茹でて夕べ賑ふ**いとなみ**あはれ　小市巳世司

いとま　暇（名）ひま。余裕。休暇。
貸出しの図書を待ちおる**暇**にて書きはじめたり君への返事　篠　弘
吾が髪の白きに恥づる**いとま**なし溺るるばかり愛《かな》しきものを　川田　順
お**いとま**をいただきますと戸をしめて出てゆくやうにゆかぬなり生は　齋藤　史

いとわしい〔いとは・し〕　厭はし（形シク）いやだ。好ましくない。
暁の月の光に思ひいづる**いとはし**人も死にて恋《こほ》しき　土屋　文明
湯気い吹く飯《いひ》の匂ひも**いとはしく**いのちに倦みぬ夏かたまけて　古泉　千樫

いなさ　（名）東南の風。たつみの風。
音籠《こ》めて遠山わたる東南風《いなさかぜ》山火に向きて村は寝にけり　穂積　忠
東南風《いなさ》吹き沖もとどろと鳴りし一夜に咲き傾きし白梅の花　若山　牧水

いなずま〔いなーづま〕　稲妻（名）いなびかり。
高窓を青く切りたる**稲妻**に遅れて雷鳴わが胸を打つ　青木　陽子
ふと見ゆる未来のごとし木も家も冬**いなづま**のなかにあかるく　丹波　真人
われ独り洩らす言の葉　**稲妻**が魑魅もろともに焼き尽したり　堀江　良子

いな・む　否む・辞む（他動四・上二）いやと思う。否定する・拒否する。「いなぶ」とも。
歳月のおもおもしきを**いなま**ねど一区切《ひとくぎり》にて年あらたまる　佐藤佐太郎
歯がみして視るに終はるか此の度も非戦の誓ひ**否み**ゆく愚挙　田中　成彦

千本浜の千本松を伐るといふにいかりおらびて**いな**みし君はも　　高山　背山

舌打ちの音をいとひて**否め**ども酒に酔へれば吾がするらし　　川島喜代詩

いにしえ〔いにしーへ〕　古（名）古代。昔。過去。以前。

郷愁は裡なるものを揺らせども雀の焼きとりも疾うの**いにしへ**　　田野　陽

いにしへも今も嵩ある人らはもやまぶきいろを好みたるべし　　國分　道夫

いにしえのおとこ死にしやわが夢にころころとして緬羊は鳴く　　高槻　佑子

い・ぬ　去ぬ・往ぬ（自動ナ変）行ってしまう。去る。

われ**去な**ば雪来るべし大阿蘇の空ひろびろと鳥渡るなり　　前　登志夫

倉庫の前に夕《ゆふべ》来りてトラックは音荒く鉄材をおろして**去に**ぬ　　木俣　修

北国へやがて**去ぬ**らむ鴨鳥の草生にまるくかがやきてゐる　　岡野直七郎

い・ぬ　寝ぬ（自動下二）横になって眠る。ねる。

ながながと**いね**たる胸に両手《まて》組みて我は久しく五欲に遠し　　吉野　秀雄

米の飯幾日食はざる子は今宵魚食ひ歌を唱ひて**寝ね**ぬ　　吉野　鉦二

いぬる前におそるるごとく入浴す月あかく差す夜などもありて　　斎藤　茂吉

いね　稲（名）水田・畑で栽培され、八・九月頃穂が出て小花を開く。種子の米は日本人の主食。

西日とほく差しわたるとき匂ひたつ熟れたる**稲**も刈られし**稲**も　　長澤　一作

稲を生むことなくなりし田の果てに人は焼きをり芥の類を　　阿部　正路

うゑてはや根づくか**稲**のあをあをと水口すがし杜若さく　　太田　水穂

天皇と同じくらいの腰付で瑞穂の**稲**を刈ってみようか　　熊谷　龍子

いのち　命（名）生物の生存する力。生命。寿命。生涯。一生。唯一のよりどころ。

うゑてはや根づくか稲のあをあをと水口すがし杜若さく**いのち**　太田　水穂

命あり万葉集年表再刊す**命**なりけり今日の再刊　土屋　文明

トランプに占ふ時間この世からわが**いのち**少しづつとほざかる　外塚　喬

劇的に死ぬためにある**命**なる　それをあなたにくれてしまって　依田　仁美

いーばり

尿（名）小便。ゆばり。いばり。ゆまり。

ただよひて船はつきたれはひいでて陸《くが》の真土に**いばり**をしたり　中河　与一

英雄の**尿**《いばり》のごとくかがやくは天網かはたインターネット　坂井　修一

いぶかし・む

訝しむ（他動四）不審に思う。あやしむ。

いぶかしみ次ぎの声待つ「チョットコイ」とわれをたしかに呼びしは鳥か　村野　次郎

とちの樹の冬の太芽を見て立てば人は吾が眼を**いぶかしみ**ゆく　鹿児島寿蔵

亡くなるを犠牲となると記せるを**いぶかしみ**つつやがて激しぬ　爲永　憲司

言葉かず寡きわれを**訝しむ**若きは生くる重さ識らざり　斎藤　忠男

いぶせ・し

（形ク）はっきりしない。気がふさぐ。うっとうしい。むさくるしい。

日の光土に**いぶせく**にごりたり煤煙空にひろごりにつつ　木下　利玄

わが心**いぶせき**時はさ庭べの黄菊白菊われをなぐさむ　正岡　子規

いまーさら

今更（副）今になって。事新しく。今更さらに（副）「今更」を強める語。

生きてゐる者ら互に**いまさら**に供華《はな》のかげにて言葉をのみぬ　長沢　美津

いまさらに何をあたふた晩春の闇脱けいづる百の蝙《かは》蝠《ほり》　安永　蕗子

たらちねの死装束をひらきみて**いまさら**さらにわれは哭《な》きけり　吉野　秀雄

いまし

汝（代）おまえ。あなた。なんじ。二人称。

をさなごよ**汝**の父は才《ざえ》うすく**いまし**負《おぶ》へば竹群《たかむら》に来も　宮　柊二

うち沈み帰る**いまし**が身のまはり思ひあやぶみ胸つまり来《く》も　藤沢　古実

この心屠《はふ》らんとしつうなだれし**いまし**の姿われ忘れめや　中村　三郎

いま‐し　今し（副）たった今。今こそ。

汝《な》が**今し**覚えゆく名は人間が滅ぼしてゆくけものらの名ぞ　花山多佳子

なよなよと**今し**終りの一つ花あづまいちげの青はびこりぬ　五味　保義

いましめる〔いまし・む〕　戒む・警む（他動下二）いさめる。さとす。注意する。

いましめて酒をやめよといひながら酒飲ませくれし君し恋ほしも　吉野　秀雄

水の面にひとひあぎとひ**戒め**てをりにし鮒もつひに反りぬ　草市　潤

いま・す　在す・坐す（自・補動四）おいでになる。いらっしゃる。「ます」とも。

計算器のボタン押しつつ思ひ出づ暗算に母はひいで**いまし**き　大西　民子

朝闇にまだ咲きのこる夕顔のほのかに白し母**います**なり　岡野　弘彦

賽銭は何枚かと迷ひ居り本尊**坐ます**奥を窺ひ　岩田　正

娘《こ》の衣《きぬ》の身丈肩裄そらんじて母**います**小さき灯りのやうに　高尾　文子

みほとけは若く**いませ**ばししぶとに**ます**といへどもその腰細し　石黒　清介

いま‐だ　未だ（副）まだ。今でも。今だに。未《いま》だし（形シク）まだ早い。

最上川の上空にして残れるは**いまだ**うつくしき虹の断片　斎藤　茂吉

水一滴こぼさずに巡る蒼い星に棲みながら**いまだ**実感湧かず　熊谷　龍子

羨望と嫉妬と憎悪のさくら咲く少女は**いまだ**愛するをしらず　佐藤　薫

いまだ掬はぬプリンのやうにやはらかくかたまりてゐるよ夏の休暇日　上村　典子

萌えたてるうすべにの葉のゆたかにて花**いまだしき**山ざくら花　若山　牧水

いま-に　今に（副）今もなお。今もって。決意や推量文に用いて、そのうちに。

人の世を遠く離るる願ひにて建てけん寺か**今に**ひそけし　村野　次郎

出でたるは捨てたることにかはりなく**今にし**思ふふるさと遠し　浦谷　政夫

師はつひに逝きたまひたり愚かにも**いまに**して慚愧の泪を流す　林田　恒浩

いまわ〔いま-は〕　今際（名）臨終。死にぎわ。最後。

温かい気持ち未来より感じたり**今際**のわれが過去思ひしか　高山　邦男

いまはの際「僕逝くから」と弟は言ひき「逝きなさい」と母は言ひにき　水島　和夫

いも　妹（名）男性から結婚相手の女性をさしていう語。恋人。妻。

妹として山にて聞けばかすかなり山した海のゆふ潮のおと　中村　憲吉

妹は脱げと言へれど吾《あ》にはなつかしき友が形見の古袷かも　吉井　勇

いや　弥（接頭）いよいよ。ますます。もっとも。弥増しに（副）ますます。

草の薮は**いや**昼深く明るめれこの悲しみを守る心かな　島木　赤彦

いや北と思ふ海の色丘々にすすき穂に出でしさまはやさしく　柴生田　稔

去年《こぞ》妻をなくしし我を**いやまし**にいとしみまして母は逝きにき　吉野　秀雄

いや〔ゐや〕　礼（名）礼。礼儀。うやまい。「うや」ともいい「ゐやまふ」「うやまひ」に転。

礼ふかく腰をかがめて隣席にきたれる老女つひにもの言はず　中野　菊夫

礼ふかく吾をし待てる盲人を部屋の口にて暫し見守りつ　宮　柊二

海に散る桜死者への**礼**として干さばや酒とさやぐ生命と　石井　辰彦

はるかなる野辺の送りに野球帽子とりて**礼**せし少年われは　小池　光

いや-はて　弥果て（名）もっとも果て。いちばんあと。最後。

いやはての海わたり来て見るものか利尻礼文の島向きあふを　中山　周三

この年の**いや果て**と鳴る除夜の鐘鳴りて持ち去れあはれこの年　窪田　空穂

いやはてに熱き湯そそぎ鮒ずしを食ひをはりけり何ぞあまさむ　玉城　徹

いやまう〔**ゐや-ま・ふ**〕　礼ふ・敬ふ（他動四）うやまう。尊敬する。

吾が大人《うし》の手づくりの几《つくゑ》素木地《しらきぢ》のよごれざまさへ**礼はむ**とす　臼井　大翼

人工衛星とぶ世となりていにしへの万葉集はいよよ**ゐやまふ**　藤川　忠治

いよ-よ　愈（副）今までよりもいっそう。ますます。「いよいよ」とも。

春がすみ**いよよ**濃くなる真昼間のなにも見えねば大和と思へ　前川佐美雄

想うとは夏の動詞か汗と汗間《あわい》に**いよよ**強くなりたる　笹井　宏之

天眼鏡でみる足の親ゆびは**いよいよ**狸の顔に近づく　高瀬　一誌

いら・つ　苛つ（自動四）いらいらする。いらだつ。「いらち」は名詞。

焦《いら》**つ**子を物置の陰につれて来て山見よといふ二階借りの身は　齋藤　史

貧しさに**苛つ**少年信仰に縋れる父をあはれみていふ　久保田　登

炎天の旋風《つむじ》があぐる砂埃すべなき**苛ち**今日も湧き来ぬ　木俣　修

いり　入り（名）はいること。かくれること。複合して用いる。

入方の光うすれて射すところ樹氷につづく樹氷しづかなり　松村　英一

海の**没**《いり》日　砂の落日　ひりひりと眼裏にありひとりと思う　荻野由紀子

麦ややに色づきて見ゆ**入**海《いりうみ》の向ふの丘のだんだんばたけ　安田　章生

いる〔ゐる〕　居る（自・補動上一）その場所にある。おる。坐っている。動詞の連用形に付けて、動作などの継続・進行をあらわす。

よろめきて立ちたるきはの支へなき危ふさに**ゐる**いのちの明け暮れ　吉野　鉦二

臥せながら煙草吸ひつつ**ゐる**人の哀しみに翳る瞼見て**ゐる**　ぬきわれいこ

もういちど逢ひたいなどと書かれ**ゐる**たよりの文字をしみじみと見つ　綾部　光芳

いる〔ゐる〕　率る（他動上一）ひき連れる。伴う。たずさえる。

妻子《つまこ》**率**《ゐ》て公孫樹のもみぢ仰ぐかな過去世・来世にこの家族無く　高野　公彦

苦しくて聽てたのしきことありや千頭の馬**率**たる夢みき　田島　邦彦

いろ　色・彩（名）そのもの特有の色。色彩。いろどり。おもむき。表情。つや。匂い。

虹の**彩**ふくらみてゐし山くれて冬のいびつの光をさまる　生方たつゑ

かつて憲兵、さう生きるよりほかなくて縁日の火の**色**の金魚屋　塚本　邦雄

白い夢いくたびみしか髪の**いろ**爪の**いろ**かへておとなになりぬ　佐藤　薫

そのままに捨てられずいてしまい置く**色**のあせたる母のエプロン　村田　淳子

館内に誉れと欲の**色**よどみ肖像画といふ長きだんまり　廣庭由利子

いろう〔いろ・ふ〕　色ふ・彩ふ・艶ふ（自動四）色が美しくなる。

さながらに虹とし**彩ふ**白鱚《しらぎす》の鱗をおろすあはれ鱗を　岡部　文夫

庭土に**彩ふ**紫蘭の陽をあつめ濁世《じょくせ》をよそに咲きつぐあはれ　飯沼喜八郎

いろくず〔いろ-くづ〕　鱗（名）魚。「うろくづ」とも。

こころなにあそぶに似たり**鱗**はひれふりのぼる早瀬につきて　平福　百穂

氷見の海の磯に寄り来てまた群れ去る小さき**いろくづ**さざ波立てず　宮　英子

玄海の春の潮のはぐくみし**いろくづ**を売る声はさす

らふ

いわけ‐な・し 稚なし（形ク）分別がなく幼稚である。幼い。あどけない。

いわけなき我を見知りし町びとの、今はおほよそは、亡くなりにけり　釈　迢空

いわけなき吾の悲しみ風の日の光乱るる渚行きたり　飯田　厚子

いはけなきからくれなゐの豹として埠頭をわたりゆく風の芯　喜多　昭夫

いわし‐ぐも 鰯雲（名）秋によく見る巻積雲。さざ波や魚の鱗、鯖の斑紋状に似る。鰯大漁の前ぶれと、この名がある。

すぐ軋む木のわがベッドあふむけに記憶を生かす**鰯雲**あり　寺山　修司

夕映えに拡がり止まぬ**鱗雲**吾は産声を待ちつつ佇てり　伊藤　清

秋まつり仕ふる島の旗のぼりひらめく沖に**鰯雲**見ゆ　野村　繁三

いわな〔いは‐な〕 岩魚（名）山間の渓流に棲息、川釣として知られ、美味。

梓川の流れに棲みて肉清き**岩魚**を食ふとほとみながら　佐沢　波弦

やはらかき山椒の芽はかほるらめ**岩魚**のぼりゆく渓のほとりに　杉本　寛一

いわばしる〔いは‐ばし・る〕 石走る（自動四）石の上や間を水がはげしく流れる。（枕）滝、垂水《たるみ》などにかかる。

源流の**石ばしり**ゆくひびきもて心に通ふことばをわれは　橋本　喜典

石ばしる垂水となりてたぎらなむこころ年長くたへて淀める　五島美代子

いはばしるたるみは細く光りつつ秋深まれる集落に落つ　山本登志枝

いわれない〔いはれ‐な・し〕 謂無し（形ク）正当な理由、根拠がない。不当である。

いはれなく虔《つつま》しきもの昼の日の吾みづからの着物薫りて　佐藤佐太郎

う

うい〔うひ〕　初（名）はじめて。（接頭）はじめての。最初の。

今年わが**初**に見る虻蘭《あぶ》の花に頭さし入れてもぐりこみたり　宇都野　研

童子うらうら昔をかへす**うひ**学びあな誇らしき墨痕「上下」　今野　寿美

うえ〔うへ〕　上（名）表面。上部。あたり。それについてのこと。

暑き日のつづく庭の**うへ**おのづから松葉牡丹は午後花を閉づ　佐藤佐太郎

しをり紐入れて本閉ぢ下車すべき駅近き夜の大川の**うへ**　浜田蝶二郎

この街の何処か寺の鐘鳴りて眉山ざくら街の**うへ**に見ゆ　中村　憲吉

怠惰なりとただに叱りていたるかな長く病む子の**上**に気づかず　宮岡　昇

うお〔うを〕　魚（名）さかな。「いを」とも。

秋立ちぬ高きみそらの**うを**たちのむれほろびゆくまでの空事　徳高　博子

なにもかも洪水のごとすぎさりてわれはひそかに**魚**と棲みゐる　前川　博

ああ皐月からつぽ**魚**の游ぐ見てひくく小さく笑ふひと好き　廣庭由利子

食べらるる**魚**《いを》をかなしむ春童子五月の海のあをさを見せむ　今野　寿美

うか・ぶ　浮かぶ・泛かぶ（自動四）物が液体の表面や中間、または空中に存在する。

茹で上げし青菜を水に浸しつつ脈絡もなく**浮かぶ**詩句ある　丸山三枝子

渋谷川渡りて通ふことひさし捨身といふ語しきりに**浮かぶ**　伊藤　泓子

触れあひて水に**浮かべ**る桃の実を掬ひとるときゆらりと重し　東　淳子

うから　親族（名）血のつづいた人。身うちの人。

いにしへゆ祝ひしもちの白粥を**うから**らと食ぶ健かなれと　窪田章一郎

家族《うから》なる女ばかりの夜の卓にうすくれなゐの果肉食みゐつ　辺見じゅん

鍋かこみて肉食《は》みあへど手ふるればすぐばらばらになる**家族**店《だな》　岡井　隆

う・く

浮く・泛く（自動四）物が底や地面などから離れて水面や空中などに存在する。

白墨の粉はらい研究室の窓に**浮く**白雲を着てひとに逢いに行く　佐佐木幸綱

水象のあとをとどむる石の径はるけきものをもつ星が**泛く**　春日井　建

幾重にも波紋のこして**浮き**沈む鳥顕つ夜を人遠のきぬ　大塚　善子

うぐいす〔うぐひす〕

鶯（名）春告鳥・花見鳥などとも呼ばれる。夏の鶯を老鶯という。

またしても啼きそこねたる**鶯**を笑はむとして涙こぼれき　太田　水穂

蟬時雨を越えて聞こゆる**うぐひす**の啼く音かなしき八月の森　徳高　博子

朝に泣き昼にまた哭き夜に啼く　どうしようもない俺の**鶯**　福島　泰樹

うーご

雨後（名）雨の降ったあと。雨上がり。

灯をちかくこの畳屋はいそしめり**雨後**の夜なれば蘭の香のしるく　上田三四二

出荷できぬ規格外の葱残されて**雨後**一斉に坊主出したり　松井　保

病ややよき日は**雨後**の畑打ちてとき無し大根の種を播きけり　丘　秀男

うーこん

鬱金（名）しょうが科の多年草。夏から秋にかけて淡い黄白色の花が開く。その根で染めた色。あざやかな黄色。

見の遠く**鬱金**ばたけの日のひかり街道すぢに祭過ぎにし　玉城　徹

まさびしく空間をくだりぎんなんの**鬱金**の落葉地に吸はれゆく　伊藤　麟

うねりつつ浪しぶく日の暮方か　こまやかに**鬱金**の光《かげ》ふぶくまで　太田　一郎

いやはてに**鬱金**ざくらのかなしみのちりそめぬれば五月《さつき》はきたる　北原　白秋

うしお〔うしほ〕　潮（名）海水。潮流。

髪梳けるちからこもりてひたぶるに春の**うしほ**を引きしぼるなり　雨宮　雅子

夏の虹秋の月しろ冬をいま紺の**うしほ**にあそぶ土《ど》着魂《ちやくこん》　伊藤　一彦

オホーツクの**潮**とどろく草丘《くさをか》にすがれんとして赤き玫瑰《はまなす》　宮　柊二

うしろ-で　後ろ手・後ろ姿（名）手をうしろにまわすこと。うしろつき。背面。

日日同じ**後姿**《うしろで》のかげ意識して地下道の出口のひとつ選りてかえりぬ　小高　賢

後手にさぐれば冬の陽のぬくみ背中あはせの死といひながら　村山美恵子

うしろ手に墜ちし雲雀をにぎりしめ君のピアノを窓より覗く　寺山　修司

うす　薄（接頭）うすいの意を添える。少し、かすか、どことなく、の意を添える。

うす紅の巨大パーマを結う如きシダレザクラは距離置いて見る　奥村　晃作

薄様《うすやう》の端を互ひにもつやうにひびきたるもの昨日はありき　横山未来子

薄白い機影が空を飛んでいる剥がれはじめた世界のように　嵯峨　直樹

薄あぢは京都《みやこ》のならひ朝餉して他妻《ひとつま》とゆく寺町上《あが》ル　野本　研一

うず〔うづ〕　渦（名）輪を描いて巻き込む水流。それに似たもの。渦巻形の模様。

流れ寄る芥《あくた》の中の**渦**いくつ右まきひだりまき吾を慰む　土屋　文明

秋ふかく風は土より発つごとく小路《こうじ》の中のその寒き**渦**　坪野　哲久

ゆっくりと木の葉を引きて立ちあがり風なめらかに**渦**を巻きたる　岡部桂一郎

いささかのくれないの刷ける葉ぼたんの**渦**のもなかにまきしめらるる　久々湊盈子

うず〔うづ〕　珍・貴（名・形動ナリ）珍らしく尊いこと。尊く立派なこと。

ゆきゆきて**うづ**の小豆を手にすくふ吾《わ》が齢《よはひ》五十《ごじふ》の
今日《けふ》の今の時　　土屋　文明
珍の鳥鶴のゆたかに舞ひ去れば空にただよふ春の白
雲　　松村　英一

うーすい

雨水（名）あまみず。陰暦で正月の中節。
陽暦で二月十八日ころ。

草むらにハイヒール脱ぎ捨てられて**雨水**の碧き宇宙
たまれり　　栗木　京子
凡庸な夢のつづきの掌にあそぶ**雨水**のたまご卵は立
つか　　三枝　昂之

うすーうす

薄薄（副）うっすら。かすか。ほんのり。
いかにも薄いさまをいう。

門《かど》に焚くをがらのけむり**うすうす**とうすらぎ行けど
忘らえぬ子よ　　松村　英一

うずしお〔うづーしほ〕

渦潮（名）うずを巻いて
流れる海水。

何ならず黒き眼鏡にみなぎるは早鞆の瀬のたぎつ**渦**
潮　　北原　白秋
うづ潮のかなたに見えて巌《いは》くろし照る海中《わたなか》に舟ゆき
なづむ　　大熊長次郎

うすーずみ

薄墨（名）薄墨色の略。うすい墨色。

扇状に翼つらねて雁《かりがね》はあやしき空の**うすずみ**の方
　　浜田　陽子
さくらばな見てきたる眼を**うすずみ**の死より甦《かへ》りし
ごとくみひらく　　雨宮　雅子

うずたかい〔うづーたか・し〕

堆し（形ク）盛り
上がって高い。

うづたかく子のひろひこし紅椿まこといづくにさき
し椿か　　茅野　雅子
通勤のなき仕事故**うづたかく**積みし他人の歌に揺ら
るる　　岡井　隆
うづだかき街のゆきかも昼しづむ向うの家より時計
鳴りつも　　中村　憲吉

うすーづ・く

春く（自動四）夕日が地平線や西の
山などに沈む。

夏至の夕日斯く壁際に**春づき**て友の葬りを去らんと
すなり　　前田　透
春の日のひかり**うすづく**夕べにてわが子ら肩を組み
て歩けり　　前川佐美雄

春ける彼岸秋陽に狐ばなあかあかそまれりここはどこのみち　木下　利玄

うずまく〔うづ-ま・く〕

渦巻く（自動四）ぐるぐる回って渦になる。

風の**渦まき**のぼる空をながれきてゆつくりと鳶はまばたきてをり　川野　里子

工場のけむり**渦巻き**のぼりゆく**渦巻く**やうにひとを恋する　伝田　幸子

おのづから見えざるものの多くなり心魂深く**渦巻く**を知る　石川　一成

夕映の雲**渦まく**と想ふまで綿菓子のあめ脹らみゆける　深井美奈子

うす-ら

薄ら（接頭）弱々しい、かすか。なんとなく。（形動ナリ）うっすり。うすらか。

樹の紅実《あけみ》くらひ尽して鵯《ひよ》の来ぬ地寂《つちしづ》けきに**薄ら**日の差す　千代　國一

夏**うすら**さむき教育委員会幼児虐待の案すすまねば　塚本　邦雄

繃帯のなかなる**薄ら**湿りさへほのかに痒し日向あゆめば　河野　裕子

ブラウスの長きかひなに肌の色**うすらに**もるるひとは行くなり　佐藤　通雅

うすらい〔うすら-ひ〕

薄ら氷・薄氷（名）うすく張った氷。

まんさくの花か水辺にさきがけてふたたびけさの**うすらひ**青し　雨宮　雅子

冷えまさりゆふべ**薄氷**むすぶらししき降る雪は水面に溶けず　来嶋　靖生

うすら氷のごとく張りつめしきらめきに今日を癒えゆく人を寂しむ　渡辺　良

石段を抱へおろせる老い犬の**薄氷**《うすらひ》のごとき影をかなしむ　紺野　裕子

うそ

嘘（名）事実でないこと。また、その言葉。正しくないこと。誤り。

君は信じるぎんぎんぎらぎら人間の原点はかがやくという**嘘**を　佐々木幸綱

拘《こだは》りを今日またひとつ捨てむとし愉しき**嘘**を考へてゐる　内藤　明

ゆたかなる**嘘**ししむらにあたためてわれが曖昧になりゆく夕べ　藤室　苑子

舌先のしびれるまでに茱萸《ぐみ》はみてまた軽がると**嘘つ**きてゆく　玉井　清弘

うそさむい〔うそ-さむ・し〕

うそ寒し（形ク）何となく寒寒している。うすら寒い。そぞろ寒い。

うそ寒く月のさしたる畑なかを影ともなはず猫がよぎりぬ　寺沢　亮

夕風のやや**うそ寒く**釣り残す蚊帳のつり手を吹き揺りにけり　望月　光

うそ寒きゆふべなるかも葬《ほふ》り火《び》を守るをとこが欠伸《あくび》をしたり　斎藤　茂吉

うた

歌（名）言葉に旋律やリズムをつけて、声に出すもの。また、その言葉。和歌。特に、短歌。「詠ひ・歌ふ」は（他詞四）の連用形と終止形。

千年の**歌**のちぎりの嬉《うるは》しくはた虚しきを誰か知らなむ　山中智恵子

何をしてゐるのだといふこゑのする**歌**を作つてゐると答ふる　島田　修二

わが**歌**は田舎の出なる田舎**歌**素直懸命《すなほけんめい》に**詠ひ**来しのみ　宮　柊二

高々と杯上げて**歌ふ**べし此の世の**歌**も来む世の**歌**も　雁部　貞夫

かたつむり**歌え**ばきっと**うた**つむりト音記号の形のからだ　岡田　美幸

うたかた

泡沫（名）水面に浮かぶ泡。はかなく消えやすいものを泡にたとえていう。うたかたの（枕）消えにかかる。

水の上に流れて消ゆる**うたかた**も老いてきたればよろこびに似る　中野　菊夫

うたかたの敢無くも果つる今生の人てふ人の悲しからずや　戸石　艸人

こもり波あをきが上に**うたかたの**消えがてにして行くはさびしゑ　斎藤　茂吉

うたげ

宴（名）さかもり。宴会。酒宴。

をとこらの**宴**にまじれるをとめ子の声ぞきこゆるただ笑ふこゑ　橋本　徳寿

水引草あかく枯るるをゆく秋の**うたげ**とも吾《あ》は日の丘を越ゆ　田井　安曇

花の**宴**たちまち消えて月さすは浅茅がホテル・カリ

フォルニア跡　　大塚　寅彦

うたた

転た（副）とめようもなく。ますます。

ふる雪にわらべしくなるおもいかな**うたた**恋慕のわがうちの能登　　坪野　哲久

春うらら陽はかぎろふに、部屋ごもり憂ひをもちて**うたた**かなしき。　　石原　純

疑へば**うたた**堪へずも川澱に泛ける芥の揺れさだまらず　　鐸木　孝

うたた-ね

転た寝（名）床にはいらないで、うつらうつら眠ること。思わず知らずとろとろと眠ること。仮寝。

むかしむかし涼しき音をよろこびし時計の下に宵の**うたた寝**　　河野　裕子

われを待ち**うたたね**したる夫の髪指ですくえば柔く乱るる　　さいとうなおこ

大雪の街に出できて**うたた寝**に遠縁のひとに髪刈られをり　　山田富士郎

うち

打ち（接頭）動詞の上に付けて、調べをととのえ、意味を強める。

げんげ田の敷くくれなゐの**うち**つづき**うち**重なりて雪の山にせまる　　窪田　空穂

眠れざる闇の笹原**うち**なびくたてがみ白し夜半のたてがみ　　阪森　郁代

うち

内・中・裡（名）内部。心の中。あいだ。以内。過程。

少年の日々を過して**内**深く疼きゆくものわれの中国　　水野　昌雄

ナイフの痕すなわちわれの創として**裡**にのみ幹が育てゆくもの　　岸上　大作

わが**うち**に君よふれぬか千の手をのばして夜に立っているから　　後藤由紀恵

うちつけ-に

（副）だしぬけに。突然に。露骨に。ぶしつけに。

うちつけに泪さしぐみ額伏せる人の風情はわれを死なしむ　　堀内　通孝

うちつけに鋭き風の音しつつ落葉の渦が庭を移動する　　山口　茂吉

うちつけに水より翔《た》ちて飛ぶ鷺に吾のひとりのあゆみをとどむ　　岡部　文夫

うちつけにマイクつきつけ「街角の声をきかせて下さい」といふ　　吉岡　生夫

うつ
鬱・欝（名・形動ナリ）気がふさぐこと。心が晴れないこと。鬱結。陰鬱。沈鬱。

人あまた乗り合ふ夕べのエレヴェーター枡目の中の**鬱**の字ほどに　　香川　ヒサ

はた目には**鬱**病むひとに見ゆらめど妻のこころはまあるくからつぽ　　桑原　正紀

「癒やし」とふひびき卑しき「**鬱**」といふ呼気なまぬるき　おのれを立てよ　　久我田鶴子

むかし長くわが飼ひたりし**鬱**の熊剛《こは》き灰色の毛をもてりけり　　酒井　佑子

うつ‐うつ
（副）うとうと。うつらうつら。なかば目ざめ、なかば眠るさま。

疲れゐて**うつうつ**眠しけふの寒さは水のごと身をおし浸しくるに　　栗原　潔子

降り積もる雪のことばを**うつうつ**と眠りのなかに聴きゐたるなり　　保坂　耕人

なべて思想つぎて潰《つひ》えき**うつうつ**と思へば明治、大正、昭和　　成瀬　有

うつ‐うつ
鬱鬱（副）大気の盛んに上る様子。心の晴れないさま。草木のおい茂るさま。

うつうつと若葉熱もつ椎の下むせぶばかりに匂ひ満ちをり　　松坂　弘

うつうつと青葉を洩るる日のひかり後半生のどのあたりなる　　藤井　常世

う‐づき
卯月（名）陰暦四月の異称。うの花の咲く月の意。

きのふけふ明日葉食みてその緑濃きことつんと身に澄む**卯月**　　今野　寿美

伝ひ来し路地を曲ればくわつとして流れきて射す**卯月**の光　　宮　柊二

うつしえ〔うつし‐ゑ〕
写し絵（名）写真。かき写した絵。

死ぬべかりし包囲を脱がれ**うつしゑ**にわれの姿のとどまりてあり　　宮　柊二

うつしゑのわが顔寂し桐のはな垂るる梢を仰ぎ見てをり　　宮岡　昇

一枚の**写し絵**となりし汝が部屋にあまりにさやけし月の光は　　今泉美恵子

うつし‐み
現し身（名）生きている身。この世の人の身。

法衣より**うつし身**透ける瘦身にかなしき胸のふたつふくらみ　永井　正子

木になれず魚にもなれず**現**《うつし》**身**《み》でゐるしかなくて蛍火を恋ふ　外塚　喬

現し身のわれも影おく秋の野に千草万木影しづかなる　安田　章生

うつし‐よ
現し世（名）生きている人々が住む、目に見える、この世。

飲食《をんじき》のさま一瞬に過ぎゆきて**うつしよ**眩し特急列車　島田　修二

かの鹿は何見ているや　**現世**《うつしよ》の何を見ている　まなこほそめて　加藤　克巳

舞ひ下りし鶴のつむりの緋のふかく**現世**《うつしよ》の髪長々と梳く　藤室　苑子

うつ・す
映す（他動四）鏡や水面などに物の姿などが現われるようにする。投影する。

スプーンに顔を**映し**てはしゃぎいる子に教われる遊びも多し　関根　和美

叱咤せんわが形相の変貌を**映す**か涙に濡れし子の瞳は　鈴木　利一

ひと恋いてわずかに瘦せしわたくしを冬木とひとしく**映す**ガラス戸　鷲尾三枝子

林檎むく妻のナイフはしろがねの意志あるごとくわれを**映せ**り　大森　益雄

うつ‐せみ
空蟬（名）蟬のぬけがら。また、蟬。身の力がぬけて、うつろな心持ち。

いつしかも日がしづみゆき**うつせみ**のわれもおのづからきはまるらしも　斎藤　茂吉

求め来て求め求めて求め来てああマシュマロか**空蟬**になる　前川　博

うつせみの世ははかなけれ力行の一生たりし君をすがしむ　森山　晴美

うつそ‐み‐の
現身の（枕）身・世・命・人などにかかる。

麦畑のみどり、丘山の新《にひ》若葉**うつそみの**世はうつくしきなり　佐佐木信綱

うつそみの人やく煙ながれくる菜畑のかげに心をたもつ　小泉　苳三

うつつ　現（名）現実。現在、生きている状態。夢心地。

疑懼《ぎく》やがて**現**とならん予感あり桃の実《み》ひたすらわが剥くときに　尾崎左永子

うすずみのゆめの中なるさくら花あるいは**うつつ**よりも匂ふを　齋藤　史

鉄橋に向かひて叫ぶ人のをり**うつつ**の人と思はれず朝　澤村　斉美

うつつない〔うつつ-な・し〕　現無し（形ク）正気でない。物狂おしい。無心だ。無邪気だ。

庭ざくら咲きて照りたり雀二羽こゑ**うつつなく**まろがりおちつも　宇都野　研

うつつなきおもひみな去れ柊《ひいらぎ》の小花《をばな》にほひてこの年もゆかむ　藤沢　古実

うつつなき母の笑まひに似てゆるる紺青ふかきあぢさゐの花　岡野　弘彦

うつ-ろ　空ろ・虚ろ（形動ナリ・名）がらんどう。からっぽ。空虚なさま。

物言えば心**うつろに**なりゆくを怖れて吾は黙していたり　松井　勇次

うつろなるまなこを向けてゐるあたりあらはれよまぼろしなりともまぼろし　吉野　昌夫

秋の日に出てとぶ黒き羽虫は朽木の**うつろに**戻ると思へ　森岡　貞香

遅れ来る人の**空ろ**の空を飛ぶ黒人の「羇旅八首」の鶴よ　佐佐木幸綱

うつろい〔うつろひ〕　移ろひ（名）次第に移ってゆくこと。移り変わり。動詞は「うつろふ」（自動四）

春嵐去りたるあとの**移ろひ**に今日降る雨は初夏《はつなつ》を呼ぶ　樋口　美世

柿の葉は一夜のうちに紅葉せりねてのあしたの物の**うつろひ**　土屋　文明

盆ちかし盆花《ばな》折ると我がゆきし昔の野辺も**うつろひ**ぬらし　太田　水穂

この秋の疾く**うつろい**ぬ高々にわが待ちおりしことも過ぎにき　水沢　遙子

うつわ〔うつは〕　器（名）入れもの。容器。器量。才能。

う

たっぷりと真水を抱きてしづもれる昏き**器**を近江と
言へり　河野　裕子

定型は愉快ならざるおのが身の澱を閑かに濾過する
器　田島　邦彦

朝を出て夕に帰るみちのくは地の**器**ともまがふまで
闇　佐藤　通雅

うな-かぶ-す　項傾す（自動四）首をかしげる。うなだれる。

憂きこころ慰めがたく卓上のトルコ桔梗も**項傾し**け
り　蒔田さくら子

思ひ兼ねわがたどりゆく**うなかぶし**茂る小草の黄に
枯れし径　泉　幸吉

うな-さか　海界・海境・海坂（名）海の境界線。海の果て。

夜を徹《とほ》し流氷群はきたるらし**うなさか**白く今朝の陽
に照る　本保　与吉

海にきて夢違《ゆめちがへ》観音かなしけれとほき**うなさか**に帆
柱は立ち　前　登志夫

魂送りする灯の暗き波に浮き**海坂**越えて消ゆる哀れ
を　大岡　博

うなじ　項。首のうしろの部分。首すじ。えり首。

口づけは**うなじ**と決めて待ちおれば君さ牡鹿となり
て訪い来よ　久山　倫代

愛されている**うなじ**見せ薔薇を剪るこの安らぎをふ
いに蔑む　寺山　修司

ひよひよと表われきたる子の**うなじ**思いきりよく髪
切りてやる　大塚　善子

うなだれる〔うな-だ・る〕　項垂る（自動下二）首を前に垂れる。うつむく。

うなだれて撓《しな》ふはなびら悩ましく風にさいなまる
る山慈姑《かたくり》の花　植松　寿樹

うな-ばら　海原（名）広々とした海。広い水面。

国生みの代を惟《おも》ふまで**海原**を染めて陽は出づ　佐渡
の朝明け　志野　暁子

うなばらを一直線にわれにくる没《いり》つ光の奔流の束
村木　道彦

うね　畝・畦（名）物を植えるため、畑に幾筋も土を盛りあげた所。また、波のうね。

ほうれん草の**畝**を埋むる柿おちば心いたきまで光しづまる　五味　保義

田の**畦**に寝かさるる子よその父母に抱きあやされて育つにあらず　金田　千鶴

畦草にまじりて紅のねじり花身の丈低くさりげなく咲く　木下寿美穂

施せる粒状肥料が乱反射のごとく跳ねつつ**畝**間におさまる　岡田　和子

うね・る　（自動四）曲がりくねる。大きくゆるやかに上下に揺れる。「うねり」は名詞。

メビウスの**うねる**旅路を走らせよエールもルールもゴールもなしに　田村　元

風筋となりて**うねれ**る丘畑の曇りが下の穂麦あかるし　橋本　俊明

茶畑の**うねり**まぶしき朝餉あと　五ヶ瀬川よりわれ来たる見ゆ　水原　紫苑

う-の-はな　卯の花（名）うつぎの花。初夏、白い花をふさ状につける。生垣にする。

庭苔に斑をなして散る**卯の花**のそのしづけさをつつみゆく闇　渡辺於兎男

平穏を蔑して今に何をうつなつかしきかな**卯の花**ざかり　大島　史洋

うば-たま-の　烏羽玉の（枕）黒・夜・やみ・夢などにかかる。「ぬばたまの」とも。

うばたまの夜のさくらの仄明かりおもむろにして闇に息する　浜田　陽子

烏玉の夜のふけゆけばつかれひく明日をわびしみころぶすなりけり　新井　洸

うぶ-げ　産毛（名）生まれた時からはえている髪の毛。ごく柔らかく薄くはえている毛。

セーターを**うぶ毛**のごとく光らせて人混みのなか君は帰るべし　太田比呂史

桃の木の幼き桃に**生毛**《うぶげ》あり朝日夕日をうけてかがやく　山下　陸奥

うぶ-すな　産土（名）その人が生まれた土地。故郷。「うぶすな神」の略。鎮守の神。

産土よこの山河をかくばかり直《ただ》にし見ずて我恋ひにけり　北原　白秋

父祖の田をかつがつ継ぎて**産土**の祭りの料《しろ》の初穂をぞ抽く　田口　良三

みちのくのしのぶもぢづり誰ゆゑにわが**産土**を捨てねばならぬ　本田　一弘

うべ　宜（副）なるほど。いかにも。肯定の意を示す。「うべも」は本当に。全く。「うべしこそ」は「うべ」を強めた言い方。

今年生《ことしふ》の新笹清く瑞《みづ》葉切り巻ける粽《ちまき》は**うべ**もかぐはし　伊藤左千夫

燿《かがひ》にて名を知る山に**うべしこそ**鵜鴿石とふ巨石静まる　田谷　鋭

わたつみを生きて還らず**うべしこそ**かの候鳥のたぐいならねば　坪野　哲久

うまおい〔**うま‐おひ**〕　馬追（名）馬追虫。すいっちょ。秋の虫。

宵の灯におのづから来し**馬追虫**の髭のかげうごく畳のうへに　橋田　東聲

さ夜ふけて障子に来鳴く**馬追**の青き透翅《すいば》もものの こほしさ　吉野　秀雄

馬追虫の髭のそよろに来る秋はまなこを閉ぢて想ひ見るべし　長塚　節

うまご　孫（名）子の子。まご。「むまご」とも。

母のなき背の**孫**よ汝が継がむ林檎の畑は花さかりなり　成田　裕子

三歳の女の**うまご**電話に出でてこしばかりに新年の心うれしむ　山本　友一

うま・し　美し（形シク）快い。美しい。楽しい。すばらしい。名詞には終止形「美し」の形で続ける。

空知川ゆたに流れて稲みのる**うまし**平《たひら》ぞ富良野の町は　太田　青丘

伊夜彦《いやひこ》の山紫に昏れむとす享《う》けつぎ来たる**美**田《うましだ》いづこ　桜木たけし

うみ　海・湖（名）広々と水をたたえている所。海洋。大きな沼、みずうみにもいう。

海を知らぬ少女の前に麦藁帽のわれは両手をひろげていたり　寺山　修司

冬ふかききびしさならむ山の**湖**に姙《はらごも》りつつ魚は痩せたり　鈴木　英夫

海懐かしみ夏を懐かしむ　人はいつも孤独いつも一人で　　梓　志乃

さびしけれ綾のつづみを打つごとく茄子紺いろの**海**に降る雨　　米口　實

沈黙の**海**を前にし人々は騒ぐ　出航前に一層　　中島　裕介

うめ　梅（名）早春、香り高い紅・白・薄紅色の単・重の花を開く。果実は食用。

この春のさきがけの**梅**匂ふとも発ちゆく人をとどめがたしも　　米口　實

梅一輪匂いをかぐと顔寄せて唇に触れたる花びらの冷え　　奥村　晃作

ああ**梅**もほころびはじめたなに鳥か庭なきめぐる生きるというは　　加藤　克巳

いづくにも貧しき路がよこたはり神の遊びのごとく白**梅**　　玉城　徹

うら　心（接頭）なんとなく、の意を添える。形容詞と動詞の上に付ける。

月はいまいでしばかりに**うら**すがし光は草にながらひにけり　　土田　耕平

土擦りて立秋の風**うら**やすし夜明けあたらしく冷や冷やと吹く　　滝口　英子

日脚ややのびて明るき部屋のうち埃も見えて**心**なごましむ　　久保田不二子

うら‐うら　（副）日ざしがやわらかでのどかなさま。うららか。のんびり。

花鋏もちたるわれが**うらうら**と天つ光にさらされてをり　　池田はるみ

うらうらと歩みひさしき川上に石はしづくを切るところあり　　山中智恵子

うらうらと老いてゆくべし桃咲きて掌《て》によみがへるうすき血のいろ　　米口　實

うらぼん　盂蘭盆（名）旧暦七月十五日を中心に祖先父母などの霊をとむらう行事。たままつり。うら盆会。精霊会。

山墓に**盂蘭盆**の灯の点きしよりあたりの闇はいよいよ深し　　渡部　保夫

うらぼんの花火ききつつ行商にもちゆく菊を妻とたばねる　　藤井　喜好

京壁を明かるく塗りて児ら帰る日を数へをり**盂蘭盆**

近し　　太田　幸善

うら-らか　麗か（形動ナリ・名）明るくやわらかなさま。うらら。うらうら。明るく朗らかなさま。

うららかに日のさす庭を眺めをれば土いぢりたく木を移しけり　　窪田　空穂

ひろびろとプラットホーム一ぱいに水撒きありて秋陽**うららか**　　長谷川銀作

うるおい〔うるほひ〕　潤ひ（名）湿り気。みずみずしさ。潤沢《じゅんたく》。

うるほひの宜しき宵を野にたてば汽車かもとほく足にひびくも　　中村　憲吉

泰山木の花の**うるほひ**すがすがし夕《ゆふべ》にはしぼむ花と思へず　　藤沢　古実

八重桜さかりの色の**うるほひ**を仰ぎ見あげて我はおどろく　　柴生田　稔

うる・む　潤む（自動四）曇っていてはっきりしない。水気を帯びて曇る。涙声となる。

うるみたる月は白馬《はくば》に落ちゆきて松川尻になびく夜の霧　　伝田　青磁

柿の花それ以後の空**うるみ**つつ人よ遊星は炎えてゐるか　　塚本　邦雄

胸ふたぎまなこ**うるめ**ど余所人の子の飢ゑなれば狂はずに見つ　　松川　洋子

揺れやまぬポプラもあかき夕雲も風に**潤める**馬の瞳《め》のなか　　宮脇　瑞穂

うれ　末・梢（名）草や木の成長していく先端。はずえ。こずえ。すえ。「うら」とも。

裸木《はだかぎ》の**うれ**にうるめる春の星ねむたくてわめく幼な子に指す　　木俣　修

丈伸びし苗木の桜はあかときの雨の庭面《も》に**梢**葉《ば》そよがす　　田谷　鋭

吹く風に心さらせとゆれやまぬ木の**梢**さむく来てとまる鳥　　安田　章生

朝な朝な空秋めきて露ふかし南瓜の花は**末**《うら》にともしく　　藤沢　古実

うれい〔うれひ〕　憂ひ・愁ひ（名）なげき。悲しみ。心配。なやみ。うれえ。

紅梅の苔かたしと**憂ひ**なく眼を移しつつをれば**憂ひ**来　　小中　英之

きはまれる青天は**うれひ**よぶならん出でて歩めば冬の日寂し　佐藤佐太郎
吾と同じ目線の高さ柵ごしに駝鳥は夏の**憂ひ**運ばず　大塚　寅彦

うれしい〔うれ・し〕　嬉し（形シク）よろこばしい。快く楽しい。嬉しむ（他動四）嬉しく思う。「嬉しぶ」とも。

この町に移りて**うれし**梅あまた幹古りてなほ花鮮かに　小暮　政次
大雪の降りやみし夜は**うれし**さに手を合せつつ外をたしかむる　納村サダ子
この岡の日向ぼこりに来慣れつつ冬暖きことを**うれしむ**　土田　耕平
つぎつぎに運ばるる懐石の食《を》しものを吾が老の口すごく**嬉しぶ**　鹿児島寿蔵

うれわしい〔うれは・し〕　憂はし（形シク）心配すべき状態である。

もの云はぬわが横顔を**憂はしく**見てゐし妻と目の合ひにけり　窪田　空穂

うろ　虚・空洞（名）中がからっぽの所。あな。がらんどう。ほらあな。うつろ。

木の**空洞**に匿しおきたる森の地図紅葉せむか街も夕焼　前　登志夫
しぐれ止み面変りせし柿の木の**洞**《うろ》ありていま夕日の坩堝《るつぼ》　浜田　陽子
光り苔ゆらめかしつつ**洞**つ奥湧きつぎわきつぎひそけき泉　太田　青丘
たれか今去りたるばかりほつかりと陽にぬくもれる竹むらの**空洞**《うろ》　中西　洋子

うろくず〔うろくづ〕　鱗（名）さかな。魚類。また、うろこ。いろくず。

深淵に朝のひかりの射すところ**うろくず**は群れて浮びたりけり　三田　澪人
はねさわぎ水うち散らす**魚族**《うろくず》をひとりの男しかりて通る　山下　陸奥

うろこ-ぐも　鱗雲（名）巻積雲の一つ。秋空にさざ波状・鱗状に浮かぶ。

うろこ雲の行きとどまらぬ日のゆふべ芥子《けし》の実ゆるる庭におりたつ　佐藤佐太郎

鱗雲鉄塔の上にひろがれり滑車一つが音立つるのみ　近藤　芳美

山住みの無念を知れと**うろこ雲**われの障子に燃えうつりきぬ　前　登志夫

夕映えの消えたる空に忽然と広がりわたり**鱗雲**来ぬ　初井しづ枝

うろ-じ〔うろ-ぢ〕

有漏路（名）煩悩を持つ人間の居るところ。この世。

土地勘のなきわれはゆくうすら氷《ひ》を踏むやうにして**有漏路**《うろぢ》の果てを　三井　ゆき

え

え〔へ〕

重（接尾）数を表わす語に付けて、かさなるものの数を示す。

目あぐれば黄葉の山の三**重**つづき四**重**かさなりて路は晴れたり　若山　牧水

日の暮れと年の暮れとの二**重**《ふたへ》暮《ぐれ》れその中歩むわれは孤りで　松平　盟子

え

江（名）海・湖・沼などの一部分が、陸地に入りこんだところ。入り江。湾。

島山を下ればさみし隠《こも》り**江**のむかうに暮るるふかき松山　中村　憲吉

にごり**江**の藻草のうへを鼓蟲《みづすまし》水にもふれで這ひゐたりけり　安田　青楓

八月の吾が入り**江**にぞ並みゐたるゆめみるひとのゆめの帆柱　紀野　恵

え

枝（名）草木などの枝。

若葉樹《ぎ》の繁り張る**枝**のやはらかに風ふくみもち揺れの豊けさ　木下　利玄

ただよへるこころに照りて紅梅の白梅の**枝**にひらく夕道　上田三四二

背戸川を片またぎして摘みにける垂り**枝**の五加木《うこぎ》萌えつつかあらむ　若山喜志子

柿の**枝**に枯死したるごと刺し置かる蝗を冬の日におもてに見ん　鈴木　利一

え

柄(名)持ちよいように器物につけた細長いとって。

長き冬に緩みし鍬の**柄**を締めて苗代小田の畦塗りに出づ　三浦　大治

散りてくるかへではしぐれの雨のなか**柄**をうへにして土に落著《つ》く　宮　柊二

え〔ゑ〕　絵・画（名）絵画。

われを見て嘲けるごとく笑ひゐる写楽《しゃらく》の**絵**さへいとほしきかな　吉井　勇

人の顔ばかりわが描き飛行機の**絵**ばかりゑがく少年も居き　大西　民子

その**絵**よりその詩歌より身に沁みつローランサンの老年の顔　築地　正子

人よりも花が好きなり僕に**絵**が画けるなら俳句なんかやめてしまふ　佐々木六戈

え　（副）…できない。よく…ない。下に動詞未然形と打消し語を伴って用いる。

笑ふよりほかは**え**知らぬをさな子のあな笑ふぞよ死なむとしつつ　窪田　空穂

抱きてもしばしはものを**え**いはざる吾子をかなしみひたに抱くも　原　阿佐緒

え〔ゑ〕　（助）…であることよ。感動を表わす。嘆息のまじった詠嘆を表わす。

人がみなわれをよろしといふ時はさすがうれし**ゑ**心をどりて　北原　白秋

うすぐらき　場すゑのよせの下座の唄。聴けば苦し**ゑ**。その声よきに　釈　迢空

いづかたも境はつかに光明の**滲**みいでたり　金は寂し**ゑ**　春日真木子

えう〔ゑ・ふ〕　酔ふ（自動四）酒によう。船や人ごみ、妙技などによう。「酔《よ》ふ」とも。

ふたつみつかさぬる夏の盃にほろほろ母は**ゑひ**たまひたり　大井　広

朱漆《しゆうるし》の坏《つき》の蒔絵《まきゑ》の三つ巴くるめくまでにわれ**酔ひ**にけり　吉野　秀雄

えがく〔ゑが・く〕　描く・画く（他動四）絵や図をかく。思い浮かべる。

子には子の匂ひあること小惑星**ゑがく**軌道に重ねておもふ　栗木　京子

子の**えがく**地図には山も河もなくひたすら黒き線路の走る　さいとうなおこ

あざやかに今は笑みたし黄の花は絵の具を厚くのせて**描か**な　横山未来子

えき　駅（名）汽車・電車などが停車し、旅客の乗降、貨物の輸送を取り扱う場所。また、その建物。

海鳴りの聞こゆる小さき**駅**に佇ち行き着くところこと思えず　三井　ゆき

出勤するわれと勤めて帰りくる妻とゆふべの**駅**に出合ひぬ　大山　敏夫

山陰線に浜田**駅**ありさらに一つ松江は母と同じ名なりき　浜田　康敬

駅名が聞こえるまでは吊革に生えるバナナになりきっている　岡田　美幸

えぐい〔ゑぐ・し〕（形ク）えごい。えがらっぽい。のどか強く刺激される。

さきがけて白梅ひらく園にゐて**ゑぐき**わが喉をひとり寂しむ　吉野　秀雄

えぐる〔ゑぐ・る〕抉る（他動四）鋭くつき刺す。くりぬく。

冬に入る夢見の山の**ゑぐら**るる発破の音の時折り聞こゆ　武藤　義幸

抉りたる創傷《きず》の如くに暗き空ひらきて見ゆる路地にをりたり　玉城　徹

デスマスクの白きおもわが我が胸を咄嗟に**ゑぐり**夜の道暗し　野村　清

わが傷をわが手に**ゑぐる**かの日より船は忘却の河を求めき　齋藤　史

えしゃく〔ゑ-しゃく〕会釈（名）軽い礼。おじぎ。うなずくこと。

荷縄さげて山へゆく人とほりたり霧のなかより我に**会釈**す　中村　憲吉

ゆきずりに瞳ふれあふ人もあれただ**会釈**するほどの知りあい　中山　禎二

えだ　枝（名）植物の主幹から分かれた茎。側芽や不定芽の発達したもの。

音楽史タクトはむかし羊飼いの少年の手にありし若**枝**　藤沢　螢

ふくざつに**枝**差し交はしゐる樹林　木は争はぬものにあるらし　蒔田さくら子

えに-し　縁し（名）えん。つながり。関係。ゆかり。機会。ちなみ。

えにしあり南青山と呼ぶところ我が世のなかば住みて留まる　土屋　文明

えにしなき墓地をよぎれば春のくさみどりは土にあらはれてをり　小池　光

命断ちしをみなの歌の友の石しばし相寄る今日の**えにし**に　小市巳世司

偲ぶ会終はりて人ら散りゆけり**縁**《えにし》とふはかなき影をひきつつ　林田　恒浩

えのころぐさ〔**ゑのこ-ろ-ぐさ**〕狗尾草（名）いね科の一年草。高さ約四十センチ。夏、薄緑色の犬の尾に似た穂を出す。「ゐのころ草」「猫じゃらし」とも。

来む世には**ゑのころぐさ**とわがならむ抜かれぬやうに踏まれぬやうに　大西　民子

手鏡に写せば光澄むなかに**ヱノコロ草**の穂が靡きあふ　権田　忠雄

この道を久しくゆきしこともなくて**ゐのころ草**の穂はなびきけり　長谷川銀作

えまう〔**ゑま・ふ**〕笑まふ・咲まふ（自動四）微笑んでいる。花が咲いている。「笑まひ」は名詞。

薄ら氷の銀のおもてのきらめきの眩しと**笑まふ**きみの白き歯　時田　則雄

風の記憶水のあわれのくさぐさに紛れ入りつつ母は**笑まう**や　馬場あき子

喪失ののち現れて**ゑまひ**する神とは呼ばず音《ね》の如きもの　紀野　恵

咲《ゑま》**ひ**とよそよ**咲ひ**とよ黒翁《くろおきな》空より知らむ**咲ひ**ありしか　山中智恵子

えましい〔**ゑま・し**〕笑まし（形シク）笑いたくなる。ほほえましい。

コロンブスが卵立てをるその昼など時に**笑ましく**思ふことあり　北原　白秋

成りぬよと新著の一部われに与へ**笑まし**げにして友去りにけり　窪田　空穂

えみえみ〔**ゑみ-ゑみ**〕笑み笑み（副）えみを含んださま。にこにこ。にたにた。

月光の**ゑみゑみ**と見ゆ戦後とふ濃《こゆ》き時間の後なるいまを　伊藤　一彦

えむ〔ゑ・む〕

笑む・咲む（自動四）ほほえむ。花が開く。ほころびる。実が熟して開く。「笑み」は名詞。笑顔。ほほえみ。花がほころび、果実が熟して口を開くこと。

秋の日のひかりに照りて**笑み**割れし一つざくろの枝先に揺る　林　圭子

旅に見し老い杉も老い藤も夢に来て人間として**笑め**ば泣きたり　米川千嘉子

あどけなき**笑**《ゑみ》して児らを導ける汝を思ふは救ひに似つつ　高安　国世

自閉気味のわれと遊びし道端の地蔵さみしき**笑み**ばかりする　川田由布子

えらぐ〔ゑら・ぐ〕

笑らぐ（自動四）楽しそうに笑う。にこにこ笑う。

修理に来し大工三人納屋のすみに**ゑらぎ**茶をのむふしぎなたのしさ　岡山　巌

朱の頭巾朱の肩衣を着せられて**ゑらぐ**にもあらず泣くにもあらず　鹿児島寿蔵

わがそばに**ゑらぐ**吾子らよ旅の夜に妻子をつれし親しみごころ　中村　憲吉

神々も**ゑらげ**たはれのごとくして朝戸出に吸ふ花のくちびる　林　安一

える〔ゑ・る〕

彫る（他動四）ほりつける。くりぬく。刻む。

夕光の暑く照るもと蓮の葉は**彫り**しが如きおのおのの青　田谷　鋭

みほとけのみあとはゆたに具《そ》足《だ》らせり冷き石に**ゑり**は**彫る**とも　吉野　秀雄

喉**穿**《ゑ》**り**て横たはる夜の素硝子の窓にはららぐ霰ひとしきり　明石　海人

硝子壺に歯車あてて花を**彫る**散りし微塵のきらめきながら　佐々木しづ枝

えん-じ

臙脂（名）あざやかな赤色。黒みを帯びた赤色。

臙脂色は誰にかたらむ血のゆらぎ春のおもひのさかりの命　与謝野晶子

朱を溶けど**臙脂**を溶けど吾がおもふあかきは胸の血汐のほかに　梶原緋佐子

えん-てい

炎帝（名）夏。朱夏《しゅか》。

炎帝の下に喘げる生ひとつ人間の名を負ひて歩めり　中条芳之介

炎帝に仕えて塩を噴く腕はエンジン調整のネジ締めている　小野寺幸男

炎帝や三七日《みなのか》を経て未だなお母が寝ているような昼すぎ　村田　馨

えん-てん

炎天（名）真夏の太陽の赫灼《かくしゃく》と照る日盛りどき。その空。

炎天の苛暑きたり乱れいゆくなか安らなるもの腕の時計のみ　宮　柊二

炎天下といふ夏のまひるまに押しよせて兵隊の汗臭ひけり　森岡　貞香

炎天の熱量に身をそらしゆく思いに歩む八月の坂　水野　昌雄

炎天の底に動かぬ真昼間の樹樹にボサノバ聴かせてゐたり　小谷　陽子

えん-ねつ

炎熱（名）真夏の太陽によって灼熱するきびしい暑さ。炎暑。猛暑。

炎熱は人を殺さずとはげまして医師のいひにき死なでわがをる　窪田　空穂

炎熱を歩みしのちの孤独にて泉にあえば膝つきにけり　馬場あき子

お

お〔を〕

小（接頭）小さいもの、こまかいもの、わずかの意を表わす。親しみをこめるときや、語調を整えるためにも用いる。

池上の山かげ**小**沼《ぬ》のささ濁り咲く花さぶしも亡き母おもへば　橋田　東聲

凹凸の地《つち》のあはひに翅のべし一日ばかりの**小**草《ぐさ》かげろふ　岡　富美子

木立みな青葉となれり山吹の八重咲く花の**を**ぐらきに照る　窪田　空穂

お〔を〕

男（名）おとこ。男子。「女《め》」に対する語。

夕闇の藍ふかむころ**男**の身より女身に変はる楡一樹あり　栗木　京子

ましろなる滝の肉体《からだ》を**男**の香、女の香する我ら仰げり　高野　公彦

お〔を〕　雄・牡（名）おす。「雌《め》・牝《め》」に対する語。

秋の空きりきりたかしかがやかに黄をまとひゆく**雄**の木雌の木は　今野　寿美

つくし鴨の**雄**《お》のくちばしにくれないの瘤あらわるる冬となりたり　落合けい子

お〔を〕　尾・峰（名）山の高い所。岡。尾根。

うちつづく山脈越えて**峯**より**峯**に風をさぶしみ渡るわれかも　生田　蝶介

にはかなる**峯**越《ごし》の風にはらはれて雲に入りたる鳥のこゑかも　吉植　庄亮

おい　老（名）年をとること。老いること。老年。老人。「老舌《おいじた》」は歯の抜けた老人が話すときに出がちになる舌。「老いゆく」は「老ゆ」（自動上二）の連用形。

老いといふやさしき闇の充つるなか点しつづけむ幻の火を　春日真木子

肩肘を張るべき時にあらなくに**老い**の心はままならぬなり　永島　道夫

入れ歯して今日**老舌**の感じかな吾が淡々と飲みにける水　吉田　正俊

かりそめの磁場は解かれて秋風のラタンの椅子に**老いゆく**女　経塚　朋子

欠席の通知をだして騒ぐ胸**老いゆく**これから慣れねばならぬ　鶴岡美代子

おいおい〔おひおひ〕　追ひ追ひ（副）だんだん。次第次第。徐々に。

おひおひに夕暮れてくらくなる渚《なぎさ》浜《はま》待宵《まつよひ》の黄は星に似る　佐藤佐太郎

おい‐づく　老いづく（自動四）老年になる。老人らしくなる。

病む度に遺言状を書き換ふる夫に仕へてわが**老いづき**ぬ　後藤　実子

外国へは行かぬと決めて**老づく**に地球儀ほしきニュース相継ぐ　富小路禎子

やうやくに**老いづく**吾に親しみて来《きた》るをとめが幾たりかあり　山口　茂吉

痛風に二十年《はたとせ》通ひ向ふ医の態《てい》**老いづく**は吾より早し　千代　國一

おい‐らく　老いらく（名）年をとっていること。老年。老い。

星を踏む歌を生きたる半世紀**老いらく**来るななほまどひなむ　山中智恵子

ほととぎす鳴く声しげく通へども　すべてはむなし**老いらく**の後　土岐　善麿

おう〔お・ふ〕　追ふ（他動四）追いつこうとして後から急ぐ。追い返す。「追いすがる」は追いついてすがりつく。

大学は武漢《ウーハン》の此のきたなさやされどかれらは**追ひ**及《し》きゆかむ　岡井　隆

暗闇にも休みなく「時」は流れゐて枕もとの時計に**追いすがる**音　吉野　昌夫

おうな　媼・嫗・（名）年老いた女。老女。老婆。

七十幾つの**おうな**にませど黒き襟にをりをり木瓜《ぼけ》の花など映る　前川佐美雄

薄墨の嘴《はし》重たげに語らざる一羽の鸚鵡**媼**とこもる　富小路禎子

古き人いまだ住むらしつつましく勝手口より**媼**入りゆく　川合千鶴子

指しゃぶりやめたる**媼**小声にて「青葉茂れる桜井」唱ふ　助川　信彦

おうまがとき〔あふまが‐とき〕　逢魔が時（名）暮れ方の薄暗い時刻。夕暮れどき。たそがれ。「大禍時《おほまがとき》」（災厄が起こる時の意）。「あふまのとき」とも。

市ヶ谷の**逢魔が時**となりにけりあかんぼの泣く梟の啼く　北原　白秋

夕ぐれは**逢魔の時**と誰《た》がいひし胡蝶蘭《こてふらん》の白き花冷ゆるなり　尾崎左永子

おえつ〔を‐えつ〕　嗚咽（名）声をおさえて泣くこと。むせび泣き。

原爆の孤児のかなしき告白に**嗚咽**は波のごとくひろがる　木俣　修

雑談する通夜の客より離れ来て夫の枕辺に**嗚咽**こらえし　如月　陽子

孤りゆけば**嗚咽**のごとき潮騒の砂丘をめぐり兵の声する　西　三吉

嗚咽してゐしが忽ち安寝《やすい》せりここにもわれの敗北は

あり　山下　陸奥

おえる〔を・ふ〕　終ふ（自動下二）おわる。（他動下二）遂げる。

花**終へ**し水芭蕉の葉猛々《たけだけ》として湿原を埋めつくせる　川上　章子

労働を**終へ**し体軀が解れゆくほんのりと湯に赤味帯びつつ　時田　則雄

老い傷《いた》み父守りつつ戦ひの後を生ききぬその事も**終ふ**　宮　柊二

おおかた〔おほ-かた〕　大方（名）その大部分。（副）あらかた。大体。

おほかたは無駄に過せし歳月《としつき》を吹き荒るるＴＶの砂嵐　石井　辰彦

おほかたは寂しき人の生ならば寂しさよときに勁《つよ》くかがやけ　柏崎　驍二

うつつともなく古書を抜く老人の**おほかた**小柄なるが切なし　爲永　憲司

おおけなし〔おほけ-な・し〕（形ク）もったいない。恐れ多い。身分不相応である。

ことごとに虚しきものを**おほけなく**夜は明るき月照りにけり　岡野直七郎

うつし世の闇にむかって**おおけなく**山崎方代と呼んでみにけり　山崎　方代

みなぎらふ潮のひかりは**おほけなし**眼を開《あ》きて居て如何にわがせむ　中村　憲吉

百姓道ひた歩み来て**おほけなし**やうやくわれの愚にならむとす　吉植　庄亮

おおじ〔おほ-ぢ〕　祖父（名）父母の父。そふ。「おほちち」「おほぢぢ」とも。

心天《ところてん》売りたる**祖父**の店の跡あの畦《あぜ》にゆすら梅はまだあるかも知れぬ　土屋　文明

祖父《おほちち》にはじめて逢ひて甘えゐるわが児の声のここにきこゆる　古泉　千樫

魂をたとふれば雪　**おほちち**の乗りし夜汽車のこゑ響き来る　本田　一弘

おほぢぢの荒れし手のひらさすりつつ国にかへりし思ひすと言ひつ　島木　赤彦

おおつごもり〔おほ-つごもり〕　大晦（名）十二月の最後

の日。おおみそか。「大年」とも。

わが丘をめぐれる谷に靄沈み**大つごもり**の夜の灯火　田谷　鋭

甃の雨の溜まりの底澄みて**大つごもり**の雲行き迅し　安永　蕗子

笹の葉の葉末かそかに揺れうごき**大つごもり**の日は昏みゆく　今井　白水

おおどし〔おほ-どし〕

大年（名）一年の最後の日。おおみそか。

大年の夕をはやく樹に寝ると鶏《かけろ》あはれなり呼べば鳴きつつ　穂積　忠

大年の町買物の荷のなかに足袋双六もありにけるなり　太田　水穂

いづべより響かふ鐘か**大年**を子の家にゐて聞けば安けし　藤井　好枝

おおに〔おほ-に〕

凡に（副）おおよそ。大体。あらまし。「おほよそに」とも。

胎動の**おほに**しづけきあしたかな吾子の思ひもやすけかるらし　五島美代子

慣れ慣れて**おほに**来にしがこの度の吾の病はかりそめならず　遠藤　貞巳

むらぎもの心鎮めて見究めぬわがつく息の**おほに**白きを　吉野　秀雄

凡《おおよ》そに花の過ぎたる寒菊は日の射すかたに傾《かたぶ》きそめつ　生方たつゑ

おおば〔おほ-ば〕

祖母（名）父母の母。そぼ。「おほはは」「おほばば」とも。

食らふもの干し芋がらを携《たづさ》へて遠く浴《あ》みにし**祖母**をぞおもふ　土屋　文明

死の際《きわ》にああ白しと**祖母**《おおはは》の言いし五月よまこと真白し　佐伯　裕子

降る雪は白きこゑなり、おほちちの、**おほはは**の、ははの、死者の、われらの　本田　一弘

おおばこ〔おほば-こ〕

車前草（名）原野・路傍にある雑草。夏に白い小花を穂状につける。

夏山のみちをうづめてしげりける**車前草**ぞ踏む心たらひて　斎藤　茂吉

道のべの**車前草**硬《かた》くなりにけり真日明うして群るる子鴉　北原　白秋

お

車前草はすでにさびいろに色づきて晩夏の光いたきまでにさす　中野　菊夫

おか〔をか〕　山の低いもの。小山。丘陵。

おぼほしく夕ぐれのいろひろがれる油田地帯は砂**丘**《すな》に尽く　五味　保義

失ひしわれの乳房に似し**丘**あり冬は枯れたる花が飾らむ　中城ふみ子

横さまに雪吹きつくる**丘**のうへ裸木は幹ひきしめて立つ　山中　律雄

風を得て焔にかへる燠火のみ残せる**丘**は闇にかたむく　小野　茂樹

おかしい〔をか・し〕　可笑し（形シク）普通とは違うところがあって笑いたくなるさま。

尤もらしい言葉に引っ張られる短歌を詠む向こうで短歌が**可笑し**がっている　山中もとひ

死にゆける者みな**可笑し**今朝秋のうすごほりくちびるにて溶かす　林　和清

生のこと問へば**をかしき**　年の瀬に中年男がものを煮てをり　光栄　堯夫

おがむ〔をが‐む〕　拝む（他動四）拝礼する。掌を合せて祈る。「をろがむ」とも。

麦畑に隣る疎林の小だひらに行者堂《ぎやうじやだう》あり芭蕉**をがみ**き　植松　寿樹

おき‐どころ　置き所・置き処（名）置き場所。安住の場所。

水分《みくまり》の社の庭に月冴えて立ち氷《ひ》なす身の**おきどころ**なし　岡野　弘彦

夕暗くなりて心の**おきどころ**なき悲しみは堪ふる外なし　松村　英一

おきな　翁（名）としとった男。老人。

芭蕉庵まもる**翁**に媼いて月見の芒《すすき》町より買いきつ　石本　隆一

この山をある宵くだり村里に風呂をもらひし**翁**おもほゆ　斎藤　茂吉

泥鰌《どぢやう》うりて帰る**翁**も声かけぬ上毛《かみつけ》越後の国ざかひの山　土屋　文明

翁われ今日を初めて逢ふ人に耳に手を当て顔さし寄

せつ　窪田　空穂

おき‐ぬけ

起き抜け（名）寝床から起き出したばかりのこと。「起き掛《が》け」とも。

起き抜けのまなこに樹氷炎《も》えてをり少女燦然と割る生卵　山名　康郎

起きぬけを青田に来り稲とわれかたらふとなき時の怡《たの》しさ　吉植　庄亮

露ふくむダリヤを切るとためらへる**おきぬけ**もはやがんじからめに　松谷　絹枝

起きぬけに逆さ吊りなる薔薇見えて無重力界泳ぎいるごと　道浦母都子

おき‐ふ・す

起き臥す・起き伏す（自動四）起きたり寝たりして毎日暮らす。また、高くなったり低くなったりする。「おきふし」は名詞。毎日の生活。また、起伏。

ようやくに／自分の家に**起き伏して**／母をいたわり六月となる　渡辺　順三

碓氷嶺にのぼりて見れば日に沈む信濃の国は**起伏し**にけり　藤沢　古実

山河に庵《いほ》りし人の**起臥**のあるべきやうの幽けさを思ふ　中村　憲吉

海に沿ふ丘の**起き伏し**たまたまに屋根に石置く低き家群　柴生田　稔

おぎろ‐な・し

（形ク）非常に広い。広大である。奥深い。

おぎろなき榛の若葉や真午陽は時に爽《さは》だち照り鎮むなり　穂積　忠

山の上のしじまは深く**おぎろなし**眼の前の岩に陽炎立つも　川田　順

おく

奥（名）奥深いところ。果て。「奥処《ど》」「奥処《が》」の「処」は場所をあらわす接尾語。

左千夫詠みし木立の中のみ社が今もあり家の囲ひの**奥**に　宮地　伸一

しきりにもここの渓べにひびきくる若葉の**奥**の駒鳥の声　玉城　徹

杯をしづかに伏せぬ思ふこと胸の**奥処**《ど》に触れて来ぬれば　吉井　勇

わが胸の**奥処**《おくが》に小さき沼ありて時々小鳥が来て遊びいる　三井　修

おく-つ-き

奥津城（名）墓所。はか。はかどころ。はかば。

筒鳥の啼く山下の**奥津城**に心閑《しづ》けし草むしりつつ　久保田不二子

去りがてにこの**おくつき**に手をかけて吾は立ち居りひとりなりけり　古泉　千樫

アイロニーゆたかなりけるうたびとの**奥津城**の辺は杉立ち茂る　玉城　徹

水の上にうかびて一生はすぎにけむ人の**おくつき**が川中の洲に　水町　京子

おぐらい〔をぐら・し〕

（形ク）少し暗い。ほのぐらい。

はるかなる隔たり　受話器へ黙すとき二人**おぐらき**潮《うしお》ひき合う　前田えみ子

おこ〔をこ〕

烏滸・痴（名）ばかげたこと。おろかなこと。あほらしいこと。

背丈のびしこれの娘にして笑みていふ**烏滸**の理窟も少女さびたり　岡本　大無

おごり

奢り（名）ぜいたくなこと。ふるまい。また、もてなすこと。ご馳走すること。

草もまた春の**奢り**の丈伸びて蕩尽の月野に送るかな　安永　蕗子

その子二十《はたち》櫛にながるる黒髪の**おごり**の春のうつくしきかな　与謝野晶子

今日のわが**奢**といへど白飯と数匹の鮎の料理にて足る　半田　良平

ささやかに**奢**に夢みん働きて得し紙幣あれば装飾窓に佇つ　岸上　大作

おご・る

驕る・傲る（自動四）思いあがる。得意になってたかぶる。勝手なふるまいをする。

まぶしかる夏野のみどり照る昼の雑草《あらくさ》といえど花は**おごれり**　芦田　高子

財あるは**おごれる**如く次々と買ひ占めてゆく我が村の土地　照井　岩見

おさ〔をさ〕

長（名）集団のかしら。年長。兄弟中いちばん年かさ。長子。

ゆったりと生きているのよ**長**《をさ》の子が蒲団の中でわれにつぶやく　奥村　晃作

地下道をくぐり彼方へいづる間《ま》を**長**《をさ》のむすめの沈黙したり　小池　光

長の子をゆふべ叱りきそれのみが一日の清き部分のごとし　　柏崎　驍二

おさな〔をさな〕

幼・稚（名・語根）幼い子。幼児。子供らしい、幼いの意。

烏賊が光るそれが見たくて**幼**連れ真夜の海へと車走らす　　平山　公一

螢にも耳あるとせよ　**幼**らの声の波間を点もりつ消えつ　　永田　和宏

めし粒をこぼしつつ食ふこの**幼**貧の心をやがて知るべし　　長澤　一作

うつつなき病の夢に見えくるはみな忘れたる吾が**をさなご**と　　中村　憲吉

とほくより風に吹かれて来る吾子のありありとしてわが**幼な**顔　　石川不二子

おさない〔をさな・し〕

幼し・稚し（形ク）幼少である。未熟である。幼稚である。子供っぽい。小さい。小粒である。

灯《ひ》ともりてにぎわいてゆく水面を**幼く**なりて妻はよろこぶ　　松坂　弘

尋常を遂げゆくものを哀しめど加賀の稲田の垂り穂**をさなし**　　安永　蕗子

観覧車夕べ灯すを眺めいて**幼き**ものはふと無口なり　　中津　昌子

おさなご〔をさな-ご〕

幼児。幼子（名）おさない子ども。

「ますいガスはバニラのにおい」と約束せし**幼な子**眠るや手術前夜を　　久山　倫代

死にさうな犬のかたはらに来て坐る**をさなご**いまだ怖れを知らぬ　　久保田　登

をさなごの見るにほどよき大きさとおもふ地球儀は入荷待ちなり　　牛山ゆう子

幼子も気遣いするらし手毬そっとわれに渡してはなれてゆきぬ　　佐波　洋子

おさめる〔をさ・む〕

収む・納む（他動下二）とりいれる。しおえる。しまう。

幾重なす山はしぐるれめぐりゆく入野はここも田を**収め**たり　　小市巳世司

ひろげたる翼しづかに**をさめ**たりさびしき鶴のただ立ちてゐる　　川田　順

兄の骨**納め**し箱を抱へゆく暑き山辺は萩の咲く道

白石　昂

かへせ　僕にかへせ　かへせ　老母《はは》を**納め**た柩をかへせ　松平　修文

おし　押し（接頭）動詞の上に付けて、意味を強める。

峡《かひ》の空を**おし**移りゆく霧の中にこもる飛燕《ひえん》の声のかなしさ　村野　次郎

秋の夜の月**おし**てれり地にしみし鰊《にしん》のいまだほの匂ふ浜に　石榑　千亦

青茅原光乱して**押し**わたる風のかたちが一瞬みゆる　尾崎左永子

おしい〔を・し〕　惜し（形シク）捨てがたい。愛着を感じる。

崩《く》え崖のひびをすら射る夕茜瞬《しゅん》の時**惜し**わがいのち**惜し**　木俣　修

満開のつつじは朱に美しと薔薇の黄なるは**惜し**と妻の言ふ　金子　一秋

おしえる〔をし・ふ〕　教ふ（他動下二）告げて知らせる。「教へ」は名詞。

鍵は左の手で家を出る左手のことは右手に**教へ**ぬつもり　尾崎まゆみ

水いろに咲ける花こそ優しけれ勿忘草《わすれなぐさ》と**教へ**たまへり　宮　柊二

雷鳥は色まぎらはし指さして**教ふる**方にさ霧の動く　植松　寿樹

「ならぬことはならぬ」としばしば父言ひき今さら**教へ**に背く気はなし　雁部　貞夫

おし-なべ-て　押し並べて（副）あまねく。すべて一様に。

おしなべて霜枯れにける裏の山から風つづき冬深まりぬ　久保田不二子

ふぶきくる桜のもとに思ふこと**押しなべて**暗したたかひの惨　岡野　弘彦

おしなべて木立の尖が白みゆき芽吹きはひとをうちふるはする　今野　寿美

おしむ〔をし・む〕　惜しむ（他動四）惜しがる。愛着を感じる。愛しむ（他動四）愛らしく思う。大切に思う。

顔面を顫はせ走るランニングにいのち**惜しま**ぬ我となりゐつ　島田　修二

そばだちて公孫樹《いちやう》かがやく幾日か時を**惜しめ**ば時はやく逝く　長澤　一作

春立つ日わが悪心が海髪《おごのり》の暗きくれなゐ**愛しみ**て食《たう》ぶ　伊藤　一彦

おす〔を・す〕

食す（他動四）召しあがる。転じて、食べる。

草餅をもとめて**食す**や子は二つ父われ一つ春待まるれ　坪野　哲久

昨日《きそ》の日は李《すもも》の花にさへづりし野鳥かも知れず火に焼きて**食す**　前川佐美雄

納豆を餅《もちひ》につけて**食す**ことをわれは楽しむ人にいはぬかも　斎藤　茂吉

おそ-ざくら

遅桜（名）時節におくれて咲く桜。遅咲きの桜。

鐸《すず》鳴らす路加《ルカ》病院の**遅ざくら**春もいましがをはりなるらむ　北原　白秋

遅桜咲く庭おほし片づかぬ仕事を置きて夕べ出で来つ　柴生田　稔

おだい〔おだひ〕

穏ひ（形動ナリ）おだやかなこと。

このあした心**おだひに**しづかなれば寒き冬山もなつかしきかな　佐佐木信綱

おだ-し

穏し（形シク）安らかで落ち着いている。

穏しくも澄める目したる翁来て眼にゑがく庭石もてあらはす　窪田　空穂

おだまき〔を-だまき〕

苧環（名）きんぽうげ科の多年草、四、五月ころ、紫または白の五弁の花が咲く。

雨ふりてさびしき庭も**をだまき**の一むらゆゑに足らずしもなし　長塚　節

きみがやまひかならずよしと**苧環**のむらさきの花さくを待ちにし　石原　純

お-たま-じゃくし

蝌蚪（名）蛙の子。水中にすみ、形がお玉杓子に似る。

古池の汀《みぎは》の水に盛り上り**おたまじやくし**らうようよとゐる　宇都野　研

おたまじやくしひそかに生《あ》れし池の辺に金雀児《えにしだ》の花は夕べ明るし　川合千鶴子

石の上にわれは居りつつ山川に**蝌蚪**の流るるを見つ

佐藤佐太郎

おち〔をち〕　遠・彼方（名）遠く離れた場所。かなた。遠く隔たったとき。

鐘が鳴る紀伊の御坊はさざ波の春日の**をち**に屋根をならべて　太田　水穂

二月の陽あたたかにして砂原の**遠**にかそかにもゆるかげらふ　佐佐木信綱

山の**彼方**に日は廻りゆき暮色《くれいろ》となりし此の面《も》になほ温《ぬく》き岩　植松　寿樹

おちかえる〔をち-かへ・る〕　変若ち返る・復ち返る（自動四）もとに戻る。繰り返す。若返る。

九夜《ここのよ》雨降りつづきてこの朝のひかり**変若《おち》かえる**街の木叢に　阿木津　英

老いらくの頽唐のうたの即興に**変若《を》ち返る**べし年の夜にして　木俣　修

おちかた〔をち-かた〕　遠方（名）遠い方。あちら。

町つきて砂原となりし**をち方**に海の面の暮れのこるらし　土屋　文明

遠方の青野に山羊のひとつ白しこの夕べわが心つつまし　熊谷　武至

傘ふかうさして君ゆく**をちかた**はうすむらさきにつつじ花さく　与謝野晶子

おちこち〔をち-こち〕　遠近（名）あちらこちら。ここかしこ。

をちこちに啼き移りゆく筒鳥のさびしき声は谷にまよへり　若山　牧水

をちこちに残雪見えて涼しかりバス走りゆく野のかたむきて　生田　友也

をちこちに雲雀あがりていにしへの国府《こふ》跡どころ麦のびにけり　太田　水穂

おち-ば　落葉（名）晩秋から冬にかけて、落葉樹より散った木の葉。

わがこころ平《たひら》ぎかねつ山窪にしづもり果てし**落葉**見しかど　宮　柊二

わたりくる永き光にかがやきて黄につもりをり銀杏**落葉**は　佐藤佐太郎

これよりは在るをあたはず土にくだれと聞きたるやうに**落葉**し初めぬ　稲葉　京子

凩に吹かれて地を走るとき鉄片のごとも**落葉**するどし　　杜澤光一郎

おちる〔お・つ〕　落つ・堕つ・墜つ（自動上二）高い所から低い所へ移動する。空から雨・雪などが降る。

わが頬にかみそりの刃の過ぎゆけば椿**落つる**かずかぎりなき音　　喜多　昭夫

紙飛行機草に**落ち**たるのちすこし白くふるえる紙に戻りぬ　　平野久美子

ものおもふ時の静寂《しじま》をかすかにも破りて**落つる**煙草の灰は　　爲永　憲司

ほんとうにおれのもんかよ冷蔵庫の卵置き場に**落ちる**涙は　　穂村　弘

流星のごとくに銀の尾を引いてスプーンは手から床へと**落ちる**　　伊波　真人

おとがい〔おとがひ〕　頤（名）あご。下あご。口。

頤にうすき刃物の触るるとき何時の葉ずれかうつつを去らぬ　　明石　海人

黙殺をされゐてわれは盗み見る肥えてゆるびし人の**頤**　　江口　百代

をさなごのわれをともなひ教会へかよひし母の昏《とほ》き**頤**《おとがひ》　　徳高　博子

口喧嘩し居りし時を思いつつ母の窄みし**頤**を見つ　　森　利恵子

おと・す　落とす（他動四）上から下へ勢いよく、また急に移動させる。光・視線などを注ぐ。その方向に向けて届かせる。

港町ゆくトラックが**落とし**たる鱈一本の腸《わた》まで真冬　　三井　修

落としたるガラス器床に砕け散り失いしものの輝きを見す　　武市　房子

誰よりも近く誰よりも遠き人思いてグラスに氷を**落とす**　　関谷　啓子

おとずれ〔おと-づれ〕　訪れ（名）訪ねること。訪問。たより。

あたたかし一夜《ひとよ》のほどに吹きかはる春のあらしの今朝の**おとづれ**　　太田　水穂

おととし〔をと-とし〕　一昨年（名）昨年の前の年。前々年。

萩ましこ見しは**をととし**紅ましこ今日来てながくわが前に居る　石川不二子

おと-の-こ　弟の子・乙の子（名）すゑの子。末子。

弟の児《こ》が幼児さびてその兄と拾ふカルタの時には勝ちつ　窪田章一郎

ためらひもなく妻は捨つ**弟の子**が学帽に仕舞ひおきし蓑虫　田谷　鋭

くつたくもなし兄の靴をはきてゆく**乙の子**に春の日ざしかがやく　木俣　修

おどむ〔をど・む〕　沈澱む（自動四）水の流れがとどこおる。よどむ。

頂に烟なづさふ火の山のめぐりの海は黒く**をどめり**　石榑　千亦

おとめ〔をと-め〕　少女・乙女・処女（名）年頃の娘。未婚の女。「をとめご」とも。「をとめさび」は少女らしくなって。少女らしくふるまって。

征く意味を尋ね賢《さか》しき**少女**なるわれに言葉を探し応へき　醍醐志万子

をとめごの前歯かすかにあらはれぬをりしもひとつの微笑のために　葛原　妙子

いのち深くあたたかきところ**をとめご**のゆめありしことしだいに忘る　馬場あき子

直感のするどくなりし**をとめご**の言《こと》にをりをりたぢろぐ吾は　秋葉　四郎

をとめさび鄙《ひな》の**をとめ**が着なれけむ手織の衣見ればなげかゆ　石井直三郎

おどる〔をど・る〕　躍る・踊る（自動四）とびあがる。はねる。踊りを舞う。「さ踊る」の「さ」は語調を整える接頭語。

巌の上に潮はきたりて身悶えをなすとや見れば**躍り**あがりつ　玉城　徹

海面に**躍る**イルカのTシャツの胸の形にふくらむイルカ　原　詩夏至

春庭に**さ踊る**雀芝草の枯れしひと葉を啄《く》ひ持ちにけり　宇都野　研

おどろ　棘・蓬（名・形動ナリ）草木が乱れ茂っている所。やぶ。乱れている様子。

庭隈《にはくま》の**おどろ**刈りそけ清《すが》しとぞ思ひしのみに吾がま

どろみぬ　吉田　正俊

夕づく陽うちきらめかせ瀬の波は**おどろ**の蔭の涼しさに入る　田谷　鋭

冬草の**おどろに**まじる緑《あを》ひとむらたんぽぽは深くいのちやしなふ　鈴木　英夫

おに

鬼（名）地上の国つ神。荒ぶる神。人にたたりをする怪物。もののけ。幽鬼。

目瞑ればありありとして表現者とふ**鬼**もさびしく辛くゆくなり　稲葉　京子

オニクルミ**鬼**来る夜を砕きつつ母に繋がる訃報を聞けり　佐藤よしみ

鬼の目のかなしき虚空遠き世の粉雪いまだ降りつつあらん　下村　道子

ふるさとの宿に見てゐる板壁《かべ》の染み**鬼**に見えたり仏にも見ゆ　鶴岡美代子

おね〔を-ね〕

尾根（名）峰のつづいている所。山の背。おねすじ。

おのづから雲こごりきて夏の夜の明神嶽の**尾根**をはなれず　高村光太郎

尾根尾根に霽れて集る雲白く妙高を見き月の出の前

水平にのびる外輪の**尾根**とほく車窓にのぞみ豊後へ越ゆる　近藤　芳美

時雨くる深山《やま》に踏査の一日暮れ**尾根**路辿れば遠き燈が見ゆ　大田黒忠雄

おの-が

己が（連）自分の。自分自身の。

しらじらとわさびの花の咲くなれば寂しとぞ思ふ**おのが**往《ゆ》き来《き》の　土屋　文明

まもられて来しことあらじさむき星天狼**おのが**ひかりに荒るる　雨宮　雅子

己が母にひとつ姿勢をまもり来しこの二年妻をめとりし二年　大河原惇行

おのが身を話しながらも納得させて口の形におさめてしまう　髙橋みずほ

おの-が-じし

己がじし（副）各自それぞれ。めいめいに。思い思いに。

おのがじし寂しく細き脚もちて鳴ら行き交ふ春の干潟に　松田　鞠枝

おのがじし事にかまけてしづかなる遇ひまれなりき

この年ごろは
おのがじし傾くままに傾けり仏らは手を石に封じて　中村　憲吉
玉井　清弘

工場の昼の休みを人は出て**おのがじし**陽あたるところに坐る　恒成美代子

おのこ〔を‐の‐こ〕　男の子（名）おとこ。男性。男子。

男子らは心しくしく墾畑《きりはた》の赤き胡椒を刈り干しつくす　北原　白秋

男《お》の子らに踏まれし竹の子その先がむしゃむしゃのまま庭口に伸ぶ　中川佐和子

鳥影にかげろふ額《ぬか》や成り余れる**おのこ**の思考もてあましをり　萩岡　良博

おのずから〔おの‐づ‐から〕　自ら・自づから（副）自然に。おのずと。みずから。自分で。

おのずから抵抗の姿勢となりて立つ烈風は砂捲きてわがまともより　渡辺　順三

食みこぼす飯《いい》を畳に拾いつつ**おのずから**なる笑いとなりつ　石田比呂志

自ずから鼻先濡れてくることを雨の日の犬はふと悲しまん　早川　志織

おの‐づま　己妻（連）自分の妻。

ひと鉢のくさもちの上に**己妻**がおきたる花は白桃の花　中島　哀浪

おのがじし**己妻**つれて朝雉《きぎす》きほひとよもす声のかなしさ　古泉　千樫

おののく〔をのの・く〕　戦く（自動四）恐怖や不安に震える。わななく。

この宇宙の何処より来るか原爆よりわれは**をののく**エイズの病に　芦立　清美

かりそめに汝が黒髪に觸るるさへたそがれどきのこころを**をののく**　木俣　修

おの‐も‐おの‐も　己も己も・各も各も（副）おのおの。めいめい。

冬休炬燵に子等の親しけれ**おのもおのも**に憎からぬかも　久保田不二子

年を経て　聞くさびしさや。教へ子は　**おのもおの**もによく生けれども　釈　迢空

念入りに畦塗り上げて**おのもおのも**この零細の農を疑はず　若尾　武雄

十本の嚆矢《かうし》となりて尖がる指**おのもおのも**のかなしびの花　安森　敏隆

おのれ

己れ（代）自分。私。自分自身。（副）自然に。おのずから。ひとりでに。

おのれのみこころひそかに知ることのありてさやかに聞く秋の風　岡本かの子

亡き友にまず一杯のひとり酒**おのれ**問いかけ**おのれ**答ふる　坪野　哲久

い湧くとも見えぬ泉の小暗きに映るわが影**己れ**ともなし　大塚布見子

蔓ひけば**おのれ**こぼるる零餘子《むかご》なり秋の日ざしは松に傾く　太田　青丘

吾といふ一人に勝ちしあたひをば**おのれ**知るのみ**おのれ**知るのみ　原　阿佐緒

おばしま

欄（名）らんかん。てすり。

往《ゆ》き暮れしろまんちつくのわかうどは永代橋の**欄干**に凭る　吉井　勇

おばしまの闇にうかみて吾児《あこ》が顔かげほのぼのと花火待ちゐる　丸山　芳良

おばしまの暖まるまでよりそひぬおもひはてなき春の夜の月　川田　順

おぼ‐おぼ‐と

（副）かすんではっきりしないで。ほんのり。ほのか。

淡き靄午後はまとひて**おぼおぼと**冬日みちたり高層群は　尾崎左永子

街川の濁りの中に**おぼおぼと**彩《いろ》動けるは緋鯉ぞと待つ　蒔田さくら子

うち霧らふ昼の光は**おぼおぼと**空の彼方に雲を行かしむ　吉野　鉦二

おぼろ

朧（形動ナリ・名）かすんで、はっきりしない様子。ほのか。ほんのり。おぼろげ。「おぼろか」とも。

人ここに生きし跡さへ**おぼろなる**時を湛へてゐます仏は　石川　恭子

海も山もけぶりて**おぼろの**ふるさとや繭《まゆ》ごもりゐるわれと思ひつ　大塚布見子

眠らむとする**おぼろ**眼に天井より躍り出でくる木目

お

のお化け　岩田　正

おぼろかに月さす空に鳴りわたり春のいかづち雹《へう》飛ばしくる　宇都野　研

おみな〔をみ-な〕　女（名）女性。女子。おんな。

胴くびれ熟れたる瓢《ひさご》いくつ垂りこの村に嫁してくる**女**無し　齋藤　史

良寛をふかく慕ひし貞心尼のこころ、**をみな**のこころにあらずや　木畑　紀子

舟型の**おみな**の靴よいづこより船出してきて玄関にある　三井　修

おみなえし〔をみな-へし〕　女郎花（名）秋の七草の一つ。晩夏から秋にかけて、黄色の小さい花を房状につける。

摘みて来しぎぼうしゅ・みつば・**女郎花**みな寂しくて日本の野草　宮城　謙一

みちびかれ山の斜面に入りゆきぬ**をみなへし**咲きて明るき斜面　堀　不二子

女郎花黄金色濃く陽に照れり高原みちの草むらがなかに　氏家　信

おも　面（名）顔。容貌。表情。平らなものの表面。「面差《おもざ》し」は顔付き。

ふる雨にしとどぬれたるくれなゐの牡丹の花の**おも**ふすあはれ　伊藤左千夫

まだ見えぬみどりごの瞳に**面**寄せてわが夏の夜々たわいもあらず　木俣　修

父ははの**面**《おも》知らぬ嘆きもつことも宝石の如き生《いき》の恵みか　田谷　鋭

目鼻立ちまだととのはぬ曽孫にわが父母の**面ざし**重ぬる　真岡　京子

おもいもうける〔おもひ-まう・く〕　思ひ設く（他動下二）予期する。前から覚悟する。前から思い定めておく。多く否定語を伴って用いる。

夕餉にて**おもひまうけ**ぬ悲しみのきざしつつ牡蠣《かき》のむきみを食へり　佐藤佐太郎

船にして**思ひまうけ**ぬききものぞ島山かげのうぐひすのこゑ　長谷川銀作

おもう〔おも・ふ〕　思ふ・想ふ・憶ふ（他動四）心で考える。望む。願う。恋慕す

る。心配する。恨む。

つきつめて**思は**ぬ癖は障害の重き子が生れし頃にはじまる　水島　和夫

天井より四十枚の布おむつ垂りゐし雨夜はオーロラ**想ひ**き　野一色容子

たまものの新蕎麦の香をしみじみと味はひゆくにきみを**想ふ**も　綾部　光芳

頬に指手触るるまへの弥勒像**おもへ**ば仄かにみだれ給へり　稲葉　京子

おもおえず〔**おもほえ-・ず**〕（連）思いがけず。不意に。

思ほえず彼岸の雪にわれの遭《あ》ひまさ目にし見る越の野の雪　来嶋　靖生

思ほえずこゑ聞きとめて心恋ほし高木の上に夕鴉啼く　山崎　一郎

おも-おも　重重（副）非常に重そうなさま。荘重なさま。

ひと抱への書物**重々**と持ちし君玄関に立ち汗垂りやまず　堀内　通孝

めづらしくつもりし雪になんてんの枝**おもおも**と地にたわみをり　大井　広

佐久平たるみのはてに**重重**と山脈のみどり段段に淡し　沼尻　節

おも-かげ　面影・俤（名）心の中に浮かぶ姿。様子。顔付き。おもざし。幻影。幻。

植木屋も大工もその子は継がざりき毀たむ家にしのぶ**面影**　川合千鶴子

おもかげも浮かびくるなく佇つわれのまわりに夜が動悸うっている　岡部桂一郎

屋敷神のかたへにいます石仏のいつしか母の**面差し**に似る　秋山佐和子

おも-ちち　母父（名）母と父。ちちはは。

病み呆《ほ》けて心をさなしわが娘**母父**よ手をつなぎてと言ふ　宇都野　研

母父に手をとられつつ興じやまぬこの幼きを別れゆかむとす　明石　海人

おもて　表・面（名）表面。外に向かった側。面している側。顔面。

つつましく花火打たれて照らさるる水の**おもて**にみ

づあふれをり　　小池　光

げんげんの花咲く田づら鍬き返へされ裏を**表**になせる土塊　　杉浦　翠子

血の満ちみつる没り日に向くるわが**おもて**如何にありしか暮るる路上に　　阿木津　英

天づたふ日は没《い》らむとしユーフラテスの川**おもて**より闇たちのぼる　　宮　英子

おもむろ‐に

徐ろに（副）しずかに。ゆっくり。ゆるやかに。だんだんに。

羽づくろひ**おもむろに**して花蔭に鵯《ひよ》の一羽がさへづりはじむ　　畑　和子

かすかなる虹消えゆきし空の下木原**おもむろに**光りはじめぬ　　三枝　茂

漠然と押しうつり来て**おもむろに**老いの象をととのへはじむ　　阿久津善治

おもむろに階《はし》くだりゆくわが影の幾重にも折れ地上にとどく　　来嶋　靖生

おも‐わ

面輪（名）おもて。顔。顔付き。表情。

うつつなく眠る**おもわ**も見むものを相嘆きつつ一夜明けにけり　　古泉　千樫

戦ひのひと時止みて憩ふ兵西瓜を食める**面輪**笑ひぬ　　広野　三郎

北限の竹のいろ濃き佐渡に来て磨崖ぼとけの**面わ**露けき　　辺見じゅん

おやみ‐な・い〔を‐やみ‐な・し〕

小止み無し（形ク）少しの間もやむことがない。

おやみなくえごの白花は落ちいたりこの音聞きて母は逝きしか　　中村　健次

ゆれやまぬ万象なんぞ茫々と時は**おやみなく**ながれつづける　　加藤　克巳

ときのまの**をやみもなし**に降る雪か青鷺の上《へ》にまた水の上に　　岡部　文夫

霧の流れ**小止みなき**峠に聞きとめし鶯の声長くつづかず　　結城　健三

お‐ゆび

指（名）ゆび。および。または、親指。

一枚の木の葉の生気たのしみて歩む冬の日**指**汗ばむ　　窪田章一郎

指もて君が名を彫り辿りつつ蝉時雨響む墓原に佇つ　水城　彩

鉛筆を握る**おゆび**の関節がゆるみゆるみて眠りにおちぬ　沖　ななも

およ‐び‐な・し　及び無し（形ク）届くことができない。力が及ばない。

およびなきわが拙さと肯ひし日の夕べにて水汲みてをり　遠山　光栄

おり　澱・滓（名）液体の底に沈んだ、かす。汚れたもの。

あはれかの国のはてにて／酒のみき／かなしみの**滓**を啜《すす》るごとくに　石川　啄木

生活の**澱**ことごとく集め来て街川は流る海に入るべく　杉浦　明

おり〔をり〕　折（名）頃。季節。場合。機会。また、折ること。

ふたたびは見る**をり**なけむこれの世の面影とおもひ棺の蓋とりつ　橋田　東聲

国書総目録買はまく思《も》へど利用せむ**機**ありや否やわれの余命に　吉野　秀雄

おり〔をり〕　檻（名）猛獣などを入れておく、鉄柵の箱や部屋。

新しきとしのひかりの**檻**に射し象や駱駝はなにおもふらむ　宮　柊二

デパートの**檻**に入れられ煙吐く絶滅危惧種人間われは　雁部　貞夫

おりおり〔をり‐をり〕　折折（副）ときどき。折りふし。

橋の修理の音**折々**にきこえつつ深まるばかり春のくもりは　真鍋美恵子

をりをりの吾が幸《さいはひ》よかなしみをともに交へて来りけらずや　佐藤佐太郎

オリオン　（名）南方の空に見える星座。三つ星といわれ、長方形で、冬の夜空をかざる。

オリオンの著《しる》きを云いぬためらいて妻は裏木戸を身体ごと押す　前田　透

オリオンのかたむきふけし中天《なかぞら》に撓《しわ》るがごとき風ふるふ音　鹿児島寿蔵

上りくる**オリオン**星座と背合はせの冬の大三角　永遠なる図形　北沢　郁子

冬の空しみじみと見る**オリオン**よ半世紀以上生きたよ私　平尾　輝子

おりふし〔をり-ふし〕　折節（名）そのつど。（副）ときどき。たま。

硝子戸に風の音する**折ふし**をいたくやさしと思ふことあり　佐藤佐太郎

折ふしに吾が恋ひおもふ蓖麻《ひま》の花戦の後あふこともなし　花田　彦一

思ひつく日の**をりふし**に水うちて庭はみだるる秋ぐさの花　清水　房雄

毎日の勤務《つとめ》のなかの**をりふし**に呆然とをるをわが秘密とす　宮　柊二

おる〔を・り〕　居り（自動ラ変）いる。存在する。坐っている。動詞の下に付けて、…している。…つづける。

小仏の一本杉に忘れたる帽子に今夜《こよひ》の雪積み**をらむ**　白石　昂

なんで日に三度も食事するのかと勤めを辞めてより思ひ**をり**　久保田　登

エレベーターひらく即ち足もとにしづかに光る廊下来て**をり**　高野　公彦

春日野の鹿の袋角《ふくろづの》もえそむる暖き午後を茶むしろに**坐《を》る**　前川佐美雄

おろがむ〔をろ-が・む〕　拝む（自動四）おがむ。拝礼する。

淡あはと仏**をろがみ**来る道のみどりに映えて著莪《しやが》のひと群　千代　國一

とどまらぬ核をば憂へまた富士を**拝み**て生くるわが老の日日　佐野　四郎

寒き霧渦まきゐたりこの里は山を**をろがみ**石を**をろがむ**　三国　玲子

おろし　颪（名）山から吹きおろす風。

移植機にビートの苗をほぐす妻日高**颪**に顔歪めつつ　時田　則雄

休耕で荒れて連なる田の草に浅間**颪**の怒らぬ日はなし　松井　保

おわす〔おは・す〕　御座す（自動四）いらっしゃる。おられる。

寝釈迦仏博物館の硝子戸の中に**おはし**き今もおはすか　半田　良平

白く褪せ棺に静もる父が顔入歯なければ短く**おはす**　山下　清

いつしんに球体ならむとするすがた神はキャベツの近くに**おはす**　黒沢　忍

仏たちもだし**おはせ**ばかはほりは昼間も飛べり寺のうつばり　香取　秀眞

おわる〔をは・る〕

終はる・了る（自動四）果てる。済む。最後となる。「終はり」は名詞。

乳ふさをろくでなしにもふふませて桜**終はら**す雨を見てゐる　辰巳　泰子

吊橋を渡り**了り**て見返るはなお揺れやまぬこころ視んため　橋本　喜典

花びらをうち震はせて咲き切りし菖蒲の**をはり**見るものならず　大塚　陽子

うす紅の花びら残る朝の道**終り**あること思ひて歩む　小野　雅敏

おん-じき

飲食（名）飲みものと食べもの。飲むことと食べること。のみくい。

魚裂きて酢にひりひりと洗ひをりひとりの夜の**飲食**のため　生方たつゑ

飲食ののちに立つなる空壜のしばしばは遠き泪の如し　葛原　妙子

生きて在る厚顔をこそ讃むべけれ今日すこやかに終る**飲食**　蒔田さくら子

飲食もあるいは病者を消耗す噎《むせ》びて汗の滲むを見れば　大越　美代

か

か

（接頭）語調を強め、または、ととのえる。多く形容詞に付ける。

夕渚汐のたまりにゐる稚魚の動きすばやし影の**か**ぐろに　大塚布見子

はつ冬の空すみあかき宵月に並木広葉は**か**ぐろかりけり　新井　洸

滅亡より守ると人の生け捕れる朱鷺二羽の啼く声の

かぼそさ　東野　恭広

か　日（接尾）日《ひ》をかぞえるときに添える。

匙をもて妻がやしなふ物を食《は》み仰向きに寝て幾**日**過せる　窪田　空穂

橡の葉は萌えていく**か**ぞここにしてふたたびわれは春にあひにし　吉野　秀雄

か〔くわ〕　顆（接尾）粒や果実などを数えるときに添える。

かがやける一**顆**を得んと柿の枝ゆさぶる樹下のわれもかがやく　浜田　陽子

かにかくに旅泊の夜の謐《しず》けくて早桃《さもも》一**顆**に刃を入れにけり　小中　英之

か　香（名）かおり。におい。快いものをいう。また、目で感じとる色合い。光沢。

とくとくと**香**にたつ液体そそがれて青く濡れゆく壺の梅の果《み》　四賀　光子

馬跳びの馬だつたわたし　校庭はゆふぐれのうすい墨の**香**がして　黒木三千代

粉雪の夜道手編みのマフラーに顔うずむれば君の**香**のする　長尾　幹也

か　（副）あのよう。あっち。多く「か…かく…」の形で用いる。あっち…こっち…。

目ざむれば障子いつぱいの松の枝**か**ゆれ**かく**ゆれ冬《ふゆ》日和《びより》なり　吉野　秀雄

森ふかく**か**ゆき**かく**ゆきここにして石間《いわま》よりわく古代の泉　加藤　克巳

か　（助）…だなあ。詠嘆・感動の意。…か。…だろうか。文中・文末や並列に用いて疑問の意。

雉鳩はかなしき鳥**か**にはとりのごとくに庭に来てあさりゐる　上田三四二

山沢の静けき季《とき》**か**水に透き山椒魚の卵《らん》は寄り合ふ　田谷　鋭

ふふめりし梅の蕾のけふ**か**咲く明日**か**開くと待てばたのしき　伊藤左千夫

が　（助）…の。名詞と名詞をつなぐ。…が。主語を示す。…が。上下を平叙で続ける…けれど。上と逆なことを下に続ける。

古里のここに眠れる吾子**が**墓をその子の姉といままうでたり　古泉　千樫

しゅろ縄をさげておきし**が**二階まで糸瓜の蔓はのびてきにけり　大井　広

冷戦に庇はれゐし**が**平和とは言はね勝者の奢り許せず　田中　成彦

かい〔かひ〕　間・交（語素）交わること。うちちがうこと。複合語を作り「がい」と発音する。

唐黍《たうきび》の暗き葉**交**《はがひ》に潮鳴りのごともさびしき土用すぎの雨　宮　柊二

航く船をひとつだに見ず飛ぶ鳥をひとつだに見ず黒き潮**間**《しほがひ》　鹿児島寿蔵

かい〔かひ〕　峡（名）山と山との間。「山間《やまあひ》」「山《やま》峡《かひ》」。

黄にけぶる杉の花粉とみだれ飛ぶ雪がまじらふ**峡**の中空　松村　英一

立山の頂き青しトロッコは蜩の鳴く**峡**に入りゆく　川辺　古一

春の**峡**を流るる水のひとすぢのよろこびの声かすかなれども　安田　章生

かい〔かひ〕　匙（名）しゃくし。さじ。古く貝殻を用いたのでいう。

咲く花はかをれど散れる花びらは木の**匙**のごと水の溜れり　片山　貞美

かい-こう　邂逅（名）めぐりあい。出会い。奇遇。際会。たまさか。

邂逅とはほのあたたかき言葉ゆゑ世阿弥の松の瘤太りたり　辺見じゅん

手をかかげ応へあへるを**邂逅**の脆くあかるき証となせり　横山未来子

かいだるし〔か-ひだる・し〕　腕弛し（形ク）疲れてだるい。

春今宵靄だつ街よつたひ来る地響がありて身は**かひだるし**　木俣　修

かいどう〔かい-だう〕　海棠（名）春に淡紅色の五弁花を房状につける。雨に濡れた花は美人の艶姿にたとえる。

くれなゐのつぼみはひらきあはあはとなりゆくまでの山の**海棠**　福田　栄一

淡紅の照る華やかさ**海棠**の花叢は庭の奢りと言はむ

清水　乙女

かいどう〔かい‐だう〕

街道（名）幹線道路。諸国へ通じる大通り。

望郷を心弱りというなかれ秋を来て踏む紀州**街道**
道浦母都子

霧ふかく坂になりたる旧**街道**朝みづ汲みてのぼるひと見ゆ
中村　憲吉

街道の真夏の昼を突き進む牛の列見よたくましき列
坪野　哲久

かいな〔かひな〕

腕・肱（名）肩から下、ひじまでの間。二の腕。うで。

かなしめり**腕**《かひな》のひかり日のひかり相聞歌には光が立てり
澤村　斉美

天つ風**かひな**を抜けて翔び去つてしまひたいこの歩道橋から
松本　典子

光もて洗ひたき**腕**《かひな》深くふかく月光の空へと差入れにけり
押切　寛子

かい‐ひ

海彼（名）海のあなた。海外。

戦は**海彼**の国のことならず地にふせば聞ゆ底ごもるもの
君島　夜詩

雲荒き今日を**海彼**にひらかるる講和会議ののち来るもの何
齋藤　史

平凡に在り澄むといふジイドはや**海彼**のこころわれをなごます
筏井　嘉一

かいま‐みる

垣間見る（他動上一）物のすき間からのぞき見る。ちらと見る。

女学校の庭に咲きたる赤き花**かいま見**て来てひとりかなしも
松倉　米吉

かいろ〔くわい‐ろ〕

懐炉（名）ふところに入れて身体を暖めるもの。

懐炉《ろ》を腰にあてがひ日曜日の机に寒く対ひてゐたり
石黒　清介

かえりばな〔かへり‐ばな〕

返り花（名）季節はずれに再び咲いた花。返り咲きの花。狂い花。

棚もたぬわが家の藤の**返り花**夏至すぎて今年もつぎつぎに咲く
飯田　莫哀

をさな児と夕ぐれ時を来りけり桜若木は**かへり花**して
土屋　文明

かえりみる〔かへり-・みる〕 顧みる（他動上一）後ろをふりむく。心にかける。回想する。省みる（他動上一）反省する。心配する。

菫をとるとわれを**かへりみ**ゑみにけり前歯は二つ生ひ揃ひたる　松田　常憲

坂道にかかりて後を**かへり見**ぬ同じ位置にて吾を見てゐき　岸田　隆

手を洗ふ水つめたきに今朝の秋や身を**省み**て虔《つつま》しくあり　木下　利玄

乳母車押しつつ時にぼうぜんと奈落へ押すに子は**かえりみ**ず　玉井　清弘

かお〔かほ〕 顔・貌（名）顔かたち。みめ。容貌。顔色。顔つき。姿。顔ぶれ。

数秒の映像にフォーク乗り回す彼の**顔**にも見覚えがある　大山　敏夫

夕空を羽音わたればちかづきて流沙の**貌**に対《むか》はむところ　山中智恵子

亡母《はは》の**かほ**がらすに映り地下鉄の轟音のなか流されてゐし　倉地与年子

午後二時の風呂場に**顔**を洗ひをりまこと洗ひにくき凹凸物《あふとつぶつ》**顔**を　酒井　佑子

白猫のムー太郎こそ愛しけれ**顔**うら返すほどの欠伸の　前田えみ子

かおり〔かをり〕 香り・薫り・馨（名）におい。

梅雨くもる暑き一日のあしたより蕗煮る**かをり**家にこもれり　土屋　文明

花房を離《か》れし**香り**の筋見えて漂いにけり藤棚の下　石本　隆一

人混みの中まで線香の**薫り**が漂っている馬頭観音の夏祭　市来　勉

銀葉に香をのせればかおりくる**かおり**かそけくかおらぬがごとし　中村　幸一

かが-なべ-て （副）日数を数えて。日数を重ねて。「日日並べて」の意。

桶の海鼠《なまこ》夕星色《ゆふづついろ》の泡まとふ**かがなべて**未生以前の月日　塚本　邦雄

かがなべて待ちにし硯いまはありこれの現《うつつ》のわが手の上に　植松　寿樹

かがよい〔かがよひ〕

耀ひ（名）きらめき。

花びらの匂ひ映りあひくれなゐの牡丹の奥の**かがよひ**の濃さ　木下　利玄

かがよひに合歓こそよけれ薄明の心のほとりゆらぐ夕花　山中智恵子

芍薬の花の**耀ひ**つよくしてただにそれのみの深き寂《しづ》けさ　宮　柊二

かかる

斯かる（連体）このような。こんな。こういう。

色としもなく光《て》り翳りガラスの花壺の存在の**かかる**量感　加藤　克巳

かかる危ふき均衡をしも愛と呼び秋の林檎を切り頒けてゐつ　稲葉　京子

データの矛盾を責めていつまでも帰さざり油を絞るとは**かかる**を言うか　永田　和宏

焦点を合わさずに見る美しさ**かかる**見方もよしと思えり　下村　道子

かかる夜は透明人間 掌《てのひら》に己がたましい包みて眠る　浜名　理香

かき

柿（名）秋の代表的な果実。甘柿には御所・富有・次郎・禅寺丸など、渋柿は干柿や樽柿にする。

次郎**柿**枝もたわわに生《な》りたると見つつ行くだにゆたけかりけり　半田　良平

信濃**柿**の一木によれば飴色の実よりしとしとと露したたりぬ　五味　保義

一年《ひととせ》にふたたび来《きた》る君が家あたかも玉《たま》なす御所**柿**の時　土屋　文明

ほの甘き**柿**の実ほほに当てながら甦りくる祖母のぬくみを　下田　恵

かき

掻き（接頭）動詞に付けて、語勢を強める。音便で「かい」ともなる。

荒れあれて雪積む夜もをさな児を**かき**抱きわがけものの眠り　石川不二子

かきくらし雪ふりしきり降りしづみ我は真実を生きたかりけり　高安　国世

冬菜まくと**かき**平《な》らしたる土明かしもの幽《かそ》けきは昼ふけしなり　島木　赤彦

かぎ　鍵（名）錠の孔に差し入れてこれを開閉する道具。

ひとり行きてかの扉《と》をわれは開くべきいつよりか**鍵**わが掌《て》に光る　安田　章生

かぎり　限り（名）限界。果て。きわみ。限度一杯。範囲内。あいだ。うち。限り無し（形ク）はてしがない。きりがない。

掌に掬うほどの温もりを平和とし愚かに日常の**かぎり**もあらず　近藤　芳美

人前でものを食べない人になる　数**かぎり**ない夕ぐれの街　早坂　類

咲きの**かぎり**咲きたるさくらおのづからとどまりかねてゆらげるごとし　三ヶ島葭子

かぎろい〔かぎろひ〕　陽炎（名）ゆれ動く光。かげろう。糸遊。陽炎の（枕）春・燃ゆ・ほのか、などにかかる。

山中の小沼《をぬ》の渚の**かぎろひ**にあしかびの類萌ゆべくなりぬ　岡部　文夫

かぎろひの春の旅ゆく別府の湯　むかし語りの母のこゑ湧く　古谷　智子

かぎろひの夕刊紙には雄性《をす》の兇々《まがまが》としてサダム・フセイン　黒木三千代

かく　斯く（副）このように。このとおりに。こう。斯くも（副）このようにも。こんなにまでも。斯くの如し（連）このようである。

あざみの花**かく**美しと摘みてきてひとはやさしき春の日のくれ　安田　章生

東京にも**かく**星出づる宵ありと仰ぎつつ帰る川のほとりを　宮地　伸一

瞼《リーデルン》——妻のそのながき縁《ふち》光《て》る毎に恵まれざりしは**斯くも**うれしく　浜田　到

許されて永く生きしかば**斯の如し**若葉を照らす月の下のわれ　小暮　政次

がく　楽（名）音楽。

しづかなる**楽**のごとくに移りくる目白の群を庭に待ちをり　岡野　弘彦

「主よわれを憐み給え」オルガンの**楽**佇ち聞けば心荒れゆく　岡部桂一郎

か

かくれ

隠れ（名）物かげ。他の語と複合して「がくれ」と発音する。「がくり」とも。

くさむらの葉**がくれ**なりし酸漿《ほほづき》も秋づく色にととのひにけり　土屋　文明

谷**がくれ**秋のひかりに野葡萄のみのりてあらむふるさとの山　大井　広

鎌倉に**隠れ**棲むとふ原節子わが母と同じく今年九十　丹波　真人

かけ

鶏（名）にわとり。「かけろ」とも。

しろたへのわが**鶏**にやる春の日の餌《ゑ》には交れり菜の花の黄も　岡本かの子

霜おかぬ今朝の土べに真白羽の**鶏**のついばむ日の光見む　吉植　庄亮

流れくる吹雪に真向くしまらくは**鶏**《かけろ》もまなこ閉ぢて佇《た》ちゐつ　木俣　修

かげ

陰・蔭・翳（名）光の当たらない暗い所。物にさえぎられた所。

岩山に**陰**も見るべく月照りて稲田続けりその麓まで　小市巳世司

山**かげ**の日之影川の落合の瀬々しろじろとまたく暮れたり　宮　英子

かげ

影・光・翳（名）ひかり。かげぼうし。光によって生じる物の陰影。水などに映る姿。

夕焼の似合ふ坂町この坂を**影**となるため来る人のある　入野早代子

ゆずり葉にゆずり葉の**影**濃きまひる郵便受けにことり音する　和田沙都子

極私的かなしみのため泣きはせぬぞ日傘の**影**を移動させつつ　鶴田　伊津

華やぎて舞ふ花ふぶき月光に眼こらせば**翳**ばかり散る　富小路禎子

かけい〔かけひ〕

筧（名）竹などを地上に掛け渡して水を通す樋。

音澄みて落つる**筧**を烏玉《ぬばたま》の闇に透かして見むと我がしつ　窪田　空穂

水走る**筧**の下にさく山葵《わさび》夕くらがりにたち寄りて見つ　五味　保義

ひねもすに響く**筧**の水清み稀なる人の飲みて帰るなり　土屋　文明

かけ‐はし　掛け橋・懸橋（名）がけ・川などに板などを渡した橋。仮りにかけ渡した橋。

木曽の山深く来りてとぼとぼとわが徒歩《かち》渡る古き**かけはし**　　来嶋　靖生

かげろう〔かげ‐ろふ〕　陽炎（名）春や夏に地面に光がゆらゆらと立ちのぼる現象。かぎろい。糸遊。

せきれいが済めば雀が啄みてわが厨芥《ちり》捨場**かげろふ**揺るる　　太田　青丘

マダム・ボヴァリイの帽子の縁よりたちのぼる**かげろう**淡し春の十時　　宇都宮とよ

魂胆は石にもありて　雨過ぎしのちさめざめと**かげろふ**立たす　　小野興二郎

かげろう〔かげ‐ろふ〕　蜉蝣（名）とんぼに似ているが羽も体も弱々しく、夏に水辺をよく飛び、産卵後数時間で死ぬ。そのため、短い人生、はかなさのたとえにも使う。

つかのまの生を舞ひ舞ふ**かげろふ**に重ねてつのるわが浮遊感　　奥野　栄

蜉蝣のふいに舞ひ込むいとしさに窓少し開け放ちてやりぬ　　梅田　眞男

かこ〔くわ‐こ〕　過去（名）過ぎ去った時。また、その時期の事柄。

いつも暗き北極星に向きて帰る未来と**過去**の間に生きて　　御供　平佶

たまはりし賀状のなかにわがしらぬ夫の**過去**ひろがりてゐる　　長沢　美津

左眼の底ひを去らぬ痛みあり**過去**世に悪人たれば痛み許さむ　　佐藤　通雅

か‐ごと　託言（名）なげき。うらみごと。ぐち。

虫なきて夜ののびゆくはつらしとふ母の**かごと**をきくがくるしき　　岡　麓

この夜さりつづりつづりと鳴く虫は人の**かごと**に似てしきこゆる　　太田　水穂

かさ　嵩・量（名）重なった物の高さ、大きさ。体積。また、分量や数量。

嵩増しし雨後の水路をゆく舟に咲きて水漬ける藤の房見ゆ　　田中比沙子

死の**量**を計りやまざる手が見えて清水肉店明るすぎ

たり　中地　俊夫

ひとつらに花の力が咲く**暈**も父が子に説く一つならんか　三枝　昂之

かさ

暈（名）太陽や月のまわりに見える輪状の光。日暈《ひがさ》、月暈《つきがさ》など。

父逝きし夜半のごとくに**暈**もてる月あり蒼きドームの上に　山本　成雄

目をあげて花**暈**あふぐ生きつぎて桜のもとに息ふかく吸ふ　長沢　美津

氷上のまぶしき人ら**暈**もてりスケートの刃はきらめきながら　葛原　妙子

かさ-ぐも

笠雲（名）高山の頂を覆う笠の形をした横雲。

笠雲の影おく雪のくきやかに寒の朝富士ちかちかと照る　土屋　和子

笠雲が絹の如くに山頂を離れて平凡な雲となりゆく　池田　栄彦

かざ・す

翳す（他動四）上にさしかける。また、さしかけておおうようにする。

灯に**かざし**皮むきゆけば盛岡の林檎冷くよき香を立つる　大岡　博

ガスの火を少し強めて手を**かざす**眠れば明日がすぐ来てしまふ　吉野　昌夫

若き日のおのれ潰せし手で**翳す**まぶしく迅き海の没陽は　田島　邦彦

かざ・す

挿頭す（他動四）草木の花や枝などを髪や冠にさす。上部に飾りつける。「かざし」は名詞。飾り花。

福笹を**かざせる**のみにうかれ女となりおほせてやわれの声澄む　醍醐志万子

この町の祭をちかみわが家の門《かど》に**かざし**の花配られつ　臼井　大翼

かざ-なみ

風波（名）風によっておこる波。

押し寄する**風波**のなかにただよへり連れて二羽浮く鴛鴦《おしどり》のかげ　葛原　繁

かざ-なみ

風並（名）風の吹いてくる方向。風《かざ》向き。

断崖の青萱見れば吹きなびく**風並**しるしかがやきにけり　北原　白秋

か

かざ-はな

風花（名）雪の積もっている風上から風に吹かれてまばらに飛んでくる雪。晴天に風が立ってちらちら降る雪。

森の奥にちりちり紅き夕日あり**風花**ほどの雪零りながら　石川不二子

うつし身に**風花**散らふ夕まけてするどき月は中空に顕つ　吉野　秀雄

卜占をしらざるわれが**風花**の舞ひくる北といふを眺めし　葛原　妙子

この星の炸裂よりも胎に棲むひとり児おそれる**風花**のなか　糸田ともよ

風花の地に落つるまのためらひをコートにつけて人ら行き交ふ　東　淳子

かし

（助）…よ。相手に対して強く念を押し、強調する。文末の命令表現に付ける。

草原にありし幾つもの水たまり光ある中に君帰れ**かし**　河野　愛子

若き日にひとたびは言はむとあくがれき海石榴市《つばいち》に立ちて待ちたまへ**かし**　馬場あき子

かし・ぐ

炊ぐ（他動四）ご飯をたく。炊事する。「炊《かし》ぎ」は名詞。

妻も子もそむき去りにし夜の厨わが喰ふべき飯を**かしぎ**ぬ　岡野　弘彦

敗残の焦土のうへに日は照れりここに**炊ぎ**てくらしたてそむ　筏井　嘉一

冬の湖見えて棲む世の朝がれひ水位めでたく飯《いひ》**炊ぐ**かな　安永　蕗子

水とぼしき寺の暮しは雨水を器にためて日々の**炊ぎ**す　清水　千代

かし-こ

彼処（代）あそこ。あのところ。遠い場所をさしていう。

向うの山の大きな斜面**彼処**には百合咲いてをりはるかなるかも　木下　利玄

秩父のやま木の間の藁家さびさびて**彼処**も寺ぞ枝垂桜の花　阿部英一郎

白飯《しらいひ》を炎のごとく箸にのせしづかなる秋**かしこ**に及ぶ　伊藤　弘子

かしずく〔かしづ・く〕

傅く（自動四）つかえる。とつぐ。嫁入付き添う。

りする。

烏瓜熟れてあかるき谷戸のみち子に**かしづき**てこの母も来る　　松本　滋代

垂乳根の母に**かしづき**麻布やま詣でに来れば童《わらはべ》のごと　　北原　白秋

かしのみ‐の

樫の実の（枕）ひとり・ひとつにかかる。

かしの実の吾はひとり故わが友は妻まつからに雨しとど降る　　中村　憲吉

かしましい〔かしま・し〕

囂し・姦し・喧し（形シク）やかましい。さわがしい。そうぞうしい。

かしましくものいひつつも遊ぶ子等深き息つき犬の眠れる　　林　圭子

商魂のたくましくしてコマーシャル朝夕**かしまし**耳を洗はむ　　岡山　巌

かず

数（名）数量。物の多少。多いこと。いろいろ。「数を尽くす」は沢山できる。

亡き人の**数**をふやしてその母に北国はいま花溢れゐむ　　辺見じゅん

日**数**《ひかず》割り乾《ほし》大根葉食《くら》ふさへ力つくし峠を越ゆる思ひぞ　　土屋　文明

昭和三年測量五万分の一「寒河江」かなしもよ寺の**数**かず　　小池　光

心ゆくまで**数をつくせ**るサボテンの青き香りの中にわれゐる　　柴生田　稔

かすか

微か・幽か（形動ナリ）物の形・音などがかろうじて認められる程度であるさま。

バス停にバス待ちいれば仁丹の**かすかに**匂う男ふりむく　　恒成美代子

針と針すれちがふとき**幽かなる**ためらひありて時計のたましひ　　水原　紫苑

かす・む

霞む（自動四）はっきり見えなくなる。おぼろになる。霞が立ちこめて遠方がぼんやり見える。「梅霞《がすみ》」「春霞」は名詞。

かすかなる地震《ない》われを過ぎそのあとの左眼いささか**霞み**て居りぬ　　齋藤　史

まだ消えぬ無人駅舎の螢光灯**かすみ**て今朝は雪降り続く　　滝沢　マツ

梅**がすみ**見て来しまなこひつそりと洗ひて春の深き

を嘆く　馬場あき子

春**がすみ**たなびく空に思ひ知る遠山川の長きいのちを　四賀　光子

かすり

飛白・絣（名）所々かすったように置いた模様。その織物。染め物。

傘に立つわが目に沁みて出で逢ひの**飛白**こまかき花震へゐる　加藤知多雄

かぜ

風（名）空気が動く現象。空気の流れ。

風は歌う　あした木々は芽吹くか春は開くだろうか　梓　志乃

ふいに**風**うしろをとおりすぎたとき図書館の鍵開けていたので　江戸　雪

たれか？ **かぜ**が隣室に本をめくりおる顔あげぬままわれは伏しいて　村木　道彦

ニコマコス倫理の思想もて洗ふ両眼を吹く**風**　しづやかな　紀野　恵

盲点に駿馬かくれて眼底は**風**吹きすさぶ寒き原野　川田　茂

かぜ

風邪（名）感冒。風のやまい。流感。

風邪いえて冬に入りたりかろかりし**風邪**とおもふも一月を経つ　窪田章一郎

浅草寺線香の煙《けむ》浴び君は言ふ魔除け**風邪**除け男除けとぞ　岩田　正

幼稚園で流行つてゐたといふ**風邪**を巡り巡つていただくわれや　池田はるみ

百年後のわれはそよかぜ地球儀の南極に**風邪**の息ふきかけて　塚本　邦雄

かぜかおる〔かぜ-かを・る〕

風薫る（自動四）夏の風がさわやかに吹く。和歌では春の風を詠んでいる。

並木なす参道のけやき若葉して行ききの人に**風かを**るなり　藤沢　古実

かそ〔くわ-そ〕

過疎（名）人口が都市へ集中するために、農山漁村などで住民が極度に減少すること。

空漠と耕地ひろがる**過疎**の村鋭くたちをり熟麦の芒《のぎ》　久方寿満子

黄なる顆《み》の李《すもも》の一樹ありしなど追憶として**過疎**に消《け》ぬべし　井ノ本勇象

か‐ぞく

家族（名）夫婦・親子・兄妹などを中心に生活を共にする人々。「うから」とも。

彼岸過ぎし夕べに**家族**みな集ひ仏にそなへしものを食ひあふ　大畑　佳司

拾い来し雛を育てて二ヵ月余**家族**となりて我に寄り来る　小林　夏江

情報の量は苦しきアンテナを立てて**家族**はいずこに行くか　三枝　昂之

幽《かす》かなる硫黄のにおいまといたる**家族**と見ている遠きクーデター　佐佐木幸綱

胸深く壊さぬように抱き持つ**家族**という名の器は脆し　高橋美香子

かた

片（接頭）対《つい》の一方。不完全・不充分、わずか。片寄って中央から遠い、の意を添える。

稜線の**片**面《も》は濃霧白煙のもえ立つごとき尾根登り来し　窪田章一郎

朝の間を時雨れし空は**片**はれて日射しせるままに寒さつのれり　福田　栄一

沼川や泥州の葦はその花の**片**靡きつつ女神のごとし　玉城　徹

かた

方（名）方角、方向。場所、位置。方法、手段。

白雲の流るれば流るる**方**を見る感覚のおとろへて病む友の辺に　真鍋美恵子

白梅の根**方**の土は黒ぐろと雨に濡れつつ花の幾ひら　礒　幾造

がた

方（接尾）おおよその時。ころ。…しはじめるころ。

群燕はなれつ合ひつ明け**がた**のすがしき空を飛びて鳴きあふ　藤沢　古実

隣り合ひかけゐる電話乾くこゑに母は朝**がた**死にたりといふ　中野　菊夫

桃の花今年は濃くて散り**がた**のこの二日ほど夜の冷え深し　三木　アヤ

奥只見銀山平風荒れて夏過ぎ**がた**のあをき葉は飛ぶ　柏崎　驍二

かたえ〔かた‐へ〕

片方（名）かたわら。そば。片側。

ほのかなる虹をたてつつわが**かたへ**巨《おほ》き孔雀のよぎり行きたり　松坂　弘

嘴《さし》がたの岬突出でし**かたへ**にて夕ぐれ早く潮は変る　生方たつゑ

ひとすぢに慕ひし君は何げなく螢追ふなり我が**かたへ**に　石井　尚雄

かた-くり　片栗（名）ユリ科の多年草。山野に自生。早春、紫斑のある長楕円形の二枚葉を出し、紫色の花が咲く。古名「堅香子《かたかご》」という。

星がたの**かたくり**の花咲き闌けて尖《さき》たわみ反《そ》る空へ還ると　上田三四二

かたくりの花咲き満ちし山なだり摘みためてゆく谿の雪解に　近藤とし子

今年また春荒涼と**かたくり**のなだれ日昏るるむらさきを越ゆ　成瀬　有

かた-ま・く　片設く（自動下二）その時期を待ちもうける。その時になる。

朝ぎらふ霞が浦のわかさぎはいまか肥ゆらむ秋**かたまけて**　長塚　節

ねむりたいわたしがねむりたい楡にもたれてをりぬ夕**かたまけて**　永井　陽子

路地出でて八百屋の車にものを買ふ夕**かたまけて**雨止みにけり　三ヶ島葭子

かた-み　形見（名）記念。死んだ人や離別した人、また過去の思い出の種となるもの。

父の**かたみ**母の**かたみ**の紺絣身につけてゐて冬ながきかな　石川不二子

漂泊の**かたみ**に残すひげなれば斯くやあはれに見えまさるらむ　若山　牧水

形見なす日は月はかく往《ゆ》くものかここ掘れと啼く犬もあらなくに　小野興二郎

両の眼に針射して魚を放ちやるきみを受刑に送る**かたみ**に　春日井　建

がた-み　難み（連）…できにくいので。「難し」の語幹「がた」に接尾語「み」の連語。

秋のあめ外暮れ**がたみ**行く人の傘のうへにはまだ明りあり　中村　憲吉

かたみ-に　互に（副）かわるがわる。たがいに。交互に。

父の舎利《しやり》あはれにいまだぬくしとぞ骨箱《こつばこ》は兄と**互に**

抱きぬ　木俣 修

攻防の**互みに**ニュース聞きながらその間にも死にゆく人を思へり　生井 武司

玻璃窓のあをくうるほふ雨の夜《よ》は**かたみに**あはき香《か》をまとひ寝る　成瀬 有

かたわら〔かた-はら〕 傍ら・側（名）わきの方。そば。

樹霊といふこと想はしめ夜の空に立つ楠の**かたはら**の闇　尾崎左永子

かたはらにゐるのではない並走の列車の窓に見てゐるといふ　桜井 京子

機《はた》織りの母の**かたはら**にひとりゐて馬の絵を描く父なき吾は　金子 貞雄

か-ち 徒・徒歩（名）歩いてゆくこと。とほ。

馬をおりて**徒**より来れば虎杖《いたどり》の林をゆするあらき潮風　石榑 千亦

山の上に月はいでたりわが児よ父と手をとりまた**徒歩**ゆかむ　古泉 千樫

かち-いろ 褐色（名）黒く見えるほど濃い藍色。濃紺。褐《かち》。

少女期の妻たとふれば果物の内にこもれる**褐色**の核　板宮 清治

メタセコイアの葉は**褐色**を垂れゐたり廃校間近き分校なりき　相沢 一好

褐いろの山火のけむり秋ぞらに立つをいたみつふるさとに入る　藤森 成吉

かつ 且つ（副）同時に。一方では。その上に。すでに。

子を連れて**且つ**すこやけき父母に添ひつついゆくこの初詣　太田 青丘

おだしくて**且つ**はしづけき夕茜わが眼にとどめ雨戸はやく閉づ　葛原 繁

林間《りんかん》に沼あかりしてころろころろ蛙**かつ**啼く一人い行くに　古泉 千樫

かつ-がつ 且つ且つ（副）やっと。ようやく。かろうじて。

きその雪**かつがつ**とけし裏山の櫟葉さむく夕映えにけり　島木 赤彦

戦に**かつがつ**生きしいのちいま飢ゑ死ぬべしや土を耕す　安藤佐貴子

かっこう〔くわつ-こう〕　郭公（名）ほととぎすより大きく、春に飛来し夏去る。カッコウと鳴き、ほおじろ、もずの巣に卵を生む。閑古鳥《かんこどり》。呼子鳥《よびこどり》。

さようなら**郭公**の啼く裏やまの朝を去りゆく汝は過去のひと　晋樹　隆彦

遠く近く枝移りして鳴くらしも夏来《さ》りて聴く**郭公**の声　市村　宏

高はらの古りにし駅に霧るる日の明るさ入れて**郭公**の啼く　太田　水穂

かて　糧（名）食料。生活のささえ。

オデン屋のコンブ拾って**糧**にする人等に冷たき師走の風は　岸上　大作

この**糧**を得ねば餓ゑ死ぬ人の背に諸は石より重たかりけり　福田　栄一

つぎつぎにもの裏返し陽に晒す酷《むご》さを**糧**とし妻の日々あり　栗木　京子

がて-に　（連）…することができないで。…することが耐えられずに。

溝そばの花咲くあたり過ぎ**がてに**たゆたひてをり古《ふる》恋心《こひごころ》　前川佐美雄

夜となるを待ち**がてに**子らがほのぐらき木蔭におきて螢見むとす　栗原　潔子

ひとりゐの何か待ち**がてに**置時計けさも巻きけり朝餉の前に　三ヶ島葭子

がて-ぬ　（連）…することができない。することがむずかしい。…し得ない。

夕顔の棚つくらんと思へども秋待ち**がてぬ**我《わが》いのちかも　正岡　子規

父我の癩を病むとは言ひ**がてぬ**この偽りの久しくもあるか　明石　海人

別辞など言い**がてぬ**汝《な》がおもむろについに告げきぬ掠れし声で　石川　幸雄

かと〔くわ-と〕　蝌蚪（名）蛙の幼生。おたまじゃくし。

泥色の**蝌蚪**群れうごく雨あとの日の照り蒸せる草間《くさま》の水に　葛原　繁

余念なく**蝌蚪**掬ひゐる児等見ればせつなきまでに故郷恋しも　野間　如水

かど　門（名）家の外がまえの出入り口。もん。門のあたり。門口《かどぐち》。門前。門の外。

門に結ぶ松も軒端のしめ縄も信濃の風俗《てぶり》したしかりけり　岡　麓

十五日宵まだやまぬ雨のなかに炎をあげぬ**門**のおくり火　松村　英一

人いゆき日ゆき月ゆく**門**庭《には》の山茶花の花もちりつくしたり　佐佐木信綱

夕なぎのさびて明るくゐるときに**門**べの砂利を人ふみゆけり　臼井　大翼

か‐な　哉（助）…ものだなあ。文末で感動をあらわす。「かなや」とも。

うねりつつ海へ交はる川暮れて果てしなき**かな**水を打つ雨　栗木　京子

原稿用紙にわが書き写したる歌集欲しがりし女の友ありし**かな**　大山　敏夫

「略歴を百字以内に」かきあげるこの文字数のごときわれ**かな**　小高　賢

所詮ひとりと思う心のおごりにはやさしき**かなや**山の光は　大島　史洋

かなう〔かな・ふ〕　適ふ・叶ふ（自動四）よく合う。及ぶ。できる。

羽化も脱皮も**かなは**ず生きて中年のたゆき脂肪《あぶら》にまみれゆくのみ　杜澤光一郎

叶へたき夢まだいくつひさかたの天に流星探せずにゐる　浜口美知子

天の川かかる夕べの庭に立つことなく澄めば祈りは**叶う**　小紋　潤

かなし‐む　愛しむ・悲しむ（他動四）いとおしいと思う。悲しく思う。「愛《かな》しみ」は名詞。

今落ちし栗の粒実に日の温《ぬく》みまだ残れるを掌に**かなしみ**ぬ　太田　青丘

無き筈の乳房いたむと**かなしめ**る夜々もあやめはふくらみやまず　中城ふみ子

ゆっくりと湯槽へ沈む一体をまるごとくるむ湯の**愛しみ**は　松平　盟子

か‐なた　彼方（代）あちらの方。むこう。あなた。遠く離れた方向をさす。

湖およぐ鴨の大群の**かなた**にし翼あげゆく一群のあり　　香川　進

冬の樹の**かなた**に虹の折れる音ききわけている頬をかたむけて　　加藤　治郎

風いでて波止《はと》の自転車倒れゆけり**かなた**まばゆき速《はや》吸《すひ》の海　　高野　公彦

が-に

（助）今にも…するばかりに。…するほどに。これは、活用語の終止形に付ける。まるで…するかのように。これは、活用語の連体形に付ける。

やがて来る逃れられない死がよぎる友は水溜り跨ぐ**がに**ゆく　　野口　亮造

繊き身の細魚を剖《さ》けり噎《む》せる**がに**刃を染むる連翹の黄は　　春日真木子

魂を振り絞る**がに**血の色を見せて楓は一世《いっせ》輝く　　藤田　初枝

かに-かく-に

（副）このように。ともかくも。いずれにせよ。

恋すてふ浅き浮名も**かにかくに**立てばなつかし白芥子の花　　北原　白秋

かにかくに祇園は恋し寝るときも枕のしたを水の流るる　　吉井　勇

蟹食ってなにを悲しむ**かにかくに**都は遠し春の雪かも　　福島　泰樹

梅雨あけてつづく暑き日**かにかくに**茗荷の花の咲く頃となる　　佐藤　志満

かね-たたき

鉦叩き（名）こおろぎ科に属し、胸頭部は茶色、腹部は灰茶色。八月中旬ころから美しい声で鳴きはじめる。

鉦たたきほろびるまへの鉦たたき調子みだれて一夜《ひとよ》をあかず　　坪野　哲久

眼ざむればわが裾のべに**鉦叩虫**《かねたたき》かすかに鉦をたたきつづくる　　窪田　空穂

かねたたきひそひそとうつ一日の潮溜りのようなわれの時間に　　水沢　遙子

鉦叩きいまだ暮れぬに打ち初めて絶えだえにしてわれをせかする　　梅津ふみ子

か-の

彼の（連）あの。あそこの。遠く離れた人・物・時などをさす。

一人死にし**かの**放哉《ほうさい》を知れるから吾は嘆かじ一人なりとも　　岡野直七郎

子を捨てず妻を殺さず**かの**男虹の大きさ告げに来にけり　入野早代子

かの傘のひとつひとつは魂のひとつひとつを覆ひてゆけり　稲葉　京子

か-の-も

彼の面（名）あちらの表面。あちらがわ。

足柄のおもて**かのも**に夕日照り伊豆をし指せば尾花かがよふ　明石　海人

かほ〔くわ-ほ〕

花舗（名）花を売る店。花屋。

日の暮れの**花舗**にて買へば芥子の束たばねし髪の重さもちたり　真鍋美恵子

花舗水漬く昼の三和土《たたき》に踏み入りて娑婆苦一軀の影うするるか　雨宮　雅子

花舗のはなほのかににほふ辺《へ》に立ちて雪に濡れたる髪をぬぐへり　中地　俊夫

かみ

上（名）むかし、いにしえ。うえ、上部。

その**かみ**のかなしいれんげつみにゆく少女に夜ごと逢ふ油坂　永井　陽子

シルレア紀の地層は杳きその**かみ**を海の蠍の我も棲みけむ　明石　海人

暑《しょ》に萎えて臥す枕**がみ**籠にしてキリギリス鳴くキリギリース・チョン　宮　柊二

かむやらう〔かむ-やら-ふ〕

神遣ふ・神逐ふ（自動四）神意により追放する。名詞は神遣ひ。神逐ひ。

神逐《かむやら》ひされたるものは鞄もて走り出すなり電車の扉《と》あけば　川野　里子

かむり

冠（名）頭にかぶるもの。かんむり。

きららかに飾る**冠**にふさはしき女雛や春の笑《ゑまひ》を湛ふ　来嶋　靖生

かめ

瓶・甕（名）物を入れる底深い陶磁器。花活け。

瓶にさす藤の花ぶさみじかければたたみの上にとどかざりけり　正岡　子規

秋さびしもののともしさひと本の野稗の垂穂《たりほ》**瓶**にさしたり　古泉　千樫

さはさはと**甕**に挿す百合夜の更けにゆるき書体のご

とくほどけつ　栗木　京子

白埴《しらはに》の**瓶**こそよけれ霧ながら朝はつめたき水くみにけり　長塚　節

か-も　（助）疑問と詠嘆を同時に示す。感嘆を示す。いずれも文末に用いる。感動しながら疑う意を示す。文中に用いる。

ところせく萌えし二葉は去年《こぞ》の秋種子のこぼれし宝仙花**かも**　植松　寿樹

天城嶺《あまぎね》は　母の山**かも**。常仰ぎ　しかも忘れてゐつつ　した恋ふ　穂積　忠

ものの生《な》りゆたけき国に来し**かも**よ宿屋の庭の朱欒《ざぼん》を見れば　川田　順

かも　氈（名）獣の毛で織った敷き物。じゅうたん。

氈の如まんじゅさげの青の伏す隈《くま》にしばしいこひて又めぐる丘　五味　保義

氈に似て青草矮《ひく》しわが靴のすべりがちにして頂に来る　植松　寿樹

かも　鴨（名）カモ目カモ科の水鳥。雁と同じ晩秋に飛来して春に北方へ帰る渡り鳥。

水の樹をめぐるみぞれの閃々と**鴨**ら一つの声になきあふ　河野　愛子

ほの白く**鴨**羽ばたくや夕寒き二日の月に光ありけり　平福　百穂

つがひ**鴨**立ちたるあとの水の紋たがひに干渉しつつ消えゆく　丹波　真人

かも-しれ・ず　かも知れず（連）はっきりしないがそのような可能性がある。断言できないがそのような恐れがある。

秋風に拡げし双手の虚しくて或いは縛られたき我**かも知れず**　中城ふみ子

かもしれぬ

草原を駈けくるきみの胸が揺れただそれのみの思慕　下村　光男

たった一人の拍手欲しくてうた歌うその一人とは「われ」**かもしれず**　武田　素晴

かもめ　鷗（名）冬に日本全国の河口湾に群棲し、水中に突入して魚を捕える。魚群を追って群がるので、漁業上の標識鳥として保護されている。

頭上飛ぶ**鷗**と朝夕ねんごろに吾《あ》は語るなり橘橋に　伊藤　一彦

鴨の群と**かもめ**の群と近づきて交りあふとも争ひはせず　　宮地　伸一

死者もまた旅する空よ夕焼けを映す運河を**カモメ**が過る　　小林　優子

人生はただ一問の質問にすぎぬと書けば二月の**かもめ**　　寺山　修司

かーや

（助）疑問と詠嘆を同時に示す。

きはまれるわが渋面《じふめん》をまざまざとみむさだめ**かや**妻としいへば　　坪野　哲久

かーやり

蚊遣り（名）蚊を追いたてるために、煙をたてる線香や杉葉。蚊いぶし。蚊遣火。

まぐはひしのちの疲れの懈《たゆ》き身を遣《や》らむかたなし**蚊遣**香《かう》のにほひ　　宮　柊二

親方の仕事のはたにうづくまり**蚊遣**いぶして吾が居りにける　　松倉　米吉

から

幹（名）草木の立っている中心になるもの。みき。くき。複合する場合「がら」。

父上が刈らで愛《めで》にしはた薄《すすき》穂《ほ》**がら**をもみて灘《なだ》の風ふく　　生方たつゑ

から

殻（名）ぬけがら。むくろ。しがい。中身のない外皮。外殻。複合した場合「がら」。

蟬の**殻**に薄日の透るかなしみよ彼よりも脆き**殻**持つなれば　　山田　あき

そら豆の**殻**一せいに鳴る夕母につながるわれのソネット　　寺山　修司

庭のうへに稗**殻**《ひえがら》しきて晝餉する牛飼人に我も交りつ　　鹿児島寿蔵

からくーも

辛くも（副）かろうじて。やっと。どうにかこうにか。

山の上の湖の寒き水工夫して**辛くも**作る米も余るとふ　　土屋　文明

からくれない〔から-くれなゐ〕

唐紅・韓紅（名）濃く美しいくれない。鮮紅色。

散り敷ける雨の紅葉の無慚なる**からくれなゐ**や鬼《き》形《ぎやう》の如く　　福田　栄一

骨壷に入りて戻りし一嵩に**からくれなゐ**のいのち終りぬ　　加藤知多雄

水の辺に**からくれなゐ**の自動車《くるま》きて烟のやうな少女

を降ろす　　松平　修文

さすらひの旅にしあれば葉鶏頭の**からくれなゐ**もかなしきものを　　三田　澪人

からだ　体・躰（名）身体。体力。からだつき。体《たい》軀《く》。

俯せても丸くなっても寝つかれぬ**体**のどこか尖《とんが》っていて　　道浦母都子

よひよひに汗かき眠るわが妻の**身体**たもちて早く秋となれ　　柴生田　稔

これよりは帰りみちなれひとまづは熱き電柱に**からだ**を寄する　　近藤　千恵

から‐たち　枳殻（名）みかん科の落葉低木。春、葉に先立ち白い小花が咲く。秋に珠実が黄に熟す。枝にはトゲが多く、垣根にする。

からたちの花ほのぼのと咲きゆきて夕賑はしき垣沿ひの道　　館山　一子

からたちの藪の生垣過ぎてよりわがものとなる黄金《きん》の実いくつ　　柴　英美子

から‐つゆ　空梅雨（名）梅雨の期間に雨が少ないこと。照り梅雨。

休耕の田に桑植ゑて夏蚕《ご》飼ふ**空梅雨**の夜の静寂ふかまる　　南　文雄

田作るもわが代限りと**空梅雨**の水あらがいをわびしく聞きぬ　　矢部　茂太

朝の間は吐く息白く凝りながら**から梅雨**蒸して一日富士見ず　　植松　寿樹

から‐に　（連）…するからには。…した以上は。…するだけで。…するゆえに。…ために。

山坂を髪乱しつつ来し**からに**われも信濃の願人《ぐあんにん》の姥　　齋藤　史

見る**からに**心ぞゆるぶわが家をとりまく桃のくれなゐの花　　岡野直七郎

黄金虫は死にさる態をする**からに**火鉢にくべぬ至極無造作に　　青木　正光

桜ばないのち一ぱいに咲く**からに**生命をかけてわが眺めたり　　岡本かの子

がり　許（接尾）…のもと。…のいる所に。人などをあらわす名詞・人代名詞に付ける。

ながながしき旅のをはりを紀の国の友**がり**寄りて銭借りにけり　　若山　牧水

真昼どき君**がり**通ふわが姿獅子に似たりとはやす子もなし　吉井　勇

医師《くすし》**がり**行くべきものか夕日さす障子を見つつ一人臥《こや》るも　古泉　千樫

かり-ね

雁が音（名）かり。がん。晩秋、北方から渡来し、翌春、北方に去る水鳥。

雁がねは啼きつつわたれ中空《なかぞら》に列のひろがりのいつくしきかも　土田　耕平

季ずれて稲田を渡る**かりがね**は欠落のよに隊を崩せり　田島　邦彦

ゆふまぐれ二階に上る文色《あいろ》なきところを若《も》しかして**雁**《かりがね》わたる　森岡　貞香

かり-そめ

仮初（名・形動ナリ）一時的なこと。しばし。いささか。ふと。いい加減なさま。おろそか。軽々しいこと。

仮初の生を重ねて行く路に緩きくだりの眺めたのしむ　島田　修二

花芽もつ一鉢買ひて帰れるも**かりそめ**ならずきさらぎの雨　足立　敏彦

草ひばり草に鳴く夜を**かりそめ**か知らずま闇の睡りに入らむ　小野　茂樹

かりそめにこの世にありて何とせう　立つたまま夢を見てゐる箒　永井　陽子

かれ

枯れ（名）草や木の枯れること。冬景色。複合語を作る。下に連ねる場合「がれ」。

魚籠の鮒くらくしづもりゐたるかな起ちて**枯**野を行かむとするに　馬場あき子

枯生《ふ》にて春のりんだう掘る友をいたくやさしと言ひつつ待てり　半田　良平

薄れくる霧に現はれ段丘の百草《ももくさ》果つるあはき**枯**色　千代　國一

冬**枯れ**の谷間に寒きへやありき何かを待ちてわれは坐りゐし　四賀　光子

かれい〔かれ-ひ〕

餉（名）食事、下に連ねる場合「がれひ」。「乾飯《かれいひ》」の略で、もとは干した飯の意。

夕**餉**《がれひ》さびしと言はじこの河の清きに住める岩魚食べつつ　久保田不二子

一椀の飯《いひ》に事足る夕**がれひ**慣るるはやすし慣れはおそろし　清水　房雄

お茶かけて食う昼**餉**ひとり立つるひとり音をひとり
楽しみて　石田比呂志

かれ‐がれ　枯れ枯れ（副）非常に枯れているさま。草木が衰えたり、落葉したりする状態。生々しい鋭気がとれて深みのある状態。

枯れ枯れて雲飛ばす丘ユーカリの木並みは白きチモールに来つ　前田　透

枯れがれの木の間に仰ぐ夕空のひろきはさびしからまつの径　若山　旅人

としごとに身は**かれがれ**に気は寛《ゆた》にあるべくしあれ祈りのごとし　坪野　哲久

かろうじて〔からう‐じて〕　辛うじて（副）やっと。

からうじて曇たもちし暮方に声ふるはしてかなかな鳴きぬ　佐藤佐太郎

辛うじて開く左眼病室の冬日さす窓赤く見ゆるのみ　阿久津善治

かわたれ〔かは‐たれ〕　彼は誰（名）明け方。または夕方。たそがれ。「彼は誰時」の略。薄暗くて、だれかれの見分けがはっきりつかない時の意。

かはたれの窓の明りにひびく雨いまだ夜のままの心のつづき　吉野　鉦二

ひら仮名のかなかな啼かせ幼年の**かはたれどき**の海彦いづこ　辺見じゅん

かん　寒（名）寒いこと。寒さ。小寒・大寒のもっとも寒い約三〇日間。寒入り、寒明け。

黎明の**寒**気にそそり立つ欅老いしこの樹も火花を散らす　山田　あき

たちまちに**寒**冷の季節近づけばあはただしくもソバの花咲く　中野　菊夫

睡眠のときは惜しまじ**寒**の夜々かくて重ねむ齢《よはひ》ををしむ　窪田章一郎

うつしみのわが歩みゐる**寒**あけのゆふあかりにて道の土堅《かた》し　佐藤佐太郎

がんじつ〔ぐわん‐じつ〕　元日（名）一年の最初の日。一月一日。「元旦」は本来一月一日の朝。現代では元日をさすこともある。

何となく、／今年はよい事あるごとし。／**元日**の朝、晴れて風無し。　石川　啄木

元旦のこの裏通り音絶えてあつけらかんの畳屋八百屋　田中　順二

歳晩に積りし雪の明るさをかなしみとして**元旦**晴るる　前　登志夫

元旦のエスカレーターまだ誰も乗せずどこかへ昇りゆくなり　川野　里子

かん-せん　寒蟬（名）秋の深いころに鳴くせみ。つくつくぼうし、ひぐらし（かなかな）の古名。「かんぜみ」とも。

寒蟬の声ゆるやかに外《そ》れゆきてひつそりと秋は老樟《おいくす》に来る　野上　久人

朴の葉に入り日の透るしづけさに遠世の如く**寒蟬**がなく　千葉　さだ

炎《ひ》を浴びし土より生れて鳴くものかこの朝とほる**寒蟬**のこゑ　木俣　修

雷《いかづち》の近づくなかに**カナカナ**とあはれ降り初む雨に泣きけり　島　有道

かんぞう〔くわん-ざう〕　萱草（名）やぶ萱草。原野に自生し、早春に剣状の葉が出、六月頃花茎を伸ばして黄赤色の鬼百合に似た花を開くが、昼間だけで一日でしぼむ。

萱ざうの小さき萌を見てをれば胸のあたりがうれしくなりぬ　斎藤　茂吉

吹く風もきよまる如き六月の高原にして**萱草**は萌ゆ　山口　茂吉

かきくらみ呆として佇つ我の眼に**萱草**に降る雨脚白し　杉浦　明

萱草の彼方流るる夏の川見えぬ仏が矢のごとくゆく　安永　蕗子

カンナ　（名）明治年間に渡来し、七月から十一月頃まで筒形の紅・黄などの花が咲く。

守らねばならぬ一線つらぬけよ**カンナ**の花は血に燃ゆる花　新井佐次郎

僅かなる汽車の遅れを待つホーム**カンナ**の花はいよいよ紅し　富樫美代治

朱と緑補色相撃つ**カンナ**かなかくのごとくにござれ有終　依田　仁美

かんな-づき　神無月（名）陰暦十月の異称。八百万の神々が出雲大社に集まり、各社は神無しになる月、また雷のない月、新稲で醸成をする月、という説がある。かみなし月。かみな月。

神無月なす紺いろの夜は来て紙に包みし虫捨てにゆく　岡部桂一郎

神無月／岩手の山の／初雪の眉にせまりし朝を思ひぬ　石川　啄木

かん-らい

寒雷（名）真冬・寒中に鳴る雷。冬の雷。数少なく、音もあまり激しくない。

寒雷のとどろく瞬によみがへり炎なしけりうちなる恥は　畑　和子

蒼穹《あをぞら》に**寒雷**一つおと澄みて年のなごりの山のひそけさ　穂積　忠

がんらい-こう

雁来紅（名）葉鶏頭・かまつかの異名。秋、雁が来る頃に深紅色になるのでいう。茎は直立して葉は密に互生。

新しく湧き上りたる恋のごと**雁来紅**の立つはめでたし　与謝野晶子

雁来紅燃えのきはまり地殻よりわななく声のまつぴるまなり　加藤　克巳

かまつかの静かに朱けの深みゆく夕べゆふべの君の恋ひしき　馬場あき子

かん-らん

甘藍（名）キャベツ。玉菜。明治末より一般に普及した野菜。

建物の影のびて来て街畑の**甘藍**のむれうれふに似たり　川島喜代詩

朝《あした》見て夕ぐれに見る**甘藍**の葉の上の氷つひに解けぬかな　土屋　文明

朝な夕な霧湧《わ》く高地ゆ届きたる**甘藍**切れば銀の露散る　森山　昭子

かんれき〔くわん-れき〕

還暦（名）数え年六十一歳の称。六十年たつと再び生まれたときの干支に返るのでいう。本卦《ほんけ》がえり。

還暦をすぎて一歳わたくしの生身に沁みる冬の月かも　宮岡　昇

物言わぬ石塊《いしくれ》ひとつ**還暦**の足にしみじみ跨ぎて通る　石田比呂志

うたた寝のさめし炬燵に夕しばし**還暦**となる身に思ひ入る　筏井　嘉一

若竹のさ緑のいろ**還暦**のからだ励まし境内あゆむ　高村　正広

き

き　黄（名）きいろ。三原色の一つ。菜の花・レモンの皮・硫黄のような色。

油菜が熟れゐる**黄**なる日がさせば人の秘密も育ちつつゐむ　生方たつゑ

濃《こま》やかに雨ふる団地の谷間みち**黄**の傘叱る紅き傘往《ゆ》く　栗木　京子

人はきて憩いているや灯《ひ》に染まり**黄**に照る水の仮象の色に　武川　忠一

それはどこで手に入れたのか**黄**鶺鴒のあんな**き**いろのセーターが欲し　小島ゆかり

き　机・几（名）つくえ。

くれなゐの凝《こご》りゆきつつ**机**の上の柘榴が放つつひの咆哮　高嶋　健一

大声をあげて物差し**机**《き》の上に叩きつければ砕け散るのみ　栗明　純生

昨夜《よべ》のまま乱れいる**机**《き》に向かいたり新年の餅一つ食い終え　三井　修

き　忌（名）いみ。喪に服する一定の日数。忌中。喪中。死者の命日。忌日《きにち》。

内裏雛とほき戦火に喪ひぬ弥生三月われの雛の**忌**　石橋　妙子

病める身に**忌**の日の吾子の墓に来て砂を浄めぬこころゆくまで　木俣　修

子を産みて仰ぎたる日の寒の梅父の**忌**日の花とはなりぬ　穴沢　芳江

き　（助動）…た。回想をあらわす。…た。…ている。…てある。過去をあらわす。

ただひとり吾より貧しき友なり**き**金のことにて交《まじはり》絶てり　土屋　文明

けれども、と言ひさしてわがいくばくか空間のごときを得たり**き**　森岡　貞香

ひとの幸せを願へぬといふ罰あり**き**メロンパン口に乾きやまず**き**　染野　太朗

新宿の雑踏ぬけて通ひに**き**電車ことさら混みてゐたり**き**　利根川　発

一粒の向日葵の種まきしのみに荒野をわれの処女地

と呼び**き**　寺山　修司

き-おく
記憶（名）体験したこと、覚えたことを忘れずに心に止め置くこと。もの覚え。

早く逝きて母は隔たりわがせつなき**記憶**は多く父にかかはる　柴生田　稔

思ひ出せぬ**記憶**のなかの雨の音そしてその夜も爪つみてゐき　吉野　昌夫

父われの**記憶**もいつか薄れゆきさみしさ匂ふ少女とならむ　大野　誠夫

割烹着の手から赤味噌おにぎりを貰ひしがわが**記憶**の初め　高橋　良子

きぎす
雉・雉子（名）きじの古名。春から初夏に雄が雌を呼び、けんけんと鋭く鳴く。雄は羽が美しく尾が長いが雌は地味。「きぎし」とも。

澄みとほる小夜の**雉子**《きぎす》のこゑきけば霜こごるらし笹の葉むらに　北原　白秋

雉みな去りし山原風媒の花々は咲くきみのみ墓辺　川口　常孝

孤独なるものは鋭き身を持つとひそめる**雉子**《きじ》の側を通りぬ　鈴木　幸輔

き・く
聴く（自動四）耳を澄まして聞く。聞こえない音を心で聞く。

水仙の一管の笛うすみどり水の心音**聴き**てをりたり　辺見じゅん

昴ぶりてひとり**聴く**夜のピアノ曲すべらかに肌へなぞらるるに似る　秋山佐和子

きく
菊（名）晩秋の代表的な花。花色・花形ともに変種が多いが白菊・黄菊が最も好まれ、大・中・小、厚物《あつもの》・管《くだ》・走《はしり》などに大別される。

リルケの墓に瑠璃色の**菊**おかるるをおもひつつドゥイノ初秋の海　塚本　邦雄

冷え冷えと細き花びら十分に咲ききはまりて**菊**ひとつたつ　長澤　一作

世の流れきびしきなかに咲き溢れさき溢れゐる懸崖の**菊**　久方寿満子

髪に挿す黄**菊**白**菊**にほへども狂はねば告げ得ざらむこころ　藤井　常世

菊まつりの囲ひに**菊**のあつまりて見てゐるうちに咲《わら》ふかなしさ　森岡　貞香

きざ‐はし　階（名）階段。「段階《きだはし》」の意。きだ。

水色の鎌倉山の秋かぜに銀杏ちり敷く石の**きざはし**　与謝野鉄幹

降誕祭の夜の**階**上るときつつしまん心樅の木に触る　前田　透

み仏につかふる我にあらなくに大き**階段**《きざはし》つつしみのぼる　今井　邦子

わが登る石の**きだはし**昼闌けて古き棟《あふち》は花ちりやまず　安田　青風

山寺の石の**きざはし**おりくれば椿こぼれぬ右にひだりに　落合　直文

き‐さら‐ぎ　如月・二月（名）陰暦二月。なお寒くて衣更着《きさらぎ》する月。

針の穴一つ通して**きさらぎ**の梅咲く空にぬけてゆかまし　馬場あき子

きさらぎの空ゆく雲をゆびさして春ならずやと君にささやく　太田　水穂

路《みち》ばたによごれし雪の悲しかり**二月**の日のほの温《ぬく》みつつ　川田　順

ひびきたる冬の音凛々**きさらぎ**の未明の蒼き氷を割れり　齋藤　史

きし　岸（名）陸地が水に接するところ。水際。

溝川の**岸**の草むら鼓子花《ひるがほ》の一つ咲けるが葦《よし》にからめり　岡　麓

わがカヌーさみしからずや幾たびも他人の夢を川**ぎし**として　寺山　修司

水沼の**岸**に何をか狙ひつつ伸ばせば伸びる鷺の首かも　大室ゆらぎ

ニュートリノ降りてゐるかな**岸**辺にも人影つひに点となりゆく　川田　茂

きし‐きし　（副）きしむ音。堅いものがふれあって鳴る音。ようしゃないこと。「ぎしぎし」とも。

にはとりは高き体温を抱きねむる**きしきし**砂嚢《さのう》に貝殻を詰め　葛原　妙子

き‐じゅ　喜寿（名）七十七歳の賀の祝い。喜の字の賀。喜の字の草体文字に因《よ》る。

喜寿いはふ心にをりて孫どもも手ごとにほぐす大い

なる海老　　窪田章一郎

淡あはと**喜寿**の感慨あるのみにけふ春雨の地を濡らすなり　　橋爪　啓

きずな〔き-づな〕　絆（名）つないである縄。ほだし。離れ難い結び付き。

一つ家にゐては見ざりし子と親の**きづな**かと思ふ娘《こ》を恋ふる妻　　大岡　博

人減らす噂がたちてながびきし不況が仲間の**絆**をこわす　　阿部　一夫

街に会ひかつは別るるかすかなる**絆**といへど断ちがたからん　　尾崎左永子

卵黄のかたまるまでの十五分縛らるるごとし見えぬ**絆**に　　大西　民子

き-ぞ　昨・昨日（名）きのう。さくじつ。前日。昨夜（名）さくや。きのうの晩。

昨日ここに咲きゐし黄あやめの花なくて今日鮮しき黄あやめのつぼみ　　河野　裕子

愛しきやし初霜童子**きぞ**得たる拳銃をまづ父に擬したり　　塚本　邦雄

昨《きぞ》の夜もねむり足《たら》はず戸をあけて霜の白きにおどろきにけり　　斎藤　茂吉

昨夜《きぞ》食《を》ししむらさきの貝　わが掌よりひらり発ちたる青しじみ蝶　　原田　汀子

きだ　段・階（名）だん。階段。きざはし。きだはし。きざ。

ひばりひばりぴらぴら鳴いてかけのぼる青空の**段**直《すぐ》立《た》つらしき　　佐佐木幸綱

風さむく芽ぶきにはやき寺山の**階**くだりくる尼みな若き　　岡野　弘彦

葬列をすぎて死の**階**はるけしと蝙蝠傘ひらく独りとなりて　　前川佐重郎

きちこう〔きち-かう〕　桔梗（名）ききょうの古名。初秋、青紫・白色の鐘形の花が咲く。秋の七草の一つ。

桔梗の濃き一輪よ紀の国の秋の六根浄めたりけり　　辺見じゅん

秋くさの花とりどりにうつくしくつぶさに見たり**桔梗**の花　　高田　浪吉

送られし盆燈籠の秋草は君が好みし**桔梗**《ききやう》なでしこ　　四賀　光子

むらさきに濃いむらさきの血脈《けちみやく》を清らに這わせ
桔梗《ききょう》はひらく　　俵　万智

きぬ　衣（名）衣服。着物。ころも。

風とみづ昏くながるる晩秋《おそあき》に脱ぐべき**衣**を渡されてゐる　　辰巳　泰子

白き**衣**のつと横切りてものの影なきひと筋の小路をゆきぬ　　千代　國一

たてきりし襖のすきのにほやかさくれなゐの**きぬ**を吾子がきてゐる　　頴田島一二郎

僧なりし汝が白**衣**《しらぎぬ》ももらひ来て乏しき幾年にさまざまに着ぬ　　岡村　冬子

きぬ‐ぎぬ　衣衣・後朝（名）男女が共寝して別れる翌朝。男女が相別れること。もとは男女が共寝した朝、それぞれの衣を着て別れること。

桐の花うすく汗ばみ日ものぼりわが**きぬぎぬ**のときとなりゆく　　若山　牧水

きぬぎぬの昼のわかれを無花果のにほへる昏にいざうたふべし　　井上　正一

きぬぎぬや雪の傘する舞ごろもうしろで見よと橋こえてきぬ　　与謝野晶子

きびす　踵（名）かかと。「踵を返す」はあともどりする。引き返す。

落葉踏む音のさびしく身震ひて林の中処《なかど》に**踵**を返す　　結城　健三

露天風呂のめぐりの夜気の身にしみて蝙蝠と吾**きびす**をかへす　　中村源一郎

きみ　君（代）あなた。友人や目下のもの、とくに親しい男女相互をさす。二人称。

上毛《かみつけ》の山の楤《たら》の芽**君**と食ふ**君**が手づから摘みし楤《たら》の芽　　五味　保義

ひしひしと海に無数の傷跡があることを**君**は知ってるだろうか　　中川佐和子

蓮池を**きみ**と巡りて淡き日の記憶とならむ夏が逝くなり　　桜井　京子

目を病みてひどく儚き日の暮を**君**はましろき花のごとしよ　　福島　泰樹

きょう〔け‐ふ〕　今日（名）この日。こんにち。本日。当日。

冬庭の荒れたる土を**けふ**見れば草の芽もえぬ紫に紅《あけ》

に
山中《やまなか》に**今日**はあひたる　唯ひとりのをみな　やつれて居たりけるかも　窪田　空穂

幼子を叱りてゐしが六年《むとせ》まへの**今日**生れたることをし思ふ　釈　迢空

昨日よりつづく寂しき思ひにてあひたる**今日**は早く別れぬ　佐藤佐太郎

小市巳世司

ぎょうあん〔げうーあん〕　暁闇（名）夜明け方のやみ。「あかつきやみ」とも。

他界より囁くに似て**暁闇**の風ひとしきり雪をともなふ　遠山　光栄

船の上の**暁闇**のおぼつかな母がねむれる山も見えなく　石榑　千亦

ぎょうこう〔げうーくわう〕　暁光（名）夜明けの光。

沖つ辺の雲のそぎへの**暁光**の極まりにたれ朝日子はまだ　大塚布見子

きょうちくとう〔けふちくーたう〕　夾竹桃（名）盛夏、梢上に紅・白・桃色のつつじに似た花が咲く。インド原産。

吾がやまい未だも癒えず今年また**夾竹桃**の花あかく咲く　金子　鈴穂

ひと夏を咲き続けたる**夾竹桃**そのたくましき紅《くれなゐ》を褒む　持田鋼一郎

われよりも夭く逝きたり植えくれし**夾竹桃**は草に蔽わる　浜田　陽子

きょうてい〔きやうーてい〕　胸底（名）心の奥底。心中の思い。

血のにじむまで潰したき**胸底**にわれ鈍重な鉛のごとし　加藤　英彦

きょーむ　虚無（名）何もないこと。何も考えないこと。うつろ。空虚。ニヒル。

救いなど吾は思はねどこころ凍る**虚無**の刹那の老いということ　近藤　芳美

さなきだに**虚無**の光ると見てゐたりダイヤのピアスある彼の耳　春日井　建

世の中よくなりはしない神もいない大きな**虚無**がころがっている　加藤　克巳

き-ら　綺羅（名）美しくはなやかなよそおい。きらびやかなこと。

夕茜の余燼《よじん》のなかにひしめきてひとときの**綺羅**裸木《らぼく》の枝は　木俣　修

きら-め・く　煌めく（自動四）きらきらと光り輝く。

朝の日に水**きらめき**て流るれば猫柳光り春のよろこび　安田　章生

風ながれ芽ぶきき**きらめく**欅《けやき》らよ野はかくたけくいのち敷きたり　坪野　哲久

黒潮の流れを切りて**きらめける**大鯛一つ灘にまぎれつ　生田　蝶介

燦然と夏**きらめけ**ばわれは恋ふ「病気になるほどつめたいこおり」　村木　道彦

きらら　雲母（名）うんも。きらめいて見えるため。きら。

雲母のごとく空気光れる野の上のざぶとんひとつ母の座となす　齋藤　史

粉雪ははるか天より剥がれくる水**雲母**《みず》なり響きかそけし　松平　盟子

雲母ひかる大学病院の門を出でて癩《かたい》の我の何処《いづく》に行けとか　明石　海人

きり　霧（名）水蒸気が固まって細かな水滴となり、煙のように地上に立ちこめる現象。秋に多い。

ひめゆりに流るるさ**霧**文明より運ばれて来し汚物か　前　登志夫

白鷺の思はぬ方にこゑはして利根の河原は**霧**のはれゆく　白石　昴

吹きのぼる夜の川**霧**肩を擦り木を擦り民家の屋根を隠せり　永井　正子

きり-ぎし　切岸（名）切り立ったけわしいがけ。断崖。絶壁。

見の遠く浪の**断崖**《きりぎし》をりをりに立ちそそるとき海のおそろし　田谷　鋭

わが佇つは時の**きりぎし**今生の桜ぞふぶく身をみそぐまで　上田三四二

かの果ては**断崖**《きりぎし》ならむとおもふまで真一文字の海の濃紺　三井　ゆき

罌粟枯るる**きりぎし**のやみ綺語驅つていかなる生を寫さむとせし　塚本　邦雄

きりぎりす　螽蟖（名）土用から初秋にかけ、チョンギースと昼間鳴く虫。触覚が体より長い。機織《はたおり》。ぎす。

籠《こ》に入れて三夜《みよさ》を鳴かぬ**きりぎりす**ものの命をわが恐れそむ　齋藤　史

薄暗き駅の石壁に草葉いろの**はたおり**一つ見しということ　田谷　鋭

きり‐こ　切子（名）切子硝子。カットグラス。

降り腐《くた》す雨にそぼちてつややけき藍の**切子**のごとき紫陽花　上田三四二

とりどりの蘭を挿したる**切子**のつぼ置ける辺りの今朝かなり冷ゆ　佐佐木由幾

きり‐さめ　霧雨（名）きりあめ。霧のように細かな雨。ぬかあめ。

柿の実に降るむらさきの**霧雨**のけぶれるごとく生きし一日よ　佐佐木信綱

ありありと閃光うつるテレビあり日本に**霧雨**の降り出ずる宵　近藤とし子

ふかぶかと**霧雨**の中に船笛のこだま響かふ山近みかも　島木　赤彦

きりどおし〔きり‐どほし〕　切り通し（名）山などを切り開いて作った道路（水路）。

残雪の**切り通し**坂をいくつ過ぎ若葉渦なす聚落に入る　大屋　正吉

二晩おきに、／夜の一時頃に**切通し**の坂を上りしも／勤めなればかな。　石川　啄木

古き道落葉踏みゆく小さなる**切通**さへこころしたしく　土屋　文明

きれ　切れ・裂・布（名）切り離した部分。断片。織物のきれはし。

ブランコにあかるい影をさす公孫樹わかきみどりの**裂**《きれ》はそよげり　紺野　裕子

地の上に花影深き裂《きれ》をもつその**裂**の間を渡り行く蟻　三井　修

きれ‐ぎれ　切れ切れ（名・形動ナリ）幾つにも細かく切れること。きれはし。断片。

切れ切れの記憶たどりて若き日を問はず語りの今宵長舌　吉田　正俊

きれぎれの眠りのなかに聞こえきて春のはやては雨をともなふ　阿久津善治

深酔いにすがりて落ちてゆく眠り　**きれぎれ**の闇**きれぎれ**の面《おも》　道浦母都子

春蜘蛛の風に投げたるほそき糸**きれぎれ**ひかり庭を走れり　黒沢　忍

きわ〔きは〕　際（名）果て。極み。最後。時。場合。そば。かたわら。

ふるさとの海の水照《みで》りのはげしきを或いは吾の死の**際**に見む　岡部　文夫

生きてをるはたのしと雖《いへど》くるしさのいまはの**際**は死ぬもたのしき　小名木綱夫

指揮棒をコンダクターのふり下ろす**際**の**際**まで咳など聞こゆ　香川　ヒサ

柚の湯に身はゆるくをり篤かりし病の**きは**もとほきおもひに　上田三四二

きわまり〔きはまり〕　極まり・窮まり（名）果て。極致。限り。「きはみ」とも。

橡《とち》の樹の枝の**きはまり**にふくれたる芽を見つるとき心いそがし　斎藤　茂吉

きはまりて針箱投げし母の子の、投げつけられし父の子のわれ　田村よしてる

北の**極み**のコモ湖畔そのバールにて苺ついばむたびびとわれは　塚本　邦雄

兄達も弟も逝きたるあとにわれ一人のこりしことのかなしき**極み**　長沢　美津

ぎん　銀（名）しろがね。貨幣。銀色。しろがねいろ。光沢のある青白色。「銀漢《ぎんかん》」はあまのがわ。銀河のこと。

わが町は海べにありて海光《かいくわう》がさくらの花に**銀**を頒《わか》てり　高野　公彦

崖となる小路の奥に月ひかり**銀**の瞳をせる黒猫に逢ふ　来嶋　靖生

おもほえば彼岸のごとき昭和なり草木《さうもく》は**銀**の戦車をおほふ　坂井　修一

銀漢の彼方より来したましひのほのかに白し山ぼふしの花　馬場あき子

ぎん-なん　銀杏（名）いちょう葉が黄色くなって散りはじめる頃実を結び、熟すと悪臭を放ち落ちる。中に白色菱形の固い内皮に包まれた果

肉があり、焼いたり料理に用いたりする。

銀杏の実を火に焼けば子と妻とわれの夜《よ》の部屋香《か》に立ちにけり　宮　柊二

銀杏のみどりの肌に歯をあつるをとめ一人と吾のつれづれ　千代　國一

車来ぬ都内の坂に**銀杏**の実を拾ひをりたのしくあらむ　窪田章一郎

つねに群れつつわれの酒席にあらわるる満場一致の**銀杏**の実よ　佐佐木幸綱

く

くいな〔くひな〕

水鶏（名）鶏に似た小型の茶褐色渡り鳥。春渡来し、水田・池沼辺を巧みに走り、水にくぐり、あまり飛ばない。雄の鳴き声が戸を叩くようにカタカタ聞こえる。

今ははやおのれひとりの受け答へ湖《うみ》に**水鶏**が潜む話も　安永　蕗子

初七日の友が供物の枇杷の実をむきつつをれば**水鶏**鳴きつぐ　明石　海人

くうかん

空間（名）何もなくあいている所。すきま。果てもない広がり。

ひがな一日雨は雨として降るものにてあなたと私という**空間**が　沖　ななも

ディヌ・リパッティ紺青の楽句断つ死ははじめ**空間**のさざなみ　塚本　邦雄

くえ

崩え（名）くずれていること。朽ちていること。多く複合語となる。

雨中の石**崩**道《いはくえみち》にききしよりけものとおもふ山ほととぎす　与謝野晶子

霜**崩え**ののちやはらかく膨《ふくら》むを立春の日の土とあはれむ　星野　丑三

はるかなる雲呼ぶべしや薔薇園に花もおのれも**崩**《くえ》やすき日は　久方寿満子

くが

陸（名）海・川・湖・沼などに対しての陸の部分。陸地。地面。りく。

天雲のおほへる下《した》の**陸**ひろら海広らなる涯《はて》に立つ吾れは　伊藤左千夫

末遠く海に傾く大き**陸**みどりの起伏ゆるやかにして　野北　和義

月の夜の蓑島へ行く人ならん**陸**のつづける野をわたる見ゆ　中村　憲吉

額の上《へ》にひとくれの塩戴きて白き鯨は**陸**《くが》めざすべし　喜多　昭夫

くきやか

（形動ナリ）鮮明なさま。はっきりしているさま。

内輪差なんのその加速九十九折れ富士**くきやかに**映せる湖《うみ》へ　大湯　邦代

くぐもり

（名）もやもやとした曇り。内にこもってはっきりしないこと。ふくみ。

くぐもりのみづみづしきを刺して立つ辛夷さながらいまだも冬樹《ふゆき》　岡部　文夫

山鳩の**くぐもり**ひくく鳴くをきけば生きものの血のほめき思ほゆ　栗原　潔子

山茶花に雪ふりつもり閑かなり七面鳥の**くぐもり**のこゑ　北原　白秋

人の名を誣いてうずまく街なりや今日よりさらにふかき**くぐもり**　吉田　漱

くーげ

供花・供華（名）仏や死者に花を供えること。その花。

石仏の**供花**ともかたへの楓《かへるで》の紅葉はらぐその膝のうへに　林　光雄

くさう〔くさーふ〕

草生（名）草の生えている場所。草原。

絶え間なく**草生**《くさふ》より立つ蚊柱《かばしら》は夕ひかり厚き路面《ろめん》になだる　木俣　修

耳は静かな管楽器　陽を浴びて**草生**のひかりの中をうごかず　加藤　英彦

こんなにもリアルにあなたはそばにゐて**草生**に秋の入日が及ぶ　和田沙都子

くさーぐさ

種種（名）しなじな。いろいろ。さまざま。

朝市にひさぐ**くさぐさ**は海のものこの島をめぐる海に獲りにし　菅野　昭彦

くさぐさの出費《つひえ》切り詰め子がもののあれをこれをと嫗の数ふる　大塚　政光

あつたつけ言つたつけ喉腫れあがり熱のある身にうかぶ**種種**《くさぐさ》　大山　敏夫

月はいま豊穣のいろ　**くさぐさ**の苦楽油滴となりて播かるる　春日真木子

くさ-ぶえ　草笛（名）草の葉をまるめ、吹き鳴らす笛。

寂しさを知り分けし子が母を呼ぶ**草笛**よりも繊きそのこゑ　河野　裕子

草笛を吹きいる少女の命運も漂うものか絵の空昏し　野中　圭

一枚の木の葉が奏でるメロディは我には成らず哀し**草笛**　守屋　こう

くさ-まくら　草枕（名）草を枕にする旅の仮寝。草枕（枕）旅・結ぶ・露にかかる。

くさまくら戸隠山の冬枯の山おくにして雨にこもれり　伊藤左千夫

草まくら時雨ぞ寒きわが友のなさけの羽織いただきて着む　土田　耕平

草枕旅の心は日輪のかたむくときしあはれなるかな　顕田島一二郎

くさまくらこの世の旅のひとこまをつま先だてて踏みこたへつる　長沢　美津

くさ-もち　草餅（名）よもぎ・母子草などの萌え葉を入れてついた餅。

山帰来の葉につつみある**草餅**の葉脈太くうつくしきかな　坪野　哲久

白妙の餅《もちひ》を搗きて三臼めの終りの臼に**草の餅**つく　篠原志都児

若よもぎ柔ら芽立《めだち》のいみじき香《か》口に立ち来る賜《た》びし**草餅**　窪田　空穂

くしけずる〔くし-けづる〕　梳る（他動四）とかす。すく。

ほとほとになだめがたかる現身は強《こは》く多《さは》なる髪**くしけづる**　三国　玲子

梳る髪直かりし亡き母を思へり秋の鏡に向ひて　馬場　浜子

くしび　奇しび（名・形動ナリ）神秘。霊妙。不思議。

富士が嶺《ね》は**奇《くし》び**の山か低山《ひきやま》の暮れ入る時を赤富士と燃ゆ　吉野　秀雄

くず　葛（名）まめ科の多年生つる草。茎は蔓となり葉は大きく山野に繁茂する。初秋、紫赤色の蝶形の花が咲き、後にさやを結ぶ。秋の七草の一つ。

道下の崖いちめんに生ひしげる**葛**の葉ずれは夕べあ

つしも　三ヶ島葭子

葛の花踏みしだかれて、色あたらし。この山道を行きし人あり　釈　迢空

然れども終末は来る**葛**の葉の繁みに霊歌つぶやかれゐる　椎木　文也

くす‐し　薬師（名）医者。

八幡山《やはたやま》のその中腹に**医師**《くすし》ゐて薬盛《も》るこそ寂しかりけれ　結城哀草果

ひたごころひたぶるに願《ね》ぐわが恃《たの》む**医師**《くすし》の君のまさきくとこそ　明石　海人

息とまる知らせあるごと**医師**われ行きてその胸打たざるを得ず　対馬　完治

くす・む　（自動四）さえない色合いをしている。じみでめだたない。

日沈みて藍**くすみ**たる夕べ空《ぞら》底なき寒さをたたへたるかも　木下　利玄

くせ　癖（名）かたよった習慣。習癖。かたよった傾向。特徴。いつもそうであること。ならい。

俘虜葉書僅か三十字《みそじ》のカナ文字に愛《かな》しや夫の**癖**の見えたる　中村　敏子

青黴チーズすこし**癖**あるひときれを好みてわれは三十四歳　松平　盟子

聖書など持ち込みて来る妻のへに**癖**となりつつうつぶせに寝る　近藤　芳美

雨季前の日**ぐせ**の曇りあはれにて心にしみて故国と異る　植木　正三

くだかけ　鶏（名）にわとりの古名。

くだかけの卵を割りてあたたかき朝《あした》の飯《いい》の上に落しぬ　石田比呂志

鶏の遠鳴き聞ゆいねかかぬる病の床に朝まちかねつ　香取　秀眞

日の下に妻が立つ時咽喉《のど》長く家の**くだかけ**鳴きゐたりけり　島木　赤彦

くだち　降ち（名）更けること。深くなること。主に「夜の降ち」と用いる。夜更け。深夜。

初売の値札つけ終へし夜の**くだち**外《と》の面《も》の雨は雪となりたり　木本　夜潮

夜の**くだち**い寝むとしつつ何すれぞ眼鏡の玉を吾は

拭きゐる　半田　良平

くち　口（名）口腔。くちびる。口（語素）出入口。はじめ。端。先。複合語の下の部分に用いる場合「ぐち」となる。

このあたり明屋敷《あきやしき》増ゆ押しだまりたる**口**のごと空地《あきち》もふえて　岡井　隆

現実をそのまま見よというばかりいずれも**口**をあけたるアケビ　水野　昌雄

あと三十年残つてゐるだらうか梨いろの月のひかりを**口**あけて吸ふ　河野　裕子

口つけて水道の水飲みおりぬ母への手紙長かりし日は　岸上　大作

秋**ぐち**の山は澄みつゝおのづから影さへさびし雲のよりそふ　大井　広

くちづ-ける　口付ける（自動下一）口を与える。接吻する。キスをする。「口付け」は名詞。

魚喰めば魚の墓なるひとの身か手向くるごとく**くちづけ**にけり　水原　紫苑

一度にわれを咲かせるように**くちづける**ベンチに厚き本を落として　梅内美華子

せつなさと淋しさの違い問う君に**口づけ**をせり　これはせつなさ　田中　章義

かきくらし昏るる風景かの辛き**口接**《くちづけ》のごと天し垂り来《こ》ね　成瀬　有

くち-なし　梔子（名）夏、芳香のある白い花が咲く。実は熟すと黄赤色となり染料用。

たましひのよろこびのごと宵闇の庭に**くちなし**の花暮れのこる　上田三四二

自動車に薫らしめよと**梔子**を出勤の子に一枝手折る　中山　貫詞

野の末を移住民など行くごとき**くちなし**色の寒き冬の日　佐佐木信綱

くちなわ〔くち-なは〕　蛇（名）へび。朽ち縄に似ている形のため。

くちなわとの対峙をときて歩みゆくみちに葉ごとに花筏咲く　後藤　直二

わが泣くを冷やかに見て行き過ぎぬ蝎《さそり》の君や**くちなは**の君　吉井　勇

蛇《くちなは》は今を鋭く生きむとしひかりあまねき道に轢か

れぬ　小池　光

くちなはの撓ふをくはへのつそりと大猫ゆけば豊けし月夜は　島田　修三

くち-ば

朽ち葉（名）枯れた葉。落葉のくさったもの。赤みを帯びた黄褐色。

葉脈をあらわに見せて陽の炎園の窪処に乾反れる**朽葉**　波多野正人

ここからはわが家の敷地というところ**朽ち葉**の上に今年の落ち葉　沖　ななも

世を塞ぐ油土塀の**朽ち葉**色　方丈の庭は石と砂のみ　松本千代二

くに

国（名）大地、土地、陸地。行政上の一区域。生国、郷里、故郷、いなか、地方。国家。

雪の夜を別れ来ぬれば紀の**国**の黄金《きん》のみかんを恋ひわたるべし　松坂　弘

父の**くに**阿蘇に来たれり眉《まみえ》濃きメゾソプラノの樹木らに逢ふ　水原　紫苑

街灯の藍のつらなりに雪凍りこころにたどる**国**はつねに冬　近藤　芳美

「さねさし」の欠け一音のふかさゆゑ相模はあをき海原の**くに**　小池　光

くま

隈・曲（名）川や道の折れ曲がって見えないすみ。かたすみ。奥まった所。物陰。

磯の**くま**石積みて賽の河原あり生ふるものなき沈欝のさま　扇畑　忠雄

水のながれ白濁しつつ千曲川千の**隈**処《ど》を含む雪解水《ゆきしろ》　齋藤　史

庭《には》**隈**に自転車ひかる勤めより娘《こ》の乗りて帰りここに置きたる　国見　純生

人間のまとふ衣裳のはかなさや風しのび入る襞の**く**
まぐま　来嶋　靖生

くま-ど・る

隈取る（他動四）濃淡をぼんやりさせる。線を引き色どりする。

人間のかなしみは屋根が覆えるや月は**隈どり**し甍を照らす　大野とくよ

信濃川海へ押し出でむらむらと**くまどる**あはれ空より見れば　中山　周三

くま-も-おちず

隈も落ちず（連）奥まったところも残らず。隈から隈まで。

くまも落ちず家内《やぬち》は水に浸ればか板戸によりてこほ

ろぎの鳴く　伊藤左千夫

風の音に目はさめたれど**くまもおちず**闇深ければ妻よびにけり　橋田　東聲

ぐみ　茱萸（名）豆ぐみは春に淡紅色、夏ぐみは初夏に淡黄色の花を開く。晩春から楕円形の紅い実がなる。秋ぐみは十月ごろ紅熟する。

人の目にかすかに見えてゆく春の寂しき**茱萸**や花こぼれをり　大井　広

海風を吹き上ぐる浜の枯山に残る秋**茱萸**をわれ食みにけり　佐藤佐太郎

鍋墨をみがく川辺は**ぐみ**の木の根方なり花のはらはらと落つ　大橋　順子

くも-の-みね　雲の峰（名）夏空に湧く積乱雲。入道雲。

仰ぎ見てこころ逸《はや》りし日は遠し炎昼の空**雲の峰**立つ　来嶋　靖生

くもり　曇り（名）くもること。空に雲がかかること。色・光・声などがはっきりしないこと。

梅雨空の**曇**深きにくきやかに黒み静まり老松は立つ　若山　牧水

明るめる処責めつつ雲うごく**曇**の海の青おもおもし　千代　國一

青年にして妖精の父　夏の天は**くもり**にみちつつ蒼し　塚本　邦雄

膝にある五歳の疵あと胸にある十二《じふに》歳の**曇り**そののちの雨　高田　流子

曇り日の空はまぶしい真っ白に晴れの日よりもなぜかまぶしい　武藤ゆかり

くらい〔くら・し〕　暗し・冥し（形ク）光の量が少なく物がよく見えない状態である。

さくらばな陽に泡立つを目守りゐるこの**冥き**遊星に人と生れて　山中智恵子

くら-ぐら　暗暗（副）暗くてものがよく見えないさま。うす暗いさま。

高速道の下の街川**暗ぐら**と潮満ちてをり日の暮れ寒く　礒　幾造

いくたびか時雨は過ぎて濡るる坂**くらぐら**と行く昼の深きを　高嶋　健一

コルシカの桃の花盛りが**昏々**と顕れし日のマチスの

くらし
くらぐらと床も天井も階段もかはらぬままに半世紀過ぐ　葛原　妙子
くらぐらと火を吐くものを退治したウルトラマンにもう一度会いたい　小林　幸子

くらし　暮らし（名）暮らすこと。時日を過ごすこと。生活。生計。
年どしに**暮らし**簡素になりゆくを柿の次郎のことしの実り　大野　道夫
はたらけど／はたらけど猶わが**生活**《くらし》楽にならざり／ぢつと手を見る　石川　啄木
村住みの塀さへ**鍵**さへなき**くらし**出来ぬ時世か心にも鍵　入野早代子

くら・む　暗む・昏む・眩む（自動四）暗くなる。ぼんやりして見えなくなる。
霧湧きて杉はかそけき朝山に羊歯ら**暗み**て群がりをれり　築地　正子
照らされて低くゆく雲新宿の夜空をすぎてふたたび**暗む**　馬場あき子
岩押して出でたるわれか満開の桜のしたにしばらく**眩む**　長澤　一作

くり　栗（名）初夏、穂形の薄黄色の花が咲き、秋に、いがに包まれた実が二、三個自然にこぼれ落ちる。丹波栗は大粒で味がよい。
声のなきひかりあたたかしつやつやと**大栗**五つあそぶ机上に　前　登志夫
目つむれば**栗**の花むら盛りあがりなほし盛りあがりその香深しも　伊藤　一彦
秋やあはれ丹羽の山の鬼の目もころろに積みて売る今年**栗**　恩田　英明

くりーや　厨（名）料理をつくる所。台所。
日のくれの**厨**の中にかぐはしも鮎に炭火のいろのぼりくる　高橋　幸子
雪なだれ**厨**にひびく昏れどきを風邪病む妻に木の芽粥炊く　大熊長次郎
とろろ汁ころころ摺れば**厨**冷え父まつ家に秋深みゆく　木沢長太郎
裏庭の竹群なかゆ若荷の子ひろひあつめて**厨**べにあり　馬場あき子
　中島　栄一

くる-ぶし 踝（名）足首の内と外両側の骨の出っぱった部分。

くるぶし迄落葉に埋めて立てるとき裸木に吹き吾に吹く風　塩川三保子

桑の木の踝は祈りの列に似てわが行く赭《あか》き道に続けり　金井　秋彦

噴水の立ち上がりざまに見えているあれは噴水のくるぶしです　杉﨑　恒夫

くるみ 胡桃（名）山野の湿地に自生、五、六月ころ黄色の花を開き、果実は秋に熟して地に落ちる。夏のまだ熟さない実を青胡桃という。

絶望に生きしアントン・チエホフの晩年をおもふ胡桃割りつつ　大野　誠夫

てのひらにくるみきしきし鳴らしつつこころあそばすくるみとくるみ　水野　昌雄

あやしく海に峙つ恐山《おそれざん》胡桃らさわぐ野をこえて見ゆ　五味　保義

胡桃ほどの脳髄をともしまひるまわが白猫に瞑想ありき　葛原　妙子

ぐるみ（接尾）ひっくるめて。のこらず。…ごと。…のまま。…といっしょに。名詞に付く。

空ぐるみ寒波に凍ててゆくゆふべ胸ふかく敵意をひとつはぐくむ　木俣　修

くれ-ぐれ 暮れ暮れ・昏れ昏れ（名）日の暮れて暗くなるころ。夕方。たそがれ。

夏蜜柑買ひてぞ帰るくれぐれの巷にけふ降るあたたかき雨　安田　章生

在りし日の柔《やさ》し御面《みおも》の写真《うつしゑ》を昏々《くれぐれ》着きし部屋に仰ぎつ　広野　三郎

くれない〔くれなゐ〕 紅（名）鮮やかな赤色。べに色。えんじ色。

落ちてゆく陽《ひ》のしづかなるくれなゐを女《をみな》と思ひ男《をのこ》とも思ふ　安永　蕗子

くれなゐの二尺のびたるばらの芽の針やはらかに春雨のふる　正岡　子規

死の側より照明《てら》せばことにかがやきてひたくれなゐの生ならずやも　齋藤　史

くれる〔く・る〕 暮る・昏る（自動下二）太陽が沈みあたりが暗くなる。夕方になる。

昏れやすきあなたの部屋の絵の中にすこし下がるとわたしが映る　木下　こう

藁を焚く火のかたはらに静かなる馬立ち**昏れ**て影となりゆく　大辻　隆弘

くろ　黒（名）黒い色。濃い墨のような色。暗い、暮れる、ような感じの色。

青きまで**黒**みなぎれる汝が眸今は確かにわれを捉へゐる　河野　裕子

いろいろないろいろいろなことありまして麦藁帽子の**黒**きリボンよ　岡部桂一郎

草焼きし跡のゆゑもなき静かさやその灰**黒**く土かたくして　佐藤佐太郎

くろ　畔（名）田と田とを仕切ってあるさかい。あぜ。

畔はみな新たに塗られほがらかに蛙が鳴くも榛の木の花　結城哀草果

菜の花の黄のかがやきをみづからの責具となして**畔**ぬり急ぐ　青山　久雄

くろ‐がね　鉄（名）てつの古称。きわめて堅固なもののたとえ。非常に強いもの。

火のごとく啼く蟬にして**くろがね**の背は甲冑のひかりを放つ　浜口　忍翁

夕空へひしとそばだつ**くろがね**の裸木とわれとまぎれざるべし　浜田　陽子

鉄の棒のごときが迫り来る風によごるる木を見てゐれば　石川　一成

くろがねの錆びたる舌が垂れている鬼はいつでも一人である　山崎　方代

くろ‐はえ　黒南風（名）梅雨どきに吹く南風。その南風のために曇って暗くなった空。

黒南風にかがよふ群の青杉は嫩芽《わか》ふきたつ深大寺《じんだいじ》の森　北原　白秋

悔多き日々といへども還らず**黒南風**のあらき道に吹かるる　国見　純生

この父を信じて清き子らととも**黒南風**の海わたりてゐたり　伊藤　一彦

ぐんじょう〔ぐん‐じやう〕　群青（名）あざやかな青い色。

群青の真冬の夜のそら遥か舟ゆくごときかすむ月あり　西澤　達男

降り積める雪の面《おもて》に**群青**のながき影のべ杉一樹《いちじゅ》立つ　杜澤光一郎

古墳より出でし鏡が**群青**にかげりて卓に夜近づきぬ　鈴木　仲秋

ぐんぞう〔ぐん-ざう〕

群像（名）絵画・彫刻で多くの人物の集合的構成を表現したもの。

雄々しさの順に進めど**群像**の背のそれぞれに悲しみは満つ　秋葉　四郎

群像は百万遍をながれゆきとどまる側がもっともさびし　永田　紅

け

け

気（接頭）意味を強めたり、なんとなく、の意を添えたりする。多く形容詞に付ける。

暗し暗しと**け**うとく叫ぶものありて奥山沢は凍りたるかも　前田　夕暮

一人《いちにん》の遂にあざとき生きざまに勤めなき身の**気**遠くをりぬ　千代　國一

梅檀のつぼみは固く淡々と空にまぎるる**け**ざむき昼の　沖　ななも

杉の樹の脂《やに》が臭ひて日闌くるに老け鶯のこゑは**け**遠し　恩田　英明

け

気（名）いきおい。けはい。様子。活気。

くれなゐの梅散る庭に葭簀《よしず》もて海苔乾されてぞ人の**け**もなし　吉野　秀雄

たちまちに放ちし鮎の影はしり**気**色だちたり川の面《おもて》は　林田　恒利

け

食・餉（名）食事。飯。食物。複合した場合は「げ」となる。

雨の中に蟋蟀鳴ける秋ゆふべ声もなく**餉**に坐りぬ妻と　木俣　修

土間に食ふ昼**餉**《ひるげ》はうましわが足に触《さは》りつつあそぶ鶏のひよこら　吉植　庄亮

け

消（自動下二）消える。下二段動詞「消ゆ」の未然・連用形「消え」の転。

あてどなきあくがれかなしあはあはと今日も**消**のこる夕明り空　村野　次郎

蝸牛《ででむし》の角の秀さきの白玉は**消**《け》なば**消**ぬべし振りのこまかさ　北原　白秋

抱きゆけばおん身**消**ぬべしほつそりと銀の毛皮のなかの肉《しし》おき　恩田　英明

蟬の子ら地中にひそみしづかなるキャンパスに春の雪ふりて**消**《け》ぬ　高野　公彦

嫋々《でうでう》と**消**ぬがの音色匿しつつ古りにける函　わがオルゴール　蒔田さくら子

げ

気（接尾）いかにも…のようすである。…らしく見える。…らしい。形容動詞を作る。

何**気**なくのぞく鏡に亡き母が映りてをりぬ　われの顔して　五十嵐裕子

葉陰なればうれし**げ**にしも太りゆく石榴の唇をとんぼ吸ひけり　馬場あき子

水に映る樹々は揺れゐて逆さまの世界は苦し**げ**なれどかがやく　北神　照美

けい‐ちつ

啓蟄（名）三月六日ころ、冬眠していた虫が地中から這い出る季節をいう。

啓蟄《けいちつ》の夜の風あらし甘えなくけもののこゑの微かに混りて　葛原　妙子

夕刊を読みて**啓蟄**なりしを知る雨の一日のあたたかかりき　吉野　昌夫

啓蟄の蟲類《ちゆうるい》どもも来てあそべわが古庭の苔も青みぬ　吉井　勇

ひとならぬものの瞳のゆらめきて**啓蟄**までのチケット購ふ　荒井　英恵

けい‐とう

鶏頭（名）九月上旬ころより赤・紅・黄・白などの小花を多数つけて、にわとりのとさかのような形をなす。鶏頭花。鶏冠花。

ひいやりと剃刀《かみそり》ひとつ落ちてあり**鶏頭**の花黄なる庭さき　北原　白秋

鶏頭がひとつの意志を顕たしめて君よその火を見せてくれるか　服部真里子

咲き継ぎて**鶏頭**の花の素枯れたる一夏の花を労りて抜く　米山　律子

けい‐れん

係恋（名）心にかけて恋いしたうこと。深くおもいをかけること。

過ぎゆきは茫たりとして冬ふかく胸元に立つ**係恋**ありき　辺見じゅん

たたかひにやぶれしのちにながらへてこの**係恋**は何

に本《もと》づく　斎藤　茂吉

係恋に似たるこころよ夕雲は見つつあゆめば白くなりゆく　佐藤佐太郎

けし

芥子・罌粟（名）地中海地方原産。五月ごろ深紅・紫・白色の花を茎頂に開く。未熟実の乳液から阿片を製す。「ひなげし」など観賞用も多種。

何ごとかありけるごとく**芥子**畑の**芥子**ひとところ風にさゆらぐ　太田　水穂

八重**芥子**の花に黒蝶とまれるもこのしづけさを妨《さまた》げずけり　岡　麓

父の死につづき**罌粟**は花ひらきいまひしひしと毒の**けし**つぶ　塚本　邦雄

白昼の夢にそしらる窓のそと真紅の**芥子**のひときは太し　岡田　令子

げーし

夏至（名）一年のうち昼が最も長く、夜が短い日。六月二十二日前後。

悦びに顫へつつ思ふ乾上りて杙のみのこる**夏至**のヴェネツィア　塚本　邦雄

昼顔の群生踏みてゆくときを人世しづけく**夏至**いたりけり　雨宮　雅子

夏至の日は降りつつ暮れぬほのかにも褐《かちん》の空は雲間に見えて　島田　幸典

明日は**夏至**　永久に帰れぬあの夏のヨットの真赤なしくずしの死　藤原龍一郎

けじめ〔けぢめ〕

（名）区別。仕切り。わかち。分かれ目。へだて。区分け。

けぢめなく青き霧たつとほき海ふりそそぐ日のひかりがつつむ　鵜飼　康東

夜昼《よるひる》の**けぢめ**なきまでともる灯に粒子のごとき虫はまつはる　外塚　喬

けだし

蓋し（副）もしかしたら。あるいは。疑いながら推量する。大方。多分。思うに。

親われとことなる業に生くる子をへだたり眺む**けだし**子もまた　窪田章一郎

しみじみと物いふ知らぬわが妻は田居の狐かも**けだし**つきたる　尾山篤二郎

げっーか

月下（名）月の光のもと。

月下の雪嶺**月下**の人の魂《たましい》の美しければかすかにゆらぐ　佐佐木幸綱

闇に向くひとみのごとく窓ありて**月下**に瀲々《れんれん》とうるみゐき　大辻　隆弘

げっ-か-びじん　月下美人（名）夏の夜に白色・赤色の花を開き、一晩でしぼむ。強い芳香を放つ。月下香。くじゃくさぼてん。

留守の夜の華麗を想ふ**月下美人**　帰りし朝の残り香したし　竹内　まさ

間なくして**月下美人**は開くべし午前零時のこの浄土はや　坂口タツメ

風ありて涼しき深夜茎たかくかそかに揺れをり**月下の美人**　窪田章一郎

げっ-しょく　月食・月蝕（名）地球が太陽と月の間にきて太陽の光をさえぎるため、月が全部または一部欠けて見える現象。

ベランダに皆既**月食**を見て立てば冷気のなかに人声きこゆ　岡井　隆

月蝕におののきし祖先に侵されいる心持ち足れるつかの間の日々　佐佐木幸綱

病む友と師はヴェネツィアの島行きき〈全円の幸《さち》〉と**月蝕**詠みき　大塚　寅彦

け

け-なが・し　日長し（形ク）日数が多い。日時が長く経過する。

朝《あした》に咲き夕べしぼむ花芙蓉君が旅路も**けながく**なりぬ　杉浦　翠子

け長くも別れ居すれば夏草のしげくひまなく恋しきものを　中河　与一

け-なら・ぶ　日並ぶ（自動下二）幾日も経過する。日数を重ねる。

散りて汚き椿も掃かず**日並べ**てものを書きつつ時に虚しも　長森　光代

けならべて雨降り継げば炭焼くと切り置きし木の青き芽吹けり　笠原　玄次

日並べて底冷えしるき雪もよひ曇りのなかに日は見えにつつ　島木　赤彦

げ-に　実に（副）いかにも。なるほど。まことに。じつに。前もって耳にした事が実現して納得する際に用いる。「げにも」とも。

盧遮那仏は掌に大寒の雲を置き**げに**おほらかな虚と実の像　永井　陽子

萱草《くわんざう》よ**げに**忘れ草うつくしき一日花《いちにちばな》のこの後《あと》なさ

よ　　　窪田　空穂

百合裂けて種子はらはらとふりこぼす罪科《つみとが》は**げに**地の上のこと　　　古谷　智子

けはい〔けーはひ〕 気配（名）様子。そぶり。漠然と感覚される状態。

矢作りのいにしへ人の**気配**せり流域に麦の穂は波打ちて　　　安川　道子

けだものの**気配**のなかをかへりきぬ目に見えぬ尾を風に靡かせ　　　前　登志夫

春雪の到る**気配**か街上の空気緊り来るなか歩みをり　　　尾崎左永子

けむ （助動）…ただろう。過去の事柄を推量する。…たのであろう。過去の事柄の原因や方法などを推量する。「けん」とも。

風もなき真昼を涙ながれゐぬいにしへは美籠《みこ》もち花摘まし**けむ**　　　前川佐美雄

心ゆく庭のしめりや花ぐもり宵か降り**けむ**朝かふり**けむ**　　　伊藤左千夫

剣豪の敗れたるのち静かなる渚残りて雪降りに**けむ**　　　馬場あき子

僧院のをぐらき廊をぬらしゐる中世の雪、豊かなり**けむ**　　　大辻　隆弘

けやき 欅（名）ニレ科の落葉高木。狂いが少ないので、建築用装飾材などに用いる。

片足をそっと持ち上げおもむろに小さき川をまたぐ**欅**は　　　沖　ななも

天より垂れてかすかに揺るる夕闇へ今うつくしく直《すぐ》立《た》つ**欅**　　　佐佐木幸綱

月白のひととき影をうしなひてひとは帰らむ**けやき**の奥を　　　岩岡　詩帆

うつくしく西陽が枝に入りこみ**欅**あかるし一本《ひともと》ごとに　　　大辻　隆弘

崖上の保存林なる大**欅**碧空に応うる黄葉の穏しさ　　　出村　俊子

けーらし （連）…たようだ。…たことよ。「けり」を遠回しに用いる方法。「けるらし」の略。

遊ぶ時いたりに**けらし**みちのくの鳥海山に雪のふるころ　　　島木　赤彦

わたくしの重みがじんと加はりて眠たくなりに**けらし**神殿　　　紀野　恵

絵本のなかに獅子はもねむり子はねむりその子の母もねむり**けらし**も　佐佐木幸綱

けり

（助動）…たのだなあ。意識しなかった事実に初めて気付き、感動する。…たなあ。事実を前にして詠嘆する。…た。…たっけ。話し手が体験しなかった事実を回想する。

黎明はしづかなる牛目ざむれば双角《もろづの》ふかく天にとど**けり**　水原　紫苑

否　否といくたびわれは呟きて流れに乗らず歩みきに**けり**　橋本　喜典

田があれば稲株踏みて歩き**けり**遠きふるさと苗代時よ　近藤七右衛門

ける-かも

（連）…たことだ。…たことよ。詠嘆の意を強めて用いる。

雪解泥《ゆきげどろ》によごれし犬はその腹を雪に擦《こす》りて行きに**けるかも**　結城哀草果

雨あとの風すがすがし桐の花はずむけはひに散りに**けるかも**　三ヶ島葭子

最上川逆白波のたつまでにふぶくゆふべとなりに**けるかも**　斎藤　茂吉

けれ

（助動）…であることよ。「こそ」の結びや文末に用いて詠嘆を示す。「けり」の已然形。

ありし日に覚えたる無と今日の無とさらに似ぬこそ哀れなり**けれ**　与謝野晶子

太《ふと》樹々のもてるをがせは横さまに風になびきて尊かり**けれ**　佐藤佐太郎

喝采はみじかく終り勝ち得たる者こそしんにさぶしかり**けれ**　大辻　隆弘

毛糸編む母のてのひらやさし**けれ**父ありし日のごとき記憶に　恒成美代子

けわい〔け-はひ〕

化粧（名）けしょう。みづくろい。

化粧して立ち上がらむとつく膝に大地のごとくわれ憊《つか》れたり　阿木津　英

苦しみて来にける年よ**粧**《けはひ》せぬ妻を寂しとわが思ふにも　金石　淳彦

花のべに玉虫色にしづまりて遠世のままに誰か**化粧**す　岡山たづ子

朝**げはひ**うつす鏡の底よりも春の光はわきいづらしも　谷崎　松子

げんげ

紫雲英（名）れんげ草。春、田畑に栽培し緑肥・牧草にする。四月頃、紅紫まれに白の蝶に似た花が一面に咲く。「げんげん」とも。

尚遠く澄む紅を濃しとして**紫雲英**を摘みき幼かりにき　相良　宏

諍ひし吾《あ》は来てかがむはるくさの**れんげ**の茎の柔さ繊《ほそ》さよ　河野　裕子

宇宙塵いくたび折れて届きたる春のひかりのなかの**紫雲英**《げんげ》田《だ》　玉井　清弘

けん-こん

乾坤（名）天地。天地の間。あめつち。陰陽。北西と南西。

精霊ばつた草にのぼりて乾きたる**乾坤**を白き日がわたりをり　高野　公彦

亀眠るうすき瞼《まぶた》のうらがわを渉る**乾坤**初冬のひかり　永田　和宏

乾坤のさけめにどつしり逆立ちをしてゐる山よ水田は清く　小川　恵子

乾坤のあはひ大地震《おほなゐ》ふるへつついのちの梢月一つゆく　清田由井子

げん-とう

玄冬（名）冬。「玄」は奥深くて明かりの及ばない所の色。黒。「青春」、「朱夏」、「白秋」に対応する。

悲しみを巻きたるごとき葉牡丹のむらさき浄く**玄冬**に入る　加藤知多雄

玄冬の空わたる鳥急にへり夕やけの地を嗅ぐ迷ひ犬　壱田まさの

げん-ばく

原爆（名）原子爆弾の略。ウラニウムの原子核が分裂するときのエネルギーを利用した爆弾。一九四五年八月六日、米軍によって広島市にはじめて投下され、同月九日、長崎市にも投下され多くの人命を奪った。

生きてわがあり経《ふ》るさへや畏しと思ひてぞ立つ**原爆**のあと　林　光雄

原爆の街遁《のが》れ来て幾日か夕近くより君血を吐きつづく　深川　宗俊

おそろしきことぞ思ほゆ**原爆**ののちなほわれに戦意ありにき　竹山　広

原爆忌ふたつもつ国、椒《はじかみ》の口ひびくがに蟬鳴きしきる　杜澤光一郎

こ

こ

小（接頭）小さい。わずか。ちょっと。などの意を添える。

こ

白梅も紅梅も花の浮きて見ゆ**小**雨に冷ゆる空気のなかに　葛原　繁

ひとひらの桜が**小**渦を生みてをり大渦おそろしどつと散るなよ　春日真木子

遠くゆく**小**舟の音もあるときは近間にきこゆ風に雑《まじ》りて　長谷川ゆりえ

メタリック塗装まぶしき**小**部屋にてせんべい汁の話などす　小佐野　弾

無造作に投じし一票の責め思ふべし**小**石も万波の罠を仕掛けむ　中西　信行

こ

木（語素）樹木。複合して用いる。

月日のいゆき早しも野に立てば遠き**木**群《むら》はけぶらひそめつ　佐佐木信綱

峡を来てこころ果無《はかな》し**木**暗きに一つ岩非《がんぴ》の花朱く咲く　磯　幾造

雨しぶく岩にし居れば滝の音おもおもと杉の**木**群にひびく　鵜飼　康東

夕映えのときはひそかに過ぎゆかむ人も**木**立も影尖りつつ　恩田　英明

辿りきて名刺持たざるこの春は花明かりする**木**下に凭りき　佐藤伊佐雄

こ

此・是（代）ここ。これ。こちら。この。場所・方向・時など近いものをさす。

いきいきと店格子拭き人は居り小さけど**こ**は君らが城か　田谷　鋭

しつとりと黒塗り椀の真中にて**こ**はおそろしげなる物騒飯　藤井　常世

この川の向こうの街の賑わしさ昔は此岸栄えしと聞く　浜田　康敬

こ

子・児・仔（名）子ども。おさない子。動物・虫などの幼いもの。

抱きあげし**子**のいのちいまだ小さくて夙夜の闇に火のごと囲ふ　河野　裕子

夕ぐれをさびしがりてはまつはりて泣く**子**がありし

遥かなる日に　稲葉　京子

児とならび兎のあしあと追いゆけば土手のやなぎは芽を吹きていつ　時田　則雄

父に注ぎ夫に差して**子**に勧めし私の酒はとくとくと鳴る　鳥海　昭子

「おとうさんに似ているんだ」と**子**は言いぬ沈黙賛意の卑怯も似るや　室井　忠雄

こい〔こひ〕　恋（名）心ひかれること。恋しく思うこと。愛情を寄せること。

ぼうたんは狂はねど百花乱るれば苦しきに似たり**恋**ぞかがやく　馬場あき子

夏羽の白きレースに**恋**を呼ぶ鷺にいちはやく凪は宿れり　梅内美華子

君に告ぐ五月芍薬今生の苦しい**恋**をしておったのだ　福島　泰樹

こいのぼり〔こひ-のぼり〕　鯉幟（名）端午の節句に立てる布や紙の、鯉をかたどったのぼり。

人らみな眠れる夜半をいきいきと窓いっぱいに**鯉幟**泳ぐ　恩田　英明

鯉のぼり降ろされながら気を吐きていくばくの布になってしまいぬ　前川　明人

つかの間を風なぎしとき尾鰭さげ扁平となる**鯉のぼり**らは　志水賢太郎

鯉幟泳ぐを見つつ生き残りし者の存在噛みしめている　川口　常孝

ごう〔ごふ〕　業（名）世の悪行のむくい。業苦。

あくがれて飛ぶ空やある**業**のごと漆黒の背を甲虫は負う　片山　静枝

刻みたる**業**苦ひとしき顔並び真昼間点《とも》す地下鉄に揺らる　島田　修二

文学は**業**《ごふ》なり行けよ修羅のはて墓標は風の丘に建つべし　桑田　靖之

肉親を書くは切なし、書く**業**《ごう》のこごしき男坂もありにき　佐佐木幸綱

こうこう〔かう-かう〕　皎皎・皓皓（形動タリ）白白と光り輝くさま。転じて、潔白なさま。空しく広いさま。

皎々と月照る夜半にわが酔ひてゆくかた知れずなり

し帽子よ　草柳　繁一

たちあがるときは死ぬとき**こうこうと**銀河秋告ぐ困民党に　小高　賢

こうこう〔かう-かう〕　耿耿（形動タリ）光が明るいさま。

冬の日のさむくはあれど**耿耿と**半身あかるく照らされて行く　野北　和義

柿ふたつ胃の腑にをさめ**耿々《かうかう》と**ひと憎みをり霜月ゆふべ　田中あさひ

こうこつ〔くわう-こつ〕　恍惚（形動タリ）うっとりとするさま。ぼんやりしているさま。

切り炭の切りぐちきよく美しく火となりし時に**恍惚とせり**　前川佐美雄

日曜を**恍惚と**ねむる妹にふれふれ赤い砂、白い花　飯田　彩乃

おのが身に**恍惚《こうこつ》と**してしらかんば水に映りていよいよ白し　武藤ゆかり

こうこん〔くわう-こん〕　黄昏（名）たそがれ。夕暮れ。

やさしさが傾いてくる**黄昏**は遠《とほ》のむかしに滅んだんだよ　岡井　隆

黄昏《くわうこん》をひくく飛びゆく鳥あれば静かな記号と見てゐる心ぞ　島田　修三

こうじ〔こう-ぢ〕　小路（名）幅のせまい通り道。

入りて来し初冬の**小路**わが知らぬ愉楽にゆらぐ大き鍋見ゆ　岡井　隆

蟋蟀《こほろぎ》は月光さむきこゑぞする**小路**をまがるまへうしろより　坪野　哲久

袋**小路**の奥に住まへばことさらに夜はしづかにて庭木ふく風　相良　義重

保護樹木となりたる桜のどつと噴き袋**小路**の白光りせり　春日真木子

こうべ〔かうべ〕　首・頭（名）かしら。あたま。くび。首から上の部分。

七面鳥**かうべ**をのべてけたたまし一つの息の声吐きにけり　斎藤　茂吉

角《かく》張れる肌なまなまと人に似る鯛の**首**を見つつ酒酌む　千代　國一

古《いにしへ》ゆ石の**頭**を撫でゆきし晴雨のことも一瞬《ひとまたたき》　石田比呂志

何をか呼び返すごとしんかんと白鷺ときに**首**《かうべ》めぐらす　成瀬　有

こうぼう〔くわう-ばう〕　光芒（名）きらきらとした光の筋。

煤煙のかなた入日の**光芒**はさむき楕円となりて落ちゆく　長澤　一作

嬬恋のキャベツを運ぶトラックが**光芒**のなかを過ぎてゆきたり　渡辺　松男

こうほね〔かう-ほね〕　河骨（名）川や沼に生える、すいれん科の多年生植物。根茎は白く太く、水底の泥中に横臥、葉はサトイモの葉に似て、夏に黄色の花を開く。

暗き水微動だもせぬ沼に浮く尾瀬**河骨**につくアヲイトトンボ　結城哀草果

河骨に花の黄金《くがね》のただ一つ夕べさざなみ生《あ》れつつは寄す　玉城　徹

河骨《かうほね》の花の間《ま》にゐる蝦《えび》の身は水中にして透きとほりたり　田宮　朋子

こえ〔こゑ〕　声（名）人や動物の音声。物の音。ひびき。また、意見。考え。

魂の絶命ということやある　否いなと宙いっぱいの**声**をききおり　山田　あき

秋ふかくかへで全身もみぢしてこのはげしさは**こゑ**伴はず　高野　公彦

こゑほそくうたふ軍歌はまぎれなく父待つ夜の母のうた**ごゑ**　一ノ関忠人

なきかはす**こゑ**と**こゑ**とが近づきてつひに一つの**こゑ**になくなり　武藤　雅治

こおろぎ〔こほろぎ〕　蟋蟀・蛼（名）体は黒褐色《こくかっしょく》で触角が長い虫。後足は非常に長く跳ねるのに適する。雄は秋の夜に物陰などでよく鳴く。「いとど」。「ちちろむし」。

なにゆゑに生きてゐるかと問ふごとく霜夜を細き**こほろぎ**の声　安田　章生

めざめたる吾にきこゆる**蟋蟀**はからだぬれゐん夜すがらの雨　川島喜代詩

こほろぎはひたすら物に怖づれどもおのれ健《すこ》かに草に居て鳴く　長塚　節

衰ふる**こほろぎ**鳴きて時雨降る畑一面の赤唐辛子　　恩田　英明

歩みゆくわれより素早く逃れつつ**こおろぎ**夕べの畦に影失す　　米山　律子

こがらし

木枯し・凩（名）秋の末から冬のはじめにかけて吹く強い風。

吹かれゆけば身も茫々と風となる枯野追分**こがらし**奔る　　谷　邦夫

吹きさらす**凩**ようやく熄んだから／ここの日向で髪梳きたまえ　　佐々木妙二

山小屋の玻璃戸を鳴らす**木枯し**に跳び行く枯葉目にも止まらず　　杉浦美智子

こき

古希・古稀（名）数え年七十歳。杜甫《とほ》の詩中の句。「人生七十古来稀《まれ》なり」から。

もうすぐに**古稀**を迎えることになる酒もうまいが鶫もうまい　　山崎　方代

減りへりて甘える人の居なくなる**古稀**過ぎし今この点困る　　大坂　泰

着流しに下駄ばき姿の**古希**の吾いとも自由にわが道行かん　　門田　豊

古稀すぎて悲しむことの一つあり歌書く文字に力こもらず　　疋田　芳夫

こきゅう〔こきふ〕

呼吸（名）生物が息をすること。また、人と人の間の調和。

夏空でただいっぱいの硝子窓にたぶんしづかな**呼吸**あるらむ　　木下　こう

真夜中の花舗のガラスを曇らせて秋くさぐさのしづかな**呼吸**　　大辻　隆弘

こくう

虚空（名）天と地の間になにもない空間。天と地の間。空中。大空。

聞こえざるもの聴きたけれ**虚空**ゆく風のながれに耳すすぐかな　　村木　道彦

終焉のさまに**虚空**へひきしぼる腕美しくわかものは跳ぶ　　春日井　建

羽ばたかざる鳶は**虚空**の扇かな初列風切羽根のするどし　　三枝むつみ

ごくげつ

極月（名）陰暦十二月の呼び名。師走。一年の最後の月。

極月の浴身一軀こともなし棕櫚の葉振りの堅き音す

る　坪野　哲久

縄くづをもやせば黄なる火の芯に**極月**尽の夕日とほれり　高野　公彦

極月の締れる竹をかんかんと打てばおほきくゆるる曇天　河野　泰子

街灯の影のみうかぶ**極月**の住む人をらぬ町を過ぎにき　齋藤　律子

こけ

苔（名）古木・湿地・岩石などに生えるたけの低い植物。

墓に**苔**　**苔**ははかない　水に降る雪をながめてひきかえす道　吉岡　生夫

けさの雨しづかにふれりもくせいの花はこぼれて**苔**のうえに見ゆ　香川　進

こ-こ

此処・此所（代）この場所。話し手が居たり見たり行動したりしている所。

ここにして仰ぐ夏空雲しろくふくれきはまれば崩《く》ゆるしづかに　安田　青風

嫁ぐべくは故郷ぞよけれ嫁ぎ得ぬ貧しき人の**此処**には満つるを　割田　斧二

秋かぜの富士見花原むかし来て先師故友も**此処**にあそびし　中村　憲吉

修験者の吹く法螺貝はまぎれなく**ここ**が宇宙のまんなかと告ぐ　玉井　清弘

ふるさとを語りしひとのふるさとのとほくあをくてわれにはただ**此処**　高木　佳子

ここ-だ

幾許（副）たくさんに。多く。たいへんに。たいそう。「ここだく」とも。

ミシン糸ただ切れ易き午すぎに桜のうてな**ここだ**散り来る　扇畑　利枝

流らふる霧にうづまきこもりたる夜の灯**ここだく**みなぎりにけり　尾山篤二郎

籬越し見ゆる胡瓜《きうり》のはたけには**ここだく**青き実を結びたる　久保田不二子

一月を椿**ここだく**咲きゐたり千樫が生家の井の湧くところ　大塚布見子

ここ-ち

心地（名）心持ち。気分。感じ。複合語の下に用いる場合「ごこち」となる。

夕ばえのさめゆく庭に韮きりてややうるほひのかへる**ここち**す　鹿児島寿蔵

傘さして人ゐぬ由比ヶ浜歩く踏み**ごこち**よし久久の

砂　窪田章一郎

すだじいの枝張る腕にいだかるる**心地**こそすれ木下に居れば　沖　ななも

巻き上げてすずしきうなじ春の日を天飛《あまだ》む一羽の雁の**ここち**す　秋山佐和子

こころ　心（名）精神。心持ち、おもい、心情。まごころ、思いやり。情趣、おもむき。ものの中心。複合語の下に用いる場合「ごころ」となる。

馬を洗はば馬のたましひ冱《さ》ゆるまで人恋はば人あやむる**こころ**　塚本　邦雄

深爪をしてなにものか恨みゐる銀の**こころ**も若さとおもふ　荻原　裕幸

はるかなる星にも風の吹けるかとおもへば夜の**心**なぎゆく　鵜飼　康東

今日ひと日いくつ扉をくぐりしか　木の、硝子の、あるいは**心**の　三井　修

歌は人の**心**のうちに鳴る楽器いつどこにあれど響く確かに　小塩　卓哉

こころ-あて　心当て（名）予期すること。心だのみ。当て推量。目当て。見当。

心あてにそれかと見ればそれと見えて月かすかなり故郷の山　石榑　千亦

こころ-おき　心置き（名）遠慮。気づかい。心づかい。「心置きなく」は気がねせず。安心して。副詞的用法。「心置き無し」はク活用形容詞の用法。

父はその父母《ちちはは》のもとに還りゆき**心おきなく**甘えておらむ　松実　啓子

幼児は**こころおきなし**昨日来てけさは隣家《となり》の子とむつびゐる　菊池　剣

こころ-ぐ・し　心ぐし（形ク）心が晴れない。切なく苦しい。どうにも我慢できない。

ゆく春を街にし住めば**こころぐし**新緑《みどり》ともしく思ほゆるかも　藤沢　古実

さ夜ふかくなくやこほろぎ**心ぐし**人もひそかにひとり居るらし　古泉　千樫

苗代《なはしろ》に稗ぬき居れば**心ぐし**小犬来りてわが尻を嘗む　吉植　庄亮

こころ-ざし　志（名）心の目指すところ。相手の厚意。親切心。不祝儀の贈り物。

男と男父と息子を結ぶもの**志**とはかなしき言葉　佐佐木幸綱

こころざし誰か受け継ぐ七十余年死んだ十六歳学徒ひめゆり　玉城　洋子

こころ-の-まま　心の儘（連）思いのまま。思うぞんぶん。

冬日照り薄靄こめし山の上**こころのまま**に老を居らしむ　菊池　庫郎

こころ-は-もとな　心は許無（連）不安だ。心配だ。気がかりだ。心細い。「心許無し」（形ク）とも。

ふつかみか雪ふりつぎぬふるさとに母病みたまふ**こころはもとな**　橋田　東聲

こころ-や・る　心遣る（他動四）心を慰める。「心遣らはず」は気晴らしをしていない。「は」は継続の意を示す助動詞「ふ」の未然形。

悲しみて生きつつあれど妻のいふほどには酒に**心遣らはず**　山本　友一

こし　腰（名）身体の骨盤の上部。腰部《ようぶ》。また、壁・障子などの下部。

腰をまげ母の通ひし田の土手の蕗の薹和へて妻の供ふる　小林　正一

初めより逃げ**腰**にして逃げ果《おほ》せし参謀らよ日本にいかに生きむ　橋本　徳寿

あの夏の市民プールの青色のベンチに**腰**かけ母は手を振る　ひぞのゆうこ

強いられて撓められたる一つ松**腰**のあたりの皺の寄りよう　沖　ななも

秋寒き雨の一日五百余の位牌を拭きて**腰**を伸ばせり　大下　一真

こし　越・高志（名）北陸地方の古い呼び名。現在の福井・石川・富山・新潟県の総称。越の国。

雪に明け雪に暮れゆく**越**の野に生き地獄よと老いは葱掘る　沢田　勉

積雲の立ちし朝より炎陽に**越**路の夏の極まりて青　巌　光重

きょうは雪あすは霙《みぞれ》の**越**の空　太枝《ふとえ》細枝《ほそえ》をふかく眠らす　沖　ななも

うつろへることの数々、**越**に来てわが佇つは古歌の沈透《しづ》ける渚　成瀬　有

こし-かた　来し方（名）過ぎ去った時。過去。既往。また、過ぎてきた方向、通ってきた場所。平安中期までは過ぎ去った時に「きしかた」、過ぎて来た方向に「こしかた」を使っていたが、今ではどちらも「こしかた」が多く使われている。

わが**来し方**遠くなりたる石畳ここより暑きバチカンに入る　若井　三青

遠きビルに晩夏の茜湧きかへりわが**来し方**は無傷にあらぬ　稲葉　京子

こし方も行くべき方もおもほえず春の霞の立迷ふ野に　太田　水穂

こした-やみ　木下闇（名）夏に木が茂って下が暗いこと。庭前の植込みの木蔭。

方一丈**木下闇**こそかなしけれ水無月の馬立ちて眠りて　浜田　陽子

木下闇ぬけて月夜の野に出でぬ遠き寺塔に灯りがひとつ　若山　旅人

あぢさゐの藍のきざして**木下闇**やまひ八月《やつき》をほの明りせり　齋藤　史

からうじて支ふる日日の**木下闇**つつがなき姑つつがある夫《つま》　武下奈々子

こ-じゅけい　小綬鶏（名）鳩くらいの大きさで、うずらによく似ている。頭は茶色、背は灰茶色でくり色のぶちがある。鳴き声がかん高い。

葉の落ちて明るくなれる四手《しで》の森**小綬鶏**鳴きて少年泣く声　恩田　英明

小綬鶏の声が鋭く駈けのぼるわれには見えぬ天の坂道　佐佐木幸綱

いのちあれば驚きやすく**小綬鶏**は春のなだりの草を湧き立つ　小中　英之

こずえ〔こ-ずゑ〕　梢（名）木の幹や枝の先。木の末。木末《こぬれ》。

梢梢うすくれなゐを漲らせ咲かんとしつつ花いまだ咲かず　尾上　柴舟

まどごしに欅の**こずゑ**見えてをりこころしづけくたもつ時のま　安田　章生

キ、キと鳴いて冬の**梢**を去る鶸のいつかあったような／青空　前田　透

木よあなたのその静けさをくださいと言えば**木末**はかすかに揺れぬ　小沢　瑠奈

コスモス　（名）メキシコ原産のきく科の一年草。高さ約一・五メートルで葉は線状に裂け、秋に白・淡紅・紅などの花を開く。秋桜。

透きとほる秋の昼すぎ**コスモス**は立根も浅く揺れなびくなる　前川佐美雄

コスモスの揺れる老人ホーム寝たきりの母と無言に過ごす　赤井橋正明

秋桜の種をまきます埋められた庭にやさしい秋がくるよう　小野　美紀

ごーせ　後世（名）死後に生まれる世。次の世。来世。仏教語。

後世は猶今生《なほこんじやう》だにも願はざるわがふところにさくら来て散る　山川登美子

こそ　（助）強調をあらわす。「こそ」を受ける活用語は已然形で結ぶ。現在は拘束されない。

透きとおる春たまねぎを食べ続け不完全でもああ、あした**こそ**　さいとうなおこ

文学に力のありしあのころのだから**こそ**苦しかつた青春　岡井　隆

光塵の降りつつのぼる気泡あり天の光り**こそ**われのふるさと　川口美根子

花たむけ父母の墓前に屈むとき永久《とは》なる無言**こそ**やさしけれ　木畑　紀子

こぞ　（名）去年。昨年。また、昨夜。ゆうべ。

こぞさきて何の花とも知らざりしその草の芽の萌えいでにけり　土岐　善麿

この部屋に**去年**の今宵を聞きし鐘今年も聞くに思ひいでつも　窪田　空穂

耐えかねて鳴り出づる琴があるといふあああれは**去**《こ》**年**《ぞ》の秋のわたくし　稲葉　京子

祖母《おほはは》のなきがらの辺にふたり居てほそほそと言葉継ぎたるも**去年**《こぞ》　大辻　隆弘

こーだい　古代（名）過ぎ去った時代。むかし。

明けちかき八月の海は**古代**色やがて沈金の海となるべし　日高　堯子

鶏《とり》が啼く東《あずま》の国の東歌、**古代**は風も太々と吹く　佐佐木幸綱

こ-だま　谺・木霊（名）山などで反響して聞こえる音。やまびこ。反響。また、樹木の精。木の霊魂。

赤き実をのみ下したる灰いろの鳥こゑの**こだま**は老いびとのごと　森岡　貞香

海神《わたつみ》と**木霊**・御仏・人の世と世界は幾重にも織られて続く　紀野　恵

滝**こだま**あれば寄りゆく百の水みなずぶぬれて落ちつづくるを　春日真木子

名を呼べば返る**こだま**の速さにて満月の夜を東《あずま》へ下る　谷岡　亜紀

こだわり〔こだはり〕（名）わだかまり。かかわり。拘泥。

老人は死ぬるがさだめ酒莨日のつねにして**こだはり**あらぬ　坪野　哲久

こだわりはもういいと思うが甘いかなひとりの時は家族が大事　大島　史洋

こち　東風（名）東方より吹いてくる風。ひがしかぜ。春のやわらかい風。

東風吹くや霞みなびくと見るまでにこの沖津辺は潮ぐもりせり　若山　牧水

花散りて吹雪は靡く西風《にし》かとも**東風**かともおもふ知らぬちまたに　尾山篤二郎

朝**東風**にいくつかあがる凧ならむうなり交へてみな澄めるかも　臼井　大翼

こち-ごち・し　骨骨し（形）洗練されていない。武骨である。

すぐそこに海、軒先をかすめゆく江ノ島電鉄**骨骨《こちごち》し**くて　今野　寿美

こち-ら　此方（代）こっち。こち。自分のいる場所・方角をさす。

部屋隅より不意に飛び出で一度飛び二度飛び**こちら**向かぬこほろぎ　君島　夜詩

こづたう〔こ-づた・ふ〕　木伝ふ（自動四）木から木、枝から枝へ飛び移る。

窓さきに胸白き小鳥**木伝ふ**をしばしの眠り覚めて見てゐる　五味　保義

こと　言（名）ことば。言の葉。口に出していうこと。音信。伝言。「言挙《ことあ》げ」は特に取り立て

ていうこと。

怒り発して**言**荒立てし我なれど一人になればおのづから悲し　五味　保義

まさびしと**こと**にしいはむ島ふかき木原にひくく啼きみつる蟬　成瀬　有

冬川に**言**かはしつつ添ひゆけり在《ま》さねどひとはここにあまねし　岩岡　詩帆

国益と**言挙げ**されたる抑圧を見ぬふりをする民なるわれら　本木　巧

こと　事（名）現象、事柄。仕事、つとめ。また、活用語の連体形に付けて名詞と同じ言葉にする。文末に添えて、軽い命令・願望や感動をあらわす。

事ひとつなし得ざりしに**身**を起こし柱時計の振子巻きはじむ　島田　修二

NOと言わぬ**こと**とYESと言わぬ**こと**の間にただようような気持ちで　俵　万智

ひとりとは白雨をつきて走る**こと**礫《つぶて》のやうなるしづくをまとふ　篠　弘

ごと　如（助動詞「ごとし」の語幹）…と同じく。…ように。ごとく。ようだ。

わが裡の吐息を充たししゴム風船子は花の**ごと**かかげて行きぬ　青井　史

朝霧に白樺《しらかんば》らは少年の**ごと**もほそほそと木ぬれ高くす　河野　愛子

雨音のひそけさに寄る沈黙は薄いろにしてはなびらの**ごと**　山口　雪香

高層の窓、水の**如**かがやけばひかりの渡御とおもふまひるま　高野　公彦

ごと　毎（接尾）…はいつも。…のたびに。毎に（連）…はみなどれも。どの…も。

くる日**毎**残飯あさる野良猫はわが顔おぼえ逃げることなき　小西久二郎

ひとり寝の夜**ごと**を来ては螢ほたる子を奪はれし母の額てらす　松平　盟子

艶《たふ》すべき男殺さざりしかば毛虫千匹年**毎に**見逃さず　齋藤　史

こと‐か・く　事欠く（自動四）不足する。不自由する。

使ひ捨ての世相さながら力なき常民老いて食に**こと欠く**　窪田章一郎

こ‐どく　孤独（名・形動ナリ）単独。孤高。孤立。ひとりぼっち。さびしいさま。

黒き犬従えて町を歩みおり孤独の相《かたち》なれど優しく　田井　安曇

瑣末なることのひとつに見付けたり大吊橋の上の孤独を　藤岡　武雄

平安といふべき日々に去来して炎《ほのほ》の音のごとし孤独は　秋葉　四郎

エチュードに太古の風の吹きすさぶ立ち上がりくるショパンの孤独　福田　淑子

富み足りし人の孤独な眼のごとき窓あり遠き冬木立の上　三国　玲子

ことごと‐く　悉く・尽く（副）すべて。残らず。全部。すっかり。

庭の木草ことごとく根のくさりゆき地球ただるる夢はた現　富小路禎子

底ごもり谷とよもせる風のむた木々ことごとく空へ落葉す　恩田　英明

ことごとく地上のものを過るとき摩擦熱生る　風と名付けむ　熊谷　龍子

こと‐さら　殊更（副）故意に。とりわけ。（形動ナリ）故意にそうするさま。特別であるさま。

関東のこの寂しさや雪あらぬ中途半端の冬はことさら　田谷　鋭

海空《うみぞら》にことさら巨《おほ》き鯨ひきずりあげし波濤としづむ　秋葉　四郎

いだきあぐと手さしのぶればことさらに身を重くせりまこと重しも　佐佐木信綱

アマリリス実となりゆくをことさらに待つと言はねど日々に向へる　柴生田　稔

こと‐さら・ぶ　殊更ぶ（自動上二）わざとらしく見える。ことさらめく。

この夕べしぐるる空に立つ虹のことさらびたる光さびしも　古泉　千樫

こ‐とし　今年（名）いまの年。この年。本年。現在が属している年。

命あれば今年も芽吹き花咲かすあるが力のままに生きんか　沖　ななも

アステカの王の悔しみ告げにくる使者ならめ今年最初の燕　三井　修

ごとし　如し（助動）…と同じ。…の通り。…のようだ。…に似ている。比況をあらわす。

裸木をくぐりぬけゆく雪が見ゆ　あやつらるる**ごとく**自由の**ごとく**　吉川　宏志

真夜中の羽音の**ごとく**君が泣くわたしの胸の寂しさのなか　森　水晶

まざまざと思想の重み見る**ごとし**機関車が煙に包まれゆきて　島田　修二

陶磁器に入りし亀裂の**ごとき**もの感じつつ組織のうちに苦しむ　秋葉　四郎

ことたりる〔こと-た・る〕　事足る（自動四）十分に用が足りる。不足しないですむ。万事そなわる。

言はずして**こと足る**齢あはあはと妻と夕餉に向ひ居りつつ　村野　次郎

こととう〔こと-と・ふ〕　事問ふ（自動四）問いかける。話す。訪ねる。男女が言いかわす。名詞は「言問ひ」。

言問はば地霊は地名とんど火のすぎてふたたび雪ゆたかなり　辺見じゅん

恥かしきしくじりごとを持ちながらわれは**言問ふ**をさな子に向き　前川佐美雄

かえらざる**言問い**に似てコスモスの花ゆれやまず人のさびしさ　岡部桂一郎

こと-ば　言葉（名）言語。言語による表現。ものいい。言いかた。語気。詩歌。

深き悲しみを現す**言葉**われに無くただに見てゐる流れゆく雲　吉田　正俊

言葉は見尽くしたりしそののちのしじまに生まれ来るものならん　稲葉　京子

風はしる八月、父に抱かれてはじめて**言葉**となりしわが声　大辻　隆弘

汚染除去の辛苦を**言葉**に詰まりつつ老いはすばやく乳しぼり終ふ　朝倉　賢

こと-ぶれ　事触れ・言触れ（名）ふれあるくこと。広く告げ知らせるもの。

鉢植を棚より落しくだきたる親し疾風《はやち》も春の**ことぶれ**　岡部桂一郎

こと-ほ・ぐ　寿ぐ・言祝ぐ（他動四）お祝いをのべる。喜びの言葉を言う。祝う。

元旦も二日も同じ爐のほとり君がかたへに春を**こと**
ほぐ　　与謝野晶子

何を**寿ぐ**こととて無けれ新年の白きあられのそそぐ
すがしさ　　齋藤　史

雨退《そ》きて真昼の雲のあわいより**言祝ぐ**ごとくひかり
は延びぬ　　桜井　健司

こと-も-なげ　事も無げ（形動ナリ）何事もない
かのように平然としている様子。
気にもせず無雑作な様子。なんとも思わない。

こともなげに火付けせし事語りたる動かざる目を持
ちし男が　　松井　純代

街を行き**こともなげなる**家々のなりはひを見て瞳お
びゆる　　若山　牧水

こと-わけ　事訳（名）事の理由。行為がそのよう
になったわけ。

一つづつ落つる浜木綿の実を拾ひ縁に置きしが**こと**
わけもなし　　柴生田　稔

こ-な-た　此方（代）この所。こちら。こっち。
他に比べて自分に近い場所、方向、位
置、人物などをさす。

建仁寺垣の**こなた**夕べの薔薇白し斑女の秋の扇なる
べし　　馬場あき子

あなたともセット、**こなた**ともセットそなたとだけ
とはセッティングせぬ　　岡井　隆

こ-ぬれ　木末（名）木の末。木の幹の末端。こず
え。木のうれ。

光り澄む空となりけり植込みの高き**木梢**《こぬれ》を蝶わたり
つつ　　吉野　秀雄

とほくゆく思ひありけりむらさきの焚火のけぶり**木**
ぬれをつたふ　　前　登志夫

歩み入る木立の**木ぬれ**明るめり藤の花房咲きむれて
いて　　大河内由美

今**木末**《こぬれ》離れて大き満月は東の空に姿見せくる
西尾芙美子

こ-の　此の（連）近いものや直前にあげた事柄を
さす。時に関する言葉を伴い、さきごろ、
最近。「これやこの」の「この」は「あの」「かの」の
代りに、やや遠いものをさす。

けだものの肌に陽当るごとくして**この**枯山の黄なる
しづけさ　　齋藤　史

吹きはれし空にひろぐる鳩の輪の**この**純白の**この**世の光　春日真木子

この影は老ゆることなし炎昼をわれに従きくるしづかなる影　高野　公彦

これやこの仏の顔のさびしきに石の裡なるこゑか聞こえん　加藤知多雄

このも‐かのも

此の面彼の面（連）こちら側とあちら側。あちらこちら。

常陸野の**このもかのも**にかすみ見ゆ森はすなはち人住む邑《むら》なり　今井　邦子

木がらしに**このもかのも**の山際は曙しろく吹き晴れにけり　太田　水穂

こ‐はる

小春（名）陰暦十月の異称。暖かな春のような日和が続くのでいう。小春日。小春日和。

椎の実の落つる音さへしづかなる**小春**の庭にくつろぎてゐし　藤沢　古実

祈ること虚無を知ること　**小春日**の陽を踏みてゆく駅への道を　三枝　浩樹

小春日のひかりを裏返すやうに白木の椅子にニスを塗るひと　大辻　隆弘

こぶし

辛夷（名）早春、葉に先立って香りのある白色の大きな花を開く。実は小児のにぎりこぶしに似る。

辛夷咲く三日がほどのものおもひこころざし心のいづこを刺す　塚本　邦雄

わがすばる消えゆく空のなごりには白き**こぶし**の花たてまつる　山中智恵子

もう一度出直して来いというようにつぼみは固く古城の**こぶし**　沖　ななも

ひかり褪せオリオンひくくかかる夜の谷に**辛夷**のはな咲かむとす　山田富士郎

こま‐ごま

細細（副）非常にこまかいさま。くわしいさま。ねんごろなさま。

病める身に春くれがたみ厨には**こまごま**とたつ音いつまでも　上田三四二

子に送る荷物につめる**こまごま**と**こまごま**とした思いを全て　小野　美紀

冷えきつた木はあかるきよ**こまごま**と昼のかへでに雨そぼふりて　木下　こう

こも-ごも　交交（副）かわるがわる。たがいに。つぎつぎに。

背かれてなほ夜はさびし夫を隔つ二つの海が**交々**に鳴る　中城ふみ子

かた寄りに池にゐる鴨その嘴《はし》を**こもごも**ひたす浮き藻のひまに　玉城　徹

サーカスの残しゆきたる水たまり幼らは来て**こもごも**に飛ぶ　佐藤　通雅

こもごもに語りあひつつ言の葉はあるいは異の刃切り口が違ふ　香川　ヒサ

こもり　隠り・籠り（名）こもること。かくれて外から見えないこと。複合語を作り下に用いる場合「ごもり」となる。「隠沼《こもりぬ》」は草などが茂って隠れて見えない沼。「こもり読む」は「こもる」（自動四）の連用形。

キロ千円繭はさがるに三十度越ゆる暑さに死に**ごもり**多し　松井　保

東北に逃れし友と**隠沼**《こもりぬ》の下に交しし音信幾つ　佐佐木幸綱

こもりゐを出でて歩めば白梅の咲きて満ちたるほとりの眩し　千代　國一

小雨ふる霜月なかば**こもり**読む歌集に百年前の雪降る　古谷　智子

老いたけて松も柳も木の精をやどせりといふもや**ごもり**つつ　恩田　英明

こ-もれ-び　木洩れ日（名）樹木の間を透ってこぼれてくる日の光。

庭のおく楓《かへで》の下の苔涼しわが知らぬときも**木洩れ日**があり　前川佐美雄

木漏れ日を擬態となして鹿子木《かごのき》は秋の光をすべらせている　沖　ななも

木や草の言葉でわれら愛すときズボンに**木洩れ日**がたまりおり　寺山　修司

こや・る　臥る（自動四）横になる。寝る。伏す。

病み**こやり**久しき妻を強ひてつれて夜の賑ひを見に出でにけり　三田　澪人

我が踵うすべに色にやわらかく八年ほとほと**臥り**来しかも　平井貴美子

十日あまり病み**こやり**たり浴《ゆあみ》して疲るる程はおとろへ覚ゆ　植松　寿樹

こ‐れ　此れ・是・之（代）近いものや直前に述べたものをさす。

これが身をやる小園の楢若葉いよよ木深く風のひそけさ　恩田　英明

一呼の気まだあるごとし春の雲かがやくもとの戯れか**これ**　春日真木子

夜半覚めてあれ**これ**思うあれ**これ**のさしたることのあらぬおおかた　大下　一真

雨の県道あるいてゆけばなんでしょうぶちまけられて**これ**はのり弁　斉藤　斎藤

ころ　頃（名）時分。折り。ころおい。おおよその時をいう。

畠なかに手もてわが扱《こ》く紫蘇の実のにほひ清《すが》しき**ころ**となりにし　島木　赤彦

人のよろこびわがよろこびとするこころ郁子《むべ》の花咲く**頃**に戻り来　道浦母都子

雨滴《うてき》走る「のぞみ」の窓よ　東京が江戸なりし**ころ**降りしぐれよ　高野　公彦

夕風が北の夜風に変はる**ころ**寂しき人は火を掲げゐむ　武下奈々子

ごろ　頃（接尾）時分。かなり長い一定期間をいう。

道の灯のあらはに届く白梅が雨の夜**ごろ**はかなしく匂ふ　高橋　幸子

冷え深き夜**ごろ**となりてかすかなる銀河の光も恋ほしきものぞ　松田さえこ

日に夜にはららぐ時雨ありながら月白き夜の続くこの**ごろ**　石川不二子

がうがうと家震はせて黒倉《くろくら》の颪荒《すさ》べる夜**頃**となりぬ　恩田　英明

ころおい〔ころ‐ほひ〕　頃ほひ（名）時分。折り。ころ。

山土の乾く**ころほひ**あゆみいでし鳥は鳥連れ虫は虫連れ　葛原　妙子

夕ちかき四時家いでて道をゆく樹に鳴く蟬の残る**ころほひ**　佐藤佐太郎

降り継ぎて午《ひる》に近づく**ころほひ**を障子の匂ひわづかたちそむ　松坂　弘

ころ‐ぶ・す　自臥す・転臥す（自動四）横になる。みずからころがる。

ころぶして銃抱《かか》へたるわが影の黄河の岸の一人の兵の影　宮　柊二

枯芝に**ころぶし**て見つまひるまの綿雲ふたつ相寄りて過ぐ　相沢　節

すべなくて**ころぶす**われにゐざり寄り足太鼓打つ子に子のいのち燃ゆ　坪野　哲久

こん

婚（名）夫婦になること、結婚すること、婚姻。婚礼。婚媾《こんこう》。

異類**婚**おもへばゆかし樫森にゆふべ消えゆく人影のあり　栗木　京子

水の**婚**　草**婚**　木**婚**　風の**婚**　**婚**とは女を昏《くら》くするもの　道浦母都子

婚の日の眉のやうなりゆふぐれにすずしく曲がるイタドリの茎　木下　こう

こん

紺（名）紫と青がまじり合った色。紺色。濃い藍色。

見下しはひとすぢの川暮れ残り天の紫**紺**のいろ流しゆく　恩田　英明

父の**紺**娘の赤の傘の間の静かな距離にひかる春雨　片井　俊二

濃**紺**の背《そびら》しづかに張りつめてをらむかひとは疲れを言はず　岩岡　詩帆

こん-じき

金色（名）きんいろ。こがねいろ。

金色のちひさき鳥のかたちして銀杏ちるなり夕日の岡に　与謝野晶子

父として幼き者は見あげおりねがわくは**金色**の獅子とうつれよ　佐佐木幸綱

はつなつのみのりのごとし**金色**《こんじき》の沫の卵塊枝先に垂る　春日真木子

こんじょう〔こん-じやう〕

今生（名）この世に生きている間。この世。うつしよ。

今生のいのちをしづめ佇《た》ちつくす弥勒の髪や月光の髪　永井　陽子

今生《こんじょう》の暇乞《いとまご》ひなく逝きし君雨だれほどの声も遺さず　福田　淑子

こんじょう〔こん-じやう〕

紺青（名）あざやかな藍色。

紺青の流れの彼方あかときの川は未生のじかんをひ

らく　道浦母都子

おほぞらの**紺青**深く沁み入りていづくか知らね身は喚ばれをり　斎藤　寛

こん-とん　混沌・渾沌（名）物事が判然としない状態。区別がはっきりしないさま。混然。

鳥去りしのち**混沌**の空かへり梢はおのがこゑ放ちそむ　加藤知多雄

冷蔵庫いでてしづかに汗をする卵の内の**混沌**の生　東　淳子

ずぶ濡れの**混沌**未分おもおもと降り込まれている雨雲の海　片山恵美子

混沌のうしのちくびをつかむゆび俺は世界の苦痛になれるか　加藤　治郎

こん-りん-ざい　金輪際（副）どこまでも。断乎として。とことんまで。

金輪際夜闇《やあん》に根生《ねお》ふ姿なり五重の塔は立てりけるかも　北原　白秋

金輪際なくなれる子を声かぎりこの世のものの呼びにけるかな　木下　利玄

さ

さ　（接頭）語調をととのえる。（名詞について）若くてみずみずしいの意を添える。「さをしか」は小牡鹿。

さ夜ふけて雨戸もささず**さ**庭べの牡丹の花に灯をともし見つ　伊藤左千夫

まなこ閉づればとこしへに立つ一本の**さ**あをき竹の内に雪降る　永井　陽子

半透明の**さ**みどり葡萄を氷水にしづかに沈めつ掌よりすべらせて　河野　裕子

さをしかの春の素足を折る眠り風にも立つる耳をかなしめ　今野　寿美

さ　狭（接頭）せまいことをあらわす。

朝戸繰れば濃きくれなゐの花ふたつ日にかがやきて**狭**庭を支配す　吉田　正俊

さ　（接尾）形容詞などの語幹に付けて名詞を作る。…ことよ。文末を「…の…さ」で結んで詠嘆する。時・折り、の意をあらわす。

山の上《うへ》の月をあはれみ時経《ときへ》ぬに君をはふりの宵のさやけ**さ**　土屋　文明

山羊小屋に山羊の瞳のひそけ**さ**を我《あ》に見せしめし若き父はや　大辻　隆弘

霞草はかなき花も咲き盛るひと夜**さ**ありてわれと共にす　北沢　郁子

さ

紗（名）うすぎぬ。うすもの。生糸をからみ織りした、織り目の荒い、軽くて薄い織物。

いくたびもくづほれかけて蒼白の**紗**に織りあがる芒が原は　松平　盟子

紗のごとく松蘿なびかふ木末には谷の光のしろじろとせり　扇畑　忠雄

ああ春は花結びして**紗**に透けて露わな脚となりて儚や　福島　泰樹

さ

然（副）そう。そのように。その通りに。

何を**さ**は苦しみてわれのありけるぞ立ちて歩めば事なきものを　窪田　空穂

多知夜麻《たちやま》は神《かむ》からならし、**さ**は言へど神祇は人を顧みざるを　黒瀬　珂瀾

ざ

座・坐（名）すわること。すわる場所。すわる位置。席。また、すえて置く台など。

この春も離農宣言する朋のありて円**座**の酒の苦しも　時田　則雄

車**座**に家族はをりて縄を綯《な》ふ冬の夜天の星**座**のやうに　恩田　英明

さい-げつ

歳月（名）としつき。年月。

壁を越えし雲の総数　**歳月**の暈《かさ》　越えられざりしものの数々　佐佐木幸綱

子のことを詠まずなりゆく**歳月**にぽつりぽつりと咲く著莪の花　松村　正直

破れ畳に転がっている『一握の砂』あわれ流浪の**歳月**の歌　福島　泰樹

鬼子とは思《も》はず育てし**歳月**をふりかへるとき遠きいかづち　岡井　隆

一本のみ残りし松も直ぐ枯れて津波ののちの**歳月**に向く　柏崎　驍二

さいさい〔さゐ-さゐ〕　騒騒（副）さわさわと鳴るさま。騒ぐさま。

桃の葉の**さゐさゐ**としてひそむ月臥床に吾れのあらはなりけり　小暮　政次

垂直に茎のめぐりを立葵咲きのぼりたる日々**さゐさゐ**と　御供　平佶

さゐさゐと伸びたる韮の咲きいでて今日乱れつつ咲ける一群　八島多可子

ひこばえの稲**さゐさゐ**とさやぐとき風の象《かたち》に秋は見えたり　大辻　隆弘

薄紙を**さゐさゐ**と脱ぎ梨の実に二十世紀の黄昏のみづ　渡　英子

さい-はて　最果て（名）一番おしまい。いやはて。最終。

いのち無くぶらさがっている腕は**さい果て**までつれてゆくことになる　佐々木妙二

さいはての氷の海に遭ひしゆゑ涙はこころ洗ふと言へり　鈴木　英夫

雪掻きの駅員の来て**最果て**の無人の駅に灯のともりたり　藤林　正則

さい-ばん　歳晩（名）年の暮れ。年末。歳末。歳《せい》暮《ぼ》。年の瀬。年の果て。

歳晩の日の暮れかたにひと束の手紙を焼きて子とうづくまる　上田三四二

民族のナショナリズムのせめぐさま寒き**歳晩**の日々に聞こゆる　鵜飼　康東

歳晩の街を隔つるひとところ伸びあがりたる青きひとむら　春日真木子

さいわい〔さい-はひ〕　幸・幸ひ（名）しあわせ。幸福。よいめぐりあわせ。

いづくにも生きゆくものの**幸**がまつべしと思ふ候鳥のこゑ　生方たつゑ

朝の日に照る吾亦紅**さいはひ**はどこよりも来ずどこにも行かず　伊藤　一彦

バスを待つ路上黄蝶は**さいわい**を運ぶがごとく肩選びたり　小高　賢

リンドウの丘越えて来る**さいわい**の話をしよう明日は水辺で　谷岡　亜紀

さえ〔さへ〕　（助）その上…までも。添加の意。…すら。一事を例示して、より重い事柄を示す。…までも。強調をあらわす。
熟麦のうれとほりたる色深し葉**さへ**茎**さへ**うち染まりつつ　若山　牧水
車窓より見をれば今**さへ**遠く見ゆわが棲《す》む団地わが在《あ》る時代　香川　ヒサ
生き残つただけでも死者を傷つける碑をまへにして額づく**さへ**も　佐藤　通雅

さえ-ざえ　冴え冴え（副）光・色・音などが非常に澄み切っているさま。清々しいさま。
掌に乗せて冷たき花びらの夜の桜は**さえざえ**と降る　大下　一真
さえざえと白き炎の立つごとき忿《いか》りのまへにうなだれてゐつ　大辻　隆弘
かたみにし響きあふともみちのくの冬の星座は**冴え冴え**とあり　齋藤　律子

さえ-ざえ・し　冴え冴えし（形シク）非常に澄み切っているさま。気分がさわやかなさま。
雨つづくあけくれ娑羅の咲きて散り白**冴えざえし**土につく花　千代　國一
菊さきてこのごろとみに松の葉のみどり**さえざえし**空のいろさへ　太田　水穂
うちせまる愛の気魂の**さえざえし**ひらく尾羽より金色の発《た》つ　安立スハル

さか　逆（語素）さかさま、ぎゃく、の意。「逆潮《さかしほ》」「逆恨《さかうら》み」などと多く複合して用いる。
山裾のふかき林に夕日さし**さか**しまに照らす夏の木立を　窪田　空穂
一日を不平の中にくらす瞳《め》に柾屋根の柾**逆**反るが見ゆ　熊谷　武雄
逆解きをせば髪の根の引き攣《つ》れて女童泣きけりわれのむかしの　森岡　貞香
逆上がり繰りかえしつつ見し空と低き校舎が**逆**さのはじまり　中野　昭子

さか　境（語素）さかい。境界。「海《うな》さか」「磐境《いはさか》」などと複合して用いる。
国《くな》**境**をここに越ゆればあはれなるかな北に向はむ川発《おこ》るなり　吉野　秀雄
海にきて夢違《ゆめたがへ》観音かなしけれとほきうな**さか**に帆柱は立ち　前　登志夫

さが

性・相（名）生まれつきの性質。もちまえ。習慣。ならわし。くせ。

うぶすなの秋の祭も見にゆかぬ孤独の**性**を喜びし父　佐佐木信綱

叱りつつも吾に似る**性**をさびしめり涙たたへて児はあやまらぬ　松田　常憲

窓々の干しものにしるき家の**さが**移り来てわれもわが色かかぐ　五島美代子

それぞれの農具の**性**をもちて減る円くなる鍬尖りゆく鎌　伊藤登世秋

さかい〔さかひ〕

境・界（名）境界。わかれ目。際。ある部分の場所。心境。

親達のいまさむ**界**に往くべくはよからむと思へ愉しくはあらず　窪田　空穂

樹と人の**さかひ**まぎれむ森に入りわれはにんげんの飢渇に歩む　伊藤　一彦

坂はすべてこの世の**境**《さかひ》つぎつぎと椿が落ちてころがつてゆく　林　和清

形代を流す春の川しらじらと皺《しわ》みて光るよ川は國**ざかひ**　川口　汐子

いつより**と**いふ**境**なく出勤のための仕度にいたく手間取る　秋葉　四郎

さか‐のぼる

遡る（自動四）川の下流から上流に向かってのぼる。逆にたどる。

焼野原つらぬく川に魚は生き**さかのぼり**来し鷗らのむれ　窪田章一郎

天竜の春は闌けつつ腹紅き鯎《うぐひ》が荒き瀬を**遡る**　田村　三好

産みて滴のごとき軀《からだ》よ母たちは風の青葉をただ**遡る**　米川千嘉子

藪なかの沢**さかのぼる**われの影離れて従きくる音の寂《ひそ》けさ　白石　昂

さかり

盛り（名）盛んなこと。物事の勢いが強い状態。花の満開。壮年。賑わい。発情期。

よき季に吾を生みくれし母のこと思へり花の**さかり**の四月　岡山たづ子

いついつと待ちし桜の咲き出でていまは**さかり**か風吹けど散らず　若山　牧水

おほどかに泰山木の花の**盛り**光撓みて梢《うれ》を遊ばす　佐藤伊佐雄

くれなゐの梅早く咲く日の**盛り**下りとなりし坂がかがやく　大辻　隆弘

さき　崎・岬（名）陸地が海などの中に突き出た所。みさき。山や丘の突き出ている端。山の鼻。

遠き**岬**近き**岬岬**《さきざき》とうちけぶり六月の海のみどりなる照り　窪田章一郎

この**岬**に来て幾人の泣きにけむ離れゆく船に手も触れずして　小野興二郎

岬山のあしたの冬日静かにて汝と行くべき石の道しろし　大河原惇行

さき　先・前・尖（名）前方の部分。物のはし。時間的に過ぎ去った部分。以前。時間的に後にくるべき時。将来。

年ごとに乏しくなれる蜆漁思ふ眼《まな》**前**冬ごもる潟　江流馬三郎

あまりにも白き月なり**さき**の世の誰《た》が魂の遊ぶ月夜ぞ　佐佐木信綱

一億五千万キロ**先**からとどきたる光が樟の芽を輝かす　佐藤　通雅

見たくない認めたくない心根の**尖**《さき》はのびゆくくらき土へと　松村　正直

さきの世は鳥でありしか扉を閉じてふくしまの海思い描けり　服部えい子

さぎ　鷺（名）さぎ科に属し、白鷺と青鷺がよく知られている。鶴に似て、くちばしや足が長く、水辺をわたり歩いて餌をあさる。

鷺の群かずかぎりなき**鷺**のむれ騒然として寂しきものを　古泉　千樫

なよなよと靄のなかよりあらはれて青**鷺**づれの顔のしたしさ　吉植　庄亮

飛び去りし白**さぎ**の跡ひとすぢの体温あらむ秋深きそら　高野　公彦

青**鷺**は沈思の枝に鎮もりぬ両の翼をふかく畳みて　安川　道子

さき-ぶれ　先触れ（名）前もって知らせること。まえぶれ。予告。

うすがみを解けば木の香が花の香にかはる果実よ春の**さきぶれ**　栗木　京子

さきわい〔さき-はひ〕　幸ひ（名）幸福。しあわせ。幸運。「さいはひ」

の古語。

さきはひを心に持てばおのづから目をあげて望む春の山山　　前川佐美雄

小鳥二つ逢ひつつ啼けりわがかつて知らぬ**さきはひ**そこに見にけり　　土田　耕平

うめばち草《さう》の萼《うてな》ひらきゆく営《いとな》みに心はゆらぐ今の**さきはひ**　　柴生田　稔

人生の追伸のやうな城に入り穏しき日日の続く**さきはひ**　　高橋美枝子

さくら　桜（名）春に咲く日本の代表的な花。古くから花と言えば桜をさした。染井吉野が代表的だが山桜、八重桜、大島桜など種類も多い。

うらうらと照れる光にけぶりあひて咲きしづもれる山**ざくら**花　　若山　牧水

さくら花幾春かけて老いゆかん身に水流の音ひびくなり　　馬場あき子

一〇〇〇年を動かずにいる**桜**樹《さくらぎ》のことさだめしその潔《いさぎよ》さ　　沖　ななも

雨の日の**さくら**はうすき花びらを傘に置き地に置き記憶にも置く　　尾崎左永子

東京に未練はなきを肩に降る九段の**櫻**　白山の雪　　福島　泰樹

さくら‐もち　桜餅（名）薄皮を二つ折りにして餡を包み、塩づけをした桜の葉で包んだ和菓子。

遊びつかれ夕日流らふる縁台にて**さくら餅**食《は》めば何かさびしも　　木下　利玄

桜餅売れる店よりあかりさす大川の堤われはすぎゆく　　五味　保義

桜餅わが枕べに匂ひつつただゆたかなり今日の夕ぐれ　　権田　忠雄

ざく‐ろ　石榴・柘榴（名）六月頃鮮紅色の筒花を開く。秋に実が熟すると裂けてルビーのような多数の種子をのぞかせる。

柘榴ならみ仏の掌に載るもよし落ちて燃えむもこの世のまぎれ　　今野　寿美

月のなき夜の梢はしづかにて**柘榴**は万の眼をひそませる　　中津　昌子

さけ　酒（名）サは接頭語、ケは香と同源。米と麹で醸造したわが国特有のアルコール飲料。日本酒。

白玉の歯にしみとほる秋の夜の**酒**はしづかに飲むべかりけり　若山　牧水

ささ

小・細（接頭）小さい、すこし、かわいらしい、などの意味を添える。「さざ」とも。

ささ鳴きの鳥のこゑきこゆ進学のおもひかなへたる子と歩む丘　木俣　修

ごり料理をりしも河は夕立の**ささ**にごりしてやがて霽れたり　太田　水穂

初夏《はつなつ》の鬱金香樹《うこんこうじゅ》の日面《ひおもて》に**さざ**なみだちて花の咲く見ゆ　沖　ななも

ささ-めき

私語（名）ひそひそと話すこと。ささやき。ささめくこと。

いぬふぐり瑠璃の小花の**ささめき**の滾々として春はきざせり　杜澤光一郎

新春の**ささめき**の裏凍りたる烏賊つかみ出す男の手見ゆ　今野　寿美

竹林は女を蔵うと思うまで**ささめき**やまず葉の散りやまず　梅内美華子

さざ-め・く

（自動四）騒がしい音がする。騒ぎ立てる。ざわめく。さんざめく。「ざざめく」とも。

静まりておりし病室が消灯前にわかに**さざめく**私語をかわして　菊池東太郎

濃く染める楓の紅葉**ざざめき**て翻れども一葉も散らず　片山　貞美

ささ-やけ・し

細やけし（形ク）小さい。こまかい。ささやか。

夜にゐて山橘《やまたちばな》の**ささやけき**実に空想のうごく冬の日　佐藤佐太郎

さざれ

細石（名）小さな石。「さざれいし」の略。名詞について接頭語的に用い「わずかな」「こまかい」「小さい」の意を表す。

日に焼けし**小石**《さざれ》をふめば音荒し薮の下淀にとび立つ若鮎　安田　青風

浅瀬ふさぐ岩も**さざれ**もをどりこえ溢れむとする速河の水　五島美代子

昨の日のわが足がたのありやなし**小砂**《さざれ》の上をゆく朝のみづ　前川佐美雄

朝風は干潟のうへの**さざれ**波沖雲遠く晴れむとぞする　土岐　善麿

さざんか〔さざん-くわ〕　山茶花（名）つばき科の常緑小高木。秋冬のころ白・薄紅色の五弁花を開く。高さ三メートル。

散る花のうへにまた散る**山茶花**のいまだ暮れざる夕ぐれの時　佐藤　志満

冬木々の寄り合へるなか色ありてうつしよの花**山茶花**の散る　島田　修二

どの家にも**山茶花**咲きをり人の世にさまざまの色の愛を見せつつ　冨田眞紀恵

さし　差し（接頭）動詞の上に付けて、意味を強め、語調をととのえる。

白牡丹の花に**差し**透る夕陽にて今日の心の底にもとどく　長沢　美津

満開の桜の下に**さし**まねくわが死者たちを見たりき夢に　石井　辰彦

食ふほかは睡りつづくる兎らを時に嫉みてわが**さし**覗く　竹村　利雄

さしかはす枝の触れあふ音ひそか川べりの竹群をよぎれば　大辻　隆弘

さし-なみ　差し並み（名）並んでいること。つらなっていること。

さしなみの隣の人の置去りし猫が子を産む吾家《わがいへ》を家に　伊藤左千夫

さしなみの隣の桜咲きにけり二階をあけて一日《ひとひ》あそばな　土屋　文明

さ-し-も　（副）あのように。あれほどまでに。あんなにも。

ゆふだちの降り過ぎぬれば葡萄園**さしも**青々と実をつけにけり　対馬　完治

さ・す　止す（他動四）ある動作を中途でやめる。

読み**さし**て臥処に聴けり枝々に触れつつ落つる枯葉一ひら　相良　宏

やはらかに誰《た》が喫《の》み**さし**し珈琲ぞ紫の吐息ゆるくのぼれる　北原　白秋

拭へども拭へども去らぬ眼のくもり物言ひ**さし**て声を呑みたり　明石　海人

ぬばたまの月、と言ひ**さし**黙《もだ》したるきみこそ武悪《ぶあく》よ

き父にして　　　　水原　紫苑

さす‐たけ‐の

刺竹の（枕）君、大宮、などにかかる。枝葉の茂る竹の意から。

さす竹の君が賜ひし栗の実をむきつつもとな国おもひ涌く　　土田　耕平

さすたけの君住むあたり地震にて割れし舗装路はや雪凍る　　秋葉　四郎

さすたけの君がなさけにあはれあはれ腹みちにけり吾は現身《うつせみ》　　斎藤　茂吉

さすたけの君をしも遠く火を運ぶ先達として我は来にしを　　佐佐木幸綱

さすらい〔さすらひ〕

流離（名）あてもなくさまよい歩くこと。

ガードくぐり暗き灯かげの風の中**さすらひ**人の如く行きたり　　扇畑　忠雄

さだ

時・定・壮（名）若いさかんな年ごろ。青春。壮齢。壮年。勢いが盛んなこと。盛り。

さだ過ぎて知る恐しさその中に散る花を見るおそろしさあり　　鈴木　幸輔

若やかに髪を結ふべき**盛**《さだ》すぎて声だに匂へ年の朝《あした》を　　木俣　修

饑《ひも》じさを抱くにんげんわれは立つ**壮**《さだ》なる竹はすくすくと立つ　　浜田　陽子

出会ひがしらに見上ぐる長身　ああかつて**壮**《さだ》の盛りに親しみし汝《な》ぞ　　蒔田さくら子

さだま・る

定まる（自動四）決まる。落ち着く。おさまる。平静に戻る。

牡丹花《くわ》は咲き**定まり**て静かなり花の占めたる位置のたしかさ　　木下　利玄

分別の**定まり**がたく風船が夜の畳に転りている　　石田比呂志

伊吹山北に迫りて見えくれば君に捧げむ言葉**定まる**　　雁部　貞夫

天候より足が気がかり靴決めて心**定まる**旅の始まり　　布々岐敬子

さだめ

定め（名）きまり。おきて。定まっている運命。宿命。

はらからが**さだめ**を分かちゆくごとく南さす枝北をさす枝　　稲葉　京子

うつそみの深き**さだめ**と思ひつつわが下心つねに怒

れり　三ヶ島葭子

老ゆるとは人の**さだめ**と諾へどせつなかりけり身の不自由さに　内田　育子

さだめない〔**さだめ-な・し**〕　定め無し（形ク）一定しない。きまりがない。無常だ。

梅雨の前の雨**さだめなく**アカンサス二株の葉の伸びゆくみどり　扇畑　忠雄

さだめなく午後は日陰となる川の水しづかにて沿ひゆきにけり　大辻　隆弘

さだめなきわれの未来ぞ輝きて黄に透きとほる雲を仰げば　鵜飼　康東

さち　幸（名）さいわい。幸福。海や山でとれたうまいもの。

年いまだ寒からぬ**幸**《さち》を相言ひて紅葉《もみぢ》けぶらふ山に入りゆく　柴生田　稔

ひよどりのたぐいて水を飲みているしじまは吾のつかのまの**幸**　近藤とし子

恵みゆたかなるこのアメリカに**幸**あれと若き司祭はおごそかに言ふ　鵜飼　康東

メロディアを口遊む妻かかる日に会ひえたる**幸**は過誤ぢやあるまい　岡井　隆

さ-つき　五月・皐月（名）陰暦五月。陽暦六月ごろ。早苗月ともいう。「幸月」の略とも。

橡《とち》の太樹をいま吹きとほる**五月**かぜ嫩葉《わかば》たふとく諸《もろ》向《む》きにけり　斎藤　茂吉

しっとりと**五月**朝風街を吹き乳《ちち》の匂ひの甘き花あはれ　古泉　千樫

さつき空たまたま晴れて夕映えぬ雲のなびきの南《みんなみ》に長く　土田　耕平

鎌足が**皐月**の空へ蹴上げたる鞠はけやきの木にひつかかり　永井　陽子

さつき-やみ　五月闇（名）さみだれ頃のくらやみ。梅雨時は暗雲が垂れ、ことに夜の暗さは、「あやめもわかぬ闇《やみ》」である。梅雨闇《つゆやみ》。

さつき闇くらきさ庭に鈴の音かすかに立てて白き猫の来《く》も　宇都野　研

さと　里（名）人家のある所。村落。人ざと。村ざと。いなか。実家。

ほのぼのと麦熟れたればふるさとの女島の**里**は天明

りせり　　中根　貞彦

有馬山いで湯の**里**の十二坊さくら青葉にふかくこもれり　　川田　順

海の反照うけてひそまる白き塀昔に変らぬ**里**の菩提寺　　山本　初枝

さ-なか

最中（名）さいちゅう。たけなわのとき。まっさかり。

地蔵会の**最中**しづかに降る雨が還る時刻をつぶやきにけり　　三田村正彦

明けそうな夜の気配に揺れている木々の**さなか**に風と触れあう　　森本　直樹

湖の青の**最中**《さなか》に立つ人のかなしみが今朝メールに届く　　谷岡　亜紀

さ-ながら

宛ら（副）そのまま。そっくり。残らず。あたかも。古語は「然《さ》ながら」。

タグボート十二隻に曳く巨体とふ**さながら**にしてガリバー旅行記　　春日真木子

王林にのこる歯型のあはあはし**さながら**けふのエスキスのやう　　小島　熱子

吊したるタイヤにけふは子らはゐず桜の老木**さながら**枯れて　　片山　貞美

さながらにジョルジュ・サンド氏大根を抱きて涼しく店より出で来　　阿木津　英

さにずらう〔さにづらふ〕

（枕）君《きみ》、妹《いも》、をとめ、紅葉《もみじ》、色などにかかる。「さ丹頬ふ」赤い頬をしたの意。

さにづらふ妹が笑眉《ゑまゆ》のうら若み曇らぬ笑みはわれを活《い》かすも　　伊藤左千夫

この深き狭間の底に**さにづらふ**紅葉ちりつつ時ゆきぬらむ　　斎藤　茂吉

さにづらふ井戸と別るるかなしみの首飾りかけ時のひとりご　　水原　紫苑

さねさし

（枕）相模《さがみ》にかかる。

さねさしの意味知らぬまま走水媛《ひめ》を讃へしふるさと相模　　島田　修二

ほとばしる青葉若葉のいのち濃し**さねさし**相模ここに父死す　　一ノ関忠人

さねさし神奈川県花の山百合といふは可なりや**さねさし**さがみ　　今野　寿美

さ-ばかり　然許り（副）それくらい。わずかそれほど。さほど。「然許りの」はそれほどの大層な。

さばかりの旅の愁ひはほろほろと河豚笛《ふぐぶえ》吹きてあらば消《け》むもの　吉井　勇

さび-さび　寂び寂び（副）いかにもさびしげに。かれがれと。閑寂なおもむき。

さびさびと瞳にうかぶものの影豊原の街に帰り来りぬ　土岐　善麿

想像のまならうらに見え**さびさび**とハレー彗星とほざかりゆく　杜澤光一郎

寂々《さびさび》と続ける道もここまでかたちまちの朝過ぎて道なし　佐佐木幸綱

さびる〔**さ・ぶ**〕（接尾）…らしくなる。…らしくふるまう。名詞に付けてそのものらしい態度・状態である意を表す。上二段型活用する。

をとめ**さび**行くを見守る親ごころ甘き涙に似たりと云はむか　宇都野　研

若き君等の新装《にひよそほひ》をまのあたり見て来しこよひ老人《おいびと》**さぶ**も　吉田　正俊

をりをりの眼《まなこ》に深くかげりさし愁ひのなかに女**さび**ゆく　鵜飼　康東

八ヶ岳なほ雪残る蒼穹に大地の深さ神**さび**たりと　山口　雪香

ますら男も少女《をとめ》**さび**すも七くさの秋草摘みて少女**さ**び**す**も　与謝野鉄幹

さびる〔**さ・ぶ**〕　寂ぶ（自動上二）古びて趣が出る。もの静かで味わいが深くなる。人けがなくなってさびしくなる。

石蕗の花咲きみてり君が家の**寂び**て並べる庭石の蔭に　若山　牧水

古《いにしへ》の詩に詠まれたる鷺の足みづからの悲《ひ》に立つごとく**寂**《さ》**ぶ**　江田　浩司

錦木は紅葉燃えんとあらかじめみどり黒ずみ色**寂ぶ**るなり　野北　和義

さぼう〔**さ-ばう**〕　茶房（名）紅茶・コーヒーなどを飲ませる店。喫茶店。

デスクには過誤明かさざる同年の友をさそひて**茶房**に入り来　篠　弘

茶房の隅を微光が廻り照らすとき渦に巻かれて吾が

影しづむ　森　勝正

日向《ひなた》きて地下の**茶房**に降りたれば壁に油彩の汚れたる薔薇　恩田　英明

小津映画見たる余韻を胸に押す続きのやうな**茶房**の扉　三島誠以知

さま

様（名）ありさま。様子。状態。おもむき。すがた。かたち。

不可思議の鏡の国の**さま**なして並びたつビル灯の映りあふ　三国　玲子

その人の優柔不断にふれゆきて吃りはじめつ酔ひたる**さま**に　篠　弘

プルタブを引き損ねたる缶詰の蓋はのけぞる悔しき**さま**に　諸井　敦子

死後の**さま**おもいて床に入りゆくは少しさびしきわれの習慣　恒成美代子

ざま

様（接尾）かたち。かっこう。動作の状態・しかたをあらわす。…のほう。方角をあらわす。…するやいなや。…と同時に。…したとたん。

陸奥をふたわけ**ざま**に聳えたまふ蔵王の山の雲の中に立つ　斎藤　茂吉

暮方《くれがた》にわが歩み来《こ》しかたはらは押し合ひ**ざま**に蓮《はす》茂りたり　佐藤佐太郎

滑稽に己れを守る生き**ざま**も飢えを忍びし日々につながる　宮岡　昇

「あ、香水が変はった」と生徒言ひにけり若き教師とすれちがひ**ざま**　田村よしてる

さみだれ

五月雨（名）つゆ。梅雨。さつきあめ。陰暦五月ごろに降る長雨。

鶏の羽よごれつつ**さみだれ**の降りつぐ頃は哀れなりしか　佐藤佐太郎

五月雨は今日も続きて縁側に襁褓干す湯気立ちこめて居り　石津すゑ子

栗の花の世は寂《しず》かなる田を植ゑて**さみだれ**ちかくなりにけるかな　大井　広

さみだれの閨よりあつく鮮やかにあなたの理性かがやきにけり　野口あや子

さ-も-あらばあれ

遮莫（連）どうあろうとも。それはそうとして。ともかく。なにはともあれ。

癌後遺症、半身不随**さもあらばあれ**　さわやかな朝

があるから眠る　佐々木妙二

ソ連の危機**さもあらばあれ**入試問題細部に意識を集める夜更け　佐佐木幸綱

明日のことは何もわからず**さもあらばあれ**海上を雲流れゆく　林田　恒浩

うつしみは**さもあらばあれ**歳晩の昨日いとまなく今日また忙し　秋葉　四郎

さや

明・清（副）はっきり。あざやか。きよらか。さっぱり。多く「に」を伴う。

近江路や菜の花晴の朝**さや**にみどりたたへし春のみづうみ　伊藤左千夫

四ッ割の西瓜などひさぐ八百ものの店さき**さや**に打水をせる　田谷　鋭

愛の果てに来む幻の寝台よ木の葉の天蓋み山も**さや**に　水原　紫苑

ぬばたまの小倉鍛冶町一丁目鈴の**さや**ふる音へ還らな　尾崎まゆみ

さやぎ

（名）さやさやと音を立てること。そよぎ。ざわめくこと。ざわめき。さわぎ。

竹群の**さやぎ**清しくはだらなる光の中の早春の賦　高木美栄子

風ふけば**さやぎ**の音の絶えまなき山笹のうへに雪ぞつもれる　斎藤　茂吉

てのひらの手帖に落つる斑日《はだらび》の**さやぎ**せわしく秋きたるらし　石本　隆一

さや‐さや

（副）物がふれあって鳴る音。さわさわ。物がゆれ動くさま。ざわざわ。

幼子をわが寒さゆゑ抱きやればその身**さやさや**と汝は喜ぶ　高野　公彦

蝶になり鳥になりたるおもろ神か風**さやさや**と夏整える　平山　良明

木霊より遠きところを**さやさや**と夏に来る死者空の沖過ぐ　辺見じゅん

さや‐る

障る（自動四）さわる。ふれる。さしつかえる。たちふさがる。

たそがれの障子に**さやり**降る雪の針よりほそし年暮るる空　四賀　光子

アジャンタの涅槃釈迦像に会ひにきて臍《ほぞ》の深きを手に**障《さや》り**みる　恩田　英明

白骨と化せる身体《からだ》に**さやり**みておのれ確かめし夢を

忘るな　　東　淳子

わが丈に満たざる苗木何ならん往きに触れゆき帰りにも**障る**　　島田　修二

山頂に東《ひんがし》の空目見《まも》るなり**さやる**ものなく赤き日昇る　　来嶋　靖生

さら　娑羅・沙羅（名）なつつばき。盛夏のころ四センチほどの、一重の椿によく似た白色の花を開く。しゃら。

真顔にて世界支配をたくらむと少年言へり**娑羅**の木の下　　伊藤　一彦

はるかなる風をきくべし廃《すた》れたる伽藍を出でて**沙羅**の樹の下　　恩田　英明

夕暮れに散りたる**沙羅**の静けさを掌に載せて来て笑まへる妻よ　　草間　正夫

さら-さら　更更（副）重ねて。いちだんと。事新しく。さらにさらに。

人とだえると　山道おのづから陽に染んで　虫やとかげや　**さらさら**生きかえる。　　舟知　恵

かみほとけ内にあやめて老いにけりいまはこだはらぬ**さらさら**の生き　　坪野　哲久

みちのくを北へのぼれば**さらさら**に早苗をつつむやわらかき雨　　佐佐木幸綱

さら-に　更に（副）あらためて。新しく。その上に。重ねて。ますます。いっそう。

また**更に**何にあくがれゆく我ぞ足れる寝ざめに涙おつるは　　四賀　光子

星冴ゆる空を仰ぎて帰るなり安らぎに似て**さらに**さびしき　　岡野　弘彦

くうはくの過剰をもとめ苛酷にもすくなき語彙の**さらに**すくなく　　加部　洋祐

真夜すぎて**さら**に震える街の息エンジン音は重なりてゆく　　小野　美紀

歳月やジャワ・ジャカルタの虐殺をひとに語りて**さらに**へだたる　　南　輝子

さら-ぬ-だに　然らぬだに（連）…そうでなくてさえ。ただでさえ。

さらぬだに秋はこぼるるもの多く紫式部の実は触れずゆく　　岩岡　詩帆

ざら-め-や　（連）…しないでいられるだろうか、そんなことはできない。…ないでい

られるものか。反語・反問をあらわす。

佳き歌と佳からぬ歌を言ふきけば疑似毫髪を歎か**ざらめや**　佐藤佐太郎

先生に近づきもうすえにし思えば　学ば**ざらめや**秋の夜長を　冷水　茂太

このゆふべ所縁はふかし山かげの深満《みち》しほを聞か**ざらめやも**　中村　憲吉

秋の夜の風呂に目つむる今日の日の我が臆病の溶けいで**ざらめや**　佐佐木幸綱

さらり　（副）すらりと。とどこおりなく。きれいさっぱり。

八月の光まばゆくかんぴやうが**さらり**と白しふるさとの家　安田　青風

胸ふかくいまも赦さぬ一人なり年賀状**さらり**したためながら　金沢　邦子

ざり　（助動）…ない。…ずにいる。打消の助動詞「ず」の連用形に動詞「あり」が付いた「ずあり」の転。用言・助動詞の未然形に付いて否定を表わす。

四階のテラスの人には見え**ざら**む五階のテラスに人が立てるは　香川　ヒサ

何するとなく早く過ぐ一日と若き頃には思ひみ**ざり**き　石川栄一郎

この家をつひの棲家と思は**ざる**思は**ざれ**ども釘あまた打つ　岡井　隆

さり-とて　然りとて（接）そうかといって。そうだとしても。

さりとてもさらばはてさてひとしきりじじつしんじつ吾を見うしなふ　岡井　隆

さり-ながら　然り乍ら（接）しかしながら。その通りだが。そうではあるが。「さありながら」の略。

冬空は何も動かず**さりながら**重きこころのごときを垂るる　由良　琢郎

老来の身は**さりながらさりながら**皐月の花の満開に会ふ　草野源一郎

さ・る　去る（自動四）移り動く。離れて行く。立ちのく。過ぎてゆく。または、季節、時期になる。「秋さりぬらむ」「夕さり来れば」は秋が近づいたのだろう、夕方が近づいてくると、の意。

赦さうかそれとも**去ら**うか　わたくしの楕円軌道の

後ろの姿　　　　桜木　由香

小夜深《ふけ》にさきて散るとふ稗草のひそやかにして秋**さり**ぬらむ　　　　長塚　節

水の辺のまんさくいまだこの町を**去る**も**去ら**ぬもわが意志にあり　　　　小中　英之

さる-すべり　百日紅（名）みそはぎ科の落葉高木。高さ九メートル。幹はなめらかで、つやがあり、夏に紅・白色のちぢれた涼やかな小花を開く。

しづかなる秋日となりて**百日紅**いまだも庭に散りしきにけり　　　　斎藤　茂吉

掌中にうすくれなゐを握りたる明けの目ざめに咲く**さるすべり**　　　　安永　蕗子

さるすべりの木肌をさるの兄弟がすべりゆくさま思へば楽し　　　　本田　一弘

さわ〔さは〕　多（名）おびただしく。たくさん。多いさまをいう。

枝**多**に岐れひろごる枝垂桜風吹けばあな吹雪とぞ舞ふ　　　　野村　清

鐘の音のあたりに満ちて学びたきもの**多**にあり若き日のごと　　　　高安　国世

花**さは**に降りしく夕べひとつづつ影をしまへる桜に逢へり　　　　大谷　雅彦

さわさわ〔さは-さは〕　（副）さっぱり。すっきり。さわやかに。

いまだ実の見えぬ無患樹《むくろじ》**さわさわ**と緑ひろぐる下通いゆく　　　　高安　国世

突堤に**さわさわ**と散る船虫よわれもここなる海に育ちし　　　　大下　一真

さわ-だ・つ　騒立つ（自動四）やかましく飛び立つ。落ち着かずにざわざわする。ざわつく。ざわめく。「騒立ち」は名詞。胸さわぎ。

騒立ちて梢移れる鴉二羽町なかくらき墓に棲みゐて　　　　川合千鶴子

鳥わたる空の傷跡、犬の踏む草の**さわだち**はつなつの日の　　　　大辻　隆弘

くもり日の沼のはちす葉わが舟の押し入る舷に触れて**騒立つ**　　　　田谷　鋭

旧姓に呼ばれてふり向く一瞬の悪事あばかるるごとき**騒立ち**　　　　入野早代子

ざわ-め・く　騒めく（自動四）ざわつく。ざわざわする。「ざわめき」は名詞。

雲行きを見上ぐる森の木ぬれには花つけし枝の**ざわめき**てをり　木下　利玄

しなやかな長き手足の若き娘等屈託もなく車中に**ざわめく**　那賀島雅子

枯くさはひかりくもりて**ざわめけ**り鮒を養ふ池はよどみて　生方たつゑ

日曜にむすめが居間にいるだけで家は渋谷のような**ざわめき**　小高　賢

さわらか〔さは-ら・か〕　爽らか（形動ナリ）さわやかなさま。こざっぱりしたさま。

死してなほかなぶんひとつ緑金のその身をさらす今朝**さはらかに**　外塚　喬

さん　惨（名・形動タリ）いたましいこと。また、むごたらしいこと。「ざん」ともいう。

おほかたの人の遭ふべき老の**惨**夫につづきわれに迫れる　佐藤　志満

草はらに積み捨てられし廃車あり人の終りの**惨**に似てゐむ　生方たつゑ

無**惨なる**切り口見せて匂ひ立つ杉の丸太に雪の降り初む　井谷まさみち

さんが-にち　三ヶ日・三が日（名）正月の最初の三日間・三が日の間は毎朝雑煮を祝い、年始客も多いため、正月の気分が最も多い。

三**が日**すめば重げの鞄さげ塾にいでゆく霜柱けりて　木俣　修

三**ケ日**ぶらぶらとして過したり天気良ければ何よりなりき　大坂　泰

さん-げ　散華（名）法会式で蓮の花びらをまきちらすこと。また、花と散ること。

散華の華片一枚に記し置く昭和五十一年七月十一日法要の日を　長沢　美津

天心に吸はれゆきたるたましひの**散華**きらめき雪降りしきる　角宮　悦子

是非もなく蛇笏は堪《た》へき次男病死、長男**さんげ**、三男**さんげ**　高野　公彦

父と子があるく歩幅にさんざめく桜**散華**《さんげ》の死の花なだれ　佐佐木幸綱

ざん-げ　懺悔（名）自ら過去の悪行を悔い改め、告白すること。仏教では「さんげ」という。

雪のなかに日の落つる見ゆほのぼのと**懺悔**の心かなしかれども　斎藤　茂吉

懺悔ともつかぬ涙のあふれくる病む眼かばひて落暉に対ふ　大坪　晶一

親知らずを抜歯せる夜の夢の中罪業深く**ざんげ**せむとす　秋山登美子

精神の脆弱に凭るくらがりに**懺悔**聴聞したるひとりは　大辻　隆弘

さんさん　燦燦（名）太陽などの光がきらきら輝くさま。

裸《はだか》木の影の隊列踏みてゆくバス**燦燦**と冬陽のなかを　秋山　律子

さんさんと若葉のはなつ無声音われは二つの内耳灼かるる　小島ゆかり

ざん-しょ　残暑（名）立秋後の暑さ。秋になり涼しさを覚えた身に暑気はきびしい。

圧迫感ある室内を出でしかど道の**残暑**はまた耐へがたし　小池　光

君あての**残暑**見舞いはただ一行〈この夏あなたは揺れてましたか〉　道浦母都子

やうやくに**残暑**去りゆきおのづから夕べの心の和むひととき　後藤　久登

ざんぶ　（副）水の中に勢いよく物を投げ入れる音。ざぶり。ざんぶり。

いとしさも**ざんぶ**と捨てる冬の川数珠つながりの怒りも捨てる　辰巳　泰子

三人《みたりご》娘をむんずと入れる湯船より**ざんぶざんぶ**と湯が逃げてゆく　小塩　卓哉

し

し　肢（名）からだのわかれ。手足。四肢・上肢・下肢・前肢・後肢などと多く複合させる。

子の**肢**打てば鋼なせるよ悠然と育ちゆきふと目の前に立つ　石本　隆一

眠りこそここちよき死に似てゐると君の眠りに四**肢**《し》重ねゆく　新井　貞子

おもむろに四**肢**をめぐりて悲しみは過ぎゆくらんと

思ひつつ居し　佐藤佐太郎

若馬の四**肢**《し》の間《ま》風は流れつつ泡よりうすし牧草の花　真鍋美恵子

少年は抱きしむるもの持たざれば夕陽に縁どらるるその四**肢**　大辻　隆弘

し

指（名）手のゆび。一指・指頭・食指などと多く複合させる。

見しことの無しと言ひたるわれのため十**指**を寄せて百合の木の花　大西　民子

何摑むわが五**指**なるか夕闇につつまれて臥す妻を見ていつ　宮岡　昇

青焼きの図面の端にのこりたる染みのやうなる私の**指**紋　高橋　元子

いつぽんづつ立たする指が芯となり五**指**ひらきたり赤き手袋　春日真木子

し

詩（名）文学形式の一。一定の韻律などを有し、美的感動を凝縮して表現したもの。

世渡るに**詩**歌管弦舞踊書画学べども　**詩**ぞひとつたましひ　紀野　恵

直立せよ一行の**詩**　陽炎に揺れつつまさに大地さわげる　佐佐木幸綱

すでにして**詩**歌黄昏《くわうこん》くれなゐのかりがねぞわがこころをわたる　塚本　邦雄

風のむた歳月は過ぎ人は過ぎあはれ民衆**詩**のもろごゑも過ぐ　島田　修三

し

肆（名）品物を並べて売る店。書肆・茶肆・酒肆・薬肆などと複合させる。

古書**肆**より届く歌集の栞紐ながき睡りを午《ひる》の陽に解く　佐藤伊佐雄

箱硬き『近藤芳美作品集』門司裏町の古書**肆**に購《か》ひぬ　大辻　隆弘

ほのかなるかびの匂いはよろしきと白山通りの古書**肆**に思う　鈴木麦太朗

し

屍（名）死者のからだ。しかばね。なきがら。死体。死骸。

春されば浅き小箱に**屍**を並べほたる烏賊裏日本より来る　齋藤　史

水鳥の**屍**をはうむりて浄きもの失せたるごとく眼鏡を外す　小中　英之

し　死（名）死ぬこと。生物の生命活動が終止すること。

花の**死**をむかえに来たり宵闇はたかみにうすく紺をのこして　草野　浩一

死がときに光にかはることを告ぐ　氷柱は宙《そら》を身にとらへつつ　浅野　大輝

生、まして**死**すら知らざる一、二歳また三歳の碑銘は並ぶ　佐藤　通雅

鳥の**死**をはこびしわれのてのひらに澄み透りゆく青空ありき　木戸　敬

し　（助）上の語を指示して意味を強め、語調をととのえる。

ゆつくりと天の露霜身に**し**享け野を行くとき**し**われをわれとす　山田　あき

山の夜にひとり**し**をれば月さして黒木の森の片側ひかる　鵜飼　康東

頼りなきものと**し**親を知りてより星のかがやき深くなりたり　山田富士郎

かなしみのきはまるとき**し**さまざまに物象顕ちて寒の虹ある　坪野　哲久

し　（助動）…た。…ていた。過去の助動詞「き」の連体形。文末に用いて詠嘆・感動をあらわす。

いつか見**し**螢の河の愛しきやし学問は美しくあらねばならぬ　武下奈々子

橙の月過ぎゆき**し**夜の果にもつれつつある一束の鍵　山口　智子

よき医師をみつけてくれ**し**古き友きみ濃《こま》やかな少年なりき　加藤満智子

じ〔ぢ〕　路（語素）みち。旧地名に添えて、街道・地方。日数に添えて、行程。十の倍数に添えて、年齢をあらわす。

朝早く働きに行く少女らの中に混りて峠**路**を越ゆ　山崎　一郎

北指して帰る鶴らが行き行かむ天《あま》**路**を想ふ地上にわれは　来嶋　靖生

枝枝が空を差すゆえ往還の冬の並木**路**われをはげます　秋山　律子

したたかに八十**路**の夏を生きる母窓辺に曽孫の浴衣縫いおり　高倉　芳子

じ　（助動）…ないだろう。否定の推量をあらわす。また、主語が自称の場合、…しないつもりだ。…ないことにしよう。否定の意志をあらわす。…してはならない。禁止をあらわす。

さむざむと子と我の居し午後の時帰りのおそき妻には言は**じ**　高安　国世

稲妻に照り出だされし床下《ゆかした》の雲母《きらら》なす暗さ忘られはせ**じ**　前川佐美雄

笑いつつまだ笑う犬、われを措きて男あら**じ**とまぼろしのわれ　佐佐木幸綱

しあわせ〔しーあはせ〕　幸せ・倖せ・仕合はせ（名・形動ナリ）運がよいこと。幸運。幸福。めぐり合わせ。

雲の群れゆく中空に「ほんたうの**幸せ**」という言葉は点る　谷岡　亜紀

かたわらの友に思わず**幸せ**か薄墨桜見上げつつ聞く　中川佐和子

しあはせの幾通りもの壊し方描きつつ風辛夷《こぶし》を散らす　尾崎まゆみ

しい〔しひ〕　癈ひ・聾ひ・盲ひ（名）耳・眼など身体の器官が機能を失っていること。動詞（他動上二）は「癈《し》ふ」「盲《めし》ふ」。

耳**しい**となるほど鳴ける蟬しぐれ浴びて立つ地蔵の涼しき笑まい　水谷　和子

盲ひたる父の子として生れきて憶へば点字の一字も知らず　栗林喜美子

まっ黒いさくらの花がぼたぼたと散りあらそえり目は**盲い**てゆく　山崎　方代

露ふかく湛えたる湖《うみ》ここに栖む**盲**《めしい》の魚を見ればつゆけし　山田　あき

金色《こんじき》にエルサレム描きし晩年のルオー**盲**《めし》**ふる**ひかりに立ちしか　雨宮　雅子

しい〔しーゐ〕　思惟（名）心に考え深く思うこと。思考。

地にひくき**思惟**うつくしくうつむきて青みはじめし麦を踏むひと　岩岡　詩帆

吾が**思惟**を揺るがせつつも艱難を辛苦を越えて生きて行くべし　今野　金哉

善かれとは思ひがけずの**思惟**ならん生きながらふも

「良かれ」の謂ひぞ　佐田　毅

わたくしをいでざる**思惟**に疲れつつ最上階に海を見にゆく　久我田鶴子

しい〔し‐ゐ〕　四囲（名）まわり。周囲。四方。

四囲の人離農をしきりにすすむれど吾《わ》が性《さが》悲し今日も野に立つ　本望　謙七

楡の木の冬の枝間を風がぬけ光が透《とお》り**四囲**のぬくとさ　沖　ななも

病室の母は知らない病院の**四囲**の水田に立つ青風を　嶋津　裕子

「方丈記」読みつつ夜の穴に落ち目覚むれば**四囲**は濃霧《こぎり》のあした　木畑　紀子

しお〔しほ〕　潮・汐（名）うしお。海の水。潮は「朝しほ」、汐は「夕しほ」の意。

しらじらと**潮**のひきゆく暁ならば会はむ、尖りて咲ける白百合　弘田ちゑ子

海**潮**《うなしほ》の鼓動聞くべく津波禍の地所を過りて海ぎしに着く　今野　金哉

立冬のあしたを海の冬がすみ帯解くやうに**潮**日残しぬ　辺見じゅん

しおぐもり〔しほ‐ぐもり〕　潮曇り（名）差して来る潮の水気で空が曇ること。

港町／とろろと鳴きて輪を描く鳶を圧せる／**潮ぐもりかな**　石川　啄木

潮ぐもり深き草野の舗装路に行き合ふ馬車は鉄骸をつむ　近藤　芳美

あからひく日の入り方の**潮曇り**千重に百重に朱流れたり　土田　耕平

しおさい〔しほ‐さゐ〕　潮騒（名）潮の差してくるとき波が大きい音をたてて騒ぐこと。そのひびき。「しほざゐ」とも。

潮騒は遠海《とほうみ》ゆひびく浜鴉《はまからす》の跂《あし》のぬれつつ夕ぐれむとす　生方たつゑ

くらがりに潮の香はこぶ風ありて風の彼方の遠き**潮騒**　森岡　正

寂かなる山のダムにて水落すとほきひびきは**潮騒**に似る　富永　貢

公園に夜の**しほさゐ**を聞きたれば赤き浴衣の子の手

をひきぬ　　宇田川寛之

しおしお〔しほ‐しほ〕（副）涙などにぬれるさま。

死がなにか甘美なるものにおもほえて**しほしほ**とゐき十代のわれは　　大辻　隆弘

しおしお〔しを‐しを〕萎萎・悄悄（副）がっかりして元気のないさま。しょんぼりしているさま。悄然。しょぼしょぼ。

しをしをと肩おとす影ねむれざるおのれ見てをりその影法師　　宮　柊二

近づけぬ近づき難きあり方も或る日思へば**しをしを**として　　土屋　文明

冬終ふる最後のみぞれ**しをしを**と愛欲しきわれの襟くび濡らす　　松平　盟子

しおん〔し‐をん〕紫苑（名）きく科の多年草。高さ二メートル。秋に上の方に多くの小枝を分かち、薄紫色の花がむらがり咲く。

紫苑咲くわがこころより昇りたる煙の如きうすいろをして　　与謝野晶子

細かなる花見えぬまで溢れゆく秋のひざしに**紫苑**は立てり　　吉川　宏志

石壁の面《つら》にましろき陽はさして**紫苑**の花はむらがるひかり　　大辻　隆弘

しか　然・爾（副）そのように。そう。「しかはあれ」は「然はあれど」の略。「しかじか」は長い語句を省略するときに用いる語。かくかく。

壮年《さだ》すぎてなほ人恋ふるあはれさを人は言ひにきわれも**然**おもふ　　岡野　弘彦

直言をせぬは蔑するに近きこととかつて思ひき今も**しか**思ふ　　真中　朋久

一行のボードレールに**然**ざれば田端崖下夕日あかあか　　福島　泰樹

その日より十数年過ぐ**しか**はあれ大立山はいまも変らず　　吉井　勇

阿《あ》呆《ほ》やなといえる言葉を大阪に来て**しかじか**の間《かん》に癖とす　　前田　芳彦

しか（助）口語。上の語を強め、それだけに限定する意。下に否定語を伴う。

やさしさを示し合ふこと**しか**できぬ世ならむ壁に夕陽至りつ　　横山未来子

鳳仙花の種で子どもを遊ばせて父は寂しい庭で**しか**ない　吉川　宏志

しか　（助動）…た。…ていた。過去の助動詞「き」の已然形。係助詞「こそ」の結びになる。助詞「ば」に接続して、…たので。「ど」「ども」に接続して、…ていたのに。文末に用いて詠嘆・感動をあらわす。

かいかいと五月《さつき》青野に鳴きいづる昼蛙こそあはれなり**しか**　斎藤　茂吉

ひかれるぞ、と思いしようにひかれ**しか**ば夢にて我は我をおそるる　永田　和宏

自賛する言葉は卑しかり**しか**どそれにしも支へらるる生もありなむ　大辻　隆弘

し-が　（連）自分の。おのれの。代名詞「し」に助詞「が」の連なったもの。

自《し》が肩を摑みて寒く目ざめたり穴に亀かも潜む思はる　片山　貞美

自が卵とられて嘆く海猫の猫の啼き声耳より消えず　平田　春一

はくれんの花のさかりの**自《し》が**家にけふ死者として還りこし母　高野　公彦

し-かい　視界（名）見通しのきく範囲・区域。視野。眼界。展望。

一村の**視界**に架かる虹消えて水を翔び立つ鳥を見てゐつ　辺見じゅん

はばたかぬ翼かしげてひとつ鳶ゆるき飛翔に**視界**へ戻る　御供　平佶

視界よりふいに没するかなしみの先　暗澹と樅そそり立ち　佐佐木幸綱

しか-ず　如かず・若かず（連）及ばない。まさるものはない。

どのように吾等言うとも願わざる戦に逝きし悔しさに**如かず**　大下　一真

しかす-がに　（副）そうはいうものの。しかしながら。さすがに。

みづからの決めし心の**しかすがに**何をか惜しめ春ふけにけり　鹿児島寿蔵

労働は喜びならず**しかすがに**歌読む楽し歌詠むは、なほ　高野　公彦

しか-と

確と（副）たしかに。はっきり。

瑠璃鳥のルリ色**しかと**見届けぬ城峯山に春訪ねきて　仙波　藤吾

雲《クラウド》うちの冒険者たち雲つかむやうにて**しかと**雲つかむ　見よ　針谷　哲純

し-かばね

屍（名）死骸。死体。なきがら。「屍《し》」とも。

太田川の水に浮きたる**屍**に死魚まつわりて銀光放つ　花沢　三郎

冬潮に母の**しかばね**皓として運ばれしゆめうるはしかりき　坪野　哲久

射殺せし農婦の**屍**その儘に日暮まで砲を打ちてゐしとぞ　狩野　源三

しか-も

然も（連）それほどまでにも。そうも。

副詞「しか」と係助詞「も」の連なり。

而も（接）その上に。なお。けれども。しかし。

はじめより憂鬱なる時代に生きたりしかば**然かも**感ぜずといふ人のわれよりも若き　土岐　善麿

子らのいふ醜きもろ手汝《な》を守《も》りし皺ぞたたかひを**而も**越え来て　山本　友一

花といふにはさびしき花の吾木香**しかも**まぎれずあら草のなか　川合千鶴子

新しき家が建ち家家が建ち**しかも**そのすべての家が燃え　石井　辰彦

青鹿毛の**しかも**奔馬とおもひたりいま欅木の梢《うれ》を抜けしは　岩岡　詩帆

しがらみ

柵（名）水流をせき止めるために川に杭を打ち並べて、それに柴や竹を横に結びつけたもの。または、からみついて束縛するもの。

柵のここにはげしきいくつとも稚鮎《ちあゆ》はありてかなしきものを　岡部　文夫

しがらみを溢れあふるる水のなか百合形の椀《もひ》ひとり遊びす　浜田　陽子

汝が母を愛し憎みし年月の　**しがらみ**かなし　幼きものよ　冷水　茂太

じ-かん

時間（名）時刻。とき。過去・現在・未来と連続する無限の流転。

あしたへとさらにつながりゆく紐のごとき**時間**に凭《もた》れて眠る　松平　盟子

文学の「**時間**」こそわが花の芽の雪割り出づる音の爆発　岡井　隆

力の体制の崩れ去るとき今脆き民衆の前移る**時間**を　近藤　芳美

しき-しま

敷島（名）大和の国、日本の別名。和歌。敷島の（枕）大和にかかる。

敷島の道のことばを染め分くる色として欲し五百色ほど　今野　寿美

敷島のやまとの国をつくり成す一人とわれを愛惜《をし》まざらめや　佐佐木信綱

しきたえの〔しき-たへ-の〕

敷妙の（枕）衣・床《とこ》・枕・家などにかかる。

しきたへの枕によりて病み臥せる君が面かげ眼を去らず見ゆ　伊藤左千夫

敷妙のを床の上の置鏡《おきかがみ》うつして妹《いも》を泣かしむなゆめ　三田　澪人

しき-なみ

頻浪・重波（名）しきりに打ち寄せてくる波。

吹きあぐる砂を浴びもて**重波**《しきなみ》のとどろの迫り敢へて観むとす　吉野　秀雄

わが心ゆゆしきものか八重波の**しき波**のうへにいや静まりぬ　島木　赤彦

こんじきの**重波**がうへ輪郭を正しうし太陽《ひ》がいま海に入る　上田三四二

しき-みち

舗道・鋪道（名）石・レンガ・アスファルトで舗装した道路。ほどう。ペーブメント。

鋪道に流るる霧のほの赤き乳いろなして秋立ちにけり　宮　柊二

こぶしもつ裸木ならぶ**鋪道**をみしらぬ街のごとく歩めり　後藤　直二

灯を受けて銀杏はだか木枝張れり往き来まれなる夜の**鋪道**に　葛原　繁

しきり-に

頻りに（副）しばしば。たびたび。ひたすら。

傍へにて妻が**しきりに**毛糸編むわれの負担を重ぬるごとく　野上　久人

足もとの埃**しきりに**匂ひだつ今宵ふるさとは霊祭るらむ　宮　柊二

しき・る　頻る（自動四）何回も続いてくる。たび重なる。数多くなる。さかんに…する。

彼岸会のかね**しきる**なり春あさき空のくもりのや、寒くして　四賀　光子

春雪の降り**しきる**よと見てゐたる十数分の音なき世界　大野　誠夫

降り**しきる**雨の夜はやく子どもらの寝しづまれるはあはれなるかな　島木　赤彦

し・く　若く・如く・及く（自動四）及ぶ。おいつく。くらべる。匹敵する。肩を並べる。

わりきりて父を批判する子の手紙破りすつるに**しか**じ暑き日　高田　浪吉

欲しきもの今はこころのしづけさに**及く**ものもなく富士仰ぐわれは　土岐　善麿

し・く　頻く（自動四）動作がしばしば繰り返される。たび重なる。…しきる。他の動詞の連用形に付けて用いる。

春のあらし吹き**しく**今日は枇杷の枝狂ふごときを見つつ坐りたる　玉城　徹

春の雪降り**しく**路をわが歩みやがて消えなん靴跡のこす　清滝　信次

し・く　敷く・布く（自動四）一面に散らばる。一面に広がる。（他動四）平らに広げて延べる。一面に広げ設ける。

落葉**敷く**土にまみれて三人子《みたりご》の遊ぶ周りを吾は歩めり　毛利　文平

鳥海の山遠く稲田穂を**鋪**《し》**け**ばかがやく海のごとき夕映　佐藤佐太郎

し-ぐさ　仕種・仕草（名）動作。仕方。やり方。しうち。

母の写真小さく切りとり香をたく妻の**しぐさ**もさびしめるのみ　近藤　芳美

拒みがたきわが少年の愛の**しぐさ**頤に手觸り來その父のごと　森岡　貞香

顔に触るる髪かき上ぐる**しぐさ**などかつてせぬことを君にしている　高橋　則子

しく-しく　頻頻（副）しきりに。うち続いて。

身を浄くたもつよろこび**しくしく**に秋の夜ふけて匂ふ木犀　穂積　忠

しくしくに夜の風吹く　杳《はる》かより悲しみのようなものをのせ来て　宮城　謙一

明朝体は美しければ**しくしく**とながめてひと日はかどりがたし　永井　陽子

かたちなきものの傷みの**しくしく**とかたちなきまま街に雪ふる　三枝　浩樹

しぐれ

時雨（名）初冬から中頃にかけて空が急に曇ってぱらぱらと断続して降る雨。

駅前に借りける傘をいかるがの里の**時雨**にかたむけてゆく　吉野　秀雄

寒**時雨**やみたるあとをさえざえし空はがらんどうの音なき日ぐれ　前川佐美雄

しぐれ降る夜半に思へば地球とふわが棲む蒼き水球かなし　島田　修二

しげり

茂り・繁り（名）草や木の葉がいっぱいに生えた状態。しげみ。繁茂。

どくだみの梅雨の**茂り**をふみつけてベッドに帰る今日の哀しみ　柴谷武之祐

とうかえで森の繁り葉ゆらゆらに**繁り**葉を透くゆうぞらのいろ　阿木津　英

しーごと

仕事（名）しなくてはならないこと。特に、職業・業務を指す。

「ペンキぬりたて」の紙うれしそうに貼るこの世まだまだ**仕事**がありぬ　高瀬　一誌

蟬の啼く町裏行けるわれ若く**仕事**を捜す夢のなかにて　大野　誠夫

秋だ秋だと追はるるやうに外に出づやらねばならぬ**仕事**あらねど　時田　則雄

しーこん

紫紺（名）紫色を帯びた紺色。濃い紫色。

近江富士**紫紺**きはだつ夕照に佇ちつくす身の余燼燃えずや　加藤知多雄

矢車草なれの**紫紺**やこのゆふべわらべとわれのここ ろ浄かれ　坪野　哲久

つやつやと**紫紺**の羽のかがやきに流れよつばめここ過ぎてなほ　今野　寿美

あざやかに**紫紺**の花は開きたり珍しくもなく平凡でもなく　水野　昌雄

じーざい

自在（名・形動ナリ）束縛や邪魔がなく、思いのままであること。自由。

夫子無く生きる**自在**さ　卓上をまろびころがる鶏卵のよう　　道浦母都子

冬の空の雲の**自在**や地にわれは刃物をかざし枝を打ちをり　　時田　則雄

をみな古りて**自在**の感は夜のそらの藍青に手ののびて嘆《なげ》くかな　　森岡　貞香

しし

獅子（名）ライオン。からしし。

獅子の肝《かん》山羊の胆《たん》などもちたらば楽しかるらむ心《しん》は如何にせむ　　内藤　明

寒夜空ぼおつと燃えて過ぎたるは**獅子**座流星群または性愛　　小島ゆかり

しし

肉（名）にく。

ヘルクレスの**肉**の隆起もつ林檎の肩灯に恍惚《みと》れありしばしのわれが　　葛原　妙子

差し寄りて手抱けとばかり観音のゆたけき**肉**はたゆたふものを　　加藤知多雄

鳥羽《とば》の海《み》に得てし鮑《あはび》を昨夜《よべ》くひて歯なき歯**肉**《はじし》のたゆき今朝かな　　尾山篤二郎

しじ

繁（副）数の多いこと。たくさん。数多く。度重なること。しきりに。しばしば。草木のおい茂ったさま。こんもり。茂く。「繁に」とも。

東屋《あずまや》のみぎりの梅の青梅子《あをうめ》のあなみづみづし**しじ**なりにして　　伊藤左千夫

人の香の**しじ**に恋しく灯のもるる冬至当夜の窓下を行く　　野北　和義

鯉のぼりの大き眼球せまりきて**繁**に青葉となるを恐るる　　葛原　妙子

しじま

無言・静寂（名）むごん。沈黙。静かさ。ひっそりとしていること。

命ひとつおのれ守りて鳴く虫の**しじま**の底に声ひびかせる　　安田　章生

日本語の古きひびきをなつかしむわれに孤独の夜の**静寂**あり　　森脇　一夫

心臓に互《かた》みの掌をおく昏睡の**しじま**ぞ闇へ降《くだ》るべた雪　　春日井　建

しし-むら

肉叢（名）からだ。肉体。肉のかたまり。肉塊。「肉群《ししむら》」の意。

ししむらをつつめる腹の皺みたりかつて腹から憤怒

したりき　武川　忠一

肉叢《ししむら》を埋むるほどの草に寝て君はガロアの生涯を語る　栗木　京子

霜がれの野に隣して**ししむら**は星飛ぶ夜半をこごりゆくべし　小中　英之

ししむらを抜け出して風を浴びゐたり朱塗りの塔のいただきに来て　橘　夏生

ししゃ〔し-しゃ〕　死者（名）死んだ人。死人。

凍て星のひとつを食べてねむるべし**死者**よりほかに見張る者なし　前　登志夫

死者は毒をかもさん棺《ひつぎ》の中　おもむろに安置のとき過ぎしより　葛原　妙子

死者からの報告は何《なん》にもないあちらの事情さっぱりわからぬ　宮崎　信義

かがやきて声あぐる水この川のかの日の**死者**をわれは語るに　竹山　広

しずえ〔しづ-え〕　下枝（名）下の方の枝。したえだ。したえ。

上枝《ほつえ》なるは空にかがよひ**下枝**なる垂りて咲きたる山桜花　若山　牧水

夕づく日裏より花にさし徹りさくらの**下枝**むらさきにじむ　五島美代子

咲き足りて枝をあまさぬ桜木のわけて**下枝**の花のゆたけさ　菊地　知勇

しずく〔しづく〕　滴・雫（名）水のしたたり。水滴。

すがすがしアスファラカスの浅緑そそぎし水の**雫**もちつつ　藤沢　古実

せみの声**しづく**のごとくあかときのゆめを通りき覚めておもへば　高野　公彦

暗がりに柱時計の音を聴く月出る前の七つの**しづく**　河野　裕子

目薬のつめたき**雫**したたれば心に開く菖蒲《あやめ》むらさき　岡部桂一郎

しずごころ〔しづ-ごころ〕　静心（名）静かな心。落ち着いた気持ち。

物の種子《たね》土に埋《うづ》めて**静心**時を待つ子をよしと見るかも　宇都野　研

二人して作る一つの地の影をめぐりて月も**静心**なし

尾山篤二郎

しづごころいざなはむとぞ夕庭の桜二三片すこし移動す
田中　順二

しずもる〔しづも・る〕　鎮もる・静もる（自動四）静かに落ち着く。静かさが深まる。

うす曇る空に**鎮もり**て新雪の富士のみひとり光りかがよふ
大悟法利雄

陶然と咲き**しづもれる**老桜ときをりあをき馨りをまとふ
杜澤光一郎

みずうみに暗く**しづもる**帆船が北斗七星に吊り上げられぬ
伝田　幸子

しずれ〔しづれ〕　垂・雪墜（名）枝から雪が落ちること。しずり。

風のむた杉の**雪墜**は山川の青ぎる谷を越えてけむらふ
岡部　文夫

松の**しづれ**槙の**しづれ**と聴き分けて雪の夜ふけをひとり起きゐつ
木俣　修

し-せん　視線（名）物を見ている方向。目の向き。眼球と対象とを結ぶ直線。

雑踏を泳ぐ挙動のひとり追ふ白き**視線**は盗犯のもの
御供　平佶

近づきて仰ぐたぶの木ゆつたりとわれの**視線**を空にみちびく
沢口　芙美

炎天に穴掘る吾にうろんげな**視線**の寄れば死体など欲し
富小路禎子

し-ぜん　自然（名・形動ナリ）あるがままのこと。人工を加えないこと。天然。人力で左右し得ないこと。「自然《じねん》」とも。

淘汰されゆくが**自然**の零細になほ意地見せて我等生きむよ
三浦　武

春風に花坂けぶり散るさくら**自然**《じねん》のものをつくづくと踏む
浜田　陽子

こせつかずおおらかで且つ堂々と**自然**体やよし単純やよし
加藤　克巳

〈**自然**水〉買ひて巷をあゆむとき西方十万億土《じふまんおくど》赤しも
高野　公彦

しそう〔し-さう〕　思想（名）心に思い浮かんだこと。考え。想念。思考内容。ものの見方。

生むべしとふ**思想**は昏し空に向き刺さる赤金《あかがね》の蟬あまた見ゆ　米川千嘉子

思想とは生活の謂《いひ》たとふれば批判のごとき間接をせず　宮　柊二

最澄にアクアマリンの**思想**あり空海の否むところなりしが　山中智恵子

啄木を見よ書くことが唯一の**思想**を遂げてゆく例を見よ　小野寺幸男

した　（名）低いこと。しも。下部。表だたないこと。ひそか。心の奥。心中。「下び」の「び」は辺《へ》に同じ。他語の下に付ける。

陸橋の**した**を歩道にわたりゆき月のようなるよき人いずこ　阿木津　英

わが心夜も靆《たなび》けもゆる火の消ぬばかりなる**下**萌えの恋　山中智恵子

山岨にひざしをつつむ桐の花**下び**はるけく水動く見ゆ　玉城　徹

した　舌（名）べろ。動物の口中にある器官。味覚、咀嚼、嚥下、発音などの作用を営む。舌の形に似たものや弁舌のことを表す場合もある。

シャブリから鮑ふたたびシャブリへと夏あさき海に**舌**はあそべる　加藤　孝男

言ひすぎし**舌**のねばつき教室にチョークまみれのわたくしを置く　久我田鶴子

電線に積もれる雪が**舌**打ちのような音して路上に落ちぬ　中川佐和子

じ-だ　耳朶（名）耳たぶ。また、耳。

不意にわが怠惰戒む声顕ちぬ**耳朶**吹きすぎる風の中より　上田　理恵

声ひそめ子が告げに来し右の**耳朶**たんぽぽの花輪の匂ひがのこる　川口　汐子

吾が不眠慰めて娘が置きゆきしウォークマンの音**耳朶**にさやけし　及川　八郎

じ-だい　時代（名）歴史上、ある標準で区切られた、かなり長い年月・年代・移り変わる世の中。時世。

英霊の写真いずれも黄ばみたり悲しみ長き**時代**か昭和　大下　一真

重箱の隅に価値ある**時代**とぞいかなる花のなかを歩

むや　大島　史洋

男より総じて女性活きいきと行き交う遊歩道　これも**時代**か　小森　咲子

しーたく　支度・仕度（名）あらかじめはかること。準備。用意。また、身じたく。

どんぐりを一つ今年のものと置く　机上冬に向ふ**仕度**のごとき　齋藤　史

朝起の**身仕度**をする老い妻の乱せる空気寒く触れ来る　福井敬之助

したし・む　親しむ（自動四）親しくする。常に近づいて楽しむ。うち解けて仲よくする。

日帰りの小さき旅に**親しみ**ていま渡る橋の下の冬の川　扇畑　忠雄

友がみなわれよりえらく見ゆる日よ／花を買ひ来て／妻と**したしむ**　石川　啄木

テレビ買はむなど言ふ吾を空想のなき妻よりも子らは**親しむ**　川野　弘之

したためる〔したた・む〕　認む（他動下二）文章を書き記す。食事をする。整える。

うぐひすの初音ふた声ききし日よ身の清やかに文**したためむ**　後藤　俊子

したためし辞表手にして玻璃戸引き机の上をかたづけてたつ　森山　汀川

みなかみに赤き牡犢鼻褌《たふさぎ》流しけり**したため**し歌まなく消えゆかむ　前　登志夫

したた・る　滴る（自動四）水などが、しずくとなってたれて落ちる。下に垂れる。

石炭を仕別《しわ》くる装置《さうち》の長きベルト雨しげくして**滴り**流る　土屋　文明

童貞のするどき指に房もげば葡萄のみどり**したたる**ばかり　春日井　建

さへづりもなき雪原の上にして**したたる**ごとき紺の天あり　岡部　文夫

流星群夏の夜空に**したたれ**ば野盗のむれを見るごと哀し　栗木　京子

しだれる〔しーだ・る〕　し垂る・垂る・枝垂る（自動下二）長くたれさがる。

野分《のわき》立ち**枝垂れ**こぼるる白萩を眼に追ひゐたり夕昏《くら》むこころ　来嶋　靖生

縁先に雪をかむりて**しだれ**たる篠竹の幹黄色は濃けれ　　阿部　晃

枝垂れ咲けり暗緑色の浪まろぶ海の岸なる老樹《おいき》の椿　　若山　牧水

しっ‐こく　漆黒（名）漆をぬったように真っ黒でつやのあること。その色。

血縁の葛藤苦しく渦巻ける風あり**漆黒**つややけき夜を　　福島　泰樹

創口《きずぐち》の疼きに耐へて坐すベッド深夜**漆黒**の時間と言はむ　　高嶋　健一

漆黒の鴉の群れに喰われたや。雪近ければ欲るなにもなく　　穂積　生萩

じっぽう〔じつ‐ぱう〕　十方（名）東西南北の四方と四隅と上下、あらゆる所。あらゆる方角。

十方に霧はこめつつ水無月の水量《みづかさ》おもし紫陽花のはな　　浜田　陽子

十方に枝を張りたる樫の木にある人格をしのび近づく　　島田　修二

十方世界春日あまねく照りわたり白木蓮の花ひらきけり　　米田　雄郎

じ‐てん‐しゃ　自転車（名）乗る人が自分でペダルを踏み車輪を回転させて走る二輪車。

醫師は安樂死を語れども逆行の**自轉車**屋の宙吊りの**自轉車**　　塚本　邦雄

自転車が**自転車**を背負い立つごとく燦燦と炎天のしろがね　　梅内美華子

遠ざかる夜《よる》の**自転車**重き荷は星に降ろして行きたまへかし　　岡井　隆

しと　尿（名）小便。小水。いばり。ゆばり。ばり。

支え持つ溲瓶に落つる父の**尿**途絶えがちなり真夜のしじまに　　橋本　正芳

蟬**尿**を散らしとびたり旱天に今日一日もさだまれるとき　　大脇　月甫

しと‐ど　（副）ひどく濡れるさま。ぐっしょり。はなはだしく。勢い強く。

しとどなる露の朝々なほ堪へしダチュラは萎《な》えぬ霜至る時　　柴生田　稔

しとどなる雨を吸ひたる紅あしび仄かにふくれ春となりたり　稲葉　京子

今日われは妻を解かれて長月の青**しとど**なる芝草の上　道浦母都子

しどろ

（副・形動ナリ）秩序が保たれていない様子。しまりなく乱れるさま。

草花の**しどろに**瓶にあふるるを見てをりたゆき夕かげのなか　成瀬　有

ぎばうしゆの**しどろなり**しをただに恋ふ君の言葉はすべて忘れて　小暮　政次

こころいたらぬあなたの妻はあなた病めば**しどろしどろに**見てゐし月ぞ　山田　あき

夢前川《ゆめさき》の夢**しどろなる**数ヶ月思ふなどして水逝くを見つ　田谷　鋭

しな-の

信濃（名）長野県の旧国名。信州。東山道八国の一つで、高い山岳や湖沼が多く、美しい風光は古より詩歌に詠まれている。

雪しろき一嶺《ひとね》となりて厳《いか》しかも国原かこむ**信濃**山なみ　窪田　空穂

信濃路はいつ春にならん夕づく日入りてしまらく黄なる空のいろ　島木　赤彦

みこもかる**信濃**《しなの》の空に渇きたるオルガンが鳴るいかに嘆かむ　江田　浩司

永かりし時が裁きゐむ人妻となりてわが聴く**信濃**の吹雪　深井美奈子

しの・ぐ

凌ぐ（他動四）がまんして切り抜ける。堪え忍ぶ。乗り越える。押し伏せる。

寒椿われにも点る紅ありて八十のよわいを**しのが**んとする　山田　あき

吾子よくくるしからめど力出しこのいたつきを**しのぎ**てくれよ　木下　利玄

水凍り土凍りつつ**凌ぐ**べし小寒の日々大寒の日々　野北　和義

しののめ

東雲（名）明けがた。あかつき。東の空かわずかに白むころ。

西山に満月はありて**しののめ**の空までの距離風吹きており　浜田　陽子

しののめの金色光のさし入れる廊下に出でてこの身染りぬ　初井しづ枝

しののめの光移ろふ刻《とき》の間も青葉はあはれそよぎを

とどめず　　鐸木　孝

しの・ぶ　偲ぶ・慕ぶ（他動四）ひそかに思う。なつかしく思い出す。恋い慕う。

耐ふるのみの遠き代の民**しのび**をり騾馬に磚つみて築きし長城　　扇畑　利枝

荒残の父のこころの荒寥を形見の眼鏡かけて**偲ぶ**も　　杜澤光一郎

咲くを告げなむ須賀川の君は今年亡く**偲ぶ**よすがとなりたる牡丹　　吉田　正俊

しば-し　暫し（副）しばらく。少しの間。ちょっとの間。「しばしだに」は僅かの間でさえ。「しまし」とも。

重量を増して一気に落ちむとし入り日は**しばし**赤くくるめく　　大西　民子

剪定《せんてい》の鋏《はさみ》うごかすてのひらに大寒の日が**しばし**あそべり　　宮岡　昇

西窓を夕べ鎖《さ》す時音立つるこの**しばしだに**冬に入りゆく　　植木　正三

雪晴れの朝の光が今際なる患者の部屋を**しばし**明るます　　山領　豊

しば-しば　屢（副）たびたび。何度も。しきりに。何回となく。

しばしばもわが目愉《たの》しむ白昼の天に瑕瑾《かきん》のごとき半月　　安永　蕗子

冬の噴水**しばしば**折れて遠景の砲丸投げの男あらわる　　佐佐木幸綱

黒一色のをみなと並ぶ**しばしば**もその耀ひにをののきにつつ　　高嶋　健一

しば-たた・く　屢叩く・瞬く（他動四）しきりにまたたきをする。

しばしばもかすむまなこを**瞬き**物読みをれば鴬の啼く　　畑　和子

長き睫《まつげ》**しばたたく**とき美しきものこぼれたり涙とぞいう　　岡部桂一郎

しばたたく牛の眼を見つ労役のしとどなる汗目に垂りてをり　　宮　柊二

し-び　鴟尾・鵄尾（名）寺などの棟の両端に取りつける飾り物。しやちほこの類。くつがた。

からでらの**鴟尾**にさす日は六月のしめりこまかに顫へつつあり　　坪野　哲久

唐招提寺の**鴟尾**の真上の空裂きて梅雨稲妻はす走りにけり　　中山　礼治

正倉院より出で来て早朝の東大寺金色の**しび**は光りかがやく　　中野　菊夫

しぶき

繁吹き・飛沫（名）はげしく飛び散るこまかい水気。飛沫《ひまつ》。とばしり。

渦まける淀みにすらも岩うちて雪解の**しぶき**の水鳴《みな》りたつなり　　生方たつゑ

池に泳ぐ鴨見てあれば噴水の**しぶき**の落つる範囲にゆかず　　野村　清

浪のごといのちの**しぶき**あげながらおのれをさらしわれも詠はむ　　杜澤光一郎

しべ

蕊・蘂（名）おしべとめしべの総称。花しん。

季節逝く数かぎりなき桜**蕊**さびの如くに池に泛きつつ　　杜澤光一郎

愛に酔ふ雌**蘂**雄**蘂**を取りかこむうばらの花をつつむ昼の日　　木下　利玄

踏みかけて南瓜の花の中のぞくお菓子のやうな雄**蕊**と雌**蕊**　　椎木　英輔

しま

島（名）四方を水で囲まれた比較的狭い陸地。また河や湖の中にある狭い陸地。地域、界隈。頼りになる物事。よすが。島台。

幻影と果てし鰊かおろろんと啼く鳥棲みて**島**を生かしむ　　千代　國一

両手両足のばして仰向きに眠るわれに子どもははるかなる**島**　　駒田　晶子

潮風に髪遊ばせて巡りゆく航路の、あれが初めての**島**　　石川　美南

しま

林泉（名）庭の泉水の中の築山《つきやま》。池・築山のある庭園。白秋の歌の「たをり」は低くたわんでいる所、「撓り」。たわ。

石多き**林泉**のたをりにつく鴨の寄り寄りにさびしおのがじしをる　　北原　白秋

いまのさき時雨のすぎし**林泉**にして沙より石の寒寒と見ゆ　　岡部　文夫

林泉の樹樹の名呼びてわれらあり動き見えねば時の感じ淡し　　吉野　鉦二

しーま・く

風巻く（自動四）風などが激しく吹きまくる。

吹き**しまく**砂塵にまなこ閉ぢをればめくれてしまふ野原一枚　大西　民子

天地に**しまけ**る雪かあはれかもははのほそ息絶えだえつづく　坪野　哲久

しま-し

暫し（副）少しの間。しばし。しばらく。

わが児よ父がうまれしこの国の海のひかりを**しまし**立ち見よ　古泉　千樫

花店に**しまし**はしるき花の香に濡れたる如く処女子は立つ　河野　愛子

しまし我は目をつむりなむ真日おちて鴉ねむりにゆくこゑきこゆ　斎藤　茂吉

しま・る

締まる・緊まる（自動四）堅く張りつめる。心が緊張する。きっちり締められる。

手紙書かむ気はひき**緊り**張るものか金にかかはることはさびしゑ　吉野　秀雄

ゆく秋の川びんびんと冷え**緊まる**夕岸を行き鎮《しず》めがたきぞ　佐佐木幸綱

燈のもとに酒槽《さかぶね》の**しまる**音のして石を懸けたる男木《をとこぎ》ふるふ　中村　憲吉

しみ

凍み（名）動詞「しむ」の名詞形。寒さでこおること。下に複合する場合「じみ」となる。

石のくま短日にして**凍み**早し小楢の黄葉かきあつめ焚く　北原　白秋

凍みつよき峡に育ちし母の血が冬に入る日の吾を引緊む　富小路禎子

嶮しさのきはまる街の雪解泥夕**凍み**ふかきふみてなげかふ　臼井　大翼

しみ-じみ

染み染み・沁み沁み（副）深く心にしみて。しんみり。つくづく。

桜《さくら》葉《ば》の落ちてあかるき窓の辺にけふ**しみじみ**と秋の日のさす　松村　英一

しみじみとわれは見ている鶏が首さしのべて蚯蚓を呑みつ　石田比呂志

しみじみと牛の鳴き声一枚の闇をめくれば朝は来て居て　佐佐木幸綱

しみず〔し-みづ〕

清水（名）湧きでる清らかな水。清く澄んだ水。泉。

こともなく岩**清水**湧きひかるさへ苦しみありてうたふわが日日　前　登志夫

この国生《こふ》の窪に**清水**の湧きいでてつくる山葵はおほからねども　岡　麓

この里の昔知る人立ち寄りて今も旨しやと山**清水**飲む　窪田　空穂

しみーに

（副）繁《しげ》く満ちて。いっぱい。または、しきりに。ひまなく。

乾鮭《カラザケ》のさがり　**しみみに**暗き軒　銭よみわたし、大みそかなる　釈　迢空

遠代《とほよ》より照れる光か**しみみ**にも椎の木に差すその静けさよ　山下　清

しみみにも焦《こが》るる一つ猶ありぬ六十路わが射る火箭は翔べかし　清水ちとせ

しみらーに

（副）ひまなく連続して。一日じゅう。終日。ひねもす。

山の辺の母の村なる藪椿照る日**しみらに**咲きつつぞゐる　清原　令子

終《しみ》**らに**は佇たね野を得しあくがれに視野はりつめて白き鳥あり　石本　隆一

しむ

（助動）人に…させる。…させてくれる。使役の意をあらわす。また、尊敬・謙譲の意をあらわす。

はらはらと蓮華の花を咲か**しめ**て昼深き二上山《ふたかみやま》の麓田　田中　順二

華やぎの花に似て桜もみぢ散るのどかに老をあら**しめ**たまへ　上田三四二

大山《だいせん》にはや初雪が来しといふゆふべの風呂に柚子を入れ**しむ**　苦木　虎雄

而してかなしみのとなりに置か**しめよ**　夏されば夏のくさを摘むべし　藤元　靖子

しめり

湿り（名）しめりを帯びること。湿気。水分を含んでうるおうこと。

梅雨時の執念《しふね》き**湿り**しづみ居る厨の隅の生姜のにほひ　木下　利玄

窓の辺の簾を巻けば冷々し夕べの風は**しめり**もちたる　池田　毅

抱《いだ》くとき髪に**湿り**ののこりいて美しかりし野の雨を言う　岡井　隆

しも

霜（名）冬、天気がよいと夜間の放熱が甚しく急に氷点下に気温が下がり、地表などに触れた水蒸気が凝結する、その白色の細氷。

つくづくとあかつきに踏む道の**霜**きぞの夜深く降りにけるかな　斎藤　茂吉

靴の跡ふかく窪める砂の上に今朝白々と**霜**の降りたる　千代　國一

ひとときに**霜**葉をおとす木をみれば来《きた》りし冬のまのあたりなり　太田　水穂

しーも

（助）上の語を指示して強調し、語調をととのえる。

ここを**しも**終の棲家とさだめつつさびしかりけむ雨の降る日は　橋田　東聲

心売るやつがれと**しも**お思ひかそこもと様も消えて無くなれ　小野興二郎

しもーつき

霜月（名）陰暦十一月。霜がおりるので霜降月といったのが略された。

みちのべの冬枯蓬しをれ葉のままにたもちて**霜月**に入る　熊谷　武雄

散るバラにとなりて石蕗《つは》の花めだつ**霜月**冬へ日日まなこ研ぐ　河合　恒治

霜月のなかば君逝き急速に襲ひきたれる冬に対峙す　高嶋　健一

じーもの

（接尾）名詞に添えて、…というもの。…のようなもの。の意をあらわす。

鳥**じもの**ここだく啼けどひるも夜もものものしづけき大き夏山　中村　憲吉

鴨**じもの**二つ相伴れ遊べれば光りたる波の来りてゆする　吉植　庄亮

しーや

視野（名）ある瞬間に目の網膜にうつって見える範囲。眼界。視力のとどく範囲。視界。

寝れば眼に入《い》る天井の隅の隅裸婦型木目**視野**に浮び来　岩田　正

耳に満たし来れるショパン**視野**広き曠野をわけてゆきつつゆたか　頴田島一二郎

はるか遠くを見つめる夏の眼の**視野**を截《き》る突然にある思想の死　佐佐木幸綱

しゃくーやく

芍薬（名）きんぽうげ科の多年草。牡丹に似て五月頃に紅・白などの大型の花を開く。三月頃細い芽が竹の子のように生える。

霜おほひ藁とりすつる**芍薬**の芽の紅《くれなゐ》に春雨の降る　正岡　子規

たわみなく立ちたる茎のいただきに**芍薬**の花咲き据

り見ゆ　三ヶ島葭子

しゃしん〔しや－しん〕 写真（名）写実、写生。写真機で捉えた画像やフイルム、紙などに焼き付け印刷したもの。現在ではデジタル処理し液晶画面などに映し出すこともできる。

きみと並び写りいる**写真**の後方に物売る老婆も写りておりぬ　浜田　康敬

君に**写真**撮られゐるとき頭には雪載せてゐるごとくすまして　大口　玲子

友人らを撮りし**写真**を整理して一冊の昆虫図鑑をつくる　松平　修文

しゅうう〔しう－う〕 驟雨（名）にわか雨。夕立。雷雨。

驟雨来て軒に駈け込み雨を見る二人三人、四人、六人　岡部桂一郎

君逝くと聞きて眠りも得ぬ夜を冬の**驟雨**の家棟とよもす　田谷　鋭

寺庭の山をつつみてしぶきつつ春の**驟雨**のかがやきて降る　滝口　英子

しゅう－えん 終焉（名）死に臨む時。死にぎわ。今際《いまわ》。最後。臨終。また、身の落ち着くこと。隠居して晩年を送ること。

終焉をいそぐものらのかがやきぞ灯をめぐる羽蟻に胸のさやげり　木俣　修

終焉の見ゆるが如き悲しみをあかつき闇に覚めつつぞ知る　吉野　鉦二

青あらし香《にほ》ふ果樹園手に得たりわが**終焉**の土とまもらむ　佐藤　汀花

じゅうごや〔じふ－ご－や〕 十五夜（名）陰暦八月十五日の夜。仲秋《ちゅうしゅう》。

すすきなど剪りて供へし**十五夜**の月赤かりき少年の眼に　大野　誠夫

海沿ひの五浦の町の夕付きぬ**十五夜**お月さんのうた流れつつ　田口はじめ

のどぶとに汽笛ひびかせ海峡をすぐる船あり**十五夜**の月　広部　政代

天づたふ**十五夜**明《あか》く水の辺に終夜に燃えてねむらぬさくら　上田三四二

しゅうせん〔しうせん〕　鞦韆・秋千（名）ぶらんこ、ゆさわり、ふらここ。二本の綱または鎖などで吊った横板に乗り前後に揺らし動かし遊ぶ道具。

鞦韆《しうせん》に揺れをり今宵少年のなににめざめし重たきからだ　塚本　邦雄

鞦韆の四つさがれば待ちうけてゐるごとき地のくぼみも四つ　今野　寿美

鞦韆に天《あめ》の錘のごと揺るる小肉塊を子供といえり　阿木津　英

しゅうてん〔しうてん〕　秋天（名）秋の空。澄み渡った秋空。

秋天瑠璃の空せばまりてたちまちに霧寄せて来ぬ越後境より　齋藤　史

ざわざわとゐし斑猫の失せてより**秋天**二十日晴れきはまれる　石川不二子

予後の身を倚するに繊きコスモスに再びを会う**秋天**ふかし　桑原　蓑示

しゅうぶん〔しうぶん〕　秋分（名）二十四節気の一。昼夜の時間が等しく毎年九月二十二・三日ごろ。秋の彼岸の中日を秋分の日という。

秋分の日の電車にて床《ゆか》にさす光もともに運ばれて行く　佐藤佐太郎

秋分に今年はじめての蛇を見ぬ黄の薔薇ひらく下《もと》にしゅるんと　佐佐木幸綱

橋として身をなげだしているものへ**秋分**の日の雲の影過ぐ　渡辺　松男

蜻蛉《せいれい》は沈黙の使者　**秋分**の日の庭に来て翅《はね》かがやかす　武田　弘之

じゅうやく〔じふやく〕　十薬（名）ドクダミの別称。

咲くほどにさみしさを増す**十薬**の白さ愛でれども抜かねばならず　田中　徹尾

しゅーか　首夏（名）夏のはじめ。初夏。はつなつ。

ガレージの軒に燕の巣《すく》ひたる**首夏**の一些事わが胸を去らず　宮　柊二

首夏はやく送られて来し夏柑の幾日かわれを清くあらしむ　江口　百代

しゅ-でい　朱泥（名）赤褐色の泥。暗朱色。

酸化鉄ふくむ**朱泥**を踏みゆくとき茫々として金山《かなやま》の過去　木俣　修

いささかの**朱泥**の葉をばとどめたる木の枝うごく夕月夜かな　与謝野晶子

しゅ-ゆ　須臾（副）暫時。わずかな間。しばし。少しの間。また、ゆるやかにするさま。

春の日の**須臾**に闌《た》くれば鉢の牡丹二日かかりておもく開きぬ　中村　憲吉

須臾にして鈴谷平原を快走す雲も風も山も草も樺太《からふと》　土岐　善麿

しゅ-ら　修羅（名）阿修羅の略。猜疑・嫉妬・執着心が強く闘いを好む鬼。また、修羅場。

生きゆくはみな**修羅**ながら　鬣《たてがみ》の金《きん》色にかがやくものの羨《とも》しさ　齋藤　史

終戦のはざまの生死視《み》し僚《とも》ら老いて集へど**修羅**は語らず　畑上　行男

吹く風にさからひ咲ける八重桜**修羅**なすときにめぐりあひたり　松坂　弘

しゅんちゅう〔しゅん-ちう〕　春昼（名）春の昼。のんびりと明るく、身体も何となくものうく、うとうとと眠りを誘われる。

春昼のひかりあつめて神の石すわれり村の幼なの声す　林　安一

春昼は大き盃　かたむきてわれひと共に流れいづるを　水原　紫苑

しゅん-でい　春泥（名）春を迎え雪解けや霜解けなどでできたぬかるみ。春の泥濘《でいねい》。

感情のなかゆくごとき危ふさの**春泥**ふかきところを歩む　上田三四二

歌小路までの**春泥**十八のわれのはきたる朴歯《ほほば》おもほゆ　岡井　隆

しゅん-ぶん　春分（名）毎年三月二十一・二日頃。春の彼岸の中日が春分の日。

春分の日差ぬくとくわがひとり街に出できて影をおとせり　中村　純一

春分の日のビル守りゐて黄昏るる表を緩くよぎるバス見ぬ　柴田　俊男

木琴の音ひびかせて**春分**の路地きらきらし木の芽のひかり　坪野　哲久

しゅん-らん

春蘭（名）らん科の常緑多年草。山林に自生し、早春に葉の間から淡黄緑色の風雅な香のよい花を開く。

根を包む落葉をかけば**春蘭**の蕾つのぐみ土をいでたり　土屋　文明

あたたかき小楢林《こならばやし》にかがまりて掘る**春蘭**は人にわかたむ　藤沢　古実

春蘭の鉢を窓べに運びゆきてそのままゐるよわれも日向に　潮　みどり

しょ

暑（名）夏のあつい時節。暑さ。暑気。炎暑。極暑。劫暑。小暑は七月七日ころ。大暑は七月二十三日ごろ。

白き猫の早き成熟憎みつつどくだみ臭ふ**暑**に倦みてをり　真鍋美恵子

小暑大暑種子の充ちたるひまはりの円盤反りて面の暗む　御供　平佶

新聞紙**炎暑**の溝に浸りつつ遠き或ひは近き動乱　谷井美恵子

しょうがつ〔しやう-ぐわつ〕

正月（名）一年の初めの月。一月。睦月《むつき》。

お**正月**はどこから来るのと吾子の問ふ野越え山越え電車に乗りて　都筑　省吾

生きてゐる青か死にゐる青なるか**正月**の村の空ぞしづけき　伊藤　一彦

吹く風もなくあたたかき**正月**の二日の空をみあげつつゐぬ　石黒　清介

妻と子のゐぬ**正月**のやすけさの三日へてこころ荒れゆくあはれ　上田三四二

じょうげん〔じやう-げん〕

上弦（名）新月から満月に至る間の中間頃の月。月の右半分が見え、入りの際半月の弦が上向きとなる。

上弦の月熟れたればもののいのち春の種子らを明日蒔かんとす　山田　あき

夕焼の赫々映ゆる西空に**上弦**の月の利鎌光れり　藤森槙太郎

思ひ出でよ夏**上弦**の月の光病みあとの汝をかにかく

つれて　土屋　文明

しょうじょ〔せう‐じょ〕 少女（名）思春期前後の女子。成人に至らない女性。青年という言葉が多く男性に用いられるため、青年期の女性を大方含んでの呼称。おとめ。むすめ。

死の後の如くあかるき秋の日のしづ心なく空とぶ**少女**　大塚　寅彦

夏川に木皿しずめて洗いいし**少女**はすでにわが内に棲む　寺山　修司

グランドの遠景ながら少年と**少女**の肌のひかり異なる　小野　茂樹

しょうねん〔せう‐ねん〕 少年（名）学童期から十八歳ぐらいの男子。年の若い時。

少年は**少年**と眠るうす青き水仙の葉のごとくならびて　葛原　妙子

犬歯まだ鋭くあれなわがなかの夏至屈葬の**少年**を呼ぶ　森島　章人

掌《て》のとどくはるかな距離に黒曜の髪の澄みつつ**少年**のあり　大塚　寅彦

しょうぶ〔しやう‐ぶ〕 菖蒲（名）さといも科の多年草。沼地水辺に群生し、葉は長剣状でなめらかな緑色をし、根茎とともに芳香をもつ。初夏、淡黄色の小花を開く端午の節句に軒にかけ、菖蒲湯をたてる。

一株の**菖蒲**のこして田の畦の泥塗りたるは父にかもあらむ　半田　良平

菖蒲田に渡す板橋渡りつつわが顔まぶし照れる花群　窪田　空穂

菖蒲湯を思ひたちたりささやかに自ら祝ふといふことのあり　島田　修二

しょく 蝕（名）天体が他の天体にさえぎられて見えなくなること。蝕尽《しょくじん》。月蝕。日蝕。

悲しみの姿勢のままにわがみたる**蝕**尽の月銅色の影　山中智恵子

平成元年師走二日の青空に金星**蝕**をあはや見ざりき　野村　清

望遠鏡に辛く捉へし**蝕**の日はたちまちにして移りゆきたり　植松　寿樹

しょく-じ　食餌（名）たべもの。食物。

わが**食餌**のこと案じゐる汝が後姿若葉明りの昏れがたくして　木俣　修

じょや〔ぢよ-や〕　除夜（名）大晦日の夜。年の夜。掃納《はきおさ》めて年越しそばを食し、除夜の鐘を聞いて新年を迎える。

ひとまづは諸事終りぬと**除夜**の鐘つくならはしのあはれなりけり　筏井　嘉一

港より**除夜**告ぐる汽笛鳴りわたりなべては過去に埋もりてゆく　水野　歌子

しら　白（語素）白いこと。特別の色が付いていないこと。生地のままなこと。染めたり塗ったり、味をつけたりしないこと。酒に酔っていない、ふだんのままのこと。複合して用いる。

川上にあしたのぼれるかりがねは**白**雲の辺に沿いつつ行きぬ　佐佐木幸綱

水脈《みを》ひきて走る**白**帆や今のいまわが肉体を陽がすべりゐる　春日井　建

みづからの命ひとつを遇すべく**白**露おきたる浅野をあゆむ　安永　蕗子

うつそみは過ぎゆけるともしづかなる朴の**白**花しづかに匂ふ　雨宮　雅子

しら-かば　白樺（名）かばのき科の落葉高木。高山の日当りよい土地に自生。外皮は白色、内側は薄茶色で紙のようにはげる。早春、薄黄色の花を開く。しらかんば。

七月の谷の**白樺**しなやかに小枝もろとも葉のそよぎ出づ　窪田章一郎

白樺の一本の幹あくまでも白ければ自然の意《こころ》知りたし　田谷　鋭

しらける〔しら・く〕　白く（自動下二）色が白くなる。色がさめる。興ざめる。気まずくなる。

伸びたてる草生の中に**白け**つつ飛ばんとすなりたんぽぽの実は　尾上　柴舟

政治の事になれば**白け**て行く思い高き肩並め夜ふけを帰る　近藤　芳美

しら-しら　白白（副）はっきり。あからさま。「しらじら」とも。夜が明けてゆくさま。

しらしらと光る小石に紛れたりコチドリは声もなく
降りて来て　真鍋　正男
しらしらと氷かがやき／千鳥なく／釧路の海の冬の
月かな　石川　啄木
格子より透ける道路の夕あかり雨**しらじら**とほとば
しる見ゆ　中村　憲吉
しらしらとテールランプが燃えている夢なり夢の未
展開部分　大塚　善子

しら-ず

知らず（連）見当をつけることができな
い。わからない。知らない。

眼前に迫りし九十幾つまで生きるか**知らず知らず**と
もよし　松村　英一
奇型の牛豚鶏《にはとり》も目には見き去年の恐怖のその後**知
らず**　窪田章一郎

しら-たま

白玉（名）白色の玉。白玉の（枕）白
玉のように美しく大切な意で、わが子。

白玉の卵も暗みゆくならん日の暮れゆくを恐るるわ
れは　真鍋美恵子
白玉のこぶしの花よこの花に埋むべかりき妻の柩は
江口　渙
海苔もておほふ**しらたま**の飯《いひ》明日さへや残生の何う
るはしからむ　塚本　邦雄

しら-に

知らに（連）知らないで。知らないので。

揚子江を汽船《ふね》にてわたる濁りみづ行方《ゆくへ》も**知らに**ゆた
にたゆたふ　前川佐美雄
ゆゑ**しらに**ふさぐこころをもてあます夜《よる》のひととき
沈丁にほふ　木俣　修

しらぬい〔しらぬ-ひ〕

不知火（名）熊本県の八代《やつしろ》湾で夏の夜に無数に見
える火影。白縫（枕）筑紫《つくし》にかかる。

不知火の海原渡る黒鳳蝶われの小舟に暫し休らへ
佐藤　義雄
しらぬひ筑紫の海を圧《お》しわたり朝雲は遠し阿蘇のあ
たりに　大岡　博
不知火の海の微風を享けしかば四肢たちまちに蒼ざ
めにけり　塘　健

しらはえ〔しら-はへ〕

白南風（名）梅雨の晴れ
る頃吹く南風。

白南風のすぎたる青空やはらかき紐をいくすじ結べ

るつばめ　玉井　清弘

あらかたは袋かけ終えし枇杷山に沖より今日も**白南風**の吹く　木佐貫慶蔵

しりえ〔しりーへ〕

後方（名）うしろの方。うしろ。

左肢**しりへ**に伸ばしながながとのびせる蛙つとよろめきぬ　大岡　博

さまざまに言ふともかの日いくさ敗れ延命の徒の**後方**にありき　島田　修二

し・る

知る（他動四）感づく。さとる。認める。見分ける。理解する。交わり親しむ。

六十五歳定年といふ誕生日これから**知ら**ぬ自分に逢へる　藤岡　武雄

きつねの眉刷毛という草花はたれ**知る**らむや**知る**甲斐なけど　小池　光

人間の愚かをも**知る**上にして地に平和あれ吾ら生き合う　近藤　芳美

何を待つ誰待つ時を待つとても心足る日のなしと**知る知る**　柳原　白蓮

しるし

印・標・徴（名）目印。証拠。きざし。前兆。験（名）ききめ。甲斐。効果。

迎へ火に来ますみ祖よ目**印**の角の八百屋も地上げされたり　川合千鶴子

メモを書く時間あらずば戻りくる**証**《しるし》に金のダンヒルを置く　篠　弘

貧しさも汚なさも旧き街並もしづかに興る**徴**《しるし》なるべし　岡井　隆

しる・し

著し（形ク）いちじるしい。際立っている。はっきりしている。

通夜の家出づれば**しるく**潮にほひなまぐさきわが現身つつむ　富小路禎子

はぜの葉のもみぢは**しるし**門《かど》の外《と》の敷石みちにけさも散りをり　土田　耕平

むらさきの日傘の色の匂ふゆゑ遠くより来る君の**しるし**も　川田　順

大連船籍《だいれんせんせき》の船名《せんめい》みれば撫順炭《ぶじゅんたん》積みて来《きた》りし事も**しるし**も　土屋　文明

しるーべ

導べ・標（名）道案内。手引き。

し

たづねむと来は来つれども焼野原**しるべ**の家のあとかたもなし　岡野直七郎

左京道右寂光院の**標**ありすなはち右に坂登りゆく　野村　清

道の辺の**しるべ**といへどきらきらと見つめられたる石動くべし　小野興二郎

しれる〔し・る〕

知る（自動下二）自然にわかる。人が知るようになる。広く人が知っている。

川岸の草に潜める軽鴨ややややに動けばそれと**知れ**っつ　扇畑　忠雄

しれる〔し・る〕

痴る（自動下二）すっかり心を奪われる。魂が抜けたようになる。頭がぼける。ばかになる。「酔いしれる」など複合して用いる。

酔ひ**しれ**て足はかどらぬ夕ぐれの河原の石は円石ばかり　長谷川銀作

老い**しれ**てただ目ばたきをして過す我とはなりぬ有るか無きかに　窪田　空穂

しろ

代（名）耕して稲を植える土地。苗代田。田地。

ほととぎす啼けば峡田《かひだ》の**代**を掻く吾がなりはひの楽しかりけり　桜井　彦夫

苗**代**に播くと握りし種籾に蒸気催芽のぬくみ残れる　佐藤　省三

しろ

代・料（名）ある用をするもの。材料。かわり。代用。代金。

朝朝の／うがひの**料**の水薬の／壜がつめたき秋となりにけり　石川　啄木

栗のいが焚火の**料**になすといふ薄くひろげて土間に干したり　井上　郷治

しろ

白（名）雪のような色。日の光を一様に反射し明るく感じられる色。白し（形ク）白い。

白鳥の魂ありし黄みづからの**白**のふかさに朴わらふかも　米川千嘉子

まっ**白**な封筒を切る一瞬のゆらぎまぶしく朝を眠らむ　藤元　靖子

芯とめて期待せし花**白かり**き朝顔に白を我は求めず　四賀　光子

白き坂のぼりつつおもう尾はことに太きがよろし人もけものも　佐佐木幸綱

しろ-がね

銀・白金（名）ぎん。しろがねいろの略。銀色。銀のように光る白色。

かなしみの量《かさ》も加えて咲くさくら花のめぐりの**しろがね**の息　浜田　陽子

唸りつつ冬将軍が持てきたる**しろがね**の大トライアングル　永井　陽子

春の陽の蒲公英の穂絮に集まれば風がつくれるひかりの**しろがね**　市野千鶴子

山嶺は暮れつつ浮かぶ　**しろがね**の繭眠るらむ冬空の中　櫟原　聰

しろたえ〔しろ-たへ〕

白妙（名）美しく白い色い色。白妙の（枕）雲・雪にかかる。白拷の（枕）ころも・袖・ひも・帯にかかる。

咲き満つる一樹《いちじゅ》の梅の**白妙**に匂ふばかりのよろこびありぬ　安田　章生

大雪のなかの**しろたへ**雷鳥をしばし想ひて眠りに入らむ　春日井　建

天空に崖のごとなだれ崩れゆく荒**白妙の**雲のかがやき　成瀬　有

しわす〔し-はす〕

師走（名）陰暦十二月の異称。極月《ごくげつ》。しはす。太陽暦の十二月も指す。

綿菓子のはかなき嵩をあきなうや**師走**の空の無限に碧し　馬場あき子

恋人にプレゼント買う女A演じておりぬ**師走**の街に　俵　万智

師走の風黄色かりけり繰りかえしくりかえし思う。人のそしりを　穂積　生萩

しわぶく〔しはぶ・く〕

咳く（自動四）せきをする。せきばらいする。「しはぶき」は名詞。

霧の渦の湖面に落す影寒し渚に立ちて**しはぶく**人あり　橋本　敏夫

病める子が二階にありてしばしばも**しはぶく**夜半に独りさめ居り　半田　良平

黒ぐろと倉庫《くら》のあはひの隠り船**しはぶき**一つ寒けかりけれ　中村　憲吉

じん　尽（名）月の末日。月末。みそか。尽日。

三十年の結婚解消せむといふ電話夜半受くわが睦月**尽**　高嶋　健一

家居して筒鳥のこゑ遠しもよ四月**尽**日午後とのぐもり　吉野　秀雄

家出でて歌つくらんと図りゐし二月**尽**日雨すさび降る　田谷　鋭

しん-げつ　新月（名）陰暦の三日（前後）の細い月。みかづき。東の空に輝き出した月。

迫りくる夕闇またず**新月**のいといと淡くかかりくる空　長沢　美津

新月は残映に浸りゐたりけり火の匂ふ大地昏れなんとして　尾崎左永子

暮れてゆく地上に車体累々と押し黙る空に**新月**光る　赤司喜美子

しん-じつ　真実（名・形動タリ）うそや飾りのないこと。本当のこと。まこと。（副）ほんとうに。まったく。

天高く広大無辺の現世にただのひとつのわれの**真実**

若きより歌はつくりつ　いまきびしく詩と**眞実**の身を惜しむなり　加藤　克巳

自動エレベーターのボタン押す手がふと迷ふ**真実**ゆきたき階などあらず　土岐　善麿

職持たぬこの身**しんじつ**用なくて昼の沢庵を噛み切りており　富小路禎子

しん-しん　深深・沈沈（形動タリ）夜のふけゆくさま。しんみり、しみじみとしたさま。静まりかえったさま。寒さの身にしみるさま。

この夜年とらんと思う**しんしんと**八十八夜闇深き風　馬場あき子

しんしんとこの一都市をおしつつみけふ穹窿《きゆうりゆう》は雪のみなもと　杜澤光一郎

死に近き母に添寝の**しんしんと**遠田のかはづ天に聞ゆる　斎藤　茂吉

それでも僕は未来が好きさ**しんしんと**雪降るゆふぐれの時計店　山田　航

じんちょうげ〔ぢん-ちやう-げ〕　沈丁花（名）生垣や庭先に

植えられる常緑潅木。早春、内が白く外が赤紫色の香気の強い小花が群がり咲く。「沈丁」とも。

沈丁の薄らあかりにたよりなく歯の痛むこそかなしかりけれ　北原　白秋

風の香《か》を君は問いけり「**沈丁**」と短く答え言葉をさがす　大橋恵美子

す

す　素（接頭）そのままで飾らず、何も付けないさま。純粋であるさま。

秋のみづ**素**甕《がめ》にあふれさいはひは孤《ひと》りのわれにきざすかなしも　坪野　哲久

沓《くつ》とれば、**す**あしにふる、砂原の　しめりうれしみ、草ぬきてをり　釈　迢空

荒山の冬木の谷にみだれ入る雪を**素**黒きものとみてゐし　太田　水穂

す　州・洲（名）水底の土砂が積もって、河川・湖・海の水面上に表われた所。なかす。砂洲《さす》。

洲の上にあがれる鴨ら枯芦を胸分けざまに匍ひもとほろふ　山口　茂吉

水漬雪《みづきゆき》浮き**洲**のごとく漂ひて羽根を休むる海猫の群れ　稲田　春英

す　巣（名）鳥・けもの・虫などの、すみか。

花冷えや鳩の夫婦がしかけたる**巣**をはらへとぞ夫に命ず　今野　寿美

こども新聞のけさの記事にて燕あまた放射能に死に**巣**に帰らずと　増村　王子

す（助動）…させる。動作・作用を他のものにさせる意。

彼岸日和《びより》万年橋の欄干に子をつかまらせゆく船を見**す**　筏井　嘉一

運動会の絵をかか**する**にただ赤く紙塗りし子よ心空なりや　佐藤みよし

ず〔づ〕　頭（名）あたま。かしら。こうべ。頭部。

停止信号に焦立《いらだ》ちてゐる**頭**の疲れ支へ持ちつつ危ふき黄昏　泉　甲二

ひとの**頭**の芯につめたき燈ともさむ電柱が建つ沼を

渉りて　塚本　邦雄

朝の曇りその**頭**に触れて咲くだりや暗紅と朱《あけ》の重なりふかく　葛原　妙子

ず

（助動）…ない。…ない。否定をあらわす。「ずして」は…ないで。…ないのに。

さまざまに枯伏す草の直《すぐ》から**ず**霜にきびしくかがやくおもて　初井しづ枝

木のやうに目をあけてをり目をあけてゐることはたれのじやまにもなら**ず**　渡辺　松男

がつくりと傾く齢つれあひを鏡となして　互に言は**ず**　山埜井喜美枝

すい‐ぎん

水銀（名）みずがね。元素のひとつで元素記号はHg。辰砂《しんしゃ》を燃焼させることで得られる、常温で液体の金属、気化すると毒性を発する。温度計や体温計の水銀柱に用いられる。

水銀の如き光に海見えてレインコートを着る部屋の中　近藤　芳美

水銀灯ひとつひとつに一羽ずつ鳥が眠っている夜明け前　穂村　弘

ある角度に夕日射すとき盛りあがり**水銀**の粒《りゅう》のごとき野の水　永田　和宏

すいしょう〔すい‐しやう〕

水晶・水精（名）水玉。石英の六角柱状の結晶体、無色透明ではあるが紫などの色を含むものもある。印材、光学機器、装飾品などに用いる。

廻りゐる**水晶**球に顔ながれ来む世も霙の匂ふわれなれ　春日真木子

水晶の層をもとめてかの山に登りゆきたる人もまぼろし　香川　進

遺伝子配列三十億対を読み終へてうつくしき**水晶**の夜がくる　小池　光

すいせん〔すゐ‐せん〕

水仙（名）ひがんばな科の多年草。早春、暖地の海浜に自生するが、観賞用の園芸品種多い。匂いのよい白・黄の清楚な一重や八重の花が咲く。

水仙の咲く上あをく玲瓏のひかり流るる面映ゆきまで　雨宮　雅子

水仙の香りたつ夜の自在心いくばく動く眠りゆくまで　石川　弘子

その風に歩めとせかされゐるわれや**水仙**の香が移る

速さで　今野　寿美

我の手を首をかしげてのぞきこむ机の上の**水仙**の花　俵　万智

すい‐れん

睡蓮（名）沼沢等に自生するが栽培品が多い。七月ごろ、水面から細長い花梗をのべ蓮に似た花を開く。白・黄・赤などの色で夜は閉じ、昼にまた開く。ひつじぐさ。

睡蓮のしげき浮き葉の間《あひ》に見る水まさをなり古き大池　窪田　空穂

睡蓮の花ひらきたりしまらくのひとりごころの器《うつは》なしつつ　島田　修二

ひつじ草《ぐさ》音たてて花閉ざしたり少し考へを変へ立ちあがる　岡井　隆

すえ〔すゑ〕

（名）焼き物。陶器。「陶物《すゑもの》」とも。

陶壺の水仙の花に面寄せて清き香をきく年のはじめに　吉野　秀雄

冷えびえと霧ふかし卓の上の**陶**物しろく家しづかなる　村野　次郎

山代《やましろ》の**陶**《すゑもの》工《つくり》その業にいそしむ見ればあそべるごとし　植松　寿樹

すえ〔すゑ〕

末（名）物のさき。端。ある期間の終わり。将来。未来。行く末。子孫。「末《すゑ》つ方《かた》」は終りごろ。

ゆく**末**を棚にあずけて湯につかる半分ほどはどうにでもなれ　沖　ななも

森の時間棄てたる者の**裔**《すゑ》として家族は木の実灯の下に食む　三枝　昂之

末うすく落ちゆく那智の大滝のその**すゑ**つかたに湧ける霧雲　若山　牧水

すえる〔す・う〕

据う（他動下二）物を動かないように置く。じっと動かさないように落ち着かせる。すわらせる。

卵だきじつとふくらむめん鶏の**すゑ**ゐる眼の深きするどさ　木下　利玄

武者具足人間のごとく**据ゑ**あれば兜の下の空《くう》を覗きつ　三木　アヤ

縦枯れて立てり一木の歳月をここに**据ゑ**たるその天の意思　尾崎左永子

すがた　姿（名）体のかっこう。身なり。様子。ありさま。

鉛筆で娘は写生したり小鳥の笛ひさぐ媼の鳥追**すがた**　野村　修

しづかなる**すがた**となりて草山は霧にふかれつつもみぢしはじむ　石黒　清介

送られし足尾の地図の幾筋の川の**すがた**を長く見ており　渡辺恵美子

すが-の-ね-の　菅の根の（枕）長き、乱れ、また懇《ねもころ》にかかる。

すがのねの永き春日の花の下おもふこころは穢れを出でず　稲葉　峯子

菅の根の長き春日と言問はぬ小鳥と我と只向ひ居り　正岡　子規

すがら　（接尾）…の間じゅう。…の途中で。多く名詞に付けて副詞的に用いる。

外輪山の陰おちし谷を下りつつ日**すがら**ありし霜柱ふむ　五味　保義

高速路の夜も**すがら**なる轟きを聞けば日本のこの忙しさ　長澤　一作

すが-る　縋る（自動四）身をもたせかける。とりつく。しがみつく。たよりとする。

人なみに芝生に遊ぶ青蛙芝に**すがる**と白き腹見す　大岡　博

年々に減りゆく鰯嘆きつつ鰯布着網漁業に吾等**すがれり**　森　若松

すがれる〔すが・る〕　末枯る（自動下二）草木の葉や花が枯れはじめる。盛りが過ぎる。

風の中に**すがれし**菊を折る音の大きく聞こゆ折るわれにのみ　長谷川銀作

青きもの**すがれ**果てたる牧の馬あしたかたみにたてがみを噛む　東野　暁風

すぎ-こし　過ぎ来し（名）通りこしてきた時。

哀楽の**過ぎ来し**思へば石光る冬の渚も身に沁むものを　加藤知多雄

嘘すこし交へて話す**過ぎこし**の嘘の部分の輝やかしけれ　入野早代子

すぎ-ゆき

過ぎ行き（名）過ぎ去った時。移っていった時。過去。

四月降る雪のはかなさ身を狭め生きし**過ぎゆき**みなおぼろなる　阿久津善治

すぎゆきの苦《にが》きなやみに目覚めたる朝《あした》わが部屋に息ふきかへす　顯田島一二郎

過去《すぎゆき》はなべて鮮らし紫の葡萄の汁をコップに充たす　遠山　光栄

過去《すぎゆき》を負目となして生くる日も梨むけば梨の浄き滴り　佐藤　孝子

す・く

透く・空く（自動四）物と物との間、または時間的、空間的にあきができること。

血縁も地縁もあらぬ真空の時空**透き**ゆくモデルハウスは　古谷　智子

す・く

梳く（他動四）髪を櫛でととのえる。くしけずる。髪をとかす。

梳きながらその黒髪の畳までとどくと言ひし人も逝きたる　岡野直七郎

亡き母の真赤な櫛で**梳き**やれば山鳩の羽毛抜けやまぬなり　寺山　修司

人間のましてをんなは悲しけれ狂ひてなほも黒髪を**すく**　田村　飛鳥

すく-せ

宿世（名）過去の世。前世からの因縁。宿命・しゅくせ。仏教語。

生垣の杉の**すくせ**ぞあはれなるのびむとすればばかりこまれつつ　大口　鯛二

宿世と言い歴史と言えども餓死したる子の骨片の舞う砂嵐　山本　司

宿世をばあへて憎まずわが涙いとこころよく湧きいづる日は　与謝野晶子

すぐ-だ・つ

直立つ（自動四）まっすぐに立つ。直線状に立つ。直立する。

あまりりす鉢の土より**直立ち**て厚葉かぐろくこの朝ひかる　斎藤　茂吉

わが裡なる蹉跌もゆるさざるがごと**直立つ**青きたかむらの竹　持田　勝穂

す-ぐろ-の

末黒野（名）早春、害虫駆除と萌え出る草の生長をうながすため、枯草を焼き払う。その茨やすすきなど先端が半焼けに黒く残っている野や川べりなどをいう。

末黒野の夕日のひかり春浅し下萌草はいまだにじまず　木俣　修

すご・む　凄む（自動四）おどすようなおそろしいようすをする。

夕立の雲にくらめる磯ぎはの松の葉の色よ海も**凄み**て　太田　水穂

すさび　遊び（名）心のおもむくままにする慰みごと。なぐさみ。

草を養ふ老《おい》の**すさび**も易《やす》からず宵々《よひよひ》出でて夜盗虫を殺す　松村　英一

病身の若き**すさび**に焼き上げし壺に朝々花挿す妻は　上野　久雄

すじ〔すぢ〕　筋（名）細長く一続きになっているもの。線。血管。しま。すじみち。血統。川や道などに沿った所。（接尾）細長いものを数えるときに付ける。

ふるさとは無しとも思ひ或時《あるとき》は血**すぢ**ひくものに心うれひき　鹿児島寿蔵

まへをゆく日傘のをんな羨《とも》しかりあをき螢のくび**すぢ**をして　辰巳　泰子

伊良湖より日向《ひうが》にむかふひと**すぢ**の空の鳥径《てうけい》知られずあれよ　伊藤　一彦

すすき　薄・芒（名）いね科の多年草。山野に自生し二メートルに達する。葉は細長く先がとがっている。秋に黄褐色、紫褐色の穂を出し、後にけばだって白くなる。秋の七草の一つ。尾花とも。

穂**芒**を逆光の中揺り分けて君が来るなり肩先が見ゆ　河野　裕子

忘られて**すすき**かるかや佇つごとき閑吟集の真名序と仮名序　今野　寿美

一穂《いっすい》の**すすき**立つ夜のこころすずし人なる終り簡素にあらな　坪野　哲久

賢治祭その夜は青く深まりて焚火と**すすき**と裸電球　俵　万智

すず-しろ　清白・蘿蔔（名）大根の別名。春の七草の一つ。大根の古称は「おほね」。

すずしろはさりさりと歯をよろこばす妻がふるさとのストーブの辺《へ》に　坂井　修一

七草のなづな**すずしろ**たたく音高く起れり七草けふは　若山　牧水

すずろ

漫ろ（形動ナリ）自然に心がひかれるさま。むやみやたらなさま。何ともつらいさま。思いがけないさま。

雪白の花こまやかに撓う夜の**すずろなり**けり天心の月　坪野　哲久

あらしふく青葉繁山鳴きおこる春蟬のこゑは**すずろなる**かな　土田　耕平

斑鳩《いかるが》の百檀仏《びやくたんぶつ》のまろき肩ほそるや**すずろ**秋の日の寒き　川田　順

すずろ-か

（形動ナリ）なぜともなくそわそわするさま。心うきうきするさま。

目前に雨の潤ひゆたかにて春海棠は**すずろかに**咲く　安永　蕗子

すずろかにクラリネットの鳴りやまぬ日の夕ぐれとなりにけるかな　北原　白秋

すそ

裾（名）物の末。下の方。山のふもと。川しも。衣服の下のふち。

ヘンデルの水上楽にしばししてこころの**裾**のうごく夕ぐれ　岡井　隆

東塔《とうたふ》に時雨の虹の**裾**曳けばほとほとしにき旅の情《こころ》は　吉野　秀雄

川にそそぐ雨白々とさびしきにレインコートの**裾**濡《ぬ》れてゆく　近藤　芳美

何もかも考えこんでいるような五月、**裾**濃のオレンジジュース　俵　万智

すだ・く

（自動四）群がる。多く集りくる。虫などが多くしきりに鳴く。

さ夜霽れのさみだれ空の底あかり。沼田のふけに、螢は**すだく**　釈　迢空

こほろぎのこほろぎ恋ひて音《ね》をつくし**すだく**さま見ゆ露草のかげ　窪田　空穂

す-だれ

簾（名）細くけずった竹や葦など編んで夏日をさえぎったり開け広げた部屋の仕切りに垂れ掛けて用いる。

わが窓の**簾**のすそにからみたる蔓草は青きつぼみを持てり　長谷川銀作

老いたりとて女は女　夏**すだれ**そよろと風のごとく訪ひませ　齋藤　史

竜胆に薄小菊を活け添へて妻清々と**すだれ**巻きゐぬ　上田　誠

すたれる〔すた・る〕 廃る。頽る。（自動下二）用いられなくなる。無用となる。おとろえる。顧みられなくなる。捨てられる。

癈れたる園に踏み入りたんぽぽの白きを踏めば春たけにける　北原　白秋

心病みて帰りきたれる老いびとを容るるすべなく村**廃れ**ゆく　岡野　弘彦

いちはやく**すたるる**いのち木の間より夏の落葉の漂ふ見れば　玉城　徹

ずつ〔づつ〕（接尾）同一の量をくり返すこと。同一の量をくばること。

さそり座に月かかりつつ音もなし青葉は少し**づつ**冷えゆかむ　高安　国世

少し**づつ**ところ移りて野の馬が夏草むらに顔埋めて喰む　川又　幸子

葱泥棒ねぎのしづくを落としゆきそのひとしづく**づつ**がひかるよ　永井　陽子

すで-に 既に・已に（副）すっかり。まぎれもない。現実に。とっくに。

爆破する渤海の氷の裂目より**すでに**春なる潮ほとばしる　太田　青丘

すでに亡き父への葉書一枚もち冬田を越え来し郵便夫　寺山　修司

疑わずトラック駈けてくる一人**すでに**テープのないゴールまで　俵　万智

すで-に-して 既にして・已にして（接）こうしている間に。やがて。

すでにしてわれと妻との残年をやや切実に思ふことあり　柴生田　稔

生命の歓喜の調べ**既にして**孵らむとする黄の殻のなか　篠原みどり

すな 砂・沙（名）まさご、いさご、すなご。岩石が風化され細かな粒状になったもの。

地の涯に陽はおちむとし**砂**山の草ことごとく深き影もつ　岡野　弘彦

砂時計の**砂**のすべり止めようもなく別れは掌に重い風信　梓　志乃

すな-ど・る 漁る（他動四）魚貝や海藻をとる。漁をする。三首目「すなどり」は名詞。

指ほどの雑魚幾桶を**すなどり**て浜こぞるとき村は貧

しき　馬場あき子
海蝕に浜の後退するさまも歎かふ間なく**すなどり**て
老ゆ　三田　澪人
おのづから入りくる魚を待つ魞の**すなどり**宜《よろ》し魚遊
ばせて　加藤知多雄

すなわち〔すなはち〕

即ち（副）ただちに。とりもなおさず。そのまま。（接）そこで。そのときに。

かにかくに生きねばならず箸置くや**すなはち**出づる
今日の努めに　尾上　柴舟
人参をヴイヨンに煮詰めゐるところ**すなはち**われの
情的《パトス》空間　河野　愛子
人棲めば家は**すなはち**もろもろの苦の函　はためく
暖簾さげたり　蒔田さくら子
口中に一粒の葡萄を潰したり**すなはち**わが目ふと暗
きかも　葛原　妙子

すべ

術（名）仕方。方法。手段。てだて。

なかなかにとぼけの**すべ**も覚えず老いおくれいて
金魚みている　加藤　克巳
あの患者を／どうにか救う**術**がなかったか、霙に濡
れた往診かばん　放り出したまま　佐々木妙二
宝石はきらめき居たりおのづから光る**術**《すべ》などわれは
知らぬに　蒔田さくら子
脱獄のさまに紛れしネオン街器用に明日も生く**術**な
くば　田島　邦彦

すべない〔すべ-な・し〕

術無し（形ク）なすべき手段がなくてせつない。困ってしまう。しかたがない。

同腹のめだかが鉢に産卵す**すべなく**哀れ水の面乱し
て　山本かね子
ひるがえり顔にかぶさるカーテンをよける**術なく**す
べて肯う　下田　恵
たたかひはいづこの辻の祭とぞをとめらいひて**すべ**
なかりけり　山中智恵子

すべ-やか

滑やか（形動ナリ）すべすべしたさま・なめらかなさま・すべらか。

引き寄せて心にしみる手ざわりの**すべやかに**春を宿
す碁の石　馬場あき子

すべを-なみ　術を無み。（連）どうしようもないので。方法がないので。

生きつづきあるより外の**すべをなみ**今朝も臥床《ふしど》に目をあけにけり　尾上　柴舟

すみ-か　住処・栖（名）住む所。すまい。

わがための終の**栖**は強霜《こはしも》を囲《めぐ》らせてをり初日の中に　宮　柊二

さくら咲く下に新しき**棲家**《すみか》あり亡父母亡弟の近くうれしく　河野　愛子

みの虫がおのが**すみか**となし終えしビニール片の小さき青色　市原　志郎

すみれ　菫（名）春の野山に濃紫色の小花をうつむきかげんに咲く姿は可憐である。種類が多く花の色は淡紅紫色・鮮黄色・白色と多種。

美しく癒えたる汝をともなひて花残し居る**菫**に屈む　近藤　芳美

声太き山人の肩恋はしめむあしたに咲きし**すみれ**一株　百々登美子

三月にはむらさきよりもみづいろの恋が有効なのか**すみれよ**　荻原　裕幸

ず-や　（連）…ないか。疑問の意。…ないだろうか、いや…であるにちがいない・反語の意。

やは肌のあつき血潮に触れも見でさびしから**ずや**道を説く君　与謝野晶子

不死鳥と思ふならねどわが背には翼とれたる跡のあら**ずや**　小野興二郎

銀色の夢の数字を語りゆく役割というも楽しから**ずや**　佐佐木幸綱

あをぞらの高みに指を差し入れて秋の繭《まゆ》解くをんなあら**ずや**　武下奈々子

すら　（助）…さえも。…まで。「すらだに」は…でさえ。極端な事柄をあげて強調する。

行きずりの虹のごとしも十年を共に暮らせしひとのこと**すら**　道浦母都子

ゆく春は獣**すら**も鳴き叫ぶどこに無傷のこころあるならむ　前川佐美雄

農民の選びし代議士よそよそし農民窮乏の陳情を**すらだに**　吉植　庄亮

する〔す〕

（自他動サ変）動作を行なう。感じられる。単独でも、また体言や助詞「に」「と」などにも付けて用いる。

英和辞典の訳は哲学なれど藤井先生は生き方と訳**せ**り　田中　章義

職位とふ痣のごとくに身に付けるものを還して今日退職**す**　武田　弘之

梧桐《きり》の実のさ夜におつるは身疲れの肌にもひびく思ひぞ**す**なり　頴田島一二郎

雨の日の母屋の廊下は苦手なりカカトだけで歩いてみたり**する**　河野　裕子

すん

寸（名）長さ。寸法。また、尺貫法で長さの単位。約三センチメートル。転じて、短いこと。

春もまだ日射うすくて大屋根の氷柱の**寸**はつまるともなし　木俣　修

ときめきに似し思ひ湧き梅苑の香に酔ひし**寸**時の自失　宮村　哲夫

せ

せ

夫・背（名）女性から夫・兄弟など、男性を親しんで呼ぶのに用いる。「夫子《せこ》」「背子《せこ》」とも。

半年の出稼ぎ終へてもどる**夫**を老い来し姑《はは》の髪梳きて待つ　大滝　洋子

妻のまたかたちづくらずなりたるを四十に近きその**夫子**の泣く　与謝野鉄幹

せ

瀬（名）浅瀬。急流。早瀬。または、時節。折り。立場。

瀬の渦にひとつ棲むなり鮎の魚ふたつはすまずそのひとつ**瀬**に　若山　牧水

かなし子を愛《いと》しといふもはばかるに何に障《さや》らふ老の**瀬**ならむ　五島美代子

夕されば**瀬**の音たかみ影くらみひとり男《を》の子の竿納めたる　安藤　直彦

せ

背（名）せなか。うしろ側。背後。物の上方の所。身のたけ。せたけ。「背《せな》」「背《そびら》」とも。

赤い入日赤い入日とさりげなく**背**の子ゆすぶりかへる草原　若山喜志子

嚶《な》く声のかなしき女わかき身は**背**をそらしつつあらがふものを　岡野　弘彦

雪おほふ山脈《やまなみ》を**背**に翔びきたり湖に下り立つ白鳥三羽　来嶋　靖生

山の**背**の小ナラの花房黄金の連珠を垂れて春は来にけり　藤森　成吉

背にあおき空をとらえて帰路ゆけばわれに知られぬ君もうつくし　寺井　龍哉

せい

生（名）いのち。生命。いきていること。生存・いきて活動すること・生活・人生・うまれでること。「生《しやう》」とも。

口惜しき時代に**生**を受けしかば充実感とはさびしき響きす　水野　昌雄

捨て印《いん》のごとき昼月うかびをりわが**生**は誰の楔《くさび》でもなし　栗木　京子

諦めは信をよすかの**生**かとも添ふ者まへに声を出さず　千代　國一

絃と指たたかふごとき終曲はたとふれば今日午後のわが**生**　岡井　隆

死はそっと**生**によりそう雪しぐれ熱燗一本酔いまわる夜　野口　亮造

せい‐しゅく

星宿（名）星座、星の宿りの意。二十八宿を指し天球を二十八に分け星座の所在を明瞭にしたもの。星占い。

星宿の下いきいきと訪ひゆくに与ふべきものはこころの何処《いづこ》　春日井　建

おのづから**星宿**移りゐるごとき壮観はわがほとりにも見ゆ　佐藤佐太郎

夜すがらに夢に耽りしわがうへを**星宿**とほく移りたるべし　川島喜代詩

せい‐しゅん

青春（名）年若く元気な時代。希望をもち、理想にあこがれ、異性をもとめはじめる時期。青年時代。

青春は再び来ないと嘆くけれど　老年だって二度と来ないのだ　市来　勉

傍観を良心として生きし日々**青春**と呼ぶときもなかりき　近藤　芳美

一時間五百円にて**青春**は売られておりぬマクドナルドで　俵　万智

〈**青春**〉その猶予すらわれににがし枇杷いろのシャツつねに汗ばみ　水落　博

アルバム二冊ほどの**青春**か　わが窓にも秋の風吹かせて　日曜日　　西勝　洋一

せい‐ぜん　生前（名）生きているうち。死なないうち。生存中。

死者となって陸橋を渡る　あの青い空も雲も　**生前**見たままだ　　市来　勉

せ‐かい　地球上のすべてを統括したもの。ひとつの専門領域の全体。世界（名）仏教の宇宙観、「過去」「現在」「未来」の三世と、「東西南北」「上下」を総合したもの。

休日の鉄棒にきて少年が尻上がりに**世界**に入って行けり　　佐藤　通雅

貼紙の端秋風になぶられてここぞ**世界**の剥がるる創《はじ》め　　江畑　實

ついに**世界**を滅ぼすものは火であれば地よりはるかに女神は掲ぐ　　山田　消児

せき‐うん　積雲（名）夏空には積雲と積乱雲の二種が生ずる。積雲はまるい幾つかの綿塊状の頭をもち底が平らな雲。晴れた夏の午後に多い。雲の峰、綿雲とも。

積雲は空の果てにて光りつつ青き真洞の太陽ぞ輝る　　奥村　晃作

綿雲の生《あ》れてやまざる昼にして人が人よぶ声は透れり　　真鍋美恵子

せき‐せん　石泉（名）岩石の間からわき出る泉。岩清水。

わが聞くは秋の日の午後**石泉**のこゑたえまなし風のごとくに　　佐藤佐太郎

せき‐らん‐うん　積乱雲（名）夏の雲。垂直に発達した積雲。多くは雷雨現象を伴う。入道雲とも。

貧しさのいま霽ればれと炎天の**積乱雲**下をゆく乳母車　　永田　和宏

ミサに行く道の彼方にひかりつつ**積乱雲**立つ／神は旱《ひでり》に在り　　前田　透

夏空にずんずん立ちあがる**積乱雲**嘘をつけざるその力もて　　築地　正子

せ・く　急く（自動四）心がはやる。あせる。激しくなる。急になる。

あしたより何に**せか**るるわれならむ老いに到るに少

し間のある　　稲葉　京子

くづれゆくゆめあかときの虫のこゑ新しき世にわがこころ**せく**　　坪野　哲久

ひぐらしの声**急く**夕べ電車降り砂地に痩せし葵の花を見つ　　宮　柊二

せせらぎ

細流（名）水がさらさらと流れる浅瀬。小さな流れ。

三千院へのぼる坂道谷に沿ひその細谷の**せせらぎ**清《さや》か　　野村　清

まばらなる林をとおし見ゆる川きらめきやまぬ**せせらぎ**ばかり　　和田　周三

羊歯の葉のやまずうごける**せせらぎ**は湯尻なるべし鈴川の辺に　　酒井　広治

せつな

刹那（名）きわめて短い時間。瞬間。

楽章の絶えし**刹那**の明るさよふるさとは春の雪解なるべし　　馬場あき子

大船を過ぎてレールを右折する**刹那**の薄われを見たりき　　岡部桂一郎

汗ばめる防虫眼鏡をはづしたる**刹那**吾が目を虫ら犯せり　　松本　無存

せつ－ぶん

節分（名）もと、季節の別れ目の日。立春・立夏・立秋・立冬の前日をいうが、普通は立春の前日を言い、今の暦で二月三日か四日。豆まきなど悪鬼を払う行事をする。これを追儺という。

子らが撒く**節分**の豆分けて貰ひ手握りにけり父の病《やまひ》去れ　　宮　柊二

春暖はいまだ動かぬ**節分**の豆四十六そして六粒　　三枝　昂之

せ－と

瀬戸（名）幅の狭い海峡。潮の干満の差により激しい流れが生ずる。

曇深き宗谷の**せと**の朝明を我がのれる船ただ一つなり　　石榑　千亦

身ひさぎて乱るる髪は描かねども渦なす**瀬戸**の藍ふかき色　　齋藤　史

せ－ど

背戸（名）家の裏門。裏の入り口。

背戸の森椎の若葉にあさひてりひとり悲しも来し方おもへば　　古泉　千樫

背戸の田に草の根を掘る四羽の雁一日飛ばず暮れてなほ掘る　山内長九郎

せ‐に　狭に（副）いっぱいになるくらいに。せまい状態に。

庭も**せに**楮《こうぞ》干しつつ山段《きだ》に住みつくかここも紙を漉く家　中西　悟堂

せみ　蟬（名）樹皮に産卵し、幼虫は地中に入り数年して地上に出る。初蟬は六月ころ、梅雨明けころからニイニイ蟬、油蟬など種々の蟬の声が聞かれる。しきりに鳴く声を時雨の音にたとえて蟬時雨という。

茅蜩《ひぐらし》の涼しきこゑは聞きがたし鳴くは熊**蟬**あぶら**蟬**のみ　川田　順

かがやける空の隅よりもれいでてふるへて細き**蟬**の声かも　窪田　空穂

初**蟬**の声ぞときけばはたとやみてふたたびなかず朝の若葉なり　土岐　善麿

伊豆山の山の木立の**蟬**しぐれ耳にひびきて降りくる如き　林　圭子

せめ・ぐ　鬩ぐ（自動四）たがいに恨んで争う。お互いに争う。

西東**せめぎ**あひにし数年にうしなひしこころ黙して思ふ　鹿児島寿蔵

閃々《せんせん》と銀のひかりの**鬩ぎ**あふ花火うつくし庭萩の闇　青柳　競

せり　芹（名）早春、田の畦や湿地に葉を出す。栽培種もある。葉・茎には高い香気があり芹摘みをして楽しんだうえに食用とする。春の七草の一つ。

奥利根の雪解の水の肌をさすこの冷さに生ひし田の**芹**　馬場あき子

浅川の根白の田**芹**洗ひすすぎすがしと思ひ寒さ忘れつ　岡　麓

雪代の冷たき沢に摘ましけむこのうまき**芹**よ足さへ濡れて　佐久間正治

せん‐すべ‐な・し　為ん術無し（形ク）なすべきてだてがない。しかたがない。**せむすべもなし**

糖も塩《えん》も節する妻に冬の来て寒きからだの**せむすべもなし**　窪田章一郎

如何にともせむすべ無しや我が恋ふる人は此世《このよ》の人

とし思へど　　落合　直文

倚松庵《いしょうあん》あるじごのみの鳥打の帽子も古りて**せんすべもなし**　　吉井　勇

せんそう〔せん‐さう〕　戦争（名）戦い。いくさ。合戦。武力による国家間または部族間等の争い。

北半球熱れて杏のこぼるる日**戦争**好む赤舌日《しやくぜつにち》あり　　玉井　清弘

にぎやかに釜飯の鶏ゑゑゑゑゑゑゑゑひどい**戦争**だった　　加藤　治郎

景気回復には**戦争**が一番といふ理論嘗て彼の日を思はしめつつ　　清水　房雄

せん‐りつ　旋律（名）曲。ふし。音の高低と長短との変化が結合し、連続した流れ。

すさまじく、／楽器・合唱荒れ狂う。／その中を、—スラブの清い**旋律**。　　赤木　健介

ひとりふと扇をとれば脈脈と通り来るものよ笛の**旋律**よ　　馬場あき子

颱風の近づく兆窓にあり管・絃交響す長き**旋律**　　四賀　光子

かすかなる**旋律**伝え来る肌が透く寸前の夏の草の香　　佐佐木幸綱

そ

そ　其（代）それ。前に述べている事柄などを指すのに用いる。「そも」は、それも。

お正月**そ**は木洩れ日のごときもの七十九歳の旦《あした》となりて　　東郷　久義

ふるさとの訛なつかし／停車場の人ごみの中に／**そ**を聴きにゆく　　石川　啄木

すくよかに育てられ来しさみしさも有りとし聞けば**そ**もうなづかる　　鈴木　北溪

そ　（助）…するな。…してはいけない。「な…そ」の形で、間に動詞連用形を入れて、その動作を禁止する。

向う岸の崖の日なたの南天の赤き実よ実よさ**な**むづかり**そ**　　木下　利玄

あはれなるひとのことばにかたむきしおれと**な**思ひ**そ**野のわたり鳥　　岡野直七郎

ぞ　（助）文末に用いて、断定する。文中に用いて、上の語を強調して示す。また、疑問語と共に用いて不定の意をあらわす。結びの活用語を連体形にすることが多い。

かへるでの夏芽にきざすかすかなるくれなゐのごとき老の思ひ**ぞ**　鈴木　英夫

朝つゆに湿る落葉の新しき若きを踏めば音**ぞ**異なる　扇畑　忠雄

幾山河《いくやまかは》越えさりゆかば寂しさのはてなむ国**ぞ**けふも旅ゆく　若山　牧水

踏切の前にいつまでいつまでも待たされてゐるごとき心**ぞ**　狩野　一男

そう〔さう〕　（接尾）「さうだ」「さうな」とも用いてその様子である、それらしいの意を添える。口語では様態の助動詞という。

五線紙にのり**さうだ**なと聞いてゐる遠い電話に弾むきみの声　小野　茂樹

うま**さうな**羊一頭うらにはの時雨に立ちて居りし医学部　岡井　隆

そう　層（名）二階以上かさねた建物。たかどの。かさなり。地層。階級。倍。

幻日の天眩しめば高**層**の窓は透きつつ何をか隔つ　尾崎左永子

人の世の次ぎは砂の世東京の高**層**街を行きつつ想ふ　伊藤　一彦

建ちすすむ超高**層**のてつぺんの現場もつとも華やいでゐる　香川　ヒサ

そう〔さう〕　葬（名）ほうむること。遺体を墓地に送って埋めること。「葬《はふ》り」。

セエヌ川の対岸よりのびあがりてアナトールフランスの**葬**送見たり　斎藤　茂吉

そう〔さ-う〕　左右（名）左と右。みぎひだり。さゆう。

おのづからこころだのしく歩みゐぬ**左右**にせせらぐ朝川あれば　前川佐美雄

ひき寄せて**左右**の火《ひ》あかり　子らのみが冬沼のごときわが日日照らす　河野　裕子

やや動く心はあれど夜の雨のしぶく舗道の**左右**に別れつ　来嶋　靖生

そう〔さう〕　然う（副）そのように。然《さ》の延音。然ういふ（連）そんな。そのような。然うだ（感）相手に対して、肯定・疑問の意を示。「然う」とも。

そうだそのように怒りて上げてみよ見てみたかった象の足裏　　渡辺　松男

夜の蟬何して夜を過ぐすら**む**さう**い**ふことを考へてゐる　　紀野　恵

ぞう〔ざう〕　象（名）ゾウ目（長鼻類）に属する最大の陸棲哺乳類動物。現存種はアジアゾウ、アフリカゾウの二種類。

どこか遠くで**象**が鳴きたり**象**も吾《あ》もひとつづつ己がひつぎを背負ふ　　川野　里子

サバンナの**象**のうんこよ聞いてくれだるいせつないこわいさみしい　　穂村　弘

象に乗るインドの聖《ひじり》はるばるとゆく者はみな急がず行けり　　小島ゆかり

ぞうに〔ざふ‐に〕　雑煮（名）野菜・肉類などの汁に餅を入れた料理。ふつう正月の三が日間祝う。

この年も陰膳の夫と対ひ坐し**雑煮**を祝ふ留守居妻われ　　加納　ます

一ぱいに障子にあたる朝日かげ明るき座敷に**雑煮**を祝ふ　　川口千香枝

わが味が旨しのおだて真に受けて**雑煮**づくりの厨房に立つ　　清水　勝典

雑煮椀家族五つにつぎ分けて淡き柚子の香厨にたたす　　小池　栄子

そうもん〔さう‐もん〕　相聞（名）相聞歌の略。万葉集の部立の一つで男女間の相思の情をうたう歌。

「もう一度訳して」と**相聞**の歌を問ういねむりがちな福島君が　　下村すみよ

二つ三つ心しびるる**相聞**の歌もちたかり生きし証しに　　佐佐木由幾

みづみづしき**相聞**の歌など持たず疲れしときは君に倚りゆく　　石川不二子

尾を立てて闇のなか走るけだものののかかる**相聞**の声もはげしき　　浜田　陽子

そ

そーが 其が（連）それが。代名詞「そ」と「が」の連なり。

溺れつつ死に至るさまつぶさに見**そが**牛ゆゑに哀れが深し　浜田　康敬

まぐのりあ葉叢にほてる肉塊のごとき実立てり。——**そが**落つる音　阿木津　英

そがい〔そーがひ〕 背向（名）うしろの方。背面。後方。背なかあわせ。

澄む月を**そがひ**にしつつ立ち戻る渚の砂にひとつわが影　土田　耕平

人工の渚**背向**に松などの植ゑありて砂の感触固し　礒　幾造

桃咲ける丘を**背ひ**に祭礼の境内に飴の店を拡げぬ　広瀬　秀雄

仕事におそくこの夜も行き得ず病む母は父と**そがひ**にさびしく寝て居む　松倉　米吉

ここすぎてかなしびの声すきとほるわれの**背向**《そがひ》を蜩《ひぐらし》鳴けり　安森　敏隆

そきえ〔そきーへ〕 退き方（名）遠くはなれた方。遠方。「そぎへ」「そくへ」とも。

ゆゆしくもうち揺る船か海《わた》の原四方の**そきへ**の傾くまでに　島木　赤彦

青雲の**退ぎへ**の極み大陸は光となりて陽炎《かぎろ》ふかなや　吉植　庄亮

小諸の町**そぎへ**に見つつ吾登る碓氷嶺ほのに赤し月の出　原　三郎

そぐう〔そぐ・ふ〕（自動四）よくつりあう。よく似合う。適する。多く否定語を伴って用いる。

内実に**そぐは**ぬ顔を持ち歩く朴あれば朴の花仰ぎつつ　大西　民子

満月の語感にとても**そぐは**ざる月かげかなや更けていよいよ　吉植　庄亮

つれ添うて十年／まだ**そぐわ**ぬものがある　と　おもうか、／ふたりで　野菊折りながら　妻は。　佐々木妙二

ほとばしる心惧れて纏ひたる黒衣もいつか身に**そぐ**ひ来し　橋本　武子

そこ 底（名）窪んだ下の方。極まる所。果て。極み。心のそこ。しんそこ。奥深い所。奥底。

護岸壁ふかき**底**ゆくどぶ川のよみがへらむか澄み濁りつつ　窪田章一郎
夜の**底**にきざす微光よ黎明に向はむとする意志の如きよ　菅野　昭彦
夕べに見し港は船をおさめゐて夜ふけに汽笛**底**ごもり鳴る　小島　清

そ-こ

其所・其処（代）場所をさし、そのところ。事物をさし、それ。そのこと。

待つもののなくなりし家にかへりゆく**そこ**より帰りゆくところなく　生方たつゑ
判断のつかざるをなやみふりむけば**そこ**にをるべき妻が居ぬなり　頴田島一二郎
誰も居ぬ留守居の部屋の広くしてただここに立ち**そこ**に立つ時のあり　村野　次郎

そご

齟齬（名）食い違うこと。行き違い。

いま何の**齟齬**のありてかうち乱れ行くかりがねや夕茜空　三国　玲子
感情の**齟齬**あるときは一歩退く六十余年を生きたる悟り　実盛　和子

そこい〔そこ-ひ〕

底ひ（名）きわめて深い所。極み。果て。心のそこ。

冬日ざしさしつらぬけばあを潮の**底ひ**をかけてきらめきゆらぐ　窪田　空穂
海の藍**底ひ**はふかき地図もちていづこに行かめまた一人なる　河野　繁子
もの食わずなりたる父と告げ来《きた》る雪の**底ひ**のおとうとの声　田井　安曇
みづからの掌に見入るとき**底ひ**知らぬ深きさびしさあれ出でむとす　前川佐美雄
みし夢は月のごとしと言ひさしてまたにんげんの**底ひ**を睡る　清田由井子

そ-こく

祖国（名）祖先より慣れ親しんだ国。人それぞれが生まれた国。母国、本国。

マッチ擦るつかのま海に霧ふかし見捨つるほどの**祖国**はありや　寺山　修司
祖国選ばばやはりこの国と言はしめよ稲の花咲く秋にしあれば　築地　正子
半島は爪ひかるごと研がれしと書きてよこしぬ友は**祖国**を　佐伯　裕子

そこねる〔そこ・ぬ〕 損ぬ（他動下二）しそんじる。失敗する。

雪の坂を登り来りて坂の雪嚙み**そこね**たるわがチェーンかも　佐佐木幸綱

そこはか‐と（副）そこであるとはっきりと。あきらかに。「其処《そこ》は彼《か》と」の意。

そこはかとにほひただよふ路にして樫の小花はこぼれゐにけり　松村　英一

花終へてほの赤き蕊**そこはかと**降りかかる下を歩み来にけり　白石　昂

そこはか‐と‐な・し（形シク）どことなく。何となし。はっきりしない。

逢坂山さくらの落葉柿のおち葉**そこはかとなく**ふきまよふかな　岡　橙里

そこはかとなく不景気の歎かひもありて広告気球のあがる　白坂　義雄

氷魂のせめぐ隆起は限りなし**そこはかとなき**青のたつまで　佐藤佐太郎

愛称はモモコとなりてワープロは**そこはかとなき**人格を持つ　俵　万智

そこ‐ばく 若干（副）いくらか。いくつか。多少。

そこばくの銭追ふのみの小仕事も慣れては老のこころ楽しさ　角　鷗東

芽伸びつつ霖雨の中に窓際の**そこばく**の塵粘りを持てり　河野　愛子

古里に父が残しし**そこばく**の畑をいまだ見にも帰らず　半田　良平

そこ‐びえ 底冷え（名）からだの中までしんしんと冷える寒さ。

底冷えに更くる夜ごろを起きゆきて五勺の酒を煖《あたた》めしめぬ　斎藤　茂吉

咲き満つる桜の花を保《も》たせんと東京は甕《かめ》の**底冷え**つづく　奥村　晃作

そこらく‐に（副）じゅうぶんに。沢山。あまた。

山吹のはなの黄染を**そこらくに**洗ひおとして雨ぞしきふる　長塚　節

そし・る 謗る・誹る・譏る（他動四）人のことを悪くいう。非難する。あざける。けなす。

歌よみは世界を知らぬおろかものと**そしら**るる中にわれも歌よむ　土岐　善麿

捨て猫を拾いて殖えて悩みぬく妻の帰結を馬鹿と**誹れ**ど　向井　毬夫

そそ-くさ

（副）あわただしく。せわしく。落ち着かない様子。

そそくさと街は師走の雪ぐもり寒鰤うりの声とほりゆく　太田　水穂

そぞろ

漫ろ（副・形動ナリ）なんと言うこともなく。漫然としたさま。「すずろ」とも。そぞろ心《こころ》（名）とりとめのない心。

桜ちる音と胸うつ血の脈と似けれ**そぞろに**涙のわく日　山川登美子

花の下**そぞろ**歩めばわが肩に見えざるものの手をおくごとし　大塚布見子

旅ごころ**そぞろ**かなしきたそがれの車窓に遠く見えしは野火か　小口　和彦

七夕の大き薬玉《くすだま》に触れてゆく**そぞろ**心も友とゆく街　太田　青丘

そつ-じゅ

卒寿（名）九十歳の異称。卒の略字の「卆」が九十と読めるため。

贈られし紫ちりめんの座ぶとんに今日は**卒寿**と祝はれて居る　四賀　光子

ダスビダーニャ嘉子と言いて**卒寿**こえし友が泣くなり春雪の晩　阿部　淑子

為す事のあるは幸ひ**卒寿**なほ習ふ人ありて絵の手本描く　内田　育子

そなた

其方（代）なんじ。お前。あなた。

夏を掌に持ちゐる如しぢきに来る時節のやうな**そなた**の手紙　紀野　恵

そなたほど似合ふはあらじ口紅の美しさよと言ひし君はも　柳原　白蓮

その

園・苑（名）公園の略。庭園。草花・果樹・野菜などを植えてある一区画。「園生《そのふ》」とも。

片方のブランコのみが揺れてをり人なき**園**の陽炎の中　栗木　京子

鶏頭のやや立ち乱れ今朝や露のつめたきまでに**園**さびにけり　伊藤左千夫

紅梅にみぞれ雪降りてゐたりしが**苑**のなか丹頂の鶴にも降れる　前川佐美雄

看護婦の肩借る今朝の**苑**のみち露に溺れて蛇苺熟る　加納　一郎

そ-の

其の（連）近くの物や人、前述の事柄を指して用いる。

鎌の刃に荒縄を巻きわが行きし山草刈りや**その**草のつゆ　小池　光

浮世絵の女がもてる胸のほくろわが秘めもてば**その**女われ　青井　史

たまきはるいのちのはじめ**その**素《しろ》き炎をひとつ身に点したり　小島ゆかり

冬銀河ふかぶかと映す禽獣の**その**網膜を欲りてゐたるに　阪森　郁代

そば

岨（名）山のけわしい所。がけ。急斜面。絶壁。

雷鳥の立ちし**岨**路に杖とめて見放《さ》くる尾根を雲ながれゆく　鈴木　将剛

どこやらに硫黄臭ひて鼻怪し**岨**路をあえぎ上るわがバス　佐沢　波弦

のぼり来し山の**岨**道小林《をばやし》のみどりを透きてオホルリの影　来嶋　靖生

そばえ〔そばへ〕

日照雨（名）日の照っているときに降る雨。通り雨。天気雨。

夕まけて**日照雨**降り来し船の上に烏蘇里《ウスリー》の水汲みて飯炊《た》く　夜川　青二

妊れる妻の愛ほし**日照雨**来れば畦のわが蓑取りて着せかく　角田　喜衛

もの言わで笑止の螢　いきいきとなじりて**日照雨**のごとし女は　永田　和宏

霊柩車扉を開けて待つ路地に油蟬なき**日照雨**降るなり　王　紅花

そばだ-つ

峙つ・聳つ（自動四）他のものに比べ、ひときわ高くそびえ立つ。角立《かどだ》つ。角《かど》ばる。

前方に欅の梢**そばだち**て今日芽ぶきゆくものの眩しさ　長澤　一作

ふた側に雪**峙ち**て照り返す光あたたかき道に歩みつ　加藤　英治

日溜りに水仙の花沸きたちぬ秘め事語れば耳**そばだ**

そ

てり　桑﨑公美子

そ-びら　背（名）背。せなか。後方。うしろ。

吹きつけてくる冬の風を真向いに歩みつつふと**背**が寒し　宮城　謙一

ガラス食器みな取り出でて濯ぎいる**背**けぶらうまでに蒸し暑し　中野　照子

宴果てぬ**そびら**のあたりややさむしややに寒しと帰り来るなり　稲葉　京子

さかしまに地平線見ゆひるがへる風の**背**に真裸の月　阪森　郁代

そび・れる　（自動下一）なにか行なおうとしながら機会を失う。しそこなう。他の動詞連用形に付けて用いる。

かの時に言ひ**そびれ**たる／大切の言葉は今も／胸にのこれど　石川　啄木

朴の花匂ふ幾日か重たきに書かむ手紙を書き**そびれ**ゐつ　石川不二子

そぼ・つ　濡つ（自動四・上二）ぐっしょりになる。細かい雨などに濡れて、うるおう。

颱風のもたらす豪雨に濡れ**そぼち**夕ぐれ帰るつとめを終えて　赤木　健介

ゆふさめの寒からぬほどは石にふり濡れ**そぼち**ゆく鶏頭のはな　中村　憲吉

濡れ**そぼつ**郵便夫より受けとりし手紙の束によき便りあり　樋口　美世

そぼぬれる〔そぼ-ぬ・る〕　そぼ濡る（自動下二）しょぼしょぼとぬれる。

そぼ濡れて竹に雀がとまりたり二羽になりたりまた一羽来て　北原　白秋

そぼ-ふ・る　そぼ降る（自動四）しとしとと降る。

人形を相手となしてな泣きそ雨**そぼふり**て寂しき夜も　木下　利玄

そめ・く　騒めく（自動四）群がりさわぐ。ざわざわとする。「ぞめく」また「そそめく」とも。「騒《ぞ》めき」は名詞。騒がしいこと。ざわめき。

曼珠沙華ひたくれなゐに咲き**騒めく**野を朗らかに秋の風吹く　伊藤左千夫

物々しき街の**ぞめき**や蒼空を秋照りわたる白雲のもと　若山　牧水

そ-も

（接）それはそうと。それにしても。いったいぜんたい。そもそも。さて。

歌人とは**そも**何者ぞ春の土を七五調で歩むでもなし　時田　則雄

そ-よ

其よ（感）それそれ。ほら。ふと思い出した時に発する語。「そよや」とも。

だらしなく雪来りけり**そよ**唐獅子牡丹をいぢめてやらう　西村　尚

そよ-ぐ

戦ぐ（自動四）そよそよと音を立てる。わずかに揺れ動く。「戦ぎ」は名詞。「そよ吹く」とも。「そよめく」とも。

たましひに葉はあるならば**そよぎ**いづるその時を待て雨を聴きつつ　岡井　隆

風**そよぐ**せいたかのっぽの木の頭上　我には見えぬ青空がある　俵　万智

枯れ枯れていまだ散らざる櫟葉の**そよぐ**ともなし霜のふかきに　高田　浪吉

コスモスの花群《はなむら》に風わたるとき花らの**そよぎ**声のごときもの　長澤　一作

そら

空・天・虚（名）天と地とのむなしいところ。空中。（接頭）根拠のないこと。うそ、いつわり。うわべだけのこと。甲斐のないこと。わざと。

やり直しきかねば生きてゐることも**そら**おそろしくおもはれてきぬ　吉野　昌夫

すみやかに時がたつなりゆきし子の声かとおもふ**そら**耳ばかり　長沢　美津

鍋蓋を押し付けるような越の**空**「傘もったか」の父の声あり　野口　亮造

藍青《らんじやう》の**天**《そら》のふかみに昨夜《よべ》切りし爪の形の月浮かびをり　小島ゆかり

そらんじる〔そらん・ず〕

暗んず（他動サ変）そらでおぼえる。暗記する。

そらんじてゐし花言葉つぎつぎに置き忘れ来し月日と思ふ　大西　民子

しまひある蔵の道具を**そらんじ**ゐて父は記しゆく夜の机に　篠塚とし子

そ-りん

疎林（名）樹木のまばらに生えている林。

出勤のわが乗るバスと並びつつ**疎林**に透きて赤き太陽　田中　敏子

木々のかたち正確に一本づつみえ居りて**疎林**の中に黄昏長し　田中多津子

自生せる細木々が立ち暗からぬ**疎林**を辿るわが通ひ路は　秋田　芳彦

そ・る

反る（自動四）弓なりに曲がる。うしろに曲がり返る。のけぞる。

移りゆく火のつかのまの炎あげ枯葉は**反り**ぬ歓びのごと　加藤知多雄

昼ふけし光あつまるかたくりの花は**反り**つつみな風ぐるま　三国　玲子

そり返る花をすつくと掲げもつシクラメンこそわが冬の意志　大塚　陽子

そん-ざい

存在（名）あること、いること、あるもののこと。哲学的には実体と属性に分けられる。

あくまでも空気の中に**存在**し飛行船あり春の現《うつつ》を　小池　光

電子メール送れば二人おのこごは蛍のような**存在**かえす　玉井　清弘

あなたとふ**存在**を賞で秋の陽の黄金《くがね》をも賞で陸《くが》澄み渡る　紀野　恵

た

た

（接頭）動詞・形容詞に付けて、語調を整えて意味を強める。「た走る」（自動四）勢いよくほとばしる。「たもとほる」（自動四）めぐり歩く。「た弱し」（形ク）かよわい。たおやか。

今のいま何の祈りぞ暗天より**た**ばしる霰を掌にうけてゐて　中城ふみ子

たもとほる夕川のべに合歓《ねむ》の花その葉は今はねむれるらしも　古泉　千樫

ひばり揚りやよひの空のおくがなく**手**弱きもののこゑあふれたり　山中智恵子

た

手（語素）いろいろの複合語を作る。「手ふれぬ」と「手握る」「手向くる」の「手《た》」は接頭語とも。

親しからぬ父と子にして過ぎて来ぬ白き胸毛《むなげ》を今日は手ふれぬ　土屋　文明
初螢おひてとらへて手握《ニギ》れば手握るままに手間光《タナマタ》る　服部　躬治
晴れわたる墓原しづかに飛びて来て手向くる花に蜂はとまりぬ　市村八洲彦

た

誰（代）だれ。不定称の人代名詞。「誰《た》が」はだれかの。
誰か我を／思ふ存分叱りつくる人あれと思ふ。／何の心ぞ　石川　啄木
いざさらば炎の如く生きんかな誰がためならずひとりわがため　尾崎左永子

たい〔たし〕

（助動）…たい。話し手の希望をあらわす。
背のびしてむらさき葡萄採るやうに冬の昴《すばる》を盗みたし今　築地　正子
詩にやせて思想にやせて生きたしと真赤な嘘の花ひらく宵　藤原龍一郎
箒もつ人あらわれて十月の泣きたいような空掃きはじむ　岡部桂一郎
湖の氷の解けて三日月を映さむ頃に訪ひたきものを　野地　安伯

たい-おん

体温（名）動物の体内温度。体温調節機能の発達した哺乳類などの動物はほぼ一定に体温が保たれるが、爬虫類などの変温動物は外気温などにより体温が変動する。
むずと蓬髪の上に置かれし手　唯一者の体温を伝えしならん　前田　透
くちびるはわづかに開く表情に今が零れるやうな体温　尾崎まゆみ

だい-かん

大寒　二十四節気のひとつ。旧暦十二月の中旬、新暦一月二十一日ごろ。特に寒さの厳しい時期を指す。
漆黒の揚翅蝶《あげは》脈搏つ大寒の夜の展翅板發火寸前　塚本　邦雄
一塊の石に日当る豊穣をたまものとして大寒に入る　安永　蕗子
大寒の日のしずかさに吾が憩う剪定鋏持つ手のひえて　宮岡　昇
なまくらこなまくらことぞつぶやきて大寒の夜にな

まこ噛むわれは　　岡野　弘彦

たい-こ　太鼓（名）筒状の胴体の両面または片面に革を張り素手や棒を使って打ち音を鳴らす楽器。

太鼓の緒きりりきりりと締むる音痛みと思ふひと刻のあり　　槇　弥生子

大いなる黒牛のやうな春闇にどんぼりどんぼり**太鼓**がひびく　　日高　堯子

茂吉翁の地下足袋はけるさながらに人立てる見ゆ**太鼓**店の前　　鹿児島寿蔵

だい-こん　大根（名）あぶらな科の根菜。白く太く成長した根の部分を葉の部分とともに食用とする。春の七草の一つ、「すずしろ」。

大根を探しにゆけば**大根**は夜の電柱に立てかけてあり　　花山多佳子

大根が身を乗り出してうまそうな肩から胸までを土の上に晒す　　奥村　晃作

大根の首切り落とすはずみにて首斬り浅右衛門のこと思ひぬ　　石田比呂志

たい-さん-ぼく　泰山木（名）高さ二〇メートルの常緑高木。五・六月頃、純白で香気のある大輪の花を開く。

しんとして胸にふくれる**泰山木**の一輪白く匂ひしづまる　　馬場あき子

花の往く天国ありやにほひたつ**泰山木**の夜の無言歌　　伊藤　一彦

木の下に子供ちかよりうつとりと見てゐる花は**泰山木**の花　　前田　夕暮

だいだい-いろ　橙色（名）だいだいの果実が熟した色・赤味を帯びた黄色・オレンジ色。

傾ける**だいだい色**の没《いり》つ日の疎林を透きてかがやきゆらぐ　　来嶋　靖生

咲きすさぶかんなの**橙色**深し闇に紛れん頃に帰り来　　中川佐和子

森の上**だいだい色**の月が出る　もうおやすみという声がする　　岡部桂一郎

だい-ち　大地（名）広く大きい土地。天に対して言う語。

甲斐が嶺は白き夏雲夏空のま底は熱るる葡萄の**大地**
　馬場あき子
白菜のあはく明るき黄の花に**大地**は酔へりわれは酔はぬを　岡井　隆
どろどろとつながり長き貨車すぎて響はこもる原の**大地**に　土屋　文明

たい‐ふう 台風（名）北太平洋の南西部に発生する熱帯低気圧のうち、最大風速が毎秒十七・二メートル以上に発達したもの。
ひだり巻きに雲渦ひろぐる**台風**に八重山の蝶まよひ入るらむ　小黒　世茂
台風の先駆けならむ潮けむり突堤を越え歩道に及ぶ
　江川　孝雄
たいよう〔たいやう〕 太陽（名）太陽系の中心をなす天体。
夜もまた日のありやうのひとつにて**太陽**からはのがれられない　香川　ヒサ
太陽のひかりあびてもわたくしは　まだくらやみに立ちつくすなり　高瀬　一誌
太陽はころろと笑みてのぼり来るその太陽を女と言ひき　池田はるみ

たいら〔たひら〕 平ら（形動ナリ・名）高低・傾斜・起伏のないこと。山間にある平地。安定して穏やかなさま。素直なさま。「たひらか」とも。
水鳥のおほかた去りし池の面《も》の**たひらに**あそぶ春のひかりは　桑原　正紀
バスタブに銀の鎖を落としつつ日々は**平らに**光って消える　大森　静佳
たいらかに月は射し来ぬやすらかにいねよと言いて看護婦は去る　前田　透
平らかに会い得たる日の終るかとわが魂をはかるごと居き　小山そのえ

たいらけし〔たひらけ・し〕 平らけし（形ク）穏やかだ。静かだ。
生きも死にも天のまにまにと**平らけく**思ひたりしは常の時なりき　長塚　節

たえ‐だえ 絶え絶え（副）ほとんど絶えようとしてかろうじて続いているさま。とぎれとぎれ。きれぎれ。

た

玉ひかる純白《ましろ》の小鳥**たえだえ**に胸に羽うつ寂しき真昼　若山　牧水

岩腹は氷《ひ》づらとなりて**たえだえ**と地熱さめたる水をつたふる　生方たつゑ

天地《あめつち》にしまける雪かあはれかもははのほそ息**絶えだえ**つづく　坪野　哲久

たえる〔た・ゆ〕　絶ゆ（自動下二）途中で切れる。切れて続かない。

朝焼けはうすくなりゆき森に鳴くかなかなの声やがて**絶えたり**　王　紅花

星の供花《くげ》いつも咲きをりかなしみの**絶ゆる**ことなきこの地球《テラ》のうへ　田宮　朋子

たおたお〔たを‐たを〕　（副）しなやかなさま。たおやかなさま。たおめくさま。

開きたるかたかごの花うつむきがち**たをたを**として古代偲ばす　長沢　美津

裏箔のごとき光をふふむ空罌粟**たをたを**とみな濡れてゐる　石川不二子

たおたおと頭屋を出でしまつりばな先ず倒されて勢う斎庭　糸永　知子

たおやか〔たを‐やか〕　（形動ナリ）しなやかでやさしいさま。しなやかにたわむさま。

夏近きこの天と地の黎明を見よ　**たをやかに**聴けるジュピター　永井　陽子

たをやかに千手観音のばす手に矢あり弓あり雲雀など射む　西橋　美晴

たおれる〔たふ・る〕　倒る（自動下二）横になる。ころぶ。ひっくりかえる。仆る・斃る・殪る（自動下二）死ぬ。

たふれしは**たふれ**しままに花つけて庭一ぱいのコスモスの花　高塩　背山

この鉄路ひらき**たふれ**てひとひらの木と立つ君よ吾は去りゆくに　山本　友一

たか　高（語素）高いの意。数量を総括していう語。収穫の量。いろいろな複合語を作る。

高はらの夏を寒くもふく風にふかれゆきつつこころかなしき　窪田　空穂

高野原の郭公鳥はをちこちに声多くして幽かなるか

な　川田　順

た‐かい　他界（名）よその世界。人間界から別の世界へ行く意。

咲きみてる花の木立のあなしづか**他界**といふをわれは知らねど　畑　和子

他界なる鬼よびさます蝕の月　草なぶりゐし風もとだえぬ　岩田記未子

たか‐だか　高高（副）目立って高いさま。声高いさま。足をつまだてて待ち望むさま。せいぜい。たかが。

今年竹節長くして**高々**と寄りて安らぐその四五幹に　土屋　文明

たかだかの一生の軽さ　涙ぐむ猫も笑ひのとまらぬわれも　松平　盟子

たかだかと乾草《ほしくさ》ぐるま並《なら》びたり乾《ほし》くさの香《か》を欲《ほっ》しけるかも　斎藤　茂吉

たか‐ぶ・る　高ぶる・昂る・亢る（自動四）気分が高まる。興奮する。誇る。自慢する。「たかぶり」は名詞。

美しき誤算のひとつわれのみが**昂ぶり**て逢い重ねしことも　岸上　大作

癒ゆる望みうすく互みに若ければ**亢り**《たかぶ》て星を語る夜もあり　相良　宏

若葉照る坂下りつつ**昂**《たか》**ぶり**のつねにしあらず吾子《あこ》は生《あ》れたり　木俣　修

たか‐ま・る　高まる（自動四）高くなる。もりあがる。

うねり波**たかまり**あがり水《み》底めがけ重みまかせに倒れたるかも　木下　利玄

蒼天にうねり**たかまる**茶の岡は富士の白きを稜線に置く　後藤　直二

たか‐むら　竹叢・篁（名）竹の林。たけやぶ。

この夜更け飛ぶ寒の星見たりけり暗く揉みあふ**篁**の上に　若井　三青

朝靄のこめし**たかむら**低き辺《へ》の羊歯むらまじへひそか葉の簇《むら》　国見　純生

ひさかたの天《あめ》の瓢《ひさご》のこぼれみづ**竹叢**とほるふたり濡らしき　松平　修文

たぎち　滾ち（名）たぎること。さかまくこと。わきあがること。それらのもの、所。

ひたざまに渓の**滾ち**はとよみつつ夜の灯小暗し岩の湧湯は　田谷　鋭

山川の**たぎち**に垂るる藤づるに氷《ひ》は練絹のごとくかがやく　玉城　徹

国やぶれ山河《さんが》ありけり背戸川《せどかは》の**たぎち**を染むる秋の日の色　石川　信夫

たき-び　焚火（名）庭などで落葉などを焚くこと。また、その火。

母の下駄投げこまれたる**焚火**から夕焼けはいま燃えうつりゆく　角宮　悦子

たく　卓（名）つくえ。テーブル。

卓換へて大きメロンを切りにけりわらひさざめく朝めしの後　土岐　善麿

屋根越しのチャペルの鐘のさびしきを九月ある日の**卓**に言ひあふ　太田　青丘

黄のプリムラ**卓**に輝き華やぎの心洩れやすきをふいに懼るる　尾崎左永子

君がつみしかたくりは**卓**に挿されゐて雪残る午後部屋の明るし　中野　菊夫

たぐい〔たぐひ〕　比・類（名）種類。仲間。同類。

灯のもとに読む歌書の**たぐひ**八ポイントの活字今宵はおぼろめくなり　飯沼喜八郎

診察を受くべき腫物《しゆもつ》とたゆたふにひとり消えにき何の**たぐひ**ぞ　窪田章一郎

藻の**たぐひ**乾きて匂ふ磯岩の干潮に踏みて昼うつつなし　出口　舒規

不眠のわれに夜が用意してくるるもの蟇、黒犬、水死人の**たぐひ**　中城ふみ子

たぐいない〔たぐひ-な・し〕　類ひ無し・比ひ無し（形ク）並ぶものがない。比べるものがない。最上である。

いねぎはに豆腐を煮つつ酒飲みて温《あたたま》りくる身は**たぐひなし**　植松　寿樹

おほどかに泰山木はひらきたり花心を見るにまた**たぐひなき**　岡　麓

た‐ぐさ　手草（名）手に持って遊ぶもの。てすさび。

庭畑にいでて**手ぐさ**にすることもありて粟の穂軽しとおもふ　佐藤佐太郎

かれ糸瓜《へちま》ぶらりふらりと吹く風の**手ぐさ**となれるわが命かも　尾山篤二郎

寝ころびつつギター抱きて**手草**とす憂へは父にも語ることなく　宮地　伸一

たく‐はい　宅配（名）自宅配達の略。商品など荷物を家まで配達すること。

馬のにほひの漂ふごときゆふやみを**宅配**ピザのバイクはゆくも　宇田川寛之

雪原を**宅配**便の車ゆく一台なれば白き野せつなし　梅内美華子

たけたかい〔たけ‐たか・し〕　長高し・丈高し（形ク）品位・格調の高いこと。身長の高いこと。

白菊はただつつましき花ながら月のてらせば**たけたかく**みゆ　橋田　東聲

丈高くポインセチアはありにしを声もあげずに枯れてしまひぬ　大西　民子

空に向き一声を啼き翔びたちしわがまぼろしの**丈たかき**鶴　来嶋　靖生

たけ高きをみなへしの花の群落に心猛々しわれは近づく　石川不二子

たけなわ〔たけなは〕　闌・酣（名・形動ナリ）物事の最も盛んなとき。最中。

こうらすはどよみふくらみ踊る手の**酣**になりて雪ふりしきる　橋田　東聲

たけなわの血潮のもみじ擦過して風の渚を行くオートバイ　佐佐木幸綱

たけなわの女なるかな四十《しじゅう》代萩打つ風が喉に染《し》みるも　道浦母都子

たけ‐の‐あき　竹の秋（名）竹は四月ころに一時古い葉が黄ばみ落葉期になるため、この頃の季節をいう。逆に秋季は緑色の枝葉を茂らせるため、竹の春という。

竹の秋時はや過ぎて若竹も老いたるもさやかに緑揺れたり　柴生田　稔

ひと駅をゆきて麦秋**竹の秋**梅雨めく道の人の世の秋

たけ‐の‐こ　竹の子・筍・笋（名）竹の地下茎から三月上旬より五月にかけて生じる若芽。食用となるのは孟宗竹・真竹・淡竹《はたけ》など。「たかんな」とも。

はしきやし今日の**筍**手に持ちてその香《か》さへよしわれ一人《ひとり》居り　相原　法則

夕ぐれに涙を流しゐるやうにうつむく妻は**竹の子**を輪切りす　斎藤　茂吉

筍の掘られしあともあざやかに関東ロームの赤土の朝　松坂　弘

たこ　凧（名）凧揚げはもと村々の年中行事の一つとして競い合った。現在は正月の楽しい遊びになっている。「いかのぼり」とも。

凧あげて子らと大人らと川べりに集ふ優しきさまの身に沁む　角宮　悦子

凧を引く子の傍らに吾が立ちて体内めぐる血を意識する　田谷　鋭

地にありて五本の指は海風の息を伝ふる**凧**糸をひく　毛利　文平

内藤　明

たずさえる〔たづさ・ふ〕　携ふ（他動下二）手にさげて持つ。伴なって行く。手を取り合う。

春一番吹きすさぶとも**携え**て天に至らん道しるくあれ　山田　あき

阿蘇よりのながき便りを**携へ**て筑紫次郎は有明に入る　川田　茂

たずさわる〔たづさはる〕　携はる（自動四）連れ立つ。かかわる。関係する。

夕山に**たづさはり**来つ年久に願へることはかくしづかなる　五味　保義

たずさわる寒地稲作農の君のはがき表裏あまさず米をどうする　高橋三津雄

たずたずしい〔たづ‐たづ・し〕（形シク）たどたどしい。心もとない。おぼつかない。「たどたどし」とも。

今日の日も日が暮れゆきて自らが狭めし生かもあな**たずたずし**　石田比呂志

みまかりし父の時計を腕にして**たずたずし**ふたたび

の春ふけにけり　田井　安曇

まつはりて童話よみつぐ子のこゑの**たどたどし**さも清らかにして　伍井　さよ

たずねる〔たづ・ぬ〕　訪ぬ（他動下二）人や物のありかやゆくえを探し求める。

たづねたづねて夕暮となる山のなか皮膚なき兄の顔にまぢかく　竹山　広

たーそーがれ　黄昏・誰そ彼（名）夕暮れ。夕方。「誰《た》そ彼《かれ》」の意、向うにいる人の様子が見分けにくいことの意。

巷行く人がカウントされてゐる**誰そ彼**の街いつのいづこぞ　香川　ヒサ

待つ人のあるが嬉しさ山越えて君にと急ぐ**たそがれ**の道　柳原　白蓮

黄昏がうつくしきもの見するなりまちのほとりのゆきちがう影　阿部　久美

そこだけが**黄昏れ**ていて一本の指が歩いてゆくではないか　山崎　方代

ただ　直（副）まっすぐ。直接。じかに。じきに。すぐ。ただちに。

わが犬は稚犬《わかいぬ》なればわがおもひ**ただ**にうつして吼えたつるかも　島田　修二

夏の日の**直**《ただ》さす大野はろばろし黄をふくみたる青き牧草　石榑　千亦

ただ　唯・只（副）ひたすら。いちずに。もっぱら。わずかに。ほんの。たった。

この朝《あした》杏《あんず》捥《も》がれておのづから眼の向きし方は**ただ**青葉なり　千代　國一

ただ一羽そらゆく雁の声きこえあはれ産声のかなしかりし児　岡野　弘彦

ひとけなき夜長き道歩きたり天下天上**唯**ふたりきり　藤室　苑子

ただ　徒・只（副・形動ナリ）特別でないこと。ふつう。並。あたりまえ。むだに。むなしく。

蟬の出でし穴あまた土に見えいしが四五日を経て**ただ**の道となる　高安　国世

非正規の友よ、負けるな　ぼくは**ただ**書類の整理ばかりしている　萩原慎一郎

た

今日もまた髪ととのへて紅つけて**ただ**おとなしう暮らしけるかな　柳原　白蓮

たたかい〔たたかひ〕　戦ひ・闘い（名）いくさ。戦争。または、勝負。

たゝかひに果てし我が子は　思へども、思ひ見がたし。そのあとごゝろ　釈　迢空

戦《たたかひ》はそこにあるかとおもふまで悲し曇のはての夕焼　佐藤佐太郎

あふぎたる夏木の梢高くして紺青ありし**たたかい**ありし　雨宮　雅子

平和を守る**闘い**の中の俺の仕事だ／今日も治療にこもる／迷うことなく　佐々木妙二

たたき　三和土（名）玄関などの土間を、コンクリートなどでかためたところ。

欠け茶碗**三和土**に叩きつけて割《さ》くわれの一人の年越しの宴　道浦母都子

靴はける朝の**三和土**に梧桐の黄花はあまた散りてやまずも　富永波留男

たたきの上にひらめいくひきかさなりて目のなき白き片身なまなまし　中野　菊夫

たた・く　叩く（他動四）続けて打つ。なぐる。打ち鳴らす。

尾ひれにていまだ磯砂**たたき**ゐるひらめ買ひたり朝の浜来て　向井　昭三

機動隊去りたるのちになお握るこの石凍てし路面を**たたく**　福島　泰樹

追ひつめて廊下の隅に**叩き**たる蜘蛛はたちまち黒くちぢめり　岩野　伸子

ただ-ざま　縦方（副）立てた状態。まっすぐなさま。

ただざまに激《たぎ》ち落ち来る滝の水しぶきの幅の虹のぼりゆく　浅野　錦蔵

ただしい〔ただ・し〕　正し（形シク）まっすぐだ。整っている。正直である。正確だ。

越後三條の広田の区劃**ただしく**て條貫し植ゑし早苗の緑　広野　三郎

考へるといよよ生きかねる世とおもふ　わが思ふことは**正しく**ありながら　西村　陽吉

はたらきて**正しく**得つる銭いくつ妻子《つまこ》にあづけ年迎

ふわれは　土岐　善麿

春の潮けふも**規《ただ》しく**満ちをへてかけ来し赫き犬が吼え合ふ　生方たつゑ

ただ・す

正す（他動四）正しくする。きちんとさせる。糺す（他動四）理非を明らかにする。詮議《せんぎ》する。

年老いし教授は喚ばれぬ一生《ひとよ》かけし学説に忠良を**糾されむ**ため　柴生田　稔

寒雀《かんすずめ》このあかつきのさへづりにおもて**ただし**てわれはありたき　坪野　哲久

汽車の窓／はるかに北にふるさとの山見え来れば／襟を**正す**も　石川　啄木

たたず・む

佇む・彳む（自動四）立ちどまる。しばらくとどまる。

路行きて背にかく汗のうらがなし**佇み**仰ぐゑにす木《き》の花　松村　英一

水溶性ならむかわれは月の夜をゆらゆらゆらと**佇み**をれば　河野　泰子

一台の観光バスが通過して**たたずむ**われは風景となる　武田　素晴

ただ-なか

直中・只中（名）まんなか。まっさいちゅう。

あわれ流沙の**ただ中**にして座すみれば安堵を欲りて少女小さし　米田　律子

花に見ませ王のごとくも**ただなか**に男《を》は女をつつむうるはしき蕊　与謝野晶子

饗宴の**ただなか**にして君思ひこころ急遽かに寂しくなりぬ　吉井　勇

たたな-づ・く

畳付く（自動四）いくえにもたたまり重なる。なびき着く。

たたなづく山見よ姿しづまりて町はうるほふ青梅やまかひ　高田　浪吉

たたなづく夏山あをき箱根路を娘に運ばれて老二人来ぬ　野村　清

たたなづく稚柔乳《わかやはちち》のほのぬくみかなしきかもよみごもりぬらし　古泉　千樫

ただ-なら・ず

（連）普通でない。並々でない。ただごとでない。

ただならぬ夜の群集のみつる上やや遠き旗しきりに動く　佐藤佐太郎

漂へる白き蝶にも**ただならぬ**予感あり東京中央街の一角　　小暮　政次

ただならぬ時は至りぬわがはじめ恐れしさまとややに変りて　　柴生田　稔

たたなわる〔**たたなは・る**〕　畳はる（自動四）重なり合って連なる。

神のごと年の始めを雪白く越後の山は**畳はり**たり　　宮　柊二

たたなわる襞のふくらみやさしくて夜の白雲に胸あつくいる　　大島　史洋

たたなはる八峯《やつを》の上を雲のかげ動くを見れば心すがしも　　斎藤　茂吉

たたま・る　畳まる（自動四）たたんだ状態になる。かさなる。積もる。

桜草**たたまり**し葉のやうやうにほぐれて蕾あらはれにけり　　植松　寿樹

ほしいまゝにのびあがりたる波のおもみ倒れ**畳まり**とゞろと鳴るも　　木下　利玄

かの空に**たたまれ**る夜の雲ありて遠いなづまに紅くかがやく　　斎藤　茂吉

ただよい〔**ただよ・ひ**〕　漂ひ（名）揺れ動き。こころゆらぎ。さすらい。

回復期その**漂ひ**に晩春の朝々バロックの曲をひびかす　　高嶋　健一

なべて一期とおもへる坂の**漂ひ**にひとに倚りつつひとを避けゐつ　　伍井　さよ

たち　立ち（接頭）動詞に付けて語勢を強める。

立ち直り**立ち**直りゆく心かな父死してなじむ泥と太陽　　宮岡　昇

みそ萩を野べに折りつる友にあひ**立ち**別るるを寂しく思へり　　平福　百穂

たちあおい〔**たち-あふひ**〕　立葵（名）あおい科の越年草。観賞用。高さ約二メートル。葉は心臓型で掌状に浅裂する。花色は紅、白、黄、紫など。

桃色の**立葵**咲き小舎のなか女らが乾酪《チーズ》つくりゐるこゐ　　角宮　悦子

たちい〔**たち-ゐ**〕　立ち居・起ち居（名）起居動作。日常の簡単な動作。

額《ぬか》の真中《まなか》に弾丸《たま》をうけたるおもかげの立居に憑《つ》きて
夏のおどろや　　齋藤　史

たちまち

忽ち（副）急に。すぐに。またたくまに。

たちまちに鼾《いびき》きこゆる仮眠室二十五足の地下足袋に
ほふ　　御供　平佶

少女は**たちまち**ウサギになり金魚になる電話ボック
スの陽だまり　　永井　陽子

葡萄つみあげてゆくおんな　**たちまち**あらわになら
ぬものか　　高瀬　一誌

附着せる皮膚もろともに剝ぎ捨てしシャツに**たちま
ち**群がれる蝿　　竹山　広

た・つ

立つ（自動四）現象や状態が出現する。短歌
では「顕つ」がしばしば慣用的に用いられる。

殺めたるネズミ、ウサギの幾千が職退きし夢に**顕た**
ぬはさびし　　鈴木　諄三

乱れ舞ふ獅子の幻**顕ち**そへば冬大牡丹いやかがよへ
る　　石川　恭子

何もないところを空といふのならわたしは洗ふ虹の
顕つまで　　十谷あとり

香港にゆきてかえらぬ青年の面かげ**顕て**ば葉はゆれ
ており　　中村　幸一

た・つ

絶つ（他動四）切り離す。やめる。終わらす。
へだてる。

なまぐさき血縁**絶た**ん日あたりにさかさに立ててあ
る冬の斧　　寺山　修司

絶ちがたき思ひなりけりこの心いまはみづから苦し
むにまかす　　三ヶ島葭子

ただひとり吾より貧しき友なりき金のことにて交《まじはり》
絶てり　　土屋　文明

だつ

（接尾）…めく。…のようになる。名詞に付
ける。盛んに…する。動詞連用形に付ける。

萼《がく》ながら桜のつぼみ庭いちめんに朝こぼれつつなほ
嵐**だつ**　　土岐　善麿

沈丁《じんちやう》の花の盛りは匂ひ**だち**苦しかりしが五月《さつき》に入り
ぬ　　宮　柊二

さくらばな陽に泡**立つ**を目守《まも》りゐるこの冥き遊星に
人と生れて　　山中智恵子

た-つき

方便・活計（名）生活の手段。生計。な
りわい。手がかり。手段。方法。頼る所。

「たどき」とも。「たどき知らねば」は知る方法を知らないから。

冬深き国に**生活**《たつき》し慣されし暗き性質《さが》をば矯《た》め得ずに経つ　宮　柊二

生業《たつき》とてゴムの前垂れつけし人あはれ一気に鰤たちひらく　安立スハル

みずからを焚く火のごとしささやかな**たつき**となしてわが日本語は　大口　玲子

降る雪に兵たむろせし彼《か》の日《ひ》をも人は忘れむ**たどき**知らねば　柴生田　稔

たった　（副）「ただ」の促音化。ほんの。わずか。

挙手をしてレスキュー隊員帰りゆく**たった**今まで生きてゐた父　田中　律子

日の暮れはわれわれを異国の人にする**たった**一駅はなれた街で　杉﨑　恒夫

たっぷり　（副）満ちあふれるほどにたくさん、十分な状態。余裕・ゆとりのある状態。

たっぷりと乳房も胸も脹《ふく》らめる土偶よ——原始女性は太陽であった　宮前　初子

たっぷりと君に抱かれているようなグリンのセーター着て冬になる　俵　万智

たて　立て（接尾）…たばかり。動詞に付けて、その動作が終ってまもないことをあらわす。

もぎ**たて**のたうもろこしを食べをらんわが子思へばややなごむなり　三ヶ島葭子

もぎ**たて**の朝の柿露しとどなり竿よりはづす掌にしみにけり　中島　哀浪

たとえば〔**たとへ-ば**〕　例へば（副）例をあげると。たとえを引くと。

八月の**たとへば**沼の器にも火のにほひなす河骨《かうほね》の花　辺見じゅん

死後のわれは身かろくどこへも現れむ**たとへば**きみの肩にも乗りて　中城ふみ子

花ふぶくとき透きてゆくもののあり**たとへば**昏き愛恋ひとつ　尾崎左永子

たとへば君　ガサッと落葉すくふやうに私をさらって行ってはくれぬか　河野　裕子

たとえる〔**たと・ふ**〕　例ふ・譬ふ・喩ふ（他動下二）他の事柄をあげて説明

する。ある事に比較する。
ゆく河の流れを何に**たとえ**ても**たとえ**きれない水底《みなそこ》の石　　俵　万智
たとふれば瘤もつ駱駝夜半に思ふ父として在るこのかなしみは　　影山　一男

たｰどきｰな・し　方便無し（形ク）頼りどころがない。寄る辺がない。「たづきなし」とも。
悲しみを持ちて来りしわれの踏む渚の砂の**たどきなかりし**　　大塚布見子
夢に入《い》り夢より出でて**たどきなし**春あけぼのの牀上一軀　　蒔田さくら子

たどｰたど　（副）おぼつかないさま。はっきりしないさま。おどおどしたさま。
火のごとく耀《て》りてそののち**たどたど**と暗くなりゆく寒のさざなみ　　石川　一成

たなｰぐも　棚雲（名）たなびいている雲。
大槍《おほやり》は秀先《ほさき》かくりて明神《みやうじん》の岳は**棚雲**の支柱のごとし　　百瀬慎太郎
能登《のと》の海ひた荒れし日は夕づきて海にかたむく赤き**棚雲**　　佐藤佐太郎
棚雲とみ雪かつげる大雪の峯々のあひまあかき日輪　　田中　眞人

たなｰごころ　掌（名）てのひら。「手の心」の意。手裏《たなうら》・手底《たなそこ》。
折り持てばわが**たなごころ**あたたかき重みをおぼゆ黍の垂穂を　　若山　牧水

たなｰそこ　手底（名）てのひら。
白桃の皮むけやすくむくままに雫したたるわが**たなそこ**に　　窪田　空穂
掌《たなそこ》のマチの灯《ほ》かげにおくつきの古《ふ》りし墓標の文字を読みけり　　橋田　東聲
味淡《うす》き柘榴はわれを村童のむかしにかへし**たなそこ**にあり　　上田三四二
霧らひくる雨夜玻璃窓《ど》の外《と》明りに汝は**たなそこ**を見せて眠れる　　成瀬　有

たなｰつｰもの　穀（名）稲。穀類の総称。

見渡せばゆたかにみのる**たなつもの**近江の国は豊秋なるらし　　橋田　東聲

たなつもの納むる蔵を初雪のつつむあしたは神にぬかづく　　与謝野晶子

たな-ばた　七夕（名）陰暦七月七日（東京などは陽暦七月七日）の星祭。中国の伝説による。たなばた祭り。

幼な子の**七夕**のささいろがみのいろいろわれになきねがひ　　福田　栄一

倚り合ひて子の**七夕**の話きくひとときの平和まもり難しも　　前田　透

夏の日の光さしつつ**たなばた**の色ある影は舗道に動く　　佐藤佐太郎

なつの日の寒冷前線ひさびさに**七夕**の夜を過ぎてゆきたり　　大谷　雅彦

たな-びく　棚引く・靉靆く（自動四）雲・霞などが横に長く引く。

物ごころつきそめしより紅霞《べにがすみ》**たなびき**て畝傍のお山はありき　　前川佐美雄

ほのぼのと夜の明けきたり春霞**たなびき**わたる野べの菜の花　　都筑　省吾

ふるさとの尾鈴の山のかなしさよ秋もかすみの**たなびき**て居り　　若山　牧水

白雲は山ぎは遠く**たなびけ**ど空のまほらは暗紫雲群　　小市巳世司

だに　（助）…さえも。否定語を伴う。…だけでも。命令・意志・推量・仮定語を伴う。せめて…だけでも。命令・意志を表わす語を伴う。また、…すら。…さえ。

鴨多き夕べの川を渡り来て支流を見れば一羽**だに**ゐず　　宮地　伸一

遠き代の人の名前を分類すそを**だに**明日のたのしみとせむ　　土屋　文明

思ふ**だに**心はさやぐ島山をおほひて桜咲きさかるとぞ　　長澤　一作

黒髪のその一すぢのふるへ**だに**いかでみすべき見すべしやわれ　　九条　武子

た-にん　他人（名）つながりのない人。血縁や関係のない人。自分以外の人。ほかの人。

春近き夜の霧ぬくし明日よりは**他人**とならむ夫と町

ゆく　野原あき子

確かなる発言を**他人**に委ねいる人びとの中の我も一人か　赤座　憲久

勤続三十年表彰受くるは**他人**なれどつながれている重き足枷　織原　常行

他人に還る如き寝顔も愛《いつくし》く秘かに夫に口触れにけり　長谷川純江

たね

種（名）草花・禾穀物・蔬菜類・果実の種子。
動物の発生するもととなるもの。

ものの**種**蒔かんと一日思い立ち踏み固まれる庭掘り起す　野北　和義

枇杷の実を食めば二つの**種**まろし世は見えがたき雨粒の底　三枝　昂之

種馬の血管隆《たか》き胸郭が黒き陸地のごとく鎮《しづ》まる　真鍋美恵子

たのし・む

楽しむ・愉しむ（自動四）楽しく思う。
愉快に思う。「たのしぶ」とも。（他動四）好みよろこぶ。

焼酎のとろりと梅になじむ日をおもひ**たのしみ**梅漬けにけり　木俣　修

白星を作り零《ふ》らしてえごの木は一生《いつしやう》一処《いつしよ》**たのしむ**ごとし　高野　公彦

柿の実も柚子もしづけき秋の日を**愉しむ**に似て光りつつあり　杜澤光一郎

詩人俳人歌人の差異を**楽しみ**ぬ信濃の甘き火酒飲みながら　道浦母都子

たばこ

煙草（名）タバコの葉を発酵して乾燥させて作った嗜好品。

煙草くさき国語教師が言うときに明日という語は最もかなし　寺山　修司

袂より**煙草**を出だし空を見てまた人並《ひとなみ》に明日を思へる　与謝野鉄幹

はかなかるおもひの果のわが仕ぐさ**煙草**に染みし指をならすも　巽　聖歌

うす闇に君が吸ふなる**煙草**の火わがかなしみをあつめて光る　原　阿佐緒

たび

度（名）とき。折り。際。時ごと。回数。または数詞に付けて度数をあらわす。

ふた**たび**み**たび**戦乱はなお続きつつ宇宙をまわる小さき地球　水野　昌雄

鐘の音撞《つ》き出で果てて余るなる響《とよ》み出でつついく**たび**となし　片山　貞美

忘れ物ないかと今も母の声玄関に聞く靴を履く**たび**　大室　英敏

回る**たび**この世に秋を引き寄せるスポークきらりきらりと回る　服部真里子

た・ぶ　賜ぶ・給ぶ（他動四）くださる。「与ふ」の尊敬語。お…になる。…くださる。動詞連用形やそれに助詞「て」の付いたものに添えて、尊敬の意を示す。

夏わらびほそきを**たび**ぬ信濃の山に六月の雨少かりきと　土屋　文明

ちち母の**賜び**し一つと尊みてわが手の平の厚きを眺む　田谷　鋭

棺の子にもたれ泣き伏すわが妻を他人のこゑが叱りて**賜び**ぬ　金子信三郎

たべる〔た・ぶ〕　食ぶ（他動下二）食う。飲む。

川水にかなかなのこゑ沁むるころ指もて**食ぶる**鮎のはらわた　醍醐志万子

生野菜**たべる**人らの増える世に農薬の需要減らざりという　吉田　四郎

はじめてのたべもの**たべる**　おいしい　とあなたがわらう　これはうまいもの　斉藤　斎藤

たまう〔たま・ふ〕　賜ふ・給ふ（他動四）くださる。他の動作に添えて、お…になる。…なさる。尊敬語。

のど赤き玄鳥《つばくらめ》ふたつ屋梁《はり》にゐて足乳根《たらちね》の母は死に**たまふ**なり　斎藤　茂吉

紅筆《べにふで》にわづらひ**たまふ**歌よりも雪の兎に目をたまへ君　山川登美子

神のごと魚沼三山ならび**たまふ**関越自動車道をひた駈けくれば　宮　柊二

たま-かぎる　玉限る・玉蜻蛉（枕）日・夕・ほのか、などにかかる。

たまかぎる夕映生《あ》るる石ひとつわが鶺鴒《いしたたき》石たたきゐて　山中智恵子

たまかぎる夕べほのかに枝ゆれて鶲《ひたき》のこゑの凪にあそべる　米口　實

たまきわる〔たま-きはる〕 魂極る（枕）いのち・うち・世・うつつ・吾《わ》、にかかる。

たまきはる生命《いのち》きはまるそのはてに散らつく面《おも》よ母にあらずあれ　前川佐美雄

玉きはる命のまへに欲りし水をこらへて居よと我は言ひつる　島木　赤彦

あかあかと一本の道とほりたり**たまきはる**我が命なりけり　斎藤　茂吉

わたくしの飲食《おんじき》ゆゑに**たまきはる**内にしのびて明日さへ居らめ　佐藤佐太郎

たま-くしげ 玉櫛笥（名）箱・ふた・明く・開く・覆ふ・奥・身、などにかかる。

たまくしげ箱根の山に夜もすがら薄をてらす月のさやけさ　斎藤　茂吉

玉くしげふたつのみかげ神垣の内外に見えて尊かりけり　新村　出

たま-ご 卵・玉子（名）鳥・魚・虫などの雌の生殖細胞。鶏のたまご。鶏卵。

大きなる手があらはれて昼深し上から**卵**をつかみけるかも　北原　白秋

翼竜の**たまご**をのせて回りつづけるギアナ高地の風のテーブル　井辻　朱美

「安全」のシール貼られて激安の**卵**売りをり売れ残りつつ　たなかみち

ちよつとそこまでといふやうに樹の上の森青蛙は**卵**をのこす　西海　隆子

たま-さか 偶か・適か（副）たまたま。まれ。めったにないこと。思いがけないさま。

たまさかに二階にのぼるこんこんと雪降りつむを見らくし好しと　斎藤　茂吉

たまさかに部屋ごもるとき昼すぎて火鉢の灰に日の光さす　佐藤佐太郎

通い婚　いえ風の婚　**たまさか**に二人見ている竜神ケ崎　道浦母都子

たまさかのこのしづけさに落つきてわれの心はなにも願はず　吉植　庄亮

たましい〔たましひ〕 魂・霊（名）こころ。精神。精霊。霊魂。みたま。「たま」とも。

たましひの午睡の刻に咲くといふれんげたんぽぽ野のかぞへうた　永井　陽子

いづこへとゆくや厩に一頭の馬が眠りてその**たましひ**は　原田　千万

魂を買ひし男が革袋を提げてミモザの下にいりゆく　小畑　庸子

光つねに音なくさしてなつかしくわが**魂**をひらく窓あり　安田　章生

よみにありて**魂**《たま》静まれる人すらもこの寂しさに世をこふらむか　伊藤左千夫

たま-たま　偶偶・適適（副）時おり。たまさか。ちょうどその時。思いがけずに。偶然に。

七階の下なる都心**たまたま**を往来絶えし車道歩道見ゆ　宮　柊二

たまたま丸いポストのたつてゐて不安なり手紙は届くだらうか　西海　隆子

たまのお〔たま-の-を〕　魂の緒・玉の緒（名）いのち。みじかい。玉の緒の（枕）長し・短し・絶ゆ・乱る・継ぐ・間《あひだ》もおかず、などにかかる。

いつにても我**玉の緒**を断つすべを知れる身をもて何のなげきぞ　柳原　白蓮

今の我れに偽ることを許さずば我が**霊の緒**は直《すぐ》にも絶ゆべし　伊藤左千夫

旦夕にせまる吾子が**玉の緒の**ひそやかなれや泣きごゑもせぬ　岩谷　莫哀

たまの緒の命をつなぐ日々のもの薄粥飯《いひ》も飽きぬるものを　島木　赤彦

たま-もの　賜物（名）賜わりもの。くだされもの。

賜物のルパシカ風のブラウスを着て出づ騏驎の首をもたねど　石川不二子

たまものに似て新しき鍵ひとつ朝な夕なのわが手に持てり　清原　令子

たま-も-よし　玉藻よし（枕）讃岐《さぬき》（香川県）にかかる。

玉藻よし讃岐の小富士船窓にまづうつり来て楽しき目さめ　石榑　千亦

たま-ゆら　玉響（副）かすか。ちらりと。転じて、しばらく。しばし。ほんの少しの間。

君が手とわが手とふれし**たまゆら**の心ゆらぎは知らずやありけん　太田　水穂

たまゆら世界の終り見ゆるは夕暮の大運河横なぐりの白雨《はくう》　塚本　邦雄

咲ききりて衰へむとする**たまゆら**をくれなゐ深む芍薬の花　五島美代子

たまゆらのはなやぎありて千年の桜に寄りそふ限界集落　緒方美恵子

たむろ　屯（名）多く群れ集まること。

屯する緬羊《めんやう》の一つ丘の上の地平を移り綿雲に入る　宇都野　研

西空にあかねの色も暮れしかばたちまちくらし**たむろ**する雲　佐藤佐太郎

たむろせる雲多くして上つ毛の国に秀づる山を見なくに　高田　浪吉

ため　為（名）…の役に立つように。…という目的で。…ゆえ。…に対して。助詞「の」の付いた体言、または用言の連体形に付ける。

焚書《ふんしょ》の**ため**の空もたざれば過ぎがての塵紙交換車よびとむるなり　石本　隆一

この路地のどこかで干物焼いてゐる誰かがひとり夕餉の**ため**に　稲垣　留女

Bに会ふ**ため**に「のぞみ」に乗るわれは旅人Aなり京で落ち合ふ　野一色容子

ためらい〔ためらひ〕　躊躇ひ（名）迷い。さまよい。しりごみ。ちゅうちょ。

三月に入りて幾たびの雪ならむ**ためらひ**もなき降《ふり》のはげしき　岡部　文夫

いね際に過ぐる**ためらひ**再びは醒めざらん日のいつと知らなく　尾崎左永子

ためらひを重ねてわれらがめぐりには一万尺の海の沈黙　今野　寿美

接岸の夜のフェリーの**ためらい**をするりと抜けて単車の男女　石本　隆一

だ‐も　（助）…でさえも。…ですらも。「だにも」とも。

怒りては庭になげうつ宝石のひとつ**だも**なく秋のしづけき　前川佐美雄

吾妹子が位牌の前に血しほ吐き事態《じたい》をなげくゆとり

た

だもなし　　吉野　秀雄

たも・つ　保つ（他動四）所持する。もつ。長くもちこたえる。守る。支える。

老の心**保**ちゆかんに静かなる時は過ぎたりかへる日ありや　　松村　英一

寒けして今朝起きがたき吾がからだ七十三年**たもち**来しからだ　　清水　房雄

目のはしに遠くの海が水銀のまるみをしどけなく**たもち**をり　　尾崎まゆみ

たやすい〔た‐やす・し〕　容易い（形ク）容易だ。簡単だ。やさしい。軽々しい。「たはやすし」とも。

「兵の苦は農の貧より**たやすし**」と轟くごとき死者らの言葉　　川島喜代詩

たはやすく戦をいふこの人は死を他人事と思へるらしき　　半田　良平

たゆ・し　懈し（形ク）疲れて力がない。だるい。心の働きが鈍い。

しまひ湯に足頸**たゆく**光りゐてつつましからぬおもひ湧くかな　　石川不二子

もの**たゆき**九月三日の夕空は数珠つなぎなる腸《はらわた》の雲　　池田裕美子

辛うじて会議を終えて空港に踏みしめ歩む**たゆき**一歩を　　栗明　純生

微熱あるごとくに**懈《たゆ》き**月のいろ今宵は蝕といまだ知らざれ　　蒔田さくら子

くもり日の椅子のまどろみ　変身の刻《とき》とはかかる**たゆき**ひるすぎ　　岡井　隆

たゆたい〔たゆたひ〕　揺蕩・猶予（名）ぐずつくこと。ぐずぐずすること。揺らめくこと。ためらい。「揺蕩ふ」は（自動四）。

冬ふたたびむかへむとする**たゆたひ**に南の窓のガラスを拭ふ　　鹿児島寿蔵

をだまきの蕾の茎の立ちそめて春逝くころの心**たゆたひ**　　柴生田　稔

繁《し》み立つ松の秀《ほ》つ枝《え》におりむとし**たゆたひ**がちに輪を舞ふ鶴は　　佐佐木信綱

蜻蛉来て蘆のうら葉のいづれにかとまらむとするほどの**たゆたひ**　　田波　御白

春の海の**たゆたふ**波を見て過ごすもうすぐ吾にしち

じふがくる　高田　流子

たゆみ　弛み・懈み（名）ゆるむこと。ゆるみ。油断。おこたり。安心。

夏野きて木かげに憩ふかすかなる心**たゆみ**も人はなげきし　岡野　弘彦

たより　便り（名）音信。手紙。消息。

自らに煮焼《にやき》もするといふ**たより**笑ひたるのち涙にじみ来《く》　木俣　修

ふるさとの雪にぬくとく埋れゆくわれらが墓碑に雪積む**便り**　長井　和子

吾の身を案じ来られる父の**便り**青立ちの稲田に触れ給はざりき　山田　秀夫

信州に出稼ぎに行き死に場所と記せる友の**便り**届きぬ　松田　定秀

だらけ　（接尾）まみれること。一面に散在すること。多いこと。ばかり。

青空を毛布代りに昼寝する赤ん坊**だらけ**の春のキャンパス　畔柳　和代

濃く重く霧のこめたる坂の道矛盾**だらけ**のわが帰り道　島田　修二

てのひらを凹めて冬の陽をいただく掌は皺**だらけ**のうつは　植村　玲子

たらち-ね　垂乳根（名）母親。垂乳根の（枕）母、親にかかる。

たらちねは見もせぬ山に願《ぐわん》かけき育てられ我六十七　土屋　文明

たらちねの母を焼く火のほのほだち鉄扉の隙に見ざるべからず　吉野　秀雄

垂乳根の母が釣りたる青蚊帳をすがしといねつたるみたれども　長塚　節

わが齢四十六ともなりにけり笑まし給ふや**たらちね**の母　窪田　空穂

たら-む　（連）…たのだろう。推測を示す。完了の助動詞「たり」の未然形と推量の助動詞「む」の連なり。…でありたいような。断定の助動詞「たり」の未然形と推量の助動詞「む」の連なり。「たらん」とも。

ひさかたのそらいろの実がこぼれをり龍のひげの花はいつ咲き**たらむ**　福田　栄一

無農薬有機農法露地野菜食みてゐ**たらむ**斎藤茂吉
香川　ヒサ

言ひ負けて颪の又三郎**たらむ**希いもてり海青き日は
寺山　修司

たり　(助動)…た。動作・作用の完了した結果が続いていることを示す。…ている。以上「てあり」の略。動詞連用形に付ける。…である。断定を示す。「とあり」の略。体言に付ける。

ジャンパーのうちポケットにある過去と笑いて部屋の釘にかけ**たり**
岡部桂一郎

さよなら言ひてしばらくとどまりぬいったい誰に別れき**たる**か
原田　千万

立ち直り澄み**たる**独楽の一心の倒るるまでのかなしみ見つむ
馬場あき子

ふかぶかと霧の衣を被き**たる**欅に海は始まりてをり
雅　風子

光る海見つつ青葉の丘くだる兵**たれ**ば長くとどまれずして
阿部　十三

たり-き　(連)…た。だった。完了の助動詞「たり」と過去の助動詞「き」の連なり。

ふるさとを自らすてて若き日に上京し**たりき**二十歳なりし
宮　柊二

酒提げて弟来れば飲み**たりき**飲めなくなりし兄を語りて
狩野登美次

あをき霧に髪にほはせて去り**たりき**僻《ひが》めばさむき冬の夜の愛
生方たつゑ

たり-けり　(連)…していた。…したのだった。完了の事実に気付いて用いる。

たたかひは上海《しやんはい》に起り居《ゐ》**たりけり**鳳仙花紅《あか》く散りゐ**たりけり**
斎藤　茂吉

籬もとにおよぶ斜光が稗草の穂のむきむきに沁みに**たりけり**
岩間　正男

ま耀ひ電車しりへに夕日入りさかる比企の丘日暮れ**たりけり**
柴田　俊男

たりる〔た・る〕　足る（自動四）不足や欠けたところがに状態になる。

頒けやりし水飲み**足り**て言ひし一語幾夜聞えき「小父ちゃんは親切ね」
竹山　広

かのひともまた遠景に紛れ込みことしも賀状いちま

いで**足る**　　前田　宏章

たる-ひ　垂氷（名）つらら。

草崖をつたひて下る山水が**垂氷**となりて太りつつあり　　大橋　松平

たれ　誰（代）だれ。不定称。「だれ」とも。

硝子屑の上に来て青き夕あかり**たれ**か酷薄のことばきかせよ　　中城ふみ子

月光の訛《なま》りて降るとわれいへど**誰**《だれ》も**誰**も信じてくれぬ　　伊藤　一彦

誰《たれ》か来る**誰**かたしかにこの家へ来るぞと夜の笛吹きケトル　　永井　陽子

誰か見し時のみ咲ける花ならむ振り返りてもくれなゐ暗し　　大崎　瀬都

たれる〔た・る〕　垂る（自動四・他動下二）ぶらさがる。したる。

みちのくの夜空は**垂れ**て電柱に身をすりつける黒猫ひとつ　　岡部桂一郎

寝汗かき少女夜あけに見しゆめの谷間におもく黒葡萄**垂る**　　王　紅花

白藤の**垂**花《たりばな》ちればしみじみと今はその実の見えそめしかも　　斎藤　茂吉

首**垂るる**驢馬の野太き声漏れて日ぐれはひともけものもさびし　　志野　暁子

たわ・む　撓む（自動四）しなう。ゆがむ。曲がる。弱る。

北十字星デネブをさがす瞳《め》の中に夜の紺の空**撓み**て落ち来　　築地　正子

せゝらぎのこぼ〱こもる落窪を**たわみ**おほへる木いちごの花　　木下　利玄

肺尖《はいせん》にひとつ昼顔の花燃ゆと告げんとしつつ**たわむ**言葉は　　岡井　隆

ほどけたり**たわん**だりする罫線をよろめきながら数値が進む　　石川　美南

たわむれ〔たはむれ〕　戯れ（名）冗談。ふざけ半分。いたずら。遊戯。おどけ。かりそめ。かり。

たはむれに母を背負ひて／そのあまり軽《かろ》きに泣きて／三歩あゆまず　　石川　啄木

たはむれに美香と名づけし街路樹はガス工事ゆゑ殺されてゐた　荻原　裕幸

たはむれに潮泡石《しほなわいし》と言《こと》に呼ぶ山路に遭へる白き斑の石　田谷　鋭

女房のコブラツイスト凄きかな**戯れ**といへ悲鳴ぞ出づる　島田　修三

たわめる〔たわ・む〕　撓む（他動下二）たわむようにする。曲げる。

釣竿を引き**たわめ**つつ釣りあげしこれは荒布か魚ならなくに　若山　牧水

花あまたもつ寒木瓜の枝**たわめ**遊ぶ雀を見てゐる雀　大岡　博

電線のはつかに**撓む**朝あけに始発列車が高架をわたる　山川　築

たわ-や・ぐ　（自動四）しなやかになる。なよなよする。「たをやぐ」とも。

花がめに**たわやぐ**百合の一枝は蒼の重さに向うむきになれり　宇都野　研

たわやすし〔たはやす・し〕　容易し（形ク）たやすい。簡単だ。

殺戮は男《を》の神のわざ**たわやすく**薙ぎたおしゆく剣《つるぎ》をもてり　加藤　英彦

たはやすくガンジーの手に拾はれしひたに輝く塩を思へり　春日いづみ

たん-じつ　短日（名）一日の昼の時間が短いとき。十二月二十二・三日ごろの冬至の前後。

短日は盲《し》ふる眼先《まさき》に朱《しゆ》の寂《さ》びし童女像ありて暮れてゆきにけり　北原　白秋

病む父のにほひ愛《かな》しみて我は坐《ゐ》つ**短日**の日射《ひざし》とどく畳に　木俣　修

そそくさと小鳥来て去る中庭をきき寵りつつ**短日**暮れぬ　荒木　暢夫

たんぽぽ　蒲公英（名）早春、野原や路傍に鼓に似た黄や白の色の花を咲かせる。鼓草とも。

たんぽぽの穂が守りゐる空間の張りつめたるを吹き崩しけり　栗木　京子

リモコンを胸にしばらく眠りゐし**たんぽぽ**になり谷を見て来し　落合けい子

たんぽぽのてんてんと咲く中庭で生徒のいない教室のぞく　江戸　雪

ち

ち

千（名）せん。数の多いこと。

苔の下に或はかくるる石の道**千**年《ちとせ》の苔のおろそかならず　土屋　文明

ち

地（名）地面。地上。つち。土地。大地。地方。

メコン川ゆるき流れに寄り添いて鍬洗う見ゆかえらなん**地**よ　国田　信美

寒冷の**地**にたくましく育つとぞ皮厚き花豆を噛みしめるなり　水野　昌雄

花は**地**に還るよろこび　ひいやりと宝石の眼は見つめてゐたる　尾崎まゆみ

地を這ひて立ち上がりまた伸び上がり絡みあひつつ葛の群れゆく　落合けい子

夕立の**地**へのぼりゆく地下鉄にだれか電話をしてはこないか　江戸　雪

ち

血（名）動物の体内を循環して流れる液体。同じ父祖につながる血族の完成。血筋。

血だるまとなりて縋りつく看護婦を曳きずり走る暗き廊下を　竹山　広

あけぼのに春の雪ふる**血**はくらし花くらしとぞ山鳩は啼く　前　登志夫

父の**血**はわれに継がれてお人良し酒好き女好きまで似しか　晋樹　隆彦

ちか‐ぢか

近近（副）ごく近いさま。非常に近く。近日。

夜もすがらひびく水の音**近々**にかなしき日本に吾は目覚むる　土屋　文明

ちかぢかと夜空の雲にこもりたる巷のひびき春ならむとす　窪田章一郎

近々と来て思いわく忍坂の鏡王女の墓日のかげふかし　大塚　善子

ちかぢかと瞳《め》は寄せながらさびしさを試しゐるのみわれら互みに　中城ふみ子

ちから

力（名）体力。いきおい。ききめ。気力。はたらき。

良妻のなれの果にて肩の**力**ぬけばジグソーパズルが合はぬ　齋藤　史

落日に波ひかりつつ大利根は河口へ春の**ちから**押し出す　松坂　弘

なかぞらに刷く薄雲の紅いろは生きの**ちから**を吾《あ》にやどらしむ　阿木津　英

いつしかも衰へしるき脚**ぢから**たのみて秋日の多摩の低山　清水　房雄

ちーぎ・る

千切る（他動四）手で引き切る。こまかくさく。もぎとる。ねじきる。

鎌倉より東京まで**千切り千切り**捨つる手紙と思ふ人あらざらむ　渡辺　衡平

ちず〔ちーづ〕

地図（名）地表の諸物体・諸現象を一定の約束によって縮尺し、記号等によって平面上に表現した図。

あやしげな婆さんが来て海賊の**地図**をこの手にわたして行った　小谷　博泰

偶然に逢ひたし例へば野の駅のベンチに君は**地図**を見てゐて　たなかみち

屍を埋めた場所に夜が来る瓢々として**地図**にない街漂泊に傾くおもひ告げざれど独酌すべし**地図**を広げて　永井　陽子

ちーそく

遅速（名）おそいことと早いこと。ある時はおそく、ある時は早くすること。　宇田川寛之

ぬるでよりうるしが先か紅葉のはじまる**遅速**山路に来て　岡部桂一郎

梅林に揉まるる花の**遅速**みえ風の選択《えらび》に移る耀ひ　加藤知多雄

過ぎてゆく日々に**遅速**はなけれども早まるごとし年のきざみは　吉野　昌夫

山の村を稀に出で来し君達が見て麦刈りのその**遅速**いふ　松村　英一

ちち

乳（名）乳房から分泌する乳白色の液。乳汁。また乳房。

代田掻く親にすがりて牛の仔の無理無体にし**乳**のまむとす　吉植　庄亮

みごもりてはじめてなれば、たのめなき**乳**ほの赤く猫は眠れり　穂積　生萩

ちち　父（名）おとこ親。おとうさん。

明るいところへ出れば傷ばかり安売りのグラスと**父**といふ男と　辰巳　泰子

父知らぬ子を産みおろす若き娘に生の卵を一つ置きて去る　山崎　方代

いつも違ふ夕暮の海　帰りたき家を言ひつつ**父**は死にたり　西海　隆子

もはや逢ふことなき**父**の背を見たり樹霊ささやくみなづきの森　岩田記未子

ち‐ぢ　千千（形動ナリ）いろいろ。さまざま。あまた。

手をひらく**千々に**乱れてゐる冬の心のごとき寒き手ひらく　馬場あき子

おもひこそ**千々なれ**われを今日《けふ》ひとひ船にまかせて河には浮かめ　岡本かの子

ちち‐の‐み‐の　乳の実の（枕）父《ちち》にかかる。

ちちのみの父が育てし杉林まうまうと陽に花粉噴きをり　杜澤光一郎

ちちのみの父も来て聴くかなかなの夜明けのこゑを水奔りたり　辺見じゅん

ちちのみの父をはふりて　くだる山――。鳴き立つ鳥の声　ひびくなり　釈　迢空

ちち‐はは　父母（名）父と母。両親。ふぼ。

われにまだ**父母**ありし世のごとく街に糀《こうじ》の乾く匂いす　野北　和義

年老いてまどかに生きむことかたしわが父も伯母も妻の**父母**も　柴生田　稔

運転は彼にまかせて**父母**と私できめる今日のディナー　遠藤　晶

ち‐ぶさ　乳房（名）人など哺乳動物のめすの胸や腹などにある乳を出す器官。

あはれ劫初の**乳房**は熟れよ麥の穂のすくすく立ちて芒《のぎ》けぶる空　前　登志夫

よるべなき悲哀のごとく薄明に体温を放ちもり上がる**乳房**　岡部桂一郎

蔓堅くからまる棚に垂れ下がる母なる**乳房**のごときをもげり　池田裕美子

甘やかな風吹きゆけば満たされぬ**乳房**のような藤房
揺れる　　礒辺　朋子

ぢーふぶき　地吹雪（名）地面につもった雪が強風によってふきあげられるもの。

見る限り海にひしめく流氷に視界なきまで**地吹雪**のたつ　　松生　一哲

地吹雪の渦は林へ走り行く風のリフトにまなこ開けば　　佐佐木幸綱

ちーまた　巷・岐・衢（名）街路。まちなか。市井《しせい》。わかれみち。場所。

ほこりづく重き外套《ぐわいたう》を着てゆくに春日あかるき**ちま****た**となれり　　村野　次郎

こっぷ酒呷りて宵の**衢**ゆく胸のあたりがうれしくなりて　　石田比呂志

汚れつつ七日残れる雪を吹く街の**ちまた**をあゆみて帰る　　阿木津　英

高架駅のホームに見えて順調に暗くなりをり空も**巷**も　　狩野　一男

ちゃわん〔ちやーわん〕　茶碗（名）茶を注いだり、飯などを盛ったりする陶磁器の器。

茶碗の底に梅干の種二つ並びおるああこれが愛と云うものだ　　山崎　方代

怒りつつ洗うお**茶わん**ことごとく割れてさびしいごめんさびしい　　東　直子

ちゅう　宙（名）空。天。虚空。空中。空間。

白昼につまずく体一瞬に**宙**とらえんと遊ぶ両の手　　岡部桂一郎

紅炎《プロミネンス》ちぎりて高く**宙**へ噴くその片々ほどかわが住める星　　吉田　漱

晴れし田に白鷺の番《つがひ》羽搏きてしばしまつはり合ふ**宙**まぶし　　片山新一郎

ちょう〔てふ〕　（連）…と言う。「といふ」の約。「とふ」「ちふ」とも。

螢《ほたる》田《だ》**てふ**駅に降りたち一分の間《かん》にみたざる虹とあひたり　　小中　英之

梅ちりて赤き萼《がく》のみ残る**てふ**今朝の音信《たより》にゆとり見えたる　　生方たつゑ

須賀川の牡丹の木《ぼく》のめでたきを炉にくべよ**ちふ**雪ふ

る夜半に　北原　白秋

ちょう〔てふ〕　蝶（名）ちょうちょう。春に花の蜜を吸うのは小型で優美な白蝶・黄蝶、晩春から夏には大型の揚羽蝶が多い。

東京のこのまんなかに**蝶**の来て遊ぶ思へばさびしかりけり　植松　寿樹

草の葉を透る日かげに吾が息も殺すべくして**蝶**生るるなり　安永　蕗子

春潮《はるしほ》のあらぶるきけば丘こゆる**蝶**のつばさもまだつよからず　坪野　哲久

ちょうず〔てうづ〕　手水（名）手や顔を洗い清めること。その水。

厠いでて**手水**の後《のち》に見るものの青木は嫩芽《わかめ》伸びてゐにけり　宮　柊二

手洗場の玻璃越しにして冬月は吾をいすくむるごとく照らへる　松井　如流

ちょうちょう〔ちやう-ちやう〕　丁丁・打打（副）物を続けて打つ音。「ていてい」とも。

丁々と鑿《のみ》当つるさま吾は見つあゝ創るとはそぎ削ること　杜澤光一郎

ていていと鋲うつ白き大きビル何を蔵《をさ》めてあきなはむとすや　佐佐木治綱

ちり-ちり　（副）夕日が沈もうとしてわずかに残っているさま。縮んでしわが寄るさま。

ゆりの木の喬き黄葉に射しながら秋**ちりちり**と陽の沈みゆく　永田　和宏

ちりちりと白身の魚いためつつ人にこと告げむ言葉選べる　佐佐木由幾

ちりばめる〔ちり-ば・む〕　鏤む（他動下二）美しく刻みつける。彫り込む。所々にはさみこむ。

羽ばたきの去りしおどろきの空間よただに虚像の鳩ら**ちりばめ**　高安　国世

年の瀬の深夜の空を**ちりばめ**てまたたく星よ永劫《とは》のさびしさ　吉野　秀雄

別れあまた載せて消えゆくジャンボ機に思ひ**ちりば**め誰も手を振る　赤松佳惠子

ちりぼう〔ちり-ぼ・ふ〕　散りぼふ（自動四）散り乱れている。散ら

ち

ばっている。ちりぢりになる。離散する。

谷々に、家居**ちりぼひ**　ひそけさよ。山の木の間に息づく。われは　　釈　迢空

烈風ののちのめでたさ残雪の土に**散りぼふ**紅《べに》寒椿　　窪田章一郎

ち・る

散る（自動四）離れ離れになる。散らばる。散り乱れる。

疾風に捲かれし桜**散り**いそぎわたしは軍国少女であつた　　岩田記未子

水喧嘩かなたに見えてかげりくる厩のさくら**散り**そめにけり　　松平　修文

すれちがふ白粉花《おしろいばな》のぬばたまの実のほろほろと弾け**散る**とき　　尾崎まゆみ

つ

つ

（助）…の。…にある。所属の意をあらわす。

河ふたつここにまじわる静けさを宥《ゆる》されて見つ天**つ**ひかりに　　前　登志夫

谷のうへの嶮しきをよぢて吾が立てば渦まきわきくる瀧**つ**瀬の霧　　鹿児島寿蔵

遠**つ**世にさながら佇つと眼をつぶる真菰にさやぐ風すずしくて　　阿久津善治

手まり唄こころに湧きぬ東京の冬の没り**つ**陽、深紅の手まり　　高野　公彦

つ

（助動）…た。…てしまった。…てしまう。動作・作用の完了の意をあらわす。

あはあはと生きき**つる**ごと春の日をむかへてわれの見てゐる夕山　　米田　雄郎

草枯丘いくつも越えて来**つれ**ども蓼科山はなほ丘の上にあり　　島木　赤彦

蝸牛《まいまい》の歩みのごとき悲しさは怒りとなりて果ててしまい**つ**　　浜名　理香

男坂を知らずて来しは女坂湯島にまだの梅を見上げ**つ**　　西村　尚

つい〔つひ〕

終・遂（名）最後。おわり。死。最期。

地球儀の底もちあげて極地とふ**終**の処女地を眩しみて見つ　　栗木　京子

すまない、の聴きとりがたきひと言が**終**の身絞る別辞なりけり　若山　旅人

去りてゆく〈昭和〉は**つひ**の力もて老い父の眼をわづか濡らしき　大塚　寅彦

灯籠の**終**のひとつがその先の闇を深めてまたたき始む　久保庭紀恵子

ついじ〔つい・ぢ〕 築地（名）外がこい。土塀。築垣《ついがき》。

苔寺に来《こ》しくも著《しる》く白壁の**築地**に沿ひて苔生《こけふ》をし踏む　吉野　秀雄

崩れたる大和の**築地**歳月のあなたへかよふわれのかよひ路　東　淳子

枇杷白く咲くべくなりぬ秋澄みて**築地**崩《く》えたる山の辺の道や　野村　清

花びらは生きをるもののかくるがに黒き**築地**のうちらにしづむ　坪野　哲久

ついに〔つひ-に〕 終に・遂に（副）しまいに。とうとう。

つひにわれ吉野を出《い》でてゆかざりきこの首古りて弑《と》るものなけむ　前　登志夫

夕立の地降《ぢぶ》りとなれるさ夜ふけに**つひに**衰ふる稲妻を見し　吉野　秀雄

人間は人間によりおかされて**遂に**亡んでゆくのであるか　加藤　克巳

八重洲ブックセンターに万巻の書はありて哀しき肉の**ついに**哀しき　藤原龍一郎

ついば・む 啄む（他動四）鳥がくちばしでつついて食う。

われの目に見えざるものも**啄み**て鶏は行く道の日向を　武田　弘之

騰りゆく地価の噂を聞く路地に鳩の一羽がながく**啄む**　川合千鶴子

現はれし土に**啄む**雀らはときに小さく雪塊《ゆきくれ》にのる　菅原　精博

つがい〔つがひ〕 番ひ（名）雄と雌の一対。二つ組み合うこと。そのもの。

番ひなる山雉をとほく送り来たり雌鳥の羽は枯色にして　山口　茂吉

十姉妹の若き**番い**かつつがなく三羽の雛を孵せるあわれ　小野寺幸男

さはさはと葉のこすれ合ふ老木に**つがひ**の鳥の声は鋭し　山川　築

つか‐の‐ま

束の間（名）わずかの間。一瞬間。

暁暗のうすれゆくとき空も地も骨のいろせる**つかのま**のある　伊藤　一彦

荒川越え荒川放水路こえ電車ゆく水のひかりも**束の間**にして　山下秀之助

電車に添ひツバメ飛びゐき**つかのま**なれど気付きし人のいくたりかある　王　紅花

燭《しょく》の火をきよき指《および》におほひつつ人はゐみけりその**束のま**を　古泉　千樫

つか・む

摑む（他動四）手で握って持つ。自分のものとする。

ひとひらの翳を**摑み**て降りてくる蜘蛛よ地上に神なき夕べ　倉地与年子

つき

月（名）地球をめぐる衛星。太陽の光を受けて地上の夜を照らす。

夜の草に**月**より届く息ありてかすかに鳴きてをり鉦叩　高野　公彦

おもいひそませひとりのあゆみゆくさきにほうと黄いなる**月**のぼりくる　加藤　克巳

旅先の海辺の部屋の灯を消せば**月**夜しきりに魚のはねる　廣庭由利子

ぼんやりとかぼちゃの色の**月**のぼりココリコ時計店に夜が来る　永井　陽子

しらたまの君が肌はも**月光**《つきかげ》のしみ徹りてや今宵冷たき　川田　順

つき‐しろ

月代・月魄（名）月。

我が前に夜《よ》の山淡し夜の山のかなたにさらに**月代**の淡し　熊谷　武雄

はるかなる神のすがたかほのしろく非在にあらぬ**月**《つき》**魄**《しろ》顕てり　石川　恭子

つきみそう〔つき‐み‐さう〕

月見草（名）川原や野原に生えて夏の宵ころ黄色い花を開くのは待宵草だが、一般に月見草と呼ばれている。本来の月見草は白色の花を開く。

秋風に**月見草**さく一輪の黄のかなしみのくらくなりゆく　金子　薫園

フリーウェイ下りきたれば**月見草**黄昏の土手に蓬蓬とそよぐ　香川　ヒサ

づ・く

付く（自動四）…がつく。…らしくなる。…の趣きがある。接尾語のように用いる。

供へたる写真の前の煙草の箱セロファンかすかに埃**づき**たり　宮　英子

やうやくに老い**づく**われや八月の蒸《む》しくる部屋に生きのこり居り　斎藤　茂吉

秋**づけ**ばしばしば来《きた》る驟雨にて芝生の青の絢爛と立つ　山下　陸奥

つくし

土筆（名）早春、山野に生えるすぎなの胞子から出る茎。つくづくし。つくしんぼ。

おしなべて春とし言はむ苞《はかま》とけ**土筆**は今し粉《こな》ふきそめつ　生方たつゑ

縋りくるどの手も未だ小さくて母は切なし**土筆**の野道　中城ふみ子

つく-づく

（副）じっと。よくよく。しみじみと。つらつら。

つくづくと考へてゐたり意味あるものを捉へ又放して吾も軽薄　小池　光

気の変る人に仕へて／**つくづく**と／わが世がいやになりにけるかな　石川　啄木

つくづくとわが顔人に見らるるは死にたるときと思ひ至りぬ　雨宮　雅子

生ビール買い求めいる君の手をふと見るそして**つくづく**と見る　俵　万智

つくばい〔つく-ばひ〕

蹲ひ（名）縁側近くの庭にすえてある低い手洗鉢。

四十雀つれだち来寄る**つくばひ**を陽の縁にみて時を逝かしむ　上田三四二

つくばひに水を落せばこんころと空のまほらにこだま返しぬ　和田　山蘭

もみぢ葉を底に沈める**蹲**の水ととのへて初春迎ふ　天方富美子

つぐ・む

噤む（他動四）口をとじてものを言わない。だまる。

思ひつきし家事のひとつを言はむとし口ふと**つぐむ**もの書く夫に　服部美智子

昭和史を疎む人あり懐しむ人あり口を**つぐむ**人あり　赤座　憲久

つくも　九十九（名）数の名。百の字に一の字の不足している白の字にちなみ、老人の白い髪。しらが。

九十九髪なびくと見えて夕闇の遊行柳は老い母に似る　岡野　弘彦

つく-もがみ　付喪神（名）器物が一〇〇年以上経過すると精霊が宿り、人に害をなすという俗信から、その精霊のことをいう。

ぞくぞくと将軍門からはいりくる**付喪神**《つくもがみ》らの懐かしき声　小谷　博泰

つち　土・地（名）土壌。大地。土地。地面。地上。地下。

土つきし鍬を洗ひて戻す間にたちまち暗き裏庭となる　岩野　伸子

ふかぶかと**土**に沁み込む鐘の音の地球の核まで届きてをらむ　春日いづみ

こころむなしくここに来《きた》りてあはれあはれ**土**《つち》の窪《くぼ》みにくまなき光《ひかり》　斎藤　茂吉

そのままは光らぬ**土**が雪解けの水に潤ふときに美し　西村　尚

つちかう〔つち-か・ふ〕　培ふ（他動四）草木などを育てる。養う。

ひと夏を子が**つちかひ**し庭畑に生りし茄子《なすび》は苗の値にみたず　長谷川銀作

海の泥あげて**培ふ**畑一枚冬菜にむすぶ露ひえびえし　松村　英一

矮化にて**培ふ**林檎たもとほる道にゆたかにくれなゐを垂る　菊沢　研一

つつ　（助）…ながら。二つの動作を同時に行うとき用いる。…続ける。一つの動作をくり返すとき用いる。さらに、現在動作が進行しているときに用いる。

くらみ**つつ**かすかに渡る水の上《へ》に丹塗りの夢の淡き夏かな　前　登志夫

底からも日の射すやうなみづうみを優しき関係たもち**つつ**あゆむ　廣庭由利子

玲瓏の秋なりければ落鮎も力つくして落ち**つつ**あらむ　三井　ゆき

紅葉を見せずに枝を落とされる街路樹の影を踏み**つつ**歩む　布々岐敬子

つつが

恙（名）病気などの災難。わずらい。

朝よさの空のすずしさいたづらに何の**恙**をきにかくるべき　大井　広

海外派兵見送る妻になみだ見ゆ**恙**あらすな六百のいのち　河野　茂美

つつがない〔つつが-な・し〕

恙無し（形ク）さわりがない。息災である。無事である。

夫逝きてふたとせ過ぎぬ**つつがなく**掌にのせて遊ぶ朴の実などを　宮　英子

つつがなく生きてこの世の痛恨事母に褒められたかりし幾つ　木下美代子

旅五日予後を憂ひて添ふ君の目界《めかい》にあそび**恙なかり**き　加藤知多雄

つつし・む

慎む・謹む・虔しむ（他動四）気を付ける。重んじ守る。控え目にする。

集うもの今日のことばを**つつしみ**て八月十五日小さき絵の会　近藤　芳美

なだり一面瀬波となりて四照花《やまぼうし》の白溢れつつ雨に**虔しむ**　大滝　貞一

沿線のさくらやつつじにあげてゐし歓声**つつしむ**足尾の近く　鶴岡美代子

つづまり-は

約まりは（連）約《つづ》まり所。つまり。行きつくる所。とどのつまり。

自愛とは何ぞとまづは内に問へ**つづまりは**独りをつつしむに尽く　大岡　博

つづまりは焼かれてしまう身に充ちてこころというは水にあらずや　平野久美子

つづ・る

綴る（他動四）連ねる。続け合わす。一続きにする。文章を書きあらわす。

整然と矩形**綴り**て灯ともれる建物までの不確かの距離　高安　国世

みづひきの閑《しづ》けさ**つづる**今朝の花いのちつながむことの寂しさ　福田　栄一

ながながと思ひを**つづる**舟なりや夕凪ぎの海に航跡を曳く　若山　旅人

底知れぬ心のなやみ呪ふべく歌を**綴れ**り吾といふ歌　柳原　白蓮

つーと

（副）突然に。急に。つっと。

店頭の赤き林檎の頬を**つと**指につつきて幼子行けり　石田比呂志

われと目の合いし少年　繋ぎいし母の手を**つと**振りほどきたり　岩本　昭子

つと夢の中に入りきし少年はたしかに昔の弟なりき　岩野　伸子

つとーに

夙に（副）早くから。大分以前から。早く。幼少の時から。

空気**つとに**濃密になれる日のくれを隈回にしんと立てる白梅　高嶋　健一

夙に起きて雪掃き寄すとまだ覚めぬ隣の雪も片寄せにけり　北原　白秋

つとめ

勤め・務め・勉め（名）仕事。勤務。修行。任務。

ふりこぼす花びらありてこの萩も日々の**勤め**を持つがに揺るる　小野興二郎

勤め持ち日々働けどわがこころ省みるなく逝くを寂しむ　清水　雅彦

生きの身の今日には今日の**つとめ**ありかなしさに堪へ髪結ひており　今井　邦子

勤めながく生きこしかたを思へとや夕日の明りわが椅子に差す　清原　令子

つね

常（名）いつも変わらないこと。日日のならわし。ふだん。普通のこと。平凡なこと。

花折《はなをり》のわれは旅人　頂きのかなたは**つね**に奈落なりにし　前　登志夫

つね忘れゐたりし天の蒼蒼《さうさう》のやうに私は人を忘れる　紀野　恵

つのーぐ・む

角ぐむ（自動四）早春、草木が角のように芽を出し始める。芽ぐむ。

裸木のはつか**つのぐみ**一山《いつさん》のうああんと響《な》れる岨径に立つ　吉田弥寿夫

つのぐみし岡の芝生にまじり咲く紫すみれたんぽぽの花　藤沢　古実

何の芽か枯芝の中に一列に**角ぐむ**を見てこころ安らぐ　吉村　睦人

つのぐめる枝が高きにけぶりゐて白き木肌は日をてりかへす　大橋　松平

つばき　椿（名）葉は楕円形で光沢ある常緑木。春に鮮紅・淡紅・白色などの一重や八重の花を開く。

折れ曲る漁村のみちの上《のぼ》り下《お》り**椿**花咲いて海と耀《て》りあふ　筏井　嘉一

固かりし蕾の記憶のみたちて**椿**の花は終りいにけり　田井　安曇

くれないの**椿**がひとつ三《み》つ四《よ》つ落ちて笑いて天を仰ぐも　道浦母都子

水に**つばき椿**にみづのうすあかり死にたくあらばかかるゆふぐれ　松平　修文

つばめ　燕（名）春に南方から来て秋に去る。尾は二つに裂けて飛翔力が強く早い。つばくら。つばくらめ、つばくろ。

大工町寺町米町仏町老母買ふ町あらずや**つばめ**よ　寺山　修司

鉄骨を組みて締まれる空間あり**つばくらめ**ひとつくぐりゆくなり　稲葉　京子

ひび同じ六時四十分に帰り来て**つばめ**は黒きまなこを閉ぢる　落合けい子

こんなにも**つばめ**はゆっくり飛べるのか子に飛び方を教えるときは　山本　夏子

つばら　委曲・審ら（形動ナリ）ことこまかなこと。詳細。十分。つばらか。つまびらか。

岩かげの霧に**つばらに**揺れあへるミチノクコザクラを目指して登る　三国　玲子

八重山の折りのひだひだにこもらへる雑木のもみぢ**つばらかに**燃ゆ　若山　牧水

つぶさ-に　具に・備に・悉に（副）こまかにくわしく。つまびらかに。もれなく。ことごとく。

たのしみて人働かむ世はきたるともおいわかき**つぶさに**見れば農はくるしき　鹿児島寿蔵

口つぐむ兵ありおまえの見たものを**つぶさに**語れとあの山がいう　加藤　英彦

つぶて　礫・飛礫（名）小石を投げること。その小石。

切り岸の隈より湧ける鳥のむれ**つぶて**撒かれしさまに落ちゆく　大西　民子

つぶて打つこのよろこびをもたらしてさらに革命は

遠ざかりぬる　山中智恵子

銀色の**つぶて**となりて一機消ゆ父母の忌の月十月のそら　糸永　知子

つぶや・く

呟く（自動四）ぶつぶつと小声でひとりごとを言う。

人さまの魂のように**つぶやい**て蒟蒻玉の花が咲いている　山崎　方代

物言わぬ寂しき愛撫の後にしてまなこ冴えぬと**つぶやく**妻は　近藤　芳美

人の世にはぐれし者ぞとこしへに帰郷者たれと**つぶやける**のみ　喜多　弘樹

つぶら

円ら（形動ナリ）まるくふっくらしていること。丸くてかわいいこと。つぶらか。

梅の実は**つぶらに**青しくだる日の光散る頃の心寂しさ　久保田不二子

円なる瞳を据ゑてつくづくと我れ見る子かな其母に似て　窪田　空穂

ガラス器に大いなる葡萄盛られゐる**つぶらつぶら**は情愛の覇者　伝田　幸子

つま

妻・夫（名）配偶者の一方である異性。夫婦間で互いに相手を呼ぶ名称。男女どちらにもいう。

はるばると**夫**の仮住《かりずみ》おとづれて小さきばけつにしやつを洗へり　三ヶ島葭子

いまごろは人に生まれているかもね**妻**が死にたる犬なつかしむ　前田　宏章

世の人ら耳そばだてて居るものをいつより君を**妻**と呼ぶべしや　川田　順

汝が**夫**《つま》は家にはおくな旅にあらば命光るとひとの言へども　若山喜志子

夫病める部屋に帰れば暮れしまま暗きが中に**夫**は眠れり　森山　晴美

つま

爪（語素）つま先。指先。つめ。複合語を作る。「爪嵯《つまよ》る」は指先でよる。「爪繰《つまぐ》る」は指先であやつる。

桑のみを**爪**だちあがり我は摘む幼きときも斯くのごとせし　島木　赤彦

枝先まで花咲きつらねて合歓あればひとつ**爪**縒《よ》るそのくれなゐを　宮　英子

つまぐるにつめたき石の念珠なり今朝は持たずに仏をおがむ　村山　秋葉

つまびらか　詳らか・審らか（形動ナリ）くわしいこと。事こまかなこと。詳細。入念。

火を焚かぬ大文字山の大の字の**つまびらかなり**澄める冬日に　安立スハル

蟹のはさみ**つまびらかなる**下絵あり画室のなかにみちびきたまふ　生方たつゑ

つむ・る　瞑る（他動四）目をふさぐ。まぶたを閉じる。つぶる。

散髪をわれに委ねて目を**つむれ**る額にさゆらぐ早春の光《かげ》　相原　由美

つめ　爪（名）人間や動物の手足の指先に生えるかたい角質。

爪の先まで酒あると思うにパチパチと伯父は**ツメ**を切る　高瀬　一誌

羽化なんぞするんぢやなかつた空蟬がなほ後悔の**爪**を立てゐる　たなかみち

つや　通夜（名）死者を葬る前に家族・縁者・知人などが遺体の前で終夜守っていること。

んがんがと語り明かせる**通夜**なれば仏のはずの婆さまもゐて　永井　陽子

ヒール細き黒の革靴脱ぎてあり**通夜**にはいまだ早き三和土に　小畑　庸子

つや-め・く　艶めく（自動四）つやつやとして美しく見える。色っぽく見える。

庭隅に見出でし瑠璃のつゆくさの小さき命朝を**つやめく**　佐佐木由幾

裏白のみどり**艶めく**葉のかげに藪柑子見えつ歩むまにまに　安立スハル

きびなごの蒼き肌への**つやめく**はかの若き日のかなしみに似る　岡野　弘彦

つやめける納豆餅を呑みこめばうつせみのわが喉《のど》がよろこぶ　本田　一弘

つゆ　梅雨・黴雨（名）六月十日ころの梅雨入りから梅雨明けの約一ヵ月間のじめじめした長雨。またはその期間。梅雨《ばいう》。

梅雨の雨降り止みながらうつうつと風にめぐれる回転扉あり　近藤　芳美

つゆあけとなりたるかなや桃の木は暑き光に葉をみ

な垂れて　佐藤佐太郎
戻り**梅雨**け寒き日々のこもり居に己がしはぶきをひとり寂しむ　扇畑　忠雄
めざめては虚《うつろ》なるままききとむるあかとき**梅雨**の山鳩のこゑ　小中　英之
西窓に滴る夕日倦《う》みながら**梅雨**にふとれる軆を湯引きす　廣庭由利子

つゆ　露（名）大気中の水蒸気が水滴となり、草木などについたもの。水滴。
登熟期川より水をそそぎをれば稲にも草にも**つゆ**光るなり　中井　正義
わが臥せる朝**露**乾く板縁にちからつくしてのぼりくる草蜘蛛　伊藤　保
山うつぎ**露**づく花芯淡あはし愛知らずして果てん一生か　飯島　安則

つゆ　露（副）露の量のわずかのことから、少しも、全然、まったくの意をあらわす。否定語を伴って用いる。
子供等に頼るおもひは**つゆ**無けれ哀しき時は名を呼びて見る　若山喜志子

はたらくことを厭ふ心は**つゆ**もたぬ／はたらくことをよろこばしめよ　西村　陽吉

つゆ-じも　露霜（名）晩秋に降る露がきびしく凝って、うっすらと霜を生じること。水霜。
つゆじもは乾かむとして谷の隈《くま》秋すがれゆく草木のにほひ　五味　保義
きらめかしすぎたるものはすでに見てわが背に染みし**つゆじも**のいろ　齋藤　史
露霜にたわみ伏したる穂すすきのあはれは人は見ざるなるべし　若山喜志子

つゆ-びえ　梅雨冷え（名）梅雨の季節の冷え込み。
私より若きが逝きてわたしより美しきひと逝く**梅雨冷え**深し　道浦母都子

つよ-がり　強がり（名）強そうなふり。見せかけの強さ。
強がり言い半身麻痺を生きてきた、**強がり**言って強く生きてゆく　佐々木妙二
返事などいらないという**強がり**を雪の模様の便箋にのせ　俵　万智

秋日背に負いゆきわれを振向かずポケットの手の君が**強がり**　家弓寿美子

つら

連・列（接尾）列・条を数えるのに用いる。

月高くさえわたる空に一**列**《ひと》の雁の近づき声徹りひびく　藤居　教恵

くれないの思想を渉る一**列**《ひと》の鳥が音聞ゆ佇立のわれに　石田比呂志

つら-つら

（副）念を入れて。詳しく。よくよく。つくづく。

鳳仙花落ちかさむ花のいろ凄し**つらつら**見つつ苦しかりけり　宮　柊二

むらぎものこころ透くべし柿ひとつ食めば**つらつら**身の冷ゆるなり　今野　寿美

つらつら思へば難聴の三十年愉快な笑ひもふり撒きて来ぬ　大悟法稔子

つねにつよき心に君は恋ひたくて白玉椿**つらつら**に見き　米川千嘉子

つら-なむ

列並む（他動下二）連ねならべる。多く並べる。

つらなめて雁ゆきにけりそのこゑのはろばろしさに心は揺ぐ　宮　柊二

灯をいれし窓**連並**《つら》**めて**各学部夜の部に入ると漲らふもの　谷　馨

つらねる〔つら・ぬ〕

連ぬ・列ぬ（他動下二）次々に並べつづける。伴う。

夕はやくあかり**つらね**し湯の街の華やぎに似ず海は昏れゆく　長谷川銀作

雨冠《あめかんむり》のことば**つらねて**遊ぶ日のわたしの背中きつとずぶ濡れ　河野　泰子

つ-・らむ

（連）きっと…ているだろう。…に違いない。現在の推量を強調する。「つらん」とも。完了の助動詞「つ」と推量の助動詞「らむ」。

生徒の賀状読みかへしをりおのが名は書きなれ**つらむ**よく書きてをり　松田　常憲

つる

鶴（名）ツル目ツル科の鳥の総称。大型の鳥で、頸と足が長い。歌語として「たづ」が用いられている。

夢殿に雪降るころのつめたさの凍て**鶴**われはほとけをしらず　馬場あき子

つ

一輪とよぶべく立てる**鶴**にして夕闇の中に蒼のごとし　佐佐木幸綱

四つの岩のおのもおのもに**鶴**をりて中の一羽ははばたきにけり　若山喜志子

北の空恋ふるか春のあかときに高鳴きかはす潟の**鶴**《たづ》群《むら》　来嶋　靖生

つれ-づれ

徒然（形動ナリ）することがなく退屈なさま。手持ちぶさた。所在無《しょざいな》いこと。

つれづれに吾のいできし雨の日の昼のなぎさに烏ぬれをり　佐藤佐太郎

股眼鏡して**つれづれに**天を見たりけり富士玲瓏と逆さに澄める　筏井　嘉一

つわ-ぶき

石蕗（名）きく科の常緑多年草。暖地の海辺に自生。葉はフキに似、厚くて光沢がある。黄色の頭花を房状につける。

ツワブキに花虻が来て冬至なり通り雨のあとの夕映えの街　小谷　博泰

石蕗の花に光の澄むまひる死までの時間は測ることなき　安田　章生

て

て

手（語素）他の語と結んでいろいろな複合語を作る。下につく場合は「で」となることがある。「手折る」「手枕」など、「た」と読む場合もある。

やはらかき風生るるよと振り返り母がうちはの**手**すさびしづか　山本かね子

夜の道にライター擦れば**手**囲いの宇宙に仄か仏立ちたり　桑原　正紀

風詠まむ短冊持てる弓**手**《ゆんで》には力の入りて筆のりかたし　青木　春枝

酒を飲みをりつつ**手**触《てざは》る一日の錆《さび》のごとくに伸びし頬の髭　秋葉　四郎

たをやかな指もて友の**手**折《たを》りたるたにうつぎかも我はかざさむ　こしのつう

て

（助）前後の句を結ぶ。同時に行う動作を結ぶ。…の状態で。…のに。の意を示して後へ続ける。

木場《きば》すぎ**て**荒き道路《だうろ》は踏み切りゆく貨物専用線又《かもつせんようせんまた》城東電車《じやうとうでんしや》　土屋　文明

教師らを信ずるなくて一国の何の政治といきどおろしき　窪田章一郎
画廊の扉《と》押してガラスに張りつめてゐたる夕映え砕きてしまふ　香川　ヒサ

て

手（名）人体の肩から先の部分。手首・てのひら・指先などをさすこともある。

夕暮に淋しがりやのぼくの**手**がティッシュペーパーを貰ってしまう　杉﨑　恒夫
雲払う風のコスモス街道に母の**手**をひく母はわが母　小高　賢

で

（助）…ないで。…ずして。…ずに。上の動作を否定して下の語につづける。

父としも呼ぶこと知ら**で**死にゆける子よ紅の汝《なれ》が頬の色　松村　英一
われなら**で**誰《たれ》かみるべき妻なると病怠りくるにいとしき　窪田章一郎
師も友も知ら**で**責めにき／謎に似る／わが学業のおこたりの因《もと》　石川　啄木

てい‐てい

亭亭（形動タリ）高だかとまっすぐにそびえたつさま。

もらひこしゆりの苗木を庭に植う**亭々と**そびえむ日には困らむ　国見　純生
亭々と高きユリノキ黄葉はバサリと髪を切るように散った　間　ルリ

てい‐ねん

定年・停年（名）規則により会社などを退職する一定の年齢。

定年後再就職の朝の来て地下足袋を履き脚絆を付けぬ　高塚　孝次
定年まで元気でおれたらスワヒリ語学びて象の墓場探しに　前田　宏章
颱風よ青いかりりん吹き飛ばせ**定年**の日だ吹き飛ばせこの俺　椎木　英輔

て‐がみ

手紙（名）用事などを記して他人へやる文書。

実をつけて草揺るる候　読み捨ててほしいと添えて**手紙**一封　阿部　久美
びりびりに破いた**手紙**そのままに笑って過ごす休日夫と　江戸　雪

て‐の‐ひら

掌・手のひら（名）手首から先の内側の面。たなごころ。たなぞこ。

てのひらを開けば見ゆる星屑の水のごときをすかしてゐたり　河野　裕子

手のひらを反《かえ》せば没り陽　**手のひら**を覆えば野分**手のひら**仕舞う　岡部桂一郎

てのひらの石の破片を凝視するこの遊星の生誕の日よ　川田　茂

人に語ることならねども混葬の火中にひらきゆきし**てのひら**　竹山　広

て-も　（連）たとえ…しても。…とも。上で仮定の意を述べて逆接する。…たけれども、上で事実を述べて逆接的に下に続ける。

居**ても**居なく**ても**気にならざりし日々なりきやうやくにして亡きを寂しむ　鹿児島寿蔵

照りつけ**ても**暑からぬ日を自転車に踏み越えてゆく穂草のひかり　花山多佳子

起ち**ても**涛《なみ》かがみ**ても**涛どうしやうもなくて見てゐる高志《こし》の冬涛　木俣　修

われの内部の妬心覗いてしまいたる蛇苗踏み**ても**踏み**ても**紅し　平井　弘

雲雀の血すこしにじみしわがシャツに時経**ても**なほさみしき凱歌　寺山　修司

デモ　（名）デモンストレーション（demonstration）の略。示威運動。示威行進。

明日もまたいどまれている闘いと**デモ**解くときも気負いて思う　清原日出夫

あてどなく街さまよいぬ**デモ**指揮の笛の音のごと風の鳴る日は　道浦母都子

六月十五日　**デモ**するわれより鮮烈に路上に割れていたりき西瓜　福島　泰樹

かたわらにありし体温おもいつつ金曜の**デモ**に行かんとおもう　鷲尾三枝子

国会前**デモ**隊に居て遠い日の思ひ出せない夜祭りおぼろ　小谷　博泰

てりはえる〔てり-は・ゆ〕　照り映ゆ（自動下二）光に当たって美しく光る。

柿の木の若葉明るく**てりはえ**て今日のくもりの下にしづけし　五味　保義

て・る　照る（自動四）光を放つ。光る。美しく輝く。「照り」は名詞。

桜花咲き散りし間の幾日を夢**照る**日々と思ひてゐたり　新井　貞子

岩鼻に急カーブ切るわがバスの窓にまともなり春潮の**光《て》り**　太田　青丘

憂うより論ずるよりも確かなる生知らしめる焼き鳥の**照り**　大湯　邦代

てん

天（名）空の上にはるかに広がる空間。また、そこに住む神の意志。

相触れて帰りきたりし日のまひる**天**の怒りの春雷ふるふ　川田　順

鏡にてとらへる背後はねつるべ**天**の時間を汲む母がをり　角宮　悦子

てん-がい

天涯（名）空の果て。遠くへだたったよその国。非常に離れた遠方の地。

やや延びし余寒の夕べ西空に今しづかなる**天涯**ありて　植木　正三

天涯という語のもてる韻《ひびき》にぞ何のはずみに心は甘ゆ　石田比呂志

てん-がい

天蓋（名）仏像などの上にかざす、きぬがさ。虚無僧《こむそう》のかぶる、あみがさ。

天蓋にはつかとどける外《と》の明り瓔珞《えうらく》のいろは浄《きよ》ら古りたる　木俣　修

しろがねの梅と月光梅の木は花**天蓋**のさまに充ちたり　浜田　陽子

てん-し

天使（名）キリスト教で、神の使者として天界から人間界に使わされた者。

メラミンの食器にシチューは温かく空の廊下を**天使**ゆきかふ　小黒　世茂

鳩の声朝床にきくわれらもし**天使**の羽音きかば壊れむ　山田富士郎

でん-しゃ

電車（名）電力を利用してレールの上を走り、乗客や荷物を運ぶ乗り物。

ふたたびはあらざる今日とすれちがふ**電車**の窓に幼子もゐて　清原　令子

二日酔いの無念極まるぼくのためもっと**電車**よ　まじめに走れ　福島　泰樹

桃いれし籠に頬髭おしつけてチェホフの日の**電車**に揺らる　寺山　修司

ゆるやかに走る**電車**の片隅にわすれられたるひとつわたくし　尾崎まゆみ

灯をこぼし**電車**はすぎぬ踏切を先に渡りし人らの見えず　中野　昭子

てん-しん
（名）空のまんなか。中天。なかぞら。

天心にひと夜浄土の花となるはくれんをわが夢に眠らむ　加藤知多雄

幾万の老いたる若き死者の上ひらめきて澄む**天心**の凧　我妻　泰

天心に向いて直き杉の穂の揺り戻りつつ木枯しに鳴る　佐藤　早苗

天心の真澄《ますみ》に月の虧くるとき四方《よも》におびただしき星輝りはじむ　上田三四二

てん-よ
天与（名）天からあたえられること。自然のたまもの。

だけだけしく身を反らし立つ蟷螂の**天与**のかまへを吾はかなしむ　富小路禎子

と
利・鋭（語素）しっかりした、するどい、などの意をあらわし、複合語を作る。

まづしさに**利**心もなくありへつつ親にも友にも背くこと多し　古泉　千樫

時折に鵙の**鋭**声の聞えきて木立は深き霧の中なり　松岡　弥生

霜月にしなやかなれと藁を打ち**鋭**心《とごころ》うちてうち震うなり　川田由布子

と
外（名）そと。「外出《とで》」（名）は外に出ること。「夕外出」は夕方、外出すること。

珍らしく下駄の音たて垣の**外**を人ゆくま昼けふ盂蘭盆会　安田　青風

霜の**外**に夜食のものを買ふと出でし妻の足音《あしおと》のたちまち冴えぬ　木俣　修

鐘の鳴る初夜を**外**にいでて念ひみる個愁の歎き果つるときやいつ　北見志保子

夕**外**出の妻を待ちつつひとりゐの心さぶしく人参を煮る　橋田　東聲

と
（副）そのように。あのように。多く「と…かく…」の形をとり、動詞連用形を伴って、あっちに…

してこっちに…する意をあらわす。「とにもかくにも」（副）は、いづれにせよ。ともかくも。

昆布の葉の広葉にのりてゆらゆらに**と**ゆれかくゆれゆらるゝ鷗　石榑　千亦

立春の空に見入りぬ**とにもかくにも**月日のうつり逆行なさず　長沢　美津

と

（助）…と思って。…に。…として。…のように。…と共に。また列挙するとき、言葉や考えを引用するときなどに用いる。

おたまじやくし掬ふ**と**ゆきて真日暮れぬ萌え出《づ》る遅き雪国の青　吉田　正俊

ヒアシンス真白き長根水に伸びくれない色**と**なりゆく花芯　窪田章一郎

ほのかなる山ざくら花日かげればあを白き花**と**淋しくあらはる　宇都野　研

フイレンツェの衰弱**と**ともにこの地上去りし光を春**と**いはむか　小池　光

「ぢいちゃん」**と**見知らぬ子供に手を出され戸惑ふ我に親が謝る　牛尾　誠三

ど

（助）…けれども。…のに。…だが。…が、しかし。…ても（やはり）。逆接に用いる。

暁《あかつき》に覚めて歎け**ど**なほひと時まどろみてのち我は起き出づ　柴生田　稔

春鳥《はるどり》はまばゆきばかり鳴きをれ**ど**われの悲しみは渾沌として　前川佐美雄

星覗くべくはずされし眼鏡なれ**ど**その球面を流れしひかり　永田　和宏

ど

所・処（接尾）ところ。場所。「と」とも。

こころ**ど**は木目のごとき地模様に柾目のごとき感情奔《はし》る　前　登志夫

壮麗に組まれし鉄梁の高**処**にて恋ほしただ一人作業する人　田谷　鋭

冬凍る樹の感情の深**処**《ふかど》よりボロジンのイーゴル公頌歌湧きたり　馬場あき子

分けのぼる萱**処**《かやと》のさきに路《みち》あらむ山の背に見えて入ら歩める　半田　良平

と‐ある

（連体）或。ちょっとした。

雨に濡れて**とある**門辺に咲きゐたるからくれなゐの紫陽花の花　来嶋　靖生

来世紀**とある**夕べを父われと等しき愁ひに子は堪へるだらう　島田　修三

ふと見れば／**とある**林の停車場《ていしやば》の時計とまれり／雨の夜の汽車　石川　啄木

とう〔たふ〕

塔（名）仏教の三重、五重、十三重などの高い建物。高くそびえた細長い建物。

この**塔**に支へられつつこの**塔**を支へつづけし千年ならむ　香川　ヒサ

あそこまで歩いて行かう**塔**が立つかの丘のうへ夕あかり残る　安田　章生

堂**塔**に時雨の雨の降りにふり夕ちかみくる今日のわびしさ　木下　利玄

昼を打つ銀座教会の**塔**の鐘鋪道の上にただにひびきぬ　近藤　芳美

とう〔と-ふ〕

（連）と言う。「てふ」「ちふ」とも。

ひるがほいろの胸もつ少女おづおづと心**とふ**おそろしきもの見せに来る　米川千嘉子

ひな玩具出征の旗もろもろを収めし**とふ**蔵あとかたもなし　緒方美恵子

私鉄電車を乗りつぎゆけば葛飾**とふ**停車場ひとつなくなりてゐし　日高　堯子

考へて考へ抜く**とふ**快楽を知らざりき嗚呼時が過ぎゆく　内藤　明

どう〔だう〕

堂（名）神仏を祭る建物。

堂の扉《と》のきしむ音ありて夕ちかし山の向うに陽《ひ》のゐる寒さ　吉植　庄亮

くろぐろ立つ天平仏を手触るるばかり近く仰ぎぬ狭きみ**堂**に　三宅奈緒子

とうげ〔たうげ〕

峠（名）山の坂道をのぼりつめた所。勢いの絶頂。

越えてきし**峠**の闇に散るさくら白冴え冴えと流れいるべし　武川　忠一

孝子《きようし》**峠**　風吹き**峠**　紀見《きみ》**峠**　故郷《ふるさと》紀州へ風抜ける道　道浦母都子

日々の背をかるく押されて踏み出だす前は紀の川うしろは**峠**　源　陽子

産むために石の**峠**を**越え**てゆく夢よりあとのうつつ苦しゑ　　辰巳　泰子

とう-じ　冬至（名）毎年十二月二十二・三日ころ。夜が最も長く、昔から柚子湯に浴し、粥《かゆ》や南瓜《かぼちゃ》を食べる風習がある。

冬至の陽おぼろにさせる道のうへ人はひとかたに陽なたを歩む　　上田三四二

ひととせの病いに耐えて来し妻よ**冬至**粥煮る匂いまがなし　　宮岡　昇

たまわりし柚子の坊やが卓にひく**冬至**の夜の濃き影ふたつ　　今井　恵子

とうとむ〔たふと・む〕　尊む・貴む（他動四）あがめる。うやまう。大切にする。重んじる。「尊《たふと》ぶ」とも。

岩山に一つ打ちある山頂の標《しめ》を**尊み**つゆさめに佇つ　　田谷　鋭

上簇を遂げしごとくに透明にしづかに老いし友を**尊む**　　村野　次郎

生きておればまだ愉しきこともあるものかと八十二年のいのち**尊む**　　市来　勉

とう・ぶ　食うぶ（他動下二）食う。飲食する。食べる。「食《た》うぶ」とも。

蕨とるとほき吾子《あこ》らを呼びにけり握飯《むすび》**食うべ**むこの岩の上に　　中島　哀浪

はてしなきおもひよりほつと起きあがり栗まんじゆうをひとつ**喰《た》べ**ぬ　　岡本かの子

朝々を庭の無花果《いちじゆく》熟れゆくをたのしみもぎて妻は**食うぶる**　　安田　章生

とうもろこし〔たう-もろこし〕　玉蜀黍（名）いね科の一年草。夏、茎頭に芒の穂に似た雄花を生じ、葉のつけ根に苞に包まれた雌花穂を出す。唐黍、もろこし。

しんとして幅広き街の／秋の夜の／**玉蜀黍**の焼くるにほひよ　　石川　啄木

玉蜀黍ゆふ餉《げ》のまへにかじりつつやがて暮れゆくけふ一日か　　土岐　善麿

ゆるやかな太鼓腹なす地球の畑　**トウモロコシ**が神たりしころ　　井辻　朱美

とお〔とほ〕　遠（語素）遠方。また、遠い意を示して、いろいろの語と複合する。

おとろへて身の臥すときに遠天にはげめときこゆ「遠のこがらし」　河野　愛子

一片の雪頽ばりて去る際を吐血のごときあわれ遠火事　佐藤　通雅

対岸はあかがねの雲浮く夜《よ》なりクレーンすらも遠世の弥勒　喜多　弘樹

遠峰にそそぎてゐたるゆふつひの反射に光るくれなゐの寺　大谷　雅彦

遠空に長く鋭く鳴き継げる夕鳥よもういいではないか　稲垣　留女

とおざかる〔とほ-ざか・る〕　遠ざかる（自動四）遠くに離れる。疎遠になる。うとくなる。

見ゆるはず聞こゆるはずと　言はれつつ　世と遠ざかる心なるべし　土岐　善麿

とおざける〔とほ-ざ・く〕　遠ざく（他動下二）近寄らせないで向こうへやる。遠くへやる。うとんじる。

どくだみの白けつぺきの匂ひもて人遠ざくる道までは来つ　馬場あき子

とおじろし〔とほ-じろ・し〕　遠白し（形ク）一面に広く見渡せる。はっきりしている。

遠白く曇る夜空につつまれて音なき海のよこたはるかな　窪田　空穂

とおのく〔とほ-の・く〕　遠退く（自動四）遠ざかる。間を置く。

鈍色の空の彼方に遠のきてゆくわが耳を声かぎり呼ぶ　宮原阿つ子

逢ふひとも逢はざるひとも遠のきて草の蔭なるひとり目かくし　辰巳　泰子

とが　咎・科（名）あやまち。過失。つみ。きず。欠点。

父なるゆゑ負ひて来し科ひとり来て師走薄日に子の墓浄む　木俣　修

子を置きて去りし科とやカンヴァスに春の枯葉の散りやまずけり　河野　繁子

生きかはり生きかはりても科ありや永久《とは》に雉鳩の声にて鳴けり　稲葉　京子

壮年も夢多くして捨てざるは何の科《とが》　赤き実は実り

つつ　　西勝　洋一

とき　時・刻（名）時間。光陰。時刻。折。時期。

花もてる夏樹の上をああ「**時**」がじいんじいんと過ぎてゆくなり　香川　進

刻告ぐといふにはあらね朝三時ごろ鳴く鳥学習をせよ　岡部桂一郎

せんだんの花咲く**とき**の短くて今年はすでに六月の過ぐ　中野　菊夫

待つといふたとへば君が言ひ淀む言葉の熟れるまでの**時**の間　荒川　源吾

図書館の日時計にわが影を置き失はれゆく**時**を見てをり　雅　風子

とき　朱鷺・鴇（名）トキ科の鳥。鷺に似ているが脚とくちばしが少し短い。くちばしは黒く長大で下へ曲がる。からだは白色だが、特に風切り羽と尾羽のもとは淡紅色（とき色）を帯び、後頭に冠毛があり、顔と脚が赤い。天然記念物。「ときいろ」の略。

いつよりか佐渡に棲みきて滅びゆく**朱鷺**の怒れる如き赤き貌　田中　要

野の涯を幾めぐりする**朱鷺**色の電車の音や受胎《みごもり》の息　前　登志夫

野の風はここに及ばずわが頭上しだれ桜は**淡紅**《とき》の雲なす　田谷　鋭

曇天にあかりを点す合歓の花一羽となりし**朱鷺**の色なす　谷池さなえ

とき-じく　（副）時節に関係なくいつも。絶え間なく。または、時ならず。思いも寄らない時に。

積りたる山の落葉が大雨もふくみ**時じく**涸るることなく　太田　青丘

国栖・井《ゐ》光《ひか》滅びしのちも**ときじく**の雪ふりやまず耳《みみ》我嶺《がのみね》に　前　登志夫

ときじくのまなかひに降る日照り雨光の粒を撒くごとく降る　大西　民子

時じくの硫気ただよふ山原の磯踏みなづみいづくに行かむ　坂田　信雄

とき-ならぬ　時ならぬ（連）その時でない。思いがけない。時節はずれの。

ときならぬ刻にささぐる仏飯も許させたまへ真夜の

つぶやき　長沢　美津

ザボン畑たわわなる実に日の射していま**時ならぬ**賑はひを見す　増村　王子

鎌倉の谷戸《やと》のしら梅**時ならぬ**雪を被《かづ》きて咲きなづみすも　吉野　秀雄

とき-に

時に（副）場合によっては。おりおり。たまに。どうかすると。

時にあせり**時に**もだえて酒をのみ土工して何時か老いてしまへり　狩野　源三

だまし〳〵身体つかへば**時に**ふと借りもののやうな気分がしてくる　印東　昌綱

厨には研がれし僅かの米置かれ二人暮しも**ときに**は佗し　山村　静男

とき-の-ま

時の間（名）しばらくの間。ほんの少しの間。

舞う雪のこぶしの白き花びらに消えなんとする**ときの間**が見ゆ　武川　忠一

時の間を松蟬鳴けり砂利かわく午後の校庭に戻り来れば　柴生田　稔

この未明電話にいたく酔ふ声は**ときのま**も絶えず「雪が降る」とふ　河野　愛子

母子寮の子ら集ひ歌ふ讃美歌が北風のなぐ**時の間**きこゆ　手塚　実

とき-めき

（名）胸が鼓動すること。心の躍動。

紫のてつせんの花を愛《を》しみこし夏の**ときめき**終らむとする　宮　柊二

待つものを今知らざればひそけさにバッハの弦の老いの**ときめき**　近藤　芳美

しなやかな脚にリズムを弾ませて過ぎゆく風に春の**ときめき**　篠原　恒子

と・く

解く（他動四）結んである紐などを結んでいない状態に戻す。

うしろからそおつと目隠しするは誰そのまま**解く**なわれの暗がり　荒川　源吾

どく-ご

独語（名）ひとりごと。

夏柑はつめたくおもし**独語**痛しかかる非情の天成のいろ　坪野　哲久

声嗄らし**独語**し止まぬ養母《はは》置きて出で来し廊下傾く

感じ　　千村ユミ子

とこ　常（名）いつまでも変わらないこと。永遠に不変であること。複合語を作る。「常春」は一年中春であること。

世は人はうつりいゆけど**常**春に霞める塔よ何を夢見る　　佐佐木信綱

常臥《ぶし》の父の欲り給ふリンデンバウム子に和し歌ふ涙ぐみつつ　　大平千枝子

わたつみの砂浜よりも悲しかる**常**水《み》づく土黒く続きつ　　斎藤　茂吉

どこ-か　何処か（連）不定の場所をさす。または、どことなく。なんとなく。

伝言板のこの寂しさはどんな奴「千年タツタラ**ドコカ**デ逢ハウ」　　荻原　裕幸

愛された記憶は**どこか**透明でいつでも一人いつだって一人　　俵　万智

とことわ〔とこ-とは〕　常とは（形動ナリ）永久。とこしえ。

わが病すこし快ければ**とことはに**死ぬ日なきごと身をばさびしむ　　三ヶ島葭子

かくれんぼいつの日も鬼にされてゐる母はせつなき**とことは**の鬼　　稲葉　京子

とざ・す　閉ざす・鎖す（他動四）しめる。閉じこめる。閉じるようにする。

氷塊がよりあひて海を**とざし**たるいちめんの白満つるしづかさ　　佐藤佐太郎

たちまちに君の姿を霧**とざし**或《あ》る楽章をわれは思ひき　　近藤　芳美

父母《ちちはは》の血をわたくしで**閉ざす**ことといつかわたくしが水となること　　道浦母都子

とし　年・歳（名）一年。十二か月。おおみそか。多く歳月。年齢。など。「年来《としく》」「年立つ」「年迎ふ」の「年」は新年をいう。

年のうちに為《と》すべき仕事のメモいくつ消しつつ師走の日々ながく迅し　　窪田章一郎

暁の星冴ゆる藪に真清水をくみてすがしも**年**立つ朝に　　平福　百穂

かたはらに鉢の福寿草《さちぐさ》ほころべば**年**迎ふべきこころととのふ　　吉野　秀雄

バイク屋の親父が同じ**齢**だつたとは　ずつと上だと

ずつと思つてた　　牛尾　誠三

と-して　（連）…の身分で。…の立場で。…でもって。…で。

しゆわしゆわと馬が尾を振る馬**として**在る寂しさに耐ふる如くに　　杜澤光一郎

野良**として**生れ来し猫身《み》の出自《しゆつじ》忘れて眠る手に顎のせて　　石田比呂志

ひわれたる冬田見て過ぐ長男**として**血のほかに何遺されし　　寺山　修司

それぞれに帰る場所持つ肉体をぬけがら**として**立つ冬の海　　俵　万智

とし-どし　年年（名・副）毎年。としごと。

父母にとほく住みつつ妻の炊く筍飯も**としどし**のこと　　千代　國一

稲刈れば乾く田の泥**年々**のその香にひとり思ひを積みき　　板宮　清治

若き日の親のまぼろし**年どし**に思ひふかめて老いに到りぬ　　岡野　弘彦

年々に滅びて且つは鮮しき花の原型はわがうちにあり　　中城ふみ子

とし-の-よ　年の夜・歳の夜（名）おおみそかの晩。大年の夜。

歳の夜の鐘殷《いん》々と霜空にきこえてをりし楽しさ果てぬ　　宮　柊二

年の夜を寝むと言ひつ、火をいけるこたつは、灰のしとりしるしも　　釈　迢空

とだえる〔と-だ・ゆ〕　途絶ゆ（自動下二）とぎれる。絶える。

ひねもすに降りつぐ雨の**とだゆる**時さみしきこゑの蜩きこゆ　　吉田　正俊

とち　土地（名）大地。陸地。つち。また、耕地・宅地などとする地面。

どこまでが駅前なのか徒歩でゆくふたりでたぶん住まない**土地**を　　我妻　俊樹

どち　（接尾・名）どうし。なかま。同類をいう語。

蜂**どち**の羽うつ音は人群れてゐる藤棚にやさしく聞こゆ　　上田三四二

歌の**どち**君は逝きしか美作の津山遥けく悲しきもの

を　　高嶋　健一

校了の夜ふけて戻る友**どち**は夜時雨のなか何処《いづこ》を歩む　　守屋　一郎

どつさり　（副）数の多いさま。たくさん。

先発の飛行機ははや点となり**どつさり**のひとどこへ行つたか　　田上起一郎

と‐て　（連）…といって。…（しよう）として。…ゆえに。…にしても。…だって。

ちちのみの父を焼く**とて**のぼりゆく正月四日谷くぼの道　　太田　青丘

紀の川は海に入る**とて**千本の松のなかゆくその瑠璃の水　　若山　牧水

うち晴るる閉伊《へい》の荒山いづこ**とて**真赭《まそほ》の薄《すすき》さわがぬはなく　　片山　貞美

亀戸の天神橋に見かへりて富士をさへぎるもの**とて**はなし　　早川　幾忠

とど・く　届く（自動四）至る。達する。及ぶ。着く。広くゆきわたる。（他動下二）届ける。

日ざしまだ**とどか**ぬ土にこの朝の八つ手は白き花ふりこぼす　　大岡　博

原稿用紙の反古《ほご》もてつくる紙飛行機アデン・アラビアまで**とどか**ざる　　藤原龍一郎

夜を徹すことも幾たび納めしに分引値引の通知が**届く**　　三浦　武

今福さんの真珠のごときお嬢さんに**届け**ん夏の雪を待つかな　　山崎　方代

とどこおる〔とどこほ・る〕　滞る（自動四）つかえる。とどまる。

眉冷えて眼覚むる夜半も妻の息わが胸元に**とどこほる**なし　　千代　國一

とどま・る　止まる・留まる・停まる（自動四）とまる。とどこおる。後に残る。

おのづから枝をはなれて日を一日《ひとひ》ちり**とゞまら**ぬさくら花かも　　四賀　光子

晴るる日の**とどまり**難き花の香は枇杷の香ぞ浄き愁ひのごとく　　尾崎左永子

とどまっていたかっただけ風の日の君の視界に身じろぎもせず　　大森　静佳

とどめる〔とど・む〕　止む・留む・停む（他動下二）とめ。後に残す。

はまゆふの冬囲ひせる芒稈《わら》青さ**とどめ**て尾花をも交ふ　　吉野　秀雄

哀楽を積みてさすらふうつほ舟**とどむる**杭の失せたる澪に　　東　木の實

とどろ　轟（副）とどろきひびくさま。ごうごう・どうどうに当たる擬声語。

降り足らぬ今朝の雪ぞら凍みまさり出帆の銅鑼《どら》**とどろ**こだます　　新井　洸

春雷の音も**とどろ**にはためけど忽ち白く花そそげだつ　　四賀　光子

とどろ・く　轟く（自動四）響きわたる。どよめき響く。鼓動が激しくなる。「とどろき」は名詞。

轟きし雷雨は霙となりゆきて屏風山原を夕暗くせり　　江流馬三郎

とどろける環状七号線上の橋をしよんがらしよんがら渡る　　阿木津　英

下町の夕**とどろき**の呻《うめ》ききこゆ救世観音のみ堂に佇てば　　川田　順

とどろ-とどろ　轟轟（副）とどろくさまを強調していう。

春の雷**とどろとどろ**と過ぎにけり季夭《ときわか》きものなみだぐましも　　坪野　哲久

とどろ〳〵鳴りとよむ急湍《はやせ》のりきりて舟人の面わ朗らかなるも　　佐佐木信綱

ど-の　何の（連体）どれの。いずれの。

どの山の地図ひらきても静脈の色つばらかに川流れたり　　大西　民子

父の遺産のなかに数えむ夕焼はさむざむと**どの**畦よりも見ゆ　　寺山　修司

送迎バスよりつぎつぎ降りくる園児らの母の日のカーネーション**どの**児も赤し　　川合千鶴子

びしょ濡れのレインコートのままに佇《た》ち**どの**男も**どの**男も一人　　佐佐木幸綱

との-ぐも・る　との曇る（自動四）一面に雲がたなびく。すっかり曇る。「棚曇る」とも。

とのぐもり小雨となりぬ七色に咲く庭つつじ咲きしづもりて　　花田比露志

との曇る春の曇りに桃のはな遠くれなゐの沈みたる見ゆ　　古泉　千樫

との曇る夢のいづくか朴の木は人のかたちに立ちあがりくる　　辺見じゅん

とのぐもる天に添いつつ球型の一線を引く夜の海原　　水野ゆき枝

と‐は

（連）「と」の上の語を強める。「とわ」と読む。

春深し山には山の花さきぬ人うらわかき母**とは**なりて　　前田　夕暮

立山に棲む**とは**聞きし大鷲の目交《まなかひ》にして飛びたつを見き　　川田　順

春の雨降る**とは**見えねからたちの角芽《つのめ》に結ぶ玉こぼれけり　　松村　英一

ちりぬるを、ちりぬるを、**とは**近未来われらが日本を予知する言葉　　道浦母都子

とび‐いろ

鳶色（名）トビの羽の色。こげ茶色。

とび色の榛の芽吹きに夕日さしひと日荒れたる風のなごりぞ　　板宮　清治

とび色の蛾が内側に落ちる感じ録音室を去りゆくときに　　森岡　貞香

鳶いろのひとみの児等のゆきかへる日本の港にわれも旅人　　若山　牧水

とぶらう〔とぶら・ふ〕

弔ふ（他動四）人の死をいたみ、悔みを言う。

ただ君を**弔ふ**のみに来し今日の梅雨にしなへる今年竹の露　　吉田　正俊

一年を**とぶらふ**ごとく雪の上に雨降りそそぐその音聞こゆ　　長澤　一作

苦しみし夏も終りぬとみづからを**弔ふ**ごとく夜半にをりけり　　柴生田　稔

とみこうみ〔とみ‐かうみ〕

左見右見（連）あちこちに気を配ること。いろいろの方向からながめること。

よく活けて**とみかうみ**さす背《うしろ》かげ笑《ゑ》ましき母といまは老いましぬ　　真島　勝郎

とみ-に　頓に（副）急に。にわかに。

この日頃**とみに**秋づけり朝毎にとる無花果も数の減りつつ　植松　寿樹

山荒れて鶏舎の屋根の波打てば産卵の数**とみに**減るとぞ　藤　詩朗

日はかげり**とみに**寒きに徹り来る風波のなかの鴛鴦の声　葛原　繁

母逝きて**とみに**ひそけき我が家の厨に立ちて薯の芽を摘む　谷井美恵子

とめ-ど　留め処・止め処（名）とどまる所。限り。終わり。

わが佇つはえごのしたかげ咲きつぎて散りつぎて時の**とめど**もあらず　上田三四二

小暗きに降りくる雪は天よりの白き仮名文字**とめど**もあらず　大塚布見子

とめどない〔とめ-ど-な・し〕　留め処無し・止め処無し（形ク）かぎりがない。きりがない。

とめどなくくらがりを飛ぶ蝙蝠を仰ぎて飛べぬ蝙蝠われは　大西　民子

死火山の坂のぼりゆき**とめどなく**崩るる砂にあゆみとめたり　吉田弥寿夫

あふれ出て路上にみなぎりさらにあふれ**とめどなし**春昼《しゅんちゅう》の泉　加藤　克巳

放ちやらば**とめどなき**わが生のこと草いきれして晩夏の山は　武川　忠一

とめる〔と・む〕　尋む・求む（他動下二）たずねる。求める。さがす。

春まだき山上《さんじやう》の湖《みづうみ》**尋めて**来てひと夜《よ》ねむるも水よりひくく　前川佐美雄

山地流亡の部族を**尋めて**チモールの岩白き山に終えん戦後か　前田　透

黄の色の明るめる方《かた》**求め**来れば山茱萸《さんしゆゆ》咲けりあはあはとして　高安　国世

六月も尽きる頃ほひともなはれ人よりおそく菖蒲園**尋む**　小林　正子

とも　（助）たとえ…ても。または否定語に付けて、下に「よろしい」「かまわない」の語を省略する用法。

血まみれで生《うま》れしうへは血まみれで死ぬ**とも**　海に降る冬の星　　石井　辰彦

子を抱きて涙ぐむ**とも**何物かが母を常凡に生かせてくれぬ　　中城ふみ子

年の端《は》のつましき願ひ癒えず**とも**われのやまひの重くはなるな　　宮　柊二

と‐も

（連）…というようにも。…ということも。
　格助詞「と」を強調して用いる。

春寒のこころを充たすひかり**とも**白梅りりとわれに咲くめり　　山田　あき

何遂げむ思ひ**とも**なし噴水と呼吸合ふまで立ちつくしゐて　　大西　民子

機能美の粋のよう**とも**とんぼうの精のよう**とも**白い風車は　　釜田　初音

ど‐も

（助）…が、しかし。…たけれども。「ど」とも。
　逆接に用いる。

待ちてゐてたのしき日々は来《こ》ざれ**ども**生き遂げるべき老いとし思ふ　　生方たつゑ

過労死するハウスのなかの蜜蜂を話せ**ども**子は興味示さず　　宮地　伸一

とも‐がら

輩（名）仲間。同輩。やから。

たはやすく積極を言ふ**輩**をたたかひの日にも信ぜざりしかな　　玉城　徹

株界の混乱を只語り合ひ此の**ともがら**は恥づるさまもなし　　依田　秋圃

とも・し

羨し（形シク）羨ましい。

やはらかく炎に草を敷きてゆく朝《あした》のひとの技の**羨**《とも》**しも**　　大辻　隆弘

小遣のあるだけ遠く行きしと言う少年の心われは**羨しむ**　　武市　房子

とも・す

点す・燈す・灯す（他動四）あかりをつける。点火する。「とぼす」とも。「灯《ともし》」は名詞。

高きビル昼を**ともし**て人見えずことはひそかに謀られてゐむ　　鈴木　康文

恒星のごとくに愛を**灯す**ひとならむプラネタリウムの一夜　　田島　邦彦

教室に入るなり女三人がスマホを**燈**《とも》**す**左列後方

松岡　秀明

夕べより咲きし茉莉花《まつりくわ》あかつきの**灯**のもとに落ちこぼれたる　柴生田　稔

とも‐に

共に（副）そろって。いっしょに。同時に。

蜆汁殻を口より捨つるとき妻と今日あり**共に**古りつつ　千代　國一

共に棲むならば地獄の五番街　われの覚悟にたぢろぎて去る　大塚　陽子

ともに陥つる睡りの中の花みずききみ問わばわれはやさしさをこそ　永田　和宏

鶫《つぐん》のごとき自傷の少女ぼろぼろの古自転車のわれ**共に**見る海　伊藤　一彦

とも・る

点る・燈る・灯る（自動四）あかりがつく。火がつく。「とぼる」とも。

猫の眼の街灯が**ともり**高層マンションには孤独が降りしきる　梓　志乃

風の蕊ほぐるるごとき雪舞いて淡むらさきに夜の灯**ともる**　栗木　京子

メインレースの確定ランプの**ともる**頃深まる秋の空たそがれて　森　水晶

好きな人を好きでゐられる幸せが**灯れり**窓の灯りのごとく　高山　邦男

と‐やま

外山（名）はしの山。人里に近い方の山。「端山《はやま》」とも。

竹林のしげる**外山**の路登りにはかに里をへだつるみ寺　窪田章一郎

このゆふべ**外山**をこゆる秋風に椎もくぬぎも音たてにけり　太田　水穂

北窓に遠くつらなる山いまだ白きに**端山**は春の彩り　一ノ関忠人

ど‐よう

土用（名）土用は四季にあるが、現在は七月二十日頃より十八日間の夏の土用をさす。土用波。土用明け。土用入り。土用鰻。

土用波今か寄すらし大海をおほふばかりの涛《なみ》立たむとす　金子　薫園

ゆくものは逝きてしづけしこの夕べ**土用**蜆の汁すひにけり　古泉　千樫

拝殿に社のものを**土用**干してあるなかの能面ひとつ　竹中理一郎

とよみ　響・動（名）どよめき。とどろき。「どよみ」とも。

野仏の鎮めの杉に吹きこもる風の**とよみ**よ春すでにして　阿部　太

風荒きひとつ**響み**の夜の時間うつそみの手の形態みつむ　小中　英之

場末街宵の**どよみ**の更けぬらん高橋渡る電車の音す　野沢　柿葺

たそがれの街の**どよみ**におのづからうなじは垂れて歩きて居るも　松倉　米吉

とよ‐もす　響す（他動四）鳴りひびかせる。「どよもす」とも。

響《とよ》して若葉のなだり吹く風に問はずや過ぎむわが常《とこ》処女《をとめ》　前　登志夫

石も叫びをあぐべきときと夜をこめて日本労働階級の**とよもし**ていく示威　碓田のぼる

しろがねに茅花《つばな》なびかせゐし風の遠き木立をしばし**とよもす**　阿久津善治

はるかなる牧野の雉が鳴くときに近き茂みの雉も**とよもす**　石川不二子

とり‐とめ　取り留め（名）しまり。まとまり。要点。

とりとめもない明るさよ驟雨すぎし街に一つずつひらかるる窓　永田　和宏

とり‐どり　取り取り（名・副）いろいろ。さまざま。思い思い。それぞれ。めいめい。

草市のにほひ身にしむ蓮《はちす》の葉青き鬼灯《ほほづき》瓜の**とりどり**　平福　百穂

霜除の**とり〴〵**の姿をかしもよかくて一冬《ひとふゆ》をこもる木草か　宇都野　研

明日《あした》には萎ゆる風船**とりどり**の家族に与へ遊園地暮る　栗木　京子

わたくしのかわりに弾む**とりどり**のゼリーで冷蔵庫を満たしたり　岡崎裕美子

とろ‐とろ　（副）溶けるさま。静かに燃えるさま。浅くまどろむさま。

とろとろと琥珀《こはく》の清水津の国の銘酒白鶴瓶《はくつるへい》あふれ出《づ》る　若山　牧水

二上山《ふたかみ》の空いつしかに焼けきはまり**とろとろ**と没り日ほのほ吐く時　成瀬　有

とわ〔とは〕　常・永久（形動ナリ）長く変わらないこと。永遠。「とことは」「とこしへ」とも。

悲し小禽《ことり》つぐみが**とはに**閉ぢし眼《め》に天《あめ》のさ霧は触れむとすらむ　　新井　洸

固きカラーに擦れし咽喉輪のくれなゐのさらばとは**永久に**男のことば　　塚本　邦雄

草の上しじみ蝶のまじはれる幽かな時もまた**永遠**《とは》のこと　　砂田　暁子

どんみり　（副）どんより。ねっとり。

エリマキトカゲ跡かたもなく忘れて心の底まで**どんみり**と春　　今野　寿美

な

な　名（名）名前。名称。

名を呼ばれしもののごとくにやはらかく朴の大樹も星も動きぬ　　米川千嘉子

名を呼ばれ抱きしめられてゐる夜のわれのけものに雪降り積もれ　　新井　貞子

な　汝（代）おまえ。あなた。二人称。「なれ」「いまし」「なんじ」とも。

汝が髪のなかなる森のみづぐるま香藻《にほひも》をからませてめぐるも　　松平　修文

リラの花卓《つくへ》のうへに匂ふさへ五月はかなし**汝**に会はずして　　木俣　修

レーザー光ひとすぢ青く射す空のその筋道を**汝**に会ひに行く　　春日井　建

な　（副）…てはいけない。禁止をあらわす。多く「な…そ」の形をとる。

不逢恋《あはぬこひ》逢恋《あふこひ》逢不逢恋《あふてあはぬこひ》ゆめゆめわれをゆめ**な**忘れそ　　紀野　恵

ともすれば君口無《くちな》しになりたまふ海**な**眺めそ海にとられむ　　若山　牧水

な　（助）①…の。名詞と名詞の間に入れる。②…しよう。自分の意志をあらわす。…てください。③他者への願い・要求・勧誘をあらわす。未然形に付く。④念を押していう。文の終りに付く。⑤…てはいけない。禁止をあらわす。終止形に付く。

つらなりて黄**な**花著《つ》けし迎春花もどりの寒《かん》を口にせるにも　大滝　貞一

天空を支へて在りし一茎の麦のちからとおもひねむら**な**　小池　光

花が水がいつせいにふるへる時間なり眼《め》に見えぬものも歌ひたまへ**な**　齋藤　史

玄界灘《げんかいなだ》の冬波越えて帰還せし父よ九十歳《きうじふ》の海に漕ぎで**な**　萩岡　良博

禁忌なき世を生きにつつむなしかるなんぢら来る**な**緑の森に　伊藤　一彦

ない〔なゐ〕　地震（名）じしん。

対岸の槐《ゑんじゆ》大樹が抜かれをり十月二日遠方の**地震**　安永　蕗子

胎動のごとくかすかに**地震**すぎてとらへがたなき記憶もふるふ　雨宮　雅子

水はみずから水をこぼせり深更の**地震**《なゐ》過ぎて我は変はらず坐せり　光栄　堯夫

テーブルの下に耐えたる数分の**地震**《ない》の波紋はいつまで続く　すずきいさむ

ない〔な・し〕　無し・亡し（形ク）いない。存在しない。無である。生存しない。

目つむりて吉野葛含みし面かげよふたたびわれを見ることは**なし**　生方たつゑ

忘れゐしことに気づきてすでに**亡し**と思ふ安堵は涙をさそふ　北沢　郁子

桃の木に縛りえしものなにも**なし**蒼き空映ゆ空の極みよ　藤田　武

もみずりの一茎淡く咲き出でて夏夕ぐれの音**無き**時間　鈴木　英夫

なえる〔な・ゆ〕　萎ゆ（自動下二）手足などが病気で自由に動かない。ぐったりする。なよなよとなる。

カンフルの痕さすりゐつ幼き日吾を打ちし手の**萎え**て小さし　志野　暁子

緩慢にこころ**萎え**ゆく　結論ははじめにありきかの黒き苔　佐藤　薫

顔洗ふ朝のタオルの朝々に**なゆる**こころも堪へねばならぬ　土岐　善麿

なお〔なほ〕　猶・尚（副）やはり。まだ。それでも。ますます。いっそう。

洗濯のなかばに友の文つけば急ぎ拭く手の**なほ**濡れをるも　三ヶ島葭子

淡路島かすむ渚にありて**なほ**ひとりのひとを忘れざりけり　蒔田さくら子

なおわれはひとを求めてこの冬の井戸の深さを身ではかりたし　後藤由紀恵

在りし日もかなしと思ひ死して**なほ**かなしかりけり母といふもの　岩田　正

なか　中（名）うち。まんなか。あいだ。最中。

衆視の**なか**はばかりもなく嗚咽《をえつ》して君の妻が不幸を見せびらかせり　中城ふみ子

運動会は教室の**なか**ぐるぐると出口をもたぬ子供ら走る　川野　里子

こつこつと近づく気配ふり向けばはてまぼろしか夜桜の**なか**　服部えい子

なが　長・永（語素）ながい形をあらわす。ながい時間をあらわす。多く複合語を作る。「ながて」は長い道。「ながまる」は長くなる。

汽車にして過ぎし**長**途《て》の小暗《をぐら》きにさやぎ居たるは小《を》笹《ざさ》なりけん　岡本かの子

音もなき川に蛙《かへる》の浮き沈み**長**まりおよぐ心地よろしさ　藤沢　古実

秋時化《しけ》の**長**雨《め》ののちのふうち草《さう》うすずみ色の疎葉となれり　宇都野　研

永病みの足立たぬわが目の前にあるべきことか長男狂ふ　吉野　秀雄

なか-がみ　中神・天一神（名）陰陽道で祀る神の名。この神の居る方向に向かっていくことを避けた。

天一神《なかがみ》のもしやゐる日か明日ゆく南の街に傘マーク出る　外塚　喬

なか-ぞら　中空（名）空のなかほど。中天。空中。

静かなるしろき光は**中空**の月より来《きた》るあふぎて立てば　佐藤佐太郎

細微なる冬木の枝は**中空**に置き忘れてぞ仕事へ帰れ　岡井　隆

なかぞらに浮きて世間をながめいる写楽がひとり奴がひとり　三枝　昂之

なが-つき　長月（名）陰暦九月の異称。夜が長くなる月、夜長月の略という。菊月。

おほかたは曇りつづきし**長月**のそのすゑつかたの今日もまた曇る　若山　牧水

長月の父の命日飾るため陽の当たる場に蝦夷菊を播く　飯塚　哲夫

なか-ば　半ば（名・副）半分。大分。まんなか。さなか。

肉声のうつはにあらば功罪の相**半ば**する人ならざるを　篠　弘

仏塔を**半ば**沈めて満つる花桜はただに放下して咲く　富小路禎子

地下鉄へ降りゆく階段**なかば**にて抱かれておりぬ予想通りに　俵　万智

土用**なかば**の熱気こもれる丹の上に偃柏槇《はいびやくしん》は這いつつ勢う　中野　照子

ながら　（助）…の状態のまま。…ぐるみ。…にもかかわらず。…つつ。

霧**ながら**に歩みゆく朝ひえびえと視えざるは労るるごとしも　三枝　昂之

農**ながら**青田を刈るを無念とも思はぬまでにこころ荒《すさ》びし　岡部　文夫

耳と耳寄せあひ**ながら**聞きゐるはふるへるやうに骨わらふおと　池田はるみ

シャンプーの香をほのぼのたて**ながら**微分積分子らは解きおり　俵　万智

なからい〔なか-らひ〕　仲合ひ（名）人と人との間柄。交情。交際。

雪に立つ青木とわれの**なからひ**よこの紅き実の訴へをきく　坪野　哲久

美しきとはいえぬ妻との**なからひ**の歌のみ遺る日おもへば羞《やさ》し　伊藤　保

寂寞《せきばく》の残り世しずかに野の風とこれの**なからい**またよからずや　山田　あき

ながらえる〔ながら・ふ〕　永らふ・存ふ（自動下二）長生きをする。流らふ（自動下二）引き続いて流れ落ちる。絶えず静かに降る。

怺へがたし信じがたしと**ながらへ**て人は今年の花を浴びをり　稲葉　京子

吾がために死なむと云ひし男らのみな**ながらへ**ぬおもしろきかな　原　阿佐緒

存えて二十世紀の末生くるこの鴨どりのなかなか鳴かず　馬場あき子

ながらふ

四方《よも》の山みな芽を吹きて煙《けぶ》りたるたふとさ見れば涙　中村　憲吉

なかれ　勿れ（連）…するな。…してはならない。禁止をあらわす。

一心に釘打つ吾を後より見る**なかれ**背は暗きのつぺらぼう　富小路禎子

紫陽花はほつかり咲きて青むともひとよたやすくほほゑむ**なかれ**　今野　寿美

生きいそぐこと**なかれ**舗道に乾きゆく桜の落葉踏みつつあゆむ　尾崎左永子

ながれ　流れ（名）流れること。流れるもの。流れるところ。流れる状態。

駅の歩廊にをれば過ぎゆく貨車のおと時の**流れ**の如く聞こゆる　河原　冬蔵

告発はなされぬまま歴史は流されぬ我もまた**流れ**に流されていて　赤座　憲久

緑蔭《ミドリノカゲ》夢かたむけてのそりのそり風の**ながれ**へ白猫《ハクベウ》のあゆみ　加藤　克巳

流れゆく雲の隙間の月明かり苔のベッドに眠るスナフキン　石山　彰子

なかんずく〔なか‐ん‐づく〕　就中（副）そのうちとくに。中でも。とりわけ。

杳々と江あり河あり**なかんずく**長安の渭水もつとも適す　山中　鉄三

神々の**なかんづく**今軍神《いくさがみ》！　おちぶれて吹く笛のするどさ　岡井　隆

吾を助くる諸人《もろびと》**就中**君ありて今日は手にす寿延経三百字　土屋　文明

なぎ　和・凪（名）昼夜の境目に風の向きが変わるとき、海上の風や波がおだやかになる状態。

深川の街に入りたりゆふ**なぎ**の水照りあかるき店つづきなる　吉植　庄亮

いか釣の港へむかふ機動音あかつき**凪**に灯を映しゆ

く　　三好　直太

エレベーターを待つ時鏡に海うつる青春として今日も**凪ぎ**たる　　大坂　泰

なき‐がら

亡骸（名）遺体。しかばね。むくろ。

五尺八寸の十津川郷士の**亡骸**は重からむ父はこの家を出る　　松実　啓子

吹き寄せる蜂の**亡骸**《なきがら》テーブルに思いがけなく回るそいつは　　加藤　治郎

なきがらとなりて帰りし父囲む夜の静寂《しじま》の雨だれの音　　恒成美代子

なぎさ

渚・汀（名）川・海・湖などの波の打ち寄せるところ。波打際。水際。

朝焼の及ぶいとまの短くて島の**なぎさ**は退潮の波　　佐藤　志満

ひとり出て**渚**に見れば焚ける火のただあかあかと湖になづさふ　　村野　次郎

からっととへくとぱすかる愛し合う朝の**渚**の眩しさに立つ　　穂村　弘

月めぐり夜毎に澄みし光あり漕ぎいでて月の**渚**に立てば　　荻本　清子

渚にて旅の終わりの花びらが打ち寄せられて巻貝となる　　間　ルリ

な・く

鳴く・啼く（自動四）鳥・獣・虫などが声を出す。

わたり来てひと夜を**啼きし**青葉木菟二夜は遠く**啼き**て今日なし　　馬場あき子

鳩一羽**鳴け**ば一羽がくくと**鳴き**隣る一羽がまたくくと**鳴く**　　石田比呂志

甕に飼ふふたつ鈴虫ちやうちやうと**鳴く**しづけさに灯をともしたり　　杜澤光一郎

な・く

泣く・哭く（自動四）人がかなしみ、苦しみ、感動のために声を出し涙を流す。むせびなく。

ひそかなる獄なりければ山暮らし悔しきときはくやしと**泣き**つ　　清田由井子

赤信号ふと見れば**泣い**てゐる隣　同じ放送聞いてゐたのか　　高山　邦男

ながきながき夕映えののち砂山に夜の砂の**哭く**音を聴きゐつ　　岡野　弘彦

な

なぐさ

慰（名）なぐさめ。きばらし。楽しみ。「なぐさみ」とも。

独り身に病める汝《いまし》に世の中の心**なぐさ**のひとつだにあれ　片山　貞美

臥り居の**なぐさ**に吹かす巻煙草息には深く吸はざりにけり　佐野　翠披

なぐさみにさ庭に蒔ける蚕豆《そらまめ》の莢ふとりつつ夏は来にけり　伊藤左千夫

なく-に

（連）…ないのに。…ないことだな。…ないのだな。文末に用いた場合、詠嘆を示す。

飛び立たむものなら**なくに**おほらかに羽根ひろげたる鶴のかなしも　川田　順

海に向く窓より海はみえ**なくに**甍《いらか》の上にひくき岬《さき》山《やま》　五味　保義

群れ咲けるポピーの花の岬丘《さきをか》にゆれつつあはれ音はせ**なくに**　大塚布見子

なぐ・る

殴る・擲る（他動四）相手を乱暴に強く打つ。補助動詞的にも用いる。

うつくしき岸を持たりしみちのくのからだ津波にぶん**なぐら**るる　本田　一弘

選ばれて生きるにあらぬこの世紀末花束で**殴る**綺想を　藤原龍一郎

チンピラにしばしからまれ**なぐる**われけるわれおもふコンビニのまへ　宮田　和美

クレパスで**なぐり**書きしたような夕焼けの向こうにみんな行ってしまった　久々湊盈子

なげ・く

嘆く・歎く（自動四）溜息をつく。うれえかなしむ。いきどおる。

平凡を**嘆き**たる夜に非凡なるひとの書を読む近付きたしと　萩原慎一郎

いかるがのみ寺の庭に蹴ちらしてわが**歎く**わけの分らぬ茸　前川佐美雄

ふりむくな**嘆く**なまっすぐ前をむき歩いてゆくほかないではないか　加藤　克巳

なけん〔なけむ〕

無けむ（連）無いであろう。

軍服《ふく》焼くを惜しめる妻の未練もよしならば蔵へよ着ること**なけむ**　香川　進

日々に見て訪ふこと**なけむ**丘の辺の雑木林に春来るらし　島田　修二

体よりこころ投げ出しているわれを青銅の胸知るこ となけむ　　道浦母都子

なご・む　和む（自動四）なごやかになる。おだやかになる。やわらぐ。しずまる。

箸立ての箸抜きながら塩尻のそば一椀に**なごみ**ゐたりき　　岡井　隆

家毎《ごと》に烏賊と大根を乾し並べ函館の町冬**和み**たり　　小笠原文夫

たかぶれる心　すなおに**和み**きぬ　隣の人も同じ酒飲む　　穂積　生萩

なごり　名残・余波（名）物事の過ぎ去ったあとに残る様子。よは。余韻。余情。残り。なごりおしいこと。終わり。

嬉遊曲聴き飽いたればおそなつのシエナへ旗祭《パリオ》の**なごり**見に行く　　塚本　邦雄

くりかえす話題のいくつ体温の**なごり**の如き思い出はあり　　大島　史洋

終りたる花の**名残り**のくれなゐを臀辺《しりへ》に立てて熟る柘榴は　　大辻　隆弘

紫陽花の青深めゆく一滴を原初の水の**名残り**と見つむ　　伊藤　純

なし-の-はな　梨の花（名）ばら科の落葉果樹。採果用は潅木状に棚作りする。四月末ごろ葉とともに白花が数個集まり開く。梨花《りか》とも。

梨棚にしろじろ**梨の花**咲きて花群のうへ風かよふ空　　長澤　一作

旅人のごとき眼をして辿りゆく道をせばめて**梨の花**咲く　　浅田　雅一

われの掌《て》のあたたかなれど触れしめず**梨花**きらめきて散る日つづけり　　齋藤　史

なす　（接尾）…のような。…のごとき。…に似ている。

アルプスの山並にわづか青空を残すのみにて洞《ほら》**なす**宇宙　　大屋　正吉

紫陽花に降りたる今朝の露しげくわれのこころは深《ふか》潮《うしほ》**なす**　　前川佐美雄

花無尽ひるも闇**なす**身の洞《ほら》にいつまで眠りてゐるやわが子は　　小島ゆかり

な-す　為す（自動四）行なう。果たす。する。

な

為せしより為さざりしこと思ひ浮かぶ一夜しづけし立夏を迎ふ　春日井　建

十年をおのれ揺らぎてわが来たり今宵短きスピーチを**なす**　篠　弘

物みなの落ち来るなかを揺れ続く恐怖のままに**なす**術のなし　佐野　督郎

な・す　成す（他動四）作る。形成する。こしらえる。しとげる。

棘光る団扇サボテン春の日を砂山蔭にあらく群**なす**　田谷　鋭

みずうみの夕光《ゆうかげ》にとぶ魚きらめきて瞬時をわれの輝きと**なす**　恒成美代子

緑**なす**桜並木を振り返るふり向くことも春深きゆえ　高橋　則子

琥珀**なす**一月翡翠**なす**二月うらら三月真珠玉**なす**　照屋眞理子

な・す　生す（他動四）うむ。出産する。

子を**なさ**ば付けむと思ふ名のありき幾つもありき少女のわれに　大西　民子

なずき〔なづき〕　脳（名）脳髄・脳・脳蓋《がい》などの古称。頭脳。

若夏《わかなつ》の青梅選むこずゑには**脳**も透きて歌ふ鳥あり　山中智恵子

ファクシミリから指示うけし灰いろの**脳**はしばし遊行し行かむ　岡井　隆

冬空に朱線を曳きてうつる雲ひとつの**脳**のくづれゆくなり　篠　弘

入りくんだ迷路のようなわが**脳**《なずき》ときにゆがんだ言葉を紡ぐ　磯辺　朋子

なずさう〔なづさ・ふ〕　（自動四）水などにつかる。漂う。浮かぶ。沈む。渡る。なじむ。

梳けばかく光まつはる髪にして厭離の方に**なづさひ**にける　河野　愛子

果樹園の切り払われて**なずさえる**夕くれないや月かかるまま　近藤　芳美

ゴイサギの向う岸ちかく一羽立てり雪に**なづさふ**形なりしか　大河原惇行

なずむ〔**なづ・む**〕 泥む（自動四）はかばかしく進行しない。行きなやむ。滞る。

霜の中に咲き**なづみ**つつ次々に 紅《くれなゐ》さしぬばらのつぼみは　柴生田　稔

行き**なずむ**今年の春を重たげに桜咲き満ち耐ふるがごとし　久我田鶴子

書き**なずむ**原稿ありてペン先をコーヒーの湯気にあたためている　真野　少

なぞう〔**なぞ・ふ**〕 準ふ・准ふ（他動下二）見たてる。なぞらえる。

鳥に**なぞへ**空に放ちてその後を知らざれば今日も風中のこころ　照屋眞理子

なぞえ〔**なぞへ**〕 傾斜（名）ななめ。はす。すじかい。斜面。

火山岩の原の**なぞへ**に白々と光を放つ長き仆《たふ》れ木　五味　保義

渚より**なぞへ**に深き海なれば小石《さざれ》うつ波さのみはよらず　木下　利玄

なだり 傾り（名）斜めに傾いた所。傾斜面。

つくしんぼ一と握り枯生《かれふ》に捨ててあり南**斜面**《なだり》の日向を下る　太田　青丘

山裾の**なだり**の白き蕎麦畑を十六夜の月やはらかにせり　小畑　庸子

霧の中にぼうっと明るき域ありてやがて**なだり**の残雪と知る　五十嵐順子

謐《しじま》　あり　ひかり被る水禽の輝《て》り**なだり**ゐる皓《しろ》き時の間　春日真木子

なだれる〔**なだ・る**〕 傾る・雪崩る（自動下二）かたむく。傾斜する。くずれて急に落下する。なだれ込む。したたり落ちる。雪崩が起こる。

生きて負う愛はいかほど花大根そんなに海まで**なだれ**て咲くな　平野久美子

まなうらに菜の花畑**崩**《なだ》**れ**つつ近江湖北を眠りゆくなり　岡部由紀子

鱗雲浮きて**なだるる**海坂のあをの生みたる関の秋鯖　山埜井喜美枝

なつ 夏（名）四季のうち最も暑く、夜が短くて昼が長い。暦の上では立夏（五月六日頃）から立秋（八月七日頃）まで、気象の上では六月から八月までの約九〇日間。

晩《おそ》**夏**の雑踏のなかにまぎれゆくいまさら言はばわが傷つかむ　小野興二郎

逝く**夏**を悲しみ抜きし向日葵の真昼の恐怖となりたる屍　石山　彰子

水をうつ猫の舌こそ濡れひかる**夏**ゆうぐれのまどいまどろみ　藤田　武

痩身の父親として君がいつか立つという**夏**　カンナが光る　大森　静佳

なつかしい〔なつか・し〕　懐かし（形シク）そばについていたい。親しみがもてる。思い出され慕わしい。

厳冬を越えきてめぐりあふ土の**なつかしき**香を誰に告ぐべき　時田　則雄

真っ直ぐな携帯電話の**懐かし**さカラメルプリンとサバランを選る　遠藤　由季

なつ・く　懐く（自動四）馴れてつき従う。馴れて親しむ。なつかしく思う。慕わしく思う。

よく**懐く**仔犬のやうに絡みつくつむじ風反時計回りの　山田　航

なでる〔な・づ〕（他動下二）手のひらでやさしくさする。「撫ぜる」は撫でるの転。

うちにはもう猫は一匹しかいない**撫で**すぎないですり減るからね　山川　藍

こころとは頭にあるか胸なるか手にもありさうでしづかに**撫づる**　米川千嘉子

藤棚に入り込む風に**撫ぜら**れて生のすべてを紲されてをり　勺　禰子

など（助）…やなにか。例示してその他もある意をこめていう。それだけに限定しないで、柔らかくいう。引用句に用いて、大体の意をこめていう。

馬鈴薯をゆふべ剝きつつきみもわれも世に聡く**など**あらじとおもふ　今野　寿美

迷ひなき生**など**はなしわがまなこ衰ふる日の声凛とせよ　馬場あき子

ちょいワルは大東京の空の下かぐや姫**など**探していしや　大谷真紀子

な-ど　何ど（副）どうして。なぜ。疑問をあらわす。「などて」は「何とて」の転。どうして…か。疑問・反語をあらわす。「などか」とも。

みだれたち冷たく肌に散る飛沫《しぶき》詩人は海は**などて**さびしき　　若山　牧水

おごそかに　力をこめて死にますを、**などか**馴寄《なよ》らん　触れがたくして　　穂積　生萩

なに　何（代）いかなるもの。なにごと。名前や実体不明のものをさしていう。「なん」とも。

残さるる時間といえる**何**の怖れ不意にして無力か吾が安逸か　　近藤　芳美

なにゆえか春は弥生の夜を発ちてわれに届ける猫の手袋　　藤田　武

レンジの火まるく揺れをり**何**だろう**なん**だつたんだ湾岸戦争　　平塚　宣子

のど仏かすめて切りし剃刀は**何**にあわてて我を過ぎしか　　西村　尚

日当たりの垣根に朱きピラカンサ**何**語りゐむ岸上・高瀬　　稲垣　留女

なに‐か　何か（副）何か知らぬが。なぜか。または、なんで。反語を導く語。

三月に入りて降りたる大雪のひねもす降るに**なにか**驚く　　高田　浪吉

何か話しかけねばならぬと懸命な少女に出会う午後の美容室　　吉田　恵子

水抱く形でプールに浮きおれば息つぐことが**何か**やましく　　岸本　由紀

なにぞ　何ぞ（連）なぜ。なにゆえ。どうしてか。または、「…か何ぞ」で、…か何か。「なんぞ」とも。

若さこそ魔のたぐひにてありけるを**なんぞ**破魔矢を買ふや若者　　伊藤　一彦

隅田を隔て鈍き物の音ひびくは**何ぞ**煤煙と濛気《まうき》の混迷の底より　　宇都野　研

霜枯れの野辺あたたかき冬日和すすきか**なにぞ**光りたるかな　　四賀　光子

なに‐とな・く　何と無く（副）はっきりした理由や目的もなく。わけもなく。どことなく。なんとなく。

なにとなく君にまたるるここちして出でし花野の夕月夜かな　　与謝野晶子

なんとなく女になりうる心地して菜の花の村に雪ふ

るを見つ　前　登志夫

な-の-はな

菜の花（名）油菜科の二年草の菜種の花。早春、畑一面に黄色の花が群咲く。

目に入るはすべて**菜の花**行く汽車の行きのまにまに黄に渦巻くも　窪田　空穂

黄にあかる脆き花茎折りためて手にあまるまで**菜の花**摘みぬ　長沢　美津

菜の花は暮れてののちも色たちてほのに明るき道をゆくなり　岡野　弘彦

菜の花をコップに挿して相向ふ春ごとにかかるきみとの記憶　坪野　哲久

な-ば

（連）…してしまったならば。確かに…するならば。完了の助動詞「ぬ」の未然形と助動詞「ば」の連なり。

君かりにかのわだつみに思はれて言ひよられ**なば**いかにしたまふ　若山　牧水

髪五尺とき**なば**水にやはらかき少女《をとめ》ごころは秘めて放《はな》たじ　与謝野晶子

かかる事喜ぶ父のあり**なば**と我よりも妻の思ひゐるらし　尾上　柴舟

なび・く

靡く（自動四）しなやかに揺れ動く。かたむき伏す。

上半身をばさり切られたメタセコイア風に**なびか**ぬ杭となった　髙橋みずほ

鉱煙が北に**靡く**と午前九時山の上より記帳されたり　結城哀草果

何だってあなたへ**なびく**理由になる風が吹くのも花が咲くのも　水門　房子

風の向きさだかに見せて滝水の**なびけ**るままにつららなしをり　川又　幸子

なべ

並べ（副）…につれて。…とともに。…と同時に。「なべに」とも。

雨あがり春日てる**なべ**なま畔《くろ》のつやつや光り陽炎の立つ　古泉　千樫

春嵐ほこりを上げて吹く**なべ**に衢《ちまた》の道を行きなやみける　藤沢　古実

啼きうつる森の小禽《ことり》らけふもまた朝たくる**なべ**に庭とほる多し　吉植　庄亮

なべ‐て　並べて（副）おしなべて。おおむね。すべて。総じて。

仕合せは**なべて**君より来る日々に花ひらきゆく花韮の道　近藤とし子

手に取ればその凸**なべて**ここちよし苦瓜はいまさかりなりけり　松岡　秀明

描かれしは**なべて**雄鶏全方位みるべくつぎつぎ十三羽描《か》かる　川野　里子

野放図な藪という場に与《くみ》したる雑木の**なべて**荒武者のごとし　身内　ゆみ

なまめかしい〔なま‐めか・し〕　艶めかし（形シク）あでやかで美しい。あだっぽい。

春の雪ちらつき来れば宵に立つ停車場《ば》こそ**なまめか**しけれ　尾上　柴舟

垢すこし付きてなえたる絹物の袷の襟こそ**なまめか**しけれ　岡本かの子

なま‐め・く　艶めく（自動四）みずみずしく見える。あでやかに見える。色めく。

艶めきて冬の筏は流れゆく望郷の歌ふたたびあるな　前　登志夫

蕾濃き紅梅の枝こぞりつつ**なまめく**や空すでにきさらぎ　加藤知多雄

材木に**なまめく**までに食いこみて鋸の背中は沈みゆくなり　石田比呂志

なみ　波（名）風・振動に水面に生じる上下運動。

越えてくる**波**がはばたきそうだねと囁き合ってるライフセーバー　鈴木美紀子

銀箔の**波**だつ秋としずかなる覚悟ののちの、のちの父の死　源　陽子

喜びの**波**たてながら雪どけのみづは夕べの海に入りゆく　山中　律雄

なみ　並み（名）ならんでいること。（接尾）…の普通の程度。…ごと。

土ほこり家**並**《やなみ》のうへに吹き立ちて一筋さびしひろき道幅　藤沢　古実

かがよいて穂**並み**うち臥す門べの田ひとはまた見ず命過ぎたり　窪田章一郎

夜となりて山**なみ**くろく聳ゆなり家族《うから》の睡りやまま

ゆの睡り　前　登志夫
人**並み**の悲しみ事は味はひぬこののちの悲《ひ》のために
乾杯　松平　盟子

な‐み　無み（連）無いので。無さに。無いままに。形容詞「無し」の語幹と接尾語「み」の連なり。

武蔵野のそぎへのきはみ雲を**無み**今朝たかだかと富士あらはれぬ　岡野直七郎
此の母が怒りに寄らむすべを**なみ**座敷のすみに玩具ならす児　今井　邦子
外套の重たき濡れを乾す間《ま》**無み**今年の春の雨ふりつづく　松村　英一

なみだ　涙・泪（名）悲しみ・感激・激痛などにより眼からあふれ出る液体。

生きゆくは楽しと歌ひ去りながら幕下りたれば湧く**涙**かも　近藤　芳美
これ以上すきとほることは出来ないとポロリこぼせる風の**涙**ぞ　仁科　美保
透きとほるお米は**泪**のかたちして両手の指の間より落つ　北神　照美

なみだぐましい〔**なみだ‐ぐま・し**〕（形シク）　涙ぐまし涙ぐみやすい。涙を催しがちだ。哀れである。悲しい。

梅の花ぎつしり咲きし園《その》ゆくと**泪ぐまし**も日本人われ　宮　柊二
雨の谿間《たにま》の小学校の桜花昭和一けた**なみだぐまし**も　岡井　隆

な‐む（連）…してしまうだろう。推量の意。…しよう。…してしまおう。意志の意。完了の助動詞「ぬ」の未然形と推量の助動詞「む」の連なり。「なん」とも。

沢蟹のいそぎて砂に隠るるを見凝《みつ》めてをれば一生《ひとよ》過ぎ**なむ**　前　登志夫
山深き岩肌道を行きゆかばわがかなしみはきはまり**なむ**か　岡野直七郎
山脈のしろき信濃に住み古りて凝《こら》したる眼を何に閉ぢ**なむ**　齋藤　史

な・む　並む（自動四）ならぶ。つらなる。（他動下二）ならべる。つらねる。

朝あけて船より鳴れる太笛《ふとぶえ》のこだまはながし竝《な》**み**よ

ろふ山　斎藤　茂吉

乗鞍の二並《ふた》む峰のましろきが秋空澄みて間近くも見ゆ　窪田　空穂

傘**並めて**駅へといそぐ一途さのいまは迷わぬ肉体である　大島　史洋

立て**並《な》めし**野原の稲架木《いなぎ》かぎり無し鳥海山《てうかいざん》の山根に及ぶ　川田　順

なむ-と-・す　（連）今まさに…しようとする。「なんとす」とも。

雨戸さし昼を人ゐぬ家の庭照る白牡丹くづれ**なむとす**　窪田　空穂

飛びかける鳥魚をつかみあはれあはれ輝きの空に墜《お》ち**なむとする**　北原　白秋

なめら　滑ら（名）水などで滑りやすいこと。なめらか。「なべら」とも。

雲の間洩《あひ》るるひかりの真下きて頭《づ》より**なめら**に黒を脱ぐなり　春日真木子

月映えの**滑《なべら》**をさらにわたりつつ言葉のための界へみひらく　小中　英之

なめる〔な・む〕　舐む・嘗む（他動下二）舌の先で撫でる。ねぶる。

双眼鏡ごしに見てゐた朝焼けを記念切手に封じて**舐める**　山田　航

なら-く　（連）…するところによれば。…であること（には）。…すること（には）。

若どりの初の卵と聞く**ならく**われ年ふけて感傷おほし　山本　武雄

な-らく　奈落（名）地獄。どんづまり。果ての果て。どん底。

昏れ落ちて秋水黒し父の鉤《はり》もしは**奈落**を釣るにやあらず　馬場あき子

乳房《ちちふさ》のあひだのたにとたれかいふ**奈落**もはるの香にみちながら　岡井　隆

な-・らし　（連）…であるにちがいない。…である。…であるようだ。「なるらし」の略。

とほりつつふと覗きたる路地の奥は川口**ならし**大船の腹　吉植　庄亮

縁台に豆柿ならべ人居らず銭置きて勝手に食へとい**ふならし**　吉野　秀雄

な

鳥さへも勢《きほ》ふと**ならし**大槻にこの朝群れてむき〳〵に鳴く　半田　良平

ならーず　（連）…ではない。「ならずや」は、…ではないか。

あはれ詩は志**ならず**まいて死でもなくたださつくりと真昼の柘榴　紀野　恵

吸いさしの煙草で北を指すときの北暗ければ望郷**ならず**　寺山　修司

竹とわれと一客一亭しぐれおり世にふるは激しきころ**ならずや**　馬場あき子

なり　形・態（名）かっこう。かたち。風態《ふうてい》。または、接尾語的に用いて、…相応。

されば平成なにごともなく秋津島弓**なり**にしてややかまびすし　今野　寿美

置き忘れし眼鏡をさがすわが**姿**《なり》ぞ睦月《むつき》ついたちつねの日のごと　木俣　修

偽れないから　君に迫る　ぼく**なり**のまずしい姿勢をかたむけてきた。　高田　栄一

なり　（助動）…である。…だ。断定の意。…にある。…にいる。存在の意。体言と連体形に付く。聞くと…のようである。推定の意。…ことだなあ。詠嘆の意。終止形に付く。

蒼空と書いてそら**なり**そこだけにルビあるバレーボール部名簿　大松　達知

お先にと黙って一枚の花びらが落ちてゆく**なり**桜満開　奥村　晃作

憎ふかく想へば北の獣**なる**蔵王ぞほそき眼みひらく　川野　里子

もゆる限りはひとに与へし乳房**なれ**癌の組成を何時よりと知らず　中城ふみ子

なりー・けり　（連）…であった。…だったなあ。断定の「なり」と回想の「けり」。

よく見れば老婆**なりけり**とつぷりと源助橋より糸垂れゐるは　河野　裕子

後肩いまだ睡れり暁はまさにかなしく吾が妻**なりけり**　千代　國一

なりわい〔なりーはひ〕　生業（名）家業。職業。世渡りの仕事。

大き家に代々の**生業**兄も継ぎうから率《ひき》ゐて老いそめにけり　村野　次郎

なりはひを憂しとし思ふ感情も去年あたりより色かはりゆく　柴生田　稔

生業に菓子屋つづける家系にて通夜に集うも皆菓子屋なり　村田　淳子

な・る

鳴る（自動四）音がする。響く。

ミソミソミ音ふたつしか**鳴らせ**ない笛でどこにもありえないうた　五賀　祐子

聴衆の少なきままにブザー**鳴り**チェロを手にとる舞台の袖に　新川　克之

ぶらんこがキュルリルと**鳴る**春の日をかがやくものは娘のめだま　大松　達知

なれ

汝（代）おまえ。あなた。君。二人称。「なんじ」「な」とも。

プラカード持ちしほてりを残す手に**汝**に伝えん受話器をつかむ　岸上　大作

分け入らむ**汝**の精神《こころ》へ　氷室に一穂《いっすゐ》の焔《ひ》をかかげゆく　角宮　悦子

天へゆく梯子なかなか遙けくて雲に憩へる**汝**《なれ》かも遠し　吉沢　昌実

なれ-や

（連）…だなあ。…であることよ。

ビルディングの高き窓にも春**なれや**巷の埃まひてくるなり　長谷川銀作

なん-て

（連）…なんか。など。上の語を軽視する意をあらわす。

今日までに私のついた嘘**なんて**どうでもいいよというような海　俵　万智

キスに眼を閉じない**なんて**まさかおまえ天使に魂を売ったのか？　穂村　弘

なん-でも

何でも（連）何事でも。何ものでも。

なんでもない会話**なんでも**ない笑顔**なんでも**ないからふるさとが好き　俵　万智

なん-てん

南天（名）メギ科の常緑低木。初夏、白色の小六弁花を総状に開く。晩秋から冬、球形で赤色の花をつける。

同じ枝に今日も止まりてヒヨドリが見ている**南天**の実の熟れ具合　久々湊盈子

一度だけ本当の恋がありまして**南天**の実が知ってお

ります　山崎　方代

南天の実をむさぼりて鶫去れば雀明るくそのあとを来る　山本　照子

南天の朱実つぶだち揺るる間に訪ひ来よひよどりむくどりあなた　田中あさひ

に

丹（名）赤い色。朱色。

いちめんの**丹**躑躅《つつじ》の花が放ち火のせめる焔《ほのほ》に焼けてゆくみゆ　結城哀草果

街道のくづれの下に大蓼《おほたで》の**丹**茎《ぐき》あらはに花さき垂れり　久保田不二子

さみだれの雨あしながし唐寺の**丹**ぬりの壁に夕ふかくして　大熊長次郎

に

（助）場所や時、動作の帰着点・方向・結果・目的、原因・理由、手段・方法、対象を示す。意味を強める。など格助詞の用法。…のに。逆接に用いる。…と。順接に用いる。接続助詞の用法。

ペダル踏んで花大根の畑の道同人雑誌を配り**に**ゆかむ　寺山　修司

雪しろのくだり**に**くだる最上川この水の中**に**こもる音あり　鹿児島寿蔵

犬はわが口笛とともに飛んで来てこの草むら**に**故郷を作る　櫟原　聰

繊き手脚のニグロ青年しなやか**に**歩めりサバンナの風恋ふるごと　秋山佐和子

にい〔にひ〕

新（接頭）新しいの意を添える。

にひ年はまた新しき幸福を載せて来るがに今も思ひつ　村野　次郎

あをあをと秋の**新**畳《にひだたみ》ひつたりと職人の足袋吸ひよせてゐる　砂田　暁子

にお〔にほ〕

鳰（名）かいつぶり。留鳥で池沼に棲み水に潜るのが巧みである。夏に水草の上に浮巣を掛ける。「鳰の湖」は琵琶湖の別称。

幼な**鳰**一羽離れて水くぐり長くくぐらず一人遊びす　武川　忠一

流れゆく小さき**鳰**の四つ五つ見てゐて夕日落つる多

摩川　馬場あき子

比叡《ひえい》より横川《よかは》へくだる道のべの合歓《ねむ》よりひくし鳰《にほ》の湖《うみ》づら　太田　水穂

におい〔にほひ〕　匂ひ（名）色が美しく照りはえること。色つや。気配がほのめきたつこと。様子。かおり。

生垣につつじ吹き出すあばら家ゆ肉の焦げたる**匂ひ**流れ来　山川　築

いつせいに落ちてしまつた銀杏の実が満たしゆく**匂ひと匂ひ**　山科　真白

蛇っぽい模様の筒に入れられた卒業証書は桜の**匂い**　穂村　弘

にかあらん〔に‐か‐あら・む〕（連）であろうか。「に」は断定の助動詞「なり」の連用形。…たのであろうか。「に」は完了の助動詞「ぬ」の連用形。

万葉の夏は苦しき日でり畑わが祖は半裸の奴婢**にかあらん**　馬場あき子

季《とき》の移りおもむろにして長きゆゑ咲く**にかあらん**この返花《かへりばな》　佐藤佐太郎

に‐き（連）…た。回想を示す。「にし」は文末で詠嘆を示す。

紺青の空をかきわけかきわけてゆく手の遂に重たかり**にき**　花山多佳子

戦犯の処刑され**にし**跡に建つ六十階より皇居見下ろす　吉田　外儀

幾万の若いいのちも過ぎ**にし**とひとつ草露わが掌《て》にぞのす　前川佐美雄

山の根におのづからなる靄の凝りあはれと思ふ春は暮れ**にし**　土田　耕平

にぎわう〔にぎは・ふ〕　賑はふ（自動四）にぎやかになる。こみ合う。豊かに繁栄する。繁昌する。

山なかは**賑へ**ど、音澄みにけり――。遠野の町にあがる　花火　釈　迢空

隣りするどの畑よりも**にぎはへる**じゃがいも畑を我は見まはる　酒井ひろし

にぎわしい〔にぎは・し〕　賑はし（形シク）にぎやかだ・にぎわっている。にぎにぎしい。

団子屋はけふ休みにて会はてし人々**にぎはし**桜餅の店に　宮地　伸一

藤棚のした**にぎはしき**おとのして蜂は花に酔ふ夕ぐるるまで　上田三四二

いにしへのわが心臓の**賑はしき**祭も覚ゆひなげし見れば　与謝野晶子

にげみず〔にげ-みづ〕 逃げ水（名）陸上の蜃気楼の一種。春、遠くからは水の流れがあるように見えるが、近づくとその先に移って見える現象。

当麻道古《ふる》道に春日とめどなし追ひゆけど追ひゆけどまた**逃げ水**　成瀬　有

逃水に濯はれし眸《め》のすずしくてさだめのごとき浪費癖なる　苑　翠子

横顔の睫毛に光からみをり　遠くとほくへ退《すさ》る**逃げ水**　横山未来子

に-・けむ （連）…てしまったのだろう。完了の助動詞「ぬ」の連用形と過去推量の助動詞「けむ」の連なり。「にけん」とも。

此の国の油の煮物うまければ主人《あるじ》も妻も肥えまし**にけむ**　尾上　柴舟

人の祈りのかく咲き**にけむ**み墓近き白彼岸花ふれがたく過ぐ　小野興二郎

どのやうにおろされ**にけむ**かの大き薬種問屋の看板などは　大西　民子

に-・けり （連）…だなあ。詠嘆をこめる意。…てしまったそうだ。…てしまった。

雨月の夜蜜の暗さとなり**にけり**野沢凡兆とその妻羽《う》紅《こう》　高野　公彦

その命死なむ際《きは》にも我が妻は常に見し如あり**にける**かも　窪田　空穂

過ぎ**にける**人を呼びつぐ母の辺にまだ弱々と春の蚊はたつ　川合千鶴子

にげる〔に・ぐ〕 逃ぐ・遁ぐ（自動下二）遠くに走り去る。のがれる。

現《うつし》身《み》の苦悩より**遁げ**ず生きたりし親鸞を熱くおもふ折々　山本かね子

走らうとすれば地球が回りだしスタートラインが**逃げ**てゆくんだ　山田　航

鳥籠の鳥**逃げ**し朝簡潔な明るさありて窓に吊りおく

野田　紘子

にこ・ぐさ　和草（名）小草の生えそめてやわらかなもの。

生きて負ふ脛の傷みを凌ぎ来て崩れし土手に**和草**《にこぐさ》を摘む　伝田　幸子

にこ-げ　和毛・柔毛（名）やわらかで薄く短く生えた毛。

育ちつつ幹に**柔毛**の残る竹光る節節《ふしぶし》は露たまりゐる　宮田　信次

この朝の**にこ毛**光りてなく一羽山鳩は近く松の枝にあり　市毛　豊備

いとけなき頬の**和毛**と笑まふなり吾がさむき心はてしなけれど　河野　愛子

にこ-やか　和やか・柔やか（形動ナリ）ものやわらかで愛想がいいさま・心からうれしそうに笑いを含んでいるさま。にこにこ。にっこり。

葬儀には映写がありてのこのこと出で来し故人**にこやかなり**き　浜田蝶二郎

にご・る　濁る（自動四）透き通らなくなる。はっきりしなくなる。清らかさが失せる。

放流の鯉生きつぐや**濁り**川岸べは澄みて今日を流るる　窪田章一郎

つるぎ葉のグラヂオラスのむら立ちの花おとろへて**濁る**くれなゐ　玉城　徹

つまさきまで痺れたり青に**濁る**苦艾酒《ニガヨモギシュ》冥く呑みほしたれば　南　輝子

にじ　虹（名）夕立の後など、太陽と反対側の空にかかる七色の帯。

虹斬ってみたくはないか老父《おいちち》よ種子蒔きながら一生《ひとよ》終るや　伊藤　一彦

台風の去りたるゆふべふた重なる大**虹**立てり東南のそら　丹波　真人

油絵をやめてしまった指先が無邪気に**虹**のありかを示す　谷川　電話

虹たてるさびしさにをれば経誦して白装束の列来たるなり　喜多　弘樹

に-して　（連）「に」は場所・時を示す格助詞。…の時に。また「に」は断定の助動詞「なり」の連用形。…であって。…ではあるが。

白昼の光りきらめく穂すすきの原中**にして**道をうし

に

なふ　太田　青丘

人工の渚も引潮どき**にして**砂地に残る石蓴《あをさ》にほひつ　礒　幾造

同行はつね風**にして**晩秋のすすき分けくる風身にまとう　田村　広志

夜行くはむしろ安けしひと色と見つつ馴れにし闇の眼**にして**　北原　白秋

にし-び　西日（名）西に傾いた太陽の光。

歯車が一つ外れて動き出す恋が**西日**のやうに明るし　高山　邦男

にじ・む　滲む（自動四）色が溶けて散り乱れる。墨・油などがしみてひろがる。

心地よい眠気と愛と間違へて唾をシーツに**滲ませ**てゐた　山田　航

柔らなる若葉風吹く山の道水の**滲める**幾ところ過ぐ　横山　岩男

に-・たり　（連）…てしまっている。完了の助動詞「ぬ」の連用形と完了の助動詞「たり」。

庄内麩の熱き味噌汁を喜びぬ六十六歳になり**にたる**われ　玉城　徹

一盲は衆盲を引きて火に入ると嘆きしことば古り**にたれ**ども　小暮　政次

にち-りん　日輪（名）太陽。

やうやくに滅びにいたる**日輪**の山あかあかと燃やしはじめぬ　黒沢　忍

日輪は棚ぐものひまにはさまれて血達磨のごとく下《しも》ぶくれせり　加藤　将之

に-て　（助）…で。…に。場所・時、手段・方法、原因・理由をあらわす。

およびなきわが拙さと肯ひし日の夕べ**にて**水汲みてをり　遠山　光栄

跣**にて**湧く湯流るる大岩を一足々々つつしみ登る　窪田章一郎

つもりしは春の雪**にて**蚕豆《そらまめ》のやはらかき葉もはや起き直る　高安　国世

に-て　（連）…で。…であって。断定をあらわす。断定の助動詞「なり」の連用形と助詞「て」の連なり。

いかにも死んだといふ感じ**にて**冬蜂の仰向けの死三
日見てゐる　青井　史

草を刈り維持するだけのこと**にて**も職業欄には農と
記せり　國分　道夫

ほのぐらき時の洞《ほら》**にて**中宮寺弥勒菩薩はとはに思惟《しゆい》
す　田宮　朋子

に‐は

（連）格助詞「に」の意味を強調し、また
は取りたてて示す。格助詞「に」と係助詞
「は」の連なり。

花蕊《くわしん》**には**飛べるかたちに冠毛の舞ふことありて月下《オクシペ》
美人《タルム》　石川　一成

孫わらべふたりが命守らむと母が手離し信濃**には**遺
る　窪田　空穂

にび‐いろ

鈍色（名）濃いねずみ色。「にび」とも。

とびめぐる鷗すらなく曇りたる東京の空**にびいろ**の
空　中野　菊夫

鈍いろに湖《うな》面そめて昏れなづむ初冬の日のわれの風
致区　轟　太市

鈍色の空にとけこむ歩調にて帰りくる君なにに迷いい
る　関根　和美

に‐も

（連）…においても。…のときも。…にさえ
も。格助詞「に」と係助詞「も」の連なり。

遠く**にも**人は孤独に除草機を押しをり梅雨の雨降り
ながら　板宮　清治

生き残る思ひしきりの冬の夜の雪はねむりの中**にも**
降れり　齋藤　史

父の居ぬ家**にも**つばめ来る幸を言いつつ母と青き莢
むく　岸上　大作

かすかなる風の音**にも**顫《ふる》へつつ君かと思ひわが立ち
上がる　吉村　睦人

に‐や

（連）…であろうか。断定の助動詞「なり」
の連用形と助詞「や」の連なり。

雪となる雲**にや**あらむ街の上にうつし身の上に相迫
るごと　扇畑　忠雄

試験うくる子の親なれば来《きた》りけり春のうれひといふ
にやあらむ　中島　哀浪

いつ通りても花咲く鉢の並ぶ家いかなる人の住む**に**
やあらむ　吉田　正俊

蜂なども好みある**にや**鉄線の花をめぐりてなかなか

吸わぬ　　高安　国世

にょ-にん

女人（名）おんな。婦人。女性。

しんしんと木々のしづもる真昼どき**女人**の肌の匂ひこそすれ　中村　三郎

歳木樵《としぎこ》るわがかたはらにうつくしき**女人**のごとく夕日ありけり　前　登志夫

女人来てひかりのなかのひあふぎのしづかなる黒き実に触れにけり　高野　公彦

一筋の帯のごとくに彼岸花野につづき**女人**高野は近し　蒔田さくら子

に・る

似る（自動上一）形や性質などが互いに同じように見える。類似する。

移り気で六月生まれわがままな私に**似**てるあじさいが好き　水門　房子

一杯の熱きココアを啜るさへ冬の奢りに**似**つつ語らふ　大野　誠夫

ひとひらの夕雲に**似る**かなしみはくわんおんの頬に未だある紅　砂田　暁子

にれ-か・む

齝む（他動四）牛などが一度のみこんだものを再び口に出して食べる。反芻する。「にれがむ」とも。

群れ臥して**にれかむ**牛のほとり来て馬は孤独にうなじ垂れゐる　上田三四二

春の鹿角やはらかく生え初めて午前も午後も時を**反芻**《にれが》**む**　久我田鶴子

にわ〔には〕

庭（名）邸内の空地。庭園。広い場所。波の静かな海面。

わが**庭**の土よりいのち昇りたる蟬鳴き蟬の声絶えにけり　坪野　哲久

杏咲く唐寺の**庭**のどけしと空にとよめる風音を聞く　田谷　鋭

肉食の百舌鳥はかくろいさびしき日の**庭**々にして籾殻を焼く　香川　進

夏の**庭**ゆくえも知れず目覚めると自分が泣いていたことに気付く　安井　高志

にわたずみ〔には-たづみ〕

潦・行潦（名）地上に溜まり流れる雨水。

通り雨たちまち過ぎて鳳仙花の根かたの土を浸す**にはたづみ**　上田三四二

にはたづみ溢るる見ればこの朝の雨暖かくなりにけるかも　土田　耕平

花冷えのやうな青さのスカートで**にはたづみ**踏むけふの中庭　澤村　斉美

ぬ

ぬ（助動）…てしまう。…てしまった。…た。完了の意をあらわす。

わが身にはつながりあらぬものと見し七十《しちじふ》といふ翁にな り**ぬ**　窪田　空穂

夜《よ》ごとわが夜食に二つ小さなるむすび握りて娘《こ》はねにゆき**ぬ**　福田　栄一

くれなゐの躑躅の花の五《いつ》たびを咲きて頽《くだ》ち**ぬ**コーポの庭に　岡野直七郎

ぬ（助動）…ない。打消しの助動詞「ず」の連体形。

きみのゐ**ぬ**日の街にふり夕ぐれはなにぞさびしき雪に逢ひたる　北沢　郁子

汚染魚はきよまりたるか奇形魚もいまはあら**ぬ**か声またくなし　窪田章一郎

一輪車うまく操りゆくならば決して絶望などはありえ**ぬ**　田島　邦彦

ぬか　額（名）ひたい。

事無きが倖せなりし雪霏々と降り頻《し》く巷《まち》を**額**うたせゆく　太田　青丘

人の行く門の道べに**ぬか**づきて喪の礼をなす群をわが見つ　田谷　鋭

詩歌とは真夏の鏡、火の**額**を押し当てて立つ暮るる世界に　佐佐木幸綱

うるみ落ちむばかりにあをく星またたく夜窓に**額**《ぬか》をあてて寂しも　成瀬　有

額に積む雪あらば雪星あらば星を頂き古りし石仏　中地　俊夫

ぬきんでる〔**ぬきん-・づ**〕抽きんづ・抜きんづ（自動下二）他よりも抜きでる。とび抜けてひいでる。

ぬきんでし蕾を見れば牡丹花のこもるくれなゐあらはれんとす　村野　次郎

抽きんでし若竹の秀《ほ》のほのひかり今十六夜の月はのぼりぬ　水町　京子

今任《いまたふ》をすぎて青山を**ぬきんづる**いくつボタ山にかかる霞か　五味　保義

ぬ・く　抜く（他動四）中から取り去る。追いこす。

背中より丸太**抜か**るるだるさにてくるしまぎれの眠りにゐたり　小池　光

公園の柵の塗料のにほふ朝人は人**ぬき**ていそぎゆきたり　真鍋美恵子

ぬ・ぐ　脱ぐ（他動四）身に着けた物を取り去る。

縫ひぐるみのごとく若き皮膚を**脱ぎ**たればすでに食欲の露骨なる顔　齋藤　史

今**ぬぎ**し靴玄関の灯《ひ》を浴びる自画像に似てさびしきわが靴　秋葉　四郎

屈辱の雨に打たれてびしょ濡れになったシャツなら**脱ぎ**捨ててゆけ　萩原慎一郎

春を**脱ぎ**つづけるさくら歳月をはるばるこんなところまで来て　佐藤　弓生

ぬける〔ぬ・く〕　抜く（自動下二）離れ出る。なくなる。通りぬける。

水をめぐらす首都の警備を**ぬけ**てきて耳にのこった夜霧を払う　加藤　治郎

力**抜く**手を**抜く**さらに肩を**抜く**街空にありどろんと月は　外塚　喬

甲斐へ**抜くる**道がひとすぢありといふ片栗の咲くころには思ふ　大西　民子

ぬち　（連）…のうち。…の内部。「のうち」の略。

朝の霧ふかかりければ霧**ぬち**にかすかに牛の動けるが見ゆ　半田　良平

部屋**ぬち**に鳥影のさすしきりにて陽のにほひ濃し冬日ながらに　栗原　潔子

人間の餌付けを拒むけだものの仔を産めるとやわれの家**ぬち**に　前　登志夫

身**ぬち**より薫《くゆ》るかげろふ野をゆきて法華み寺の開帳に遇ふ　穴沢　芳江

ひとり寝はさみしく娯し夢**ぬち**の天体座標図携えてなお　山中もとひ

ぬっと

（副）不意に現われるさま。突き出ているさま。にゅっと。ぬうっと。

故里の畦道**ぬっと**抜け出して三十余年の錆びし風ふく　大谷真紀子

電柱のかげから**ぬうっと**現れて父は還《かへ》りぬ終戦の夏　永島　道夫

ぬば-たま-の

射干玉の（枕）黒・夜・闇などにかかる。ぬばたまはヒオウギの実で黒いから。

陽《ひ》のかぎり誰《だれ》か揺りにしブランコを**ぬばたまの**夜はわれが揺するも　佐伯　裕子

ぬば玉の暗き夜《よ》ひかりゆく雷《らい》の音とほそきて雪つもりけり　斎藤　茂吉

ぬばたまのコーラのびんの曲線をゆびにたどりて君をのみほす　内山　咲一

ぬ-べし

（連）きっと…だろう。確かに…にちがいない。確信的にいう語。完了の助動詞「ぬ」と推量の助動詞「べし」の連なり。

靡きつつあをあをとして裏白《うらじろ》が冬越し**ぬべし**母の生《あ》れし国　生方たつゑ

選択の余地なき選択あり**ぬべし**庭の辛夷は葉を散り尽くす　島　晃子

ぬめ-ぬめ

滑滑（副）なめらかなさま。ぬらぬら。つるつる。すべすべ。

ぬめぬめとかがやく石の壁面におのれが影をたしかむと寄る　阿木津　英

ぬめぬめと動く唇もつ乙女らが同じ貌もつ茶房の真昼　蔵本　瑞恵

ぬ-・らむ

（連）確かに…てしまっているだろう。完了の助動詞「ぬ」と推量の助動詞「らむ」の連なり。

庭黄揚の花はひそかに咲き**ぬらむ**土にこぼれて白くたまるも　植松　寿樹

わが母と吾《われ》と来《こ》し日をかへりみるに四十五年《しじふごねん》になりやし**ぬらむ**　土屋　文明

ぬれ-ぬれ

濡れ濡れ（副）ひどくぬれて。ぬれながら。

雨けぶる海辺を行けば菜の花は**ぬれぬれ**としてその

黄なまめく　　柴生田　稔

真熊野の山のたむけの多芸津瀬《たぎつせ》に**霑《ぬ》れ霑れ**さける虎杖の花　　長塚　節

子供らしく泣きさけびつつ**ぬれぬれ**と洗ひ出されて子はをとめなり　　五島美代子

ぬれる〔ぬ・る〕

濡る（自動下二）物の表面に雨・露・涙・汗などの水けがたっぷりとつく。また、物に水がかかって中までしみ込む。

言ひかけて開きし唇の**濡れ**をれば今しばしわれを娶らずにゐよ　　河野　裕子

電車きて扉ぞひらくおそろしく水に**ぬれ**たる床そこにある　　小池　光

改札の向かう遠退く背を送り桜の雨にただ**濡れ**てゐる　　廣庭由利子

夕蜩の声の激しさ牛の背の虻打ちて血に**濡るる**てのひら　　石川不二子

ね

ね

音（名）おと。こえ。なき声。

わが妻が裁縫鋏の小鈴《をすず》の**音**耳にかよひてうつうつ眠る　　窪田章一郎

二つの巣すでに巣立ちて鳥が**音**の庭にしづかになりまさるころ　　柴生田　稔

ね

根（名）植物の根。ねもと。つけね。根本。本性。

豊後の国宇佐神宮の神杉は百年の**根**を日に当てており　　佐佐木幸綱

息の**根**をうちしづめつつ時経たり屁《へ》をもらすさへやひたごころなる　　吉野　秀雄

こころ**根**の鬱陶しけれ征すとぞ奪うとぞかのやから来て　　阿木津　英

ね

値（名）あたい。値段。代価。

今は飢うと人みなこころ乱るるをいやますますも物の**値**あがる　　窪田　空穂

売りたる本必要となり書肆に立つ**値**の高ければたじろぐ我は　　小木　宏

ね

（助）…してください。あつらえ願う意をあらわす。未然形に付ける。念を押したり、親しみを込めたりする。呼びかけの語の下などに付ける。

小さな窓もふくらむような朝がきてうまれたて**だね**
あなたの波は　加藤　治郎

もう二度と来ないと思う君の部屋　腐らせないで**ね**
ミルク、玉ねぎ　俵　万智

ね

（助動）…てしまえ。普通の命令よりやや意が強い。完了の助動詞、「ぬ」の命令形。…ない。打消の助動詞「ず」の已然形。文末で詠嘆を示したり、「ね」のあとにくる助詞「ど」「ば」を省略して用いる。

ここよりはトロに乗り**ね**と人のいふ黒馬《あを》の曳くとふその馬トロに　前田　夕暮

瑣末とは思わ**ね**日々を追われつつ武力なき派兵の報も聞きたる　大島　史洋

帰りくる夫にはあら**ね**この宵も雨戸を早くとざしたりけり　三ヶ島葭子

ね-いき

寝息（名）眠っている時の呼吸。またその音。

たとえばねこんなことだよ幸せはあなたの**寝息**に合わせて呼吸　水門　房子

ねがわくは〔ねがはく-は〕

願わくは（副）願うところは。望むところは。こいねがわくは。

願はくは澄むとか冴えるとかいふことを思はざらむわが歌ごころ　柴生田　稔

淡黄のめうがの花をひぐれ摘む**ねがはくは**神の指にありたき　葛原　妙子

ネクタイ

（名）洋服で首または襟のまわりに巻いて前で結ぶ装飾布。

ネクタイが風にはためくこの胸にしっぽを揺らす黒猫がいる　高田ほのか

ネクタイを取つかへ引つかへするうちに最後の一本が首にまきつく　外塚　喬

丸まつてガラスケースに納まると**ネクタイ**はまるで春のケーキだ　松岡　秀明

制服の**ネクタイ**の結び繰り返すこの時だけはしをらしさあり　平山　公一

ネクタイを結べる時と解く時がほんとのわたしなのだろうか　光栄　堯夫

ねぐら　塒（名）鳥の寝る所。鳥屋《とや》。「寝座《ねくら》」の意。

夕空を群れて啼きつつゆく鴉**塒**は日の入る方にあるらし　伊地知文子

午《ひる》すぎに枯葦むらに限りなき雀の声は**ねぐら**するらし　佐藤佐太郎

二人して**塒**に帰るつばめ待つ今日も夕焼け病室の窓辺　篠遠　義子

ねじ〔ねぢ〕　螺子・捻子（名）物をしめつけるための螺旋状の溝のあるもの。

首の骨コキンと鳴ってネジ一つどこまで落ちていったたろうか　五十嵐順子

いいにほひわたしのからだあたたかいときをり**螺子**《ねぢ》をはづしてみると　本多　真弓

螺子を捲くといふ言葉ごと滅びゆく**螺子**は心にありてきしきしと鳴る　川野　里子

雁道《がんみち》を通り抜けたりどこかしら**螺子**のゆるんだ春のゆうぐれ　加藤　治郎

ねだ・る　（他動四）聞き分けなく、甘えて要求する。せがむ。

少し欲しつくづく欲しと**ねだり**啼くかの法師蟬われに親しも　松坂　弘

どうしてこう雨がからまりつくのだろう君は突然ラークを**ねだる**　吉川　宏志

ねっとり　（副）粘りけのあるさま。くっつくさま。

祭りの日村全体が**ねっとり**と水飴のように濃くなってゆく　糸川　雅子

ねば　（連）…ないから。…ないので。打消しの助動詞「ず」の已然形と助詞「ば」の連なり。

ふるさとは海峡のかなたさやさやと吾が想は**ねば**消えてゆくべし　川野　里子

危険物なら**ねば**傘は車内にも持ちこまれつつ五、六十本　香川　ヒサ

ねばならず　（連）当然…しないとならない。当然…すべきだ。義務・当然の意をあらわす。

この秋はせんべいを焼くどんづまりわが血を濃くし生き**ねばならず**　坪野　哲久

春の水吹きかけやりし目笊より咲か**ねばならぬ**菜の

花咲きぬ　山田　あき

葉鶏頭《かまつか》の咲か**ねばならぬ**季節来てしんじつは凛々《りり》と秘め**ねばならぬ**　浜田　到

ねはん‐にし

涅槃西風（名）ねはん会《え》（陰暦二月十五日）の頃吹く西風。彼岸西風。

桃咲けるなだりを越えて**涅槃西風**ひとのくちびるひかりいづるや　雨宮　雅子

涅槃西風吹けり河流の出でゆける日向《ひうが》の灘の青すさまじき　伊藤　一彦

涅槃西風埃あげくる風さきはまだととのはぬ麦畦の青　木俣　修

ねぶ・る

舐る（他動四）なめる。しゃぶる。

真夜中にめざめし仔犬にわが指を**ねぶら**しめつつ重きつゆの感　坪野　哲久

仙の花紅くも鉢にひらく見ゆ酒を**舐り**て卓にしをれば　玉城　徹

名残とはかくのごときか塩からき魚の眼玉を**ねぶり**居りける　斎藤　茂吉

ねむ‐の‐はな

合歓の花（名）まめ科の落葉高木。七月頃淡紅色の花を薄暮前に開く。葉は羽状複葉で夜間に閉じて眠るように垂れる。

まだ眠り解かぬ葉上に淡紅《うすべに》の房立てて**合歓の花**のやさしさ　若山喜志子

合歓の花木末《こぬれ》に高くそよぎつつ秘かなるわが思慕をいざなふ　大西　民子

ねむの花うすくれないのやさしきを手にとるときも砲はとどろく　渡辺　順三

ねむ・る

眠る・睡る（自動四）寝入る。睡眠する。活動が休止して無意識の状態になる。

一本の樫の木やさしそのなかに血は立ったまま**眠れ**るものを　寺山　修司

東京の川に伴走されながら**眠れ**ない夜を走る人あり　奥山　恵

ひとつ闇に**眠る**といへど汝が腕よりはみ出すことなき妻と思ふな　伊東　悦子

ね‐や

閨（名）寝るための部屋。ねま。寝室。ふしど。

いたつきの**閨**のガラス戸影透きて小松の枝に雀飛ぶ

ね

見ゆ　　正岡　子規

野良着ぬげば吾も一人の女ぞと早春の**闇**の灯を消しにけり　　内山　律子

ねらう〔ねら・ふ〕　狙ふ（他動四）目標に向けて構える。うかがう。めざす。

ねらはれてゐるを敏感に受けたらし雀羽ばたき残して飛べり　　岡山たづ子

仮借なく**狙は**む写象は何々か職ゆゑ日々に拳銃帯びて　　熊沢　正一

寒き日は四匹の猫の出でゆかず庭に来る鳥を部屋より**ねらふ**　　中野　菊夫

ねる〔ぬ〕　寝（自動下二）眠る。横になる。

おやすみを言はずに妻が**寝**てしまふ家族三人になつたころから　　大松　達知

ねんごろ　懇ろ（形動ナリ）ていねい。親切。親しい。むつまじい。「ねもごろ」とも。

見かへさば拙き文《ぶん》となる思ひ**ねんごろに**綴ぢて目より遠ざく　　窪田　空穂

ねんごろに路を教へて山人は露しとどなる野木瓜《むべ》くれにけり　　松田　常憲

ねもごろに雀あそばせゐる母よ寒のひゞきのよもにたつなか　　香川　進

ねん-ねん　念念（名）一刹那一刹那。瞬間瞬間。時々刻々。心をひたすらに一事に注ぐこと。

念々の思ひゆづらむゆづり葉の朱の茎緊めてしぐれすぎたり　　雨宮　雅子

の

の　野（名）広い平地。野原。野生の意。野辺（火葬場・埋葬）の略。

赤い旗のひるがへる**野**に根をおろし下から上へ咲くジギタリス　　塚本　邦雄

摘み持てる白詰草のにおいたち忍坂の径**野**の風に向く　　大塚　善子

歌集の一冊ショルダーバッグに詰め込んで秋の**野**面を置いて発ちたり　　前林　道子

の　（助）連体格・主格・同格などをあらわす。「…の…さ」の形で感動をあらわす。

ゆく秋**の**大和**の**国**の**薬師寺**の**塔**の**上なる一ひら**の**雲　佐佐木信綱

ほりさげし赤土みち**の**勾配《こうばい》にふたたび春**の**霜**の**ましろさ　岡　麓

「パダムパダム」巴里**の**下町流れゆく嗄れピアフ「パダムパダムパダム」　桑﨑公美子

待ちくれし姉はいつも**の**割烹着玄関前に後手に立つ　関川歌代子

のうぜんか〔のうぜん‐くわ〕

凌霄花（名）茎は他木によじのぼり伸びる。盛夏、ラッパ状の燈紅色の花が下向きに開く。のうぜんかづら。

火のごとや夏は木高《こだか》く咲きのぼる**のうぜんかづら**ありと思はむ　北原白秋

花の毒かがよふばかり八月の天の吐きたる**凌霄花**《のうぜんかづら》　角宮悦子

涌井の水あふるるあたり今散りて色鮮《あたら》しき**凌霄の花**　中河幹子

のこ・す

残す・遺す（他動四）残るようにする。

園児らの三分の一ほど**残さ**れて踏切の手前しばし賑はふ　大西民子

古き寺々行き巡りたり咲く菁莪の多き坂道にこころ**残して**　吉田正俊

さよならと言ひすれちがふ秋の子ら梨水色《なしみずいろ》の風**のこし**ゆく　栗木京子

遺すべき一語あらむか斜《なだ》れなる蕗の芽ぶきのひたぶるにして　島田修二

のこ・る

残る・遺る（自動四）あとにとどまる。

一人去り二人去り行き二次会は頼むにたらぬ者**残り**たり　千々和久幸

いささかの**残る**学徒と老いし師と書に目を凝らし戦《いくさ》に触れず　窪田空穂

わが色欲いまだ微《かす》かに**残る**ころ渋谷の駅にさしかかりけり　斎藤茂吉

のせる〔の・す〕

乗す・載す（他動下二）のらせる。上におく。積み運ぶ。

パレードが終わりトラックに**乗せ**られて馬が五月の風を見ている　岩野美弥子

ものの価《あたひ》高くなりしと思ひつつ熱のある掌に青リンゴ**載す**　　滝沢　亘

のぞ・く

覗く・覘く（他動四）小さな隙間や穴などを通して様子をうかがう。かいまみる。

さようならノートの白い部分きみが**覗き**込むときあおく翳った　　我妻　俊樹

目深なる野球帽より**のぞき**いる澄みては強きあれは子規の眼　　糸川　雅子

りせっとおんならば視力を十八へ空の邃《ふか》さを**のぞい**てみたい　　田村　広志

幼な子の絵本**覗け**ばほほゑましカタカナにひらがなのルビ付けてある　　大坂　泰

のち

後（名）時間的にあと。将来。子孫。死後。

叫《おら》びごえ酒場に満たし飲食の**のち**の不安を育てやまずも　　石本　隆一

電車にて酒店《しゆてん》加六に行きしかどそれより**後**は泥のごとしも　　佐藤佐太郎

先の世も**のち**の世もなき身ひとつのとどまるときに花ありにけり　　上田三四二

命終の**のち**の世界に咲くごとくむらさきふかき野ぼたんのはな　　阿久津善治

の-づかさ

野阜・野司（名）野原にある小高い所。野中の丘。

幼くて君が遊びけむ**野づかさ**に先立てる子等とみ墓並ぶる　　植松　寿樹

野づかさにのぼりて見ればあし原の向ふに低く暮れてゆく沼　　村野　次郎

のっつ-そっつ

仰つつ反つつ（副）仰りつ反りつの転。かがんだり、伸びたり。することがなく退屈なさま。のつそつ。

仰《の》つ反《そ》つ苦しみをれば青空にあてやかに反《かへ》る人体は見ゆ　　酒井　佑子

のど

咽・喉・咽喉（名）咽頭。歌う声。「のみと」「のんど」とも。

秋の鮎**咽喉**こゆるときうつしみのただ一ところあかるきはざま　　塚本　邦雄

乾葡萄**喉**より舌へかみもどし父となりたしあるときふいに　　寺山　修司

喉の奥に火を置いたまま眠る午後ブラインドの背を

陽が移りゆく　北神　照美

の－び　野火（名）春先、草萌えをよくし害虫を駆除するため、野や土堤の枯草を焼き払うこと。

野火とほく燃ゆる夕は懇ろな他人の如く夫をかなしむ　中城ふみ子

移りゆく**野火**のあとより　山原の道　幾筋もあらはれてきつ　岡野　弘彦

息つめて**野火**を見ている眼がわれの他にもあらむ闇のむこう側　平井　弘

のびる〔の・ぶ〕　伸ぶ・延ぶ（自動上二）長くなる。高くなる。広くなる。ながびく。くつろぐ。

かの飢餓を生き**延び**て来て今に至れば腹立つわれにもの言わしめよ　水野　昌雄

あまた湧く心抑へて過ぐる日に春の薊は尖がりつつ**伸ぶ**　安永　蕗子

出荷しても手間代にならぬ韮なれどビニールの被い突き上げて**伸ぶ**　松井　保

のべる〔の・ぶ〕　伸ぶ・延ぶ（他動下二）差し出す。のばす。広くする。述ぶ・陳ぶ（他動下二）言い表す。

手を**のべ**てあなたとあなたに触れたきに息が足りないこの世の息が　河野　裕子

沼水に美しく細き根を**延ぶる**一木の蔭に来りやすらふ　五味　保義

二審にて**述ぶる**に備え独房にこもりし日日の菜種梅雨どき　坂口　弘

のぼ・る　上る・登る・昇る（自動四）上の方へ行く。さかのぼる。高まる。

休み田にもの焚く煙**のぼり**ゆく雲なく空の色淡き日に　十谷あとり

のぼりゆく坂の途中にふり返りうしろ向きにて歩みは止めず　久我田鶴子

咲き**のぼる**花のくれなゐつつましき蟻をみどりの茎に従へ　三井　ゆき

のみ　（助）…だけ。…ばかり。限定の意をあらわす。

起きてゐるは猫とわれ**のみ**柔らかく猫は歩み来てわがかかと舐む　河野　裕子

天井の木目よく見よ人型や犬型**のみ**かお化け型あり

岩田　正

ひきだしに沈めし鍵を捜しゐて鍵**のみ**を捜しゐるにもあらず　大西　民子

のみ-と　喉・咽（名）のど。「飲み門」の意。「のみど」とも。

海近き真昼われは恋びとのくらき**喉**を碧《みどり》とおもふ　紀野　恵

喉《のみど》ゆく葡萄のひとみ眺めしは神にあらざる黄昏《たそがれ》びとや　水原　紫苑

まろやかに酒が**のみど**を通るときくいくいと鳴る**喉**の仏が　石田比呂志

のみ-ならず　（連）…ばかりでなく。文頭にも用いる。そればかりでなく。

梅雨ぐもりただに物うき**のみならず**紫陽花の花は色濃かりけり　岡　麓

寝寐《いね》がたき夜をなやみぬ吾がくせの寝酒をやめし寂しさ**のみならず**　中村　憲吉

の・む　飲む・呑む（他動四）水などをのむ。煙草を吸う。おさめ入れる。のみ込む。

水族館のガラスに孫と映る顔だれだらうこれ魚群に**呑まる**　小島ゆかり

空想が好きで浮き上がる感覚も得られて酒を**呑ん**で寝転ぶ　大山　敏夫

かなしみをかなしみとして**嚥**《の》**む**ごとく冬夜ねむればわがあたたかし　坪野　哲久

うまさうにあたかも酒を**呑む**やうなまなざしをして真清水を**飲む**　武藤　雅治

のら・す　宣らす・告らす（他動四）おっしゃる。おおせになる。「宣る・告る」の尊敬語。

あなかそか父と母とは目のさめて何か**宣らせ**り雪の夜明《よあけ》を　北原　白秋

つましかる父にふさはぬブランド時計はにかむやうにひくく**宣**《の》**らし**き　風早　康恵

の・る　宣る・告る（他動四）言う。述べる。告げる。

年下にいくたび「好きだ」と**告ら**すればわれは満ちるか　満たされぬまま　勝部　祐子

虫けらも逃げよと**宣り**て焼畑す平家哀史のやさし集落　島村　宣暢

亡骸《なきがら》も寒く坐《ざ》さむと**宣る**母に我はうなづき霜夜堪へ

ゐつ　木俣　修

の-れん

暖簾（名）屋号のしるし、店先に張って日光をさえぎる布。

わからなくなれば夜霧に垂れさがる黒き**暖簾**を分けて出で行く　山崎　方代

折しもそば屋大黒庵入口の古びし**暖簾**冬の雷呼ぶ　岡部桂一郎

のろし

狼煙・烽火（名）火急の際の合図に薪を焚き、または筒に火薬を込めて上げる煙。

本日はネイルもうまく塗れました発射合図の**狼煙**を待つよ　水門　房子

の-わき

野分（名）野も草も吹き分けるほどの秋の強風。台風のように雨を伴わない暴風。

端然とたたみに坐る今朝とみに四方《よも》さむざむと**野分**立つゆゑ　前川佐美雄

空蟬をみな吸ひあげてまつさをな空となりたり**野分**ののちを　小林　幸子

どうしてもあなたのことが気にかかる生きているのか**野分**の夜中　水門　房子

は

は

刃（名）刃物、薄く鋭くなって、ものを切る部分。

安らかにひととせあれよ**刃**のごとく合歓《ねむ》の冬枝に来し新《にひ》ひかり　宮　柊二

生み終えし鶏一羽捌きつつ反逆の**刃**誰に挑《かか》げん　大島恵美子

大ばさみの男《を》の**刃**と女《め》の**刃**すれちがひしろたへの紙いまし断たれつ　栗木　京子

は

羽（名）はね。羽毛。鳥のつばさ。「羽交《はがひ》」とも。「羽づくろひ」は翼を整えること。

一足ごとに**羽**色を変へて鳩歩む朝あかしやは花房となり　中城ふみ子

空を截る**羽**音けはしき大鴉今生のこと曖昧にすな　藤井　常世

晩秋の孔雀の**羽**づくろひ終るまで鉄柵の前に佇ちをり　江畑　實

は

歯（名）動物の口の中で主に食物をかむ働きをするもの。

歯をたてて樹皮かじりたる跡あたらし春をめざめし山のいきもの　金子信三郎

貧窮の年は暮れんと厨には吊せし鮭の**歯**あらわなり　岡部桂一郎

寝たいより**歯**を磨きたいことなんていままでいちどもなかったな、春　高田ほのか

白珠の**歯**のあはひより湧きいづる嘘なめらかに耳をうるほす　榊原　敦子

は

端（名）はし。はた。へりの部分。「山の端」は山の稜線。複合した場合「ば」という。

大き月その光りもて山の**端**も山中眠る家も照らしぬ　浜田　康敬

軒の**端**に渦巻き降れる雪片々《へんぺん》玻璃戸に当るは大きく見えたり　杉浦　翠子

山の**端**《は》にぼわーんぼよーんと鐘ひびき秋せつないぞ村の日暮は　狩野　一男

夕やみははやく軒**端**にたまりける「鹽小賣所」の文字のしろさよ　小池　光

は

（助）主語・連用修飾語に付けて、上の語を強調する。文末に用いる場合、感動をあらわす。

島原の友より春**は**手づくりの朱欒《ザボン》届きぬ大き朱欒二つ　持田　勝穂

小惑星一九九一年に発見さる付いた名前**は**フレディ・マーキュリー　太田　梅子

このままにただねむりたし呼吸管いで入る息に足らふ命**は**　明石　海人

ば

（助）…たら。…たなら。未然形に付けて仮定の意を示し下に続ける。…ので。…から。已然形に付けて理由を示し下に続ける。…すると。已然形に付けて場合を示し下に続ける。

とり落さ**ば**火焔とならむてのひらのひとつ柘榴の重みにし耐ふ　葛原　妙子

をりをりは馴寄《なよ》るかにわれに睡たげの眼を瞬くも秋草なれ**ば**　前川佐美雄

よろけても摑まらないでと夫に言う共に転べ**ば**もうあとがない　玉井　和子

蒲団より片手を出して苦しみを表現しておれ**ば**母に踏まれつ　花山　周子

はい-いろ　灰色（名）黒と白をまぜてできる、くもり空のような色。陰気・はっきりしないこと。

裸木と**灰色**の壁告白の声もたぬもの夕昏れに立つ　板宮　清治

動作にぶく大鍋にふたをのせてゐるこの**灰いろ**のひとが母なり　河野　裕子

差し交はす枝々の間を**灰色**の空気ににじむ冬の月見ゆ　扇畑　忠雄

どこまでも戦後を追えば傘持たぬ**灰色**の頭《ず》の光りし列が　篠　弘

灰色の海の無惨がゆらゆらとかがやきたてるあしたに遭へり　高松　秀明

はい-ぼく　敗北（名）戦いに負けること。

敗北は先刻承知　ゆく夏をつくづくをしいと鳴く蟬でさへ　榊原　敦子

蹲り地の膚《はだえ》に手を置けばよみがえりくる遠き**敗北**　大谷真紀子

はえる〔は・ゆ〕　映ゆ（自動下二）照り輝く。あざやかに見える。

錆止めの朱き鉄骨秋の陽に**映え**て己も街に紅葉す　佐藤千代子

しろがねの柳の芽立《めだち》日に**映ゆ**としばらく見つつわが通りゆく　柴生田　稔

ば-か　（連）…からか。…のでか。助詞の「ば」と「か」の連なり。

人工の渚なれ**ばか**鷗ならぬ鳩ら寄り来る人に馴れつつ　礒　幾造

自らのただ自らのためになす行為なれ**ばか**食ふ顔貧し　蒔田さくら子

信じきれぬ自身なれ**ばか**選び捨てし君と決めつつずたずたに居る　佐佐木幸綱

はがい〔は-がひ〕　羽交ひ（名）鳥の左右の翼の交わる所。はね。つばさ。

群鳥の夕べかへり来てささやきも満つらむ黒き巨木の**羽がひ**　中河　幹子

杭のうへに立寝かすらし鴨一つ**羽交**もふかく首うづめゐて　林　光雄

はかない〔はか-な・し〕 果無し・果敢無し・儚し（形ク）頼みにする確かなものがない。もろい。淡くて消えやすい。

ゆく秋のわが身せつなく**儚くて**樹《き》に登りゆさゆさ紅《こう》葉《えふ》散らす　前川佐美雄

はかなくて次の言葉を探るとき　赤道直下の鯨を思え　中川佐和子

水を切る敦盛《あつもり》蜻蛉《とんぼ》水くぐる維盛《これもり》蜻蛉《とんぼ》　男は**はかな**　塚本　邦雄

ペンダコの指などふいに浮かびくるひとおもふとてかく**はかな**ごと　緒方美恵子

はかな・む 儚む（他動四）はかないと思う。むなしいと思う。

朝刊よりばさりと落つる折込みの広告ビラの音を**はかなむ**　酒井ひろし

つれあひに先立たれ世を**はかなむ**と汗をふく翁《おきな》七十七　土屋　文明

はか-はら 墓原（名）墓地。

故旧みなちりぢりにして音もなし冬の小鳥のあそぶ**墓原**　岡野　弘彦

墓原のかげよりおこる銃《つつ》のおとわが向《むか》つへの窓にこだます　斎藤　茂吉

墓原にいくつ灯れるみあかしをさらひて夏のはや風が過ぐ　塚本　瑠子

はからい〔はか-らひ〕 計らひ（名）取り計らい。処置。手加減。

はからひもなき春の日のゆふべにて石には積る雪二三寸　岡部　文夫

橙の枝を放れて落つる音その**はからい**のなき音聞こゆ　石田比呂志

ばかり（助）ほど。ぐらい。程度を示す。…だけ。限定を示す。今にも…しそうである。助動詞「む」に付けて用いる。

またひとつ花**ばかり**なる絵空ごと描いて夜の受話器を置けり　俵　万智

夜を来て大観覧車に揺られいる一人のわれに風吹く**ばかり**　道浦母都子

山の島といふべき斜面の聚落に住みゐるものは老い**ばかり**なり　綾部　光芳

はぎ　萩（名）初秋、紅紫色や白色の小さな蝶に似た花が、叢生してしだれた枝にたくさん咲く。秋の七草の一つ。

ゆふ風に**萩**むらの**萩**咲き出せばわがたましひの通りみち見ゆ　前川佐美雄

紅**萩**のこの世の秋のしだり枝のそよろと遊ぶ心見えたり　築地　正子

はぎ　脛（名）すね。ひざより下、くるぶしより上の部分。

白鷺は**脛**の高きをかろく折り歩みてゐたり風に吹かれて　白石　昂

脛長く息子《こ》は眠るなり押入の上段よりぞ**脛**を垂れつつ　永田　和宏

は・く　掃く（他動四）掃除する。はらいのぞく。
刷く（他動四）さっと軽く塗る。

蛾のむくろしづもる石に朝々の優しきものを**掃き**ゆかむとす　清原　令子

紅葉の縞あざやかに**刷き**おろす大いなる手のおよぶ筑波嶺　久々湊盈子

は・く　吐く（他動四）内部から外部へ出す。中から吹き出す。言い出す。

神すらも**吐か**ざりしながき吐息のごとある夜は聞けり遠街の音　成瀬　有

みづからの**吐き**し言葉に縛られむ森ゆけば木々の生傷匂ふ　大西　民子

窓際に冷たく光るファックスが休日出勤の命令を**吐く**　長尾　幹也

ばく-う　麦雨（名）麦の実るころに降る雨。さつきあめ。さみだれ。

川音にわれ在らしめし**麦雨**の夜こころ写りて揚る水あり　山中智恵子

はぐく・む　育む（他動四）そだてる。「羽含《はくく》む」から。いたわり守る。

身は若く夢を**はぐくみ**生きし日よ薔薇のアーチを仰げば思ふ　田谷　鋭

箸をもて我妻《あづま》は我を**育め**り仔《こ》とりの如く口開《あ》く吾は　島木　赤彦

眠りゐる眉をやさしと思ひ見つ小さき命を内に**はぐくむ**　長尾　福子

はく-じつ　白日（名）くもりのない太陽。ひる。ひるひなか。白昼。

白日のまばゆき空に入り乱れ行くまぼろしを見ると惑《まど》ふよ　新井　洸

曇りつつ**白日**在れば寸鉄の嘴もて閑《しづ》か樹上の鵙も　安永　蕗子

白日下変電所森閑碍子無数縦走横結点々虚実　加藤　克巳

人あらぬ春の**白日**花びらに時の至りて土へ落ちゆく　横山未来子

ばくしゅう〔ばく-しう〕　麦秋（名）麦の熟れる頃。初夏。むぎあき。

年ごとに我の思ひは麦青し**麦秋**といふは何かさびしく　芦田　高子

麦秋の村過ぎしかばほのかなる火の匂ひする旅のはじめに　安永　蕗子

はくとう〔はく-たう〕　白桃（名）水蜜桃の一種。しろもも。

ただならぬ香りを放つ**白桃**は一顆必死のあかるさに澄む　三井　ゆき

白桃をあがなひし膝脆くあるここに噴かぬや一滴の乳　斎藤すみ子

食べかけの**白桃**無言で差し出せば果汁がしっとり肘までつたう　岸本　由紀

はくびょう〔はく-べう〕　白描（名）白描画。墨だけで描いた画。

子が写す眠れる猫のまなこには**白描**の線ほそくまがれり　坪野　哲久

白描のやさしさに醒むる曙の　林に今日のいのち啼く鳥　大伴　道子

はく-めい　薄明（名）うすあかり。日の出前に、また日没後に、しばらく明るいこと。

地下道を上《のぼ》り来りて雨のふる**薄明**の街に時の感じなし　土屋　文明

薄明に目をひらきあふときのため枕辺に置く秋の眼鏡を　石川　美南

薄明のいたみ持つ四肢稚けれどこの世のだれをも愛してはいない　永井　陽子

はく-れん　白蓮（名）白色のはすの花。びゃくれん。白木蓮（名）はくもくれん。

白蓮の咲ききわまれる朝明けに骸となりて吾娘は帰りぬ　梅村　文子

求めやまぬ一つかがやき**白蓮**の蕾ほぐれんとしてわずかにゆらぐ　宮前　初子

たかだかと**白木蓮**の花は朝みちて命の力かよふ光りや　中村　純一

かなしみの芯のごとくに**白木蓮**の花は浮かびて空のはるけさ　高比良みどり

はげま・す

励ます（他動四）力づける。ふるいたたせる。

暑に茹だるからだ**はげまし**日に幾度樫の木下へ風聴きに行く　鈴木　英夫

バングラへ行く若者を**励ます**と冬の苺に振る粉砂糖　芝谷　幸子

は-ざ

稲架（名）刈り取った稲を束にして、竹や畦木で組んだ稲掛けに干したもの。掛稲。

古《いにし》への阿騎《あき》の大野は**稲架**つらねし刈田にすこし人の働く　柴生田　稔

農継ぐも諦めに似て笑む兄と昏れ凪ぐ小田に**稲架**木組みいる　橋本　俊明

ばさ

婆娑（形動タリ）物が散り乱れるさま。がさがさと音がすること。

師走来《く》とはや竹矢来結《ゆ》ひをれりうらがれの苑《その》に**婆娑と**音して　前川佐美雄

何ごとを感知したるや大鴉**婆娑と**夕べの土に降りきぬ　雨宮　雅子

夜の樹の梢を**婆娑と**降るけもの、前川佐美雄これの世になし　前　登志夫

はざ-ま

狭間・迫間（名）物と物の間のせまい所。山と山との間。谷あい。

ひととして為さねばならぬもろもろの**はざま**に光のごとく君あり　関根　和美

石崖の**はざまはざま**に根をさして羊歯《しだ》は渦葉をつぎつぎ開く　水町　京子

降り続く雨は飛び石連休の**はざま**の月曜埋めるごとし　田中　律子

は・し

美し（形シク）可憐である。いとおしい。

いと**美《は》しき**躑躅の蘂にまみれたる蜘蛛よ甘きものにのまるる　荻本　清子

娑婆苦にも間《かん》あるごとく雪の下咲くをはつかに**美《は》し**と眺めむ　　小中　英之

すぎゆきの記憶をパズルと換へつつに繭ごもりとは**美《は》しき**反乱　　鈴木　英子

はし　箸（名）食べ物を挟み取って食べるのに用いる一対の棒。

箸箱に刀のごとくゆつくりと蓋を収めぬ午後が勝負だ　　加藤　走

夕食をいただきて**箸**を揃えたるその眸《め》が花のように笑うよ　　加藤　英彦

一膳の**箸**の所作の美しき老婦人と真向かいている　　川田由布子

はし　嘴（名）くちばし。

生くるとは愛にこころを砕くこと**嘴《はし》**合はす鳩は日向をあゆむ　　上田三四二

立春の明けの薄氷　**嘴《はし》**打ちていくさのごとく鷺はあそびし　　百々登美子

はしい〔はしーゐ〕　端居（名）夏、室内の暑さを避け、縁先や家の端近くに出て涼をもとめること。

あれ庭に蜥蜴のあそぶながめつつ焼酎《せうちう》酌みて**端居**すわれは　　吉井　勇

はしゐするわがふところにかよふ風萩のわか葉はそよぎあふなり　　吉植　庄亮

端居して水瓜食し居る夜は深し星の流れて消えにけるかも　　楠田　敏郎

はじ・く　弾く（他動四）はねのける。はねとばす。はね返す。つまびく。

はじかれて芙蓉花解くあかつきを吹き抜けたりし風の行方や　　丸山三枝子

少年の冷たい指が**弾く**とき和音を拒む弦ひとつあり　　野樹かずみ

泳ぎたるのちの細胞ひとつづつ**弾け**ば秋の音ひびくごと　　古谷　智子

はしけ-やし　愛しけやし（連）いとしい。かわいい。または愛惜をあらわす感動詞「ああ」と同じ意。「はしきやし」「はしきよし」とも。

夏鳥の青葦切は**はしけやし**眉斑ゆたかに高鳴きにけり　　山中智恵子

はしけやし真理子《まりこ》病めるに年の市何しかゆかむ真理子病めるに　安田　青風

落葉つむ山路を来れば**はしけやし**われにおどろく爪紅き蟹　岡野直七郎

はしきやし少女に似たるくれなゐの牡丹の陰にうつうつ眠る　正岡　子規

はじける〔はじ・く〕　弾く（自動下二）裂けて開く。はぜて割れる。

ポップコーン**弾け**て白き花の春光源体は花かもしれぬ　佐藤千代子

どしゃぶりの雨が**はじけ**て飛ぶように湖面にひかりがきらめいている　浅川　洋

はららごを煮れば**弾け**て花のごと漲るいのち春のいろくず　根木　俊三

鬱積の**はじくる**ごとく踏切の竿立ちあがる天に向かひて　御供　平佶

はし・ご　梯子・梯（名）高い所に寄せかけて登る道具。

毀れたる**梯子**がながく横たわり再び天を指すことのなき　武藤　敏春

はし・る　走る（自動四）す早く動く。ほとばしる。逃げる。ある方向に通じる。

わかれ霜ふみ立つわれのむねに沁み夏柑の幹を**はしる**香のあり　山田　あき

地下鉄に瞑目《めつむ》りをればアマゾンの大激流《ポロロッカ》ふいにわが胸**奔る**　影山　一男

欄干も水の列車となり**走る**どこを切っても血を噴く詩のごと　糸田ともよ

腿高く青年が**走る**ちりちりと日本水仙の香が風になる　小松久美江

はずれ〔はづれ〕　外れ（名）中心部から離れた所。はし。はて。

ふわふわと柳の絮《わた》のまひあがる町の**はづれ**に春はたゆたふ　四賀　光子

遠山に初雪は見ゆ旭川まちの**はづれ**のやちより見れば　若山　牧水

仲見世の**はずれ**煎餅焼く見えて白き一列まず反りそめぬ　石本　隆一

はぜる〔は・ず〕　爆ず（自動下二）裂けて開く。はじける。

堅香子は**爆ぜ**て開きし勢ひの形にそりて日のなかに舞ふ　若井　三青

くらやみに手花火の**爆ず**童らがマンション前の庭に集《つど》ひて　宮　柊二

きらきらと冬日のひかり**爆ずる**かに撒水をして埃をしづむ　白木　英尾

はた　将(副)その上にまた。さらにまた。(接)なお。あるいは。

毛糸**はた**女の髪のちらばれる冬の庭より淋しきはなし　矢代　東村

きぞの夜は朝さむかりき吹く風の今日**はた**激し障子戸を揺る　土田　耕平

はだ　肌・膚(名)皮膚。「はだへ」とも。表皮。きめ。表面。

春待つは我のみならず若き樹の**肌**のむらさきゆらめきにけり　佐佐木幸綱

雨はれの朝の光のひえびえと**肌**によろしく秋ふかみけり　古泉　千樫

ふりこめし二日《ふつか》の雨もはれぬれば斑雪《はだれ》流れて山**肌**すがし　生方たつゑ

夕づく日あらはに照らす地の**肌**に蟻歩みつつみな影がある　吉植　庄亮

にんげんにこよなく近き歴史にて木にも**肌**あり力瘤あり　今野　寿美

はだえ〔はだ‐へ〕　肌・膚（名）皮膚。はだ。

街の灯《ひ》の暮れなづむ頃の蒼き靄**はだへ**に粘《ねば》む夏さりにけり　中村　憲吉

闇をへだてる琉璃戸に向けば湯を浴みし**肌**をうづめ咲くはなうばら　王　紅花

フランスパンすべて堅しと言ふ君の歯型さやさや**肌**《はだへ》にありぬ　藤室　苑子

はだか‐ぎ　裸木（名）冬、葉がすべて落ち枯れ果ててしまったように見える樹木。枯木。

今日いちにちの話をきいてくださいと**裸木**のごとく横たはりたる　辰巳　泰子

何の旋律か思い出されず**裸木**の林の奥に日が落ちてゆく　高安　国世

紺青の小さき古沼を抱きゐる**裸木**は己が影をおそれず　小畑　庸子

はだ‐し

跣・裸足（名）素足で地面を歩くこと。足に何もはかない状態。

裸足にて花を撒きつつ歩みたし原稿用紙の罫線みどり　青井　史

ひたひたと土踏み鳴らし真**裸足**に先生は教ふその体操を　若山　牧水

水底のような静けさアスファルトの道路**裸足**で歩いてゆけば　駒田　晶子

はた・す

果たす（他動四）しとげる。動詞連用形に付けて、全部…してしまう。

遺影への礼なれば問え犠牲死と言いうるほどに**果たし**たる何　岸上　大作

ものねだり肩につかまる幼子の手を抑へつつ文書き**果たす**　三ヶ島葭子

やうやくに義歯の入れば待ちかねてゐしごと**果たす**先ずは歯ぎしり　西村　尚

はたた‐がみ

霹靂神（名）かみなり。激しい稲妻・雷鳴・豪雨を伴う雷《らい》。いかづち。

はたた神鳴りひびくときに庭苔はいよいよ青くわれを恋はしむ　前川佐美雄

はたた神空かけめぐり駆けぬけたり武州さきたま八月ひらく　中西　洋子

ときじくの**霹靂神**鳴りすべりおりし足場丸太ぞしぶきそめたり　海津　耿

雷《はたたがみ》はためきしのち透明なる雹降れり魚卵のごとく眼のあたり　北沢　郁子

はたて

果・極・涯（名）はて。果てる所。極み。終わり。

湿原の傾く**はたて**夏潮の百重《ももへ》の波は暗くとどろく　木俣　修

しあはせが老の**はたて**に無きことを言ひのこしたる雨覆《あまおほ》ひかな　岡井　隆

はた‐また

将又（副）もしくは。あるいは。

薄明のそこはかとなきあまき香は電気蚊取器**はたまた**妻子　小池　光

はた‐め・く

（自動四）はたはたと音をたてる。音がひびきわたる。

はげしく多彩な感情を堪へて不安なりマフラも裾も風に**はためき**て　齋藤　史

稲妻の**はためく**夜に橋づくしめきたる逢ひをふともちしかな
北沢　郁子

くれないに**はためく**ものを想わせて送られて来ぬ冬のサルビア
道浦母都子

はだら

斑（名・形動ナリ）まだら。ぶち。「はだら雪」はまばらに降る雪。はだれ雪。

砂の上に並ぶる鮭の十幾尾鱗の**はだら**虹の色なす
扇畑　忠雄

飼はるるものかくあはれにて雨のなか体皮**はだらに**濡れて立つ象
菅野　昭彦

生くることかなしと思ふ山峡は**はだら**雪ふり月てりにけり
前田　夕暮

芽ぶかむとしてしづかなる春山にときじくの雪**はだらに**ふれり
石黒　清介

はたら・く

働く（自動四）動く。活動する。仕事をする。勤める。

体弱く戦場に行かざる父も今したたかに**働き**てをり
新川　克之

温き水をわけ合いながら**働き**て無口に愛し子を持ちたきを
齋藤　芳生

こころよく／我に**はたらく**仕事あれ／それを仕遂《しと》げて死なむと思ふ
石川　啄木

教会に一度ゆきてより　頼られて**働く**日々の何うしろめたく
生野　俊子

はだれ

斑（名）まだら。まばら。はだら。はだれ雪の略。まばらに降り積もった雪。

斑雪《ゆき》山に残りて葬《ほうむ》りし母に雪解の水は浸み行く
武川　忠一

微かなる陽のいろ含む**斑雪**《はだれ》にも愛着もちて永きいちにち
中城ふみ子

言葉すくなくわれらの冬も終りぬと**斑雪**《はだれ》の山に山鳩を待つ
前　登志夫

はつ

初（接頭）はじめて、最初の意をあらわす。正月、新春の意をあらわす。

校正の手もと休めず裏山の**初**うぐひすの声をききとむ
太田　青丘

ふるさとの潮の遠音《とほね》のわが胸にひびくをおぼゆ**初**夏の雲
与謝野晶子

初花は大きかりけり幾夏を咲きて老い見ゆ月下の美人
窪田章一郎

初産《うみ》の鶏の卵を手にとれば春の彼岸となりゐたりけり　中島　哀浪

見ゆる限り山の連りの雪白し**初**日の光さしそめにけり　島木　赤彦

はつ‐か

僅か（副）わずか。少しばかり。（形動ナリ）かすか。ほのか。ちらりと現れるさま。

剪りしときその花**はつか**つぼみしと白き牡丹を手にして妻は　田谷　鋭

木の花の真下にきみが立っていて遠近法は**はつかに**狂う　駒田　晶子

汁の実にきざみて入れし**はつかなる**茗荷のゆゑに今宵香《か》に立つ　山口　茂吉

井のそこのにごる**はつかな**溜り水に秋来て及ぶ陽もあらざらん　田村　広志

はつ‐はつ

端端（副）いささか。かすか。かろうじて。

はつはつに思ひぞ出づる木犀を妻のにほひと言ひし人はや　宮　英子

冴えかへる夜の灯のもとに**はつはつ**に雛《ひひな》のしろき頬ひかるなり　杜澤光一郎

芝生焼きて**はつはつ**萌ゆる嫩草《わかぐさ》やみどり濃《こま》やかに灰かぶり居り　平福　百穂

涙はやものを思ふに先だちぬ**はつはつ**萩の咲きそむるころ　三ヶ島葭子

はて

果て・涯（名）果てる所。極み。終わり。限り。一番はしの所。「はたて」とも。

冥王星をわが星として生れしかば**果**なる闇をつねに恋ほしむ　尾崎左永子

国男忌の空は**涯**無し　わたしにも神戸に叔母がゐる心地する　佐々木六戈

遠きより輸送の**はて**にとまりたるトラックのドア開けられている　玉井　清弘

その**涯**に拠るべきもののあるごとし青を限れる雪の稜線　内藤　明

はな

花（名）植物の幹・茎に生じ、多く萼・花冠・雄蕊・雌蕊から成る。特に、桜の花をさして言う。

ちる**花**はかずかぎりなしことごとく光をひきて谷にゆくかも　上田三四二

日向灘いまだ知らねど柑橘の**花**の底なる一抹の金

塚本　邦雄

ゆめに散る**花**ことごとく蒼くしてこの世かの世にことば伝えよ　井辻　朱美

はな

鼻（名）哺乳動物の顔の中央に突き出て、呼吸し、においをかぎ、発声を助ける。

ケイタイに余念なき顔つくづくと日本の**鼻**のつましき形　大島　史洋

繊細に**鼻**先で水を嗅ぎあてて象は自らの井戸を掘るなり　間　ルリ

はなだ

縹（名）はなだ色の略。薄い藍色。濃い藍色は褐色《かちいろ》、褐《かち》と言う。

たましひをふかく吸ひ込む夕暮や**はなだ**の色ぞたゆたひにける　尾山篤二郎

大海に**縹**のいろの風の満ち佐渡ながながと横たはるかな　与謝野晶子

電話待つ時間は淡き**縹いろ**　漂う魚《うお》の心かこれは　佐佐木幸綱

はな‐の

花野（名）高原や北海道の原野など、八・九月の秋の草花の咲きみちた広い野。

単純に生きたかりけり**花野**行く女童ひくく遅遅と歩みて　前　登志夫

冴え揺らぐ松虫草の**花野**はら蜱《いとど》のなけり石の下より　土田　耕平

鳴きうさぎ霧にこもりて鳴く声のさびしくひびく**花野**をゆけば　戸塚新太郎

見のかぎり**花野**が牧野にならむ日ぞやがてはわれも農の子の母　石川不二子

はな‐びえ

花冷え（名）桜の咲くころに急に冷えこむ季感をいう。

花冷えの夜に取りいだすヒーターは埃のにほひたてて点りぬ　上田三四二

花冷えの四月をあらかじめ想ふよすがもなくて梅に集《つど》ひき　岡井　隆

花抜けて**花冷え**をせし白蝶がわれに止まりてまた花に入る　新井　貞子

わたくしを**花冷え**の地に産みしひと狂うとやただ白き天心　永井　陽子

はな・ひる

嚔る（自動上一）鼻嚔る（自動四）くしゃみをする。

七年の京のわび居のそのはての**嚔り**びとをあはれみ

たまへ　吉井　勇

花冷えに**嚔る**きこえ隣家はこのごろわれのごと家ごもる　上田三四二

はな-や・ぐ　華やぐ・花やぐ（自動四）はなやかな様子をする。はでになる。

年々にわが悲しみは深くしていよよ**華やぐ**いのちなりけり　岡本かの子

渡らむとこころ**はなやぐ**罪もあれ夜の吊橋に身をゆらしつつ　小中　英之

はにか・む　（自動四）はずかしがる。はじらう。「含羞《はにかみ》」は名詞。

はにかみて常ある女童《めわらは》かるたして勝をきそへば臓の太きかも　窪田　空穂

尾花沢のをとめは草刈りの手を休《や》めてわが言問ひにいたく**はにかむ**　木俣　修

葉がくれにはや太りこし梅の実の青初々し**含羞**《はにかみ》のごと　宮　柊二

鳥媒花枇杷の花咲く一茶忌の**含羞**にして籠《こ》に臥すごとし　小中　英之

はね　羽・翅・羽根（名）羽毛。つばさ。追い羽根の羽子《はご》。

いにしえの心もしたし樫の下**翅**濡れて照る玉虫ひろえば　窪田章一郎

風吹けば舞ひおつる**羽子**《はね》羽子板にうけがたくしていよよおもしろし　中島　哀浪

肩甲骨は**羽**のなごりといふからにピアノ弾きをりこよひ地上に　栗原　寛

同じ**羽**をもつ鳥は群れ異形なるわれらはぐれて星空に会う　森　水晶

はねる〔は・ぬ〕　跳ぬ（自動下二）とびあがる。躍りあがる。とび散る。

池水に病《やま》ふ緋鯉の死ぬときは音立てて**跳ね**てただち息停《と》む　北原　白秋

声高く呼びあふ名前が**はね**てゐる日差し温とき今日の団地は　香川　ヒサ

お手玉になった気分でとび**はねる**雀よ　ぼくにも好きな人がいる　藤島　秀憲

魚**はねる**形に月は光りおり水面のごとき空を見上ぐる　山本　照子

はは　（名）女親。ははおや。物事を生み出すもと。

落ち込んだわれのため**母**は口笛を吹こうとしおり音は出でざり　花山　周子

水生の**母**の眠りを醒ましつつ北半球にひらく黄の花　佐藤よしみ

教育をつけられなかったとわびる**母**にいいよいいよといまわにむかう　武藤　敏春

のこり星薄く明けゆくふる里の駅に降り立つ　**母**待ちをらむ　伊藤　美耶

ははそ-は-の　柞葉の（枕）母にかかる。同音により用いられた。

星のゐる夜ぞらのもとに赤赤と**ははそはの**母は燃えゆきにけり　斎藤　茂吉

しら露の朝明《あさけ》にひびくは**ははそはの**母の柏手《かしはで》虔《つつま》しきかも　中村　三郎

ははそはの母とも思ふ高尾ねを這い上りゆく春のさ霧は　佐藤　文男

はば・む　阻む（他動四）他のものの行動をおさえて邪魔する。防ぎとめる。

坂のぼるわれの行手に猿の群路を**はばみ**て動くともせず　石川栄一郎

徴兵は命かけても**阻む**べし母・祖母・おみな牢に満つるとも　石井　百代

公務員われの主観を**阻む**もの朱肉の壷が卓上にあり　杉本三木雄

は-ぶ・く　羽振く（自動四）羽ばたきをする。

波を捲きて磯にうちよする海の風風にむかひて**羽ぶき**なく鷗　石榑　千亦

テッセンの大き白花**羽振く**かと目守りてをりき山の十六夜　三国　玲子

肌の内に白鳥を飼うこの女《ひと》は押さえられしかしおりふし**羽ぶく**　佐佐木幸綱

は・む　食む（他動四）食う。たべる。飲む。

うつつにし桑の実**食ま**むと思はねど唇染むる木の実とおもふ　長沢　美津

鮭の卵《こ》のくれなゐにしてかなしきを**食む**夜の寒さ雪になるのか　岡部　文夫

動物園は開園前を一斉に人も獣もものを**食み**ており　浜田　康敬

は-も　（連）…よ。…よまあ。文末に用いて詠嘆を示す。文中に用いて上の語を強調する。

夕立の疾風《はやち》の中に吹きしなふ爽竹桃の花の紅《あけ》**はも**　松村　英一

欅の木と語るをやめぬをさなごを折檻したる若き父**はも**　伊藤　一彦

橋にわれ動悸してをりとぶ如く人**はも**駈くる筏の上を　田谷　鋭

絵馬堂の絵馬**はも**遥か神たりしわがみんぞくの〈馬〉こそはみよ　下村　光男

はや　早（副）早くもすでに。もはや。もう。「はやも」とも。

戦慄《ふるふ》ごとく晴れきはまりし一日を**はや**夕雲の色注《さ》しにけり　尾山篤二郎

人去りしのちの荒廃**はや**見ゆれ家移りの荷積む廊下の塵も　結城千賀子

葉がくれに稚く小さき実を吊るし並木篠懸**はやも**整ふ　安永　蕗子

は-や　（連）…よ。ああ。上の語を強調し、深い感動を示す。

小松原つばらに入ればひと恋しみどり更《た》けたるこの匂ひ**はや**　中村　憲吉

松原の海に来るたびしみじみと地球まるしと言ひし友**はや**　大崎　瀬都

火の鳥を見し朝《あした》より火の鳥となりて翔びゆくまでの生**はや**　田宮　朋子

ば-や　（助）…たい。…たいものだ。…たらなあ。自分の願望を示す。未然形に付ける。

子らに見せ**ばや**とわれもたのしみつ貰ひ来し宇治の螢といふを　栗原　潔子

花見など絶えて久しとふ臥す母に見せ**ばや**桜の鉢購へり　益田　孝

薄き髪に紫雲英の花を插さ**ばや**な心の弾みかき立つる風に　近藤　花子

は-や-ち　疾風（名）急に激しく吹き起こる風。強風。「はやて」とも。「春の疾風」は春の嵐。

あらあらしき春の**疾風**や夜白く辛夷のつぼみふくらみぬべし　尾崎左永子

あたたかき春の**疾風**《はやて》に吹きしなふ咲きしばかりの桃の花の木　片山　貞美

吹きとよむ春の**疾風**《はやて》にもまれつつ閃々としろし山の辛夷は　杜澤光一郎

はやち吹くゆふべの空に電線が力満ちくるごとく波うつ　山中　律雄

はや-はや

早早（副）すでに。とっくに。はやばやと。

夕月は浅間の空に高く立ち**はやはや**結ぶ稲の葉のつゆ　五味　保義

忘年のもよほしいくつ**はやはや**もいとまなきわがこころ誘《いざな》ふ　木俣　修

はやはやも戸をとざしたる釈迦堂に雨はれしかば暮れのこる空　斎藤　茂吉

はら

原（名）平らで広く、多く草などの生えている土地。平野。平原。耕していない平地。原野。

島びとを入るることなき青芝**はら**鉄条網のなかにかがやく　岡野　弘彦

時の経つ荒々しさははかなさは垣の内外の蓬生の**原**　若山喜志子

はら

腹・肚（名）腹部。胆力。いかり。中央のふくらんだ部分。

印されし屋号を**腹**にゆすりつつ牛動くとき岡の広さよ　今野　寿美

腹を立てるために眼鏡をかけ直し朝刊を読んでいるのではない　水野　昌雄

腹の底より欠伸もよほし／ながながと欠伸してみぬ、／今年の元旦。　石川　啄木

ばら

薔薇（名）野生のばら、西洋ばら、一季・二季・四季咲きと種類が多い。白・淡紅・紅・暗紅・黄・淡黄・紫など色や形も多彩で芳香を放つ。そうび。茨《いばら》。うばら。

薔薇の垣つづきてゐたりほのかなる香りは人の面挙げしむ　石川　恭子

壷にして影ぞおぼめけ盛る色の**薔薇**《さうび》と見れば**薔薇**《さうび》とし見ゆ　北原　白秋

欺まされていしはあるいはわれならずや驟雨の野**茨**《いばら》折りに駈けつつ　寺山　修司

青春はなおそれぞれに痛ましくいま抱きおこす一束の**薔薇**　松坂　弘

ばら咲いて**ばら**の実みのる**ばら**痩せてはなも痩せゆくさびしきよ　**ばら**　日置　俊次

はらう〔はら・ふ〕　払ふ（他動四）除き去る。除き捨てる。取り除く。

鈴懸の枝**払は**れて秋の日にまだらに青き幹のしたしさ　長澤　一作

怒り狂ふ赤子の片手は目のまへの風のごときを**払ひ**のけたり　黒沢　忍

鎖ひき尾を垂れてゆく黒き犬しぐるる道に身の露**はらう**　武川　忠一

おもむろにまぼろしを**はらふ**融雪の蔵王よさみしき五月の王よ　川野　里子

はら‐から　同胞（名）きょうだい。祖先を同じくするもの。同じ国の民。

安房の海ならぶ鷹の島沖ノ島**はらから**の島なつかし今も　佐佐木信綱

はらからの生き足らざるを支えとし病み継ぎきしも古稀を迎えぬ　身内　ゆみ

はら・む　孕む（自他動四）ふくらむ。みごもる。生ずる。

孕みたる海とおもえばいくたびか熱く訪い来しきまぐれならず　西勝　洋一

縄張りをしるすとて精を放てるか去りたるのちにおんなら**孕む**　阿木津　英

おのづから燃ゆるちからに流れゆく風を**はらめる**精霊の舟　穴沢　芳江

迷ひゆく嵯峨野は細く道つきてふとのぞく藪なにか**はらめる**　河野　愛子

はらら‐ご　鮞（名）魚の卵。とくに鮭の産出前の卵のかたまり。「腹子」とも。

押し搾る鮭の**はららご**迸《ほとばし》り白き器《うつは》の半ばを満たす　斎藤　勇

川鮭の紅き**腹らご**ほぐしつつひそやかなりき母の羞恥は　中城ふみ子

炉辺に来て魚の**腹子**を抜く見れば山国も女の業《わざ》生臭し　富小路禎子

はり　玻璃（名）ガラス。

少年は**玻璃**の器に沈みゆくあかき秒針きざむ夢占　川田　茂

夕ぐれは**玻璃**戸にかかる冬雨のしづくするさへうらがなしけれ　村野　次郎

戀の工　吹きしならむかボヘミヤの**玻璃**は滴のごとく光れる　葛原　妙子

南国の葩匂い立つ**玻璃**の伽藍方位喪う人恋ごころ　大湯　邦代

はる

春（名）寒い冬が去り、ようやく明るい陽ざしが感じられる二月末から五月中頃の季節。

この桜独り占めして弟が花見をしたるいくつもの**春**　小林　幸子

巻き尺に**春**の夕暮れを測りいるひとありてわがゆくて測らる　下村　道子

雨脚の白き林立ばうばうと浮世の**春**はけぶれるばかり　時田　則雄

はる‐いちばん

春一番（名）立春を過ぎて最初に吹く昇温を伴った強い南風。

春一番八方破れの風のなか思ひがけなき素《す》の声いづる　久我田鶴子

つきつめし思い削ぐには丁度良き**春一番**に打たれて帰る　鈴木　諄三

はる‐か

遥か（形動ナリ）距離・年月の遠く隔たっているさま。違いがはなはだしいさま。「はろか」とも。

落葉松の渓に鵙《もず》鳴く浅山ゆ見し乗鞍は天《あめ》に**はるかなりき**　長塚　節

いよよ澄むひとの身の上**はるかなる**夜をこぎてゐる春の鞦韆　百々登美子

目の前にありて**遥かな**レモン一つわれも娶らん日を怖るなり　寺山　修司

はる‐け・し

遥けし（形ク）はるかだ。遠い。久しい。

東海の烏賊のかたちの日本の骨とろけしや戦後**はるけし**　田宮　朋子

わが愛恋を許さずて擲ちし母の手の**はるけき**橙をしぼりて濡れゐる　青井　史

蝶ふたつ知恵の輪となりのぼりゆく故郷異郷といいて**はるけき**　源　陽子

はる‐さむ・し

春寒し（形ク）立春を過ぎてからも感じる寒さ。

春さむく木の香の生気こもらしめ書棚を一つ子と組

立てぬ　坪野　哲久

過ぎし日のことをかすかに悔いながら**春**いまだ**寒き**墓地をもとほる　斎藤　茂吉

しないつつ柳芽ぶけり和田堀の**春**まだ**寒き**道を来にけり　横田　専一

はる-の-あめ　春の雨（名）しっとりと絹糸のように降り草木を育て花を咲かせる雨、春霖《しゅんりん》と呼ばれて音を立てて毎日降る雨、雨あしの強い春の驟雨（春しぐれ）、菜種梅雨、花の雨など。

春の雨三日《みか》ほど降りて萌えいでし名もなき草も紅く蕾《つぼ》みぬ　石川　啄木

ものに倦む吾が年齢と今日をゐぬ花みだし降る逝く**春の雨**　吉田　正俊

春となる**雨**降りけむる街のはて星座の如き灯がともりをり　三国　玲子

はる-の-あらし　春の嵐（名）春の暴風雨。砂塵を巻いて吹く春疾風。

息あらくけだものくさく**春の嵐**をかえりひとりの鍵をさしこむ　寺山　修司

夢にのみ羽搏くわれか**春あらし**空に鳴る夜の灯を消さむとす　来嶋　靖生

春の嵐うなりて吹けり落第を告げねばならぬ子の家の前　橋本　喜典

はる-の-つち　春の土（名）しっとりと潤いを帯びる春の泥土には柔らかさがある。

朝起きてまだ飯前《めしまえ》のしばらくを小庭《さにわ》に出でて**春の土**蹈む　伊藤左千夫

億万の蚯蚓《みみず》の食める**春の野の土**の静けさを思ひみるかな　前　登志夫

はる-の-ひがん　春の彼岸（名）三月十八日から二十四日までの七日間。気候があたたかになり、先祖の墓参りをする。

うつつにしもののおもひを遂《と》ぐるごと**春の彼岸**に降れる白雪　斎藤　茂吉

みまかりしたましいあまた内部《うち》に棲み**春彼岸**とやこの年も老ゆ　坪野　哲久

春彼岸けふ煙突は人を焼くけむりを上げず高くあるなり　河野　愛子

はる-の-ゆき　春の雪（名）暖くなってから思いがけなく降る雪。淡雪。牡丹雪。

斑雪《はだれ》。

目瞑《めつむ》れば憶ひ湧く日よ世の響きとざすごとくに**春の雪**降る　谷　邦夫

空地埋め錆びたるもある自動車のスクラップの山にふる**春の雪**　持田　勝穂

たまさかの吾が安息をみたしむと海にしきりに**春の雪**飛ぶ　鹿児島寿蔵

はる-の-よ

春の夜（名）春の空をおおう薄雲で月は暈《かさ》をかぶり、地上も朧《おぼろ》に霞んで艶めく。

年上の女の愛に身をつつみあまゆるおもひ**春の夜**に触《ふ》る　木下　利玄

春の夜のきはまるところ花の雫滂沱たり未来にも飽きたり　林　和清

春の夜に妻の手品を見ていたり百円硬貨がしろじろと跳ぶ　吉川　宏志

春の夜の闇の底なる白絹は吾が置きにけるおきて去《い》にける　紀野　恵

はれ-ばれ

晴れ晴れ（副）さっぱり。気分がよい。はれやかに。

長かりし勤めを退きて**晴ればれ**と木々芽ぶく道わが帰りゆく　長澤　一作

夜に聞く鳥の声かも**はればれ**とこだまを結ぶ断崖《きりぎし》深く　石川　一成

はればれと濁り酒呑むおほちちの柱時計のひびき聞きゐつ　辺見じゅん

はれる〔は・る〕

晴る・霽る（自動下二）晴天である。上がる。爽やかになる。「春晴《ば》れ」は春の晴天。

壷坂の谷覆ふ**霧霽れ**ゆきて稔田廻らす人家現はる　飯田　節子

桜にて山の明るき五、六日心**晴れ**いしをわれは思うも　田井　安曇

梅雨**霽るる**雲乱れつつひとところみづがねのごと光をふふむ　礒　幾造

道のべに十株ほどの金盞《きんせん》かがやきて春**晴**はいま風に随《したが》ふ　佐藤佐太郎

はろ-ばろ

遥遥（副）遠く隔たったさま。はるか。遠方から来るさま。「はるばる」とも。

夏の夜の空のみどりにけぶりつつ**はろばろ**しもよ月

ひとつ渡る　窪田　空穂

筆描きの古代絵地図の**遥ばろ**と海と陸とは移ろいにけり　寒野　紗也

たらちねの母にかはりて揚雲雀鳴く野を焼けば**はろばろ**と燃ゆ　松平　修文

はん‐か　半跏（名）あぐら。

弥勒像の**半跏**の思惟に去りがたく右手指真似る二度また三度　若狭　絹栄

あどけなき裸形の童女**半跏**して遊び呆くるよひとり遊びを　大岡　博

ばん‐か　挽歌（名）葬送のとき歌ううた。人の死をいたむ詩歌。哀悼歌。

ゆく秋がうたふ**挽歌**の声ふるふ木立のかげに眠りしいく時　佐佐木信綱

たましひの嗄《しわが》れしごとしぐれして冬の**挽歌**にわれはつながる　生方たつゑ

一男と一女の父になりしかば降る蟬しぐれ**挽歌**のごとし　吉岡　生夫

榲桲《マルメロ》を文鎮となし書く**挽歌**蒼き暑熱の土にし消えむ　浜田　到

しばらくのいのち支へてゐる我に**挽歌**を聞かす夜の雨の音　君島　夜詩

はんげしょう〔はん‐げ‐しやう〕　半夏生（名）ドクダミ科の多年草で、夏、茎の頂にある葉の下半部が白色に変ずる。片白草。七十二候の一つで夏至から十一日目。

無策なる世を嗤ふがに**半夏生**　片白の葉の集団の白　春日真木子

半夏生の群生にわれは見ていたり君の見たたましいの林立　服部真里子

半夏生白き葉そよがす夕まぐれ入りて還らぬ蝶もあるべし　大下　一真

はんなり　（副）上品さと気品をそなえた、はなやかなさま。

肉叢《ししむら》は死に**はんなりと**ひっそりと水のくちびるを受けやしぬらむ　河野　愛子

ばん‐ねん　晩年（名）年取ってからの時期。死に近い時期。晩節。

晩年にし遂げたきこと残すわれ衰ふるなかれなほ十

年は　葛原　繁

手のくびを巻ける時計に読みてゐる時間あるいは誰の**晩年**　高橋　幸子

晩年の運ひらけむと言はれ来し手相見なほすすべなきものを　大西　民子

俺はいま多分**晩年**を生きている抜かずじまいの刀のような　東　洋

ばん-りょく

万緑（名）見える限り一面みどり色であること。新緑を一層強調する語。中国の詩人王安石の「万緑叢中紅一点」より俳人中村草田男が用いて季語となった。

万緑のなかに独《ひと》りのおのれゐてうらがなし鳥のゆくみちを思《も》へ　前川佐美雄

大学の植物園を歩みつつ　**万緑**父のごとくにさびし　佐藤　通雅

暗い世相は**万緑**にさえ兆し初めコンクリートも粉を噴いており　生沼　義朗

はん-ろん

反論（名）相手の議論に対して反対であるという議論をすること。また、その反対の議論。

独断的もの言いするは脆さだと知るゆえだれか**反論**をせよ　吉田　恵子

ひ

ひ

干・乾（語素）かわいていること。潮が干いて海の底が出ること。複合語を作る。

冬の夜に**干**魚《を》をしづかにほぐすなり甘き日はしばし吾《われ》に来ざらむ　生方たつゑ

海音《うみおと》の昼はきこえぬ家いでて浜に逢ふ潮《しほ》**干**のときの静かさ　佐藤佐太郎

干潮《かんてう》のしんたる海を伊予びとは**干**底《ぞこ》と呼びて愛しむらしき　高野　公彦

ひ

日（名）日中。一日。とき。日数。

木に花咲き君わが妻とならむ**日**の四月なかなか遠くもあるかな　前田　夕暮

陽を浴びるただそれだけの日本海きょう一**日**の無為の清しさ　晋樹　隆彦

花をまた買ひてきたりぬこの**日**ごろますます無口に

なりたる君は　山本登志枝

ひ

陽（名）太陽。日輪。日光。

殻うすき鶏卵を**陽**に透しつつ内より吾を責むるもの何　尾崎左永子

八月の横柄な雲は風をのみ**陽**を蹴散らかして私を抱きにくる　萩谷　孚彦

怒れどもかの津波をば怒れどもいましも海は**陽**を生まむとす　中根　誠

陽と俺と相正眼《あいせいがん》に悲しめり波先のゆら、ゆらりを隔て　依田　仁美

ひ

火・灯・燈（名）ほのお。火炎。ともしび。あかり。光るもの。

灯を明かく待ちゐし妻にたまものの絵を遣《や》らん初めて愛を言はん　宮　柊二

夕空にひとつぶの星輝りそめて百万の**灯**の地上くらしも　木畑　紀子

呼吸する色の不思議を見ていたら「**火**よ」と貴方は教えてくれる　穂村　弘

中年は青年の日の後日談葡萄酒もて灰皿の**火**を消す　小川　太郎

ひ

氷（名）水の凍ったもの。こおり。ひょう。ひさめ。

ものの音絶えたる闇ぞ**氷**の湖のひしひしといま身を緊むる音　武川　忠一

氷の上ははずみをもちて転げくる弾丸《たま》の一つがわれを殺さむ　香川　進

おほやまと**氷**室の神はをとめごの哭くなみだもて現れけむか　山中智恵子

かなたなる**氷**雲《ぐも》の空の奥ぐらき悲願に似たる寒虹《かんにじ》の照り　前川佐美雄

ひ

緋（名）火の色。濃く明るい朱色。濃い紅色。あかね色。

ほととぎすしきりにこゑの降るときしわが罌粟《けし》畑に**緋**の花そろふ　石川不二子

廃塩田の遠く花ともまがふ**緋**に厚岸草《あつけしそう》は吹く雨のあくる日　竹内　邦雄

一杯の果汁のはたて**緋**のいろを幾重かさねし夕映の雲　久方寿満子

緋のながれやさしき空へ発たむとすテープまつはる

ひ

船をあやつり　　柴　英美子

び　傍・辺（名）ほとり。あたり。他の語の下に付けて用いる。

ねむの花匂ふ川**び**の夕あかり足音《あおと》つつましくあゆみ来らしも　　古泉　千樫

五月《さつき》来る空の下**び**に幟《のぼり》立つ鳥海《てうかい》よりも高し幟は　　佐々木　順

ひいな〔ひひな〕　雛（名）紙で作った人形。ひな人形。「ひな」とも。

ひとつ筺《はこ》に**ひひな**をさめて蓋とぢて何となき息桃にはばかる　　与謝野晶子

冷えしるき**雛**の顔の眉の形とほきを語るこゑのなかより　　百々登美子

戦火《いくさび》に**雛**焼かれし少女吾の嫁かざりし生《よ》もおほよそは過ぐ　　富小路禎子

ひいらぎ〔ひひらぎ〕　柊（名）高さ約三メートル。葉は大きな鋸歯状。晩秋に白色の芳香を放つ小花が開く。

柊の花の香《か》のして悲しみを洗ふがごとくに秋ふかくなる　　安田　章生

たばしりて朝の霰の過ぐるとき潔斉のごとき**柊**の白　　吉植　亮

柊のしろがねいろの花咲きて住み馴れし町の冬はあたらし　　青木ゆかり

ひえ-びえ　冷え冷え（副）つめたく感じられるさま。寂しく空虚に感じられるさま。

みどりごは泣きつつ目ざむ**ひえびえ**と北半球にあさがほひらき　　高野　公彦

冷えびえと霙が洗ふ戸の外の明るさ占《し》めて葉牡丹はあり　　木俣　修

冷えびえとしたる宇宙に死ぬるより月の兎を思ひたまえな　　岡部桂一郎

暗渠の渦に花揉まれをり識らざればつねに**冷えびえ**と鮮《あたら》しモスクワ　　塚本　邦雄

ひえる〔ひ・ゆ〕　冷ゆ（自動下二）冷たくなる。寒さを感じる。

祭はてて菊しみじみと**冷え**出づる朝や夜やわれの身辺も澄む　　馬場あき子

赤蜻蛉野にくだりゆき空は**冷ゆ**午前の筵に籾ひろげゆく　　香川　進

ひとり来てふたたび仰ぐオルガンのパイプ幾千その下**冷ゆる**　大塚　善子

ひ-えん

飛燕（名）つばめの異称。二つに切れた尾のため、飛翔力が強く速力も早い。

わりびきの朝の電車にのるところ**飛燕**鳴くとも人知るべしや　古泉　千樫

乳房《ちちふさ》のなければ雌雄わかちがたく**飛燕**はすべる夏のなかぞら　島田　修三

ひがひが・し

僻僻し（形シク）あるべきさまに外れている。ひどくひがんでいる。ひねくれている。みっともない。無風流だ。

ラーメンの**ひがひがしき**を余さずにすすり終ふれば涙目となる　さいかち真

ひから・す

光らす（他動四）あかりなどを光らせる。

秋茄子を両手に乗せて**光らせ**てどうして死ぬんだろう僕たちは　堂園　昌彦

巣立ちせし蜂の子ならむこの朝萩の葉に来て翅を**光らす**　大岡　博

ひかり

光（名）光線。かがやき。つや。明るさ。

くさむらへ草の影射す日の**ひかり**とほからず死はすべてとならむ　小野　茂樹

ゆふさりの**ひかり**のやうな電話帳たづさへ来たりモーツァルトは　永井　陽子

わが死後の海辺の墓地に**光**ふる秋を想えり少し疲れて　西勝　洋一

ひがん-ばな

彼岸花（名）畦や土手などに群生し秋の彼岸ごろ長柄の茎先に赤色の炎のような花を輪状に開く。曼珠沙華・死人花《しびとばな》・捨子花など。

無人駅より**彼岸花**点点と単線ほそく海に沿ひたり　雨宮　雅子

蒸るる日の次の日さむき雨となりおとろへし庭に**彼岸花**の赤　遠山　繁夫

緋の帯を流して続く**彼岸花**古りたる石の道標《みちしるべ》まで　蒔田さくら子

ゆく秋をはやめふかめて化野《あだしの》に蕊まで赤き**死人花**咲く　東　淳子

ひき-あけ　引き明け（名）夜の明けるとき。夜明け。明け方。あかつき。

ひきあけをほのかに咲ける山桜遠く仰ぎつ美濃にかへりて　千村ユミ子

父の通夜の**引き明け**にして仰ぎたる羊蹄の荘厳にこころ震えき　大森　亮三

ひき-しぼ・る　引き絞る（他動四）十分に引っぱる。強くしぼる。

さくら黄葉ちる無量寺にとさか揺れて鶏こゑを**ひきしぼり**たり　立川　敏子

ひきしめる〔ひき-し・む〕　引き締む（他動下二）強くしめる。緊張させる。

瘤多きはだへの樹木昼ながら身を**ひきしめ**て雨に濡れゐむ　竹安　隆代

ひきず・る　引き摺る（他動四）地を擦って引いてゆく。

掃除機を**ひきずり**まわす朝方の夢の男はだれであったか　池田裕美子

ひ・く　轢く（自動四）人や物などを車輪の下に踏みつけて通り過ぎる。

轢かれても**轢かれ**ても軍手ふたたびを**轢かれ**てつひにピースの形　十谷あとり

落ちたての花びらを**轢く**感触のなまなまと車輪伝ひ登り来　勺　禰子

自動車が自動運転するといふ今日アリゾナに女性《ひと》さへも**轢く**　中根　誠

ひ・く　引く・曳く（他動四）ひっぱって移動させる。引く・退く（自動四）後ろに戻る。しりぞく。

ひきてゆく遠き潮《うしお》のごとき音ひそまりてゆく思いといわむ　武川　忠一

手より手にこぼるる水の耀けばチロルの谷より**引く**水という　大塚　善子

職を**退き**し吾に憩へとベンチあり日立たぬぐみの花も咲きたり　野切　好美

ひぐらし　蜩（名）晩夏から秋の夕方によくカナカナと鳴くため、かなかなとも言われる蝉。

わたくしはいつか**蜩**暗緑の小さき眼もてひとひ鳴きゐつ　山中智恵子

夏の日のさびしき夕べかなかなと**ひぐらし**蟬と聞きわけてゐる　大谷　雅彦

ひぐらしの翅のような薄き衣を肩のあたりに掛けて呉れたり　熊谷　龍子

カナカナと我の背後に**蜩**が「よせやい」こんな淋しい夕べに　森　映子

ひこ‐ばえ

蘖（名）草木の切り株や根から生えた芽。「孫生《ひこばえ》」の意。

ひこばえの楢の小枝に実のなりてつぶつぶと見ゆもみぢ葉のかげに　若山　牧水

ひこばえのここの柴山うち刈りて畑となさむ鎌ふるふかも　田島　ナミ

ひこばえの緑はすがし田の面をたしかむるごと歩む白鷺　竹内　まさ

ひさ‐かた‐の

久方の（枕）天・空・月・日・昼・雲・光などにかかる。

身を尽くし身を尽くせよと**ひさかたの**あめのひかりに糞転がしは　阿木津　英

歩道橋したたり落つる**ひさかたの**春のひかりは撥音をもつ　坂井　修一

ひさかたのひかりあまねし　立ち止まる一歩手前を歩いてをりぬ　香川　ヒサ

草茅の暗き意志とぞ**ひさかたの**天の河原に馬首は晴れたり　山中智恵子

ひさ・ぐ

鬻ぐ・販ぐ（他動四）売る。販売する。あきなう。

神籤《みくじ》作り**ひさぎ**て暮らしを立つるといふ神職君の工房ぞこれ　小市巳世司

下駄の鼻緒**ひさぐ**店ありなつかしき大川のほとり遠き思ひ出　中野　菊夫

魚**販ぐ**少女も夜学に来て学び魚の名問えばいきいきと答う　熊沢　雅晴

ひさ‐びさ

久久（形動ナリ）ひさしぶり。しばらくぶり。

ひさびさに母にかしづきこの寺の花見に来《く》れば思ふことなし　北原　白秋

久久にかへり来て見るふるさとは今ぞ茶の芽の摘みざかりなる　長谷川銀作

久々にくれ方の鐘きこゆなりみ寺がしづかに閉づる鐘の音　岡山たづ子

ひさびさに憩ひする日をもちたれば獣らの冬眠の如くをりたり　石本　哲司

ひざまずく〔ひざ-まづ・く〕　跪く（自動四）ひざを地につけて、かしこまる。

神のため**ひざまづき**たる事なきにひざに紫紺の葡萄置かれし　松坂　弘

ひじ〔ひぢ〕　泥（名）土と水が混じったもの。どろ。

膝沈むさまに湿《しる》田に母ありき回顧はなべて**泥**の農の図　井ノ本勇象

洪水ののちのあまねき**泥**の上妻あゆみ雉《きじ》の足跡《あしあと》のこす　塚本　邦雄

足音に池の底《そこ》**泥**掻きゆらぎ背黒の鯉は身をあらはしぬ　加藤知多雄

氷りたる**泥**地《ち》にたてる鷺いち羽《は》まなこつむれど見てゐるらしも　福田　栄一

ひし・ぐ　拉ぐ（他動四）おしつぶす。勢いをくじく。

江戸の代に在りし諷刺さへひそみたるこの十年に民**ひしが**れぬ　五味　保義

沿線の雪の断層は五尺超え**ひしが**れし青きもの笹と榧《かや》の薮　伝田　青磁

拉《ひし》がれて自らの手に死なんとも意のままならぬ手のぶらさがる　下田　恵

ひし-ひし　緊緊・犇犇（副）びっしり。ひたすらに。びしびし。しっかりと。

遺伝子の一部つぎかえ出でくれば街**ひしひし**と葉桜の雨　永田　和宏

ひしひしと今日悲しきかな河《か》南境《なんざかひ》中条山脈のあかざ思へば　宮　柊二

つゆじもに菊花音なく染まるらし夜**ひしひし**としづみて深き　齋藤　史

椿**ひしひし**とみのりて夜の園に立つおそらく死に倦める死者　塚本　邦雄

ひし-め・く　犇めく（自動四）軋る。押し合いへし合いして混雑する。ごたごたする。

速度都市ＴＯＫＹＯ上空**犇き**て雨雲低く垂れながら春　香川　ヒサ

混み合へば意地のごときが**犇き**て電車の中にあはれ

勤人　島田　修二

神経の尖れるままに菊みれば菊という字が頭に**ひしめき**ぬ　花山多佳子

楽章と楽章つなぐ静寂は無数の響き**ひしめく**節目　松村由利子

ひしょう〔ひ‐しやう〕

飛翔（名）空中を飛ぶこと。飛行。

散るという**飛翔**のかたち花びらはふと微笑んで枝を離れる　俵　万智

雪割れて紅梅ひらく朝空に鳩の栗羽の**飛翔**まぼろし　小中　英之

飛翔の憧憬をはらみ屋上に並びて絶えず動く鳩らか　初井しづ枝

ひそ

（副）静かでものさびしいさま。ひっそり。ひそか。「ひそひそ」とも。

放つこと少なくなりし窓の内くさかげろふは**ひそ**と来てゐる　江口　百代

ひそと来て置きてゆきたる検温器腋にはさむと寝返りにけり　大岡　博

昼**ひそ**と羊歯の葉蔭にかくれいし蟇の阿吽をおもう夜更けて　下村　光男

秋の日はとほくのひとが**ひそひそ**と近づきてくるこの世のわれに　池田はるみ

ひそか

密か・窃か（形動ナリ）こっそり。ないしょ。ひっそり。「ひそやか」とも。

うたは人生の弔詞とおもふまで**窃かに**死せることば積れり　田島　邦彦

ひそかなる自己肯定をさびしめり掌になじみくる軽きステッキ　米口　實

ひそま・る

潜まる（自動四）ひっそりとしずかになる。しずまる。ひっそりする。

ひそまりて暮るる海原あめつちを作りしものの悲しみの湧く　岡野　弘彦

一枝のゆるぎもみせずさくら花あらしの雲の下に**ひそまる**　四賀　光子

時鳥《ホトトギス》午《ヒル》をしば啼けば保育所に子らをあづけて**ひそまる**この村　穂積　忠

ひそ・む

潜む（自動四）ひっそりとかくれる。しのぶ。

濃き青となる木の茂み鶫らの身を固くして**ひそまむ**

ひ

ころか
大虹の下半分は地の中に**潜み**をるゆゑ言挙げはせず　大西　民子
田遊びの社《やしろ》の神事**ひそむ**とや赤塚あたり櫟葉の降る　佐藤　通雅
クマザサの繁み分け入り閑かなる淵に**ひそめる**山女魚、幽暗　石本　隆一
ふくらみてわれも**ひそめ**ば水近き枯れ穂にあをきかはせみゐるぞ　一ノ関忠人

ひそめる〔**ひそ・む**〕　潜む（他動下二）かくす。しのばせる。顰む（他動下二）まゆのあたりにしわを寄せる。
遠山脈《とほやまなみ》あゐ一色にかぎろへば思ひ**ひそめ**てわれはまむかふ　今野　寿美
夢ひとつ胸に**ひそめ**てわれはおり子らと遊ばん涸沢《からさわ》奥穂　小泉　苳三
煙草すひ咽せ入る我に眉**ひそめ**やめられずやと友ひとりごつ　窪田章一郎

ひそ‐やか　密やか（形動ナリ）ひそか。しのびやか。ひっそり。
葉のかげに**ひそやかに**咲く葛ながら紅むらさきの花に心寄す　窪田　空穂
軒ふかくとりてつるせる大根の甘きにほひや夕**ひそやかに**　阿久津善治
ひそやかにわれを訪れくる音の森の奥処《おくか》の蜩鳴き澄めり　生方たつゑ

ひた　直（接頭）ひたすら。ひたむき。いちず。
青天につづく傾《なだ》りは悉く黄に湧く花の**ひた**ごころ満つ　馬渕　礼子
樹に一語告げて去りたる風ありて梢の緑**ひた**輝けり　立川　敏子
霜どけの浮き立つ土に**直**着《つ》きて雪わり草の紅《あけ》に花さく　影山　一男
おろかしき真実として報道す**ひた**おろかしき幾夜か見つる　窪田　空穂
逃げ馬は砂塵を立てて**ひた**走る続く馬群は砂煙の中　成瀬　有

ひだ　襞（名）折り目。細く折りたたんだように見える、しわ状のもの。　関川歌代子

八重のさくら咲きくづれゐるゆふやみの**鬟**いろあふれ人ゆきはてし　河野　愛子

やはらかに雨の夜更けは湿りゐむ春の山**鬟**いのちのみどり　新井　貞子

口ごもる一語一語はもの言はず生きて萎えにし歳月の**鬟**　篠　弘

きりぎしの水啾《な》くごとくつらら垂るこごれる遅速ありし岩**ひだ**　川口美根子

ひたい〔ひたひ〕　額（名）髪の生えぎわから眉までの間。おでこ。「ぬか」とも。

はつなつのゆふべ**ひたひ**を光らせて保険屋が遠き死を売りにくる　塚本　邦雄

水槽に**額**《ひたい》つけあう透明な魚と透明になりたき少女と　長澤　ちづ

生きてあること選ばれてあることとおもふ**額**に日が当たりをり　稲葉　京子

ひた・す　浸す・漬す（他動四）水などにつける。びしょびしょにぬらす。しめらす。

野の家の青竹垣の片蔭は李《すもも》**漬し**て冷《ひ》やき真清水　木俣　修

堪へしのぶ心こそ湧け夕ぐれて冷たき水に手を**浸し**つつ　柴生田　稔

晴天に風鳴る四月尽《しぐわつじん》のひる温泉の涛に病む身を**ひたす**　佐藤佐太郎

キャバレーに楽ひびくとき天井も植木も**涵**《ひた》**す**緑のあかり　宮　柊二

ひた-すら　只管・一向（副・形動ナリ）いちずに。ひとすじに。ただただ。まったく。

何事も正面きりて生きてこし**ひたすらなる**は愚かしくもあり　青木　春枝

むらさきしきぶいつ実をつづる草のまの昼よりすだくいのち**ひたすら**　近藤　芳美

水なきを是として砂漠の駱駝たち**ひたすら**ゆくをわれは賛美す　綾部　光芳

わが磁石　南十字星に吸ひよせられ一途**ひたすら**南をしめす　南　輝子

ひた-つち　直土（名）地べた。土にじかに接していること。土間。

いたいたし脚のほそりの眼をさらず光る**直土**我は踏みありく　北原　白秋

空濠《からぼり》の底のひろきにいちめんに冬草青くして**ひた土**を見ず　川田　順

農場の**ひた土**をおほふ夕焼にらつきようの葉を嗅ぎて戻るも　石川不二子

ひた-と　直と・頓と（副）じかに。ひたすら。突然。

颪を雨を**ひたと**受け止め千年はなにほどもなしと山を統《す》べる木　沖　ななも

飯椀《ファンワン》を洗いていたり夕暮れを東洋**ひたと**おおうさびしさ　玉井　清弘

ひた-ひた　（副）水が岸や物を浸すように打ち当たるさま。その音。風が物に吹き当たるさま。その音。水が浅くてやっと漬かるさま。だんだん迫るさま。密着するさま。

ひたひたとみづうみの辺に眠るゆゑ献体のこと考へてゐる　江口　百代

コスモスの花むら揺すり入る風の**ひたひた**と山荘の秋いちじるし　山本　康夫

ひた-ぶる　頓・一向（形動ナリ）ひたすらに。いちずに。

われら若く**ひたぶるなり**き「現代短歌、そしてピープル」を編むと寒夜に　成瀬　有

千顆《くわ》照る空や吾とふししむらの息**ひたぶるに**嚙みゆかむかな　斎藤すみ子

ひたぶるにひとを思へばゆびさきに吸ひつくやうな青空の月　小林　幸子

ひ-だまり　日溜まり（名）日あたりのよい暖かい所。建物などが風をさえぎり、吹きさらしでない場所についていう。

奈落より立ちあがりたるひとつ顔枇杷の花咲く**日溜り**にみゆ　宮岡　昇

ひた・る　浸る・漬る（自動四）つかる。はいる。ぬれる。

据風呂に**ひたり**てあれば子をつれて馬はもどりぬ夕べの庭に　橋田　東聲

病院の第五階にてわが窓はおほつごもりの夜空に**ひたる**　佐藤佐太郎

古杉の昼の雫をききつつも我は**ひたれ**り山草の香に　金子　元臣

ひだるい〔ひだる・し〕 饑し（形ク）空腹である。ひもじい。「饑さ」は名詞。

やがて冬**ひだるき**鳥のはらわたを満たさむ赤き木の実のみのり　久我田鶴子

饑《ひだる》**さ**に眠りは浅く、真夜中の沼に高波が立つことも知る　松平　修文

ひつ‐ぎ 棺・柩（名）死体を入れて葬むる箱。かんおけ。

母の**棺**母の部屋より眺めをり母はどちらに居るのだらう　足立　晶子

けじめとて生者のなせるしきたりに釘に打たるる**ひつぎ**のとびら　武藤　敏春

われの**棺**は炬燵にすべし、酔つぱらひの戯れ言ならで遺言と聞け　田口　綾子

ひつ‐ぜん 必然（名）かならずそうなること。

偶然のようで**必然**　ある日より弾き語りにて自我を保てり　吉村実紀恵

ひっそり（副）しんとして静かなさま。人などが少ないさま。

めん鶏《どり》ら砂あび居《ゐ》たれ**ひつそり**と剃刀研人《かみそりとぎ》は過ぎ行きにけり　斎藤　茂吉

ひっそりと自壊してゆく石というこの物体の白き月光《かげ》　武川　忠一

ひつそりと雨風をきく皮膚もちてすれ違ふなり九月の死者と　小島ゆかり

真夜中に作品たちが愛し合う昼は**ひっそり**ロダンの館　岩井　幸代

ひったり（副）ぴったり。べったり。

つばくらの母はかなしも**ひつたり**と嵐のなかに子を抱きてをり　久保田不二子

ひつたりと吸ひつくやうな孤独から型抜きされて今朝も目覚めつ　松本　典子

ひ‐てい 否定（名・他動サ変）あることがらが真実でないとすること。打ち消すこと。

否定する言葉吐くとき一瞬のためらいあれど気負い吐き出す　吉田　惠子

ひ‐でり 日照り・旱（名）日が照っていること。長期間雨が降らず、水が欠乏すること。

「旱雲」は日没のとき紅色に染まった、晴天のしるしの雲。

旱の土が音なく吸ひつくす雨をふふめる闇甘きかな　石川不二子

ひでりつづき水口まもる農夫らの影かがり火に動きうつれり　外山　福男

旱雲茜さしつつ崩れゐて沁むばかり暑き蟬の夕ごゑ　木俣　修

ひ-てん　飛天（名）天人。天女。

数かぎりなき**飛天**は空をあまがけり地に楽の音のわきたつところ　岡野　弘彦

脛《はぎ》白き**飛天**を仰ぎ法悦にとき忘れをり老いびと一人　加納　一郎

ひと　一（名）和語の数詞。（接頭）ひとつの。一種類の。或る。ちょっと。少し。

豆柿は葉と**ひと**いろの青なりき葉の色暗し秋立ちてより　石川不二子

春の夜の難波橋などあらわれて夢**ひと**たばの髪のつめたさ　藤田　武

冬の手紙燃やし尽せば傷つかず生きゆくすべの灰**ひと**にぎり　入野早代子

ひとときに舞い乱れゆく花びらの空の嵐はうつし身に鳴る　武川　忠一

ひとつらの雁のわたれる空蒼く西に凶器を納めゆきたる　宮岡　昇

ひと　人（名）人間。世間の人。他人。意中の人。恋人。妻。夫。

ひとを焼く煙なびける川向こう愛の終わりの後《のち》の静けさ　道浦母都子

人として生れしかなしみ歌うかな地平を走る水の分厚さ　荻本　清子

わが夏の髪に鋼《はがね》の香が立つと指からめつつ**女**《ひと》は言うなり　佐佐木幸綱

ひときわ〔ひと-きは〕　一際（副）一段と。めだって。ひとしお。いっそう。

朝の日に**ひときは**映えて連翹の黄の花叢は風にきらめく　阿久津善治

寒蟬は長くは鳴かず真日なかにただ**ひときは**の声透るなり　土田　耕平

ひと‐しきり　一頻り（副）しばらくの間盛んに続くさま。ひとっきり。

ひとしきり風わたりたるわたなかを匂えり繁れるまひるの森ぞ　滝　耕作

ひとしく　等しく・斉しく（副）一様に。同様に。形容詞シク活用「ひとし」の連用形の転。

二十一時となれば**ひとしく**消灯す　生に対するもの死に抗するもの　土岐　善麿

あかしろの別ははや無し冬天にさるすべりは実を**等しく**掲ぐ　川又　幸子

ひとし‐なみ　等し並み（形動ナリ）同等。同列。

はかられぬ命の不思議**ひとしなみ**をとこをみなを超えておごそか　長沢　美津

ひと‐とき　一時（名・副）いっとき。しばしの間。少しの間。

川すべて埋めてながるるさくら花**ひととき**さくらは川をも統《す》ぶる　岩田　正

ショー・ウィンドに**ひととき**ゆうひ炎えいたり　しずかに夜のひまわり咲けり　三枝　浩樹

ひとときのしじまを破り縦の胸に光の箔を張りて浮き出づ　春日井　建

ひとみ　瞳・眸（名）眼球の中の黒い部分。くろめ。

世の中の明るさのみを吸ふごとき／黒き**瞳**の／今も目にあり　石川　啄木

竹藪の中にまたたく**瞳**あり歩めるかぎり寒椿咲く　大崎　瀬都

愛ほしくいまもつとも美しき脆き**ひとみ**の透明の火よ　田中　富夫

ひと‐よ　一世・一生（名）一生涯。いっしょう。

初めての逢いの日えにしにありましき一**生**の上につい に尊く　近藤　芳美

たましいの美にあくがれし一**生**ともいまなお流謫《るたく》の森を住家とす　山田　あき

くらげなす漂ひゆくは一**生**生き人を殺さぬ文かきしこと　山中智恵子

子守歌うたい終わりて立ちしとき一**生**《ひとよ》は半ば過ぎしと思いき　花山多佳子

ひとり　一人・独り・孤り（名）　一個の人。いちにん。単独。孤独なこと。副詞的に、ただ単に。

孤りなる想ひに桜見上ぐれば枝さし交し花は歌へり　岩田　正

ゆで卵の殻をむきつつ一**人**なり旅の朝はやき駅前のカフェ　小谷　博泰

祖父母両親六人を一**人**が扶養せむ時も来るかと声ひそめ言ふ　宮地　伸一

一**人**机で大きな書物をひらくひと　誰もが**独り**神に真向かふ　和田沙都子

ひとり-ご・つ　独り言つ（自動四）ひとりごとを言う。

朝な夕な笹竹の子を食ひつづけ喉こそばゆしと**ひとりごち**つも　結城哀草果

ねむりつつ馬鹿野郎と君**ひとりごつ**自身にか吾にか世の人にか　鈴鹿　俊子

今宵死にて居るやも知れずと**ひとりごつ**ごとく言ひたまふ声の静かさ　大悟法利雄

ひな　雛（名）ひよこ。ひな鳥。または、ひな人形。「ひひな」とも。雛祭り。

巣のへりに外を見て居る**雛**三羽今日か立つ明日か立つ明後日《あさって》なりや　土屋　文明

わが妻が母より承けて今宵また飾る不揃ひの**雛**のしづけさ　川島喜代詩

つるし**雛**の揺れるを両手にかきわけて路地裏の店でパーマをかける　冨岡　悦子

いとしめば人形作りが魂を入れざりし春の**ひな**を買ひ来ぬ　稲葉　京子

ひ-なた　日向（名）日光の当たっている所。恵まれた状態。

冬の日に**日なた**ぼこしてわがあれば子も来て並ぶその膝かかへて　窪田　空穂

身の透けて心あらはになるごとき秋の**日向**の白きに遊ぶ　富小路禎子

背をそつと押されて入りし生活の冬の**日向**に毛玉摘みをり　栗木　京子

路地ぬける**日向**の風が駆けっこの少年たちの背《せな》を押したり　寒野　紗也

ひなびる〔ひな-・ぶ〕　鄙ぶ（自動上二）いなかくさい。

鄙びたる花とはいはじ春の菜の緑うすくしてほの黄なる花　　窪田　空穂

鄙びたる己れわびしも道のべの温き日射しに芽ぐむ蓬生　　岩波香代子

門前の**ひなびし**茶店に帰りしな気軽く入りていちじくを買ふ　　藤川　忠治

ひ‐に‐け‐に

日に異に（副）日に日に。日ごとに。「け」は「日《か》」の複数形という。

日にけに痩《や》せゆく妻もあはれなり乳《ちち》のみ張りて子はあらぬかも　　岩谷　莫哀

日にけにみどりのりくる楓《かへるで》のねたましきまで滴らむとす　　河野　愼吾

氷見の海の鰤《ぶり》のさかりとなりにけり**日に日《け》に**空は暗く暴《あ》れつつ　　岡部　文夫

ひ‐に‐ひ‐に

日に日に（副）日ごとに。日を追って。日ましに。毎日毎日。「日に異《け》に」とも。

吾が家に育つつばくらの雛三羽《さんば》**日に日に**染まる胸の紅《くれなゐ》　　土屋　文明

わが躰たもつ力の弱くして生のほとりは**日に日に**寂し　　佐藤佐太郎

ひねもす

終日（副）朝から晩まで。一日中。ひがな一日。ひすがら。

ひばりの音そらに満つるを縫ふごとくセッカ鳴くなり**ひねもす**浜に　　玉城　徹

風たちの会議**ひねもす**上天に愛のことなどなにも決まらぬ　　佐藤　弓生

常念《じょうねん》岳の馬の雪形消えゆきて**ひねもす**ひびく田植機の音　　大室　英敏

木枯しを感傷として聞く真昼いにしへの雲を**ひねもす**思ふ　　小紋　潤

ひばり

雲雀（名）春の野に空高く上ってさえずる小鳥。背羽は赤褐色の地に黒褐色の斑がある。

春日かげかげろふ空に一つ**ひばり**羽《はね》振りあがりまぎれむとする　　窪田　空穂

告天子**ひばり**のこゑは大空に粒子となりて飛び散りにけり　　武下奈々子

中空の声を聞きつつしばらくをあなたを探す**雲雀**をさがす　　竹内　由枝

わたくしの天使は人にはわからない二月の**雲雀**三月

の蛇　前川　博

ひ-ひ

霏霏（形動タリ）雪や雨などの降りしきるさま。続いて絶えないさま。

雪、**霏霏と**降る夜しずけくこの国の史《ふみ》のあわれを知りて吾《あ》はゆく　下村　光男

この風は**霏々と**雪降れ　ずたずたの俺のこころの異形締むため　晋樹　隆彦

ひびかせる〔ひびか・す〕

響かす（他動四）ひびくようにする。びきわたらせる。

春はまことにはればれしくて四つ辻のお巡査《まはり》さんも笛を**ひびかす**　齋藤　史

ひび・く

響く（自動四）音が聞こえ渡る。こだまする。余韻を生ずる。「ひびき」は名詞。

身にしみて秋ぞと思ふ青空に**ひびき**て今朝はもずのなくこゑ　四賀　光子

冬ばれのひかりの中をひとり行くときに甲冑《かっちう》は鳴り**ひびき**たり　玉城　徹

まどろめるわれに突然テレビとて軍靴の**ひびき**近づいてくる　武藤　敏春

喨々と笛の音が**響く**　遠く祈りの形に深い傷みの底に　梓　志乃

ひふ

皮膚（名）人や動物のからだの表面をおおっている皮。

針のような雨が降ります**皮膚**をぬけ心に刺さるしくりしくりと　相沢　光恵

ふる雨にこころ打たるるよろこびを知らぬみずうみ**皮膚**をもたねば　佐藤　弓生

ひま

隙（名）すき間。あいだ。時間。

青羊歯の**隙**に群れ生ひ山石の累々たるを山頂とよぶ　田谷　鋭

道を行く**ひま**に曇りて風いづるなど春の日の心さわがし　佐藤佐太郎

茶ぶきんもかわく**ひま**なき梅雨ゆゑに湿《しめ》りにむれてくさみそめつも　生方たつゑ

ひ-まご

曽孫（名）孫の子ども。ひこまご。ひいまご。

生れたる**曽孫**を見むと出でたりき此の小さき坂堪へて往来《ゆきき》して　土屋　文明

したたかに八十路の夏を生きる母窓辺に**曽孫**の浴衣縫いおり　高倉　芳子

ひこまごのうまれむしらせ待ち遠に喜びいまさむわが老《おい》母は　藤川　忠治

曽孫もいく人かある筈なれど足手まとひか葬儀には出ず　相良　義重

ひまわり〔**ひ‐まはり**〕　向日葵（名）盛夏に黄色の大輪の花を開く。「ひぐるま」とも。

向日葵は金の油を身にあびてゆらりと高し日のちひささよ　前田　夕暮

列車にて遠く見ている**向日葵**は少年のふる帽子のごとし　寺山　修司

たかだかと炎昼に咲く**ひまはり**のどれも貧しき戸口を塞ぐ　小池　光

ここはまだ平和ですのと咲いている**ひまわり**風にゆれる**ひまわり**　江戸　雪

ひまはりのアンダルシアはとほけれどとほけれどアンダルシアの**ひまはり**　永井　陽子

ひめる〔**ひ・む**〕　秘む（他動下二）かくす。内につつみかくしておく。

以後われは暗殺者の道えらびたり銹びしピストル胸奥に**秘め**　菱川　善夫

水やると降り立つ庭木　葉のかげにぞつくり堅く蕾**ひめ**ゐし　太田　青丘

大寒の夜中の二時にめざめゐて人に**秘む**べき吐息つきたり　吉野　秀雄

ひもじい〔**ひも・じ**〕　饑じ・飢じ（形シク）飢えている。空腹である。

心なほ**ひもじく**てあれ彗星を観たるものなしわれの周りは　篠　弘

いつくしき雉の雄鳥《をどり》は**ひもじき**や堆肥の山を踏み越えてくる　石川不二子

ひや‐びや　冷や冷や（副）非常に冷たい感じ。ひややか。「ひやひや」とも。

顔洗ふ水の**ひやびや**と十の指疲れてくぼむ眼窩に触れぬ　千代　國一

秋雷の絶えたるのちの**冷々**と卓に黒耀《こくよう》の粒なす葡萄　馬場あき子

ひやひやと／夜は薬の香のにほふ／医者が住みたるあとの家かな　石川　啄木

ひよ　鵯（名）ひよどり。秋には山林より庭の柿の梢などにきてやかましく鳴く。尾は長く全身灰色。

鵯は胸をかきむしる鳥　あかるき銃声にますぐに落つる鳥　葛原　妙子

とどまりてまた登りゆく関の坂**ひよ鳥**啼けば恋ほし**ひよ鳥**　安永　蕗子

逃げてばかりをりし土鳩が居直りて今朝は餌台に**鵯**とあひ撃つ　吉野　昌夫

ひょうじょう〔へう-じやう〕　表情（名）心の中の感情・情緒を外見や身振りに表すこと。また、その表れたもの。

あの夏の数かぎりなきそしてまたたつた一つの**表情**をせよ　小野　茂樹

表情のとぼしくなれる母がその弟にやさしき笑み返しおり　吉田　恵子

ひ-より　日和（名）晴れておだやかな空模様。晴天。海上の空模様。その事をするのに都合のよい天候。

南より音信ありて木犀の匂う**日和**に籾干すという　野北　和義

黄に輝く花を掲げてつはぶきの目にたちてくる頃の**日和**や　太田　青丘

ヨット一艘丸ごと洗ひたし十一月の洗濯**日和**どこまでも青　青井　史

ひよわい〔ひ-よわ・し〕　ひ弱し（形ク）しなやかでよわよわしい。「ひ」は接頭語。形容詞に付けて語意を強め詩情を添える。

ひよわくて或は死なむ吾《われ》を養ひおほし育てて今は亡骸　土屋　文明

山に来て見れば**ひよわき**吾子の皮膚うぶ毛かきたて風吹きたえず　五島美代子

ひら　片・枚（接尾）薄くて幅広く、平らなものを数えるのに用いる。

雲ひと**ひら**月の光をさへぎるはしら鷺よりもさやけかりける　太田　水穂

ひえびえと暮るる窓辺に水仙は白金の箔ひと**ひら**おとす　松平　盟子

ふたたびすぐるひと**ひら**の愛　陽光に閉ざしてあればさむき唇　　嵯峨美津江

ひらたい〔ひらた・し〕

平たし（形ク）厚みが少なく横に広い。凹凸がない。

風死して**平たく**なれるゆふぞらにぎんがみかざし子は切りはじむ　　栗木　京子

夜の土に**扁《ひら》たき**まなこ触れながら鯉のぼりくつたりと身を緩めゐる　　河野　裕子

冬木々の頃移り来て花水木の**平たき**花が今日ひるがへる　　長澤　一作

ひらめ・く

閃く（自動四）一瞬かがやく。ひらひら揺れる。ぱっと思い浮かぶ。

小工場《せうこうぢやう》に酸素熔接《さんそようせつ》の**ひらめき**立ち砂町四十町《すなまちしじつちやう》夜《よる》ならんとす　　土屋　文明

抱きあぐるひとたびひとたび**ひらめき**て子は官能の白刃のごとし　　米川千嘉子

はたた神また**ひらめけ**ば吉野山さくらは夜も花咲かせをり　　前　登志夫

ひる

昼（名）ひるま。正午。まひる。日中。

ひるなかの日の差すしろき路のうえ小さな家影をひとつずつ置く　　阿木津　英

昼ふかき富士吉田町近々とわれにせまりて白く富士立つ　　真鍋美恵子

昼下りホームセンター壁ぎわにつま先立ちて光る鎌買う　　中井千恵子

ひ・る

放る（他動四）器官から体外へ出す。たれる。排泄する。「まる」とも。

血しほを**放り**糖のくだりて止まらぬ命なりけり衰へにけり　　吉植　庄亮

いつ**放り**し熊の糞かも横日差す雪のなぞへを辷りてくだる　　小田　観螢

ひるがえす〔ひるがへ・す〕

翻す（他動四）おどらし返す。うら返す。ひっくり返す。風になびかせる。

亡き子来て袖**ひるがへし**こぐと思ふ月白き夜の庭のブランコ　　五島美代子

小さき翼つけたるごとくマフラーを**翻し**雪に駈けてゆく子ら　　志野　暁子

水底に餌と撒かれける小鯵らは潮《うしお》寄るたび身を**ひ**

るがえす
汝が胸の瀑布へ翔ばむ岩燕**ひるがへす**かな白き胸処を　石本　隆一
　角宮　悦子

ひるがえる〔ひる‐がへ・る〕　翻る（自動四）うら返る。ひらめく。さっとひっくり返る。おどり飛ぶ。
かきくらし降る風雪は白波のしき立つ磯に**ひるがへりつつ**　清水　房雄
刃のごとくつめたくあつくわれらまた**ひるがへり**秋のつばさを洗ふ　山中智恵子
ふるさとを持つよろこびは**ひるがえる**このはてしなき雪の中の町　田井　安曇
ひるがえる風にもまれて消えし蝶　伝えよ世界の裏なる紅葉　永田　和宏

ひるがほ〔ひる‐がほ〕　昼顔（名）朝顔に似た淡紅色の小花を昼間ひらく。
自が影にふとよろめきて落ちこみし暗いめまいの**ひるがほ**の花　河野　裕子
昼顔の花まとふ垣のつづき居て次第にやさし死へのおもひは　藤井　常世

祭文は韓神《からかみ》をよびていたりけり**昼顔**の雨うすき虹たつ　馬場あき子

ひる‐ざけ　昼酒（名）昼間酒を飲むこと。
昼酒のつづきに晩酌をはじめたりシャコバサボテン一夜をあかず　晋樹　隆彦

ひろ　広（語素）広いこと。広いさま。「びろ」ともなる。
泰山木の花はゆふべにおとろへて**広**葉《ば》がくりに既にかそけし　森山　汀川
よべの雨に散りし桜は下《した》生《ば》えの葉**広**《びろ》八《やつ》手《で》に斑をとどめたり　吉野　秀雄
麦**広**幅《はば》耕作法のわづかのこりその**広**畝《うね》に土入るるところ　土屋　文明

ひろ‐ご・る　広ごる（自動四）広くなる。ひろがる。
海にそひて遠**ひろごれ**る灯の町をゆすろひ船は笛ふきやめぬ　石榑　千亦
くやしさの喘ひ**ひろごり**鶸色の有刺鉄線ひかりてありき　西野　妙子

言い捨てしのちの寂しさ電源を落としたテレビに余韻**ひろごる**　富田　睦子

渡良瀬川の源流湿原みづがねに**ひろごる**なかの枯色葦原　鶴岡美代子

びわのはな〔びは－の－はな〕

枇杷の花（名）初冬、梢近く白色五弁の目立だない花を円錐状に開く。

枇杷の花白く凛たり朝に見て夕べ見てわが冬を越えゆく　山本かね子

苦しみて生きつつをれば**枇杷の花**終りて冬の後半となる　佐藤佐太郎

怒りたることも虚しく冬の日に永く咲きゐる**枇杷の花**むら　馬場　正郎

水雪はしまらく降りてやみにけりひかりこほしき**枇杷の木の花**　岡部　文夫

ひん

貧（名）まずしいこと。不十分。足りないこと。「貧寒《ひんかん》」は貧しく寒々としているさま。

貧は**貧**を互《かた》みの口《くち》に貶しめて共に生き来ぬ一つ海の村に　岡部　文夫

水色の盥《たらひ》に濯ぐところ過ぎ郷愁のごとき遠き**貧**あり　滝沢　亘

悲しみの幾何《いくばく》が**貧**にかかはらんきさらぎの夜土に降る雨　長澤　一作

貧寒の生にはあらずわれの掌《て》に鋏鳴り白玉椿一枝　富小路禎子

ひんがし

東（名）ひがし。東方。「ひむかし」の音便。

出づる日の**ひんがし**方の大き海明けんとしつつ闇を抱ける　大塚布見子

銀の簾ゆらげるさまに**東**《ひむがし》へわたる日照雨《そばへ》は秋の国原　前　登志夫

東《ひんがし》に直《すぐ》なる山みゆことばもて越えがたきかなその山は　北尾　勲

ふ

ふ

不（接頭）打ち消しの意をあらわす。否定する意をあらわす。

不快なる夢を覚《さ》めんと努力して漸くさめしとき疲れ

をり

山よりも海に惹かれる二人なり樹よりも水の**不**確かにして　佐藤佐太郎

ふ

生（名）草木などのおい茂っている所。「う」とも。

釣　美根子

築堤の高き運河の底伝ふながれ音なし葦**生**わけつつ　下村百合子

山国にきけばこほしも夕早く杉**生**におこるかなかなのこゑ　武田三千夫

夜もすがらの嵐に伏しし麦**生**田をもんしろ蝶のいくつが越ゆる　秋山　千枝

ふ

訃（名）死去のしらせ。訃音。訃報。訃電。

訃といふは常に寂かにしかれども木末《こぬれ》さわ立つ風かと思ふ　岡井　隆

坂の傾斜のふしぎに美しき朝にしてははるばるとくる人の**訃**報は　真鍋美恵子

受話器置き「さよならだけが人生だ」友の**訃**に夫は声を絞りぬ　山川　和子

ふ

斑（名）地色の中に他の色がまばらに混じっているもの。ぶち。まだら。斑点。

冬枯れのこの山里に**斑**にふれる今朝のはつ雪うつくしきかも　中村　憲吉

かなしみに溺れきれねば葉桜のかげをきたりて日の**斑**にまみるる　米田　登

杜鵑草《ほととぎす》のむら**斑**の花はあはれなり北の翳れる窓べに散りて　小谷心太郎

美とは何、いのちの**斑**なり　太陽の黒点のごとき強き磁場もつ　萩岡　良博

ふ

腑（名）はらわた。臓腑。

信玄のかくし湯花を掬い呑む胃の**腑**も腸も清めてしまう　山崎　方代

ある日澄むみづとこそ言へ澄むまでのにほひ染みたる内**腑**をおもふ　辰巳　泰子

歌らしくらしくというが**腑**に落ちぬ**腑**に落ちぬ世をわれらしく書く　秋元千恵子

ぶーきよう

不器用・無器用（名・形動ナリ）手先の仕事が下手なこと。また、要領よく

物事がはこべないこと。ぶきっちょ。

オニイチャン歌うまいね、とおさな子は拍手する**不器用**な生き方に　　吉村実紀恵

妻の上に乗りそこね水に落つこちる蟇の**不器用**《ぶきつちよ》さ呆れてしまふ　　森本　治吉

ふい‐に　不意に（副）いきなり。突然。だしぬけ。思いがけないさま。

むれはなれ翔びゆく鳥の点となるとき**ふいに**翻意の兆す　　轟　太市

青年の生ぐさき匂い室の鍵かけて去るとき**ふいに**匂いて　　武川　忠一

友達の着ていたような服着れば**ふいに**未来は暗澹とせり　　花山多佳子

哀しみは死にゆく者が背に負ひて煙と消えつ　**ふいにかなしき**　　雅　風子

ぎこちなくペン握りいし少年が**ふいに**器用にペン回したる　　吉田　恵子

ふうか〔ふう‐くわ〕　風化（名）岩石が崩れ、長いあいだ風にさらされて、土になる現象。記憶などが薄れること。

遠賀野に炭層ありし悲しみや**風化**硬山閉鎖坑口　　前田　義則

風化の速度今日は速くて崩れゆく人との距離もわが身構へも　　齋藤　史

海に向き小さき地蔵ならびます**風化**したるは細り身にして　　今井福治郎

風化せぬ憤りいくつ女ゆゑ耐へ来て永き勤めを終る　　山本かね子

ふうひょう〔ふう‐ひやう〕　風評（名）世の中のよくない評判や噂。

人の耳冒されやすし**風評**に個の翳を曳く街にはぐれて　　田島　邦彦

ふう‐もん　風紋（名）風が砂の上を吹いてできた模様。

風紋のたかまりに朝日あつめつつ脹らむ砂のわづかに動く　　木村　修康

風紋の初《うひ》うひしかる砂丘《すなをか》に二百二十日を過ぎし日の射す　　遠山　光栄

風紋をなぞりつつ遊ぶ女童の靴は真夏の一点の紅

ふか-しぎ

不可思議（名）思いはかることもできず、言語でも表現できないこと。

茹で玉子コンビニで買う**不可思議**の国ゆ卵子《らんし》を買いにゆく民　池野かずえ

現代社会の趨勢まこと**不可思議**乎　ふて寝をきめていたる日の暮　大野　道夫

不可思議のもの描きつらね手紙とふ童女継ぎゆくひたごころ見む　福島　泰樹

ふか-ぶか

深深（副）非常に深いさま。　緒方美恵子

初湯《うぶゆ》終へて**ふかぶか**眠る双頬《もろほほ》に青葉洩れくる朝の日にほふ　山本　初枝

町なかのおほき御寺の瓦屋根**深深**と高し梅雨けふも霽れず　土岐　善麿

ふかぶかと風吹きつのる夜の谿にまよいてなくなわが相聞歌　三枝　昻之

ふかぶかと桜枯れゆき**ふかぶか**と子は生まれ来ぬ家の息づき　奥田　亡羊

ふか・む

深む（自動四）距離・色・とき、などが深くなる。すすむ。

草創の荒々しさの**深み**つつ隣国に移る政治おもほゆ　田谷　鋭

くれなゐの牡丹花**深み**おのづからこもれる光沢《つや》の見るほどぞ濃き　木下　利玄

夢みるは死ぬるにひとしやわらかに茘枝《れいし》の黴も**ふか**みていたり　佐伯　裕子

冬**深む**季節の移り音もなく**深み**ゆくなり今朝の大霜　今井　邦子

ふかめる〔ふか・む〕

深む（他動下二）深くする。すすめる。

葉は散りてのこる珠実のむらさきの色**ふかめ**ゐるむらさきしきぶ　長沢　美津

乗鞍はひと目見しかばおごそかに年を**深めて**ますます思ほゆ　長塚　節

入つ日が山に入るまで見て立ちぬ影**深め**つつ光移らふ　松村　英一

ふき

蕗（名）山野に自生し、畑にも栽培する。葉柄が長く、初夏が旬。

蕗の葉の円《まろ》きひかりをみるときにみなぎりきたすあすのいのちは　坪野　哲久

作業終へみかんの山に摘む**蕗**の手元までくる空の夕やけ　柏木　又一

火箸ほどに伸びるを待ちて採りて来し**蕗**の緑に厨たのしむ　高田　芳子

蕗を煮る昼下がりには母と吾と春の色してそのうすみどり　俵　万智

ふき-あげ　吹き上げ・噴水（名）公園・庭園などに水を高く吹き上げるようにした装置。ふんすい。

燦さんと陽の照るところ失ひし時の復《かへ》りのごとき**噴水**　河野　裕子

ふきいずる〔**ふき-い・づ**〕　吹き出づ。噴き出づ。（自動下二）吹きはじめる。ほとばしりでる。

さし入れし手に**噴き出**でて力ある泉よ童女わがこころ充つ　山本かね子

二三日あたたかければ生きかへる思ひにいのちの**噴き出づ**たのし　米田　雄郎

花遅き日に**噴きいづる**火のごとく野の葉鶏頭《かまつか》よ渇きやまなく　太田　一郎

吹きいづる汗にころぶすさはさはに茉莉《まつり》の花ののこるひるすぎ　土屋　文明

ふきのとう〔**ふき-の-たう**〕　蕗の薹（名）早春、蕗の根茎から生える花茎。ほろ苦さを賞味する。

庭の上に一つ萌えたる**蕗の薹**わが知らぬ間に妻が摘みける　半田　良平

蕗の薹てのひら青む光さしたのしき土に遊ぶひととき　坪野　哲久

蕗のたうほろほろにがき香さへしてさやかに吾れの手につまれけり　馬場あき子

この年の土に小さき**蕗の薹**小さきままに心は寄りぬ　安永　蕗子

ふくじゅそう〔**ふくじゆ-さう**〕　福寿草（名）早春、葉に先立って黄色の花が咲く。正月用の鉢植えに用いる。

福寿草の鉢をおきかふる幼子や縁がはのうへに移る日を追ひて　島木　赤彦

一鉢の黄の**福寿草**一壷のしろたへの塩今年始まる　宮　柊二

寒ざむと日のさす道につつましくしやがみて売れり**福寿草**の株　鹿児島寿蔵

開運をこひねがふ身はふかれつつ**福寿草**の鉢さげてかへるも　上田三四二

ふくだ・む　(自動四) 髪の毛などがそそけて、ふくらんだようになる。ぼさぼさになる。

しのび降る雨夜に画く**ふくだみ**し筆かへすとき蘭は青めり　春日真木子

ふく-ふく　(副) やわらかくふくらんださま。ふっくら。

ふくふくと笑う少女のハチマキが風に舞う舞う砂ぼこり立つ　俵　万智

ふく-らか　脹らか (形動ナリ) ふっくらとしているさま。ふくよか。ふくやか。ふくら。

喧《かし》ましと時に憎めど春の鳥**ふくらかに**光沢《つや》もてる声ごゑ　石川不二子

ふぐり　陰嚢 (名) いんのう。こうがん。

大**ふぐり**揺らし真つ黒の牛ゆけりサンゴの垣をめぐらせる道　森山　良太

てのひらに包む**陰嚢**《ふぐり》の冷えびえと鳴呼少年の日の英雄譚　石田比呂志

ふける〔ふ・く〕　更く (自動下二) 深くなる。たけなわになる。

われら鬱憂の時代に生きて恋せしと碑銘に書かむ世紀**更け**たり　山中智恵子

電線がしろじろと風に光りをり中山道《なかせんだう》小田井《をだゐ》宿《じゆく》昼は**ふけ**たる　真鍋美恵子

庭辛夷花咲き散りて春**ふくる**この頃吾子の立ちそめにけり　松村　英一

梅雨**ふくる**今日の午《ひる》すぎ潮の香と草のいぶきのさかひを歩む　長澤　一作

ふさう〔ふさ・ふ〕　相応ふ (自動四) つりあう。かなう。適する。

距離感の近き銀河をあふぎ居り身は北ぐにに住み**ふさふ**らし　小田　観螢

仰向くと伏するといずれかなしみに**ふさう**らむ如月はだれ野地原　嵯峨美津江

悲しみを言ふに**ふさへ**る言葉とも貧しき国とも思ひて眠る　吉田　正俊

ふじ〔ふぢ〕　藤（名）山野に自生、また庭園などは棚に作られる。五月頃うす紫色や白色の蝶形の花をふさ状に垂れる。

むらさきにたぐへて水によるひと樹白《しろ》**藤**は花棚をつくらず　上田三四二

白**藤**のせつなきまでに重き房かかる力に人恋へといふ　米川千嘉子

ありなしの風にゆれゐる**藤**波の百千の房ひかりをつつむ　三国　玲子

講堂の渡り廊下に**藤**棚のこもれび揺れて午後がはじまる　小島　なお

ふし-ど　臥所（名）ねどこ。ねや。寝所。寝室。

障子明け**臥所**の母に見せている粉《こ》雪をもろき平安とする　武川　忠一

老いし父**臥所**に坐り茶は召すとみ影よわよわし白きかほばせ　眞島　勝郎

わが歩み二三歩なれど**臥床**より出でて巣ごもる小鳥を見に来　金石　淳彦

ふすぼ・る　燻る（自動四）燃えないで煙が立つ。くすぶる。すすけて黒ずむ。気持がふさぐ。

ここにしてまだ**ふすぼれ**る衢見ゆたすかりし浅草観音堂見ゆ　早川　幾忠

ふた・ぐ　塞ぐ（他動四）ふさぐ。とじる。

霜月の風の手のひら眠らざる熱き眼蓋**ふたぎ**て過ぎぬ　平林　静代

風熄むは息やむごとしいづくにかわが息**塞ぐ**者のひそめる　安永　蕗子

ばりかんの音をよろしみ目**ふたげ**ば痩せし頬桁にぬくき朝の日　吉野　秀雄

ふた-たび　再び（副）二度。重ねて。

小庭《さには》より声かけし子はわれを見て**再び**呼ばず心足《た》れるか　松村　英一

花から葉葉《は》から**ふたたび**花へゆく眼の遊びこそ寂しかりけれ　岡井　隆

嘆きつつ一生は過ぎん積りたる雪の上**ふたたび**泡雪の降る　島田　修二
今村教授の指摘**ふたたび**　関東におおき地震の不安ぬぐえぬ　晋樹　隆彦

ふち
淵（名）水が淀んで深くなっている所。よどみ。苦しい境遇。

夕寒き日ざしとなりてかげりたる岩蔭の**淵**の藍は深けれ　若山　牧水
白あぢさゐ雨にほのかに明るみて時間《とき》の流れの小さき**淵**見ゆ　栗木　京子
みどり子の甘き肉借りて笑む者は夜の**淵**にわれの来歴を問ふ　米川千嘉子

ふ－づき
文月（名）陰暦七月の異称。「ふみづき」の略。

どくだみの十字の白き花の季《とき》水無月過ぎて**文月**至りぬ　原田　清
小雨降る休耕田の草の茂みに秋の虫鳴く**文月**の終りに　望月すず江
魔を祓ふ旧き行事にかち渉る御手洗川の**文月**の夜　池野かずえ

ふ－と
（副）思いがけず。不意に。ふっと。何げなく。

亡き人のショールをかけて街行くにかなしみは**ふと**背にやはらかし　大西　民子
熱きものと思ひきめゐし幼な子はかさなり寝るに**ふと**すずしけれ　米川千嘉子
解剖図無彩の頸に画鋲を打ちわが部屋も**ふと**棲みやすくなる　佐藤　信弘
独りなる暮し反芻していしが**ふと**も寒さが口つきて出づ　石田比呂志

ぶどう〔ぶ－だう〕
葡萄（名）茎の変化した巻きひげで他にからみつく。夏から秋に紫・緑の色の円い小果を房状にさげる。

月の光全開にしてくだるとき皿あふれんとする**葡萄**のみどり　小池　光
とびやすき**葡萄**の汁で汚すなかれ虐げられし少年の詩を　寺山　修司
のこされし農民ゆえに育つ自負黒き**葡萄**の房を切るとき　宮岡　昇
ひと房の**葡萄**を持てばきみが手に流るるごとく秋の

紫　　福田　栄一

ふところ　懐（名）着た衣服と胸の間。物の間に囲まれた所。内部。

寝る前のこころすなほになりきたり**ふところ**に猫を入れて枕す　　筏井　嘉一

青潮をいだく岬の**ふところ**に雨移り来て馬は倚《よ》り合う　　松坂　弘

苦しみの草の**ふところ**身を屈めやみに入るわずかくさむらの風　　藤田　武

ふと－ぶと　太太（副）非常に太いさま。

ほとばしる水に打たする深谷葱**ふとぶとと**緊る皓さことほぐ　　中西　洋子

戸を鎖して君とこもるに鳴きいでてひびき**ふとぶと**はつ秋の虫　　林　安一

おどろより茎**ふとぶとと**ひまはりの地のまなこなす黄色の円　　御供　平佶

ふぶ・く　吹雪く（自動四）風がはげしく吹いて雪が乱れ降る。「吹雪《ふぶき》」は名詞。

清浄《しやうじやう》の形となりて**吹雪く**野の遠《をち》のひと木のしづまりはてぬ　　岡野　弘彦

地の終りかくもはげしと**吹雪く**なか喉のばし飛ぶ黒き鳥なれ　　前　登志夫

にんげんの思案のすべて浅はかや冬海**吹雪く**とき涙する　　馬場あき子

縹渺の頸城《くびき》・魚沼《うをぬま》・蒲原《かんばら》と切なき地名に**吹雪**とよもす　　大滝　貞一

ふふ・む　含む（自動四）ふくむ。ふくらむ。（他動四）ふくめる。帯びる。

かなしみを**ふふみ**しごとく色冷えて夜の白雲のたゆたへる見ゆ　　成瀬　有

伸びながら紫の色を**ふふみ**きし藤の花房揺れは幼く　　加倉井只志

熱**ふふむ**唇荒れて飲む水のうまかりしかば思ふ個人を　　吉田　正俊

雪げ水にごり流るる谷川の岸の柳はすでに**ふふめり**　　久保田不二子

ふみ　文・書（名）書きしるしたもの。書物。手紙。

寒きまで秋晴れしかば庭に出てつもりつもりし**文**殻

を焼く　富小路禎子

一匹の蜂が静かに入ってきてわが読む**書**《ふみ》を見下ろしている　吉野　裕之

隣室に**書**よむ子らの声きけば心に沁みて生きたかりけり　島木　赤彦

ふ‐もと　麓（名）山のすその。山の下の方。

日の照れば日の照ることのさびしきに寄り合ひて小さし**ふもと**の村は　真鍋美恵子

桃の咲く南**ふもと**よ出でて来しわが雪の国まぼろしのごと　田井　安曇

北空に光る稲妻ふるさとの赤城**麓**に夕立すらむ　狩野登美次

ふゆ　冬（名）冬至から春分まで。旧暦は立冬から立春まで最も寒い季節。

冬の皺よせゐる海よ今少し生きて己れの無惨を見むか　中城ふみ子

夏服に**冬**のコートを重ね着てヤアヤアヤアと成田に集ふ　野一色容子

冬の終わりの君のきれいな無表情屋外プールを見下ろしている　服部真里子

ふゆ‐がれ　冬枯れ（名）冬に草木が枯れ、寒くて寂しいながめ。

しぐれくる**冬枯**山の翳り道諸神諸仏もぬれたまふなり　齋藤　史

冬枯の丘の木立を洗ひつつ自浄の雨がしろじろと降る　久保田　登

ふゆ‐き　冬木（名）冬枯れの木。

今になほ枝の生き死に見分ちて**冬木**の枝に沁む思ひあり　後藤　直二

ひとむれの鶸《ひは》鳴くのみに**冬木**原わかき日夜の空冴えぬべし　清原　令子

ふゆ‐ざれ　冬ざれ（名）冬のさなか。真冬。見渡す限り荒れさびた冬の景色。また、その季節。

逢ひにゆく旅にあらねば**冬ざれ**の野中にひとつともす家見ゆ　小野興二郎

冬ざれの梨畑なる若き枝はばうばうとして紅に炎ゆ　佐藤　通雅

天白の**冬ざれ**河原に湧くみづのおよびにぬくし思ひがけなく　島田　修三

ふゆ-の-ひ

冬の日（名）冬の季節の一日。冬の太陽。

冬の日の今日あたたかし妻にいひて古き硯を洗はせにけり　古泉　千樫

冬の日の光なごめるわが部屋に置きて見る壺の一つ一つのかげ　長谷川銀作

つれづれのかかる寂しさ**冬日**《ふゆひ》さす道のとほくに犬がねて居る　佐藤佐太郎

ふゆ-の-よ

冬の夜（名）夜の時間が長く、寒さがひときわ身にしみる。

冬の夜にこころひた呼ぶはあたらしき命もつなる白鳥のこゑ　清原　令子

冬の夜の寂しき音をわれは聞く空地移りてゆくつむじ風　長澤　一作

傾きしこころたひらにもどり来る**冬の夜**は軋む木の椅子に居り　江上　栄子

ぶ-らい

無頼（名）無法な行為をすること。

無頼なるひとよのことも終るべし能登のこのわた酒濃くなりぬ　坪野　哲久

黄緑《わうりよく》の靄ある山の斜面なりかへりなむいざ歌の**無頼**に　前　登志夫

生きをれば兄も**無頼**か海翳り刺青のごとき水脈はしる　春日井　建

ふらここ

鞦韆（名）ぶらんこ。「しうせん」「ゆさはり」とも。

鞦韆を海に漕ぐかもいづくんぞとこしへに少年たるを得む　石井　辰彦

春の日の夕べさすがに風ありて芝生にゆらぐ**鞦韆**《ゆさはり》のかげ　佐佐木信綱

一人を愛し一人を生きる悔しさは空磨《と》ぐように**鞦韆**を漕ぐ　大森　静佳

ぶり

振り（接尾）様子。ぐあい。付き。ふう。また時日の経過した程度をあらわす。

若死にの母の或いは媼**ぶり**なるやも夢にまみえし老女　蒔田さくら子

小学生の鼓笛隊ゆく足なみも手**ぶり**もそれぞれ揃ふさびしさ　桜木　甚吾

末娘にて甘やかされしわが妻の銭の遣ひ**ぶり**病みて気になる　小名木綱夫

むしむしと朝《あした》曇りぬ梅干をいくとせ**ぶり**に食ひたるならむ　吉田　正俊

ふり-で　降り出（名）降り出したばかりのこと。降りはじめ。

花びらをひろげて大き牡丹花に**降り出**の雨のぢかにぞあたる　木下　利玄

鵜飼見し夜半に**降り出**の地降り雨長良の川べとみに秋づく　吉野　秀雄

ふり-む・く　振り向く（自動四）うしろに向く。ふりかえって見る。かえりみる。

なにゆゑにうしろ**振り向くふりむき**てとりかへしのつく年齢《とし》は過ぎたり　齋藤　史

自転車の輪こそするどく輻《や》を張りて回《まは》りゆきしか**ふり向き**もせず　岡井　隆

あたらしき墓多く立ち**ふりむけ**ば夕日に秋の富士ゆらぎたり　大塚　善子

ふる　古（語素）古いこと。複合語を作る。

ふるづまの泣き妻われをあふれしめ緋桃炎《も》えさかる花の下土《したつち》　山田　あき

ものなべて炎ゆる**古**国こころ病むまでにとどろく夕映えの底　成瀬　有

貯水湖の水涸《か》れをりて**古**道《みち》も木の切株もあらはに白し　佐藤佐太郎

古雛の目もとかそけくなりはててみちのく遅き春をみており　馬場あき子

古着屋の**古**着のなかに失踪しさよなら三角また来て四角　寺山　修司

ふるう〔ふる・ふ〕　震ふ・顫ふ（自動四）震える。小刻みに揺れる。おののく。

ヒヤシンス薄紫に咲きにけりはじめて心**顫ひ**そめし日　北原　白秋

見つめ立つ山羊と見られてゐる吾と身を**慄ひ**あふひとときがある　谷井美恵子

銀合歓とふ花を想ひて目閉づれば虚空に**ふるふ**睫毛睫毛睫毛　照屋眞理子

ふる-さと　古里・故里・故郷（名）生まれた土地。こきょう。郷里。

ふるさとの右左口郷《うばぐちむら》は骨壺の底にゆられてわがかえる村　山崎　方代

ふるさとに帰り来たれば夏日なり貧しく枇杷の実の熟れるとき　小紋　潤

けだもののかよへる道のやさしさを**故郷**として人をおもへり　前　登志夫

生れたるはニセアカシアの花の街われに始めより**古里**のなし　山埜井喜美枝

ふるまう〔ふる-ま・ふ〕

振る舞う（自動四）おこなう。挙動をする。

弱き身をみずから慰めいる姿勢やさしく君は父に**ふるまう**　篠　弘

酔ひしれて虚無のごとくに**振舞ふ**をはかなかれども度重りぬ　吉野　秀雄

布野の庭の椿の実生幼児の**ふるまふ**如く紅と白と咲く　土屋　文明

ふるわす〔ふるは・す〕

震はす（他動四）ふるわせる。ふるえるようにする。

あかときの冷え極まりし硝子戸を**震わせ**て夜は白みはじめぬ　江口　百代

あるときは蚕声となり子のうたふ救世主《メサイヤ》の低音《バス》夜気を**ふるはす**　相沢東洋子

ふれる〔ふ・る〕

触る（自動下二）さわる。関係する。感じる。言い及ぶ。

息ひきし父の半眼の目を閉ずる母の指花に**ふれ**いるごとし　玉井　清弘

きみが手の**触れ**しばかりにほどけたる髪のみならずかの夜よりは　今野　寿美

ひとかたに靡く薄に手を**触れ**つ思い出だけでは生きられもせず　千々和久幸

引き金に**触れ**しことなき指先はコルクの栓をポケットに撫づ　内藤　明

言葉より愛よりしんと**触れ**て来るゆふべの水に洗ひゆく米　青井　史

へ

へ

上（名）上の方。表面。あたり。ほとり。「え」と発音することもある。

崖の**上**に咲くあぢさゐは水浅黄《みづあさぎ》日《ひ》かげかげれど明る

くし見ゆ　松村　英一
洪水の水のおもてにいつぽんの杭立ちありてわれは
その**上**に　小池　光
後になり先になりして舟の**上**《へ》をみやこ恋ほしと泣く
都鳥　平田　恵美

へ

辺（名）はし。ほとり。あたり。はた。「べ」とも。
岸の**辺**に吾子遊びいんみずうみを囲める山の斑雪《はだれ》は
残り　武川　忠一
集落の守り仏の口の**辺**に髭見とどけて秋野を帰る
安立スハル

へ

（助）…の方に。…に向かって。方向を示す。また、
動作の帰着点・場所・対象を示す。
血と雨にワイシャツ濡れている無援ひとり**へ**の愛う
つくしくする　岸上　大作
〈源氏〉から〈伊勢〉**へ**男を駆けぬける女教師のまだ
恋知らず　藤沢　螢

べ

辺（名）あたり。はし。「へ」の連濁。（接尾）
そのあたり。そのころ。
葦**辺**ゆくわが足音に驚きて飛び立つ**鶴**はわれ驚かす
安立スハル
天の川しらしら流れ地球昏《くら》し宇宙の律ぞいず**べ**に傾
く　山田　あき
スイートピーの水を替ふるを日課とし花野にあそぶ
ごとき枕**辺**　阿久津善治

へい-あん

平安（名）平和なこと。戦争のないこ
と。安らかなこと。無事。「やすらぎ」
とも。
平安をおそはんものの予感あり馬鈴薯の花つたなく
咲きて　川島喜代詩
さんたまりあ黄昏るる海に禱らんに**平安**は深き悲し
みに似つ　尾崎左永子
平安は祈りのごとき眼とありし文学の信頼に行きて
会いにしを　近藤　芳美
隣室に坐れるわれを交へてし**平安**《やすらぎ》のうちの妻と子の
こゑ　佐藤佐太郎

べう

（助動）当然…するはずである。きっと…だ
ろう。推量の助動詞「べし」の音便。
没りつ日とひんがしの月あひてらしゆふぞら澄めり
飛天ある**べう**　高野　公彦

べかり　（助動）…が当然だ。…が適当だ。推量の助動詞「べし」の連用形補助活用。「べくあり」の略。

藤なみの花のむらさき絵にかかばこき紫にかく**べかりけり**　　正岡　子規

すぽーつよ山よをとめよ音楽よ若うこの世は生く**べかりけり**　　尾上　柴舟

べき　（助動）…しそうな。…しなければならない。…がよい。…できる。当然・義務・可能などが必然的である、という意を示す。推量の助動詞「べし」の連体形。

子を二人戦死せしめし村長も追放す**べき**時とやなりし　　木俣　修

甘草《かんざう》のつむ**べき**畦《あぜ》を見に出でて三月二十日山鳩を聞く　　土屋　文明

わが命悖《おび》やかされて生きをれば憎む**べき**もの眼に満ちきたる　　窪田　空穂

ある日わが犬を愛しゐる寂しさは　他人《ひと》に告ぐ**べき**寂しさにあらず　　市来　勉

べく　（助動）…ように。…ために。助動詞「べし」の連用形。ある程度確実な推測や予定を示す。

あかつきのうらがなしきにしばし鳴くひぐらしの音《ね》を聞く**べく**なりぬ　　柴生田　稔

父という恋の重荷に似たるもの失ひて菊は咲く**べく**なりぬ　　馬場あき子

眠る**べく**水割飲めば湧ききたる疲のなかに一軀漂ふ　　千代　國一

べくべから**べく**べかりべしべきべけれすずかけ並木来る鼓笛隊　　永井　陽子

べし　（助動）きっと…だろう。…にちがいない。推量の意。…しなければならない。義務の意。…するつもりだ。決意の意。

生物《いきもの》も息をひそめて居る**べし**と夜の尾根を越ゆ雨に濡れつつ　　松村　英一

父よ男は雪より凛《さむ》く待つ**べし**と教へてくれてゐてありがたう　　小野興二郎

風景は過ぎてゆくもの心うばわれてはならぬ　風になる**べし**　　武田　素晴

屈折し屈折しつつ壮年の《華》へとたどりつく**べし**、

べきや……　藤原龍一郎

べに

紅（名）紅花から製した鮮紅色の顔・染料。
べに色。鮮やかな赤色。くれない色。口紅。

少女なれば諸類《もろほ》につけし**紅**のいろも額の櫛も可愛《かな》しき埴輪　佐佐木信綱

紅筆に塗ることもなき貝**紅**をとぢてはるかなみちのく思ふ　岡山たづ子

べに色のあきつが山から降りて来て甲府盆地をうめつくしたり　山崎　方代

椿見ぬ春はさみしき　うすくうすく**紅**《べに》さし死ののちも日本人　小島ゆかり

へり

縁（名）ふち。はし。

降る雨にいまだのこれるはだれ雪水沁みし**縁**透きとほりつつ　石川不二子

十階のビル屋上のその**縁**《へり》にサルは平気で坐るであろう　奥村　晃作

人間はこころの**へり**に長押《なげし》あれ朱塗りの槍を懸けおくところ　小池　光

へる〔ふ〕

経（自動下二）過ぎて行く。移り進む。
経過する。

須賀川の牡丹をともに見たるより七年は**へ**つその人はなし　石黒　清介

開墾と植林に**経**し一生《ひとよ》にて骨太き手が胸に組まるる　堀　正三

掃きよせて思ひのほかに落葉多し移り来りて七年**経れ**ば　佐藤　志満

ほ

火・炎・灯（名）ひ。ほのお。ともしび。

燃ゆる火の**火**中に立てるおもかげははろかなり野に陽炎の立つ　来嶋　靖生

人音の絶えたる島のまひるまにせいたか泡立草金色《きん》の**炎**となる　真鍋美恵子

灯《あか》明りに紅《あけ》つけそめし夾竹桃涼しげもなき影揺らしつつ　宮　柊二

ほ

秀（名）ひいでていること、ぬきんでて目につくこと、その部分。（接頭）ひいでる意を添える。

浪の**秀**に裾洗はせて大き月ゆらりゆらりと遊ぶがごとし　大岡　博

永遠に水は通過者　中州なる折れ葦の**秀**《ほ》をかるく嬲りて　蒔田さくら子

この杉はをとめにかよふ夜々を経て　いまもしづかに高き杉の**秀**《ほ》　池田はるみ

ほ

歩（名）あゆみ。あしどり。「歩歩」は一ぽ一ぽ。「歩度《ほど》」は歩く速度。（接尾）あしどりの回数。

跛行して十数**歩**を来し子を胸に受けとめしときひとつこと畢《をは》る　島田　修二

駐車場まで四十七**歩**なり五十二キロの父を背負えば　藤島　秀憲

梅おとす人の門《かど》ゆき**歩**をとめぬ会終へて来て永き夕焼　四賀　光子

英一の死を葬ふと杖に寄り近づく文明の**歩歩**見守りき　千代　國一

遠く来て都大路を行きにけむ憶良の**歩**度は測りがたしも　来嶋　靖生

ほ

穂（名）花・実をつけた茎の先。とがったものの先。

横浜の煉瓦の町の暗闇に擦りしマッチの**穂**の火も大過去　宮　英子

きみの田は水を落として**穂**の重し美田であれな百年のちも　糸永　知子

ほうせんか〔ほうせん-くわ〕

鳳仙花（名）夏から秋に紅・白などの花を下向きに開く草花。紅色の花を絞って爪に染めたため「つまくれなゐ」とも言う。熟れた実は自然に弾けて種子をとばす。

鳳仙花あまりに赤く地に見えてちりぢり散るは我が嫉《ねた》みなり　中村　憲吉

ゆきずりの道に咲きのこる**鳳仙花**百日われを慰めし花　佐藤佐太郎

鳳仙花の終りの花に雨そそぎ哀しみはかく蓄へられん　尾崎左永子

ひとり行く北品川の狭き路地**ほうせんか**咲き世の中の事　岡部桂一郎

ぼうぼう〔ばう-ばう〕

茫茫（形動タリ）果てしなく広々としているさま。ぼんやりしてはっきりしないさま。毛髪や草が生い乱れているさま。風や波の音の激しいさま。

六十数キロの長浜をおもい浸蝕をおもい蓮沼《はすぬま》を過ぎ**茫茫たりし**　晋樹　隆彦

眠らむとする際《きは》はいつも**茫々と**して純黄の花がうかびぬ　外塚　喬

クロロフォルム微かににおうわが午後を**茫茫と**窓にいしもみられつ　永田　和宏

サハリンに生《あ》れて**茫々**《ばうばう》東京の雪あらぬ冬を越ゆいくたびか　林田　恒浩

ほうり〔はふり〕

葬り（名）ほうむること。ほうむり。葬儀。

葬り道《みち》すかんぽの華《はな》ほほけつつ**葬り**道べに散りにけらずや　斎藤　茂吉

雨の日を身近き人の**葬り**より帰り来て思ひ淡々《あはあは》と居り　礒　幾造

日を**葬り**《はふり》ざぶんと蒼きゆふぐれにこの世の橋が浮かびあがりぬ　白瀧まゆみ

ほお〔ほほ〕

朴（名）木蓮科の落葉喬木。山地に自生し、高さ二〇メートルに達する。五月頃、黄白色で香気の強い大きな花が開く。

金婚は死後めぐり来む**朴**の花絶唱のごと蘂そそりたち　塚本　邦雄

皺ふかき手のひら重ねゆくやうに**朴**《ほほ》の落葉がまた地に届く　竹安　隆代

朴の蕾ふっくらと立ち上がりきて空はこんなにおっとりとする　吉岡　迪子

ほお〔ほほ〕

頬（名）ほおべた。ほっぺた。ほっぺ。「ほ」とも。

母に好きと**ほほ**に寄り来し子のぬくみふと思ひ出づる日向ぼこして　柳原　白蓮

わが問ひに耳もかさず椿の笛鳴らさんときほふこの幼な**頬**　田谷　鋭

頬《ほ》につたふ／なみだのごはず／一握の砂を示しし人を忘れず　石川　啄木

淡雪のわかやぎ匂ふてのひらを吾が**頬**《ほ》にあててかなしみにけり　古泉　千樫

ほおける〔**ほほ・く**〕　蓬く（自動下二）そそける。けばだつ。

谷の向うははや戻りて**ほほけ**立つ蕗の花のみ光をまとふ　　石川不二子

葱坊主白く**ほほけ**しいく畝を降るほどもなく昼の雨すぐ　　平島　準

ほほけたる薄の白穂光りなびき山の片面のたもつ閑かさ　　松井　如流

ほか　外・他（名）それ以外。…をのぞいて。それ以外の方法。

海は雨　籠る**ほか**なく読み返す〈青い花〉見し男の話　　蒔田さくら子

接骨木《にはとこ》の芽ぶきはしるしみづからをせばめて生くる**ほか**なき日々に　　大西　民子

汗垂りて街を帰り来《く》ワイシャツを脱がむ**ほか**には思ひのあらず　　半田　良平

さびしさよこの世の**ほか**の世を知らず夜の駅舎に雪を見てをり　　河野　裕子

ほがら-か　朗らか（形動ナリ）うち開けて明らかなさま。晴れやか。あきらか。「朗ら」とも。

このゆふべ星の林の**ほがらかに**空は秋なる色に沈めり　　伊藤左千夫

あしたづの啼く時見たり**ほがらかに**嘴《くちばし》を空に向けて啼きたり　　川田　順

かすがの に おしてる つき の **ほがらかに** あき の ゆふべ と なり に ける かも　　會津　八一

老いたれば悲しみごとも深からず**朗に**人の死をば語らふ　　村野　次郎

ほ・ぐ　祝ぐ・寿ぐ（他動四）たたえて祝う。ことほぐ。祝う。祈る。「年ほぎ」は名詞。

冬日さす道に思へば女にて惑ひしことも**祝**《ほ》**が**ざらめやも　　阿木津　英

しみとほるあかときみづにうつせみの眼《まなこ》あらひて年**ほが**んとす　　斎藤　茂吉

あらたまの年**寿ぐ**父の手紙には言委《くは》しくぞ風邪《かぜ》をいましむ　　吉野　秀雄

ほぐ・す　解す（他動四）とく。ほどく。やわらげる。ほごす。

朝ごとにかさなりおつる柿落葉掃きすすみつつ心を

ほ

ほぐす

若きらと椿の山を巡りたる足もみ**ほぐす**宵早き湯に　長沢　美津

天竜の筏を**ほぐす**斧の音川面に響き朝明けんとす　吉田弥栄子

ほぐれる〔ほぐ・る〕　解る（自動下二）解け離れる。ほどける。やわらぐ。

にはとこは**ほぐれ**んとしたり透明にちかきその花かすかに揺れて　山下　龍重

朝の陽を溜めて静もる放牧地牛群ひとつ**ほぐれ**はじめぬ　田谷　鋭

ゆっくりと飛行機雲が**ほぐれ**ゆく農の予定を変えてみようか　時田　則雄

ほけ-ほけ　惚け惚け・呆け呆け（副）いかにもぼけているさま。　脇中　範生

老眼鏡額《ひたひ》にあげて**呆け呆け**と春の疾風《はやて》の音を聴きゐる　木俣　修

呆け呆けとありふる吾の過ぎゆきに麦の穂青みふくらみて来る　森田　良正

ほける〔ほ・く〕　惚く・呆く（自動下二）ぼんやりする。ぼける。暈く（自動下二）色がはっきりしなくなる。

苦しみも悶えもあらず長き夢見てやをるらむ病み**ほけ**し父は　高塩　背山

惚けそうはないとどの子も笑うだけ古稀近くして農機買い込む　西木　甚

山原や杉の若萌黄に**ほけ**て日射しほとぼる夏となりけり　土田　耕平

ほこり　埃（名）とびちる細かいちり。塵埃《じんあい》。春には埃や塵が立ちやすい。

日は晴れてうららなる午後たちまちに**埃**をあげて寒き風吹く　柴生田　稔

ほこり風吹きしづまりし夕暮のひかりに出でて種籾を播く　板宮　清治

灯《ひ》ともして東北線の過ぐるとき**埃**はあらし陸橋の上　近藤　芳美

遊びこし幼き耳の土**埃**洗ふと小さき闇に触れをり　富小路禎子

ほころびる〔ほころ・ぶ〕 綻ぶ（自動上二） ほどける。蕾が少し開く。花が少し咲く。ほほえむ。

渡る日のさむざむしきを間近なる梅が枝あらく**ほころびん**とす　尾山篤二郎

あたたかき今日一日に海棠《かいだう》はあふるるばかり**綻びて**輝る　神谷美喜子

風吹きて椿の花が**ほころびぬ**今日は冷たく雨降りながら　馬場　正郎

ほし 星（名） 恒星・惑星・彗星・衛星などすべての天体の称。晴れた夜空に小さく輝いて見える天体。

夜の帳《ちやう》にささめき尽きし**星**の今を下界の人の鬢《びん》のほつれよ　与謝野晶子

歩み来てつめたい車に乗りこめばフロントガラスに**星星**の降る　森　水晶

朝の日に照らされ蚯蚓の惨死体　**星**のかけらをまとひたるまま　天草　季紅

ほしい〔ほ・し〕 欲し（形シク） 自分のものにしたい。手に入れたい。

あたらしき洋書の紙の／香をかぎて／一途に金を**欲しと**思ひしが　石川　啄木

年老いて身に**ほしき**ものあらねどもただ一つ**ほし**われの佳き歌　村野　次郎

あな**欲し**と思ふすべてを置きて去るとき近づけり眠つてよいか　竹山　広

ほしい-まま （形動ナリ） 思うまま。心のまま。縦横無尽。

わが顔を雨後の地面に近づけて**ほしいままに**はこべを愛す　木下　利玄

遠慮がちに音をはじめし隣り間のギターはつひに**ほしいままなり**　宮地　伸一

一《ひと》むらの絮毛《わたげ》のすすき冬岡《ふゆをか》のひかりを吸ひて**ほしいままなる**　吉野　秀雄

ほそ 細（語素） 太さがない。幅がせまい。こまかい。ちいさい。かすか。わずか。かよわい。

わが村は**細**川多しはつ夏の日にきらめきて音立て走る　窪田　空穂

細みづにながるる砂の片寄りに静まるほどのうれひなりけり　斎藤　茂吉

ほ

いにしへの**細**身の舟が曲がりゆく漕ぎわかれなむ制度の没日《いりひ》　岡井　隆

ほそほそ　細細（副）非常に細く小さい様子。やっと続ける様子。どうやらこうやら。「ほそぼそ」とも。

ほそほそと見ゆるつつじの枝さきに三つの蕾の色深く照る　玉城　徹

一夜茸また**ほそほそ**と生ひいでて梅雨のをはりの雨はしふねし　石川不二子

くちびるに**ほそほそ**吸ひしすひかづら吾が忘れめやそのすひかづら　古泉　千樫

ほそぼそと吾が卓の灯に一夜ゐる蟷螂にしてその雄を食ふ　富小路禎子

ほそ・る　細る（自動四）細くなる。やせる。

かすかなるくれなゐ秋のみづひきの花**細り**わがこころ**細り**ぬ　福田　栄一

枯葦に折々鳥の飛ぶ羽音ひびきて多摩川の水**細り**たり　白石　昂

二人ゐてくつろぎがたし**細り**肩すぼめて汝《なれ》が言《こと》のすくなさ　吉植　庄亮

病みやみていのち**細れ**る老びとのまなぶた乾く寒《かん》長きかな　鈴木　英夫

ほだし　絆し（名）手かせ足かせ。束縛。さまたげ。足手まとい。係累。

断然とわが思ふことなしえざる**ほだし**悲しき我をあはれむ　高塩　背山

ほた・び　榾火（名）木の切れ端を焚く火。焚き火。「ほだび」とも。

餅搗くと大きかまどに焚きつくる**榾火**は匂ふこのあかときを　古泉　千樫

ほたる　螢（名）水辺のくさむらにすみ、初夏の闇夜に光を放ちながら飛び交う。

草**ほたる**ほどのかそけさ暗闇に座れる母の身じろぎの音　菊地　豊栄

まぼろしか　水清からぬ川の辺の茅の枯葉に冬**螢**ひとつ　秋元千惠子

ほうたるのあるかなきかのひと世ゆれグレイヘアといふ選択をなす　桜川　冴子

初めてを逢ひにし闇と思ふまでひとつ**螢**火のまたた

くあはれ　清原　令子

ぼたん　牡丹（名）五月頃、豊かな感じの紅・淡紅・白・黄・紫などの華麗な花を開く。「ぼうたん」とも。

地に移るひとひらゆゑに内《なか》揺れてみなくづれたる白《はく》**牡丹**の花　北原　白秋

誰がための文をつづりし硯ならむ**牡丹**の花のかげり染みゐつ　青井　史

風もなきにざつくりと**牡丹**くづれたりざつくりくづるる時の来《きた》りて　岡本かの子

ほ-つ-え　秀つ枝・上枝（名）上のえだ。

空高き**秀つ枝**に萌えし槻嫩葉ひろひて皿の水に浮ぶる　窪田章一郎

夕庭の檜《ひ》の**上枝**よりさらさらにしづるる雪の風巻《しまき》しらじら　橋田　東聲

如月《きさらぎ》はいまぞいちやうの太幹に**上枝**下枝《しづえ》の影しづまりぬ　岡井　隆

ほつ-ほつ　（副）点々と。ぼつぼつ。ぽつぽつ。間を置いて少しずつ切れ切れにするさま。ぽつりぽつり。

稲穂をば**ほつほつ**はみてゐたりけり妻を叱りて来しわが身なる　松田　常憲

ほつほつと椿咲き初む北風の肌さす日々を救ひの如く　森　泰子

てのひらにてのひらをおく**ほつほつ**と小さなほのおともれば眠る　東　直子

ほつれる〔ほつ・る〕　解れる（自動下二）織ったり組んだり束ねたりしたものが、ゆるんでほどけ乱れる。

直綴《ぢきとつ》の**ほつれ**しところ直せずに新しき年明けゆかむとす　鈴木　得能

自が土地の境界線をゆずらざる男のセーターの糸**ほつれ**おり　田結荘ときゑ

きみが生きるきみが死ぬきみが　狂いもせずいる**ほつれ**たまま佇つ　大和　志保

ほ-てり　火照り・熱り（名）ほてること。熱くなること。ほとぼり。熱気。

かすかなる安らぎのごと煉瓦塀に日の**火照り**あり夜に歩めば　長澤　一作

ほ

耳うらに先ず知る君の**火照り**にてその耳かくす髪のウエーブ　岸上　大作

森駈けてきて**ほてり**たるわが頬をうずめんとするに紫陽花くらし　寺山　修司

ほと

陰（名）女性の陰部。山間など、くぼんだところ。

城ヶ島女子《をなご》うららに裸となり見れば**陰**出しよく寝たるかも　北原　白秋

黒南風《くろはえ》に押され来たりてをとめごの**陰**にかも似る桃買ひにけり　杜澤光一郎

夜空の果ての果ての天体《ほし》より来しといふ少女の**陰**《ほと》は草の香ぞする　松平　修文

ほど

程（名）時間・空間・数量などの大体の程度を示す。（助）…ぐらいの程度。…ぐらいの範囲。…につれてますます。

常に掬う**ほど**の温もりを平和とし愚かに日常のかぎりもあらず　近藤　芳美

終の香とならむ**ほど**なる蔓たどり暗きあけびの熟れ実あはあは　大滝　貞一

読書してシャワーを浴びてそれなのに月に近づきたい**ほど**切ない　高田　薫

しゃぼんだま追えば追う**ほど**遠のいて空と溶けあうまでの距離感　俵　万智

ほととぎす

時鳥・杜鵑（名）カッコウに似て、初夏に飛来する候鳥。山地に棲み、卵を鶯などの巣に託す。

おしなべて人は知らじな衰ふるわれにせまりて啼く**ほととぎす**　斎藤　茂吉

ほととぎす鳴きて過ぐれば慌しき旅も終りと思ふたまゆら　吉田　正俊

ほととぎす啼け　わたくしは詩歌てふ死に至らざる病《やまひ》を生きむ　塚本　邦雄

ほと-ばし・る

迸る（自動四）勢いよく飛び散る。たばしる。噴出する。

わが内に折りたたまれてある叡智**ほとばしり**出でよこの深谿《ふかだに》に　国見　純生

ひとりなる時蘇る羞恥ありみじかきわれの声**ほとばしる**　尾崎左永子

ほとばしる父方《ちちかた》の血を沈め持つ馬は牧舎に睡りて居れり　斎藤　史

淡白なるもの踏みにじり**ほとばしる**生愛すべしとただ告ぐるのみ　水野　昌雄

ほと-ほと

殆・幾(副)ほとんど。ほんとうに。すっかり。まったく。

蕗の薹ひらく息づき見つつをり消《け》のこる雪に**ほとほと**触れて　斎藤　茂吉

ひとりゐる二階の部屋にさす日かげ**ほとほと**眩し春のしるけく　窪田　空穂

一山《いちざん》のさくら**ほとほと**咲き充てり生命《いのち》たもちてわが見るものか　真鍋美恵子

喪をめぐり**ほとほと**近代も明けゆかず一日冷たき雨に垂れこむ　吉田　漱

ほとり

辺(名)ほど近い所。そば。近辺。ふち。きわ。岸。

温めずそのままがよしいぬふぐり咲ける**ほとり**に飲み干すミルクは　安立スハル

馥郁と淡黄色の球形のリンゴの**ほとり**透明となる　岡部桂一郎

向日葵の面伏せてゐるかたはらを過ぎて文学の**ほとり**にも出づ　築地　正子

ほど-ろ

程ろ(名)ほど。ころ。時分。あいだ。うち。

下腹ゆ寒けく痛みひろごりて夜の**ほどろ**は妻恋ひにけり　岩谷　莫哀

月の歌誌編集終へて夜の**ほどろ**うどんをする饂飩は旨し　武田　弘之

ほのかなるものを愛《かな》しみ夜の**ほどろ**遠く帰りてひとり眠りぬ　高安　国世

ほどろ

斑（形動ナリ）まだら。まばら。

裏山の枯色したし春雨《はるさめ》はゆふべ**ほどろに**雪になりつつ　五味　保義

楤の芽の**ほどろに**春のたけゆけばいまさらさらに都し思ほゆ　長塚　節

ほの

仄（接頭）かすか、ほのか、ちょっと、の意を添える。

水のごとき夜空より差す**ほの**明り妻と眠るも古りつつ浄し　千代　國一

まひるまの鏡のぞけば**ほの**ぐらくわが背の景がわが前にあり　香川　ヒサ

ガレの壺を食ひ入るやうに見つめゐる青年ひとり**仄**
光りたり　加藤　走
古の人ら通ひし石畳**ほの**赤らめり木漏れ日射して
島　晃子

ほのお〔ほのほ〕　炎・焔（名）赤く燃えたつ火。燃えさかる心。業火。
きょう明日を闘いの日と思うときこころ掠める**炎**の
麒麟　小川　太郎
いますぐに君はこの街に放火せよその**焔**の何んとう
つくしからむ　前川佐美雄
日ざかりのそらのやうなるいろ見せて**ほのほ**はおの
れの**ほのほ**を焼けり　田口　綾子

ほの‐か　仄か（形動ナリ）かすか。ほんのり。
夕いたり石は抒情す**ほのかに**もくれないおびて池の
辺にある　加藤　克巳
夕暮れて路地にかがみぬ**ほのかなる**花のにほひはた
んぽぽにもあり　宮地　伸一
ほのかなるかなしみありて街川の水辺のあかり水面
のあかり　三枝　浩樹

ほの‐と　仄と（副）かすかに。ほのかに。わずかに。ほんのり。
透明のグラスにそそぐ桜湯の桜は**ほのと**蕊立てにけ
り　大西　民子
貴の色の**ほのと**さしつつ枇杷の果《み》の肌《はだへ》もゆるく汁《つゆ》
づきぬらむ　高木　一夫

ほの‐ぼの　仄仄（副）ほのか。かすかなさま。ほんのり。人情に暖かみのあるさま。
ほのぼのと紅《くれなゐ》ゆらぐばらの垣やうやく暗くわがふ
たりゆく　五味　保義
追悼の文といえども**ほのぼのと**３４２と打ちて
三四二と変換《なお》す　永田　和宏
ほのぼのとうさぎのみみの立ちをればくれなゐさせ
る耳の穴あはれ　小池　光
ほろにがくあまくせつなく**ほのぼのと**桑名の駅で買
いし蛤　福島　泰樹

ほの‐ぼの・し　仄し（形シク）ほのかである。はっきりしない。
斜《はす》に折りしましろき紙の上に載る日本の菓子の紅《こう》**ほ**
のぼのし　安立スハル

枳殻《からたち》の早やも咲きたる花むらは夕《ゆふ》の光に揺れて**ほのぼのし**　宮　柊二

ほの-め・く　仄めく（自動四）ほのかに見える。それとなく現れる。ちらつく。

目に近き屋根の瓦のふる雨にぬれては黒く**ほのめき**照れる　窪田　空穂

かそかなる心**ほのめき**粧へりぼたん雪ふり華かなるも　齋藤　史

ほほえむ〔ほほゑ・む〕　頬笑む・微笑む（自動四）にっこり笑う。かすかに笑う。花のつぼみが少し開く。「ほほゑみ」は名詞。

ほほゑみの飛鳥ぼとけは一木《いちぼく》のさやげるいのち狩りたまひけり　水原　紫苑

冬日《ふゆひ》の貘《ばく》あはれ**ほほゑむ**わが家族とほざかりつつ記憶の外　塚本　邦雄

あめつち　に　われ　ひとり　ゐて　たつ　ごとき
この　さびしさ　を　きみ　は　**ほほゑむ**
會津　八一

臨時にて来し教室にまぎれなき一年生を見つつ**ほほゑむ**　国見　純生

ほ-むら　焔・炎むら（名）ほのお。火炎。心中が燃えること。心火。炎えたつ激情。

八月の街上にして四十代くだる心を**火《ほ》むら**立たしむ　河野　愛子

これやこの一期のいのち**炎《ほむら》**立ちせよと迫りし吾妹よ吾妹　吉野　秀雄

雪の夜の闇に目覚めて**ほむら**だつ思ひありけりいまだ口悔しく　大塚布見子

青青と生《いのち》の**炎《ほむら》**を葉脈に漲らせ立つ庭の楓は　鈴木　利一

ほ-め・く　熱めく（自動四）ほてる。熱くなる。熱を帯びて赤くなる。

ひびわれて土**熱めき**たつ日の盛り風死して目に動くもの見ず　村野　次郎

ほのあおくほのくれないの氷塊のうつつ**ほめき**て朝光に映ゆ　加藤　克巳

ほり-・す　欲りす（他動サ変）ほっする。のぞむ。

とある日に／酒をのみたくてならぬごとく／今日われ切に金を**欲りせり**　石川　啄木

赫灼と昼陽に燃えてさき極まる向日葵の性を**ほりす**といはなく　栗原　潔子

ほ・る

欲る（他動四）ほしく思う。願い望む。ほしがる。

しだれざくら**欲り**つつつひに植ゑしより幾年《いくとせ》の人の命なりけむ　柴生田　稔

離り住む吾子が姿を一目**欲り**木槿の匂ふ門に来りつ　石田　愛子

片方の翅をとざさぬまま蜂はガラスの内の薔薇の花**欲る**　上野　久雄

子を**欲る**はわれへのくさり子を**欲り**て愛ためすなれ五月のすもも　馬場あき子

ほれ-ぼれ

惚れ惚れ（副）心を奪われてうっとりするさま。放心するさま。ぼんやり。

ほれぼれと花に吸はるるこころかと呆けゐたるときおどろかされぬ　五島美代子

膝うづく霜夜の母が**ほれぼれ**と老いの蟋蟀《いとど》のごとく歌へる　岡野　弘彦

ほれる〔ほ・る〕

惚る（自動下二）恋慕する。夢中になる。うっとりする。

うす布を風に流して避《よ》くる陽《ひ》としかし芯から**惚れ**あつてゐる　紀野　恵

マンションのベランダに来て雀啼くチチチョンといふ声に聞き**惚る**　宮　柊二

ほろびる〔ほろ・ぶ〕

滅ぶ・亡ぶ（自動上二）絶えて無くなる。根絶やしになる。「ほろび」は名詞。

雨の日を聖母のごとくゆたかなる紅しだれ萩**ほろび**にむかふ　伊藤　一彦

「もしもし」のことば**滅び**ず列島にスマートフォンの数殖えゆけど　天野　匠

君にちかふ阿蘇《あそ》のけむりの絶ゆるとも万葉集の歌**ほろぶ**とも　吉井　勇

明け方に翡翠《かはせみ》のごと口づけをくるるこの子もしづかに**ほろぶ**　黒瀬　珂瀾

ほろ-ほろ

（副）はらはら。黄葉や涙などが静かにこぼれるように散るさま。ほろろ。山鳥などの鳴き声。栗などを食べる音。人の別れ散るさま。

生き急ぐほどの世ならじ茶の花のおくれ咲きなる白き**ほろほろ**　馬場あき子

添ひたてば青き樹の下逝きし子の思ひ**ほろほろ**落す
椎の実　古谷　智子

ぼん　盆（名）七月中旬、月遅れでは八月中旬に祖霊を祭る行事。精霊棚を作り、初物の野菜を供える。

盂蘭盆の魂帰る子と思へども夕餉を終へて妻と声なし　野北　和義

盆の夜の会話もいつか途絶えたり椅子にまろび寝の小さき母よ　山谷　英雄

提灯のぼんやり灯る**盆**棚に茄子で作りし牛ひかりだす　大室　英敏

ま

ま　真（接頭）真実、まこと、正確などの意を添える。純粋さ、見事さ、をほめる意をあらわす。

夜となればわが**真**向ひを定位置に「名前事典」をひもときにけり　宇田川寛之

僕たちは月より細く光りつつ死ぬ、と誰かが呟く**真**昼　黒瀬　珂瀾

恋人よわが家といえば杏咲く家の**真**南おいで下さい　藤沢　螢

ま　目・眼（名）め。多く複合して用いる。「まなざし」は視線を向けるときの目の様子。

眼な下の雲たちまちにひろがりて大朝日岳に雷鳴り渡る　大内　常蔵

予算案ニュースのあとに映される考古学者の遠い**まなざし**　俵　万智

ま　間（名）空間的な、あいだ。すきま。へや。時間的な、ひま。いとま。あいだ。

峡の**間**の初瀬より室生に向ふみちけふのしぐれに川一つ越ゆ　扇畑　忠雄

木地師らのかよひし木の**間**木隠れの嘘かがよひて秋の水湧く　前　登志夫

教職の四十年を夢の**間**と言ひて皺深く友の顔あり　倉田　晶介

いつの**間**《ま》にふりたる雨か石臼のごとく雲巻き天《そら》はさびしも　江田　浩司

まいらす〔まゐら・す〕　参らす（他動下二）さし上げる。また、他の語に

つけて、謙譲の意をあらわす。

ひさびさに母に**まゐらす**消息も蚯蚓の鳴く音聴きつつぞ書く　吉井　勇

窓あけて見せ**まゐらする**竹の葉は風にふれつつ音かそかなり　北見志保子

老い母を負ひ**まゐらする**山の路われに踏まれて折るる羊歯の葉　山下　陸奥

まう〔ま・ふ〕　舞ふ（自動四）回る。めぐる。飛びめぐる。舞をする。

地を這へる春の風ぱつと**舞ひ**あがり**舞ひ**あがりゆけりわれを越えつつ　安立スハル

目白坂風の筋にて街路樹の銀杏は空に道に**舞ひ**散る　窪田章一郎

真夏日の編集室に涼風のように**舞い**込みたる「質問状」　河路　由佳

君が舞型かそけくわれに残りゐて君しのぶときかくて**舞ふ**なり　馬場あき子

まえ〔まへ〕　前（名）正面。おもて。前方。それ以前。過去。

削《そ》ぎ立てる岸壁**まへ**をさへぎりて傾斜するどし奥谷の雪　松村　英一

ポプラ焚く榾火《ほたび》に屈むわが**まへ**をすばやく過ぎて青春といふ　小池　光

かさなりて海に落ち込む千枚田田植ゑの**前**のさびしき日なり　植木　正三

次々に走り過ぎ行く自動車の運転する人みな**前**を向く　奥村　晃作

まがう〔まが・ふ〕　紛ふ（自動四）入り乱れる。入りまじる。まぎれる。見分けがたい。「まごふ」とも。

裂けてちる波に**まがひ**て飛ぶ鳥のしら羽のひかり消えてまた耀る　四賀　光子

冬木立**まがう**ことなき吾が生を選びとりたき二十二歳　本田千佳子

紛ふなく初冬の暗さ漂へる海に漁るは海鼠《なまこ》船らし　桶田　力雄

まがき　籬（名）柴や竹などで目をあらく編んだ垣。ませ。ませがき。垣根。

からたちの花さしちがひ咲く**籬**すぎて歓びしづかなりけり　小中　英之

赤蜻蛉《あきつ》風に吹かれて十あまり**まがき**の中に渦巻を描く　与謝野晶子

わがこころ君に知れらばうつせみの恋の**籬**《まがき》は越えずともよし　伊藤左千夫

まーかげ　目蔭（名）遠方を見るとき、光線をさえぎるため、手を額にかざすこと。

中空の一羽**目蔭**に追ひ及《し》けば鳥さびしさびしひたぶるに翔《と》ぶ　加藤知多雄

かく明るく**まかげ**しつづく若き歩み彼ら知らざる八月の日に　近藤　芳美

手の白き少女が**眼蔭**して見をり山の手駅の空渡る雁　隅田　葉吉

まがーごと　禍事（名）わざわい。凶事。

禍事に馴れた五感を怪しみて熱きシャワーをざんざと浴びぬ　三澤吏佐子

まぎらわしい〔まぎらは・し〕　紛らはし（形シク）見分けにくい。まちがいやすい。

雷鳥は色**まぎらはし**指さして教ふる方《かた》にさ霧のうごく　植松　寿樹

まぎれない〔まぎれーな・し〕　紛れ無し（形ク）まちがいようがない。明白である。紛れも無い。

まぎれなく陽は堕ちゆけるビルの陰　春近き樹のなおも眠れる　山本　司

飛ぶ雪の碓氷をすぎて昏みゆくいま**紛れなき**男のこころ　岡井　隆

濡れ土にあまた散りゐるもみぢ葉を選《え》りて拾へば**紛れなき**京　野地　安伯

まぎれる〔まぎ・る〕　紛る（自動下二）見違える。入りまじる。しのび隠れる。
「まぎれもあらず」は紛れなく。明白に。

ぜに葵はやも咲き立つ総《ふさ》の野の**まぎれ**もあらず夏は来てをり　大塚布見子

夕闇に**まぎれ**て村に近づけば盗賊のごとくわれは華やぐ　前　登志夫

再び会うことのありやも動作素早く明るき方に**紛れ**ゆく背よ　小山そのえ

夕空に**まぎれ**んとしてかのビルの非常階段はいま紫

紺色　中埜由季子

ま・く　巻く・捲く（他動四）丸くくるくると折りたたむ。まとう。からみつける。取りかこむ。まきあげる。

風をもて天頂の時計**巻き**戻す大つごもりの空か明るし　永井陽子

この首をいくたび**捲き**し虹ならむ信濃の国の空わたれるは　前登志夫

閉店を知らせる紙を**巻き**上げて駅前通りを吹く春一番　田之口久司

ま・く　（連）…したいこと。…しようとすること。…ようなこと。未然形に付けて体言を作る。

うつし身の孤心《ひとりごころ》の極まれば歎異《たんい》の鈔《せう》に縋ら**まく**すも　吉野秀雄

うつそみのいのち一途《いちづ》になりにけり生《あ》れ**まく**近き吾子を思へば　五島美代子

薄き日は壁画に匂ふなつかしき慈眼《じげん》にすがり泣か**ま****く**ほしき　佐佐木信綱

まくら　枕（名）寝る時に頭を支えるもの。ねること。寝ている心持ち。枕もと。「北枕」は北に向けて死者を寝かせること。

住みそむる大阪の夜の夜業のおと**枕**かなしく寝そびれにけり　植松寿樹

西むき北**まくら**も何のその机と本とかたよせて夜々　清水房雄

まくらべに手帳を置くは常のごと馬手《めて》の手くびにきちり時計を　風早恵子

まぐわう〔ま-ぐは・ふ〕　目合ふ（自動四）目を見合って通わせる。男女・雌雄が交接する。「まぐはひ」は名詞。

妹山と背山**まぐはふ**雨の夜われは葡萄酒《ワイン》の赤をたのしむ　伊藤一彦

婚《まぐわい》はしずかなるかな水の中に巨きな空が沈んでいたる　佐藤通雅

まけ　任（名）官や職に任ずること。

任《まけ》もてばいまはいちづに遙《はる》けかる高志路を指してゆかんぞ妻よ　木俣修

まご　孫（名）子の子。「うまご」の転。

上るのか下りてくるのか階段の中途に坐り歌うたふ**孫**　　曽我　芳文

太枝の折れむほど季実りたり夏休みの**孫**ら電話して来よ　　遠藤　哲郎

孫泣けば吾れ叱られしごと**孫**笑めばわれ賞められしごと老いの胸うつ　　後藤　俊子

戻り来よどこをさまよっている**孫**よふるさとは早や花のさかりに　　菅　ます美

まこと

誠・実・真（副）本当に。じつに。しんに。げに。いつわりなく。「まことに」とも。

ふりかえり見つめていたる野良猫が**まこと**無念の声に近寄る　　武川　忠一

すずめ色は雀の胸の色ならむ**まこと**たそがれのおぼつかなさよ　　石川不二子

生涯の曲り角にて幹若木裸木は**まことに**率直に立つ　　石田比呂志

ま‐さか

目前・眼前（名）まのあたり。目の前。現在。いま。

目前にて春秋の秘酒よみがへり妖しきまでに酔ひ疲れたり　　宮　柊二

見はるかす湖の波頭のきらめきて**目前**の空に鳶ひとつゆく　　石崎　好子

とのぐもり坂一筋のごときかなゆめの**まさか**も花吹雪して　　坪野　哲久

ま‐さぐ・る

弄る（他動四）もてあそぶ。いじる。

制服の金のぼたんをしみじみといとしさあまり**まさぐり**にけり　　植松　寿樹

机にたち向かわんとぞ歌反故の古きをしばし**まさぐり**ていつ　　岩間　正男

身のうちにありし腫のあと**まさぐる**も習性となり寒明けにける　　穴沢　芳江

まざ‐まざ

（副）ありあり。はっきり。

死の灰に落ちゆく無数の燕の群**まざまざ**と眼底にありて目覚めつ　　沢　草二

築港を船の行きあふ鳥瞰の**まざまざ**としてわが空白のあを　　篠原　霧子

まさ‐め

正目・正眼（名）まのあたり。直目《ただめ》。目先。目の前。自分の眼で直接見ること。

まさ目には何も見えねどあらたまの年の祝詞言《ことほぎ》ひをり母は　齋藤　史

正目にて仰ぎ見をれば飛び巡り黒々と見ゆ天平紋の鳥　中野　菊夫

直《ひた》向きにみつむる人の眼の鋭さ画とは思へども**正目**に向ふ　川端　千枝

死に近き眼《まなこ》見ひらく父の顔**まさめ**に見つつなみだ耐へをり　小泉　苳三

まさ・る　増さる・益さる（自動四）次第に多くなる。自然に増す。ふえる。加わる。つのる。

秋ふけしこの花園の葉鶏頭霜夜霜夜に色**まさり**けり　結城哀草果

花冷えの**まさり**て明くる目覚めには樹氷とまがふ花のまぼろし　上田三四二

今日来れば雪解《ゆきげ》**まされ**る山水のしろじろ光り村をつらぬく　五味　保義

まし　（助動）…だろう。…したい。助動詞「む」とほぼ同じ推量・意志をあらわす。未然形に付く。

たたかひに果てし我が子の　目を盲《シ》ひて　若し還り来ば、かなしから**まし**　釈　迢空

怒る時／かならずひとつ鉢を割り／九百九十九割りて死な**まし**　石川　啄木

まじ　（助動）…ないつもりだ。否定的意志を示す。…てはいけない。…べきでない。当然・義務の否定を示す。…できそうにない。不可能を示す。…するな。禁止を示す。

春雨にぬれてとどけば見す**まじき**手紙の糊もはげて居にけり　長塚　節

杖さきにかかぐりあゆむ我姿見す**まじき**かも母にも妻にも　明石　海人

命永かる**まじき**おもひをわれ秘めて信濃高遠の花に今日在り　吉野　秀雄

まじえる〔まじ・ふ〕　交ふ・雑ふ（他動下二）加える。まぜる。交差させる。

夜半覚めてとりとめのなき思ひかな其所にゐる如き亡きを**交へ**て　植木　正三

こがらしは流星**まじへ**芭蕉葉の影くらきうへどつと越えたり　小中　英之

まし-て　況して（副）一段と。ますます。なおさら。ことさら。

青葦の茎をうつせる水明り風過ぐるとき**まして**かがよふ　春日井　建

いづくにぞ汝は生きをるか戦ひの敗れしのちを**まして**苦しく　窪田章一郎

まして歌などこの現実に耐へ得るや夜を更《ふ》かし又耳鳴りがする　近藤　芳美

ましら　猿（名）さるの古称。にほんざる。野猿。

岩を越えかけはし幾つ渡りたり山ふところに**猿**の声す　来嶋　靖生

河波を深く分けつつ船行けり岸べを見れば**猿**木伝ふ　築地　藤子

みなかみに筏を組めよ**ましら**ども藤蔓をもて故郷をくくれ　前　登志夫

まじわり〔まじはり〕　交はり（名）交わること。交際。つきあい。

少し距離おきし感じの**交はり**のすがしくさびし今日に到りぬ　清水　房雄

心ひらく事なくなりし**交り**に恋い思うみな遠く生くるを　近藤　芳美

ま・す　在す・坐す（自動四）いらっしゃる。おられる。他の動詞に付けて、お…になる。尊敬語。

久方の空もくらみて桜さく日のくれがたを死に**まし**にけり　四賀　光子

興二郎《こうじろ》に酒を沸かしてやれやとふこゑさへすでに衰へ**まし**ぬ　小野興二郎

いまひとたび瞠きてものを言ひ**ませ**とねがひつつ白菊に埋めまゐらせし　苑　翠子

まーせ　馬柵（名）放牧場などで、馬が外に出ないように、横木を渡して作った垣。うませ。

馬柵のなき草山ながらおのづから放牧の馬遠くあそばず　松村　英一

おく山の**馬柵**戸にくれれば霧ふかしいまだ咲きたる合歓の淡《うす》紅はな　中村　憲吉

日のひかり青野の末の**馬柵**に照りほのぼの慧き馬の眼を見す　河野　愛子

また　又・亦・複（副）同じく。やはり。ふたたび。もう一度。更に。（接）その上に。

月を見つけて月いいよねと君が言う　ぼくはこっち

だから じゃあ**また**ね　永井　祐

あこがれは行きて帰るの心なり谺はかへる言霊も**また**　橋本　喜典

夢でしか会へぬひと**また**ひとり増ゆ全天冥き流星の夜に　斎藤　寛

またの日といふはあらずもきさらぎは塩ふるほどの光を撒きて　春日井　建

朱を入れて**また**読み直す18歳の論旨は我に「生きる」を問ふなり　雅　風子

また・し　全し（形ク）完全である。欠けるところがない。「まつたし」とも。

山原は**またく**暮れたり、ほうほうと煙のごとし虎《いた》杖《どり》の白　岡野　弘彦

昏れてゆく窓に夜盲の禽おきて**全き**ひとりの部屋となりゆく　安永　蕗子

桜ひと木ほむらだつまでふぶく見ゆ**全《まつた》き**荒《すさ》びの為すしづか見ゆ　成瀬　有

その翼陸につくまで**全《まつた》かれ**海の上遠くまよひ飛ぶ蝶　石榑　千亦

ま‐たた・く　瞬く（自動四）まぶたを開いたり閉じたりする。まばたきをする。灯火が明滅する。ひらめく。「瞬き」は名詞。

子の寝ねてしまへばこれの一丘に**瞬く**はかすかにわれのみと知る　葛原　妙子

かろやかにかをる髪影濃く澄みて君の瞳はしばし**またたく**　大谷　雅彦

何ものの**瞬き**ならん透明の彼方はららかに降りつぐ黄の葉　高安　国世

まち　町・街（名）人家の密集している所。商店のつらなった所。

この**町**の住人となる我のため菜の花色のスリッパを買おう　俵　万智

この**街**は永遠《とわ》のまどろみ　いつの日かうつむきつつも橋を渡らん　森本　平

力抜く手を抜くさらに肩を抜く**街**空にありどろんと月は　外塚　喬

ま・つ　待つ（他動四）来るのを望む。待ち受ける。期待する。

まちませう梅の莟の堅いうち雲雀のやうなきみの誘

ひを　廣庭由利子

母を率《ゐ》て旅ゆく島にバスを**待つ**いま母ひとり母の子ひとり　小野興二郎

我よりの離婚の催促**待つ**夫《つま》が送って寄越す林檎の木箱　田中　教子

まつわる〔まつは・る〕

纏はる（自動四）からみつく。まきつく。つきまとう。

金属のほそき鎖の**まつはり**し夏しろき胸夜にわが見つ　鵜飼　康東

飼はれゐるインコは籠の外にても高くは飛ばず吾に**まつはる**　菊間　敏子

なにか、こう、雲湧くように**まつわる**わ浴槽《バス》ふかくあつい湯が入りきて　釜田　初音

赤にごる暑き夜の月に**まつはれる**飢餓のかの日の思ひ出ひとつ　木俣　修

まで

迄（助）至り及ぶ時間的・空間的限度を示す。程度を示して、…ほど。…ばかり。「までに」とも。

セーターを選びたけれど君**まで**の距離を思へばハンカチとなる　俵　万智

柑橘の果《み》は黒き**まで**青くして触るる指頭をはじきかへすも　四賀　光子

青い月　廃墟の街をぼくはあるく人類がみな塩になる**まで**　安井　高志

下の名を呼ぶ練習をする**まで**に言葉を忘れたけだものとなり　立花　開

まど

窓（名）採光や通風のために、壁・屋根などに設けた開口部。

いつしか黒き夜となる**窓**のそと降つてゐる雨の音しみわたる　大山　敏夫

ベッドより見える範囲の限られるわが北**窓**の大方は空　相沢　光恵

窓窓をましろき息に曇らせてバスが行き交ふ零度の町を　大西久美子

終点は始点に変わり銀色の電車の**窓**は夜気をはじいて　伊波　真人

まとう〔まと・ふ〕

纏う（他動四）巻きつくようにする。身に着ける。

積乱雲の鼓動見ながら坂のぼる日傘の膜を**まとへる**

きみと　宇田川寛之

まどお〔ま‐どほ〕　間遠（形動ナリ）間隔を置いたさま。

秋雨はさむくなりつつむづかりて児の泣くこゑの**間遠に**きこゆ　久礼田房子

肉づきの仮面となりし痛みさえ**間遠に**なりて暮るるこの世は　光栄　堯夫

間遠なる花火のこだまとよむはてあれちのぎくの野の基地つづく　近藤　芳美

まどか　円か（形動ナリ）形がまるいこと。円満。おだやか。やすらか。

月ほのかわが恋幽かなりぬれど**まどかなる**もの若狭のほとけ　辺見じゅん

ゆくりなく今宵机にゴムの輪が**まどかなる**輪を作りておれり　石田比呂志

竹の香のなかに竹裂き裂かれたる竹もて編めば**円**《まどか》**なる**籠　真鍋美恵子

夫を容れ男子《をのこご》を容れやうやくに**円か**となれる器ぞわれは　青木　昭子

ま‐と‐も　正面（形動ナリ・名）真正面。正しく向かうこと。まじめ。

まともにし向ける雉鳩のかほ細し椿がひとつ落ちてゐる庭　河野　愛子

秋の日の夕日大きく**まともなり**野辺の穂すすき炎《ほのほ》とぞなる　宇都野　研

まともより波をかぶりて砂船の吃水いつぱいの危ふさに行く　山田　芳博

ま‐どろ・む　微睡む（自動四）うとうとと寝る。しばらく仮眠する。「まどろみ」は名詞。

椅子に居て**まどろめる**まを何も見ず覚めてののちに厨に出でぬ　森岡　貞香

木洩れ日のゆらぐ帆布に**まどろめ**ば身にもぐりくる魚の素速さ　吉沢　昌実

匂ひ鋭《と》く熟《う》るる果実をわが割《さ》くを**まどろみ**のなか夢に見てゐつ　成瀬　有

まどろみより覚めてかなしも蟬の声ききつつ**まどろ**みゐし夕つかた　生駒あざ美

ま‐な‐うら　目裏・眼裏（名）目の奥。目に焼きついた像。「まうら」とも。

渡り鳥かすかに影となりて過ぎ**眼うら**を去らぬ遅れしひとつ　大滝　貞一

をとめ坂**まなうら**過ぐる影となり呼びかはす鹿のこゑ包む雪　綾部　光芳

さくらばな隔たる国に咲くときけばこころ揺げり**目**《ま》**裏**《うら》もゆらぐ　齋藤　史

まなかい〔まーなーかひ〕

目交（名）目の先。まのあたり。

急いではゐぬのに走りゆくやうな光るものあり**まなかひ**に湧く　天草　季紅

まなかひに白大富士のしづもれり火山の修羅をふかく蔵して　石川　恭子

カレンダー一枚一気に剥ぎ捨ててまつさらな月を**まなかひ**にする　佐藤　通雅

まーなーこ

眼（名）「目の子」の意。目玉。目。黒目。眼界。視界。

木洩れ日の根方に来たる茶の猫は手にて二つの**眼**すすぐも　佐藤　通雅

水中のやうに**まなこ**は瞑《つむ》りたりひかるまひるのあらわとなれば　伊藤　一彦

寂として東京丸の内午前三時ルドンの**まなこ**ビル谷に浮く　加藤　克巳

まなこふとそらされたことも記憶してひとはみずから哀傷を得む　古谷　智子

まーな・し

間無し（形ク）ほどない。間もない。絶えまがない。

暗緑の葉群がいだく白き玉《たま》泰山木は**間なく**咲くべし　田谷　鋭

賑はしき雪の幾ひら目交《まなかひ》を**間なく**ひまなく遮《さへぎ》りやまず　服部　嘉香

みどり子に**まなく**時なき片おもひ母はかなしきものなりしかも　五島美代子

雪どけの音しきりなる厨には洗ひて**まなき**人参を置く　佐藤佐太郎

まーなーじり

眦（名）目じり。「目の後《しり》」の意。

いまだ見ぬ己が寝顔を思ほへばいかにか口惜しき**眦**ならむ　入野早代子

穂芒に立たせる馬頭観世音**まなじり**緊《しま》り冬は来むかふ　白石　昂

つぶらなる**眦**見えて落ちゆきし雄鷹も逢ひし遊鬼のひとり　安永　蕗子

まな・ぶ　学ぶ（他動四）教えを受ける。業を習う。学問をする。

産婆学**まなび**しわれは指飾る品々好まず素手清く老ゆ　柴田知可恵

学びあはん希ひを記す机には今年最後のばらを挿したり　三国　玲子

せつなしとミスター・スリム喫《す》ふ真昼間夫は働き子は**学び**をり　栗木　京子

ま-な-ぶた　瞼（名）まぶた。「まなふた」とも。「目の蓋」の意。

篠懸樹《ぷらたなす》かげ行く女《こ》らが**眼蓋**《まなぶた》に血しほいろさし夏さりにけり　中村　憲吉

本日の営業これにて終了と**目蓋**二枚をひきおろしたり　春野りりん

眼球の重さ支ふる**まなぶた**の南のそらに雲たちあがる　真中　朋久

ま-に-まに　随に（副）ままに。成り行きにまかせるさま。「まにま」とも。

しづかなる生の**まにまに**ゆふぐれのひと時かかり唐辛子煮ぬ　斎藤　茂吉

旋律の**まにまに**あそべ夕ぐれの円居《まどい》の部屋にクープラン澄む　水沢　遙子

鳥のため樹は立つことを選びしと野はわれに告ぐ風の**まにまに**　大塚　寅彦

ま-ばたき　瞬き（名）まばたきをすること。またたき。目ばたき。まじろぎ。

暑気ざかり檜葉の根がたに穴を掘りひそむ仔犬のきよき**まばたき**　坪野　哲久

春の雪睫毛にふれて融くるとき**瞬**《まばたき》をなすわれのをさな子　柏崎　驍二

漣のかがやきの間よしくしくに**瞬**強くまた光るなり　北原　白秋

水底ゆわれの素顔はみられいて**まばたき**なさぬ魚のゆらがず　桂　塁

まばゆい〔まばゆ・し〕　眩し（形シク）光が強くて、目をあけていられない。まぶしい。目をあけていられないほどに美しい。

ゆめは**まばゆき**若葉いろにて木々のなか人走るかも

木のゆらげるは　渡辺　松男

奪われてゆくのでしょうね　時とともに強い拙い**まばゆいちから**　笹井　宏之

まぶしー・む　眩しむ（他動四）まぶしく思う。気恥ずかしく感じる。まばゆいほど美しいと思う。

妻病めば日のあるうちに帰りくる明るき街を**まぶしみ**ながら　田井　安曇

壁の絵の一本の道**まぶしみ**て眼とざせば絵の中におり　関根　和美

咲き盛る桜花《はな》の下ゆく苑のみちわれはひそかに老を**眩しむ**　岡山たづ子

降り注ぐ光の中に**眩しめ**ばおのが睫の影が見えたり　武市　房子

まーぶた　瞼・目蓋（名）まなぶた。目をふさぐ上下の皮膚のひだ。

風邪の熱**まぶた**に溜めて稚しと妻に思いし夜半の燈を消す　石本　隆一

固くなつたフランスパンをかじるとき涙を流した**まぶた**がきらひ　橘　夏生

閉づる**まぶた**のうちに覚めつつ眼球のはや知れる今朝天体の秋　照屋眞理子

月光を**瞼**に浅くにじませて母のかたちの記憶をしまふ　尾崎まゆみ

まほし　（助動）…たい。…たいものだ。自己の希望をあらわす。未然形に付ける。

崩おれて哭か**まほしき**を佇立す春の真昼の明るい闇に　福島　泰樹

手にとれば桐の反射の薄青き新聞紙こそ泣か**まほしけれ**　北原　白秋

口あきてわらは**まほし**と思ひしを欠伸となしつ人のかたへに　稲森宗太郎

まーほーら　（名）すぐれたところ。中心。「まほろば」「まほらま」とも。

歌を生む**まほら**は胸のどのあたりぼたん雪ふるたびに思ひき　小野興二郎

銀河系そらの**まほら**を堕ちつづく夏の雫とわれはなりてむ　前　登志夫

まほらまの青汲むやうに冬天を飛行機雲は伸びあがりゆく　結城　文

みの山の蓑の頂きさながらに天の**まほろば**さくら咲きゐる　浜　梨花枝

まぼろし

幻（名）幻影。幻覚。夢。幻想。面影。ファンタジー。

森くらくからまる網を逃れのがれひとつ**まぼろし**の吾の黒豹　近藤　芳美

いくさ畢り月の夜にふと還り来し夫を思へば**まぼろし**のごとし　森岡　貞香

かたはらにおく**幻**の椅子一つあくがれて待つ夜もなし今は　大西　民子

旅にあれば家は**まぼろし**帰りゆけばこの旅がまた**まぼろし**ならん　稲葉　京子

まま

儘（名）…とおりの状態に。…とおりに従って。…にまかせて。…につれて。思うとおり。

終刊号一冊置けりこの**まま**に年を越すべく机上昏れゆく　島田　修二

斑猫《はんめう》の導く**まま**に今しまし明るきゆふかげの径をしゆかむ　岡部　文夫

六月のアート・フィルムずたずたに裁断されし**まま**ラッシュ・バックせよ　黒田　和美

折りかけの**まま**に散らばる千代紙のみな冬の陽に鋭角を持つ　佐藤　孝子

ま‐み

目見・目（名）物を見る目つき。まなざし。視線。

山羊ひとつつながれてゐてわが通るとき**まみ**あげ啼きぬやさしきものぞ　久礼田房子

白髯にその童顔を埋めませど茂吉先生**目**《まみ》やはらかき　大橋　松平

まみえる〔まみ・ゆ〕

見ゆ（自動下二）お目にかかる。会う。対面する。「目見《まみ》える」の意。

今年また一たび**まみえ**し老母よりこまごましきはつゆ聞かざりし　鹿児島寿蔵

見えなむうすきまぶたのあけぼのは切株多き夢の夏なる　山中智恵子

なつかしき父に**まみゆる**ここちせり仰ぎて高きこのプラタナス　大塚　善子

まみれる〔まみ・る〕

塗る（自動下二）よごれる。まぶれる。「まぶる」とも。

シャボン**まみれ**の猫が逃げだす昼下がり永遠なんて

どこにもないさ　穂村　弘

車体もろともコスモスに**まみれ**秋天の寂しがり屋の“トラック野郎”　押切　寛子

農薬の霧に散りつぎ吾が合羽蜜柑の花びらに**まぶれ**てゆけり　仁木　弘子

まも・る

目守る・守る・護る（他動四）見つめる。注意してうかがう。番をする。大切にする。

二人子に**護ら**れて来しわれならむ十戸の村の芽の輪くぐりぬ　辺見じゅん

かたはらに苦しむきみを**目守り**ゐし一夏過ぎて手はなほ乾く　小野　茂樹

にはかにものぼれる熱の高きためねむり苦しむ子を**守る**なり　松村　英一

和田峠に盆地**目守《まも》れ**る松の木の三本松葉を拾ひあげたり　黒沢　忍

まゆ

眉（名）まゆげ。「まよ」とも。

眠る子が**眉**のやさしさ青葉風吹き入る室《へや》に夕《ゆふべ》わが居り　松村　英一

子のために乳を与へてゐる妻のやさしき**眉**に吾は及ばぬ　阿部　正路

眉匂ふ少女となりてはじらへるこの教へ子をかつてしかりぬ　鈴木　治子

菊供養して来しと言ふその**眉《まよ》**のさやかに白く細き老女は　小野興二郎

ま-よ

真夜（名）真夜中。

蜘蛛の糸**真夜**銀色に輝けるそがほどの住処欲りし日ありぬ　荻本　清子

真夜ふかく林檎の箱に躓けり　ぎんぎん痛がる林檎が私が　川野　里子

真夜目覚めしばし思いぬ朔太郎いたく好みし手品のことを　村野　幸紀

ほのしろく**真夜**あふれゐる花のうへ月片のなほ重しといはむ　石川　恭子

まら

魔羅（名）陰茎。

寒けくも降り来る雪か草鞋《わらぢ》つくるうつそみの**魔羅**冷えにけるかも　結城哀草果

牛追ひて**魔羅**もあらはに耕すを希臘瓶絵にたのしく

ぞ見る　玉城　徹

権力にねそべりてをる太**魔羅**のにぶき弾力をわれは憎しむ　前　登志夫

財まもるを嗣業と執しこし父の痩躯を拭けり嗚呼小さき**まら**　富田　佳子

まり　余り（接尾）あまり。…以上。数を示す語に付ける。「十まり一つ」は十一。

この藤は早く咲きたり亀井戸の藤さかまくは十日**まり**後　正岡　子規

六《む》十《と》年《とせ》**まり**四つのいのちは思はざりき在りてつゆけき花野をあゆむ　上田三四二

晩春の夜を長長と打つ時計十**まり**一つ打ちて止みけり　都筑　省吾

まり　毬・鞠（名）遊びや運動に用いる丸い球。ボール。

ゴム**毬**を浮かして流る雪解川少年とならび橋渡りゆく　宍戸　勇

さみだれを明るくしたり紫陽花のあまた**毬**花《まりばな》互《かた》みに揺れて　葛原　繁

まれ〔まれ‐なり〕　稀なり（形動ナリ）たまに。めったにないさま。めずらしいさま。「稀まれな」は甚だまれな。

伊豆も見ゆ伊豆の山火も**稀に**見ゆ伊豆はも恋し吾妹子のごと　吉井　勇

稀に照るこの日曜日ただ暑く白山より歩く五六分ほど　大山　敏夫

稀まれな雨歓迎の証とて北京空港ずぶ濡れてゆく　日野　正美

まろうど〔まら‐うど〕　客人（名）訪れて来た人。来客。訪問客。珍客。賓《ひん》客《かく》。「まれびと」とも。

いと暗き実りなるかな西域より**客人**のごと来りし葡萄　馬場あき子

よき**まらうど**半日を談《かた》り帰りしか生活の苦悩に触るるなかりき　佐佐木信綱

迷ひ居る虻の**客人**窓あけて外へと乞へば出でて行きたり　高安　国世

沫雪《あわゆき》のほどろに降れば**まれびと**となりてあゆめり睦月の村を　前　登志夫

まろ・ぶ
転ぶ（自動四）ころがる。ころぶ。倒れる。

駆けゆきて**まろび**よろこぶ幼児らレンゲの紅《あけ》のうづむる春田に　窪田章一郎

まろびつつ姉弟のなす雪だるまそを遠景に去《い》にし者らよ　関根　和美

夏草に**まろべ**ばわれも露ならむくちなはのゆく昼のしづけさ　前　登志夫

まろ-ま・る
丸まる・円まる（自動四）丸くなる。丸く固まる。「まるまる」とも。

寒けだつ体《からだ》**まろまり**とろとろと寝《い》ねしも著《しる》く枕戸《まくらど》しらむ　藤沢　古実

ひつそりと白壁のまへを人行けり赤く**円まれ**る仔犬を抱きて　島木　赤彦

まろ-やか
円やか（形動ナリ）形が円いさま。穏やかなさま。

隣り家のフルートの音が日を追って**まろやかに**なり日差しが伸びる　筒井　富栄

まわり〔まはり〕
周り（名）周囲。めぐり。周辺、へり。

わが脳の軟化の兆しああ楽し身の**まはり**なべて太平に見ゆ　土屋　文明

国の**まはり**は荒浪の海と思ふとき果てしなくとほき春鳥のこゑ　前川佐美雄

わが留守に妹はをりをり二階に来て机の**まはり**などもいぢり見るらし　柴生田　稔

朝ごとに家の**まはり**の落葉掃くすがしきこころ年迎ふわれは　土岐　善麿

まわる〔まは・る〕
回る・廻る（自動四）めぐる。回転する。めぐり歩く。「廻り道」は遠回りの道。

独楽は今軸かたむけて**まはり**をり逆らひてこそ父であること　岡井　隆

母と子と花の木かげの**廻り**道**廻り**て永き一日《ひとひ》なりけり　北原　白秋

まだ一つ部屋があつたと戸をひらき歩き**廻り**ぬ夢の中にて　ぬきわれいこ

まはつてまはつてまはつてまはつて徘徊は花吹雪のやう老人歩く　川野　里子

まん

万（名）千の十倍。非常に多くの数をいう。よろず。

吾に課し**万**歩あゆまむ一つ影しばし佇む幼稚園のまへ　千代　國一

太太と椿は立ちて春早き疾風《はやち》の中の**万**のくれなゐ　岡部　文夫

万の死を悼みて朝はのぼるなり桜通りの連灯沿ひを　佐藤　通雅

まんじゅしゃげ

曼珠沙華（名）ひがんばな。

曼珠沙華一《ひと》むら燃えて秋陽つよしそこ過ぎてゐるしづかなる径《みち》　木下　利玄

いたみもて世界の外に佇《た》つわれと紅き逆睫毛《さかまつげ》の**曼珠沙華**　塚本　邦雄

まんじゅさげ象形文字のごとく濃く秋の空気をかきみだしをり　日高　堯子

短命のこの身のために降りしきる真っ赤な雨や血の**曼殊沙華**　福島　泰樹

曼珠沙華のするどき象《かたち》夢にみしうちくだかれて秋行きぬべき　坪野　哲久

み

み

御（接頭）尊敬または丁寧な気持ちをこめる。

深（接頭）調子をととのえ、美しくあらわす。

み社の百年の森は春まだしエゾフクロウの眼《まなこ》を思う　小林　優子

ト音記号の巻雲あまた踊る見ゆ富士の**み**空のたそがれの時　雅　風子

この**み**山を**み**寺をこころに十五年今ぞ足あげてのぼる石の坂　清水　房雄

将門の家系の紋を掲げたる玄関に立つ**深**雪掻き来て　遠藤　哲郎

み

（接尾）形容詞、形容動詞の語幹に付いて、そういう場所・程度・状態を示す名詞を作る。「…を…み」の形をとり、連用修飾語を作る。…ゆえに。…なので。

ひといろに青**み**を帯びて咲く桜夕べとなりて見返す街に　近藤　芳美

病室の薄き毛布の重**み**さへあなたをそつと潰さむと

する　小池　美紀

時じくに雪降る国の春**を**とほ**み**童女と歌ふてふてふの歌　武下奈々子

み

（語素）水。複合語を作る。「水分《みくまり》」は「水配《みくま》り」の意。山から流れ出た水や滝が種々の方向に分岐する所。分水嶺。

遡上《そじやう》する稚鮎も跳ねて**水**の面《もて》光る一筋の川永く日暮れず　谷　邦夫

五月雨《さみだれ》に**水**嵩まされる川岸に紅きがうれし玉くさいちご　結城哀草果

水分《みくまり》にわれの墓あれ　村七つ、七つの音の相寄る処　前　登志夫

み

見（名）見ること。

大水槽に泳ぐ魚族は**見**のたのしく、ぶり、ぼら、しいら、いしだい、めじな　野村　清

見の遠き火口湖の岸白曝《ざ》るるあたりをつたふいくつ人影　田谷　鋭

紅葉《もみぢ》**見**の夕べを男女淫になりがやがや過ぎてあと時雨けり　前川佐美雄

み

実（名）植物の果実。種子。汁の中に入れる菜。

遂に**実**を生さぬかなしみ水中花灯に冴えざえと朱を流したる　根本　芳平

からすうりの**実**の朱きまま新年の雪かづきをり　豪奢といはむ　小林　幸子

エルサレムに求めし木の**実**のロザリオの渦巻きてをり抽斗の隅　春日いづみ

み

身（名）からだ。身体。自分自身。わが身。身分。分際。

身みづから治むるかたき地球人いづれの星をまた乱さむか　太田　青丘

まがなしくいのち二つとなりし**身**を泉のごとき夜の湯に浸す　河野　裕子

月は花火に咳込むやうに震へをりわが眼わが**躰**《み》もぎこちなくなる　鈴木　英子

みあげる〔**みあ・ぐ**〕

見上ぐ（他動下二）下から上を見る。仰ぐ。立派だと思う。

世は暗愚われも暗愚よ**見あげ**れば一天紺の秋の朝ぞ

ら　桑原　正紀

見あげたる空の奥どもなにも無し描かばやかかると
きぞ幻花を　山下　和夫

見下ろすより**見上ぐる**時にめまひせり高みにはつね
到り難くて　古谷　智子

みいず〔み-い・づ〕 見出づ（他動下二）見いだす。見つけだす。発見する。

冬日ざしあかるき窓に我**見いで**庭の吾が子の笑顔し
てみす　大岡　博

日出づれば先づ啼く鳥のよろこびと君を**見いで**しわ
が喜びと　川田　順

みえる〔み・ゆ〕 見ゆ（自動下二）目に映る。視野に入る。思われる。見られる。

鳥の見しものは**見え**ねばただ青き海のひかりを胸に
入れたり　吉川　宏志

稲妻のはしれるときに木ずえ**見ゆ**ありありとその沈
黙の**みゆ**　横田　専一

れんげ田もあとかたもなし水底に**見ゆる**がごとき追
憶ばかり　桜木　由香

みお〔み-を〕 澪・水尾・水脈（名）海や川の航路。船尾などにできる水脈。

みんみんの声に分け入るひとすぢのすずしき**水脈**《みを》の
ごときかなかな　丹波　真人

澪ひかり船上の人はとおざかる春の港の雨上がる頃
村野　幸紀

み-おろ・す 見下ろす（他動四）上から下の方を見る。見下げる。

そのときを豚などのごとよろこぶとかれ**見下ろす**か
傲るこころに　阿木津　英

ネロのごとわれは**見おろす**誕生日卓のケーキの上の
大火事　荻原　裕幸

みが・く 磨く（他動四）光・つやを出す。きれいにする。よくしようと努力する。

白い手紙がとどいて明日は春となるうすいがらすも
磨いて待たう　齋藤　史

簡明に生きつつ勁き女らかひしひし**磨く**杉の丸太を
三国　玲子

みぎわ〔み-ぎは〕 水際・汀（名）川や海などの水のそば。水ぎわ。なぎさ。

春ふえし水のひかりをかなしみぬ川やなぎうごく**水**
際に下りて　　中村　憲吉
水ぬるむ**汀**に朝日浴びてゐる緋鯉と頒たん年のさき
はひ　　太田　青丘

み-けん

眉間（名）まゆとまゆの間。額の中央。

霜の夜のわれの**眉間**に立つごとき北斗に向ひ帰りき
たりぬ　　鈴木　幸輔
指欠いて合はする掌こそ尊けれ阿修羅なにより**眉間**
のひそみ　　今野　寿美

み-ごもる

身籠る・妊る（自動四）はらむ。妊娠
する。身をひそめ隠れる。

天空に星のあふるる秋の夜インド象ズゼ**身籠り**てを
り　　山科　真白
一度さへ**身ごもる**ことなきわれを越え魚は月夜を溯
りゆく　　角宮　悦子
カーテンの向こうに動く人影が**妊**《みごも》**れ**る態に鍵閉め
ている　　浜田　康敬

み-さき

岬（名）海や湖に突き出た陸地の先端。

隼《はやぶさ》はこころ研ぎつつ秋かぜの伊良湖の**岬**をわたり
ゆくらし　　米口　實
わが視界及ぶ限りはヒアシンス咲けり**岬**は海に溶け
入る　　塘　健

み-さく

見放く（他動下二）遠く見やる。とおく
のぞむ。

折り返しかへらむ標《しめ》と**見放**《みさ》**け**来しかのゆりの樹を誰
か伐りたる　　蒔田さくら子
高きより朝を**見さくる**乗鞍や裾ながく対ふましろき
二嶺《ふたね》　　窪田　空穂

みじかい〔みぢか・し〕

身近し（形ク）身に近い。
手ぢか。

たわたわと生《な》りたる茱萸《ぐみ》を**身ぢかく**に置きつつぞ見
るそのくれなゐを　　斎藤　茂吉

みじか-よ

短夜（名）夏の夜の短いこと。夏至が
もっとも夜の時間が短い。夜の明け易
い感じ。

みじか夜を美《くは》しと云ひて惜しみつつやがて眠りにゆ
くばかりなる　　齋藤　史
ものの黴のにほひたちゐる畳の上に蛾は落ち尽し**短**

夜更けぬ　木俣　修

みじ-め

惨め（名・形動ナリ）見るにしのびないこと。非常にあわれなさま。

飾窓にうつれる吾の**みじめ**さを思はぬにあらずまひる巷の　中島　栄一

戦後**みぢめに**たたかれしゆゑこれからはたたきかへすと来て告げてゆく　中野　菊夫

みしょう〔み-しやう〕

未生（名）まだ、生まれないこと。まだ、生じないこと。

花々が神のこゑもてうたひ出づ　聖母子は**未生**の夢を開かむ　名坂八千子

みしょう〔み-しやう〕

実生（名）種子から生《は》えること。実ばえ。

寸に足らぬ小さきものも紅葉して点々とあり櫨の**実生**の　石川不二子

み-じろ・ぐ

身動ぐ（自動四）身体をちょっと動かす。少し身動きする。「みじろぎ」は名詞。

やはらかきくくり枕の蕎麦殻も耳にはきしむ**身じろぐ**たびに　長塚　節

滝壺に刺さりたるまま二万年**みじろぎ**もせず滝は驚く　奥田　亡羊

はつかなる地の**身じろぎ**が人間の生を、日常をたちまち奪ふ　桑原　正紀

みじん〔み-ぢん〕

微塵（名）こまかいちり。きわめてこまかいもの。微細。

舞いあがり光となりし刹那よりきらきらとして**微塵**は遊ぶ　武川　忠一

みず〔みづ〕

瑞（形動ナリ）みずみずしいこと。麗わしいこと。「瑞枝（名）」は若い枝。

三つ鳥居**瑞**垣の奥をひそとあふぐ木立闇《くら》くして鳥も鳴かざる　前川佐美雄

梅雨明けをラジオが告ぐる朝のまどの**瑞**枝にひかる風のたてがみ　沢田　英史

みずあさぎ〔みづ-あさぎ〕

水浅黄・水浅葱（名）薄いあさぎ色。水色。

夕空の今や暗まむ**水浅黄**見つつしをれば命愛《かな》しも　窪田　空穂

藍がめに老いたる藍の精淡く捌きし糸の**水浅葱色**
中川智香子

みずうみ〔みづ-うみ〕 湖（名）陸に囲まれ一般に淡水を湛えた処。

ひと平《ひ》らに氷とぢたる**湖**に降り積める雪は山につづけり
島木　赤彦

海よりもなお背徳の心地する**湖**にふたり遊ぶというは
石川　幸雄

好きだった世界をみんな連れてゆくあなたのカヌー燃える**みずうみ**
東　直子

みすえる〔み-す・う〕 見据う（他動下二）みつめる。見定める。

もうわれを叱りてくるる人あらず　学生の目を**見据えて**叱る
永田　和宏

わかっていますわかっているのですちらちら見ずに**見据えて**ください
鈴木　英子

瞑りつつ**見据うれ**ばあはれ甘酸ゆき杏の核のごとき子の顔
中城ふみ子

みずがね〔みづ-がね〕 水銀（名）水銀。銀白色。

めつぶれば水の国なるふるさとに**みづがね**いろの常願寺川
辺見じゅん

北とほき山の奥がに雪雲はくらき**水銀**のいろに見えをり
長澤　一作

この世とも思へぬ冬や**みづがね**の月のすみかの淀競馬場
林　和清

みずから〔みづ-から〕 自ら（名）自分自身。（副）自分から。

みづからも風となりゐむ合歓の花うすくれなゐのはな閉づるまで
穴沢　芳江

言ひわけをひたすら言ひし**自ら**を**みづから**凝視するごとく居き
石井　道子

抱《いだ》くもの何もなければ**みずから**を双の腕《かいな》につつみいるのみ
苅谷　君代

みずく〔み-づ・く〕 水漬く（自動四）水につく。水にひたる。

水漬きつつ雨の樹林に鎌振ふわが心音を木魂らも聞け
安藤佐貴子

夕張の川水注ぐ坑の中いかにか**水漬く**五十九人
伊藤善一郎

みｰすずｰかる　薦刈る（枕）信濃にかかる。

みすずかる信濃に父を悲しみて幾たび越ゆるこの冬ながし　田井　安曇

みすずかる信濃に母の執念のアカヤマドリは朱を深めおり　永田　淳

みずみず〔みづｰみづ〕　瑞瑞（副）艶があって若々しいさま。新鮮で生き生きしているさま。

バーガーのふちにはみ出すレタスより**瑞瑞**《みずみず》として今朝のこころは　佐伯　裕子

みづみづと雑草どもは叫びをり。偶の小雨に大口あけて　松木　鷹志

みずみずしい〔みづｰみづ・し〕　瑞瑞し（形シク）つややかで麗わしい。新鮮で生き生きしている。若々しく美しい。

みぞそばの萼あかき花**みづみづし**清き泉はおともなく湧く　松村　英一

つつましき人の希《ねが》いを聞く庭の午後の光の**みずみずしけれ**　渡辺　良

みせる〔み・す〕　見す（他動下二）見るようにさせる。人にわかるように示す。

車内にて声をかけ合ふ女生徒はや人生の寂しさを**見す**　島田　修二

アオサギは畳むつばさの裏を**見す**王のマントのごとくゆつくり　野一色容子

みそなわす〔みｰそなは・す〕　（他動四）ごらんになる。

天翔ける霊**みそなわす**や日に向きて舞う獅子の目と頭《ず》のかなしみを　大野とくよ

みそなはすすべなきものを喪の花の蘭は白磁のさまにしづもる　大西　民子

みぞれ　霙（名）雪が空中でとけて半ば雨のようになって降ってくるもの。雨まじりの雪。

みぞれふる菊坂われに肉親と呼べるひとりもなく**みぞれ**ふる　藤島　秀憲

霙夜の車庫入れのよう首ねじり結句へ向けて詠む相聞歌　大野　道夫

びしやびしやと**霙**降りだし嘆く声徐々に遠くへ消えてゆきたり　さいかち真

みた・す　満たす・充たす（他動四）満ちるようにする。いっぱいにする。満足させる。

本当に独創的な人間は面白い記憶で**満たされ**ている　中島　裕介

黒松の防風林をふちとして一湾は銀の氷《ひ》を**充たした**り　四賀　光子

水桶の縁《へり》まで**満**《み》**たす**牛の水泡だちながら今日あたたかし　石川不二子

みだ・す　乱す（他動四）乱れるようにする。平穏さをなくす。

総身の花をゆるがす春の樹にこころ**乱し**てわれは寄りゆく　齋藤　史

枯れ切らぬ秋草**乱す**風の坂かまきりの青きなきがら拾ふ　大野　誠夫

みだりがわしい〔みだり-がは・し〕　濫りがはし・猥りがはし（形シク）乱れてしまりがない様子だ。

忍ぶがに夜半降り積みし春の雪**濫りがはしく**午《ひる》を雫す　富小路禎子

壮年のなみだは**みだりがはしき**を酢の壜の縦ひとすぢのきず　塚本　邦雄

熔接工の素手に触れたる鉄板の截り口**みだりがはし**酸化す　江畑　實

みだれる〔みだ・る〕　乱る（自動下二）くずれる。整わない。思い惑う。

夜のおもひ朝のおもひも家移《や》りのことに**みだれ**つつ年の瀬せまる　木俣　修

雨の音ときに**みだるる**強弱を聞きとめてをり彼岸の前を　中村　純一

みち　道・路・径・途（名）通路。道路。小みち。目ざす方向。道理。道のり。道程。

小豚よく洗いて自転車の籠に乗せゆっくり走る菜の花の**路**　渡辺　松男

もう少し歩けば朝がくるような**道**の途中に楡の木がある　小谷　奈央

みち-の-く　陸奥（名）陸前・陸中・陸奥・磐城・岩代の奥州五国の古称。今の東北地方。

みちのくの夜冷えしだる糸ざくらわが恋ふる子は眠りたらむか　岡野　弘彦

みちのくに宮澤賢治を尋ぬればどんぐりの実が旅の

ピリオド　　俵　万智

みちのくはみしりみしりと冬に入る気配に充ちて岩木嶺高し　　竹安　隆代

みちる〔み・つ〕　満つ・充つ（自動四・上二）一杯になる。広くゆき渡る。充分になる。満足する。潮がさす。

大師橋界隈昼にさしかかり一玩具店愁い**みち**たり　　岡部桂一郎

洋凧《ようだこ》の青きを掲げて海のへに時はうつろふ**満ち**てうつろふ　　岡井　隆

みーでり　水照り（名）水のかがやき。

ほのかにも春の**水照り**は増しくるか四ッ手の網に波のかぎろふ　　田谷　鋭

深川の街に入りたりゆふ凪の**水照**あかるき店つづきなる　　吉植　庄亮

みとおし〔みーとほし〕　見通し（名）一目に見渡されること。

十五夜の月のさやけさ二階家の縁より空《そら》は**見とほし**にして　　岡　麓

ひそかなる木《こ》の間《ま》木の間の**見通し**に人を行かせて冬木々立てり　　葛原　妙子

みとめる〔みと・む〕　認む（他動下二）目にとめる。承認する。

長くながく**認め**られざりし好々爺ポンポンの手になれる「鹿」見つ　　安立スハル

午睡よりさめし畳に**みとめ**たる蟻は殺意を感じて動く　　佐藤佐太郎

みーとり　看取り（名）病人のそばでいろいろと世話をすること。介抱。看病。看護。

病む母の**みとり**にまぎれ時過ぎぬ草花の種子も蒔きおくれにし　　植松　寿樹

吾の**看取り**に白髪抜く暇なき妻の頭はすつかり白髪《はくはつ》となりぬ　　稲田　定雄

末の子の**看とり**の夜にのみ言ひし汝が「お別れ」の言葉ききたし　　田谷　鋭

みどり　緑（名）青と黄の間の色。草木の葉の色。深い藍色。

五月来る硝子のかなた森閑と嬰児みなころされたる**みどり**　　塚本　邦雄

木はまるで言葉を返すおみななり撓《しな》へるときにみどりかがやく　外塚　喬

みどり-ご　緑児・嬰児（名）二、三歳までの子ども。赤子。えいじ。新芽のように未熟な子の意。

みどりごに深きかなしみ　泣かないで眠りたる目に涙にじませ　五十嵐順子

胸に抱くわれの**みどりご**世の外のさへづりききて睡りゆきたり　小林　幸子

みな　皆（名）残るものがなく、全部。全体。一同。（副）残らず。ことごとく。

清水《きよみづ》へ祇園《ぎをん》をよぎる桜月夜《さくらづきよ》こよひ逢ふ人**みな**うつくしき　与謝野晶子

秋海棠花の盛はいまならむ今日降る雨に**みな**かたむきぬ　植松　寿樹

「**皆**自明」とのみ答案用紙に書き入れて数学試験の教室を出た　井上孝太郎

みな-かみ　水上（名）水の流れの上の方。上流。川上。水のみなもと。

朴の花たかだかと咲くまひるまを**みなかみ**にさびし高見《たかみ》の山は　前　登志夫

谷川はやまず轟き黙《もだ》ふかく紅葉づる山は**水上**に立つ　結城哀草果

みな-がら　皆がら（副）みな残らず。すべて。

思ふこと**みながら**父にかかりつつ炉辺《ろべ》にせつなき除《とし》夜《のよ》更けぬ　木俣　修

蓮池を吹く夕風に光りつつ蓮《はちす》の広葉**みながら**揺らぐ　武田　弘之

みなぎらう〔みなぎら・ふ〕　漲らふ（自動四）激しくしぶきがたつ。水勢が盛んになる。満ちあふれている。

梅雨のあめ**みなぎらひ**ゆく用水路木槿咲きたり幾ところにも　扇畑　忠雄

みなぎらふ光のなかに土ふみてわが歩み来ればわが子らみな来つ　古泉　千樫

みなぎ・る　漲る（自動四）水が勢いよく流れる。あふれるばかり満ちひろがる。

音たてて南風吹く雪原はけふ雪どけの光**みなぎる**　板宮　清治

春の風は不安になると母が言い血が**漲《みなぎ》る**とわれの言いおり　　花山　周子

みな-づき　水無月（名）陰暦六月の異称。暑さで水が涸れるからなどといわれる。

ばらくれなゐむりりと開きゐたるかな**水無月**青の空押し上げて　　馬場あき子

濃く淡く広葉群立ち**水無月**の鈴懸は揺れやすき樹となる　　松井　武夫

みなみ　南（名）日の出る方向に向かって右の方角。南風。「みんなみ」とも。

南へと渡る一団おくれてはならずと決死の一羽もあらむ　　田中あさひ

みんなみのニューブリテン島の螢の樹遺書に記《しる》して二十一歳なりき　　辺見じゅん

みなれる〔み-な・る〕　見慣る・見馴る（自動下二）日常見てなれる。いつも見て珍しくない。

街中にガスタンク立つ風景も日々の電車に**見馴れ**つつ過ぐ　　礒　幾造

セエヌ川船上る時**見馴れ**たる夕の橋のくらきむらさき　　与謝野晶子

み-な-わ　水泡（名）水の泡。あぶく。

寒ざむと打ちて**水泡**のしりぞけば追ひてうねりくる緑ふかき波　　小暮　政次

み-ね　峰・峯・嶺（名）山のもっとも高い所。頂上。物の高くなっている所。

高々に干瓢ほせる家つづき葛城の**峯**に雲の**峯**立つ　　佐佐木信綱

うつしよに母のいまさぬ四季めぐり今朝甲斐が**嶺**に雪しろく積む　　三枝　浩樹

エベレスト、チョモランマはたサガルマータ名によびて見つ白麗の**峰**　　沢口　芙美

み-はるか・す　見霽かす（他動四）はるかに見渡す。みはらす。

渚原かぎろひ高し**見はるかす**海のおもての春日かがよふ　　土田　耕平

見はるかす高原めぐる夕あかね雲一つあらば空はなやぐに　　若山　牧水

み-ひら・く　見開く（他動四）　目を開いてよく見る。みはる。

今しばし瞠《みひら》きて見む愛のごと水木はけぶるゆふぐれの白　稲葉　京子

秋天にみひらくまなこの恍として埴輪の鳥のまま昼ひそけし　高比良みどり

みまう〔みま・ふ〕　見舞ふ（自動四）　病人や災難にあった人のもとを訪れたり手紙を出したりして、様子をたずねたりなぐさめたりする。慰問をする。

ときわ荘、大方病院、こぶし荘老いて病む人見舞ひてきたり　助川とし子

重篤の弟見舞ふ夜の電車思ひ出しをり映画に行きし日　鈴木　得能

子を見舞う行き来に渡る多摩川の桜も緑に埋もれてゆけり　五十嵐順子

み-まか・る　身罷る（自動四）　なくなる。死ぬ。

うちつづき身まかりてゆく人思《も》へりいつまでか寒き春のはじめは　岡　麓

後一月と死を予感して書きし手紙それより早く君みまかりぬ　佐藤　志満

みみ　耳（名）脊椎動物の顔の両側にあり、聴覚、平衡感覚をつかさどる器官。その耳殻。聞くこと。

耳の凹凸きはやかに浮かぶ夜の車内　耳あることの不意に恥かし　蒔田さくら子

沢蟹をここだ袂に入れもちて耳によせきく生きのさやぎを　原　阿佐緒

愛されている耳の裏見せながらしずかに水を飲んでいる人　嵯峨　直樹

救世主が来たりと叫ぶ遊歩路にひとは陽の透く耳をたてていし　佐伯　裕子

ほの暗きみ堂に踏まるる天《あま》の邪鬼《じゃく》童子のごときまるき耳もつ　志野　暁子

み-め　見目・眉目（名）　顔かたち。容貌。顔立ち。きりょう。

母わかく眉目よくましきわれ小さく疳《かん》高かりきその日遠しも　吉井　勇

みょうじゅう〔みやう-じゅう〕　命終（名）　生命の終わり。

「めいじゆ」「みやうじゆ」とも。

このいまの病めるうつつを夢なりと覚めてよろこぶを**命終**とせん　上田三四二

命終に近づく友を思えども油蟬なく樹の下ゆけり　岡部桂一郎

みる‐みる

見る見る（副）見るまに。見ているうちに、ある事が急激に進行するさま。

翔《と》ぶ雁は**見る見る**かすみに消え入りて影啼く声か天に聴ゆる　川口美根子

硝子の壷しづかにふくれ**みるみる**膨れ光弱き塵となりて飛びき　葛原妙子

みんなみ

南（名）南の方角。南風。「みなみ」の撥音化。

みんなみの嶺岡山《みねをかやま》の焼くる火のこよひも赤く見えにけるかも　古泉千樫

南にひらけて春の山ひくく霞をひきぬけふもきのふも　大井　広

疲れきり夜の電車に揺られゐて前《さき》の世の海か**みんなみ**の故郷《くに》　大崎　瀬都

む

む（助動）…だろう。推量や空想的想像、予想を示す。…よう。…すべきだ。…はずだ。当然・適当の意を示す。…しよう。話し手の意志を示す。未然形に付ける。「ん」とも。

育てつつ子を捨て続けつつ棲**む**はやがてしづかに捨てられ**む**ため　岡井　隆

すみれ咲く或る日の展墓死はわれを未だ花婿のごとく拒ま**む**　塚本　邦雄

われさえやわれを忘れていたる日は身うちの雲雀草にかえさ**む**　源　陽子

むかう〔むか・ふ〕

向かふ・対ふ（自動四）顔を向けている。向き合う。目ざして進む。近づく。

秋づける広き硝子に**対ひ**たり白鳳類型の釈迦牟尼仏一軀　玉城　徹

今日の宿り妻とわれのみ古座川の音なき流れに暫く**むかふ**　由谷　一郎

むかえび〔むかへ‐び〕 門前で火をたき、亡き人の霊を迎える行事。「迎ひ火」とも。

砂原の名残のほてり**迎火**を海辺にかかげ能登の魂まつり　中野　菊夫

門口に焚く**迎ひ火**が／赤々と／そこにもここにも見える町並　渡辺　順三

むかえる〔むか・ふ〕 迎ふ（他動下二）待ち受ける。待っている。

同級生初老を**迎え**謎々の答えのように近況明かす　河路　由佳

いづこにものうぜんかづらひるがへり石見の峡は夏を**迎ふる**　長澤　一作

むかし 昔（名）年久しい以前。ずっと以前。遠い過去。いにしえ。

多摩川を越して酒場に行く日々も遠き**むかし**の四年の**むかし**　三枝　昂之

身をしぼり哭きをりしものすでにあらぬ蹌踉とたださうらうと**昔**　成瀬　有

むき‐むき 向き向き（名）好みによって方面がちがうこと。（副）思い思い。

アマリリス**むきむき**の花に照る昼の陽は心の壁のかげを濃くする　宮尾　操

並び立つ倉庫の隙より海見えてクレーンは**向き向き**に空に交はる　礒　幾造

むくろ 骸（名）死体。なきがら。

大福のやうにも見えてもう四歩すすめば小鳥の**骸**《むくろ》とわかる　山田　航

捨てかねて手のひらに透くかげろうの軽き**むくろ**を風にゆだねる　長澤　ちづ

むこう〔むかう／むかふ〕 向かう・向ふ（名）前方。あちら。「むかう」は「むかひ」の音便、または「むかふ」の転とも。

誰ひとり帰っておらぬ紫陽花の**向こう**にわが家さばさば暗い　釣　美根子

カーディガンの袖に片腕ずつ通す　**むこう**の海にふれそうになる　小谷　奈央

むーごん　無言（名）ものを言わないこと。しゃべらないでいること。

雨脚のはげしき夜は**無言**なるふたり受け入れながらたゆたふ　宇田川寛之

無言電話の中に息づくかなしみにふれんとさらに耳をすませり　光栄　堯夫

むさぼ・る　貪る（他動四）あくまで欲しがる。欲深く望む。しきりに執着する。

この国の政治家あまた私利**むさぼり**田園すでにかへりみられず　中野　菊夫

地下街の勤めとなりて休日は**むさぼる**如く陽の光浴ぶ　稲垣　和

むざーむざ　（副）無造作に。たやすく。簡単に。まんまと。

襤褸少年なりし日持てば**むざむざ**と過ぎてはならぬをわが戦後とす　水野　昌雄

むし　虫（名）昆虫。特に、秋に鳴く虫。

手すさびにゆふべに開く子の図鑑くはがた**虫**の臭ひこもれり　外塚　喬

ふたたびを着るなき妻の洋服を**虫**干ししつつ処分をまよふ　桑原　正紀

むしろ　筵・蓆・莚（名）わら・藺《い》などで編んだ敷物。

くるみの実を**筵**の上にひろげつつほしてありたりその縁先に　石黒　清介

背戸川の真菰《まこも》刈り来ておぼつかな子が魂まつるすが**筵**編む　行徳　広江

むーじん　無尽（形動ナリ・名）つきる所がないこと。無尽蔵。「無尽数《むじんず》」は数のつきないこと。

日本を**無尽に**奔れパトカーも死霊と名づく暴走族も　田島　邦彦

この山に芽ぶき繁りて散りにける落葉**無尽数**踏みくだり行く　来嶋　靖生

むす・ぶ　結ぶ（他動四）つなぐ。くくる。閉じる。

靴紐を**結ぶ**べく身を屈めれば全ての場所がスタートライン　山田　航

実を**結ぶ**ために花咲く簡明を愛しきれずに草生ふみゆく　久我田鶴子

むた 共（名）…とともに。…のままに。助詞「の」の下に添えて副詞のように用いる。

しづかなる秋の入り江に波の**むた**限りも知らに浮ける海月《くらげ》か　長塚　節

届きたる箱をひらけば縄文の森の香の**むた**栗のあらはる　田中あさひ

む‐つき 睦月（名）陰暦正月の異称。睦び月の意。

輪注連《わしめ》ひとつ画鋲をもちて壁に押す今年もわれの**睦月**とぼしき　岡野　弘彦

うすずみの空が**睦月**にあるのなら、そよ、うすずみのかな書きの恋　岡井　隆

虜囚としてたへにし冬をまぼろしに凍てし**睦月**に逝きたり父は　林田　恒浩

むつ・む 睦む（自動四）むつまじくする。仲よくする。親しくする。「むつぶ」とも。

わが庭の枝垂紅梅三月の日向に優《やさ》し咲き**睦み**つつ　中村　純一

わが父母が老の**睦み**に来にし湯を思ひをりその檜皮《ひかは》の屋に　須永　義夫

紅葉せず散りし木映る湖にはやひと群れの鴨きて**睦む**　阿久津福吉

む‐と‐・す （連）…しようとする。まさに…しそうになる。「んとす」とも。未然形に付ける。

ためらはず大きうねりにつか**むとし**底ごもりしてひびく川おと　板垣家子夫

空気銃かまへて街を撃た**むとす**渺渺と夏のひかりまぼろし　佐藤　薫

むな‐くに 空国（名）荒れてやせた不毛の土地。むなぐにとも。

空国《むなくに》のそら花曇り衿立ててプラットホームに吹かれてゐたり　三井　ゆき

むな‐ぐら 胸座（名）着物を着たとき、左右の襟の重なり合うあたり。

胸ぐらのはためきて風のゆうがたをゆけば心身ともにひびける　内山　晶太

むなしい〔むな・し〕 空し・虚し（形シク）形だけで中身がない。うつろである。

ゆふかげに臙脂おびたる爛漫の桜あふぎて**虚しく**も
あるか　島田　修三

むな-ど　胸処（名）胸のあたり。処は「奥処《おくど》」のように場所を表わす接尾語。歌語として用いられる。

たらちねの母の**胸処**にわが手もて戒脈入れて納棺申す　大下　一真

おお、われは風の王なり**胸処**《むなど》より木枯らし発《た》たすふぶけことだま　萩岡　良博

をさな子はホルンのごとく眠りをり椅子にもたるる母の**胸処**に　十谷あとり

むね　胸（名）胸部。心。心中。下に語がつながる場合「むな」と読む。

くりかえす「あなたは私の雨」という手紙のことば幾度も**胸**に　五十嵐順子

傾きし地平抱きて青年の死ありやせて薄き**胸**板を地に　水上　良介

む-やみ　無闇（形動ナリ・名）前後を考えないさま。度を超すさま。

雪に傘、あはれ**むやみに**あかるくて生きて負ふ苦をわれはうたがふ　小池　光

海べりの昔の家にいちぢくの**むやみに**熟れて羞しかりき　中川佐和子

抽出しにずつとありたるライターに立ち上がる火の**むやみに**高し　花山多佳子

むら　村・邑（名）田舎で人家の集まっている所。むらざと。

貧しさはきはまりつひに歳ごろの娘ことごとく売られし**村**あり　結城哀草果

夏帽子まぶかに被りバスを待つ旅の少女は**村**に華やぐ　今井　正和

むら　群・叢・簇（名）むらがっていること。むらがり。集まり。むれ。

ひたぶるに人を恋ほしみし日の夕べ萩ひと**むら**に火を放ちゆく　岡野　弘彦

アーチなすあぢさゐの木**叢**くぐりたりわが鬱すこし花に映して　沢口　芙美

草**叢**に雨至るとき乾涸びし草の葉は皆するどく匂ふ　杉山　隆

杉**群**に裂けしと折れしと裂け折れしと三様の幹が等

比をなせり　加藤　将之

むらが・る　群がる・叢がる・簇がる（自動四）一つの所に多く集まる。群をなす。

春潮の波に漂ふ帰り鴨枯芦原のはてに**むらがる**　水谷　ヒナ

陰微なるにくしみうごくこの夜を咲きて**むらがる**紅立葵　阿木津　英

群肝（名）五臓六腑。群がる肝の意。

むら-ぎも　群肝の（枕）心にかかる。

あしびきの山の夕映えわれにただ一つ**群肝**一対の足　佐佐木幸綱

ふたりごに専《もは》らまみるる日の果てに**むらぎも**の沼われの濁りの　春日真木子

むらぎもの底ひにすまうくちなわの喉に御神酒をお注ぎもうす　村野　幸紀

むらさき　紫（名）むらさき科の多年草。夏に白い小花が咲く。根は紫色で染料に用いた。紫色。赤と青の間の色。

大空の斬首ののちの静もりか没《お》ちし日輪がのこす**むらさき**　春日井　建

ゑんじ色に人は袂《たもと》を染めなれてまだしと云ひぬわが濃《こ》**紫**《むらさき》　与謝野鉄幹

サラブレッド種嘶きたかくふるはする大気の冷えの**むらさき**を感ず　葛原　妙子

むら-さめ　叢雨・村雨（名）しきりに強く降ってくる雨。にわか雨。驟雨。白雨。

おもむろに告げむ一語のありやなし**村雨**《むらさめ》過ぎて巌《いはほ》も匂へ　小中　英之

むら-むら　叢叢（副）あちこちに群がっているさま。急に怒りや悪心が立つさま。

蒔きたるはさびしさの種なでしこの**むらむら**咲きて吾をかがますする　今野　寿美

むらむらと群がるものよ　なんだこのインターネット的草のそよぎは　菱川　善夫

むれる［む・る］　群る（自動下二）一カ所に多く集まる。むらがり。「むれ」は名詞。

これからは**群れ**なすことも会うこともなかりき君よ口紅をぬれ　福島　泰樹

しらじらとホープを吸って　**群れる**のがほんとに好きなら歌などやるか　森本　平

冬河に一条走る暖流のゆくてに起伏する葦の**群れ**
荻本　清子

ひねりたる蛇口に澄みてあふれくる海の蛹の**群れ**を
手に受く
日置　俊次

め

女（名）おんな。女性。

め

ふとわれは一人の**女**の子の前に立つ**め**の子はるけく
遠き日のわれ
真鍋美恵子

頸の根にひやりと来たる**女**童《わらは》は空高き凧を見たし
と言えり
上野　久雄

め

目・眼（名）まなこ。ひとみ。目つき。まなざし。見ること。

眼と心をひとすじつなぐ道があり夕鵙《ゆうもず》などもそこを
通りぬ
大森　静佳

「親友がいない」と言ったきみの**眼**に映る「わたし」
がいっぱいになる
高坂　明良

ばき・ばきと今日の昼餉を飲み下す睫毛の下の**目**を
潤ませて
石川　美南

たましひをつつみてひとり臥すときを秋吹く風の**眼**
とあひにけり
小中　英之

め

芽（名）発芽したばかりの幼い芽。

出でそめし独活《うど》の**芽**立の愛しもよ土を盛りあぐ一株
ごとに
中島　哀浪

九千本の**芽**袋かぶせま白きが葡萄の枝に花のごと映
ゆ
岡本はる子

つぎつぎに訃報のとどく晩冬におのれいかなる花**芽**
ととのふ
篠　弘

め

（助動）…しよう。…するつもりだ。話し手の動作に付けて意志・予想をあらわす。もと係助詞「こそ」の結びに用いたが現在「こそ」を省略している。推量の助動詞「む」の已然形。未然形に付ける。

海底に亀鳴くごとき夕まぐれ東洋の悲歌われは歌は
め
辺見じゅん

赫あかと夕焼の中に崩れゆく白日をこそいのちと言
は**め**
櫟原　聰

メール

メール（名）電子メール。

送信した**メール**の返事はスルーされそちらの雨はあがりましたか　森田しなの

われもまた夜の電車に**メール**打つ男となりて表情を消す　谷岡　亜紀

「福島のことまわりは何て言ってる？」と幼なじみからの**メール**、また読む　黒﨑　聡美

職場には雨期が来ており毒のある芽を持つ**メール**あまた溜まりて　中沢　直人

め・く

（接尾）…のように見える。…らしくなる。…のきざしが見える。

宇治十帖読み返しつつ流離**めく**夜毎のありて春深みたり　大西　民子

反芻しやまぬ悔あり山の湯に魔女**めき**て舞ふ黒揚羽蝶　岡本はま子

ゆきぐれのゆうぐうもれるこうえんにおきざりのそり　おくりもの**めき**　糸田ともよ

めぐら・す

巡らす・廻らす・周らす（他動四）周囲をまわらせる。まわりを囲む。

雪菰を**巡らし**ストーブも焚きつけて職場よりくる生徒らを待つ　宮脇　瑞穂

周らして広き冬の馬場日のあたる遠き所には馬群れてをり　岡部　文夫

近づけば群ゐし海鵜身をかはしくぐり抜けたり**めぐらす**波を　長沢　美津

めぐり

巡り・廻り・回り（名）かこみ。周囲。周辺。あたり。近辺。めぐること。

沈みゆく軍艦に似たるこの街のわれの**めぐり**は火薬庫だろう　荻原　裕幸

うたがひの森に放たれ迷ひゐるこころの**めぐり**冷下二十度　綾部　光芳

めぐ・る

巡る・回る・廻る（自動四）丸く動く。まわる。まわってもとへ返る。まわりに沿って行く。まわり歩く。周囲をかこむ。

寒々とわが身吹かれてゐるときを鴨**めぐり**ゐる水際《みぎは》明るし　由良　琢郎

人体図に青く描かれし静脈のひんやりと木枯し載せて**巡り**ぬ　寺戸　和子

ルソンから暖流に乗り四季**巡り**南風《はえ》に吹かれて来た

め

か　流木　　萩谷　孚彦

めーくるめ・く　目眩く（自動四）目がくらむ。目まいがする。

動くものゆゆしかれども**目くるめく**早瀬の激《たぎち》見ざるべからず　　尾山篤二郎

大いなる渦の真中の**めくるめく**静けさに似て今年尽きゆく　　杜澤光一郎

めくるめく五月の苑生の陽のはだら〈私は誰の影であろうか〉　　大谷真紀子

めーざめ　目覚め（名）眠りからさめること。ひそんでいたものが働き始めること。

冬涛《ふゆなみ》の逆巻く能登や外海《そとうみ》の夢さめざめと**目覚め**しにけり　　坪野　哲久

牛乳瓶いっぱいにアイリス咲きはじけかたはらに又夫なき**目ざめ**　　三国　玲子

鷽《うそ》ひとつ啼きしばかりとおもひしに春の**めざめ**は空をわたりぬ　　斎藤　茂吉

めじ〔めーぢ〕　目路（名）目で見通した所。見える範囲。限界。視界。めさき。

背を反らしたどる高層のビルの線**目路**の果たての空におびゆる　　窪田章一郎

林道の**目路**はいつしか開けたり緑たたふる池の幽けき　　大成　栄子

晴れし日は田上山の白雲を**目路**にあゆむも恰《たの》しきひとつ　　加藤知多雄

めしう〔めーし・ふ〕　盲ふ（自動上二）視力を失う。

めしひゆく眼になほ見ゆるコスモスの花に向ひて体操をする　　二宮満寿男

来む春に白花《びやくげ》咲かせむ朴の梢まぶしく仰ぐ**めしひ**たるごと　　松坂　弘

盲ひてはもののともしく隣家に釘打つ音をはるまで聞く　　明石　海人

めーつむ・る　目瞑る・瞑る（自動四）まぶたをとじる。瞑目する。「めつぶる」とも。

鷺草のはな群れ咲くに行き逢へば羽音ききつつ**目つむる**しばし　　高松　秀明

目つむれば吹き過ぐる風音べようべようと砂丘に鳴りて陽は落ちてゆく　　市来　勉

目瞑ればコロナ輝き或るときは白日浮かぶ眼底宇宙

西村　尚

め-に-た・つ　目に立つ・眼に立つ（連）目につく。めだつ。注意をひく。

目にたたぬ花あふれさくあしびの木花健かに咲くをよろこぶ　佐藤佐太郎

目に立ちてみごもる妻は白よりも赤き産衣を多く作りぬ　末岡　惣一

枯草に降りつぐ雨や竜胆のぬれいろさむく**眼にしたつ**なり　石井直三郎

め-に-つ・く　目に付く（連）目立って見える。

あわただしき幾日過ぎけむ**目につき**て木の間の秋は星明りせり　橋田　東聲

絶えて見ぬ四十年《よそとせ》なれば**目につき**て我に思ほゆにこ毛たつ手の　土屋　文明

めばえる〔めば・ゆ〕　芽生ゆ（自動下二）芽が出始める。物事が起こり始める。

めばえたる嘘はぐくみてひとを待つあひだひとりの心音くらし　栗原　寛

め

めまい〔め-まひ〕　目眩・眩暈（名）目がまわること。目がくらむこと。

花はゆれ揺れはうねりて**めまひ**誘ふ　ここはあまねきコスモス畑　蒔田さくら子

めも-あやに　目もあやに・眼もあやに（連）きらきら輝いてまぶしいほど美しいさま。

読む本の活字の余《ほか》は見ぬわれにこは**眼もあやに**装《よそほ》へる子か　宇都野　研

め-や　（連）…することがあろうか、そんなことはない。…するものか。反語の意。未然形に付ける。

あが母の吾《あ》を生ましけむうらわかきかなしき力おもはざら**めや**　斎藤　茂吉

声ひくしひくくしあれど真心のこゑ天地《あめつち》にとほらざら**めや**　佐佐木信綱

大君の将校として死にけむも親には子なり泣かずあら**めや**　窪田　空穂

めり　（助動）…ようだ。…のように見える。…らしい。推定の意をあらわす。推量の助動詞「らし」よりも主観的でよい。終止形に付ける。

玉蘭《はくれん》の落葉掻き集《つ》め焚く風呂のねもごろ柔《やは》き湯気に
立つ**めり**　北原　白秋

あそぶかと見ゆる白雲いつしらに伴《つれ》を呼ぶ**めり**富士
の中処《なかど》に　岡野直七郎

も

面（名）おもて。表面。

落日の余光に明かき池の**面**をかるがもら行く家族《うから》な
らむか　来嶋　靖生

岩の**面**の湿りを吸へる黒蝶のおどろくもなく近寄れ
ば立つ　田谷　鋭

結氷の湖の**面**に現るる御神渡の様見しことのなく
野地　安伯

も

喪（名）人の死後、その近親者が何日間か家に
こもり死者をいたみ過ごすこと。喪中。忌み。

喪の家にもしもなつたら山桜庭の斜《なだ》りの日向に植ゑ
て　河野　裕子

日本列島あはれ余震にゆらぐたび幾千万の**喪**の灯さ
ゆらぐ　長谷川　櫂

喪、とふ字に眼のごときもの二つありわれを見てを
り真夏真夜中　吉田　隼人

も

（係助）類似した事物をいくつか取り出し例示
する。

日本脱出したし　皇帝ペンギン**も**皇帝ペンギン飼育
係り**も**　塚本　邦雄

ただ一度生まれ来しなり「さくらさくら」歌ふベラ
フォンテ**も**我**も**悲しき　島田　修二

明けきらぬ海**も**陸**も**しづもるを舞台女優のやうに見
て立つ　野一色容子

も

（終助）文末で感動・詠嘆をあらわす。

恋の人よりもかなし**も**夜々を違へず出でて痩せゆく
月は　石川　恭子

野のひろさ吾をかこめり人の世の人なることのいま
は悲し**も**　片山　廣子

黒石を殺せぬ白の一局の頭のうへにありて愉し**も**
桜川　冴子

も

（接助）活用語の連体形に接続して、逆接の確定条件を表す。

ふためぐりしても見つからぬ先生の墓いずこなりや雀に聞かむ　晋樹　隆彦

韻文に殉ぜむと希《こひねが》ひしも水無月までのこころのゆらぎ　吉田　隼人

自販機に何度入れても戻りくる千円札を財布にもどす　竹村　公作

関わらぬやさしさをわが信ずるも野良に餌やる父の生き方　石川　幸雄

もう

（副）もはや。すでに。数を示す語を伴って、その上に。更に。「も」「まう」とも。

もうみんな大人の顔つき体つき冬のすずめに子供はおらず　藤島　秀憲

大阪弁でまくしたて去る酔客の卓上は**もう**片付けられた　武田　素晴

もう〔も・ふ〕

思ふ（他動四）おもう。「思ひ《も》」は名詞。

池尻の芦分けいづる水の音小溝と**思へ**どあはれなるかな　尾山篤二郎

くちすすぎ清まる**思ひ**に一年《ひととせ》のおほつごもりと吾が体《からだ》居り　吉田　正俊

ふるさとの米糠《こぬか》鰯と冷酒《ひやざけ》ともの**思い**ながしかなしみながし　坪野　哲久

もうでる〔まう・づ〕

詣づ（自動下二）拝みに行く。お参りする。

諏訪の湖《うみ》の岸の柳は芽ぶくらむ御墓**詣で**むと恋ひて思ふも　川井　静子

野菜市に早咲きの菜の花一束ね買ひて**詣づる**亡き妻の墓　太田　青丘

もうまく〔まう-まく〕

網膜（名）眼球内部を覆う膜。多数の視細胞と視神経が分布する。

とりあへず叙景をしたり**網膜**に焦点むすぶ柿を感じて　小池　光

もえ-ぎ

萌黄・萌葱（名）黄と青との中間色。うすみどり。

窓を摩る柳の枝のたゆたひてにじむ**萌黄**を濃く淡くする　後藤　直二

落葉松《からまつ》の**萌黄**の芽ぶきけぶりつつ日はたけなはとな

りにけるかも　　島木　赤彦

萌黄いろの光のなかにゆらめける女児《をみなご》のブラウス白鷺になる　　宮本　永子

もえる〔も・ゆ〕　燃ゆ・炎ゆ（自動下二）火がついて炎が立つ。光を放つ。鮮紅色に輝く。情熱が盛んに起こる。

噴き出ずる花の林に**炎え**て立つ一本の幹、お前を抱《いだ》く　　佐佐木幸綱

花終へし幹を思ひてねむる夜の夢の海には船**炎**《も》**え**てゐる　　福井　和子

花が**燃え**あかき炎に菊が**燃え**眼鏡が**燃ゆ**るわが母が**燃ゆ**　　中野　昭子

もえる〔も・ゆ〕　萌ゆ（自動下二）芽が出る。きざす。「草萌え」は名詞。

オブローモフ草**萌え**果てる哀しみのどこまで広い野があると問う　　寺戸　和子

庭隅にひとむらがりの水葉**萌ゆ**青生《なま》なまと罪を意識す　　大野　誠夫

も‐が‐な　（助）…があってほしいなあ。…でありたいなあ。自己の願望を示す。「もがも」「もが」とも。

この浦の木槿花咲く母が門を夢ならなくに訪はむ日**もがな**　　明石　海人

病む夫も今日の眠りに入りぬべし星光くだる夢の炎**もがも**　　浜田　陽子

あたらしき命《いのち》**もがも**と白雪のふぶくがなかに年をむかふる　　斎藤　茂吉

も・ぐ　捥ぐ（他動四）ねじって切り離す。ちぎる。

捥げぬなら吊るされていよあわあわと恋の終わりの柿の秋なれ　　大野　道夫

曙の霧の粒子のあもりくるキャベツの群よりひとつを**捥ぎ**ぬ　　日高　堯子

誰だらうわたしのすべてを**もぎ**取ってデータベースに保管してゐる　　大西久美子

もぎたての紅玉スカートでみがきあげシュワーッとかじる風がとびたつ　　和田沙都子

もく‐せい　木犀（名）秋に葉のわきに黄や白の小花が群がり咲き、芳香がつよい。

閉ざしたる夜の部屋にして一塊《くれ》の香気醞醸す黄の**木**

犀花　　　　　　葛原　妙子

肺葉のひとつひとつに忍び込む金**木犀**の匂いの暗さ
　　　　　　　　　釣　美根子

キン**モクセイ**香りを添付追加して送ってみたい十月の庭　　　立花　開

もく-れん

木蓮（名）春、葉に先だって紫・白の大きな花が開き、芳香を放つ。

うらうらと春日が霧《き》れば庭かげの白**木蓮**の青みさびしも　　　今井　邦子

何本ものマイクとなりて**木蓮**の蕾は春の声を集める
　　　　　　　　　玉井　綾子

逆光の白き**木蓮**噴き出ずるおもいにたえよともに火炎樹　　　福岡　勢子

もし

若し（副）かりに。万が一。あるいは。ひょっとして。「もしは」「もしも」とも。「もしや」の「や」は疑問の助詞。

もし煙草を吸えたなら今あなたから火を借りられた揺れやまぬ火を　　　染野　太朗

人間を深く愛する神ありて　**もしも**の言はゞ、われの如けむ　　　釈　迢空

うた一つ「詠み人しらず」と残されしゆかしさ　**もしや**その人は風　　　結城千賀子

もず

鵙・百舌（名）くちばしが鋭く頭が大きい小鳥。飛ぶ力が強く蛙・ねずみ・昆虫などを捕食して勇猛。秋に人里近く現れ鋭い声で鳴く。

母のなきうつつはありて夕陽さす林に**鵙**の鋭声ひびかう　　　松坂　弘

食卓の茄子の漬物むらさきに朝々晴れて**百舌鳥**のなく声　　　太田　水穂

何処までがこゑ何処までが身体か抒情ふるはせながら啼く**百舌鳥**　　　菊池　裕

もだ

黙（名）ものを言わないこと。沈黙。何もしないでぼんやりしていること。

ただひとこと悔みをいひて**黙**ふかきこの村びとは母とおなじ齢《とし》　　　岡野　弘彦

蓮の実のみどりの面に穴いくつやはらに**黙**を抱けるごとし　　　沢口　芙美

もたげる〔もた・ぐ〕

擡ぐ（他動下二）持ち上げる。起こす。

あたたかき焼野の土を**もたげ**ゐるさわらびの芽のな

つかしきかも　古泉　千樫

夜の部屋に蟷螂ひとつ迷ひきてふとキリストの顔を**もたげ**ぬ　高松　秀明

地に伏して小花**もたぐ**るコスモスを濡らしゆきつつ秋霖《づゆ》雨昏し　木俣　修

もだ・す

黙す（自動サ変）ものを言わない。口をつぐむ。だまっている。無口である。沈黙する。

病める身はたやすく疲れ遠く来《き》し友に対ひて**もだし**がちなる　結城哀草果

どのような世界にゆける**黙し**たるこの水道の蛇口のくらさ　加藤　英彦

長《なが》き壁《かべ》あかく爛《ただ》れし夕焼《ゆふやけ》に一列黒《いちれつくろ》く牛《うし》**もだし**行《ゆ》く　与謝野鉄幹

わが前を**黙し**ゆく背のいくばくか悄然としていしを忘れず　丸山三枝子

もたら・す

齎す（他動四）持って来る。ひきおこす。

金にては幸福は**齎さ**れぬといふならばその金をここに差し出し給へ　安立スハル

耳掻《みみかき》をもつ妻の膝にゐる我に外の月夜は智慧を**もたらす**　佐藤佐太郎

もたれる〔もた・る〕

凭る（自動下二）物に体をよせかける。よりかかる。

やまざくら咲く夜の森わかものの背に**凭れ**ゐる死者たちが見ゆ　綾部　光芳

泥靴も、わが蓬髪も、髭面も、恕せよ肩に**もたれ**て睡る　福島　泰樹

雑踏を見おろす真昼　銃架ともなり得る君の肩に**もたれ**て　松野　志保

壁に**もたれ**競馬新聞広げをりサンデーサイレンス産駒さがして　小林　幸子

もち

望（名）望月。陰暦十五夜の満月。

ひとところ秋蕎麦の花今さかり**望**のこよひの月の出の前　岡　麓

望すぎて幾夜なるらん庭の木のこもりにいでていざよふ月は　四賀　光子

月待ちて月待ち飽かぬ伊豆彦の**望**の夜を来つ雨の夜も来つ　馬場あき子

もち　餅（名）正月の祝いの膳の主食。年の暮れにつく。また、めでたい時にもつく。「もちひ」とも。

馬鈴薯を搗いて飾りの**餅**となし故国に焦れしシベリヤ遠し　　岩野　亮成

たのみたる**餅**《もちひ》つきあがり重《かさ》ねればゆたけきごとし来む正月は　　筏井　嘉一

もっとも　最も（副）何よりも一番に。とりわけ。たいそう。非常に。「もとも」とも。

はたらきて生き働けぬ老となり一生の果て**もっとも**さびし　　窪田章一郎

春の日のかがやく下にあるときに**もっとも**さびし卵といふもの　　真鍋美恵子

今**もとも**美しかるべき少女《をとめ》らのあららぐる言葉に心冷ゆる日　　中村　勝巳

もつれる〔もつ・る〕　縺る（自動下二）からみ合う。

突っぱってばかりいないで甘えよと鶏頭の葉の**縺れ**る湖畔　　秋元千恵子

四つほどの感情はいま**縺れ**合い放射冷却のごとき苛立ち　　生沼　義朗

もつれつつ教会の鐘が鳴り出づる西方の音の空の明るさ　　河野美砂子

も-て　（連）…で。…によって。…をつかって。「以ちて」の略。

いま妻が半透明のラップ**もて**包みゐる物を問ふことをせず　　松坂　弘

信州と言ふことば**もて**言ふときに「寒いでしょうね」まず返りくる　　伝田　幸子

もて-あそ・ぶ　弄ぶ・玩ぶ・翫ぶ（他動四）手に持って遊ぶ。慰み愛する。なぶる。

ワイパアに**もてあそば**るる花びらをしばし目で追ふ雨の十字路　　宮田　和美

雲南《うんなん》の白き翡翠を**もてあそび**たなごころ冷ゆ天日《てんじつ》は冷ゆ　　葛原　妙子

もてあそぶ地球儀めぐれすみやかに母国の位置を見失ふまで　　江畑　實

もて-あま・す　持て余す（他動四）処置に困る。取り扱いに苦しむ。

とほぐもる渚によする白波のこの単調を**もてあまし**

も

居り　中島　栄一

言葉あらく酔ひたる吾を**もてあまし**吾がよき友ら眠りたるらし　小暮　政次

退屈に身を**もてあます**ひまもなし　未知と未見の限界の中　土岐　善麿

もて-なし　持て成し（名）もてなすこと。ふるまい。馳走。取り扱い。

もてなしの酒に足《た》りつつ盃に浮きゐる秋の蚊も呑みにけり　吉野　秀雄

やさしかりしはたむごかりしありしままおん**もてなし**のなつかしきかな　山川　京子

もと　下・許（名）根もとのあたり。下蔭。そば。あたり。

青桐の**下**に植ゑたる月見草子らに目守《まも》られ花ひろげたり　窪田　空穂

親の**もと**はなれたる子がはじめての冬の寒さぞつらくおもはむ　岡　麓

九十二を迎ふる母と屠蘇を酌む目**もと**口**もと**所作目守りつつ　佐藤　新一

もとおる〔もとほ・る〕　回る・徘徊る（自動四）めぐる。うろつく。

ひと恋ふはかなしきものと平城《なら》山に**もとほり**来つつ堪へがたかりき　北見志保子

ひとり来てわれの**もとほる**ふる寺の秋のひかりは水のごとしも　吉野　秀雄

幼子と吾れけむるがに**もとほれり**桜堤やがて菜の花の道　草柳　繁一

もと-だち　本立ち・幹立ち（名）木の根もと。根もとから上部の幹の立っている様子。

森の木の**幹立**《もとだち》深くうづめつつ日温みたもつ今年の落葉　木下　利玄

西空に月は大きくかたむきて**幹立**《もとだち》しるし丘のけやきは　半田　良平

もと-な　（副）根拠なく。何のわけもなく。不安に。みだりに。むやみに。いたずらに。一説に、しきりにの意とも。

ものぐるふ心は**もとな**枝々のすべては醒めてさくら咲くなり　河野　愛子

君あらぬ**もとな**心は言に言はず秋の日照らふ頂きを

ゆく　田谷　鋭

手弱女《たおやめ》のこころの色をにほふらむ野菊は**もとな**花咲きにけり　伊藤左千夫

もと-より　素より（副）はじめから。もともと。「元より」の意・いうまでもなく・もちろん。

花見ると鬼もやさしきまなこせむ我は**もとより**ふわふわとなる　齋藤　史

も-なか　最中（名）まんなか。まっさかり。

立ち上りつつ沈みつつ青き壜街川の**もなか**を流れてゆけり　高嶋　健一

ひややかな皿の**もなか**にいづくより来てかしづもる朱の魚卵は　鳴海　宥

もの　（接頭）なんとなく、そこはかとなく、の意を添える。形容詞など、状態・心情をあらわす語に付ける。

暗くなるのが早くなり五時を知らす夕焼小焼**もの**恋しさよ　野村　清

春の雨ひそけく降れば**もの**がなし大根の花匂ふ夕暮　樋口　雅子

もの　者・物（名）人。また物事や、事柄・対象を漠然と言う語。文末に用いて、…ものだ。当然そうなる意や感動の意を表わす。

母をしらねば母とならざりし日向にて顔なき**者**とほほえみかわす　馬場あき子

野に生ふる、草にも**物**を、言はせばや。涙もあらむ、歌もあるらむ。　与謝野鉄幹

男とはふいに煙草をとりだして火をつける**もの**こういうときに　俵　万智

人に牙あれば在らざる**もの**なるか波の模様をみせ日本刀　富田　睦子

もの-か　（連）…ではないか。…ことよ。感動の意。…するはずはない。強い反語の意。

現実の暴露《ばくろ》のいたみまさやかにここに見る**ものか**曼珠沙華のはな　佐佐木信綱

成人後ながく引き摺り来し**ものか**我に精神病質者の血　田島　邦彦

もの-か-は　（連）なんとも思わない。なんでもない。かまわない。平気で。

敗戦も**ものかは**と競ひ揉む神輿きらめき渡る焦土は

るかに　　筏井　嘉一

ものゆえ〔もの‐ゆゑ〕　（連）…ものなので。…ものだもの。順接して詠嘆を込める。…ものだけれども。逆接に用いる。

掌《て》にのせて一つかまきり夜仕事の机にのぼり来し**ものゆゑ**に　　坪野　哲久

もの‐を　（連）…ことだなあ。…のになあ。文末に用いて、愛惜や不満・悔恨の気持ちを込めて強く詠嘆する。または文中に用いて、前述と同じ気持ちを込めて逆接する。

指に塞くみぎはの水は夏さむく指のしがらみ越えゆく**ものを**　　宮　英子

のめり込みて生きたき**ものを**　四十代　分別くさきわたくしである　　道浦母都子

も‐はや　最早（副）今となっては。すでに。もう。「いまはや」の転。

詩歌なども**はや**救抜《きゅうばつ》につながらぬからき地上をひとり行くわれは　　岡井　隆

風さむき夕みちくれば焼芋のよびごゑ**もはや**秋さだまりぬ　　上田三四二

もみじ〔もみぢ〕　紅葉・黄葉（名）秋の末に落葉樹の葉が赤・黄に色づくこと。黄色くなるのは「黄葉」と書く。

探偵が世界に付箋をつけるように**紅葉**始まりジャムは煮えゆく　　井辻　朱美

あかさたな、ほもよろを、と**紅葉**散りわたしの靴を明るく濡らす　　東　直子

黄葉《もみぢば》の過ぎゆきたれば白樺の幹はてしなし白き林は　　窪田章一郎

もみず〔もみ‐づ〕　紅葉づ・黄葉づ（自動上二）秋の末に草木の葉が赤や黄に変わる。

町屋根の上にしぐるる山みれば**もみづる**樹々にはだれふりたり　　五味　保義

「楷書」にしその名を刻む楷の木の**もみづる**下にわれは入りゆく　　小池　光

も・む　揉む（他動四）ゆり動かす。動かす。いらだつ。

とどろきて花ざかり田に吹きあるる野分に一夜こころ**揉まるる**　　吉植　庄亮

麻痺の手を妻に**揉まし**めまどろむにいつか遠そく山鳩の声　石井　房雄
アルバイトしつつ己が技研く子のシャツの袖口の**揉**み洗ひする　荒木美也子

もも－いろ
桃色（名）桃の花のような薄紅色。淡紅色。ピンク。
あたたかく冬の日のさす崖下に畜舎は見えて**桃色**の豚　田谷　鋭
かなしみのかたまりとして**桃色**の重機が秋の陽を浴びており　谷岡　亜紀

もも－の－はな
桃の花（名）花は普通は淡紅色だが緋《ひ》桃（濃紅色）、白《しら》桃（白色）もある。三月三日の節句に飾る。初夏、実をむすぶ。
桃の花くれなゐ**沈む**しかすがにをとめのごとき女《をみな》なりけり　古泉　千樫
鶏ねむる村の東西南北にぼあーんぼあーんと**桃の花**見ゆ　小中　英之
桃の花咲けば思ほゆ継ぐもののなくて譲りし一式の雛　蒔田さくら子

も

もら・す
漏らす・洩らす（他動四）もれるようにする。こぼす。
病みこもる昼の部屋にふと**洩らし**たるわれの笑ひを知る人もなし　安立スハル
快方に向ふ幼が退屈のつらさ**もらす**を喜びとする　宮中　健

も・る
守る（他動四）子もりをする。見守る。番をする。
つばくろの低く飛ぶ日は雨と言ひ母もさびしく留守を**守りけむ**　大西　民子
飛来せる鶴を**守る**とて囲い藁まだ新しく日のぬくみあり　石本　隆一

も・る
盛る（他動四）器に一杯に入れ満たす。高く積み上げる。
店先の皿に**盛り**たる伊予柑のうへにもまるく積みたり雪は　白井　洋三
ぬきいでて青茎太《あおくきぶと》のししうどのあはく**盛り**たる花も暮れ入る　片山　貞美

もれる〔も・る〕
漏る・洩る（自動下二）こぼれる。抜ける。落ちる。

みづみづと葡萄の房のひしめける棚より**もれ**て日ざし親しき　五十嵐正司

灯の**洩るる**壁に沿ひゆけり夜の闇のやはらかきところしばしば過ぎて　小野　茂樹

もるる日に椿の落花光りゐる石浜ぞひの林を歩む　由谷　一郎

もろ　諸・双（接頭）めいめい、おのおの、多くの、二つ、両方、共に…する、の意を添える。「もろ抱き」「諸向き」は共に抱く。共に向くこと。

脂あり脂なしとぞ**双**の掌《て》をすり合わせをり雪の夜ふたり　坪野　哲久

もろ抱きに稲の葉茎に居るからに愚直の心みゆるぞいなご　馬場あき子

鵜の群はひそやかにして荒波の立ちくる方《かた》に**諸**向きに居り　山口　茂吉

もろい〔もろ・し〕　脆い（形ク）外からの圧力や影響に対して抵抗する力が乏しい。

この**脆く**しぶときものを人体と呼べりはた人の志はや　酒井　佑子

もろごえ〔もろ‐ごゑ〕　諸声（名）たがいに和して鳴いたり、発したりする声。

あかつきの蟬のひとこゑが**諸声**を誘ふあはれをききとめにけり　吉野　秀雄

小山田にみちて鳴きたるかへるらの**もろ声**ききしふるさとの家　五味　保義

もろ‐とも　諸共（副）ともども。いっしょ。そろって。「もろともに」とも。

街**もろとも**揺らぐ陽炎たしかなるもの何もなき春といふべく　尾崎左永子

鉢**もろとも**倒れしクリスマスツリーあり夕風すさぶ新宿の町　田谷　鋭

還暦を過ぎつつ思ふ**もろともに**老いて安らぐ時ありやなし　佐藤　志満

逃れられぬわが輪郭の見ゆる日を影**もろともに**動かむとせり　横山未来子

もろ‐びと　諸人（名）もろもろの人。多くの人。各人。おのおの。

もろ人の吾をいたはり厨べにサントリーオールド絶

やすことなし　　岡野直七郎

や

夜（語素）よる。複合語を作る。

ドオミエの**夜**行車の図を思ひしより混みし乗客俄かに親し　　島田　修二

あがりゆく庭の氷雨を眺めつつ**夜**勤のあとをレモンティ飲む　　中西　寿男

や

（助）並列に用いる。文中・文末に用いて、詠嘆を示す。…か。疑問を示す。…ないものか。反語を示す。

ちらばれる耳成山《みみなしやま》**や**香具山《かぐやま》**や**菜の花黄なる春の大和《やまと》に　　佐佐木信綱

天《あめ》なる**や**沖のかもめご地《つち》なる**や**白玉椿触れで別れん　　馬場あき子

さびしからぬと思ふ**や**桜花の領に入りひとり春たつ祝祭をなす　　稲葉　京子

晩年の私は私の人生のどんな断片を拾い語る**や**　　山口とし子

やいば

刃（名）焼き入れして硬化された刃。また、刀剣など刃のついたものの総称。「焼き刃」の転。

つはぶきのあざやかに咲く花に触れ**刃**《やいば》のごとき感触を知る　　綾部　光芳

沼はわがうちなるふるへ銀箔の**刃**一枚胸にうずめて　　荻本　清子

捨てられずさりとて**刃**《やいば》入れられぬ小さき茄子を厨にのこす　　小沼　青心

ひとときを**やいば**に心を研がれゐつカサブランカの咲くまでの日日　　寺島　博子

霧まといつつ過ぎてゆく切り通しこの身を**刃**の鞘となすまで　　松野　志保

やおよろず〔やほ－よろづ〕

八百万（名）数が極めて多いこと。

八百万の神の口づけ　野火止の用水おちこち花筏あり　　生沼　義朗

やおら〔やを－ら〕

（副）そろそろと。ゆっくり。おもむろに。

しののめの浪の穂がしらほの見せて燈台の灯は**やをら**旋《めぐ》るも　岩谷　莫哀

地図一枚かきあげし子はカバンより算数のテスト**やをら**取り出す　大岡　博

やがて

聽て（副）まもなく。そのうちに。

打切りの**やがて**きたらむ兆とも医療継続の記載を不備と言ひきぬ　上田三四二

はじめ良し**やがて**消えゆく味はひは飢ゑのなき世の椀子そばかな　小野　雅敏

やかましい〔やかま・し〕

喧し（形シク）騒がしい。こうるさい。

髪刈れやと**やかましかり**し父をらず伸び放題の白髪《はくはつ》ぞ子は　窪田章一郎

や・く

焼く・焚く・灼く（他動四）燃やす。たく。火に当てる。あぶる。こがす。

海を**灼き**天を**灼き**おのれ全円に身を**灼き**ながらおほき没《いり》つ日《ひ》　上田三四二

歌なしの四月五月のかへり霜ひと朝ただに茶の芽を**灼き**つ　築地　正子

夫を**焼く**ための点火をわが手もてなさむ無惨をしばし許せ　生方たつゑ

や–ぐるま

矢車（名）端午の節句に鯉幟と共に幟竿に取り付ける。風で音を立てて回る。矢車草。初夏、緑白色や薄紫色の小花を開く。

いくさなどさせてはならじからからと孫の幟の**矢車**回る　山領　豊

牧草に種子まじりゐし**矢車**の花咲きいでて六月となる　石川不二子

やさしい〔やさ・し〕

優し・羞し（形シク）優美だ。穏やかだ、人情がある。「やさしさ」は名詞。

紛争を知らぬ世代に生まれ来て**やさしき**時代に槌ひとつ買う　東　めぐみ

肩を前に落とせば女のあわれさは現身よりも**羞しく**匂う　佐波　洋子

たたかわずなんの**羞《やさ》し**さ峰打ちのごとき日射しは肩に落ちいつ　吉川　宏志

やさし–・む

優しむ（自動四）しみじみとした趣きになる。（他動四）暖かく思いやる。

やさしみてたべをはりたる柏餅の濡れて薫れる葉をたたむかな　大滝　貞一

大方の売掛金をとれぬまま鬼籍に入りし父を**やさしむ**　松尾　和男

やしなう〔やしな・ふ〕　養ふ（他動四）世話をして育てる。飼う。つちかう。「養ひ」は名詞。

捕へ来て子らの**やしなふ**くつわむし夜半鳴くこゑはわれひとり聞く　柴生田　稔

滾る粥に酒と蕗の茎投げ入れて身の**養ひ**の最良とする　鹿児島寿蔵

やしろ　社（名）神がまつってある建物。神社。

山の上に**やしろ**修復の音響き吹きくる風に木の香の匂ふ　朝比奈ふく

颪のおと川わたり来るみ**やしろ**に栴檀の実のおつるひととき　斎藤　茂吉

やすい〔やす・し〕　安し（形ク）おだやかだ。やすらかだ。安心。安価。易し（形ク）たやすい。補助動詞となり、ともすればそうなる。…しがちだ。

車なき裏道**やすし**ゆふぐれは秋刀魚やく匂ひなどして　上田三四二

石蕗の花も終らむ季すぎて病み**易き**身に冬は来向ふ　福田とみ子

強がりを言ひては涙ぐみ**やすき**吾を知るなり古き鏡は　仁科　美保

やすけ・し　安けし（形ク）安らかである。安楽だ。こだわりがない。

なおいまだ人は**安けし**とわずか聞く遠く夏ならむ戒厳の下　近藤　芳美

一人ゐる心**やすけし**思ふまま淋しき顔をわれはなしたり　長沢　美津

やすま・る　休まる（自動四）安らかになる。しずまる。つかれがとれる。

なまけもの、臆病、意気地なしなど、／あるかぎりの名に呼びてみれど、／**安まら**ざりし。　西村　陽吉

病院に居れば気持の**安まる**と言ひたる人の久しく見えず　神谷　秋二

や

やすら・ぐ　安らぐ（自動四）安らかになる。ゆったりと落ち着く。「やすらぎ」は名詞。

われにまだ母あることに**安らぎ**てふるさとの家に七日眠りぬ　河野　裕子

安らぎし呼吸に充ちて夜空まるし灯の上にまた灯を積みし街　小野　茂樹

寝るといふ**安らぎ**あれば本を伏す伏して思へり明日は何せむ　岩田　正

やす-らけ・し　安らけし（形ク）やすらかである。安泰だ。おだやかだ。

自らの洞に若木の育ちつつ樹齢つつきゆく杉**やすらけし**　坂本美恵子

兄の妻定まりし夜**安らけき**鼾《いびき》ふたいろに父母眠れり　桂　和子

やすらふ〔やすら・ふ〕　休らふ・安らふ（自動四）立ちどまる。休息する。ゆったりする。安らぐ。

草に土に常に恐れて**やすらは**ぬ蜥蜴は美《は》しき尾をひきにけり　齋藤　史

心散りて厨の音を聞きゐしがやがては匂ふものに**安らふ**　山本　友一

名さへなき一本として**やすらへ**り雑木林のなかにまぎれて　田中あさひ

やせる〔や・す〕　痩す・瘠す（自動下二）細くなる。養分がとぼしい。

牧下げの種付け牛ら尻**やせ**て草なき谷を引かれて歩む　阿久津福吉

蕎麦の花白きがうれし山裾の**痩せ**たる畑につづく幾うね　酒井ひろし

や-ちまた　八衢（名）多くの道の分かれる辻。

人は馳せ車は走る**八衢**にさびしきことを思いつつ立つ　尾上　柴舟

かずしれぬさてつの過去や月照らす村の**八衢**に坐りこみにけり　伊藤　一彦

やつで-の-はな　八手の花（名）初冬、花茎をのばし黄白色の小玉花を開く。

花茎《はなくき》のあらはに太くわかれ咲く**八ツ手の花**は群れつつ小《ちひ》さし　三ヶ島葭子

石のやうに黙して堪へよわが眼にはこぼれて霜とな

る**花八ツ手**　小野興二郎

やど　宿（名）旅先で泊まる家。宿屋。旅館。

幼な鮎肌光り載る鮎ずしのいと小さきを**宿**の夜に食ふ　田谷　鋭

秋の蚊にしてはするどく刺すものぞケルンの**宿**の一夜なりけり　野村　清

やどり　宿り（名）旅に出て泊まること。旅泊。宿泊。旅先の宿泊所。やど。

海昏れて見るものもなき窓の闇来りし**宿り**貝焼きて酔う　近藤　芳美

はりはりと漬菜をかみぬ年の瀬の佐久の**やどり**の朝明の膳に　木俣　修

やどり-ぎ　宿り木・寄生木（名）他の樹木に寄生した木。

身に余る**寄生木**あまたたずさえて欅大樹は年を越したり　小沼　青心

たとふれば**寄生木**《やどりぎ》族のあをき飢ゑ街にさらして群れなす者ら　吉沢　昌実

や

や-なみ　家並（名）並んだ家。家ごと。

ま昼間を遊ぶ子もゐずしづもりて**家並**かげ濃き町を過ぎたり　成瀬　有

秩父町出はづれ来れば機織の唄ごゑつづく古りし**家並**に　若山　牧水

やまい〔やまひ〕　病（名）病気になること。やむこと。病気。

歌人の竹の里人おとなへば**やまひ**の床に絵をかきてあり　長塚　節

長き**病**癒えつつあはれ幼ならの声きこえざる一日だにあれ　高安　国世

たすからぬ**病**と知りしひと夜経てわれよりも妻の十《と》年《せ》老いたり　上田三四二

やまかい〔やま-かひ〕　山峡（名）山と山との間。山あい。「やまがひ」とも。

山峡の患家に急ぐ峠道吹雪に眼鏡凍てつき曇る　越路　深雪

山峡を流れて早き水あれば梅の花うかぶその水の上　安田　章生

やまがわ〔やま-がは〕　山川（名）山中を流れる川。山より流れる川。

ゆきやまぬものの勢《きほ》ひに**山川**の雪解の水のどよもし止まず　宮　柊二

雪どけの水の轟く**山川**は榛《はん》の根方をひたしつつゆく　近藤　千恵

一山の雷雨の後に　音たえし**山川**のひびき深くしおこる　釈　迢空

やま-さか　山坂（名）山と坂。山にある坂。

山坂のきみが家居に近く来てなにか恐るる山は声なし　山下秀之助

しめやかに松の花粉のちらばれるこの**山坂**を人は通らぬ　安田　青風

やま-なみ　山並み・山脈（名）山の並んでいること。連山。さんみゃく。

時代ことなる父と子なれば枯山に腰下ろし向ふ一つ**山脈**に　土屋　文明

かげりくる畑に居れば夕日さす遠**山なみ**はあたたかに見ゆ　南　文雄

こんなはずではなかつたわれらの人生か　ふりかへり見るとほき**山脈**《やまなみ》　中地　俊夫

やま-ばと　山鳩（名）きじばとの古名。野生のはと。葡萄色がかった灰色で翼の一部がくり色。太い声で鳴き、人里にもくる。

くぐみ鳴く**山鳩**の声聞え来ぬ泰山木の花の彼方に　大田　正江

息つぎて啼く**山鳩**よ白紙の濡れゆくごとき哀しみ降れり　辺見じゅん

やま-ふところ　山麓（名）山に深くかこまれた所。山間の窪んで入り込んだ所。

栗の花のあかり寂しくくもりつつ**山ふところ**に啼く閑古鳥　大井　広

宇陀郡の**山ふところ**に住む人のその手紙より秋は来れり　安立スハル

やみ　闇（名）暗いこと。くらがり。くらやみ。夜の暗いこと。やみ夜。

闇　二階の窓の広きガラス戸に濃き緑淡き緑の葉の保つ　大山　敏夫

壮年の我に流るる電流をそっと放ちぬ地下鉄の**闇**に

小塩　卓哉

はなびらの数だけ**闇**を孕みたる桜一樹がたちあがりくる　藤本喜久恵

や・む

病む（自動四）病気にかかる。わずらう。

病みてより短歌に親しむ人と会い**病み**て短歌をやめし人思う　河路　由佳

病み病みていつかよき日の来るごとき錯覚あはれ夕焼のたび　滝沢　亘

病む妻と雲のかたちを眺めをり奔馬ほぐれて青に溶けゆく　時田　則雄

や・む

止む（自動四）続いていたものが絶える。

白髪を洗ふしづかな音すなり葭切**やみ**し夜の沼より　寺山　修司

傾けて雨**やみ**しこと確かめて君はパラソルそっと閉じたり　森　水晶

うすべにの萩ゆれはじめ**煌**《や》**む**までの時の微細をこころに映す　松平　盟子

やめる〔や・む〕

止む・辞む（他動下二）事を終わりにする。中止する。去る。

果てしなき彼方に向ひて手旗うつ万葉集をうち**止ま**ぬかも　近藤　芳美

やや

稍（副）しだいに。だんだん。いくらか。少し。「ややややに」は次第次第に。「ややに」とも。

寒の月艦《ふね》百隻を閉ぢこめて**やや**に傾くをさなき日より　阪森　郁代

あげ汐と時はなるらし**ややや や**に山下海の騒ぐを見れば　植松　寿樹

やよい〔や‐よひ〕

弥生（名）陰暦三月の異称。

花曇る**弥生**の江戸の休日を与力千蔭はいかにありけむ　中山　明

灯を消して**弥生**の闇となりにけり部屋さわがしき月の光は　岡部桂一郎

や・る

遣る（他動四）行かせる。送る。晴らす。与える。他の動詞に付けて、その動作を人のためにしてやる意。打消しを伴って、その動作を遠く及ぼす意。

や

覚めて尚夢覚め**やら**ずただ一つの幻のわれのうつせみを占む　芹沢　美枝

きれいきれいと花火見て**やり**ほめて**やる**ここにも祖母の仕事ありしか　四賀　光子

硝子戸に額押しあてて心**遣る**深きこの闇東京が持つ　宮　柊二

応援団の中に鉢巻を締めたる子親われの知らぬその顔見**やる**　原田　道枝

やわ〔やは〕　柔（語素）やわらかなこと。ふっくらしていること。「やはら」とも。

やうやくに桑の**やは**芽の揃ひにし夏に向ひて霜ふりにけり　生方たつゑ

みほとけの肱まろらなる**やは**はだのあせむすまでにしげる山かな　會津　八一

やわやわ〔やは-やは〕　柔柔（副）やわらかに。しなやかに。やんわり。

渡り来し島**やはやは**と莠草《はぐさ》萌ゆかかる小島に休耕田あり　佐藤　志満

やはやはと楮のしもと伸び立てり下田に蛙ひびく丘の上　小松　三郎

やわらかい〔やはらか・し〕　柔らかし（形ク）しなやかだ。穏やかだ。固くない。ふっくらしている。

眠りゐる子の息のみが**やはらかし**冬の星座が星をふやす夜　辺見じゅん

やわらかき子どもの肉をのせていた椅子だけがある廃校の春　俵　万智

ゆ

ゆ　（助）…から。…より。…を通って。

和紙の上跳ねる蘭鋳《らんちゅう》あかあかと鮒**ゆ**進化の果てを腫らして　大野　道夫

寒の水くだる咽喉《のみど》**ゆ**いましがた荒く出でたる声をうたがふ　小中　英之

天井**ゆ**糸を下ろしてくだりくる蜘蛛をこゑなく妻とみてをり　丹波　真人

霧しまき麓をめぐる花群**ゆ**過去世の咎を頌《ほ》むるもろごゑ　前　登志夫

ゆ‐あみ

湯浴み（名）湯に入って身体を暖め洗うこと・入浴・温泉につかること。湯治。

村に入りて路直《すぐ》ならずむきだしに人**湯浴み**するほとりも過ぎつ　植松　寿樹

木の枠にいくつも区切る広き湯のかなたにひそと人は**湯あみす**　田谷　鋭

ゆあみする泉の底の小百合花《さゆりばな》二十《はたち》の夏をうつくしと見ぬ　与謝野晶子

ゆう〔ゆふ〕

夕（名）夕暮れ。ゆうべ。夕方。

夕せまり何かせつない子の感じ水鉄砲を雑草《あらくさ》にうつ　坪野　哲久

立山が後立山《うしろたてやま》に影うつす**夕**日の時の大きしづかさ　川田　順

ゆう〔ゆ・ふ〕

結ふ（他動四）むすぶ。しばる。くくる。作る。

あら草のあばかれ坐りゐし石も柵**結ひ**て明るき風景の中　小市巳世司

母の齢《よわい》はるかに越えて**結う**髪や流離に向かう朝のごときか　馬場あき子

結ひ髪のほどけてからむ二の腕をちからともして身はおこしたり　安藤　直彦

ゆう〔いう〕

悠（形動タリ）落ち着いてゆったりしたさま。悠悠。悠揚。悠然。遠く長くしてつきない。悠長。悠久。悠遠。

ありとなき山の湧き水集まりて**悠たる**大河野をうねりゆく　太田　青丘

ゆうあかね〔ゆふ‐あかね〕

夕茜（連）夕焼けがあかね色に見える状態。短歌で慣用的に使われる連語。

崩崖《くえがけ》のひびをすら射る**夕茜**瞬《ゆふあかねしゅん》の時惜しわがいのち惜し　木俣　修

遠空《とほぞら》の**夕あかね**してさびしもよきみの忌日はわが誕生日　桑原　正紀

片かげる松が枝染めて**夕茜**山の据りも暫し歪むや　村瀬　広

夕あかね問答雲《もんどうぐも》はちぎれゆきボタンのような星ひとつ生る　梅内美華子

ゆう‐が

優雅（名・形動ナリ）上品でみやびやかなこと。また、そのさま。

弓形に石垣反って立ち上がる何から何を守る**優雅**ぞ　佐佐木幸綱

ゆうかげ〔ゆふ‐かげ〕　夕光・夕影（名）夕日の光。夕陽。

いち日の疾風しづまる廃車線赤錆びし車輪に**夕光**のさす　小出　博義

夕影のひろがり来つつ照らふ花かげれる花も白梅の花　葛原　繁

うつくしく秋刀魚一匹食べをへた夫の皿に**ゆふかげ**とどく　小島　熱子

ゆうかたまけて〔ゆふ‐かたまけて〕　夕方設けて（副）夕方になって。

暑き日の**夕かたまけて**草とると土踏むうれしこの庭にして　古泉　千樫

ヴェネチアの**ゆふかたまけて**寒き水黒革の坐席ある舟に乗る　佐藤佐太郎

ゆうぐれる〔ゆふ‐ぐ・る〕　夕暮る・夕昏る（自動下二）日暮れる。たそがれになる。「ゆふぐれ」は名詞。

夕暮るる多摩の横山一つ凧逝く年遠くみつめていたる　馬場あき子

沙羅の花ふたつみつよつ散る道を行けばはつ夏の長き**夕暮れ**　佐野　督郎

夕暮れが日暮れに変わる一瞬のあなたの薔薇色のあばら骨　堂園　昌彦

ゆうさり〔ゆふ‐さり〕　夕さり（名）夕がた。暮れ方。

三隈川《みくまがは》ぜにぶち橋の長橋を**ゆふさり**渡るそぞろにわたる　中村　三郎

新芽《にひめ》立つ谷間あさけれ大仏に**ゆふさり**きたる眉間のひかり　中村　憲吉

ゆうずつ〔ゆふ‐づつ〕　太白星・夕星（名）金星。宵の明星。夕方の星。「ゆうつづ」とも。

目守りゐてしばしをあれば**夕星**の今宵地上のものより親しも　大塚布見子

ゆふづつをあふぎゐし記憶父の掌はわれのつむりに置かれて重く　竹安　隆代

ゆうつづの夕べ夕映えふるふると低く歌うはひとり

の凱歌　　伊藤　純

ゆうづく〔ゆふ-づ・く〕　夕付く（自動四・下二）夕方になる。

この湾にかへり来るらし**夕づき**て沖べの白帆みなちかよりぬ　　吉植　庄亮

糖度計に透かしぶどうの糖度読む**夕づく**庭に雨降りいでし　　宮岡　昇

ゆうばえ〔ゆふ-ばえ〕　夕映え（名）夕日に空か美しく照り輝くこと。夕焼け。

夕映《ゆふばえ》は狭まりゆきて卓上の匂ひなき冬の苺もあはれ　　長澤　一作

ゆうべ〔ゆふ-べ〕　夕べ（名）夕方になろうとするころ。日暮れ。

春の鳥な鳴きそ鳴きそあかあかと外《と》の面《も》の草に日の入る**夕べ**　　北原　白秋

北風にはがれそうなる月も人も**夕べ**しだいに力満ちくる　　山内　嘉江

憂ひありて思へばわれに父ありて**夕べ**の祈り捧げゐるらん　　小紋　潤

ゆうほ〔いう-ほ〕　遊歩（名）散歩。そぞろあるき。

けふもわが**遊歩**さびしく日暮れたりふところにせる海の貝殻　　筏井　嘉一

道をしへ我が立つ地《つち》に現はれてまことさやけき**遊歩**を見する　　安永　蕗子

ゆうまぐれ〔ゆふ-まぐれ〕　夕間暮れ（名）夕方の薄暗い時分。「夕日暗《まぐれ》」の意。

仏蘭西《ふらんす》区古き街路にかなしみのまぎるるごとき**ゆふまぐれ**あり　　島田　修二

椅子取りのゲームは続く**夕間暮れ**人が減ったら椅子も減らさる　　竹村　公作

ゆうやけ〔ゆふ-やけ〕　夕焼け（名）日没の際、西空が茜色に染まる事。

日脚ややのびたるらむか工事場の氷柱を染むる寒の**夕焼**　　鈴木　八郎

校庭の地ならし用のローラーに座れば世界中が**夕焼け**　　穂村　弘

ゆ

ゆうやみ〔ゆふ-やみ〕　夕闇（名）夕方の暗さ。日が落ちて月がのぼるまでの暗さ。

竹細工のこころであれば涼しかろうに、水の波紋のように**ゆうやみ**　加藤　治郎

逃げ回り続けた眼には**ゆうやみ**の色がかなしいまでにやさしい　松村　正直

ゆえ〔ゆゑ〕　故（名）わけ。理由。…により。…のため。…から。原因を示す。

故知らね　囁沼《ささやきぬま》に芹を摘《つ》む　黄檗《わうばく》の僧ふり向きにけり　岡井　隆

冬の空さえざえと逞し仰ぎつつ怒りもつ**ゆゑ**に生けりと知るも　佐佐木治綱

身を折りて哭くも人間《ひと》**ゆゑ**み仏はほとほと永き世を立ちいます　蒔田さくら子

われは愚者**ゆえ**賢者なり目覚めたる禁忌の蓮の香炉に火入れ　石川　幸雄

ゆえよし〔ゆゑ-よし〕　故由（名）いわれ。由緒。理由。情趣。

ゆゑよしを問ふこともなく柚子の湯にひたりて冬至の夜が過ぎゆく　長澤　一作

ゆえよしをわかず草萌え山の端の兵隊地蔵石あたらしき　香川　進

ゆが・む　歪む（自動四）形が正しくなくねじけ曲る。

恐竜図鑑のごときせつなさ　青年が背骨**ゆがませ**眠りていれば　野口あや子

ステーキの脂でくもる銀製のナイフに顔が**歪ん**で映る　三澤吏佐子

ゆかり　縁（名）関係。つながり。かかわり。よるべ。えん。よすが。縁故。

ペンを持つわが袖口にくぐり入る夜の赤蜻蛉何の**ゆかり**ぞ　窪田章一郎

かつて我住みにし**ゆかり**たのもしく明石みやげの牡蛎をたまへり　土田　耕平

ゆき　雪（名）降る雪、積もる雪をいう。

ガラス張りて**雪**待ち居ればあるあした**雪**ふりしきて木につもる見ゆ　正岡　子規

銀色の槽《ふね》に**雪**積む集乳車音立てて朝のミルクを満た

す　　　　　　　　　　　　　　石川不二子

学歴がすこしさみしい君だから睫毛に**雪**をのせて笑った　　　　　　　　　喜多　昭夫

全盲の老女に降っているのかと問われて気づく硝子の**雪**に　　　　　　　　天野　匠

ゆきあい〔ゆき-あひ〕 行合（名）行き合うこと。出会い。隣り合わせの二季にまたがること。

ゆきあいの空のあかるさ　はばからず泣いてゆけよと声は聞こゆも　　　　三枝　浩樹

ゆき-あかり 雪明り（名）積雪のため、やみ夜が薄明るいこと。雪の光。

雪明りに静もる夫の部屋にゆきて雪ふりつもる庭の様見つ　　　　山下喜美子

幾度も見えなくなりし遠山の**雪明り**する夕昏れとなる　　　　竹内善治郎

ゆきかい〔ゆき-かひ〕 行き交ひ・往き交い（名）行ったり来たりすること。往来。

往きかひのしげき街《ちまた》の人みなを冬木のごともさびしらに見つ　　　　長塚　節

月冴《さ》ゆるこよひは雲の**ゆきかひ**のはや秋づくと夫《つま》がいふかも　　　　北見志保子

ゆき-き 行き来・往き来（名）行ったり来たりすること。ゆきかえり。往来。

炎天に逃げ水ゆらぎ午《ひる》どきの小金井街道**往き来**絶えたり　　　　野北　和義

陸橋の夕べの**行来**しげくなり人プリムラの鉢ささげ来る　　　　小暮　政次

ゆきくれる〔ゆき-く・る〕 行き暮る（自動下二）歩くうちに日が暮れる。

行き暮れて河原吹雪はししむらを飢ゑは鋭く刺し透すなれ　　　　角宮　悦子

ゆき-げ 雪解（名）雪がとけること。雪どけ。雪国では長かった冬に別れて春を迎える。

山脈《やまなみ》は丘と低まる北の果て**雪解**の地《つち》の黒くうるほふ　　　　窪田章一郎

ゆき-しろ 雪代（名）寒気がゆるみ、積もった雪がとけて流れ出し、溢れ出ること。

ゆ

春の日に石垣ほてる坂道にひびきを立てて落つる雪しろ　五味　保義

ゆきしろに枯あし漬かる窪地よりたつむくどりの尾の白と黒　御供　平佶

ゆき‐どけ　雪解け（名）降り積もった雪がとけること。春日の差す雪解けの季節もいう。

山国の道さへぎりて**雪どけ**の水あふれをり春の日に照る　鵜飼　康東

アスファルトの路面に絶えず**雪どけ**の水流れゐて雪降りやまず　板宮　清治

ゆき‐ゆ・く　行き行く（自動四）行きに行く。進みに進む。行きつづける。

鉦《かね》鳴らし信濃の国を**行き行か**ばありしながらの母見るらむか　窪田　空穂

ゆきゆかばいづこにゆかむくれなゐの大き入り日に真向ふこの道　大塚布見子

ゆ・く　行く・往く（自動四）歩き進む。通り過ぎる。時が過ぎる。逝く（自動四）死ぬ。時が過ぎる。征く（自動四）軍隊に加わって戦地に行く。

征きし父想ひゐたりき対岸の木々の影濃き夕川の辺に　春日井　建

生き**ゆく**は喪失重ねてゆくことか左の奥歯きょう抜きに**ゆく**　石井　雅子

ボールペンはミツビシがよくミツビシのボールペン買ひに文房具店に**行く**　奥村　晃作

ある朝の出来事でしたこおろぎがわが欠け茶碗とびこえ**ゆけ**り　山崎　方代

ゆくえ〔**ゆく‐へ**〕　行方（名）進んでゆく先。ゆき先。果て。将来。前途。

隧道より蝶が出てくる親不知**ゆくえ**も知らぬ夏のさびしさ　岡部桂一郎

カレンダーの日付の欄に**行方**知れぬ弟の誕生日記されており　吉田　惠子

背後から光流れて前方へ　川の**ゆくへ**は地図には載らず　三田村正彦

ゆくえなし〔**ゆくへ‐な・し**〕　行方無し（形ク）行く所がない。途方に暮れる。行方を知られない。

ゆくへなく出でゝ来たりし道の上に、こまぐ〳〵として　もみぢ降る町　釈　迢空

原爆に**行く方なき**うからの家の跡復元の銅板にとどめられたり　扇畑　忠雄

ゆく-て

行く手（名）向かって行く先方。行く先。

われよりも七歳あまり年若き彼の英雄は**行く手**をいそぐ　斎藤　茂吉

松葉杖つきつつ帰る遠き道君が**ゆくて**に月あかるかれ　渡辺　順三

ゆくり-か

（形動ナリ）思いがけないさま。不意なさま。

つらなりて行くや雁がね**ゆくりかに**一つが啼けばややありてまた　土田　耕平

ゆくりかに頸おし立てて滑り来る白鳥の姿体《したい》の全つたき均整　中村　正爾

ゆくり-な・し

（形ク）思いがけない。不意である。

しののめの下界に降りて**ゆくりなく**石の笑いを耳にはさみぬ　山崎　方代

ずりずりと下枝を這ふくちなはの腹部の縞を**ゆくりなく**見き　秋山佐和子

ゆくりなくめざめの刻《とき》にむかいつつ杳《とお》き原野を走り去る馬　北尾　勲

ゆさ-ゆさ

（副）物の全体が揺れ動くさま。

腕いっぱい山吹のたば**ゆさゆさ**と黄のかたまりのゆれつつぞ来る　岡部桂一郎

風に揺るる白木蓮は**ゆさゆさ**と花の重さを歓びてをり　萩岡　良博

ゆず

柚子（名）秋に結ぶ黄色の果実は芳香と酸味がある。冬至の湯に入れる。

葉ごもりにかくれてありし**柚子**の実の一つするどく色をなげくる　太田　水穂

吸物にいささか泛けし**柚子**の皮の黄に染みたるも久しかりけり　長塚　節

ゆす・る

揺する（他動四）ゆり動かす。ゆさぶる。「ゆすぶる」とも。

朝々をカナカナ鳴けば**揺すら**れて西瓜は畑に太りつつあり　中邑　浄人

本能というかたまりをだっこしておーよしよしと言いて**ゆすぶる**　沖　ななも

ゆた　寛（形動ナリ）のどか。豊か。ゆったり。静か。

沈静の思想はぐくみ対岸の葡萄山**ゆたに**ラインに映る　高安　国世

すでにして潮のいろなす信濃川うねりの**ゆたに**海に近づく　石川　貞一

ゆたけ・し　豊けし（形ク）ゆたかである。満ち足りている。ゆったりしている。

鎌倉の山あひ日だまり冬ぬくみ摘むに**ゆたけき**七草なづな　木下　利玄

極まりて咲きの**ゆたけき**白の牡丹かそかにすぎし雨に傾く　松本常太郎

ゆたに-たゆたに　（副）非常に揺らぎただよって。ゆらゆらと動いて。

くろ潮の**ゆたにたゆたに**満つなべに淩《しの》ぎつきせず逝きし父はも　生方たつゑ

噴き出づるきほひは天の花となり**ゆたにたゆたに**はくれん生《あ》れぬ　加藤知多雄

ゆび　指（名）手指の先の細く分かれた部分。および。

ゆびというさびしきものをしまいおく革手袋のなかの薄明　杉﨑　恒夫

ひとりなる夜が湿らすきみをまだ離れられずにゐる**ゆび**さきを　栗原　寛

ゆ-ぶね　湯舟・湯槽（名）入浴用の湯を入れるおけ。風呂桶。

趣味もちてする手仕事のはかどりていまだ明るき**湯舟**に浸る　木村　琢磨

山宿のおそき**湯槽**にひたりをれば地《つち》ふかく湯をくみあぐる音　大岡　博

ゆま・る　尿る（自動四）小便をする。尿を出す。いばり、しとをする。「尿《ゆまり》」は名詞。

銃声をききたくてきし寒林のその一本に**尿まり**て帰る　寺山　修司

鎖より放てばかならず狭庭めぐり杏の下にゆきて**尿**す　高嶋　健一

純喫茶〈ミキちゃん〉出でたる路地裏に風太郎しんと**尿**《ゆまり》しており　島田　修三

ゆめ　（副）決して。注意して。つとめて。多く禁止や否定の語を伴って用いる。

かの宵の露台のことは**ゆめ**ひとに云ひたまふなと云へる君かな　　吉井　勇

休日の都庁の塔より俯瞰する地震など**ゆめ**起こりたもうな　　布々岐敬子

ゆめ　夢（名）睡眠中に見える像。はかないこと。たよりないこと。希望。

わが**夢**も月下さくらに沈みゆきいいさ、いいよな木端微塵《こっぱみじん》さ　　藤田　武

橋のたもとに来て友だちを見失ふ　**夢**の川上、**夢**の川下　　松平　修文

ゆめ‐ゆめ　（副）少しも。決して決して。あとにくる語を否定形で結ぶ用法。「ゆめ」の畳語《じょうご》。

おのづから人や優《やさ》しき日のあらんおのれ**ゆめゆめ**疑はずあれば　　三ヶ島葭子

ゆゆしい〔ゆゆ・し〕　由々し（形シク）そのままほうっておくと、とんでもない結果をひきおおすことになる。容易ならない。

しかめ面**ゆゆしき**人に取り巻かれ地下鉄を出づ《い》誰もが無言　　さいかち真

ゆゆゆゆゆ**由々しい**比喩のドレス着た言葉が裾踏みおおお危ない　　久保　芳美

ゆら・ぐ　揺らぐ（自動四）ゆれうごく。ぐらつく。「ゆらぎ」は名詞。

山上に**ゆらぐ**煙は鳥となり川を越えゆけ春の日永を　　田中　教子

ただならぬ年の**揺らぎ**に生きむ日の自己確認ぞ詠みゆく歌は　　窪田章一郎

ゆら‐め・く　揺らめく（自動四）ゆらゆらする。ゆれ動く。ゆらつく。

アカンサス茂みにそそぐ冬ひかり時に踊るがごとく**ゆらめく**　　吉野　秀雄

いますぐに飛び立つばかりの姿勢してアドバルーンは風に**揺らめく**　　小塩　卓哉

ゆら‐ゆら　揺ら揺ら（副）あちこちに揺れるさま。ゆっくり揺れるさま。

陽は秋の水に流れてゆく方《かた》へ鯉の幾尾《いくび》が**ゆらゆら**と追ふ　　雨宮　雅子

ゆらゆらと腰ゆらめいてキップ切る走る電車の車掌の不安　　武田　素晴

言ふべきを言はねば椅子が**ゆらゆら**に言葉にいたく沈んでゆくよ　小松久美江

ゆり

百合（名）ユリ科の多年草。じょうご花が茎の先に咲く。花は食用。

胸深く石灰質の針あるを風に凍れる**百合**と思はむ　北神　照美

憎しみを溜めて開きし唇のごとしも　はりりと白**百合**の咲く　北久保まりこ

年ごとに花をひとつづつ増やすといふ**百合**のやうにはゆくはずもなし　宮本　永子

ゆるが・す

揺るがす（他動四）ゆり動かす。ゆすぶる。

戦災にゆがみしわが家又も今**ゆるがしゆるがし**戦車すぎゆく　馬場あき子

人疎むこころとなりてゐるわれの身を**ゆるがし**て鳴る虎落笛《もがりぶえ》　来嶋　靖生

ゆる・す

許す・赦す（他動四）ゆるめる。自由にする。さしつかえないと認める。願いをきき入れる。

夜もすがらふぶける山に息ほそくもの思ふすら**宥さ**れがたし　前　登志夫

潮騒にうちくだかるるわれとなり無為に生き来しことも**恕さ**む　柴　英美子

人間の弱さをかぎりなく**許す**かかる思想にあへて涙す　岡井　隆

ゆる・ぶ

緩ぶ・弛ぶ（自動四）ゆるくなる。たるむ。和《やわ》らぐ。「ゆるむ」とも。「ゆるび」は名詞。

凍《し》み**ゆるぶ**夕べの垣に金雀枝は何かみずみずし四旬節待つ　前田　透

夜の池はとろりと光り警戒心**緩み**し魚ら月光を浴む　王　紅花

悲しとし覚ゆる間なくひとり居のこころ**緩び**に涙したたる　玉城　徹

ゆる-やか

緩やか・寛やか（形動ナリ）ゆったり。ゆっくり。くつろいださま。穏やかで静かなさま。「ゆるら」「ゆるらか」とも。

初陽浴み眼細めて踞くまる牛**ゆるやかに**反芻し居て　福島勇次郎

地下ふかく黄のヘルメット動きをり**緩やかに**充ちて働くものか　島田　修二

あかつきのあけび**ゆるら**に口ひらき秋の紫ふかくおそろし　馬場あき子

ゆれる〔ゆ・る〕

揺る（自動下二）ゆらゆら動く。ぐらつく。「揺れ」は名詞。

ゆふがほの花の白きがかろらかに**ゆれゆれ**やまぬ夜のすずしさ　岡　麓

杣人《そまびと》は遥かに谿に消えゆきぬ名残りのごとく**揺るる**吊橋　橋本　喜典

その語気のわずかな**揺れ**にもさとくしてわれの周りに子は遊びいる　糸川　雅子

よ

よ　代・生・世（名）時代。生涯。社会。世の中。

捕虜《ほりよ》となり弟死にぬ生きむ**代**のきびしく吾《われ》の命も知らず　窪田章一郎

鋼《はがね》色の身をくねりゆく大みみずわが前の**世**の思ほゆるなり　岡野　弘彦

薬師如来ささえて立てる神将のひとりとなりてこの**世**を見たし　後藤由紀恵

よ　夜（名）日が没してから翌朝、日が出るまでの間。よる。夜分。夜間。「夜夜」は毎夜。毎晩。

工場の廃液匂う水路より**夜**目しらじらと霧流れおり　実盛　和子

こぶし深く握りて歩みゐたる**夜**《よ》をなほひびきもつ冬の川波　石川　一成

髪むすぶゴムを唇に噛みて立つ**夜**中にさめてたたかふごとき　森岡　貞香

ふぶき来る**夜々**はランプをあかるくして怯《おび》え育ちき今に思ほゆ　吉田　正俊

よ　余（名）あまり。残り。余分。

台風の**余**波と思へる逆波の白く立ちつつ夕暮れてゆく　後藤　久登

災害を遠くいためばその**余**震しばしば届きわが家揺るる　秋葉　四郎

釣銭のポケットにある五円玉穴にさはれば**余**命のひらく　佐田　毅

華やかに**余**剰なるもの持てるゆゑ秋の牡鹿は角切ら

れたり　川野　弘之

日の**余**光しましかがやけ海鳥に石を投げゐる少年ひとり　山中　律雄

よ

善・吉・良（語根）よい。めでたい。などの意を示す複合語を作る。

ゆきかよふ人等の上にすきとほる春の**吉**事《ごと》の淡墨桜　稲葉　京子

年ひさしくむつみ来りぬ元日の今朝**寿**詞《よごと》申すわが古妻に　若山　牧水

よ

（助）感動を示す。命令・さそいかけ・呼びかけの意を示す。…より。…から。の意を示す。

門のべに朝々咲けば鴨跖草《つゆくさ》の花をわが子**よ**起きぬけに見**よ**　前川佐美雄

はろばろと吾家《わぎへ》の方**よ**霞たち永久《とは》にしあれなやまとまほろば　岡野　弘彦

菊人形むしろ人には遠けれど生き生きと在りその寂しさ**よ**　林　和清

よい〔よ・し〕

良し・善し・好し（形ク）すぐれて好ましい。十分だ。よろしい。

徳利の向こうは夜霧、大いなる闇**よし**として秋の酒酌む　佐佐木幸綱

電話かかる度わが身體**良き**をくりかへすつまよそんなに**よき**にはあらず　五味　保義

よい〔よひ〕

宵（名）日の暮れてまもないころ。宵の口。「宵闇」は宵のうち月が出なくて暗いころ。夕闇。

宵風呂の床に流されいる花片《はな》は児のにぎりしめいしにあらずや　上野　久雄

自動車のライトの照らす**宵闇**に刈り残したる稲を刈りをり　仁科　英雄

よ・いん

余韻・余音（名）音の消えたあとまで残る響き。

楽の**余韻**の残れる空に刺しかはすやうに溶けあふ朱《あけ》とむらさき　寺島　博子

午前零時の羽田空港台風の**余韻**残してなまあたたかし　三澤吏佐子

よう〔よふ〕

酔ふ（自動四）酩酊する。うっとりとなる。

酔はぬゆゑかはゆくないといはれたる**酔ひ**てすねたる男かはゆし　藤本喜久恵

こころよき秋の隅田川の橋に佇ち**酔い**てトンボのごとき我かな　晋樹　隆彦

酒飲みのかつ人生の先輩として先に**酔う**　ちょっと失礼　石田比呂志

ようだ〔やう-・なり〕（助動）…に似ている。比況の意。「やうに」「やうな」「やうで」の形でも用いる。

きっと血の**ように**栞を垂らしてるあなたに貸したままのあの本　兵庫　ユカ

休日の大学に来てがばと大きな画布の**やうなる**風に逢いにき　永井　陽子

ようやく〔やう-やく〕　漸く（副）なかなか実現しなかったことが、待った末に実現するさま。やっと。おもむろに。次第に。

なにかにと体調崩しやすくして**やうやく**われも老健といはず　野村　清

北窓の梅雨のくもりのかがよいに**ようやく**沙羅は花に咲きつぐ　近藤　芳美

よ-かん　余寒（名）立春を過ぎたころに残る寒さ。残寒。

日常が歌の心に届かざる**余寒**のきさらぎ　啓蟄　やよひ　金子　貞雄

さざんくわの花散る散ればその花を啄みにくる鳥がゐて　**余寒**　萩岡　良博

よぎ・る　過る（自動四）通りすぎる。かすめて通り抜ける。道すがら立ち寄る。横切る。

またとなき季節のときを**よぎり**ゆく少女の影にまたもあはめやも　山中智恵子

病室の窓を**よぎり**し銀影に魅せられし者われのほかにも　井上孝太郎

つぼみより落つるしづくは映したりわれを**よぎれる**三月の他者　萩岡　良博

よける〔よ・く〕　避く（他動下二）さける。わきへ退く。逃れる。防ぐ。

写さんとするとき少年飛びはねる寄せくる波のしぶき**よけ**んと　村雲貴枝子

よけたるつもりにてポットにつまづきぬ老いを知るかな痛み怺へつつ　土屋　徹

恥多き想ひを持ちて教へ子の来る路を**避く**裏道へ入りて　池田　完

よ-ご　予後（名）病後の経過。

寝ては起き仕事なしをり**予後**の身は机のそばに蒲団を敷きて　葛原　繁

よこたえる〔よこ-た・ふ〕　横たふ（他動下二）横にする。横にねかせる。横にして帯びる。

横たへて身はねむるなれねむらざるこころ恋ひゆく億万の花　齋藤　史

のびのびと肢体**横たふ**有難や夏の別所の露天風呂にわれは　酒井ひろし

よしえやし〔よし-ゑ-やし〕　縦しゑやし（副）かりに。たとい。

よしゑやし身はほろぶともあたたかき胸にいだきてきみをまもらむ　岡野直七郎

よしゑやし捺落迦《ならか》の火中《ほなか》さぐるとも再び汝に逢はざらめやは　吉野　秀雄

よし-さらば　縦しさらば（副）よし、それならば。それならば、やむを得まい。

よしさらばひかりに堪へてながらふるもみぢと髪ととほき誓約《うけひ》と　山中智恵子

よしない〔よし-な・し〕　由無し（形ク）方法がない。不可能だ。つまらない。「由無し言《ごと》」は役に立たない言葉。

薄野《すすきの》に白くかぼそく立つ煙あはれなれども消す**よしもなし**　北原　白秋

ふるさとの信濃を遠み秋草のりんだうの花は摘むに**よしなし**　若山喜志子

歎きつつ古寺の壁に記しける**よしなしごと**もわが死にて後　前川佐美雄

よし-もがな　由もがな（連）方法があればいいがなあ。

火の如くのうぜんかづら咲く家の少女《をとめ》の名をば知る**よしもがな**　中村　三郎

うらうらと二人さしより泣いてゐしその日をいまになす**よしもがな**　北原　白秋

よし-や　縦しや（副）不満足だが、しかたがない。まあよいさ。ままよ。

山ざくら散りぬと**よしや**片言を児は云ひそめてややたのしきか　原　阿佐緒

よじる〔よ・づ〕　攀づ（自動上二）すがりつく。つかまって登る。

泥海の真中に浮かぶ屋根に**攀ぢ**生きのこれると嘆く父親　大岡　博

漸くに**攀づ**と思へば更に屹つ草も生えざる荒き巌峯　柳瀬　留治

糸杉がめらめらと宙に**攀づる**絵をさびしくこころあへぐ日に見き　葛原　妙子

よすーが　縁・因・便（名）よりどころ。よるべ。頼り。手がかり。

またも訪ふ**よすが**に問はむ山荒れて立山おろし吹くは何時ごろ　吉井　勇

夢の沖に鶴立ちまよふ　ことばとはいのちを思ひ出づる**よすが**　塚本　邦雄

よーせい　余生（名）生涯の残りの部分。残りの命。余命。

停年に二年残して職やめし妻に悔なき**余生**祈らむ　宮崎富士夫

睦月如月弥生やさしき語彙ながらわれの**余生**を削りゆくなり　三輪　芳子

よせる〔よ・す〕　寄す（自他動下二）近づいてくる。寄るようにする。寄せ集める。心を傾ける。

枯葦の折れて凍れる沼に群れ鳴くこともなし身を**寄する**鳰　武川　忠一

捕虜の日の胸の断片**寄する**がに寂しく夫とバイカル湖見ぬ　斎藤たまい

よそおう〔よそほ・ふ〕　装ふ・粧ふ（他動四）飾り整える。化粧する。ふりをする。「よそふ」とも。

金冠をおのおの頭《かうべ》に**よそほひ**て冠《かんむり》鶴は夏の日踏めり　野村　清

死姿《しにすがた》**よそほふ**まひる悲しめど紅梅を手にいます御《み》柩　馬場あき子

よそーよそ　余所余所（形動ナリ）別れ別れ。別々なこと。

よそよそに草の騒ぎを切り分けて青空ひらく鈍色の鎌　針谷　哲純

よど　淀・澱（名）流れ、進みがとどこおっていること。その場所。よどみ。

この川はいまだ幼くゆたかにて萌黄にかがやくたぎちまた**淀**　　香川　進

小魚の群るるを覗く川**淀**に映るわが顔嘴の無し　　西村　尚

よな

火山灰（名）火山の噴煙とともにふき出されるこまかい灰。

欲り欲りし辞書を見付けぬ海を隔て**火山灰**降る町の古き書店に　　木佐貫泰輔

火山灰の畑黒きに育つ里芋の葉をひるがへし俄雨来つ　　安立スハル

よばう〔よば・ふ〕

呼ばふ・喚ふ（自動四）何度も呼ぶ。呼びつづける。

吹きつのる雪に瞑れど中有の闇のさなかも君**呼ばふ**かな　　春日井　建

行方絶ちし友らの名をば**呼ばひ**つつ凍てし氷河にひとり立ちゐつ　　雁部　貞夫

よ-はく

余白（名）紙面で白く空いている部分。ブランク・スペース。

ライトダウンのコートに晴天の街をゆくショーウインドーの**余白**には空　　小島　熱子

一行の歪みに二行三行と歪み用紙の**余白**歪みぬ　　村山美恵子

よ-べ

昨夜（名）きのうの夜。ゆうべ。昨晩。

よべ一夜《よ》雲ありけらし山のうへのお花畑は露しとどなり　　島木　赤彦

昨夜汲みしくりやの水に桜花ここだも浮きて春ゆかむとす　　今井　邦子

よみがえる〔よみ-がへ・る〕

蘇る・甦る（自動四）生き返る。再び生じる。

古き仏の微笑ゆたかに**よみがへり**風吹く春は野の遠くより　　安田　章生

「クワクコウ」「クワクコウ」汝が啼くゆゑに**蘇る**疎開をとめの悲しみの日々　　三国　玲子

よみ・する

嘉する・好する（他動サ変）よしとする。ほめる。

おどろきてやがて**嘉せ**りいま妻を縛するものがなにもなきこと　　桑原　正紀

子を三人《みたり》育てあげたるのちにしていますすべすべとあ

る掌を**嘉す**　永田　典子

よ・みち

夜道（名）夜の道。

銀杏《ぎんなん》が傘にぼとぼと降つてきて**夜道**なり**夜道**なりど
こまでも**夜道**　小池　光

よ・む

読む・詠む（他動四）数をかぞえる。意味を
くみとる。声に出して唱える。詩歌を作る。

わが傍にニーチェ**読み**ゐる女子学生の鋭《と》き鼻の影
ノートに映る　杉山　隆

をさな子は土筆つみきて数**よむ**と土をこぼせりわが
文机《ふづくえ》に　岡　麓

今の世に歌**詠む**ことのむなしさを誰よりも知りて歌
詠みましき　前　登志夫

よ-も

四方（名）しほう。東西南北。前後左右。
まわり。あちらこちら。方々。

さわがしき声おのづから悲哀あり**四方**に鳴きあふつ
くつくはふし　石川不二子

黒闇《くらやみ》の**四方**に拡がり果て知れぬ彼方にあかり揺らげ
る覚ゆ　都筑　省吾

夕やみは**四方**をつつみて関口の小橋のあたり鳰鳥の
鳴く　伊藤左千夫

青すすき倒して水を飲み終へし**四方**《よも》さやさやと青芒
立つ　小中　英之

よよ・む

（自動四）よろよろする。よぼよぼする。
年老いて歯が抜けてどもる。

老い**よよむ**足を促す木蓮の一樹しろたへに花溢れた
り　岡部　文夫

より

（助）…から。…を通って。…のために。…
にくらべて。

ひめゆりにさ霧流れて文明**より**運ばれて来し汚物か
われは　前　登志夫

サラリーの語源を塩と知りし**より**幾程かすがしく過
ぎし日日はや　島田　修二

友だちは一〇〇人を越ゆことば**より**たしかなものを
刻むカウント　森井マスミ

必要とさるる親**より**かばわるる親になりゆくことの
不意打ち　吉田　恵子

より-ど

拠所（名）よりどころ。頼りとする所。
頼みとなる所。根拠。

履歴書をふところにして**よりど**なく人混む街に出で

て来にけり　筏井　嘉一
一枚の父が残せし毛皮持ち北に生まれし**拠所**とぞなす　川原　利也

よ・る

寄る（自動四）近づく。たちよる。重なる。集まる。かたよる。

死に近き母が目に**寄り**をだまきの花咲きたりといひにけるかな　斎藤　茂吉
転生の昔話に**寄る**こころ蝶にも鳥にもこゑかけ歩く　古谷　智子

よ・る

縒る・撚る（他動四）まじえてねじり合わせる。組んで巻き付かせる。

介護とはこの世の夫とわれの時間　**縒**《よ》**り**つつ生きることと知りたり　志野　暁子
菖蒲湯に死の日までなる精神を**縒り**てこゑなく歎きはふかむ　小中　英之

よる-べ

寄る辺（名）たよるところ。よりどころ。

よるべなきけふの心のわびしさのかすかに動くたべ物の慾に　若山　牧水
立つ瀬なき**寄る辺なき**日のお父さんは二丁目角の書肆にこそをれ　島田　修三

よろう〔よろ・ふ〕

鎧ふ（他動四）鎧を着る。身を固める。防衛する。

酸素熔接の火ばな烈しくうちかへれり頭より**よろへる**鉄のマスクに　鹿児島寿蔵
ことばもて**鎧へる**エゴの虚しければいたく凡庸にこの枇杷の花　島田　修三

よろこび

喜び・悦び・歓び（名）喜ぶこと。喜悦。歓喜。祝うこと。祝賀。

蝌蚪《くわと》生《あ》れし水の**よろこび**水の面に触れてかがやく風の**よろこび**　雨宮　雅子
よろこびは天よりくだりかなしみは地よりのぼらむ太れ鉾杉　蒔田さくら子

よわ〔よ-は〕

夜半（名）夜。よなか。

夜半よりの雨は次第にしげくなり最後の柿の実を揺さぶりぬ　佐藤よしみ
空だ無だと何が何だかわからぬと怒りてゐたり真夏の**夜半**に　前川　博

よわい〔よはひ〕　齢（名）年齢。年配。

人はみな馴れぬ**齢**を生きているユリカモメ飛ぶまるき曇天　永田　紅

もうおどろかぬ**齢**となりて枯蓮の池の荒びを見つくして来つ　蒔田さくら子

ら

ら　羅（名）薄く織った目の粗い絹の布。うすぎぬ。

あおくさき森のいのちを**羅**《ら》につつみ霧は時間の舌のごと寄す　池田裕美子

ら　等（接尾）たち。複数を示す。

飾窓《ウィンド》の紅《あか》き花**ら**は気《いき》ごもり夜《よる》の歩道のゆきずりに見ゆ　佐藤佐太郎

海見つつ我**等**は日々に物を食む木の椅子ふたつ横にならべて　高野　岬

らい　雷（名）かみなり。いかずち。

はろばろと飛びたる種子よ**雷**すぎし野にくれなゐの鳳仙花咲く　小中　英之

雷鳴のとどろく夕べ玄関の暗がり抜けて塾に行く娘　さいかち真

はるかなる天平勝宝三年に家持の聴きし真冬の**雷**はや　島田　修三

雷《らい》の来て雷の去るとき硝子戸に花本来の生はゆらめく　依田　仁美

らく　（接尾）…すること。文中に用いる。…することよ。…であることよ。文末に用いる。

いはむすべせむすべしらずあり経つるこのいくとせを今ぞ悔ゆ**らく**　土岐　善麿

手も脚ももがるる傷みとひと言ひき伴侶なくせしひとの言ふ**らく**　野一色容子

らし　（助動）…らしい。…にちがいない。現在の確信ある推定を示す。…ようだ。…と思われる。

丈高き夏菊越しに麦藁帽うごくは母が水を遣る**らし**　結城千賀子

ら

わが表情窺うごときこの犬は右に曲がるに不満ある
らし　野口　亮造

哀しみを吸ひ取る薬のある**らしき**されど飲まずに老
いてゆくなり　綾部　光芳

らち

埒（名）馬場の周囲の柵、また、物事のくぎり。

埒を無理やりバールでこじ開けてフラチな女肩で息
する　久保　芳美

繰り言に**埒**も無き日々サルスベリの群花うなだれ乾
びてゆけり　さいかち真

口舌の**埒**を超えれば黙したれ騒立ちてゆく殺気や愉
しゑ　島田　修三

らっき〔らくーき〕

落暉（名）入り日。夕日。落日。

若すぎる**落暉**《らっき》の色が傷《いた》ましい金色《こんじき》澄むは忘却に似て
黒沢　忍

橋桁に茜したたり木の橋は**落暉**の重みをしばらく支
ふ　日高　堯子

朱に燃ゆる**落暉**あはあは閉ぢ籠めて黄砂、寒波の今
日も暮れゆく　日野　正美

らば

溶岩・熔岩（名）噴火により溶岩が地上に流れ出たもの。その冷却・固結した岩石。

火の山の阿蘇の**熔岩**野の荒涼に迫れる天が白白と見
ゆ　安立スハル

熔岩《ラヴァ》谷《だに》はよく霧らふらし日が射してしばしは寒し妻
とかがむに　北原　白秋

らむ

（助動）今ごろは…しているだろう。…のだろう。「らん」と発音する。推量の意。

亜麻鷺の歩みゆく**らむ**落ちたりし鬼の子のごとさび
しきあゆみ　山中智恵子

石楠《しゃくなぎ》は木曾奥谷ににほへどもそのくれなゐを人見
つ**らむ**か　斎藤　茂吉

帰らざる幾月ドアの合鍵の一つを今も君は持ちゐる
らむか　大西　民子

この秋の寒蟬《かんせん》のこゑの乏《とぼ》しさをなれはいひ出づ何思
ふ**らめ**　吉野　秀雄

らる

（助動）…られる。受身・自発・尊敬の意を示す。…できる。可能の意を示す。

やわらかな秋の陽射しに奏で**られ**川は流れてゆくオ
ルゴール　俵　万智

生き**らるる**耕地は欲しと石工等は出稼ぎに彫りし野の石仏　窪田章一郎

らん

卵（名）鳥・魚・虫などのたまご。

卵とふかなしきものを集めきて人は並ぶる白布の上　真鍋美恵子

踊みつつふと内側に匿ひし**卵**《らん》のごときを心といはむ　日高　堯子

らん

蘭（名）蘭科の多年生植物。観賞用に栽培されてきた。寒蘭・春蘭・秋蘭・カトレアなど種類が多い。花は芳香と気品がある。

蘭の鉢を取り込まむとし花よりも葉よりも寒きわれかも知れず　大西　民子

日向《ひうが》の寒**蘭**も見て行きたいが花よりも先に人間がゐる　土屋　文明

らん-らん

爛爛（形動タリ）光り輝くさま。鋭く光るさま。

月蝕を終りし月が**らんらんと**星座の中を渡りゆくなり　樽崎　勝子

わが悪徒志願のあした**爛らんと**まなこかがやく種牛をみき　田島　邦彦

らん-る

襤褸（名）ぼろきれ。ぼろ。つづれ。

しみじみと**襤褸**細胞にしみわたりピースの味さへ秋ならむとす　島田　修三

襤褸《らんる》より野水仙ひとつ芽吹かせて裏山の神は目覚めたるらし　田中あさひ

皐月《さつき》の花の咲き終れるを見てありき**襤褸**《らんる》のやうなそのかたまりを　宮本　永子

スクールはスコールに似てびしょぬれの**襤褸**の心まといておりぬ　加藤　隆枝

り

り

裏・裡（接尾）…のうち。…のなか。「暗々裡」は、ひそかに。ないない。

征矢《そや》ひとつ放つおもひに秋光《しうくわう》**裡**老のいのちをふるひたたしむ　木俣　修

植物に執したまふを**暗々裡**利して乞ひきぬ十七年間　宮　柊二

り

（助動）…ている。…てある。動作が現に存在している意。…た。…てしまった。完了の意。

咲き終へて散り敷く椿の花の紅《こう》踏み避《よ》け踏み避けわれは歩め**り**　来嶋　靖生

小雨けぶる苑の小道の暗くなり聞け**り**鴉のあああの声　野村　清

青竹を男が割れ**り**青竹のにほひのなかに次々に割る　真鍋美恵子

りっ-か

立夏（名）夏のはじまる日。陽暦五月六日ごろ。

レックスベゴニア葉を美しく飾るとき病む切なさのつのりて**立夏**　佐藤　早苗

りっしゅう〔りつ-しう〕

立秋（名）秋のはじまる日。陽暦八月八日ごろ。この日以後の暑さを残暑という。

立秋を待たでみまかりき月色に染まれる庭に出でて耐へをり　伊藤　一彦

りっ-しゅん

立春（名）春のはじまる日。陽暦二月四日ごろ。節分の翌日。春たつ。

立春は春の口明けあきらかに日の伸び来り心うるほふ　大坂　泰

サイモンとガーファンクルのうたごゑのさわさわとして**春たつ**らしも　喜多　昭夫

りっ-とう

立冬（名）冬のはじまる日。陽暦十一月八日ごろ。冬に入る。冬きたる。

けふ**立冬**の寒く時雨るる咳けば即ち聞きぬあたたかく着よ　福田たの子

りゅうひょう〔りう-ひよう〕

流氷（名）海面に流出した氷塊。

地平より一段高く海見えて**流氷**の白海を被える　清原日出夫

流氷の海の色かも行きずりのわれに振り向く極地犬《ハスキー》の瞳《め》は　道浦母都子

りょう〔りやう〕

涼（名）涼しいこと。すずむこと。すずしさ。

風の来て総身《そうみ》かがやく大けやき百枝《ももえ》のみどり**涼**《りやう》したたらす　岩田記未子

りょく-いん

緑陰・緑蔭（名）木の青葉が茂ってできる日陰。こかげ。

株式の匂い染み込む一日《ひとひ》終え**緑陰**の中帰る夕べを

緑陰が薄らぐこころの武蔵野を特急あずさ貫き駆ける　桜井　健司

りょくう
緑雨（名）新緑の頃に降る雨。

窓辺から青葉闇見ゆ新婚の栖もろとも**緑雨**にしずむ　村田　馨

りり
離離（形動タリ）並び連なるさま。長くつながるさま。散り乱れているさま。心が離れて親しみのないさま。

青春を晩年にわが生きゆかん**離々たる**中年の泪《なみだ》を蔵《ぞう》す　生沼　義朗

りり
凛凛（形動タリ）りんりん。寒気が鋭く身にしむさま。ひきしまって勇ましいさま。りりしいさま。

六十歳のわが靴先にしろがねの霜柱散る**凛凛《りり》として**散る　宮　柊二

衆とともにはだかる魂**りりと**あるきみの死顔ぞわれを哭かしむ　木俣　修

噴水は疾風にたふれ噴きゐたり　**凛々たり**きらめける冬の浪費よ　山田　あき

　葛原　妙子

りん
凛（形動タリ）態度などが引き締まっているさま。「凛然」は勇ましくりりしいさま。

風立ちぬ**凛と**たたずむ教会は旧軽銀座にぎわう中で　村田　馨

凛然と生を全うすることの難ければ長きその医業をしのぶ　石川　恭子

りんご
林檎（名）長野・青森・北海道などが生産地。明治に西洋種が輸入されてから品種が改良され、現在も盛んに新種の現われている果実。

日のあたる**林檎**おかれし卓あればなべて平安といふを憎みつ　尾崎左永子

鐘りんごん**林檎**ぎんごん霜の夜は**林檎**のなかに鐘が鳴るなり　小島ゆかり

りんどう〔りんだう〕
竜胆（名）秋に青紫や白の筒状の花を開く。春咲く小形のものもある。

竜胆の花活けをれば先の世も後の世もひとり棲むかと思ふ　大西　民子

生きの緒のぬきさしならぬ濃紫《こむらさき》　明日とはいはず

今日の**竜胆**　築地　正子

りん-りん　（副）声がよくとおるさま。

東京に我はかへらむ**りんりんと**朝《あした》の峡にひびく駒鳥　岡野　弘彦

りん-りん　凛凛（形動タリ）りりしいさま。寒気などが鋭く身にしみるさま。

葉牡丹の白と紫**りんりんと**霜をはじきて正月の庭　四賀　光子

夏至の日の国原《くにはら》早苗《さなへ》**りんりんと**立ちそむるなり水のひかりに　前　登志夫

りん-りん　燐燐（形動タリ）美しく輝くさま。

ひろげたる羽根**りんりんと**炎《も》えてをり孔雀に過ぎゆく金《きん》色の如き時間　真鍋美恵子

燐々と詠みくだすべし忘却も秋七草もひかりの微塵　前　登志夫

る

る　（助動）…れる。受身の意。自然に…される。自発の意。…できる。可能の意。…される。尊敬の意。

われはいま植物色の管楽器夏花の野に吹鳴らさ**るる**　齋藤　史

四代をつづきし家が崩さ**るる**どろどろといふ音をきくなれ　真鍋美恵子

小舟から頒た**るる**水の皺なべて夢に齢を戻るがに消ゆ　三田村正彦

るい-るい　累累（形動タリ）重なり合っているさま。ごろごろころがっているさま。ぞろぞろと連なり続くさま。続々。

奔馬ひとつ冬のかすみの奥に消ゆわれのみが**累々と**子をもてりけり　葛原　妙子

累々と白蛾の腹がひしめける空に罵声を放ちてやまず　さいかち真

る-つぼ　坩堝（名）中の物質を直接火に触れさせずに強く熱するための容器。また、中が煮えかえるように熱狂するさま。

坩堝ふかく霧を煮つむる魔女として眠りゆく子をな

だめぬながく　川野　里子

るり

瑠璃（名）るり色。紫がかった紺色。紺碧。

瑠璃色の二十二世紀ヒトらその脳と脳のみにて愛しあふ　江畑　實

田の面の薄雪《はだれ》を吸うと寄り来たる越年蝶の**瑠璃**の翅輝る　鈴木　諄三

瑠璃紺の花さくところくちなはの消えてなまぐさき臭ひのこれり　外塚　喬

天は**瑠璃**　大地は琥珀。乾坤のあはひに睡るあなたは真紅　内山　咲一

れ

れもん

檸檬（名）みかん科の小喬木。花は白く四季咲き。黄色の楕円形の実は香高い。

搾るだけしぼつて捨てしがらんどうの**檸檬**が真夜の厨ににほふ　平林　静代

檸檬搾り終へんとしつつ、轟きてちかき戦前・遥けき戦後　岡井　隆

れんぎょう〔れん-げう〕

連翹（名）早春、葉の前に鮮黄色の花を長枝に群生する。生垣にも用いる。

連翹の花にとどろくむなぞこに浄く不断のわが泉あり　山田　あき

連翹の咲きし社宅の一区画また帰るなき小さき平和よ　近藤　芳美

連翹連翹連翹さむし亡き友がこのあかときを呟きやまぬ　塚本　邦雄

れん-こん

蓮根（名）はすの地下茎。食用として栽培される。蓮根掘は初冬の風物詩。

蓮根を酢にひたしいる夜の孤立月あかるきにむしろみだるる　伊藤　一彦

ろ

ろ

（接尾）余情や親愛感をあらわしたり、語調をととのえたりする。

永き日の春の田沼の葦牙《あしかび》は眼聡《めざと》き童**ろ**《こ》が摘みて行きにけり　木俣　修

氷嚢の氷かすかにふれあへりみじろぐたびに音悲し
きろ　小名木綱夫

ろ

炉（名）床を四角に切り、火で暖をとったり、
湯を沸かしたり、食物を煮たりする所。いろり。
煖炉。工場などの耐火性の装置。

夜の**炉**べに蜜《みつ》をのみつつ眼《め》つむれば幾百幾千の蜂《はち》と
花々　結城哀草果

溶鉱**炉**百八メートルの頂に製鉄所三百万坪を瞰る
平山　公一

水際に石を拾ってもうずっとやぶれたままの**炉**心を
おもう　小谷　奈央

炉の扉とざされしかば一斉にかなしみのこゑあげて
をろがむ　中地　俊夫

ろう〔らう〕

廊（名）廊下。回廊。歩廊。画廊。

膝つきて**廊**拭き居しが許し乞ふかたちに似ると立ち
あがりたり　蒔田さくら子

トイレまで**廊**下歩くと点滴台転がしゆくにいつか縋
れる　真野　少

無為思いつつひとり待つ名画座の遠き喚《さけ》びの漏れく
る**廊**に　山田　消児

北向きの**廊**下のすみに立たされて冬のうたなどうた
へる椿　永井　陽子

ろうがわし〔らう-がは・し〕

乱がはし（形シク）
乱雑だ。むさくるしい。「みだりがはし」とも。

北風《きた》南風《みなみ》かたみに吹きて**乱がはし**春定まらぬ身の置
きどころ　齋藤　史

打ちあへる三角波はプリズムの屈折　鈍色の湖《うみ》**乱**《らう》**が**
はし　結城　文

空がずたずたになるまで燕たちめぐれ**ろうがわしき**
鐘楼を　佐藤　弓生

ろうかん〔らう-かん〕

琅玕（名）暗緑色・青碧色の半透明の石。まが玉
に用いた。碧玉。または、美しい竹をいう。

幾年かじだらくのうへ**琅玕**の一つ幻さへも失せたり
小中　英之

春香をふふめる風を孕むゆゑ**琅玕**は鳴る竹の林に
石田比呂志

わが心旅となりゆく**琅玕**の一顆を胸に鎮め立てれば

山中智恵子

ろうたける〔らふ-た・く〕　朧たく（自動下二）美しく気品がある。

梧桐《あをぎり》の新芽は艶めき朱《しゅ》に燃えてものの花よりも**朧たけて**あり　宮　柊二

尋ね来し水木の花は御社の雨後の園生に**朧たけ**て見ゆ　薩摩　晴子

ろうるい〔らふ-るゐ〕　蠟涙（名）火をともしたろうそくから溶けて流れる蠟。

蠟涙は垂りやまずして停電の夜半を書きつぐ思いのひとすじ　岩間　正男

冬山の高きところに凍りたる滝みゆ**蠟涙**のごとく寂しく　高橋加寿男

君の死を悼む夜陰のしづけさに堪へがたくして奔る**蠟涙**　桑原　正紀

ろ-か-も　（連）感動の意を添える。

眼《め》にありてこほしき**ろかも**玄海のみ冬の彼も河豚のあらひも　中島　哀浪

きみが掌《て》の葡萄一房したたるは甲斐のむらさきたのしき**ろかも**　山田　あき

みずからのロープ吊るまで残りいしいまわの力かなしき**ろかも**　小野寺幸男

天地《あめつち》のひらきはじめて女男《めを》の歌繁く交差す　愉しき**ろかも**　桜井　健司

ろじ〔ろ-ぢ〕　路地（名）家と家のせまい通路。

前掛けをしたまま**路地**を歩きたし浅草寺裏にバスを降りれば　寒野　紗也

妻子もたぬこころ病ひのごとく鋭しカレーの匂ふ**路地**を抜けつつ　滝沢　亘

ガスの匂ひ雨のにほひの混ざり合ふ**路地**を歩めり肩をすぼめて　山川　築

わ

わ　吾・我（代）われ。わたくし。あ。一人称。

磯行けば火にあたり居る蜑乙女《あまをとめ》たゆき眼をして**吾**を

見たりけり　半田　良平

わ‐いへ　我家（名）自分の家。わがや。わぎえ。

罪深き人たるものをにくまざるゆゑに愛《かな》しき**我家**《わいへ》の犬も　伊藤　一彦

わか　若（語素）若い、の意をあらわす複合語を作る。

炭やくと伐り剥《はが》したる岩山に残れる**若**木雪にうもれつ　若山　牧水

伸び出でし秋の**若**芽に水そそぎなほ落つかぬ心とも思ふ　柴生田　稔

おおよそは散りて**若**芽の吹き出ずるこの世に吹雪く梅の花びら　荻本　清子

わ‐が　我が・吾が（連）わたくしの。われの。わたくしが。われが。

夏はきぬ相模の海の南風に**わが**瞳燃ゆ**わが**こころ燃ゆ　吉井　勇

きぬた石いしのくぼみのありどころうす暗がりに**わが**涙垂る　山崎　方代

わか・つ　分かつ・別つ（他動四）分ける。区別して判断する。頒つ（他動四）分配する。

ひとの骨**頒ち**あふ息なまなましさくら冷えたるしたに骨みる　穴沢　芳江

苦しみを**分かた**うべしや。花流れながるる涯に海始まりき　喜多　弘樹

わか‐ば　若葉（名）萌え出てまもない葉。新葉。

にはか雨やみてあかるき夕空にさやぐ庭樹は**若葉**つけたり　松村　英一

高々と身を打ちかわすはぜ**若葉**死ののちも触れしことを忘れぬ　佐伯　裕子

わかみず〔わか‐みづ〕　若水（名）元旦に汲んで歳神に供え、初手洗、雑煮や福茶をわかす水。

寒けれどすがすがしけれ井の端にいでてことしの**若水**汲めば　岡　麓

藪かげに**若水**汲めり水さしに溢るるばかりその真清水を　平福　百穂

わぎえ〔わぎへ〕　我家・吾家（名）わが家。自分の家。「わがいへ」の略。

松風は**我家**のうへにわたりをり春べにむかふ音のしづかさ　土田　耕平

雨の中に**我家**ぬれゐぬひそびそと我家の通ひ路にわれも濡れゐぬ　福田　栄一

わき‐て　別きて・分きて（副）とりわけ。ことに。ことさらに。「取り分きて」とも。

山茶花の斑《ふ》のくれなゐを**別きて**わがあはれとぞ見し冬も過ぎなむ　柴生田　稔

取り**わきて**思ひかへせばあたたかき言の葉なりしかの電話かな　馬場あき子

対岸の陸をチェックと数へくるる**わきて**瞳の青き少女は　原　三郎

わ・く　分く・別く（他動四）はっきり区別する。分ける。離す。わきまえる。判別する。

甥姪は知れどその子ら**分き**がたしおのおのの未来知るべくもなし　阿部　静枝

八ヶ嶺と駒ヶ嶺と**分く**諏訪口の黄に遠霞む春待たんかな　柿嶋　秀男

わ・く　湧く（自動四）現われる。生ずる。発生する。

もうだめだと思ふ時ぐつと**湧き**いづる底力といふものまだ吾にある　桜井美保子

天と地と水とあやめもわかたぬを鳥は**湧く**ものふと消ゆるもの　今野　寿美

わくら‐ば　病葉（名）夏、紅葉のように赤や黄白色に変色し、朽ち落ちる木の葉。

同情を引かむ言葉はつつしめと言はれしわれの拾ふ**わくら葉**　片野　静雄

夕かげとすでになりたる土の上に**わくらば**一つ落ちてうごかず　三上　芳郎

わくらば‐に　（副）まれに。たまたま。たまさかに。偶然。

わくらばにわれら肉親あひよりて幾日を過ぎぬ父あらぬ家に　古泉　千樫

わくらばに寂しき心湧くといへど児等がさやけき声に消《け》につつ　伊藤左千夫

わざ　業・技（名）しわざ。行ない。行為。仕事。勤め。技術。すべ。

華麗なる演技を見する選手らの**業**極まりて身は蝶と舞ふ　中村　勝巳
手の**技**につむぐ言の葉言の葉が天の鴉片であらばよけむに　阿木津　英
旺文社模試問題にみちびかれ荷風の文の神の**技**を読む　小池　光

わざわい〔わざ-はひ〕　災ひ・禍（名）不幸な巡り合わせ。不運。災難。
寒の水一気に飲みてすがしけれ**わざはひ**一つ断ちたるごとく　阿久津善治
ライターに無数なる吾が指紋こよひ**災ひ**をおのづから溜む　河野　愛子

わし-づかみ　鷲摑み（名）無造作に乱暴に物をつかみとること。
鷲摑み汝が捧げゐる内臓の、愛さるる者にのみ血は潔からむ　永田　和宏
鯳《すけとう》を**鷲摑み**せるオオワシの流氷原へ翼はりゆく　三浦　牧人

わずらう〔わづら・ふ〕　患ふ・煩ふ（自他動四）心に思い悩む。病気になる。「わづらひ」は名詞。悩みの種。苦労の原因。
結婚せぬ我を歎きし母にして今は**煩ふ**ただ孫のこと　宮地　伸一
ひと・くるま　**わずらひ**の無き夜歩きのはだか樹高し月青白し　坪野　哲久

わた　海（名）うみ。
甲板ゆ夜の**海**中《わたなか》へテディベア落とし日よりみづは垂直　峰尾　碧

わた　絮（名）綿のように白くて柔らかい毛。
青草をひたし流るる泉ありただよふ柳の**絮**かがやきて　五味　保義
陽の中にビル街をゆく草の**絮**生きものめきて我とゆき交ふ　音成　京子

わだかま・る　蟠る（自動四）渦のようにかがまって輪を巻く。心などが滞る。
内臓に疲労**わだかまる**如き日々空との曇り秋に入りゆく　田谷　鋭

わたくし

私（名）自分個人に関すること。わたくしごと。（代）自分自身。自身。わたし。

わたくしが滅べばいない**わたくし**のその**わたくし**がおもう夜の空　吉岡　生夫

二輪草の群生に遇いし**わたくし**は還りの路を忘れてしまいぬ　熊谷　龍子

差す傘に小雨を受けてひとつきり**わたし**の胸の古びてゆけり　内山　晶太

そらまめのさやをふはふは剝いてゐる硝子戸に映る**わたしとわたし**　大西久美子

わたげ

綿毛・絮毛（名）綿のような柔らかい毛。

蜘蛛の張る糸たんぽぽの**絮毛**《わたげ》おのもおのもちひさきものは空に光れる　永井　陽子

たんぽぽの**綿毛**を吹けばたったいま発つはずだったというように飛ぶ　井川　京子

わた-つ-み

海神・綿津見（名）海。うなばら。「わだつみ」とも。

わたつみの波がみがきし石ひとつもとにもどしぬ力のかぎり　鹿児島寿蔵

わたつみに照り翳りする午後の陽を身籠りし人と遠くみてゐき　内藤　明

わだつみのひかりのうろこきらきらと死にしものらのひしめくまなこ　武藤　雅治

わた-なか

海中（名）海の中。「わだなか」とも。

うねり波しづまるときに**海中**に白く波寄る一つ岩あはれ　柴生田　稔

海中《わたなか》をすべる鰹の群れのごと動く組織を夢想だにせず　三田村正彦

潮退きし午後にて遠く島結ぶ道黒々と**海中**に見ゆ　浮貝すみ子

わた-の-はら

海の原（名）うなばら。広い海。「わだのはら」とも。

わたのはらしづかにありてきこえきしこゐはくじらの子をよべるこゑ　森岡　貞香

わだの原みんなみの空にうかびたる真白雲照る春ちかみかも　松村　英一

わた-まし

渡座（名）転居。引っ越し。「わたりまし」の転。もと「転居」の敬称。

新しき家ゐに我を見出《みい》だしし**わたまし**の夜の清き月かな　佐佐木信綱

わたり-どり　渡り鳥（名）候鳥。春に来て秋に南方へ去る夏鳥。つぼめ。秋に北方から来て越冬し春に帰る冬鳥。雁・鴨。他に旅鳥といって北と南を往復する途中による千鳥などがある。

渡り鳥くる頃となり学校の土手の茶の花咲き初めにけり　鎌倉　広行

わたり鳥しきりにとぶを見てあれば遠山の根のたそがれそむる　片山　廣子

わた・る　渡る（自動四）移る。通り過ぎる。他の動詞の連用形に付けて、広く及ぶ・絶えず…する。

青空を**渡り**ゆくなり方言を持たない鳥の呼び合ふ声が　大西久美子

耳かきに掬えるほどの光もて**わたり**ゆくものまいまいの角　長澤　ちづ

抱擁をしらざる胸の深《ふか》碧《みどり》ただ一連に雁《かりがね》**わたる**　富小路禎子

女護島《にょごのしま》に俺が**渡れ**ばいっせいに白き日傘のばばばと開く　奥田　亡羊

わびしい〔わび・し〕　侘びし（形シク）心細い。さびしくもの悲しい。

貧乏神まつわりつくな明月を今日も**侘しく**飯場にて見る　照林二三男

砂売りて生くる**寂《わび》し**さ山腹に木の根あらはな断層が見ゆ　江流馬三郎

つゆじもの降りて**わびし**も葉鶏頭のただ一つ庭にのこる紅　扇畑　利枝

わびる〔わ・ぶ〕　侘ぶ（自動上二）こころ寂しく思う。他の動詞に付けて、つらい思いをする。心細くなる。詫ぶ（他動上二）謝罪する。

うら**侘び**て我がゐる昨日けふの日も松は花粉をしきりにこぼす　中村　憲吉

君癒えて晴れて逢う日を待ち**わびつ**今宵も短き日記を閉じぬ　石田　マツ

わがままもここにて止めむ意のままにはたらきくれし友に**詫ぶる**も　小出　和子

わらう〔わら・ふ〕　笑ふ（自動四）にこにこする。嗤ふ（他動四）あざけり笑う。

八階の窓の向うににつこりと不二が**笑つ**てのぼりをりたり　　山崎　方代

迂回せねば成し遂げられぬもどかしさ**笑え**ど**嗤え**ど収拾つかぬ　　長澤　ちづ

声出して**笑う**てゐる時今吾は**笑う**てゐると刹那思へり　　平尾　輝子

わらべ

童（名）こども。児童。

童われ年に幾度のご馳走に餅搗く祝を楽しみにけり　　逆瀬川　康

わら-わら

（副）散り乱れるさま。ばらばら。ばさらばさら。

わらわらと引き千切りたる葉書ありこれより後の縁《えにし》絶つべく　　秋山佐和子

雑茸が**わらわら**はえている所この辺りからこの山笑う　　河野　裕子

度の強き父の眼鏡の**わらわら**と曇りぬもっと泣けばよからむ　　佐伯　裕子

わりない〔わり-な・し〕

理無し（形ク）どうにもしようがない。たえがたく苦しい。隔てない。親しい。

何を見ても夫と来し旅の偲ばるる**理無し**詮《せん》無《な》し見じ思ふまじ　　宮　英子

いつからこんな**理無い**仲になったのか　あなたが私の股《もも》を抓る　　市来　勉

われ

我・吾（代）わたくし。一人称。（名）自分自身。

山鳩のさりたる庭に日は翳り**われ**なき後《のち》のうす闇にあふ　　江田　浩司

「**われ**」なぞはなんぼのもんじゃ蹌踉と酔ひてただよふ夜霧となりて　　萩岡　良博

ガウディの仰ぎし空よ骨盤に背骨つみあげ**われ**をこしらふ　　春野りりん

この家の初めての死者は多分**われ**　秋雨静かに屋根を濡らせり　　三井　修

ドアいちまいあければ職場となる家に**われ**はいくつの面つけ替える　　井川　京子

われ-と

我と・吾と（副）自分自身で。ひとりでに。自然と。

日の光月の光の差し透すおのれのかげを**われと**みつ

わ

むる　長沢　美津

われと吾が可笑しくなりつつ一人居る部屋に暑さは漂ひにけり　安立スハル

われもこう〔われ-もかう〕　吾亦紅（名）バラ科の多年生植物。秋に紅紫色の小粒の花を穂のようにつける。

吾木香すすきかるかや秋くさのさびしききはみ君におくらむ　若山　牧水

歌詠みて身は痩せゆくとゆめ思ふな野に咲く**吾亦紅**　藤井　常世

大江山桔梗刈萱**吾亦紅**　君がわか死われを老いしむ　馬場あき子

吾亦紅女郎花とぞ秋は過ぎ遠ざかりゆく憶い出のある　福島　泰樹

何を配置するか**吾亦紅**点々と抜きんでてわれの空白を衝く　小島　熱子

われ-ら　我等・吾等（代）われわれ。

日々**われら**やさしき嘘と嘘にてもよきやさしさにまみれて過ぐす　今野　寿美

灯台のひかりが**われら**照らすたび君の瞑目ばかり見えおり　寺井　龍哉

われをわすれる〔われ-を-わす・る〕　我を忘る（連）心奪われて無意識状態になる。夢中になる。茫然自失する。

退院を告げられし前夜おちつかずテレビに**我を忘れ**むとする　奥田　美穂

わかわかしき青葉の色の雨に濡れて色よき見つつ**我を忘る**も　伊藤左千夫

わん　椀・碗（名）汁・飯などを盛る食器。

くもり日の光源のごとし黒**椀**は動けぬ母の瞳となりて　春日真木子

味噌汁の**椀**《わん》をもろ手に捧げもつあえかの息をふきかけながら　小池　光

まだ過去とは割りきれずゐて手のひらは熱き紅茶の**碗**をつつめり　寺島　博子

不機嫌な目覚まし時計鳴らざるも家族の朝の**椀**用意する　伝田　幸子

を

を　（助）文末で感動の意を示す。多く「ものを」と用いる。また感動を込めて語調を整えるのに用いる。他動詞の目的語を作る。経過点・起点・時・位置などを示す。逆接に用いる。

旗は小林《をばやし》なして移れども帰りて**を**ゆかな病むものの辺に　岡井　隆

眼《め》**を**とぢていつも思ひぬ悲しみに終るが如き二人の恋**を**　前田　夕暮

人生の半ば**を**過ぎしもののごと虫なく夜**を**黙しをり妻も　杜澤光一郎

このくにのことば**を**にくみまたあいすおぼろめかしくこのしめれる**を**　坪野　哲久

かきあつめかきあつめ焚く朽葉さへ緋は火**を**超えてさすらふもの**を**　安永　蕗子

暗きもの身はそれぞれにもつもの**を**石榴はしげりつひに花咲く　馬場あき子

富士山**を**自在に操る右左高速道路は偉大なマジシャン　篠遠　義子

ふたひらのわが〈土踏まず〉土**を**ふまず風のみ踏みてありたかりし**を**　齋藤　史

小谷 博泰（こたに ひろやす）
1944年 兵庫県生まれ
「白珠」選者、「鱧と水仙」同人。現代歌人協会会員、NHK 文化センター（梅田）講師。歌集『昼のコノハズク』『うたがたり』『シャングリラの扉』（以上いりの舎）他。

水門 房子（すいもん ふさこ）
1964年 神奈川県生まれ
短歌グループ「環」同人、「現代短歌舟の会」編集委員。十月会会員、千葉県歌人クラブ会員、千葉歌人グループ「椿」会員。歌集『いつも恋して』(北冬舎)。地方公務員。

武田 素晴（たけだ もとはる）
1952年 福岡県生まれ
「開放区」に長く所属、現在「えとるの会」同人。歌集『影の存在』（ながらみ書房）『風に向く』（ながらみ書房）。共著『この歌集この一首』（ながらみ書房）。

森 水晶（もり すいしょう）
1961年 東京都生まれ
「響」所属、吾亦紅短歌会講師。現代歌人協会会員。第二回日本一行詩協会新人賞、第一回日本短歌協会賞次席。歌集『星の夜』（ながらみ書房）『それから』（ながらみ書房）『羽』（コールサック社）他。

依田 仁美（よだ よしはる）
1946年 茨城県生まれ
「現代短歌舟の会」代表、「短歌人」同人、「金星/VENUS」主将。現代歌人協会員、我孫子市そよぎ短歌会講師。歌集『骨一式』(沖積舎)、『乱髪 Rum-Parts』（ながらみ書房）『悪戯翼《わるさのつばさ》』（雁書館）。作品集『正十七角形な長城のわたくし』『あいつの面影』『依田仁美の本』(以上北冬舎) 他。

編纂者略歴

梓　志乃（あずさ しの）
1942年 愛知県生まれ
1965年「新短歌」（口語自由律）入会、現在「芸術と自由」発行人。現代歌人協会、日本文藝家協会、日本ペンクラブ、日本短歌協会会員。新短歌人連盟賞受賞。歌集『美しい錯覚』（多摩書房）『阿修羅幻想』（短歌公論社）『風の鎮魂』（東京四季出版）『幻影の街に』（ながらみ書房）他。

石川 幸雄（いしかわ ゆきお）
1964年 東京都生まれ
詩歌探究社「蓮」代表。2018年個人誌「晴詠」創刊。2018年日本短歌総研設立に参画。現在、十月会会員、板橋歌話会役員、野蒜短歌会講師、現代歌人協会会員。歌集『解体心書』（ながらみ書房）『百年猶予』（ミューズ コーポレーション）他、評論「田島邦彦研究〈一輪車〉」（ロータス企画室）他。

井辻 朱美（いつじ あけみ）
1955年 東京都生まれ
前田透主宰「詩歌」解散後、1980年「かばん」創刊同人・現発行人。短歌研究新人賞、サンケイ児童文学賞、日本児童文学学会賞他受賞。日本文藝家協会、日本ペンクラブ、日本短歌協会会員。歌集『地球追放』（沖積舎）『クラウド』（北冬舎）他。ファンタジー関連の著書、訳書多数。白百合女子大学教授。

雅　風　子（がふうし）
1946年 東京都生まれ　本名 渡辺雅子
未來短歌会、日本歌人クラブ、神奈川県歌人会会員。舟の会購読会員。日本現代詩歌文学館振興会会員。歌集『風道』(短歌研究社)『われを風とし光とし』(文芸社)『砂時計』(飯塚書店)

川田　茂（かわだ しげる）
1951年 栃木県生まれ 画家・歌人
東京造形大学造形学部美術学科絵画専攻卒業。齣展会員。全国にて展覧会多数。少年画集『トロポポーズの唄』刊行。日本現代詩歌文学館企画『天体と詩歌』に参加。歌集『隕石』『硬度計』他。中部短歌会編集委員、神奈川県歌人会役員、現代歌人協会会員。

日本短歌総研は、短歌作品、短歌の歴史、歌人、短歌の可能性など、短歌に関わる一切の事象を自由に考究する「場」として、2017年5月に発足しました。事業展開は、個人毎の自由研究のほか、テーマごとに編成する「研究ユニット」により進めています。

本著は「日本短歌総研・『短歌用語辞典』編集ユニット」が担当しています。

短歌用語辞典 増補新版

令和元年 8月25日　第1刷発行
令和2年11月25日　第2刷発行

著　者　日本短歌総研
発行者　飯塚 行男
発行所　株式会社 飯塚書店 http://izbooks.co.jp
〒112-0002 東京都文京区小石川5－16－4
TEL 03-3815-3805　FAX 03-3815-3810
装　幀　片岡 忠彦
印刷・製本　シナノパブリッシングプレス

ISBN978-4-7522-1043-6　Printed in Japan

短歌文法入門 改訂新版

日本短歌総研 著

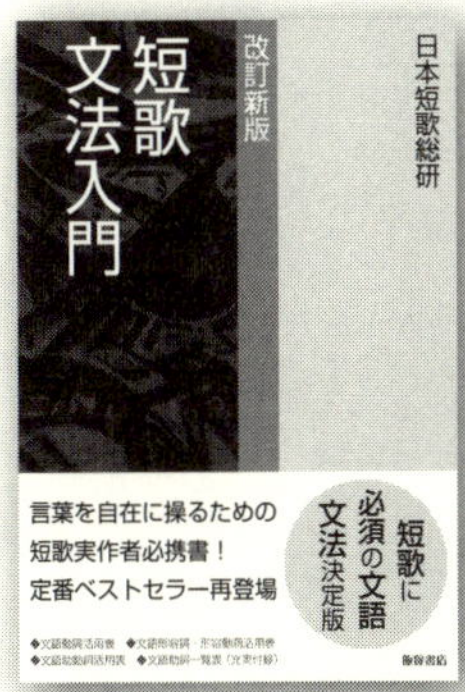
日本短歌総研
改訂新版
短歌文法入門
短歌に必須の文語文法決定版
言葉を自在に操るための
短歌実作者必携書！
定番ベストセラー再登場

作歌に必要な文法を言葉の働きより使い方まで、例歌と図表をあげ、綿密・確実に系統づけ明解。よくある問題点も提起し詳細に解説。この度、定番ベストセラーをブラッシュアップ、引例歌も大幅に入れ替え再登場。

ISBN978-4-7522-1044-3
四六判並製 264頁

定価1800円(税別)